KB156778

형제

1

兄
弟

형제

위화 장편소설

1

최용만 옮김

푸른숲

세상이 취했는데 홀로 깨어 있을 수는 없습니다

여행 중 푸른숲 출판사로부터 《형제》 재출간에 부친 글을 부탁받았는데, 저는 줄곧 여행 중이었고, 지금은 아부다비의 호텔 방에서 이 글을 쓰고 있습니다.

11년 전 《형제》가 중국에서 출간되었을 때 엄청난 논쟁이 일었습니다. 그 논쟁은 크게 두 갈래였는데, 하나는 소설의 일부분이 일군의 비평가나 독자들 입장에서는 받아들이기 어려울 정도로 저속하다는 점이었습니다. 그들은 저속함 역시 문학의 한 스타일이라는 것과 그런 스타일의 작품이 문학에서는 비일비재 하다는 점을 망각한 채, 문학이란 그 스타일에 있어 무조건 고상해야 한다고 주장했습니다. 또다른 하나는 사회 병폐에 대해 이야기할 때 작가는 마땅히 의사의 입장에서 풀어나가야 하는데, 저는 환자의 입장에서 써내려갔다는 점이었습니다. 저는 세상 사람들이 모두 취했는데 저 혼자 깨어 있다고 생각하는 건 웃기는 일이라 생각합니다. 사회가 병들었다면 그 사회 구성원 역시 병들었을 테고, 다른 부분이 있다 한들, 그저 증세가 다를 뿐이겠지요.

11년이 지난 현재 중국에서 《형제》에 관한 논쟁들은 사라졌고, 오히려 지속적으로 읽히고 있습니다.

마지막으로 푸른숲 출판사와 한국의 독자들에게 감사의 말씀을 전하고 싶습니다. 20년 전 여러분들께서는 저를 발견하셨고, 20년이 지난 지금까지 저를 버리지 않으셨습니다.

2017년 4월 30일
위화

우리 삶의 거대한 간극

30여 년 전, 내가 중학생이었던 문화대혁명 후기에 남학생들과 여학생들은 서로 말을 나누지 못했습니다. 말하고 싶은 마음이야 굴뚝같았겠지만 감히 입 밖으로 내뱉지 못했고, 누군가를 좋아하게 되면 그저 몰래 훔쳐보는 것으로 만족해야 했습니다. 물론 개중에 담이 큰 남학생들은 몰래 쪽지를 보내기도 했지만 직접적인 표현을 감히 쓰지는 못했으며, 한참을 에둘러서 지우개나 연필을 선물하는 식으로 호감을 전하고는 했습니다. 쪽지를 받은 여학생은 녀석의 뜻을 바로 알아차렸지만 대개 긴장하거나 두려워했고, 쪽지를 받았다는 사실이 알려지고 나면 여학생들은 자신들이 뭔가 잘못이라도 한 듯 대단히 부끄러워했습니다.

30여 년이 지난 오늘날, 중학생들의 연애는 이미 자신들의 마음속에서도 정당화되었고, 언론을 통해서도 널리 알려졌습니다. 요즘 여중생들은 교복을 입고 병원에 가서 임신중절수술을 받는다고 합니다.

최근에는 한 여학생이 교복을 입고 역시 교복을 입은 네 명의 남학생들에게 둘러싸인 채 임신중절수술을 받으러 갔고, 의사가 가족의 동의를 증명하는 서명을 요구하자 남학생들이 앞다투어 서명하려 했다는 보도도 있었습니다.

무엇이 우리를 이처럼 극단에서 또 다른 극단으로 치닫게 했을까요? 나는 그 이유를 모릅니다. 다만 중국은 지난 30년 동안 세계가 놀랄 만한 경제기적을 창조해냈고, 30년 동안 평균 9퍼센트에 달하는 경제성장을 달성하여 2006년 현재 이미 세계 세 번째 경제대국으로 성장했지만, 그 영광스런 수치 이면에는 1인당 평균 소득이 여전히 세계 1백 위 밖이라는 불편한 수치가 감추어져 있습니다. 마땅히 균형을 이루어야 할 이 두 경제지표는 오늘날의 중국에서 여전히 이렇게 심각한 불균형을 이루고 있습니다.

상해, 북경, 항주와 광주 등 경제발전지구에는 하늘을 찌를 듯한 고층 건물들이 즐비하고, 상점과 슈퍼마켓, 호텔은 사람들로 떠들썩하지만, 서부의 빈곤한 지역은 여전히 적막하기 그지없습니다. 1년 소득이 인민폐 6백 원밖에 되지 않는 빈곤층 인구가 3천만에 달하며, 고작 2백 원을 더 버는, 연소득 8백 원인 인구를 산출하면 무려 1억 명에 달한다고 합니다.

중국은 광활하고, 인구는 너무나 많으며, 경제적 불균형이 심각한 나라입니다. 지난 1980년대 중반의 연해지역 도시 사람들은 다들 코카콜라를 마셨지만, 1990년대 중반 호남 산골 사람들은 외지로 일을 찾아 나갔다가 새해를 맞으려 귀향할 때 고향의 친지들에게 선물로 코카콜라를 가져갔습니다. 고향의 친지들은 그때까지 코카콜라를 구경한 적이 없었기 때문이지요.

사회적 삶의 불균형은 필연적으로 마음속 소망의 불균형을 불러옵니다. 지난 1990년대 후반 중국의 국영방송사인 CCTV가 6월 1일 어린이날을 맞이하여 중국 전역의 어린이들을 인터뷰하면서 어린이날에 가장 받고 싶은 선물이 무엇이냐고 물었을 때 북경의 사내아이는 장난감이 아닌 진짜 보잉 비행기를 받으면 좋겠다고 했고, 서북지역의 한 여자아이는 부끄러운 듯 흰색 운동화 한 켤레를 받고 싶다고 대답했습니다.

같은 국가에 사는 두 동갑내기 어린이의 바람조차 이렇듯 거대한 간극을 보이는 것이 그저 놀랍기만 합니다. 서북지역의 여자아이가 평범한 흰색 운동화를 가지고 싶어 하는 것은 북경의 사내아이가 보잉 비행기를 가지고 싶어 하는 것만큼이나 까마득한 일일 겁니다.

이것이 바로 우리의, 오늘날의 불균형한 삶입니다. 지역 간의 불균형, 경제적 발전의 불균형, 개인 삶의 불균형 등이 심리상의 불균형으로 이어지고, 결국에는 꿈마저 불균형해지도록 만듭니다. 꿈은 모든 사람의 삶에 꼭 필요한 재산이며 최후의 희망입니다. 설사 가진 것이 아무것도 없더라도 꿈이 있다면 어떤 일이든 다시 시작할 수 있다고 생각합니다만, 오늘날 우리는 꿈에서마저 균형을 잃어버리고 말았습니다.

북경과 서북지역의 두 아이가 가진 꿈의 극단적 간극은 내가 처음에 예를 들었던 간극만큼이나 거대합니다. 30여 년 전 여중생과 오늘날의 여중생 사이에는 또 다른 극단적 간극이 있으며, 전자가 현실적 간극이라면 후자는 역사적 간극입니다.

나는 《형제》에서 거대한 간극에 대해 썼습니다. 문화대혁명 시대와 오늘날의 간극은 역사적 간극일 테고, 이광두와 송강의 간극은 현실적 간극일 것입니다. 역사적 간극은 한 중국인에게 유럽에서는 4백 년 동안 겪었을 천태만상의 경험을 단 40년 만에 경험하게 했고, 현실적 간극은 앞에서 말한 북경의 사내아이와 서북지역의 여자아이처럼 동시대의 중국 사람들을 완전히 다른 시대의 사람들인 것처럼 갈라놓았습니다. 같은 시대에 살고 있는 두 아이가 가진 꿈의 간극은, 마치 하나는 오늘날의 유럽에서 사는 것 같고 다른 하나는 4백 년 전의 유럽에서 사는 것 같아 보는 이를 어리둥절하게 합니다.

우리의 삶이 이러합니다. 우리는 현실과 역사가 중첩되는 거대한 간극 속에서 살고 있습니다. 우리는 모두 병자일 수도 있고, 모두 건강한 삶을 살고 있는 것일 수도 있습니다. 왜냐하면 우리는 양극단 속에서 살고 있기 때문입니다. 그것은 오늘과 과거를 비교해봐도 그렇고, 오늘날과 오늘날을 비교해도 여전히 마찬가지입니다.

20여 년 전 이제 막 이야기를 하는 직업에 종사하기 시작했을 때 읽었던 노르웨이의 작가 입센이 "모든 이는 자신이 속한 사회에 책임이 있고, 그 사회의 온갖 폐해에 대해 일말의 책임이 있다."라고 한 말이 생각납니다. 그의 말에 전적으로 동의하면서 내가 왜 《형제》를 쓰게 되었는지 답을 얻었습니다. 그것은 바로 내가 병자이기 때문입니다.

2007년 5월 26일
위화

차례 ─────

兄
형제

1부

I

우리 류진(劉鎭, '진鎭'은 우리나라의 읍에 해당하며, 몇만 명 정도의 인구가 속한 지역—옮긴이)의 초특급 갑부 이광두(李光頭, '광두'는 빡빡머리나 대머리를 뜻하는 속어—옮긴이) 미화 2천만 달러를 들여 러시아 우주선 소유스 호를 타고 우주여행을 할 정도로 기상천외한 인물이다. 이광두는 전 세계적으로 이름을 떨친, 도금을 한 변기에 앉아서 눈을 지그시 감은 채 우주 궤도를 떠도는 자신의 앞날을 상상하기 시작했다. 사방을 둘러싼, 그 깊이를 알 수 없는 차가운 어둠 속에서 이광두는 장엄하게 빛나는 아름다운 지구를 내려다보며 이야기를 어떻게 풀어가야 할까에 생각이 미친 순간, 지구상 그 어디에도 이제 단 한 사람의 혈육도 없다는 생각에 가슴이 쓰려 눈물을 떨어뜨리고 말았다.

그에게는 서로 헌신적으로 의지하던 송강(宋鋼)이라는 형제가 있었다. 이광두보다 나이도 한 살 많고 키도 머리 하나 정도가 더 큰, 강직하면서도 온화한 성품의 송강은 3년 전 유명을 달리하며 한 줌의 재로 변해 자그마한 나무상자 안에 들어가 버렸다.

이광두의 모친은 생전에 이광두에게 '그 아비에 그 자식'이란 말씀을 즐겨하셨다. 그러면서 그녀는 송강의 성실하고 선량하면서도 강직한 성격 역시 제 아버지를 쏙 빼닮아서 마치 같은 뿌리의 덩굴에 열린 두 개의 박과 같다고 말씀하시곤 했다. 하지만 이광두에 관해서는 전혀 다른 얘기를 했다. 고개를 절레절레 흔드시면서 이광두와 그 아비는 완전히 다른, 완전히 다른 갈래의 인간이라고 하셨다. 하지만 이광두가 열네 살이던 그해, 공중변소에서 다섯 개의 여자 엉덩이를 몰래 훔쳐보다가 현장에서 붙잡힌 이후로는 철저히 그 시각을 바꾸게 된 바, 이광두와 그 아비 역시 같은 뿌리의 덩굴에서 자란 두 개의 박이란 사실을 인정하게 되었다. 이광두는 당시 그의 어머니가 질겁한 채 눈길을 피하며 몸을 돌리고 슬픔에 차 눈물을 훔치면서 중얼거리는 소리를 분명히 들었다.

"그 아비에 그 자식이야."

이광두는 부친을 본 적이 없다. 그가 태어나던 그날, 그의 부친은 똥냄새를 흠뻑 풍기며 인간 세상을 떠나버렸기 때문이었다. 어머니께서는 그냥 익사라고 말씀하셨지만 이광두는 어디서 익사하셨냐고 집요하게 물어보았다. 강이냐, 아니면 저수지에 빠져 죽었느냐? 그것도 아니라면 우물에 빠져 죽었느냐? 하지만 그의 어머니께서는 한마디도 대꾸하지 않으셨는데, 훗날 이광두가 변소에서 몰래 여자 엉덩이를 훔쳐보다가 그만 붙잡혔을 때, 요즘 유행하는 말로 희대의 변소 추문을 일으켜 그 악명을 떨친 뒤에서야 자신과 부친이 뿌리가 같은 덩굴의 똥박이란 사실을 알게 되었다. 그의 부친은 공중변소에서 여자들 엉덩이를 몰래 훔쳐보다가 그만 똥통에 빠져 죽었던 것이다.

우리 류진 사람들은 남녀노소를 불문하고 '그 아비에 그 자식'이라는 공염불을 마치 나무에 나뭇잎이 달린 것처럼 신나게 입에 달고 다녔다. 심지어 젖먹이 아기들까지 옹알이를 시작할 무렵부터 이 속담을 배웠다. 사람들은 이광두를 손가락질하며 수군거리고 입을 가리며 웃었지만 이광두는 천연덕스러운 표정으로 아무 일 없었다는 듯이 거리를 활보하고 다니면서 속으로는 늘 실실거렸다. 그때가 곧 열다섯 살이 될 무렵이었는데, 그는 사내란 것들이 어떤 동물인지 이미 다 알아버렸기 때문이다.

요즘 세상이야 텔레비전이나 영화, VCD나 DVD, 광고나 잡지 화보에 볼펜, 심지어 라이터에까지 각양각색의 여자 엉덩이가 있고, 수입산도 있고 국산도 있고, 흰색, 황색, 검은색, 갈색 그리고 큰 것과 작은 것, 살찐 것과 마른 것, 미끈한 것과 거친 것, 어린 것과 늙은 것, 가짜와 진짜까지 그야말로 넘치고 넘쳐서 다 볼 수가 없을 정도이다. 눈한 번 비비면 볼 수 있고, 재채기 한 번 하면 맞부딪치며, 길을 걷다 한번 꺾기만 해도 발에 밟히니 지금 여자 엉덩이는 값어치가 없어졌지만, 옛날에는 그렇지 않아서 천금을 준대도 바꾸지 않을 만큼의 가치가 있었다. 그런 귀한 것들을 훔쳐볼 수 있는 유일한 곳이 공중변소였고, 그리하여 현장에서 붙잡힌 이광두 같은 새끼 양아치가 있었던 것이고, 이광두의 부친처럼 현장에서 목숨을 잃은 어른 양아치도 있었던 것이다.

지금의 공중변소야 잠망경을 이용한다 해도 여자의 엉덩이를 볼 수없을 테지만, 그때의 공중변소는 달랐다. 그 시절의 공중변소에는 남자용 변소와 여자용 변소 사이에 달랑 얇은 벽이 하나 있었고 아래는 뻥 뚫린 형국이라 벽 저쪽의 여자들이 똥을 싸거나 오줌을 누는 소리가 생생하게 들렸기 때문에 호기심과 욕망이 극도로 자극되었고 엉덩이를 까고 앉는 부분에 머리를 들이밀고 두 손으로 나무발판을 꽉 쥔 다음 두 발과 배를 칸막이(중국의 옛날 변소는 앞문은 틔어 있고, 옆의 벽이 앉은 키 정도로 낮게 쳐 있는 경우가 대부분이다.—옮긴이)에 힘껏 밀착시키면 악취에 눈물이 쏙 빠질 정도가 된다. 그러고 나서 사방에 넘쳐 스멀거리는 구더기를 무시하면서 마치 수영선수가 입수하기 직전의 자세로 머리와 몸을 깊게 들이밀면 밀수록 볼 수 있는 저쪽 여자들 엉덩이의 면적은 그만큼 넓어진다.

그때 이광두가 한 번에 본 엉덩이는 작은 거 하나와 뚱뚱한 거 하나, 마른 엉덩이 둘과 마르지도 뚱뚱하지도 않은 엉덩이 이렇게 도합 다섯 개로, 엉덩이들은 마치 푸줏간에 나란히 걸린 돼지고기 덩어리 같았다. 살찐 엉덩이는 신선한 돼지고기 같았고, 말라빠진 두 개의 엉덩이는 소금에 절인 고기 같았으며, 조그마한 엉덩이는 언급할 가치조차 없었다. 이광두가 가장 좋아한 엉덩이는 눈 바로 앞에 있었던, 마르지도 뚱뚱하지도 않은 엉덩이로 다섯 개 중 그 모양이 가장 둥글어서 손으로 빚어낸 것 같았고, 피부는 탱탱했고 조금 위쪽으로 꼬리뼈가 살짝 보였다. 이광두는 심장이 사납게 콩닥거리는 와중에 꼬리뼈 반대쪽에 난 털을, 여자의 거기 털은 어디서부터 자라는지 보고 싶었다. 그리하여 몸을 더 깊숙이 파묻고 머리를 처박아서 여자의 거기 털을 거의 다 보게 되었을 무렵, 그만 생포되고 말았다.

우리 류진의 양대 인재 중 하나인 조승리(趙勝利)라는 자가 때마침 변소에 들어섰다. 사람의 머리통과 상반신이 똥통 안으로 들어가 있는 광경을 본 순간 어떤 상황인지 대번에 알아차린 그는 무를 뽑아내듯이 이광두의 옷 뒷자락을 한 손으로 낚아채서 그를 변소에서 *끄집*

어냈다.

당시 갓 스물이 넘은 조승리는 우리 현(縣, '성省' 아래의 행정단위로, 우리나라 '군郡'에 해당—옮긴이) 문화관에서 펴낸 등사판 잡지에 4행짜리 시 한 수를 발표한 까닭에 일찌감치 조 시인이라는 별칭으로 불리며 명사 반열에 오른 인물이었다. 조 시인은 변소에서 이광두를 낚아챈 후 밖으로 끌고 나와서 흥분에 얼굴이 벌겋게 달아올라, 그림같은 시정(詩情)이 넘쳐흐르는 말투로 쉬지 않고 야단쳤다.

"저 논밭 사이 황금빛 유채화에 눈길 한 번 주지 않고, 개울 속을 노니는 물고기들에게 또한 눈길을 주지 않고, 푸른 창공을 떠다니는 순백의 구름, 저 아름다움에는 고개를 들어 눈길을 주지 않으면서 악취가 하늘을 찌르는 변소에서 머리를 처박고 들여다본다는 것이 어째……."

변소 밖에서 조 시인이 목청껏 소리친 지도 10여 분, 여자변소 안에서 아무런 움직임이 보이지 않자 조 시인은 조급한 마음에 안에 있는 다섯 엉덩이들에게 빨리 나오라고 소리쳤다. 문제는 본인이 품위 있는 시인이라는 사실마저 있은 채 저속하기 짝이 없는 어투로 소리를 질렀다는 사실이다.

"똥이고 오줌이고 그만 끊고 나와요. 웬 놈이 당신들 엉덩이를 다 봤는데, 그것도 모르고 계속 싸고 있으니……. 빨리 나와보라고요."

드디어 다섯 엉덩이의 주인공들이 이를 악문 채 노기충천한 얼굴로 적진을 향해 돌진하듯 모습을 나타냈고, 개중에는 악을 써대는 이가 있는가 하면 훌쩍거리는 이도 있었다. 훌쩍거리는 여자는 이광두가 언급할 가치도 없다고 생각했던 작은 엉덩이로, 열두 살 먹은 꼬마아이는 양손으로 얼굴을 감싼 채 마치 엉덩이를 들킨 게 아니라 이광두에게 강간이라도 당한 것처럼 온몸을 부들부들 떨며 울었다. 조 시인에게 붙들려 있던 이광두는 훌쩍이는 작은 엉덩이를 보며 생각했다.

'울긴 왜 우냐고, 아직 다 크지도 않은 엉덩이 가지고 뭘 그리 울어! 젠장할, 난 그냥 어쩔 수 없이 한 번 쓰윽 본 것뿐인데 뭘 그리 구슬피 우는 거야.'

제일 마지막으로 나온 방년 열일곱 살의 아리따운 아가씨는 부끄러움에 얼굴이 새빨개져서 이광두를 흘끗 보고는 몸을 돌려 총총히 자리를 떠버렸다. 조 시인은 그 뒤에 대고 있는 힘껏 가지 말라고, 돌아오라고, 부끄러워하지 말고 와서 정의를 구현하자며 소리쳤지만, 그녀는 눈길 한번 주지 않고 더 빨리 가버렸다. 이광두는 발걸음에 따라 엉덩이가 흔들리는 그녀의 뒷모습을 보면서 손으로 빚어 말아올린 듯한 엉덩이의 소유자가 바로 그녀라는 사실을 단번에 알아챘다.

잘 빚어 말아올린 엉덩이가 멀리 간 후 훌쩍거리던 작은 엉덩이도 자리를 떴고, 마른 엉덩이는 이광두에게 쌍욕을 퍼부으며 얼굴에 침을 뱉고 나서 자신의 입을 한 번 쓰윽 닦고는 가버렸다. 이광두는 그녀의 뒷모습을 바라보았다. 그녀의 엉덩이는 너무 말라서 바지를 입혀놓으니 그 윤곽조차 드러나지 않았다.

의기양양한 조 시인과 신선한 돼지고기 같은 뚱뚱한 엉덩이, 그리고 소금에 절인 고기 같은 마른 엉덩이 이렇게 세 사람은 이광두를 끌고 파출소로 향했고, 인구가 5만 명이 채 안 되는 이 작은 지방에서 이광두를 호송하듯 파출소로 끌고 가는 도중에 우리 류진의 양대 인재 중 다른 한 사람인 류성공(劉成功)이 가세했다.

이 류성공이라는 자 역시 스무 살이 넘었고, 우리 현 문화관에서 발행한 등사판 잡지에 작품을 발표한 적이 있었다. 글자가 빽빽하게 들어찬 두 쪽짜리 소설이었는데 페이지 귀퉁이에 실린 조 시인의 4행짜리 시에 비하면 두 쪽짜리 소설은 여러 모로 어깨에 힘을 줄 만했다. 그리하여 류성공 또한 류 작가라는 칭호를 얻게 된 것이다. 호칭상에서 조 시인에게 밀릴 게 없는 류 작가가 다른 방면에서 밀릴 이유는 더더욱 없었다. 빈 자루를 들고 쌀을 사러 나왔던 그는 갑작스레 조 시인이 여자 엉덩이를 훔쳐보다가 걸린 이광두를 붙잡고 위풍당당하게 걸어오는 모습을 본 후, 여차하면 조 시인 혼자 좋은 일 하게 될 형국인지라 이런 일에서 자신도 한자리 맡을 요량으로 마치 급하니까 도와준다는 식으로 소리를 지르며 조 시인의 행렬에 합류했다.

"내 도와줌세!"

조 시인의 절친한 문우(文友)인 류 작가는 일찍이 온갖 미사여구로 조 시인의 4행짜리 짧은 시에 대해 찬사를 보낸 적이 있고, 조 시인은 그에 대한 보답으로 더 많은 미사여구를 동원해 류 작가의 두 쪽짜리 소설을 찬미했다. 그리하여 이광두의 뒤에서 이광두를 붙잡고 걷고 있던 조 시인은 류 작가가 고함을 치며 나타나자 왼쪽으로 비켜나면서 오른쪽 자리를 류 작가에게 양보할 수밖에 없었다. 그렇게 우리 류진의 양대 인재가 좌우에서 이광두의 옷깃을 움켜잡은 채 길고 긴 조리돌림을 하기 시작했다. 그들은 쉬지 않고 떠들어대면서 파출소로 향했는데, 근처에 파출소가 있었음에도 일부러 훨씬 먼 곳의 파출소로 향하면서 좁은 골목은 피하고 큰길로만 걸으며 최대한 젠체하려고 애썼다. 그들은 이광두를 끌고 가면서 한편으로는 녀석이 부럽기라도 하다는 듯 말했다.

"너 이 녀석 잘 봐라, 양대 인재가 너를 호송하지 않냐? 넌 진짜 천복을 타고난 놈이다……."

옆에 있던 조 시인은 뭔가 표현이 미진하다는 듯 보충설명을 했다.

"그러니까……, 이 상황은 마치 이백과 두보가 너를 호송하는 것과 같다 이 말씀이야."

옆에서 듣고 있던 류 작가가 가만 생각해보니 별로 합당한 비유가 아닌 것 같았다. 이백과 두보는 둘 다 시인인데 자기는 소설을 쓰니까 말이다. 그래서 표현을 슬며시 바로잡았다.

"이백과 조설근(曹雪芹, 소설 《홍루몽》의 저자—옮긴이)이 너를 호송하는 거라 이거지……."

이광두는 그들에게 끌려가면서도 여전히 태연자약한 표정으로 사방을 두리번거렸고, 우리 류진의 양대 인재가 스스로를 이백과 조설근에 비유하는 걸 듣고 나서는 더 이상 참지 못하겠다는 듯 실실거리며 대꾸했다.

"나도 다 안다고요. 이백은 당나라 사람이고 조설근은 청나라 사람인데 당나라 때 사람이 어떻게 청나라 때 사람을 만날 수 있어요?"

길가에 늘어선 군중들은 이광두 말이 맞다고 맞장구를 치며 류진의 양대 인재가 문학에는 조예가 깊지만 역사 지식은 여자 엉덩이를 훔쳐본 못된 양아치만 못하다며 낄낄거렸다. 양대 인재는 얼굴부터 귀까지 새빨개졌고 조 시인은 고개를 꼿꼿이 들고 한마디 했다.

"그냥 비유하자면 그렇다 이 얘기지요……."

"그럼 비유를 바꾸지 뭐. 어떻든 간에 한 시인과 소설가가 너를 호송하는 거니까……. 곽말약과 노신이 너를 호송하는 것과 같지."

류 작가가 말을 이었다.

군중은 이번에는 비유가 맞았다며 두런거렸고, 이광두도 고개를 끄덕이며 한마디 덧붙였다.

"그건 그래도 좀 엇비슷하네요."

조 시인과 류 작가는 더 이상 문학에 관한 이야기는 꺼내지 않고, 이광두의 옷깃을 붙잡은 채 위풍당당하게 이광두의 인간 망종 짓거리를 규탄하며 행진을 계속했다. 거리에 몰려든 수많은 사람들 가운데는 이광두가 아는 사람들도 있었고 모르는 사람들도 있었다. 낄낄거리는 사람들도 있었고 큰 소리로 웃는 사람들도 있었고 실실 웃는 사람들도 있었다. 이광두를 호송하며 연도의 사람들에게 전혀 귀찮아하는 기색 없이 일일이 해설을 해주는 조 시인과 류 작가는 오늘날의 텔레비전 프로그램의 사회자들보다 직업의식이 더 투철했고, 이광두에게 맨엉덩이를 보여준 여인네들은 초대 손님 같았다. 그녀들은 조 시인과 류 작가와 함께 주거니 받거니 호흡을 척척 맞추면서 어느 순간 격한 분노의 표정을 지었다가 잠시 후 부끄러운 듯 얼굴을 붉히기도 했고, 또 잠시 후 부끄러움과 분노가 섞인 표정을 짓기도 했다. 그렇게 걷고 또 걷다가 갑자기 살찐 엉덩이가 갑자기 찢어질 듯한 목소리로 악을 쓰기 시작했다. 군중 속에서 자신의 남편을 발견한 것이다. 그녀는 갑자기 자신의 남편을 향해 흐느끼며 큰 소리로 악을 썼다.

"내 엉덩이를 저 자식이 다 봤단 말이야. 엉덩이 말고 또 뭘 봤는지 어떻게 아냐고. 당신이 저 자식 좀 패줘!"

그 순간 주변의 모든 사람들이 그녀의 남편을 바라보았고, 그녀의 남편은 미간을 잔뜩 찌푸린 채 시뻘겋게 달아오른 얼굴로 그 자리에서 꼼짝도 않고 서 있었다. 이때 조 시인과 류 작가가 마치 개 주둥이에 뼈다귀를 던져주듯이 이광두를 더 이상 앞서나가지 못하게 그의 옷을 잡아끌어 그 재수 없는 남편 앞으로 끌고 갔다. 살찐 엉덩이는 계속 흐느끼며 남편에게 이광두를 패주라고 소리 질렀다.

"이제껏 내 엉덩이는 오직 당신 한 사람한테만 보여줬는데, 저런 새 까만 양아치 자식이 훔쳐봤으니 세상에 내 엉덩이를 본 사람이 두 사람이 되어버렸잖아요. 이를 어쩌냐고요? 당신 빨리 패주라니까! 저놈의 눈탱이를 패주라고! 왜 꼼짝도 않고 서 있어? 부끄럽지도 않아?"

주위 사람들은 박장대소했고, 이광두마저 피식거렸다. 이광두가 보기엔 그 남자가 부끄러워하는 건 이광두 때문이 아니고 살찐 엉덩이를 가진 자기 마누라 때문이었다. 이때 살찐 엉덩이가 악을 썼다.

"저거 보라고요. 아직까지 웃고 있잖아요. 저놈 거저먹고 좋아하잖아. 빨리 손 좀 봐줘요! 그렇게 손해를 보고서도 그냥 놔둘 거예요?"

시퍼렇게 얼굴이 질린 남자는 바로 이광두가 어린 시절 새빨간 불꽃을 튀기며 쇠를 내리치는 멋진 광경을 보러 자주 놀러가 만나던 우리 류진의 이름난 대장장이 동 철장이었다. 지금 동 철장의 얼굴은 그때보다 더 시퍼렜고, 그가 쇠를 내리치던 그 커다란 손으로 마치 쇠를 내리치듯 이광두의 뺨을 사정없이 후려치자 '철썩' 하는 소리와 함께 이광두는 땅바닥에 엎어졌다. 동시에 이빨 두 대가 날아갔고, 눈에는 불꽃이 피어올랐다. 얻어터진 뺨은 순식간에 부어올랐고, 귓속에 웽 웽거리는 소리가 무려 1백80일이나 계속 울려 퍼졌다. 이 한 방으로 이광두는 자신이 얼마나 큰 손해를 보았는지 절감했고, 앞으로는 동 철장 마누라의 엉덩이와 다시 맞닥뜨리는 일이 있어도 천금을 준다 한들 눈을 질끈 감고 죽어도 쳐다보지 않을 거라고 맹세했다.

이광두는 동 철장에게 얻어터져 얼굴이 부어오르고 코피가 터졌지만, 조 시인과 류 작가는 이광두를 붙든 채 조리돌림을 계속했다. 그들은 우리 류진의 대로를 돌고 또 돌고, 그렇게 세 번이나 같은 파출소를 지나쳤고, 파출소 경찰들은 세 번 모두 밖으로 나와서까지 이 광경을 보느라 열심이었지만 조 시인과 류 작가는 이광두를 파출소에 넘기지 않았다. 조 시인, 류 작가, 살찐 그리고 마른 엉덩이 이렇게 넷이서 이광두를 끌고 걷고 또 걷고 그야말로 하염없이 걸었다. 그러던 중 신선한 돼지고기같이 살찐 엉덩이가 이내 흥미를 잃어버렸고, 절인 고기 같은 마른 엉덩이도 더 이상 걷기 싫어졌다. 피해자인 두 엉덩이가 집으로 돌아간 후에도 조 시인과 류 작가는 이광두를 끌고 기어이 한 바퀴를 더 돌고 자신들의 허리가 뻐근하고 다리가 후들거릴 지경이 되고 입이 바싹 마르고 나서야 이광두를 파출소에 넘겼다.

　파출소 안에 있던 다섯 경찰이 우르르 몰려들어 이광두를 둘러싼 채 심문을 시작했다. 그들은 우선 다섯 여인들의 이름을 분명히 기록한 뒤 이름 하나에 엉덩이 하나씩을 연결시켜 가며 묻기 시작했는데 작은 엉덩이는 빼고 나머지 네 개의 엉덩이는 모두 분명히 취조를 했다. 그런데 희한하게도 그들은 심문이라기보다는 이광두에게 뭔가를 알아보려는 듯했고, 특히 이광두가 임홍의 엉덩이를 보았을 때, 살이 찌지도 마르지도 않은, 둥그렇고 마치 손으로 빚어 말아올리기라도 한 것 같은 엉덩이를 봤을 때의 이야기를 할 무렵에 이 다섯 경찰들의 얼굴은 거의 무슨 귀신 이야기라도 듣는 것처럼 흥분한 기색이 역력했다. 그 동그란 엉덩이의 주인인 임홍이라는 아가씨는 우리 류진에서 이름난 미인인데, 파출소의 다섯 경찰들은 평소 이 아가씨가 거리에 나타날 때면 바지로 가려진 그녀의 아름다운 엉덩이를 가늠해보곤 했던 것이다. 류진 전체에서 바지로 가려진 그녀의 엉덩이를 본 남자들은 부지기수지만, 바지를 벗은 후 진짜 엉덩이 속살을 본 사람은 단연코 이광두 한 사람뿐이었으니 다섯 경찰은 이광두를 넘겨받은 직후 이 기회를 놓칠세라 묻고 또 물었다. 그리하여 이광두가 임홍의 탱탱

한 피부와 미세하게 튀어나온 꼬리뼈 부분을 언급할 때 다섯 경찰의 눈동자 열 개는 순간 전기가 들어온 전구처럼 반짝거렸다. 하지만 이광두가 곧바로 그 이상 본 게 없다고 말하자 열 개의 눈동자는 순식간에 정전이 된 듯 어두워졌다. 그들은 실망이 가득한 표정으로 책상을 두드리며 이광두에게 소리쳤다.

"솔직하게 털어놓으면 관대히 처리하겠으나, 잔머리 굴리면 엄벌에 처할 테다. 자, 다시 한번 잘 생각해봐. 또 뭘 봤지?"

잔뜩 겁을 먹은 이광두는 어떻게 하면 임홍의 거시기 털과 그중에서도 긴 털이 난 곳이 어떻게 생겼는지 볼 수 있을까 생각하면서 몸을 조금 더 아래로 뻗었다고 했다. 이광두는 무척이나 겁을 먹어서 기어들어가는 듯한 목소리로 말했고, 경찰들은 집중해서 듣느라 숨이 거의 멎을 지경이었다. 이광두는 또다시 귀신 이야기를 하는 듯했으나 귀신이 막 나와야 할 대목에서 이야기는 또 끝이 나버렸다. 이광두는 이제 임홍의 거시기 털을 보게 될 찰나에 조 시인이 들어와서 그를 끌어올리는 바람에 결국은 아무것도 못 보았다고, 애석하다는 듯 말했다.

"고……, 쪼끔만 늦게 들어왔어도……."

이광두가 이야기를 마친 지 한참이 지날 때까지 다섯 경찰들은 움직임이 전혀 없는 이광두의 입술을 눈을 동그랗게 뜬 채 바라보고 있었지만, 이번에도 역시 결말 없는 이야기였다. 그들의 표정은 마치 다 익혀놓은 오리가 날아가는 모습을 멍하니 바라보는 아귀 같았는데, 급기야 한 경찰은 조 시인에 대한 원망을 늘어놓기까지 했다.

"성이 조씨인가 하는 그놈은 집에 자빠져 시나 쓸 일이지 변소에는 뭐하러 가?"

경찰들은 이광두의 입에서 더 이상 캐낼 것이 없다고 판단했는지 이광두의 어머니를 부르겠다고 했고, 이광두는 어머니가 실공장에서 일하는 이란(李蘭)이라고 대답했다. 그랬더니 한 경찰이 파출소 밖으로 나가 문 앞에 선 채로 지나가는 사람들을 향해 실공장에서 일하는 이란이라는 여자를 아는 사람 없느냐고 소리를 질렀다. 그렇게 5, 6분 정도 소리를 질러서 결국에는 실공장에 가려는 한 사람을 찾아냈고, 그 사람이 이란을 왜 찾느냐고 묻자 경찰이 이렇게 대답했다.

"파출소에 와서 인간 망종 아들 찾아가라고 전해주쇼."

이광두는 마치 잃어버린 주인을 기다리는 분실물처럼 오후 한나절 동안 파출소 긴 의자에 앉아 있었다. 출입문을 통해 비추던 햇살이 파출소에 막 들어섰을 때에는 시멘트 바닥을 가득 비추었는데 점점 좁아지면서 나중에는 대나무 가지처럼 가늘어졌고, 급기야는 사라져버렸다. 이광두는 자신이 이미 유명인사가 되어버렸다는 사실을 알지 못했으나 파출소를 지나치는 사람들은 공중변소에서 몰래 여자 엉덩이를 훔쳐본 놈이 어떻게 생긴 놈인가를 보며 키득거렸다. 더 이상 들여다보는 사람이 없을 무렵 여전히 미련을 떨쳐버리지 못한 경찰 한 둘이 탁자를 두들기며 성난 목소리로 호통을 쳤다.

"자자, 잘 생각해봐. 아직 얘기 안 한 게 있는지 말이야."

사람들의 손가락질이 두려웠던 이광두의 어머니는 햇빛이 남아 있는 오후에 오지 않고 날이 어두워지고 나서야 파출소의 출입문에 모습을 드러냈다. 15년 전 이광두의 부친도 그녀에게 더할 수 없는 치욕을 안겨주었는데, 이제 이광두가 그 치욕의 불길에 기름을 부은 형국이 되어버렸다. 그녀는 날이 어두워지길 기다렸다가 머리에는 수건을 뒤집어쓰고 마스크로 얼굴을 가린 후 은밀하게 파출소에 왔다. 그녀는 출입문을 들어설 때 아들에게 건넸던 눈길을 이내 거두고 잔뜩 겁먹은 채 경찰 앞에 서서 떨리는 목소리로 자신이 누구인지를 아뢰었다. 이미 퇴근해서 집에 돌아갔어야 할 경찰은 이광두의 모친을 보자 대번에 성질을 냈다. 이런 제길, 지금이 몇 시인데 이제야 왔느냐고, 젠장, 벌써 저녁 여덟 시라고, 아직 저녁밥도 못 먹고, 밤에 원래 영화 보러 가기로 했는데, 매표구까지 사람들을 비집고 들어가 밀치고 발로 차고 욕도 하고 해서 겨우 구한 표를 고스란히 날리게 생겼다고, 이제는 비행기를 타고 극장에 간다고 해도 기껏해야 '끝'이라는 글자 한 자를 보게 생겼다고 말이다. 이광두의 모친은 꼼짝도 못하고 서서 경찰의 욕 한마디에 머리 한 번 조아리기를 반복했다. 마지막으로 경찰이 한마디 했다.

"제길, 고개 끄덕이지 말고 빨리 가쇼. 이 몸께서는 문 닫을 테니."

이광두는 어머니를 따라 거리로 나섰다. 어머니는 고개를 떨군 채 가로등 빛을 피해 조심스럽게 걸었고, 이광두는 그녀 뒤를 따라 두 팔을 힘차게 휘저으며 걸었는데, 마치 변소에서 엉덩이를 훔쳐본 사람이 그가 아닌 그의 어머니인 것 같았다. 집에 도착하고 난 후 그의 모친은 말 한마디 없이 문을 닫고 자신의 방으로 들어갔고, 방 안에서도 아무런 소리도 나지 않았다. 밤이 깊어지자 이광두는 잠결에 어렴풋이나마 엄마가 침대로 와서 자신이 걷어찬 이불을 다시 덮어주는 걸 느꼈고, 그렇게 며칠 동안 아들과 단 한마디 말도 없이 지내던 이란은 비 내리던 어느 날 눈물을 하염없이 흘리며 입 밖으로 소리를 냈다. 그 아비에 그 자식.

희미한 불빛 뒤편에서 희미한 음성으로 그녀는 이광두에게 말했다. 당초 그의 부친이 변소에서 여인의 엉덩이를 몰래 훔쳐보다가 똥통에 빠져 죽은 후 사람들 볼 낯이 없어 목매 죽을 생각을 했지만 강보에 쌓

인 아기 울음소리 때문에 그만두었다고, 하지만 만약 그 아들 역시 이
럴 줄 알았더라면 그때 죽는 것이 훨씬 깨끗했을 거라고 말이다.

2

이광두가 변소에서 여인들의 엉덩이를 훔쳐본 이래, 그 악명은 우
리 류진 전체에 퍼져서 우리 류진에서 열네 살짜리 이 소년을 모르는
이가 한 사람도 없을 정도였다. 거리에서 젊은 아가씨들은 죄다 이광
두만 보면 슬슬 피했고, 아직 채 여물지도 않은 어린 소녀들부터 노인
네들까지 이광두를 피해다녔는데, 이광두가 생각하기에는 영 마땅치
가 않았다. 변소에서 겨우 2분 정도 훔쳐본 걸 가지고 거의 강간범 대
하듯 하니 말이다. 하지만 실이 있으면 득도 있는 법, 그것은 임홍의
엉덩이를 보았다는 사실이었다. 임홍은 우리 류진의 미인 중 미인이
고, 나이 먹은 남자나 젊은 청년이나 한창 성장 중에 있는 소년들 역
시 그녀를 보는 순간 눈길을 떼지 못한 채 멍청히 바라보며 침을 흘렸
고, 심지어 순간적으로 흥분한 나머지 코피를 쏟는 경우까지 있었으
니 밤이면 우리 류진의 얼마나 많은 방 안에서, 얼마나 많은 침대 위
에서, 얼마나 많은 남자들이 눈 감은 채 그녀의 몸뚱이 두세 부위를
떠올리며 혼신의 힘을 다해 수음을 했겠는가. 그러니 이런 가련한 인
간들이 일주일에 한 번만이라도 임홍을 보게 되면 그건 그야말로 운
수가 대통한 것으로 여길 만했다. 하지만 그들이 볼 수 있었던 건 그
녀의 얼굴이나 목, 손 정도였고, 여름에 운이 좋아야 기껏 샌들을 신
은 발이나 치마 아래 장딴지 정도에 볼 수 있었으니 류진의 남자들이
그녀의 벗은 엉덩이를 본 이광두를 부러워하는 것은 너무나 당연했

고, 심지어 이광두 전생의 공덕으로 받은 여복이라고 했다.

이광두 역시 이 일로 이름을 날렸다. 비록 여자들은 그를 보면 무조건 피해다녔지만, 남자들은 그를 보면 일단 친한 척 미소를 짓고 어깨를 껴안으면서 무슨 말이라도 주고받으려 애쓰다가 일단 사방에 사람이 안 보이면 귓속말로 소곤거렸다.

"말해봐, 꼬마야. 어디까지 봤냐?"

이럴 때면 이광두는 일부러 아주 쩌렁쩌렁한 목소리로 대답했다.

"엉덩이를 봤어요!"

그러면 남자는 깜짝 놀라서 이광두의 어깨를 짓누르며 말했다.

"이런 젠장할, 소리 좀 죽여라, 인마!"

그러고는 사방을 둘러본 뒤 자신들에게 신경 쓰는 사람이 없는 걸 확인하고 나면 다시 은근한 목소리로 묻곤 했다.

"인마, 임홍의 거기……, 어떻든?"

이광두는 어린 나이에도 불구하고 자신의 가치가 어디 있는지를 알았다. 비록 추잡한 일로 명성을 날렸지만, 그것은 일종의 취두부(臭豆腐) 같은 경우로, 즉 냄새는 역하지만 일단 입에 넣고 씹으면 향긋한 것과 같은 이치란 걸 말이다. 자신이 변소에서 본 다섯 개 엉덩이 중네 개는 투매를 해도 팔리지 않을 물건들이었지만 임홍의 엉덩이는 대단한 것이어서, 그 가치로 따지자면 류진 전체에서도 오성급 엉덩이었다. 이광두가 나중에 우리 류진의 초특급 거부가 된 것도 이런 타고난 장사꾼 기질 덕분이었다. 그는 열네 살 때 이미 임홍의 엉덩이를 가지고 사람들과 장사를 한 데다 흥정까지 할 줄 알았던 것이다. 이광두는 일단 색을 밝히는 남자들의 뜨거운 얼굴과 입술만 보면, 누군가 자신의 어깨를 끌어당겨 어깨동무를 하기만 하면, 누군가 자신의 어깨를 치기만 해도, 그들이 임홍의 엉덩이에 관한 비밀을 듣고 싶어한다는 걸 알아차렸다. 처음 파출소의 다섯 경찰들이 권력을 이용하여 임홍의 엉덩이에 관한 비밀을 알아내려고 했을 때 이광두는 사실대로 하나도 숨김없이 불었지만, 그 후 영악해지고 나서는 더 이상 공짜 점심을 제공하지 않기로 했다. 친절을 가장하는 남자들 앞에서는 입을 꼭 다물었고, 거기 털의 그림자도 발설하지 않고 그냥 '엉덩이'라는 말만 해서, 임홍의 엉덩이에 대해서 조금이라도 알아보려 한 남자들은 도저히 감을 잡을 수 없었다.

류 작가는 원래 금속공장의 선반공으로, 놀기 좋아하고 글재주도 있는 데다가 말주변까지 좋아서 류진 금속공장 공장장의 총애를 받아 공급판매과장으로 발탁되었다. 그런데 류 작가에게는 이미 애인이 있었다. 그의 애인은 추하지 않았으나 그렇다고 미인도 아닌 그저 그렇고 그런 여자였다. 그런데 류 작가가 공급판매과장이 되고, 또 현 문화관에서 펴낸 등사판 잡지에 두 쪽짜리 소설을 발표하고 난 후부터 자신은 이미 출세가도를 달린다고 생각했고, 지금의 애인은 더 이상 자신에게 어울리는 상대가 아니다 싶어 임홍에게 마음이 옮겨갔는데, 사실 이런 마음은 우리 류진의 이미 결혼을 했거나 미혼인 남자들 모두의 공통된 바람이었다. 류 작가는 애인을 차버리고 싶었지만 그 여자는 그리 만만한 상대가 아니었다. 그녀는 절대 그럴 수 없다고 버티며 이미 이름을 날린 류 작가를 붙들고 늘어졌다. 그녀는 파출소 출입문 앞 대로에 선 채로 울며불며 자신은 이미 류 작가와 잤다고 소리치며 손가락 열 개를 펼쳐 보였는데, 사람들은 그것을 류 작가와 열 번 잤다는 뜻으로 이해했지만, 그녀의 다음 말에 사람들은 화들짝 놀랐다. 류 작가와 그녀가 1백 번을 함께 잤다는 것이다. 그녀가 이렇게 울며불며 난리를 치는 바람에 류 작가는 그녀를 떼어버릴 엄두를 내지 못했다. 그 시절의 남녀는 일단 자고 나면 반드시 결혼해야 했고, 금속공장 공장장 역시 류 작가를 불러 혼찌검을 낸 후 류 작가에게는 두 가지 길이 있을 뿐이라고, 한 길은 그 여자와 결혼해서 계속 공급판매과장을 하는 것이고, 다른 한 길은 그 여자를 차버리는 것인데, 만약 그렇게 하면 공급판매과장은 내세에서나 하면 다행이고 앞으로는 공장 정문을 지키며 변소 청소나 해야 할 것이라고 엄포를 놓았다. 류 작가는 즉시 손익계산을 해본 뒤 자신의 장래가 결혼보다 훨씬 중요하다는 결론을 내리고 부득불 그녀 앞에서 고개를 숙이며 사과를 했다. 그렇게 해서 두 사람은 즉시 화해하고 전으로 돌아가서 함께 상점에도 가고, 영화도 보고, 가구를 만드는 등 결혼 준비에 들어갔다.

조 시인은 자신의 일생을 수치심도 없는 여인에게 넘겨버린 류 작가의 불운에 대해 순간적인 정욕의 충동을 이기지 못해 전도양양한 일생을 망쳐버렸다며 깊은 동정의 마음을 표했다.

"한 번의 실족이 천고의 한이로다."

조 시인은 깊이 아쉬워하며 만나는 사람들에게 이렇게 말했는데, 사람들은 그 말에 전혀 동의하지 않았다.

"그게 어떻게 한 번의 실족이오? 1백 번이나 잤다는데 최소 1백 번의 실족이라 해야 맞지."

조 시인은 입을 떡하니 벌린 채 말을 잇지 못하다가 화법을 바꿔 이렇게 표현했다.

"영웅은 미인을 지나치기 어려운 법!"

하지만 사람들은 그 말을 여전히 그 말을 받아들일 수 없었다.

"그가 영웅이오? 그 여자도 미인은 아닌데?"

조 시인은 고개를 끄덕이며 속으로 이렇게 생각했다. 사람들이 류 작가가 미인도 아닌 여자 하나를 이겨내지도 못했다는 사실을 번연히 알고 있으니 더 이상 어떻게 포장할 것인가? 조 시인은 더 이상 류 작가에 대해 동정이나 애석함을 표시하지 않기로 했다. 그저 두 손을 내 저으며 관심 끊었다는 듯 말했다.

"그 친구, 크게 될 그릇이 못 돼요."

류 작가는 비록 결혼 준비를 하고 있다고는 하나 마음은 여전히 콩밭에 가 있었고, 임홍의 미색에 빠져 침을 줄줄 흘리며 매일 밤 잠들기 전이면 마치 무슨 기공이라도 연마하듯 혼신의 힘을 다해 임홍의 육체에 대해 상상했고 꿈속에서라도 임홍과 하룻밤 부부의 연을 맺기를 바랐다. 비록 류 작가가 조 시인과 더불어 이광두를 붙들고 우리 류진을 누비며 조리돌림을 했지만, 이광두가 임홍의 엉덩이에 대한 비밀을 알고 있었기 때문에 류 작가는 이광두를 남다르게 생각하고 있던 중이었다. 그리하여 자신의 상상이나 꿈속에서 이루어지는 임홍과의 조우에 현장감과 진실감을 더하려면 류 작가는 임홍의 몸에 대해 사실적인 이해가 필요했던 바, 그날 조리돌림 이후 이광두를 볼 때마다 마치 오랜 친구였던 것처럼 웃으며 대했으나 이광두의 입에서 '엉덩이'라는 말 이외에 그 어떤 단어도 언급되지 않는 것에 대해서 상당한 불만을 가지고 있었다. 그러던 어느 날, 그는 마치 큰형처럼 이광두의 뒤통수를 톡톡 치면서 물었다.

"네 입에서 다른 말을 뱉을 수는 없는 거냐?"

"어떤 말이 나왔으면 좋겠는데요?"

"'엉덩이'라는 말은 너무 추상적이거든. 좀 더 구체적으로 말이야……."

이광두는 큰 소리로 대꾸했다.

"엉덩이가 엉덩이지 어떻게 더 구체적으로 표현해요?"

"야, 인마. 소리 지르지 마!"

류 작가는 사방을 둘러보고는 사람이 없는 걸 확인한 후 손으로 묘사하며 말을 이었다.

"큰 엉덩이도 있고, 작은 엉덩이도 있고, 마른 것과 살찐 것과……."

이광두는 자신이 변소에서 본 일렬로 늘어선 다섯 엉덩이를 떠올리며 놀람과 기쁨의 빛을 띤 얼굴로 대답했다.

"확실히 큰 거, 작은 거, 마른 거, 살찐 게 있었어요."

그렇게만 말하고는 바로 입을 꾹 닫아버렸다. 류 작가는 녀석에게 뭔가 표현상의 조력이 필요한가 싶어 인내심을 가지고 설명했다.

"엉덩이도 사람 얼굴과 똑같아요. 사람들마다 다 다르게 생겼듯이 말이야. 예를 들자면 어떤 사람 얼굴에는 커다란 반점이 있지만 또 어떤 사람 얼굴에는 없고……. 야, 임홍……, 거기는 어떻던?"

이광두는 신중하게 생각한 뒤 대답했다.

"임홍의 얼굴에는 반점이 없어요."

"얼굴에 반점이 없다는 건 나도 알아. 내가 묻는 건 얼굴이 아니고, 인마, 엉덩이 말이다……."

이광두는 어린 나이임에도 음흉한 미소를 지으며 류 작가에게 소곤댔다.

"그거 말해주면 뭐 해줄 건데요?"

류 작가는 부득이하게 이광두에게 약간의 뇌물을 쓰기로 했다. 이광두가 아직 어리니까 사탕 몇 개면 꼬드길 수 있을 거라고 생각했던 것이다. 이광두는 류 작가가 사준 사탕을 먹으며 류 작가의 허리를 구부리게 하여 그의 귀를 자기에게 가져다대게 하고는 잔머리를 굴려 언급할 가치조차 없는 그 작은 엉덩이를 아주 상세히 묘사했다. 그 이야기를 들은 류 작가가 만면에 의혹이 가득한 채 속삭이며 되물었다.

"그게 임홍의 엉덩이 맞냐?"

"아뇨. 내가 훔쳐본 것 중에 제일 작은 엉덩이예요."

류 작가가 소리 죽여 욕을 했다.

"요런 쌍놈의 새끼, 내가 물은 건 임홍의 엉덩이잖아."

이광두는 머리를 가로저으며 대답했다.

"아까워서요."

"제미 씹헐, 야 이 자식아, 그 사람이 네 엄마도 아니고, 네 누나도 아닌데……."

류 작가가 연이어 욕을 해댔다.

이광두의 생각에도 류 작가의 말이 맞는 것 같아 고개를 끄덕이며 대꾸했다.

"맞아요. 우리 엄마도 아니고, 우리 누나도 아니지만 그 여자는 그래도 내 꿈속의 애인이라 말하기 아깝다고요."

"요 새까맣게 어린 자식이 무슨 얼어죽을 놈의 꿈속의 애인, 내가 어떻게 해주면 말해줄래?"

이제 초조해진 류 작가가 물었다.

이광두는 미간을 잔뜩 찌푸린 채 한참을 생각하더니 입을 열었다.

"면 한 그릇 사주면 말할 수 있을 것 같아요."

류 작가는 잠시 망설이다 이를 악물며 대답했다.

"그래, 좋다."

이광두는 침을 꼴깍 삼키면서도 욕망에도 등급이 있다는 듯 한마디를 보탰다.

"저는 9전짜리 양춘면은 안 먹어요. 35전짜리 삼선탕면을 먹을 거예요. 안에 생선도 있고, 고기도 있고, 새우도 들어 있는."

"삼선탕면이라고? 너 이 개자식, 아주 간이 배 밖에 나왔구나. 천하의 이 류 작가님도 1년에 몇 번밖에 못 먹는 삼선탕면을, 나도 아까워서 못 먹는데 내가 널 사줄 것 같아? 꿈 깨라, 이 자식아."

류 작가가 소리 질렀다.

이광두는 연방 고개를 끄덕이며 말했다

"맞아요. 자기도 먹기 아까운 삼선탕면을 어떻게 날 사주겠어요?"

"그렇지. 그러니까 그냥 양춘면 한 그릇으로 때우자."

류 작가는 이광두의 태도에 만족스러운 듯 대꾸했다.

이광두는 침을 꼴깍 삼키면서도 아쉬움이 가득한 얼굴로 말했다.

"그래도 양춘면 한 그릇 먹고 말하긴 아깝죠."

류 작가는 솟구치는 분노를 참지 못하고 이를 악문 채 이광두의 얼굴에 주먹을 날렸고, 이광두의 얼굴은 피로 흥건해졌다. 그렇게 성질을 내던 류 작가였지만, 결국에는 이광두에게 삼선탕면을 사주기로 하고는 욕 한마디를 뱉었는데, 더 이상 '제미 씹헐'이 아닌 '제 어미에미 씹헐'이라고 했다.

"삼선탕면 사주면, 너 분명히 하나도 빠짐없이 얘기해야 한다!"

성이 동씨라는 그 대장장이 역시 이광두를 찾아와서는 임홍의 엉덩이에 관해 알아보려고 했다. 마누라의 살찐 엉덩이를 이광두에게 들킨 이후 길가에서 쇠를 두들기던 힘으로 이광두의 뺨을 때려서 한 방에 이 두 대를 날려버리고, 이광두의 귀에서 무려 1백80일 동안이나 윙윙 소리가 나게 했던 그 동 철장 역시 마음은 콩밭에 가 있었다. 매일 밤 살찐 마누라를 끌어안고 자면서도 눈 감으면 떠오르는 것은 온통 임홍의 하늘거리는 몸뚱이었다. 동 철장은 류 작가처럼 말을 빙빙 돌리지 않고 단도직입적이었다. 큰길에서 이광두를 보자 그 넓은 덩치로 이광두를 막고 낮은 목소리로 물었다.

"어이 꼬마야, 나 알아보겠냐?"

이광두는 고개를 쳐들면서 대답했다.

"아저씨가 새까맣게 타서 재가 되어도 안 까먹을 거예요."

동 철장은 그 말을 듣고 기분이 마땅찮다는 듯 인상을 쓰며 물었다.

"너 이 자식, 나 빨리 죽으라는 소리냐?"

"아뇨, 그게 아니라요……."

이광두는 잽싸게 말꼬리를 흐렸다. 다시는 그 큰 손으로 뺨 맞기는 싫었기 때문에 손으로 자신의 입을 크게 벌려 보이며 말했다.

"이빨 두 대 없는 거 보이시죠? 아저씨가 때리는 바람에 빠진……."

이광두는 자신의 왼쪽 귀를 가리키며 말했다.

"안에서는 벌을 키우는 것처럼 아직도 윙윙 소리가 난다고요."

동 철장은 실실 웃으며 길거리의 사람들을 향해 큰 소리로 외쳤다.

"너 이 자식 그래봐야 어린애로구먼. 내 널 때린 걸 보상하는 의미로 면 한 그릇을 사마."

동 철장은 거침없는 걸음으로 인민반점을 향해 앞서 나갔고, 이광두는 뒷짐 진 채 뒤를 따라 걸으며 속으로 세상에는 이유 없는 사랑도 없고 이유 없는 원한도 없다는 모 주석의 말씀을 떠올렸다. 그리고 동철장이 갑작스레 자신에게 면을 사준다고 하는 걸 보면 분명 임홍의 엉덩이에 관해 알아보려 하는 것이니, 그는 여전히 뒷짐 진 채로 동 철장에게 천천히 다가가서 은밀하게 물었다.

"갑자기 면을 사주시는 걸 보면 엉덩이와 연관된 거겠죠?"

동 철장은 실실 웃으며 고개를 끄덕였다.

"그 녀석 참 똑똑하네."

이광두가 말을 받았다.

"아저씨 집에 벌써 하나 있잖아요……."

"남자란 말이다, 죄다 자기 그릇 안에 있는 걸 먹으면서도 눈으로는 솥 안을 보거든."

동 철장이 낮은 목소리로 말을 이었다.

동 철장은 대단한 부호라도 되는 양 인민반점에 들어섰지만, 자리를 잡은 이후엔 쩨쩨한 좀생이가 되어버려서 이광두에게 삼선탕면을 사주지 않고 양춘면을 시켜주었다. 이광두는 속으로 콧방귀를 한 번 뀌고 입을 다물어버렸다. 이윽고 양춘면이 상에 올라오자 이광두는 젓가락을 들고 호호 불면서 땀을 뻘뻘 흘리고 콧물까지 흘려가면서 먹기 시작했다. 동 철장은 이광두가 콧물을 입까지 흘렸다가 훙 하고 다시 들이마시고, 또 천천히 입까지 흘러내렸다가 다시 훙 하고 들이마시는 모습을 지켜보았다. 동 철장은 이광두가 그렇게 네 번이나 콧물을 다시 들이마시는 모습을 지켜보았고, 그릇 속의 면을 벌써 절반이나 먹어버리자 약간 다급해진 듯 말을 걸었다.

"야야, 홀랑 다 먹어버리지 말고 어서 말을 해야지."

이광두는 콧물을 들이키면서 땀을 닦고 사방을 둘러본 뒤 나지막한 목소리로 말하기 시작했다. 그는 임홍의 엉덩이를 말하지 않고 살찐 엉덩이를 이야기해주었다. 이광두의 이야기가 끝나자 동 철장은 의심이 가득한 눈초리로 이광두를 보면서 의심 가득한 목소리로 말했다.

"어째 우리 마누라 엉덩이 같은데……."

"맞아요, 바로 아저씨네 아줌마 엉덩이예요."

이광두는 진지하게 대답했다.

"죽여버릴 테다, 이 개자식!"

동 철장은 순간 대노하여 손바닥을 휘두르며 소리쳤다.

이광두는 잽싸게 튀어나가서 손바닥을 피했고, 식당 안의 손님들 모두가 고개를 돌려 그들을 쳐다보았다. 이에 동 철장은 부득불 때리려던 손을 손짓하는 모양으로 바꿀 수밖에 없었다.

"돌아와 앉아라."

이광두는 식당 안의 다른 손님들을 향해 고개를 까딱이며 웃음을 지어 보이면서 속으로는 저 사람들이 있으면 동 철장이 감히 어찌 하진 못할 거라고 생각했다. 그는 다시 동 철장의 맞은편에 앉았고, 동 철장은 시퍼렇게 질린 표정으로 이광두에게 말했다.

"빨리 말해라, 임홍 걸 빨랑 말하라고……."

이광두는 사방을 둘러보고 식당 안의 다른 사람들이 여전히 자신들을 지켜보는 걸 확인하고는 안심한 뒤 목소리를 잔뜩 낮춰서 말했다.

"고기는 고깃값이 있고, 채소는 채소값이 있죠. 양춘면 한 그릇은 아저씨 아줌마 엉덩이 값이에요. 임홍 엉덩이는 삼선탕면이고……."

동 철장이 화가 나서 아무런 말도 못하고 있는 와중에 이광두가 아무 일 없었다는 듯이 그릇을 든 채로 면을 먹자 동 철장은 단숨에 그릇을 뺏어들고 악의에 찬 목소리로 말했다.

"그만 먹어, 인마! 나머진 내가 먹을 거야."

이광두가 고개를 돌려 식당 안의 사람들을 돌아보자 사람들은 의혹에 찬 눈길로 그들을 지켜보고 있었다. 방금까지 이광두가 호호 불어가며 먹던 면을 이제는 동 철장이 호호 불어가며 먹고 있으니 말이다.

그러자 이광두가 사람들에게 웃으며 친절하게 설명하듯 말했다.

"이렇게 된 거랍니다. 이 아저씨가 먼저 제게 반 그릇을 사주셨고, 그 다음에 제가 다시 반 그릇을 대접하는 거죠."

이광두는 이때부터 정찰제를 시작했다. 삼선탕면 한 그릇이면 임홍 엉덩이의 비밀을 전부 알려준다는 것. 이광두는 귓가에서 웽웽거리는 소리가 울려 퍼지던, 열네 살에서 열다섯 살로 넘어가던 그 반 년 동안 무려 쉰여섯 그릇의 삼선탕면을 먹었으니, 못 먹어서 수척하고 누렇게 떴던 이광두의 얼굴은 뽀얗고 발갛게 익어갔다. 평생 먹을 삼선 탕면을 반 년 만에 다 먹어치웠으니 이광두가 생각하기에 이건 정말 전화위복인 셈이었다. 나중에 억만장자가 될 거란 사실을 알 리 없었고, 나중에 세상의 산해진미를 물리도록 먹게 된다는 사실 또한 당연히 몰랐을 당시의 이광두는 가난한 집안의 소년이었기 때문에 삼선탕면 한 그릇이면 그 맛에 감탄하여 하늘 높은 줄 몰랐고, 천당에 가는 것 같은 기분이었다. 그렇게 그는 반 년 동안 쉰여섯 번을 감탄했고, 천당을 쉰여섯 번이나 다녀왔다.

이광두가 매번 순조롭게 삼선탕면을 먹은 것은 아니었고, 매번 여러 곡절을 헤치고 투쟁을 거쳐야 먹을 수 있었다. 임홍의 엉덩이에 관한 비밀을 알고 싶어서 온 사람들은 죄다 양춘면 한 그릇으로 그를 꼬드겨보려 했지만, 이광두는 절대 그 꾐에 넘어가지 않았고, 그때마다 인내심을 가지고 사람들과 흥정을 펼쳤으니, 그렇게 해서 매번 양춘면이 아닌 삼선탕면을 먹고야 말았다. 그리하여 그에게 삼선탕면을 사준 사람들은 하나같이 열다섯 먹은 꼬마 개후레자식이 쉰 먹은 늙은 개후레자식보다 세상 물정에 더 정통하다며 혀를 내둘렀다.

동 철장의 대장간 건너편 옆집에 부자(父子)가 가위를 갈아주는 가게가 하나 있었는데, 사람들은 아버지를 아비 관 가새, 아들은 아들 관 가새라고 불렀다. 아들은 열네 살 적부터 아버지로부터 가위 가는 법을 배워서 벌써 스무 살이 한참 넘었고, 미혼인 데다 애인도 없는 상태였으니 당연히 임홍에게 흠모의 정을 품고 있었고, 양춘면 한 그릇으로 임홍의 엉덩이에게 비밀을 알아낼 요량으로 이광두를 보면 가위를 하도 갈아서 하얗게 탈색된 손을 흔들며 이광두의 좋은 시절은 다 갔다고, 임홍에게 남자친구가 곧 생기면 이광두에게 국수를 사주는 사람도 없어질 테니, 마지막 기회에 양춘면이라도 먹고 이야기를 하라고, 좀 지나면 양춘면은커녕 국물도 없을 거라고 꼬드겼다.

이광두는 그 말을 듣고 뭔가 이해가 안 간다는 듯 반문했다.

"왜죠?"

"생각 좀 해봐라. 임홍에게 남자친구가 생기면 그 남자친구가 분명 너보다 아는 게 많을 텐데 사람들이 그 남자한테 가서 물어보지 누가 너를 거들떠나 보겠니?"

언뜻 생각해보니 일리가 있는 듯했으나 가만히 생각해보니 그 이야기에는 결정적인 허점이 있었다. 이광두는 실실 웃으며 아들 관 가새에게 말했다.

"임홍의 애인이 그걸 말해줄까요?"

그러고는 고개를 쳐들면서 눈을 가늘게 뜬 채 무한한 바람을 담은 표정으로 입을 열었다.

"언젠가 내가 만약 임홍의 애인이 된다면, 그날부로 난 아무것도 얘기 안 할 거라고요……"

그렇게 말하고 나서 이광두는 뻔뻔한 얼굴로 아들 관 가새에게 이렇게 덧붙였다.

"그러니까 내가 아직 임홍의 애인이 아닌 동안 빨리 삼선탕면을 사라고요……."

이광두가 비록 삼선탕면 앞에서는 한 치의 양보도 없었지만 신의는 지키는 인물이었던지라 그는 일단 삼선탕면을 먹고 나면 임홍의 엉덩이에 관한 비밀을 한 올도 빼놓지 않고 전부 털어놨다. 그러니 그의 고객은 끊이질 않았고, 늘 수요가 넘쳐났다. 심지어는 단골손님도 있었으니 건망증이 심한 사람은 세 번이나 그를 찾아왔다.

이광두가 임홍의 엉덩이에 관해 이야기할 때 사람들의 표정은 하나같이 똑같았다. 입은 반쯤 열려 있고, 정신이 나간 듯해 입에서 침이 줄줄 흐르는 것도 모를 정도였다. 그런 상태로 이야기가 끝나고 나면 사람들은 깊은 생각에 잠긴 듯 한마디를 보태곤 했다.

"좀 다르네."

이광두가 상세히 묘사한 엉덩이와 매일 밤 그들이 수음을 할 때 상상했던 임홍의 엉덩이 사이에 약간의 차이가 있었던 것이다.

우리 류진의 조 시인 역시 이광두를 찾아왔고, 이광두가 먹은 쉰여섯 그릇의 삼선탕면 가운데 한 그릇은 조 시인이 산 것이었다. 조 시인이 산 삼선탕면을 먹을 때 이광두의 얼굴에는 화색이 가득했고, 왠지 모르지만 조 시인이 산 삼선탕면은 다른 사람이 산 것보다 훨씬 맛있는 것 같기도 했다. 아무튼 득의양양한 이광두는 자신의 가슴을 호탕하게 두드리며 말했다.

"중국을 통틀어서 삼선탕면을 나보다 많이 먹은 사람은 한 사람밖에 없을 거예요."

"그게 누군데?"

조 시인이 물었다.

"모 주석요. 그분이야 당연히 드시고 싶은 것 모두 드실 수 있지만, 다른 사람은 나하고 비교가 안 되죠."

이광두는 경건한 자세로 말했다.

조 시인 역시 지난 1년 동안 그 변소를 자신의 안방 드나들듯 들락거리면서 여인들의 엉덩이를 훔쳐보곤 했지만 임홍의 엉덩이를 본 적은 없었는데, 이광두는 조 시인의 구역에서 단 한 번 만에 임홍의 엉덩이를 봐버렸으니 조 시인이 보기엔 완전히 죽 쒀서 개 준 꼴이었다. 그날 만약 이광두가 그 변소를 선점하지 않았던들 임홍의 엉덩이를 처음으로 본 사람은 당연히 조 시인 자신이었을 테다. 조 시인 생각에는 이광두의 사주팔자에 분명히 귀인의 도움을 받는 운이 있을 거라고, 그래서 이렇게 운이 좋다고 생각했다.

그날도 조 시인은 여인들의 엉덩이를 훔쳐볼 요량으로 간 거였는데, 이광두를 잡고 지나치게 흥분하여 여인의 엉덩이에는 흥미가 딱 떨어진 바람에 이광두를 끌고 그렇게 하염없이 조리돌림을 한 거였다.

많은 사람들이 이광두에게 임홍의 엉덩이에 대한 비밀을 들었고, 조 시인 역시 그 대열에서 빠지지 않았다. 조 시인은 당연히 이광두를 놔주지 않았고, 이광두를 찾았을 때 삼선탕면은 고사하고 양춘면조차 사려 들지 않았다. 비록 자신이 이광두를 조리돌려서 그로 하여금 오명을 떨치게 했지만 단번에 쉰 그릇이 넘는 삼선탕면을 먹게 만들었고, 그리하여 얼굴에 혈색이 돌게 만들었으니 마땅히 우물물을 마셨으면 우물 판 이에게 감사의 뜻을 표해야 한다고 주장했다.

조 시인은 현 문화관에서 발행한 그 등사판 잡지를 꺼내더니 이백의 표정과 두보의 눈빛으로 자신의 시가 실린 면을 펼쳐 이광두에게 자신의 작품을 자랑하려 했는데, 이광두가 손을 뻗어 잡지를 받아들려 하자 마치 자신의 지갑을 뺏어가기라도 하는 양 잔뜩 긴장해서는 이광두의 손을 뿌리치며 잡지에 손을 대지 못하게 했다. 이광두의 손이 너무 더럽다는 것이다. 그리하여 자신이 등사판 잡지를 들고 이광두로 하여금 자신의 시를 읽게 했다.

이광두는 그의 시를 읽지 않고 글자 수를 세더니 말했다.

"너무 적어요. 겨우 네 줄, 각 줄마다 일곱 자니까 합쳐봐야 스물여덟 자밖에 안 되네."

조 시인은 대단히 불쾌했다.

"스물여덟 자에 불과하지만 한 글자가 다 주옥같단 말이다!"

이광두는 조 시인이 자신의 작품을 아끼고 사랑하는 그 마음을 이해한다면서 아주 노련한 태도로 말했다.

"원래 문장은 자기 것이 좋고, 마누라는 남의 것이 좋은 법이죠."

그러자 조 시인이 깔보며 말했다.

"쪼그만 게 뭘 알아!"

그러고 나서 조 시인은 본론으로 들어갔다. 그는 한 소년이 변소에서 여인들의 엉덩이를 훔쳐보다가 붙잡히는 이야기를 소설로 쓰는 중인데, 그 안에 심리 묘사를 하는 부분에서 이광두의 도움이 필요하다고 말했다. 이광두가 조 시인에게 물었다.

"무슨 심리 묘사요?"

"네가 처음으로 여인의 엉덩이를 봤을 때 어떤 느낌이었니? 예를 들자면 임홍의 엉덩이를 봤을 때……."

순간 이광두는 대오각성했다.

"아아……, 그러니까 임홍의 엉덩이 얘기를 들으러 온 거였군요. 삼선탕면 한 그릇."

조 시인은 불쾌하다는 듯 말을 이었다.

"헛소리 마라. 내가 그런 인간이겠냐? 분명히 말하는데 나는 류 작가가 아니라 조 시인이다. 난 일찍이 내 목숨을 신성한 문학에 바쳤고 또 맹세했다. 전국 최고의 문학잡지에 글이 실릴 때까지 절대로 애인을 만들지 않고 결혼하지 않으며 애를 낳지 않겠다고 말이다."

이광두가 듣기에 조 시인의 이 말에는 문제가 있는 것 같았다. 그래서 조 시인더러 한 번 더 말해달라고 했다. 조 시인은 자신의 말이 이광두의 마음을 움직였다고 생각하고 이번에는 아주 우렁찬 목소리로 말했다. 듣고 있던 이광두가 문제점을 찾아냈는지 의기양양한 목소리로 조 시인에게 말했다.

"그 말에 문제가 있어요. 애인을 안 만드는데 어떻게 결혼을 해요? 애가 어떻게 생겨요? 처음 한마디면 되고. 나머지는 쓸데없어요."

열이 바짝 오른 조 시인은 입을 딱 벌린 채 대꾸조차 못하다 한참 후에 입을 몇 차례 뻐끔거리다가 겨우 이렇게 대꾸했다.

"네가 문학에 대해서 뭘 알아? 이런 얘기는 그만하고, 너의 심리에 대한 얘기를 계속하자꾸나."

이광두는 손가락 하나를 펴 보이며 말했다.

"삼선탕면 한 그릇."

조 시인은 어떻게 세상에 이토록 부끄러움을 모르는 놈이 있을까 생각하면서 한참 동안 이를 악물고 있다가 애써 웃으며 말했다.

"잘 생각해봐라. 넌 내 소설의 주인공이야. 내 소설이 발표된 후에 유명해지면 너도 따라서 유명해지지 않겠니?"

조 시인은 이광두가 자신의 말에 열심히 귀 기울이는 걸 보고는 말을 계속 이었다.

"그리고 네가 그렇게 해서 유명해지면 나한테 감사할 테고……."

이광두는 억지웃음을 지으며 말했다.

"보나마나 못된 놈으로 그릴 텐데 감사하긴 뭘 감사해요?"

조 시인은 깜짝 놀랐다. 열다섯 살 먹은 꼬마가 어찌 이리도 노숙할 수 있단 말인가? 사람들이 열다섯 먹은 꼬마 개후레자식이 쉰 먹은 늙은 개후레자식보다 세상 물정에 더 정통하다고 말하는 것도 무리는 아니라고 생각하면서 조 시인은 애써 미소를 지었다.

"소설의 결말에 가면 소년이 잘못을 뉘우치고 바른 사람이 된단다."

이광두는 조 시인의 소설에 대해서는 아무 관심도 없었으니 손가락 하나를 펴 보이며 단호하게 한마디했다.

"내 심리든 임홍 엉덩이든 다 삼선탕면 한 그릇."

"뜻이 전해지지 않으니 답답하기 그지없구나……."

조 시인은 하늘을 보며 장탄식을 토해낸 뒤 도저히 속이 쓰려 못 살겠다는 듯 한마디 했다.

"좋다!"

이광두는 조 시인과 함께 인민반점에 가서 조 시인이 계산하는 삼선탕면을 먹으며 여자의 맨엉덩이를 본 순간의 느낌을 이야기하기 시작했다. 그 순간 온몸이 덜덜 떨렸다고 말이다. 조 시인이 물었다.

"그건 네 몸이고, 네 마음은?"

"마음도 따라서 떨렸죠."

조 시인은 이광두의 입이 술술 풀리기 시작하자 잽싸게 수첩에 옮겨 적기 시작했고, 곧이어 이야기가 임홍의 엉덩이 부분에 다다랐을 때, 이광두는 삼선탕면을 먹으며 흘린 땀과 콧물을 닦으며 한참을 생각하다가 말을 이었다.

"그때는 안 떨렸어요."

조 시인은 이해가 안 간다는 듯 물었다.

"왜 안 떨렸을까?"

"그냥 안 떨렸어요. 임홍의 엉덩이를 봤을 때는 거기에 완전히 빠져서 아무런 감각이 없더라고요. 그저 엉덩이, 그저 더 자세히, 더 분명히 봐야겠다는 생각에 아무런 소리도 안 들리고……. 안 그랬으면 누가 들어오는데 왜 몰랐겠어요?"

조 시인의 두 눈이 빛을 발했다.

"일리 있는 말이다. 때로는 침묵이 그 어떤 말보다 깊은 뜻을 전달하는 법. 아, 예술의 최고 경지 아닌가!"

이어 이광두가 임홍의 탱탱한 피부와 살짝 돋아난 꼬리뼈 부분을 이야기할 때 조 시인의 호흡이 가빠졌다. 그리고 좀 더 아래로 몸을 숙여서 임홍의 거기 털과 긴 털이 난 곳을 보려고 한 부분에 가서는 조 시인도 파출소의 경찰들과 마찬가지로 마치 귀신 이야기를 듣는 것처럼 긴장했다. 조 시인은 드디어 이야기가 정점으로 치달을 즈음 이광두의 입이 닫히는 것을 보고는 다급하게 물었다.

"그 다음엔?"

"그게 다예요."

이광두는 무척이나 화를 내며 대답했다.

"왜 그게 다야?"

조 시인은 완전히 이광두의 이야기에 빠져 있었다.

"결정적인 순간에 젠장, 당신이 날 끌어냈잖아!"

이광두가 탁자를 내리치며 말했다.

"내가 죽일 놈이로다. 내가 10분만 늦게 들어갔어도……."

조 시인은 고개를 가로저으며 한없이 애석하다는 듯 중얼거렸다.

"10분? 이런 젠장, 10초만 늦게 들어왔어도 되는 거였다고요."

이광두가 목소리를 낮춰 힘주어 말했다.

3

이광두의 원래 이름은 이광이었다. 그런데 그의 어머니가 이발비를 절약하기 위해 이발사에게 매번 빡빡 밀어달라고 해서 광두가 되었다. 그리하여 이광이라는 아이는 이제 막 걸음마를 배우기 시작할 무렵부터 '광두'라는 별명을 갖게 되었고, 애들부터 어른들까지 모두 그를 그렇게 불렀으며, 심지어 그의 어머니까지도 아들을 이광두라고 불렀는데, 그건 이광이라고 부르다가도 혀가 자연스럽게 굴러가는 바람에 '두' 자가 덧붙여져서 나중에는 그냥 이광두로 부르기로 해버렸기 때문이다. 그의 머리카락이 자라 풀무더기처럼 덥수룩해져도 사람들은 그냥 이광두라고 불렀고, 어른이 된 후에는 머리가 있건 없건 '이광두'가 이미 되어버렸기 때문에 그는 아예 빡빡머리를 유지했다. 당시의 이광두는 아직 우리 류진의 거부가 아니라 류진의 가난한 꼬마였기 때문에 완전한 빡빡머리를 유지하는 게 쉽지 않았다. 머리를 기르는 사람보다 두 배의 돈을 써야 했기 때문이다. 이로 인해 그는 어디를 가든 진정 가난한 사람은 돈도 많이 써야 한다고 자랑하고 다녔다. 그의 형제인 송강이 매달 한 번 이발소에 갈 때 그는 적어도 두 번은 가야 했고, 가서도 이발사에게 진정한 이광두가 되도록, 명불허전인 이광두가 되도록 반들반들한 면도칼로 마치 수염을 깎듯 머리칼을 밀고 또 밀고 주단처럼 미끈해질 때까지 면도칼처럼 빛날 때까지 밀어달라고 했다.

이광두의 어머니 이란은 아들이 열다섯 살이 되던 해에 세상을 떠났다. 이광두는 자신의 부친과 자신은 부끄러움도 모르는 인간들이었지만, 자신의 모친은 체면을 중시하는 분이셨다고 했다. 이광두는 손가락 하나를 펴 보이며 세상에 남편도 살인범이고 아들마저 살인범인 경우는 여럿 있을 수 있으나, 남편도 공중변소에서 여인네들 엉덩이를 훔쳐보다가 잡히고 아들도 공중변소에서 여인네들 엉덩이를 훔쳐보다 잡히는 경우는 자신의 어머니 단 한 사람일 거라고 했다.

그 시절에는 많은 남자들이 변소에서 여자들의 엉덩이를 훔쳐보곤 했지만, 그들 대부분은 별일 없이 잘 지냈다. 그런데 이광두는 변소에서 잡혀 조리돌림까지 당했고, 이광두의 부친은 똥통에 빠져 죽었다. 이광두가 보기에 그의 부친은 세상에서 가장 재수 없는 사람이었다. 여자 엉덩이 한 번 보자고 목숨을 잃었으니 완전히 손해 본 장사였다. 수박과 깨를 맞바꾸는 장사도 그의 부친보다는 남는 장사였을 것이다. 그 다음으로 재수 없는 인간은 이광두 본인이다. 그도 역시 수박과 깨를 맞바꾸는 장사를 한 셈인데, 감사하게도 목숨을 부지해 본전치기는 했다. 게다가 나중에는 쉰여섯 그릇의 삼선탕면으로 손해도 보충했다. 이를 일러 푸른 산이 있는 한 땔감 걱정은 없다고 했던가. 하지만 이광두의 어머니에게는 푸른 산도 땔감도 없었다. 이 부자의 재수 없는 운명을 그녀 혼자 죄다 떠안아야 했기 때문이다. 결백하고 무고한 이 여인은 결국 세상에서 가장 재수 없는 여인이 됐다.

이광두는 그때 부친이 여자 엉덩이를 몇 개나 보았는지 모르지만, 자신의 경험에 비추어보면 부친이 몸을 지나치게 깊숙이 집어넣은 것이라고 단정했다. 그 양반은 분명히 여인의 거기 털을 조금 더 확실히 보기 위해서 몸을 조금씩 아래로 쑤셔넣었을 테고, 두 다리는 거의 공중에 뜬 상태가 되었을 테니 온몸의 무게가 수많은 사람들이 앉아서 닳을 대로 닳아 미끌미끌해진 나무 발판을 붙잡은 두 팔에 집중됐을 것이다. 그리하여 이 재수 없는 양반은 꿈에 그리던 여인들의 거기 털을 보았을 테고, 그 순간 두 눈이 새알처럼 동그래졌을 것이다. 똥통특유의 그 악취로 눈물이 줄줄 흘러내렸을 것이고, 눈물에 그의 눈이 쓰리고 가려웠을 텐데, 그 순간 그 양반은 눈앞에 펼쳐진 광경 때문에 눈을 깜박이기조차 아쉬웠을 것이다. 흥분과 긴장으로 그의 양손이 땀으로 가득했을 것이고, 땀 때문에 나무 발판을 잡고 있던 두 손은 점점 더 미끄러워졌을 것이다.

바로 그 순간, 키가 1백85센티미터에 달하는 남자가 바지를 풀어헤치며 급히 변소 안으로 달려들어 오다가 아무도 없는 변소의 구멍 위로 두 다리만 솟아올라 있으니 당연히 깜짝 놀라 소리를 질렀을 테고, 그 소리는 마치 귀신과 마주쳤을 때 냈을 법한 소리여서 온 신경을 집중하고 있던 이광두의 부친을 혼비백산케 했을 테니 순간 두 손에 힘이 빠지면서 머리가 진흙탕처럼 깊고 질척질척한 똥통에 박혔을 것이다. 진흙탕 같은 똥통 속에서 몇 초 되지 않아 입과 코가 막혀버렸을 것이고, 기도 또한 막혔을 테니 이광두의 부친은 그렇게 산 채로 질식해 죽었을 것이다.

실성한 듯 소리를 쳤던 사람은 나중에 이광두의 계부가 된 송강의 아버지 송범평(宋凡平)이었다. 이광두 친부의 머리통이 똥통에 박힌 후 그의 계부가 얼빠진 채로 눈을 한 번 깜빡인 사이, 솟아오른 두 다리는 순식간에 사라졌다. 송범평의 이마에는 식은땀이 송골송골 맺혔고, '설마 벌건 대낮에 귀신이 있단 말인가?'라고 생각하는 사이 벽 건

너편 여자변소 쪽에서 비명 소리가 났다. 이광두의 부친이 똥통에 빠지면서 마치 폭탄처럼 똥 파편이 그들의 맨엉덩이에 튀었고, 그녀들이 깜짝 놀라 아래를 내려다보니 똥통 속에 사람이 있었던 것이다.

곧이어 일대 혼란이 벌어졌다. 몇 명의 여자들이 한여름 매미처럼 소리를 질러대는 통에 사람들이 구름같이 모여들었다. 한 여자는 바지를 올리는 것도 잊고 뛰쳐나왔다가 깊은 갈망의 눈길로 자신을 바라보는 남성들의 시선을 확인하고는 다시 비명을 지르며 변소 안으로 뛰어들어갔다. 엉덩이에 똥 파편들을 가득 묻힌 몇몇 여인들은 자신들이 가져온 종이로 그것을 닦아내기가 역부족임을 알고 밖에 있는 남자들에게 나뭇잎이라도 좀 따서 넣어달라고 애원했고, 그 말을 들은 남자 셋이 오동나무에 잽싸게 올라 넓은 이파리들을 따서 아래로 떨어뜨린 후 소식을 듣고 달려온 아가씨에게 이파리를 들려 변소 안으로 들여보냈다. 그 여인들은 안에서 엉덩이를 쳐들고 엉덩이에 묻은 똥 파편들을 오동잎으로 닦고 또 닦아냈다.

다른 한쪽의 남자변소에는 의론이 분분한 남자들로 가득했다. 그들은 도합 열한 개의 변기 구멍을 통해 이광두의 생부를 보며 그가 죽었는지 살았는지, 어떻게 끌어올릴지 토론하기 시작했다. 한 사람이 나서서 대나무로 건져 올리자고 했으나 곧바로 다른 사람이 안 된다며 대나무로는 암탉 한 마리나 겨우 건져 올릴 수 있을 거라고 반대했고, 대나무는 분명히 부러질 것이니 철근이 있어야 하는데 어디서 그렇게 긴 철근을 구하냐고 되물었다.

이 와중에 훗날 이광두의 계부가 된 송범평이 청소부가 똥을 풀 때 사용하라고 있는 변소 바깥쪽의 덮개를 열고 똥통 안으로 의연히 들어갔는데, 이로 인해 훗날 이란은 이 남자를 깊이 사랑하게 되었다. 모든 사람이 말로만 떠들어대고 있던 사이에 이 남자는 놀랍게도 똥통 안으로 들어간 것이다. 그는 똥이 가슴까지 차오르는 가운데 두 손을 든 채로 천천히 움직였다. 구더기가 그의 목과 얼굴까지 기어올랐지만 그는 여전히 두 팔을 내리지 않은 채 걸어갔고, 구더기가 입가나 눈, 콧구멍이나 귓가까지 기어올랐을 때만 손으로 그것들을 튕겨버렸다.

송범평은 똥통 중간까지 가서 이광두의 부친을 팔뚝으로 받쳐 올린 후 다시 천천히 걸어나왔다. 똥통 바깥쪽에 다다르자 이광두의 부친을 밖으로 들어올려 내려놓은 후 두 손으로 똥통 가장자리를 딛고 기어나왔다.

똥통 주변에 빼곡히 들어선 사람들은 숨을 내뱉으며 뒤로 물러섰고, 똥과 구더기를 온몸에 잔뜩 붙인 이광두의 부친과 송범평을 바라보며 온몸에 소름이 가득 돋은 채로 코와 입을 틀어막은 채 '아이야, 아이야…….'라며 부단히 탄식했다. 송범평은 밖으로 나와 이광두의 부친 앞에 쭈그린 채로 손을 뻗어 그의 콧구멍에 댔다가, 또 가슴팍에 대보더니 잠시 후 일어나서 사람들에게 말했다.

"죽었습니다."

기골이 장대한 송범평이 이광두의 부친을 업고 가는 모습은 나중에 이광두가 조리돌림을 당한 일보다 훨씬 더 큰 파문거리였다. 온몸이 똥투성이인 산 사람이 역시 온몸에 똥칠을 한 죽은 사람을 업고 똥을 질질 떨어뜨리면서 악취를 풍기며 대로와 골목을 걸어갔다. 2천 명이 넘는 사람들이 몰려들었고, 1백여 명의 사람들이 신발이 밟혔다고 아우성쳤으며, 10여 명의 여인네들은 저질들이 자신들의 엉덩이를 주물렀다고 떠들었다. 또 몇몇 남자들이 주머니 속의 담배를 도둑맞았다고 욕지거리를 퍼부었다. 그렇게 2천 명이 넘는 사람들의 두런거림 속에 이광두의 전후 아버지들은 이광두의 집 앞에 도착했다.

그 당시 이광두는 아직 어머니 배 속에 있었는데, 그의 가련한 모친은 이미 이 소식을 접하고 커다란 배를 내밀고 문지방에 기대어 서서 자신의 남편이 한 남자의 등에 업힌 채 들어와서 내려지는 모습을 지켜보았다. 비스듬히 누운 채 꼼짝 않는, 죽어버린 남편을 바라보는 그녀의 눈길은 마치 낯선 남자를 대하는 것 같았다. 그녀의 눈은 텅 빈 것처럼 느껴졌고, 갑자기 닥친 충격 때문에 마치 허수아비처럼 그곳에 기대어선 채 지금 무슨 일이 벌어지는지 분간할 수도, 심지어 자신이 문가에 서 있다는 사실조차 의식할 수도 없는 것 같았다.

송범평은 이광두의 부친을 내려놓고 우물가에 가서 물을 한 통씩 길어올려 한 번씩 한 번씩 끼얹으며 씻기 시작했다. 아직 5월의 날씨라 차가운 우물물이 그의 목을 타고 옷 속으로 스며들자 그의 몸이 부르르 떨렸다. 그는 우물물로 머리칼과 몸에 묻은 똥을 씻어낸 후 고개를 돌려 이란을 한 번 쳐다보았고, 지각을 완전히 상실한 것 같은 이란의 표정이 그의 발걸음을 붙들어 맸다. 그리하여 그는 우물물을 길어올려 이광두의 부친을 씻어주었다. 그는 이광두 부친의 시신을 엎어가면서 몇 번 씻어주고 나서 이란을 보았다. 이란의 멍한 얼굴에 송범평은 고개를 절레절레 흔들면서 이광두의 부친을 끌어안고 문 앞으로 갔지만, 그녀는 여전히 꼼짝도 않고 그 자리에 서 있었고, 할 수 없이 송범평은 몸을 비껴 사체를 이고 집 안으로 들어갔다.

송범평이 집 안으로 들어와서 보니 베갯잇이나 침대보에 모두 붉은 수로 '囍'(쌍희 '희'자로 기쁠 희 자를 두 개 합쳐서 복을 기원하는 글자―옮긴이) 자가 새겨져 있었는데, 신혼의 흔적이었다. 그는 시신을 안은 채 서서 잠시 주저하다가 젖은 이광두의 부친을 땅에 내려놓지 않고, 신혼살

림을 차린 지 얼마 되지 않은 침대 위에 내려놓았다. 그가 돌아설 때까지 이란은 문가에 선 채 꼼짝도 하지 않았고, 문밖은 마치 연극이라도 보는 듯한 표정의 사람들로 인산인해였다. 그는 나지막한 목소리로 그녀에게 빨리 안으로 들어가서 문을 잠그라고 했지만, 그녀는 아무 소리도 들리지 않는다는 듯 그에게 눈길도 주지 않고 여전히 넋이 나간 얼굴로 서 있었다. 송범평은 할 수 없이 고개를 끄덕이며 흠뻑 젖은 몸으로 사람들을 향해 걸어갔고, 사람들은 그가 다가오자 그에게서 여전히 똥물이 흐르기라도 하는 듯 황망히 길을 터주었다. 그리하여 또다시 누군가는 남의 신발을 밟았고, 누군가는 여자들의 엉덩이를 주물렀다. 우물물로 방금 씻은 송범평은 연이어 재채기를 두세 번 했고, 좁은 골목을 지나 큰길로 나섰다. 사람들은 다시 모여들어 피곤한 기색 하나 없이 불쌍한 이란을 보고 있었다.

바로 그때 문가에 기대어 서 있던 이란의 몸이 천천히 무너지는 듯하더니 멍한 얼굴에 고통의 기색이 떠올랐다. 그녀의 두 다리가 벌어졌고, 그녀의 열 손가락은 땅을 부여잡듯 흙을 헤집고 있었으며, 그녀의 이마에는 땀방울이 맺혔고, 두 눈을 크게 뜬 채 소리 없이 사람들을 바라보고 있었다. 그때 군중 속의 한 사람이 이란의 바짓가랑이가 붉은 피로 천천히 젖어가는 것을 발견하고 다급하게 소리쳤다.

"저거 봐요, 저거 봐요, 피를 흘리고 있어요!"

아이를 낳아본 여자 하나가 사태를 직감하고 고함쳤다.

"아기가 나온다!"

4

이광두를 낳고 난 후부터 이란의 지긋지긋한 편두통이 시작됐다. 이광두의 기억이 미치는 그때부터 그의 어머니는 논밭에서 일하는 농부처럼 언제나 머리에 수건을 뒤집어쓰고 있었다. 미세한 통증과 갑작스럽게 닥치는 격렬한 통증으로 인해 그의 어머니는 사시사철 눈물이 마를 날이 없었다. 그녀는 숟가락으로 자신의 머리를 자주 두드렸고, 갈수록 그 소리도 절간의 목어 두드리는 소리처럼 낭랑해져갔다.

이광두의 어머니는 남편이 갑작스럽게 죽자 정신이 잠깐 나갔지만, 정신을 차츰 되찾고 나자 그녀에게 찾아온 감정은 슬픔도 분노도 아닌 치욕감이었다. 이란은 3개월의 출산휴가를 받았고, 이광두의 외할머니가 시골에서 올라오셔서 그들을 돌봐주셨는데, 그동안 문을 걸어 잠근 채 두문불출했고, 심지어는 창가에 다가서지도 않고 다른 사람들로부터 자신을 철저히 격리시켰다. 그녀는 3개월의 출산휴가가 끝나고 실공장에 다시 출근해야 했을 때 얼굴이 하얗게 질린 채 온몸을 부르르 떨었다. 문밖으로 첫 발을 내디딜 때, 마치 펄펄 끓는 기름통에 빠지는 듯한 공포가 몰려왔다. 어찌되었든 그녀는 길을 나섰고, 전전긍긍하며 길을 걸었다. 그녀는 고개를 가슴에 묻고 벽 쪽에 붙어 걸으면서도 길가의 모든 사람들의 시선이 자신에게 송곳처럼 꽂히는 것 같은 느낌을 받았다. 그녀를 아는 사람이 그녀의 이름을 불렀을 때는 마치 총에 맞은 듯 몸을 떨며 쓰러질 뻔했다. 그렇게 그녀는 자신이 어떻게 실공장에 가서 어떻게 하루 동안 일을 했는지, 또 길을 따라 어떻게 집에 돌아왔는지 모를 지경이었다. 그 후로 그녀는 쥐 죽은 듯 창과 문을 꼭꼭 걸어잠근 채 집 안에서 아들에게도 거의 말을 하지 않았다.

갓난아기 때조차 이광두는 사람들의 미움을 받았다. 외할머니가 그를 안고 밖으로 나오면 사람들은 손가락질을 해대고 마치 요지경을 들여다보듯 이광두를 바라보며 입에 담기 더러운 말들을 퍼부어댔다. 저 애기가 여자 엉덩이를 훔쳐보다가 똥통에 빠져 죽은……. 그들의 말은 대개 두서가 없어 마치 갓난아기인 이광두가 여자 엉덩이를 훔쳐본 것처럼 떠들어댔고, 요 조그만 새끼가 지 애비랑 똑같다는 식으로, 매번 무의식중에 '닮았다'는 말 대신 그냥 똑같다고 말했는데, 그런 말을 들을 때마다 이광두의 외할머니는 얼굴이 붉으락푸르락해졌다. 그리하여 이광두의 외할머니는 다시는 아기를 안고 바깥에 나가지 않고 가끔 창가에 선 채로 창문을 통해 들어오는 햇살을 아기에게 쬐어주곤 했는데, 창문을 통해 누군가 안을 들여다볼 때면 외할머니는 잽싸게 안으로 몸을 감춰버렸다. 이렇게 이광두는 햇볕을 쏘일 기회를 점점 잃게 되었고, 어두운 집 안에서 하루하루 지내다 보니 그의 얼굴에는 여느 집 아기들처럼 붉은 빛이 돌지 않고 두 뺨에도 볼록하게 살이 오르지 않았다.

그 당시 이란은 편두통으로 몹시 고생했고, 항상 이를 악물다 잇새로 이 가는 소리를 냈다. 남편이 망신스럽게 죽은 후부터 이란은 고개를 든 채 사람들을 대하지 못했고, 큰 소리로 말하지도 못했으며, 극심한 고통에도 그저 잇새 소리만 낼 뿐, 잠에 빠져서야 '아이야, 아이야.' 하는 소리를 뱉어내곤 했다. 그녀는 품속 아이의 창백한 얼굴과 왜소한 팔뚝을 볼 때면 하염없이 눈물을 흘리면서도 여전히 햇빛 찬란한 거리로 아이를 안고 나갈 용기를 내지는 못했다.

그렇게 1년 넘게 주저하던 이란은 달빛이 환하던 어느 날 드디어 이광두를 안고 조심스럽게 거리로 나섰다. 그녀는 아기의 얼굴에 닿을 정도로 고개를 숙인 채 벽에 바짝 붙어서 앞뒤로 발소리가 들리지 않을 때만 걸음을 옮기고 고개를 들어 하늘에 떠 있는 밝고 맑은 달을 바라보며 상쾌한 저녁바람을 맞았다. 그녀는 아무도 지나지 않는 다리에 서서 달빛에 빛나는 강물이 한없이 넘실대며 흘러가는 모습을 바라보는 것이 좋았다. 그녀가 고개를 들었을 때 강변의 나무들은 마치 잠든 듯 차분했고, 하늘을 향한 나뭇가지들은 달빛을 가득 머금은 채 강물처럼 파문을 일으키고 있었다. 공중을 떠다니는 반딧불들은 캄캄한 밤 한가운데에서 노래의 선율처럼 오르락내리락했다.

이란은 아들을 오른팔에 안고 왼손으로는 다리 아래의 강물과 강변의 나무들, 하늘의 달과 날아다니는 반딧불을 가리키며 아들에게 말했다.

"이건 강이고, 저건 나무, 하늘에 저건 달, 저 날아다니는 건 반딧불……."

그리고 한없이 행복한 듯 중얼거렸다.

"정말 아름답다……."

그 후부터 햇빛이 부족했던 이광두는 달빛을 듬뿍 받기 시작했다. 다른 아기들이 쿨쿨 잠들 무렵 이광두 요 작은 밤 귀신은 이 작은 진내 도처에 출현했다. 어느 날 깊은 밤, 이란은 이광두를 안고 아무 생각 없이 걷다가 남문 밖까지 걷게 되었고, 달빛 아래 끝없이 펼쳐진 논밭을 보자 이란은 자기도 몰래 나지막한 탄성을 질렀다. 달빛 아래 집들과 거리의 고요한 신비함에 익숙했다가 갑작스레 달빛 아래 펼쳐진 대지의 신비한 장엄함에 빠져든 것이다. 품안의 이광두 역시 격렬히 움직이기 시작했다. 두 팔을 하늘처럼 펼쳐진 논밭을 향해 벌리며 마치 쥐처럼 '찍찍' 소리를 옹알거렸다.

오랜 시간이 흐른 후 이광두가 류진의 거부가 되어 우주여행을 하기로 결정하고 나서 눈을 감은 채 자신이 우주 그 높은 곳에서 고개를 숙여 지구를 바라본다고 생각하자 신기하게도 갓난아기였을 때의 기억이 돌아왔다. 상상 속 지구의 장엄한 정경은 어머니가 자신을 안고 처음으로 남문 밖을 나섰을 때 보았던, 달빛 아래 무한히 펼쳐진 논밭이었다. 갓난아기일 때 이광두의 눈빛은 러시아 우주선 소유스처럼 빠르게 날아갔다.

이광두는 아름답고도 적막한 달빛 속에서 무엇이 집이고 하늘이고 거리이고 논밭인지 배웠다. 두 살이 채 안 된 이광두는 고개를 들어 놀랍고도 신기하다는 듯 적막하면서도 아름다운 세상을 바라보았다.

이란은 이광두를 안은 채 깊은 밤 달빛에 빠져 거닐다가 우연히 송범평과 마주친 적이 있었다. 당시 이란은 아들을 안은 채 고요한 거리를 걷고 있었는데 반대편에서 다정해 보이는 한 가족이 걸어오고 있었다. 바로 송범평의 가족이었다. 기골이 장대한 아버지가 이광두보다 한 살 많은 송강을 안고 있었고, 그의 부인은 손에 광주리를 든 채였다. 그들의 대화는 고요한 거리에서 문 두드리는 소리처럼 뚜렷하게 들려왔다. 이란은 송범평의 목소리를 듣고는 고개를 들었다. 누구의 목소리인지 알았기 때문이다.

일찍이 송범평이 악취를 풍기며 역시 악취를 풍기는 자신의 죽은 남편을 업고 그녀의 집 앞에 왔을 때 이란은 정신이 나간 듯 문가에 기대어 서 있었지만, 그 목소리만큼은 영원히 기억할 것 같았다. 그 사람이 우물물로 자신을 씻고 죽은 남편을 씻기던 모습까지도 말이다. 그래서 고개를 들어 그 남자를 바라보았을 때 이란의 눈은 분명히 빛을 발했을 것이다. 그녀는 재빨리 고개를 숙인 채 걸었다. 왜냐하면 그 남자가 멈춰선 채로 자신의 부인에게 나지막한 목소리로 무슨 말인가 하고 있었기 때문이다.

시간이 흐른 어느 날 밤, 이란이 이광두를 안고 걷고 있을 때 송범평과 두 번을 더 마주쳤는데, 한 번은 그의 가족과 함께였고, 한 번은 송범평뿐이었다. 그때 송범평은 그 커다란 덩치로 모자의 길을 가로막고 서서 마디 굵은 손가락으로 고개를 든 이광두의 얼굴을 쓰다듬으면서 이란에게 말했다.

"아기가 너무 말랐군요. 햇빛을 좀 많이 쏘여주세요. 햇빛에는 비타민이 있으니."

이란은 불쌍하게도 감히 고개를 들 생각조차 하지 못하고 그저 이광두를 안은 채 온몸을 떨었다. 이광두는 이란의 품 안에서 마치 지진에 집이 흔들리는 것처럼 몸을 흔들어댔다. 송범평은 웃으며 그들 모자를 스쳐지나갔다. 그날 밤, 이란은 환한 달빛을 더 이상 즐기지 못하고 이광두를 안은 채 일찍 귀가했다. 그녀의 입에서 나던 소리도 전과는 달랐는데 편두통 때문은 아닌 것 같았다.

이광두가 세 살이 되었을 때 외할머니는 딸과 외손자 곁을 떠나 시골로 돌아갔다. 이때 이광두는 이미 걸음마를 시작했지만 갓난아기였을 때보다 훨씬 더 마른 상태였다. 이란의 두통은 여전히 괜찮았다가 나빠졌다를 반복했고, 오랫동안 고개를 숙인 채 지내서인지 등이 곱사등이처럼 살짝 굽었다. 외할머니가 떠난 후부터 이광두는 기회가 있을 때마다 대낮의 햇빛 속으로 나갔는데, 이란이 반찬거리를 사러 갈 때도 그를 데리고 나갔다. 그녀는 여전히 고개를 숙인 채 거리를 걸었고, 이광두는 그녀의 옷깃을 잡고서 그녀의 뒤를 뒤뚱뒤뚱 따라 걸었다. 사실 그때 그들에게 손가락질하는 사람들은 더이상 없었고,

아무도 그들에게 눈길조차 주지 않았음에도 불구하고 이란은 여전히 모든 사람들의 시선이 대못처럼 자신의 몸에 박히는 것 같았다.

이광두의 병약한 어머니는 두 달에 한 번씩 쌀집에 가서 마흔 근의 쌀을 샀는데 이때 이광두는 가장 행복했다. 그녀가 마흔 근이나 되는 쌀을 메고 돌아올 때면 더 이상 그녀의 뒤에서 뒤뚱거리며 뛰어갈 필요가 없었다. 그 무렵에는 가쁜 숨을 몰아쉴 때나 말을 할 때도 모두 끙끙거리는 소리를 내던 그녀가 쌀을 메고 가쁜 숨을 몰아쉬며 가다 쉬다, 쉬다 가다를 반복했으니 이광두에게 처음으로 거리를 둘러볼 시간이 생겼던 것이다.

어느 가을 한낮에 풍채 좋은 송범평이 그들 앞에 나타났다. 그 당시 이란은 고개를 숙인 채 이마에 맺힌 땀을 닦고 있었는데, 갑자기 힘센 손이 나타나 땅바닥의 쌀을 번쩍 들어올리기에 고개를 들어보니 미소 띤 이 남자가 서 있었다.

"집까지 들어다 드리죠."

송범평은 마흔 근이나 되는 쌀을 마치 빈 광주리 들 듯 가볍게 들고 왼손으로는 이광두를 안아 올려 자신의 어깨에 앉힌 다음 두 손으로 자기 이마를 꼭 붙들라고 했다. 이광두는 이제껏 이렇게 높은 곳에서 거리를 바라본 적이 없었다. 늘 위를 쳐다보기만 한 이광두는 처음으로 고개를 숙여 행인들을 바라보며 깔깔거리는 웃음을 멈추지 않았다.

기골이 장대한 이 남자는 이란의 쌀을 들고, 이란의 아들을 어깨에 앉힌 채 오가는 사람 많은 거리에서 큰 소리로 말을 했다. 이란은 하얗게 질린 얼굴로 온몸에는 식은땀을 흘리며 송범평을 쫓아 고개를 숙인 채 따라 걸었고, 세상 사람 모두가 낄낄거리며 자신을 쳐다보는 것 같아 쥐구멍이라도 찾아 들어가고 싶은 심정이었다. 송범평은 이

것저것을 물었고, 이란은 연방 고개만 끄덕일 뿐 입에서는 여전히 끙
끙대는 소리만 새어나왔다.

드디어 집에 다다랐고, 송범평은 이광두를 땅에 내려놓고 쌀주머니
안의 쌀을 항아리에 부어놓았다. 침대보와 베갯잇에는 여전히 3년 전
에 보았던 희(囍) 자가 새겨져 있었지만 이미 색이 바래고 실밥도 풀려
있었다. 집을 나서면서 그는 이란에게 자신은 송범평이고 중학교 선생
이라고, 앞으로 쌀을 사거나 석탄을 사거나 힘쓸 일이 생기면 자기를
부르라고 말했다. 그가 가고 나서 이란은 처음으로 아들 혼자 밖에 나
가서 놀게 하고 자신은 집 문을 걸어잠근 채 집 안에 남아 있었다. 도
대체 안에서 혼자 뭘 했는지 아무도 모르지만 날이 저물고 나서야 그
녀는 문을 열었고, 이광두는 그때 이미 문가에 기댄 채 잠들어 있었다.

이광두의 기억에 다섯 살 때 송범평의 부인이 병으로 세상을 떠났
다. 이란은 그 소식을 접하고는 잇새 소리를 내며 창가에 한참을 서서
석양이 지고 달이 떠오르는 모습을 지켜보다가 아들의 손을 잡고서
달빛이 비추는 밤길을 조용히 걸어 송범평의 집으로 향했다. 차마 송
범평의 집 안으로 들어갈 용기는 없었던 이란은 커다란 나무 뒤에 숨
어서 어두운 불빛이 비추는 부산한 집 안 모습과 집 한가운데에 놓인
관을 바라보았다. 모친의 옷자락을 잡고 서 있던 이광두가 모친의 입
안에서 새어나오는 잇새 소리를 들으며 하늘의 달과 별을 바라보고
있을 때 모친은 울면서 손으로 연방 눈물을 훔치고 있었다.

"엄마, 울어?"

"응, 큰 도움을 주신 분 댁에 돌아가신 분이 계셔서……."

이란은 그렇게 잠시 서 있다가 이광두의 손을 잡고 다시 소리 없이
집으로 돌아왔다.

그 다음 날 밤, 이란은 공장에서 퇴근한 후 집으로 돌아와 탁자 앞에 앉아 한참 동안 종이로 종이동전과 종이금은보화를 만들어 하얀 실을 이용해 한 줄로 꿰었고, 이광두는 흥미진진한 표정으로 옆에서 지켜보았다. 엄마가 가위로 종이를 잘라서 금은보화를 접은 후 한쪽에는 '금'이라고 쓴 종이를 쌓아두고 다른 한쪽은 '은'이라고 쓴 종이를 쌓아놓은 뒤 '금'이라고 쓴 종이를 이광두에게 들어 보이며 옛날에는 이거 하나면 집 한 채를 살 수 있었다고 말해주었다. 그러자 이광두가 '은'이라고 써 있는 종이를 손가락으로 가리키며 저것으로는 뭘 살 수 있느냐고 묻자 이란은 저것도 집을 살 수는 있지만, 조금 작은 집이라고 대답해주었다. 이광두는 탁자 위에 쌓여 있는 '금은' 보화들을 보며 저 많은 금과 은으로 얼마나 많은 집을 살 수 있을까 생각했다. 막 숫자 세는 법을 배우기 시작한 이광두는 금은보화를 하나씩 세기 시작했다. 하지만 셀 수 있는 수가 열까지밖에 안 되었기 때문에 열이 넘어가면 다시 하나로 돌아갔다. 그는 탁자 위의 금은보화가 많아질수록 열까지 세면 막다른 골목에 다다른 것처럼 더 이상 나아가지 못했다. 결국은 세다가 지쳐 얼굴에 땀방울이 맺혔고, 보다 못한 엄마까지 참지 못하고 미소를 지었다.

이란은 한 무더기의 금은보화를 만들고 나서 종이동전을 만들기 시작했다. 우선 종이를 동그랗게 오리고 나서 가운데에 구멍을 뚫고 한 줄씩 선을 긋고 한 자씩 글자를 써나갔다. 이광두가 보기에는 종이동전이 종이금은보화보다 훨씬 만들기가 어려웠다. 그리하여 저걸로는 집을 몇 채나 살 수 있을까 궁금해서 엄마에게 물었다.

"동전 하나로 집을 열 채 넘게 살 수 있어요?"

그의 모친은 종이동전 한 묶음을 들어 보이며 옷 한 벌 정도 살 수 있다고 대답했다. 이광두는 또 머리에 땀이 나도록 생각에 잠겼다. 어째서 옷이 집보다 비싸지? 이란이 아들에게 동전 열 묶음이 금은보화 한 개만 못하다고 일러주었다. 이광두는 세 번째로 땀을 흘렸다. 열 꾸러미 동전이 금은보화 한 개만 못하면 엄마는 뭐 하러 저렇게 힘들게 종이동전을 만들까? 이란은 그 돈들은 산 사람들이 쓸 수 있는 게 아니라 죽은 사람들이 쓰는 거라고, 죽은 사람에게 주는 여비라고 말해주었다. 이광두는 '죽은 사람'이라는 말을 듣고는 몸을 부르르 떨었고, 시커먼 창밖 풍경을 보고 또 한 번 부르르 몸을 떨었다.

"누구 집에서 사람이 죽었는데 여비를 줘요?"

이란은 손을 놓으며 아들에게 말했다.

"우리를 도와주신 은인 댁."

송범평 부인의 출상 날 이란은 종이동전 꾸러미와 종이금은보화들을 바구니에 담아서 팔에 걸고 이광두의 손을 잡고서 집을 나선 뒤 큰길가에 도착해 기다렸다. 이광두의 기억 속에 그날 오전 엄마는 큰길에서 처음으로 고개를 든 채로 출상 행렬을 기다리고 있었다. 이란을 아는 몇몇 사람들이 다가와서 바구니 속을 들여다보기도 하고 몇몇은 종이금은보화와 종이동전들을 들어보면서 솜씨가 좋다고 말을 건네면서 이렇게 묻기도 했다.

"집에 누가 또 죽었수?"

그러자 이란은 고개를 떨어뜨리면서 힘없이 대답했다.

"우리 집이 아니고요……."

그날, 송범평 부인의 관 뒤로 겨우 여남은 명이 따랐고, 관은 수레 위에 놓인 채로 삐걱삐걱 소리를 내며 석판이 깔린 길을 지나갔다. 고인을 마지막으로 배웅하는 여남은 명의 남녀는 모두 머리에 흰색 띠를 두르고 있었고 허리에도 흰색 띠를 두른 채 곡을 하며 걸어오고 있었다. 그 대열 속에서 이광두에게 낯익은 사람은 송범평뿐이었다. 일찍이 크고 높은 그의 어깨에 앉은 채 거리를 내려다본 적이 있었다.

송범평은 이광두보다 한 살 많은 송강을 데리고 그들 앞을 지날 때 잠시 멈칫하더니 고개를 돌려 이란을 향해 끄덕였고, 송강도 자기 아버지처럼 고개를 돌려 이광두를 향해 고개를 끄덕였다. 이란은 이광두를 데리고 출상 행렬 뒤를 따랐고 길고 긴 우리 류진의 석판도로를 지나 시골 흙길로 접어들었다.

이날 이광두는 흐느끼는 사람들을 따라 상당히 먼 길을 걸어 이미 파놓은 묘 앞에 다다랐고, 낮게 흐느끼던 사람들의 울음소리는 하관을 하자 순식간에 대성통곡으로 바뀌었다. 이란은 바구니를 팔에 걸고 이광두의 손을 잡아끌어 한쪽으로 갔고, 목놓아 우는 사람들이 묘를 메워나가기 시작하더니 점차 흙이 도드라지면서 잠시 후에는 봉분이 완성되었다. 방성대곡은 다시 낮은 흐느낌으로 변했고, 이때 송범평이 몸을 돌려 그들 앞으로 와서는 눈물이 가득 고인 눈으로 이란을 바라보다가 그녀의 팔에 걸려 있던 바구니를 건네받아 봉분 앞으로 가져가더니 바구니 안의 종이금은보화와 종이동전을 꺼내 봉분 위에 놓고 성냥으로 불을 붙였다. 종이돈이 세차게 타오르자 울음소리는 더욱 구슬퍼졌다. 이광두도 어머니가 상심의 눈물을 흘리는 모습을 보았다. 그 순간 이란은 자신의 불행이 떠올랐던 것이다.

그리고 또 한참을 걸어 이광두는 류진으로 돌아왔다. 이란은 여전히 바구니를 팔에 건 채 아들의 손을 잡고 행렬을 따랐고, 앞에 있던 송범평은 연방 고개를 돌려서 이 모자를 쳐다보았다. 이란의 집이 있는 좁은 골목에 이르렀을 때 송범평은 걸음을 멈추고 이란과 이광두가 오기를 기다렸다가 낮은 목소리로 이란에게 자기 집에 저녁에 고인을 추념하는 두부 밥을 드시러 오라는 초대를 했다. 류진의 풍습이었다.

주저하던 이란은 고개를 가로저으며 이광두의 손을 잡아끌고 좁은 골목 안으로 향했고, 집 안으로 들어갔다. 거의 온종일을 걸었던 이광두는 침대에 눕자마자 잠이 들었고, 이란은 홀로 앉아 입에서 연방 '쓰쓰' 소리를 내면서 창밖을 멍하니 바라보고 있었는데, 날이 이미 어두워진 후 누군가 문을 두드리는 소리를 듣고 나서야 정신을 차려 몸을 일으켜 문을 열어보니 밖에는 송범평이 서 있었다.

송범평의 갑작스런 출현에 이란은 놀라 어찌할 바를 모르며 당황하는 바람에 그가 손에 바구니를 들고 있는 것을 미처 보지 못했다. 그리고 안으로 청하는 것도 잊고 그저 습관적으로 고개를 숙였다. 송범평은 바구니 안에서 밥과 반찬을 꺼내어 이란에게 건네었고, 그제야 이란은 송범평이 두부 밥을 직접 가져왔다는 걸 알았다. 그녀는 온몸을 떨면서 송범평 손에 있는 밥과 반찬을 받아들고 재빨리 자기네 그릇에 옮겨 담고 나서 물독 옆에서 송범평네 그릇을 재빨리 깨끗이 씻었다. 이란은 송범평에게 그릇을 돌려줄 때 다시 심하게 떨었다. 송범평이 그릇을 받아서 바구니에 넣고 돌아서자 이란은 또 습관적으로 고개를 숙였고, 송범평의 발걸음 소리가 더 이상 들리지 않을 때가 되어서야 그를 안으로 청하지 않았다는 사실을 깨달았다. 그녀가 고개를 다시 들었을 때는 골목에서 송범평의 그림자가 사라진 후였다.

5

이광두는 송강의 부친과 자기 엄마가 어떤 사이인지 알지 못했다.

다만 이 남자 이름이 송범평이라는 것을 알았을 때가 일곱 살 무렵이었다.

어느 여름날 저녁 무렵, 이란은 이광두의 손을 이끌고 이발소에 가서 그의 머리를 제대로 된 빡빡머리로 깎아주고 나서 그의 손을 끌고 극장 맞은편의 농구경기장으로 데리고 갔다. 그곳은 우리 류진의 유일한, 야간에도 경기를 할 수 있는 전기시설이 되어 있는 농구장이었고, 류진 사람들은 그곳을 야간 경기장이라고 불렀다. 그날 밤 우리 류진과 다른 지역의 농구팀이 경기를 벌였는데 1천 명이 넘는 남녀가 슬리퍼를 신고 와자지껄 모여들어 층층이 경기장을 둘러싼 것이 마치 거대한 구덩이 같았고, 사람들은 구덩이에서 파내 켜켜이 쌓아놓은 흙더미같이 사방에 층을 지어 앉아 있었다. 남자들은 담배를 피우고 여자들은 호박씨를 까먹었다. 부근의 나무에는 아우성치며 기어오르는 아이들로 가득했고, 뒤쪽 담벼락 위에는 욕지거리를 주고받는 남자들이 빼곡히 서 있어서 사람 하나 들어갈 틈조차 없었지만, 담벼락 아래에는 그래도 올라가려는 사람들이 있었다. 위에서는 발로 걷어차고 팔을 휘두르며 못 올라오게 했고, 아래에서는 욕설을 퍼붓고 침을 뱉으면서 어떻게든 올라가려고 난리를 쳤다.

이광두는 여기서 처음으로 송강과 이야기를 나누었다. 이광두보다 한 살이 많은, 흰색 러닝셔츠에 남색 반바지를 입은 이 아이는 콧물을 질질 흘리며 이란의 옷자락을 잡고 있었고, 이란은 배 속에 넣어도 아깝지 않다는 듯 송강의 머리와 얼굴, 가는 목을 쓰다듬었다. 그러면서 이란은 두 아이를 나란히 세우고 뭔가 많은 말을 크게 내뱉었지만 아이들은 하나도 알아듣지 못했다. 사방에 시끄럽게 떠드는 사람들 소리에다가 몇몇 여자들이 내뱉는 호박씨들이 그들 사이로 날아다녔고,

몇몇 남자들이 내뿜는 담배연기가 그들 사이로 피어올랐다. 담벼락 위에 서 있던 사람들과 올라가려던 사람들 사이에 싸움이 붙었고, 커다란 나뭇가지가 부러져서 두 아이가 떨어졌다. 이란은 여전히 아이들에게 소리를 질렀고, 이번에는 아이들이 제대로 알아들었다.

이란은 송강을 가리키며 이광두에게 말했다.

"네 형이야, 이름은 송강."

이광두가 고개를 끄덕이며 대답했다.

"송강."

이란이 이번에는 이광두를 가리키며 송강에게 말했다.

"네 동생이야, 이광두."

송강은 이광두의 별명을 들은 후 이광두의 빡빡머리를 보면서 깔깔 대며 웃었다.

"진짜 웃긴다, 빡빡대가리 이광두."

송강이 깔깔거린 지 얼마 되지 않아 엉엉 울기 시작했다. 한 남자의 담뱃불이 그의 팔에 튄 것이다. 송강이 눈을 질끈 감고 우는 모습이 이광두는 무척이나 우스워서 막 웃음이 터져 나오려는 순간, 다른 남자의 담뱃불이 그의 목에 튀는 바람에 그 역시 엉엉 울음을 터뜨리고 말았다.

드디어 농구경기가 시작됐다. 눈부신 경기장에서 마치 태풍이 불어오는 듯 거센 함성 속에 송범평은 단연 두각을 나타냈다. 큰 키에 건장한 체구, 뛰어난 점프 실력과 기술에 이란은 벌린 입을 다물지 못했고, 목이 쉬어버린 데다 흥분한 나머지 눈까지 뻘겋게 물들어버렸다. 송범평은 점수를 낼 때마다 두 팔을 벌려서 마치 날아갈 듯한 몸짓으로 그들 앞을 지나쳤다. 그러다가 한 번은 골대 아래에서 뛰어오르더니 덩크슛을, 자신의 생애 유일한 덩크슛을 해냈고, 주위에 가득 모인 1천여 명이 넘는 사람들도 자신들의 생애 처음으로 덩크슛을 본 탓에 왁자지껄하던 경기장은 순식간에 숨죽인 듯 조용해졌다. 사람들은 눈이 동그래진 채 서로 쳐다만 볼 뿐 방금 벌어진 일에 대해 긴가민가했고, 곧이어 야간 경기장을 둘러싼 사람들 사이에 환호성이 터져나왔다. 일본놈들이 쳐들어왔을 그때조차 이렇게 시끄럽지는 않았을 것이다.

송범평 스스로도 자신의 덩크슛에 깜짝 놀랐는지 골대 아래에서 멍하니 서 있다가 서서히 자신이 방금 무엇을 했는지 깨닫고 나서야 얼굴이 자홍빛으로 달아오르며 눈을 크게 뜨고 이란과 아이들이 있는 쪽으로 달려가기 시작했다. 두 팔을 내밀어 송강과 이광두를 번쩍 들어올린 그는 두 아이를 들고 골대 아래로 달려갔고, 제정신을 못 차릴 정도로 흥분한 이 남자는 송강과 이광두가 놀라 울음보를 터뜨리지 않았다면 아마도 아이들마저 골대 안으로 쳐넣었을지도 모를 일이었다. 다행스럽게도 골대 아래 도착해서야 두 아이가 농구공이 아니란 걸 깨달았는지 겸연쩍은 웃음을 지으며 돌아와 아이들을 내려놓고 나서 뭔가 미진하다는 듯 갑자기 이란을 덥석 껴안았다. 1천 명이 넘는 관중이 지켜보는 가운데 그는 이란을 안아서 높이 들어올렸고 야간경기장에는 웃음소리가 울려 퍼졌다. 너털웃음, 은은한 웃음, 날카로운 웃음, 가는 웃음, 음탕한 웃음, 간사한 웃음, 멍청한 웃음, 억지웃음, 질펀한 웃음, 헛웃음…… 숲이 울창하면 별 새가 다 있다더니 사람이 많으니 별별 웃음소리가 다 있었다.

그 시절 남자가 공공장소에서 여자를 껴안는다는 건 요즘의 성인영화 급에 속하는 행위였다. 송범평은 이란을 내려놓고 다시 두 팔을 벌려 경기장 안으로 들어갔다. 이란은 성인영화의 주인공이 된 후 완전히 딴사람이 되어버렸으니 경기가 재개되었지만 관중은 절반 정도만 경기를 계속 지켜보았고, 나머지 절반은 흥미진진한 얼굴로 이란을 쳐다보았다. 의론 또한 분분했다. 사람들은 변소에서 여자 엉덩이를 훔쳐보다가 목숨을 잃은 남자를 다시 생각해냈고, 원래 이 여자와 저 남자가 그렇고 그런 사이였다고 손가락질했다. 하지만 이란은 그때 행복감에 깊이 빠져 있었던지라 눈물을 흘리고 입술을 떨면서 다른 사람들이 뭐라고 지껄이든 전혀 개의치 않았다.

경기가 끝난 후 송범평은 땀에 전 러닝셔츠를 벗었고, 이란은 땀냄새가 풀풀 나는 러닝셔츠를 받아들어 마치 무슨 보물이라도 되는 양 가슴에 품었다. 그들 양가 네 식구는 음료수 가게에 들어갔고 탁자 앞에 앉을 무렵 송범평의 땀에 전 셔츠에 이미 이란의 흰 남방 가슴께가 흠뻑 젖어 유방이 흐릿하게 보일 정도였지만 정작 본인은 전혀 의식하지 못했다. 송범평은 녹두빙수 두 개와 사이다 두 병을 시켰다. 이광두와 송강은 녹두빙수를 먹기 시작했고 송범평은 사이다를 따서 한 병을 이란에게 밀어주고 한 병은 병째 들고 꿀꺽꿀꺽 마셔버렸다. 이란은 자신의 사이다를 마시지 않고 송범평에게 밀어주었다. 송범평은 잠시 머뭇거리더니 역시 병째 꿀꺽꿀꺽 마셔버렸다. 그 둘은 그렇게 탁자 앞에 앉아서 아이들은 내버려둔 채로 서로를 바라보았고, 송범평은 눈길을 어쩌지 못하고 땀에 젖은 이란의 가슴께를 훑어보았다. 이란 역시 송범평의 벗은 상반신을 바라보았고, 그의 넓은 어깨와 발달된 근육에 온몸이 뜨거워지면서 얼굴이 발갛게 달아올랐다.

이광두와 송강도 부모는 안중에도 없이 처음으로 먹어보는 녹두빙수에 열중하고 있었다. 이전까지 그들이 먹어본 것 중 가장 찬 것은 우물물이었다. 하지만 지금 그들이 먹는 것은 눈처럼 새하얀 백설탕을 뿌린, 냉장고에서 막 꺼낸 녹두빙수였다. 두 손으로 그릇을 받쳐 들면 그릇에서 전해지는 느낌이 벌써 우물물과는 비교가 안 될 정도로 서늘했고, 백설탕은 쌓인 눈이 녹는 것처럼 녹두빙수 위로 젖어가면서 검게 변했다. 그 녹두빙수 한 숟가락을 떠서 입에 넣으면 뜨거운 여름날 그보다 더한 기쁨과 즐거움이 또 어디 있었겠는가? 첫 숟갈을 입에 넣고 나자 그들의 입은 엔진이 가동된 기계처럼 멈추지 않고 호호거렸고, 녹두빙수를 연방 입으로 집어넣자, 입은 점점 얼어서 불에 덴 것처럼 아파왔고, 입을 다물지 못한 채 또 연방 하하 소리를 내며 숨을 내뱉고 치통을 참는 것처럼 뺨을 두들겼다. 그렇게 녹두빙수를 다 먹고 나자 이제는 혀로 그릇에 남은 녹두즙을 핥아먹기 시작했고, 즙을 다 핥아먹자 그릇의 시원함을 조금이라도 더 느껴보려고 그릇이 혀보다 더 뜨거워질 때까지 또 핥아댔고, 그러고 나서야 아쉬운 듯 그릇을 내려놓았다. 그리고 그들은 고개를 들어 각자의 아빠와 엄마를 쳐다보며 입을 열었다.

"내일 또 오자, 응?"

송범평과 이란은 동시에 대답했다.

"그래!"

6

이광두와 송강은 그들의 부모가 이틀 후에 결혼하는 것도 몰랐다. 이란은 상해산 사탕을 두 근이나 샀고, 큰 솥에 누에콩과 호박씨를 각각 볶아서 커다란 나무통에 넣고 한데 섞어서 이광두에게 한 줌 쥐어 주었다. 이광두는 그것들을 탁자에 늘어놓은 후 세고 또 세어보았다.

아무리 세어도 누에콩이 겨우 열두 개, 호박씨는 열 알, 그리고 사탕은 겨우 두 개밖에 안 됐다.

결혼식 날, 이란은 날이 밝기도 전에 일어나서 새로 산 남방과 새로 산 바지를 입고 반짝반짝 빛나는 샌들을 신고서 창가에 앉아 어둠이 사라지고 여명이 붉게 물드는 창을 바라보고 있었다. 입에서는 잇새 소리가 새어나왔다. 이즈음 두통은 사라졌고, 점점 가빠지는 숨으로 인해 새어나오는 소리였다. 두 번째 신혼이 임박하면서 그녀의 귓불은 뜨거워지고 얼굴은 달아오르고 가슴은 쿵쾅거렸다. 밤이 야속하기 그지없었으나 새벽이 되자 그녀의 마음은 흥분으로 가득했고, 잇새 소리는 점점 더 커져서 이광두는 세 번이나 잠에서 깼다. 이광두가세 번째 잠에서 깨자 이란은 더 이상 못 자게 하고 이를 닦이고 세수를 시키고 새 러닝셔츠를 입히고 새 반바지도 입히고 새 샌들도 신겼다. 이란이 쪼그려 앉아 이광두의 신발끈을 매어주고 있을 때 문밖에서 수레 소리가 들리자 이란은 벌떡 일어나 문을 들이받을 듯 뛰어가 열어젖혔고 문 밖에는 수레를 밀던 송범평이 웃는 얼굴로 서 있었으며 수레 위에 앉아 있던 송강은 이광두를 보고 깔깔거리며 소리쳤다.

"이광두."

그리고 자기 아버지를 보고 말했다.

"이름이 진짜 웃겨."

이란의 이웃들이 몰려들기 시작했고, 그들은 송범평과 이란이 집안의 가재도구들을 수레에 옮기는 광경을 놀란 표정으로 지켜보았다. 그들 중 중학생 세 명이 있었는데 하나는 손위(孫偉)라는 장발의 중학생이었고, 나머지 둘은 훗날 우리 류진의 양대 인재가 된 류성공과 조승리였다. 당시에는 아직 류 작가와 조 시인이 아닌 한낱 류성공, 조승리라는 중학생일 뿐이었다. 그들이 류 작가, 조 시인이 되어서는 여자 엉덩이를 훔쳐보던 이광두를 붙잡아 조리돌림을 했다. 이들 세 중학생은 껄렁거리면서 수레 앞을 에워싸더니 서로 눈짓을 주고받으며 이란에게 희한하다는 듯 실실거리며 물었다.

"혹시 또 결혼하시려고?"

이란은 얼굴이 벌겋게 달아오른 채 나무통을 안고서 누에콩과 호박씨, 사탕을 이웃들에게 나눠주었고, 송범평은 수레를 세워두고 이란의 뒤에서 남자 이웃들에게 담배 한 개비씩을 돌렸다. 이웃들은 콩, 호박씨, 사탕을 먹고 씹으면서 웃는 얼굴로 송범평과 이란이 수레에 짐을 옮기는 광경을 지켜보고 있었다.

짐을 다 싣고 나서 그들의 수레는 여름의 거리로 나섰다. 수레가 석판이 깔린 길을 지날 때 몇몇 석판들이 덜그럭거렸고, 나무전봇대에서는 벌 소리처럼 윙윙거리는 소리가 났다. 수레 위에는 이란의 집에 있던 옷이며 이불이며 탁자, 의자, 세숫대야, 세족대야, 솥, 식기, 칼, 숟가락, 젓가락 등으로 가득했다. 이광두의 재혼하는 모친과 송강의 재혼하는 부친은 앞에서 걸었고, 각자의 딸린 자식들인 이광두와 송강은 수레 뒤를 따랐다.

이란은 나무통에서 콩과 호박씨, 사탕을 꺼내 이광두와 송강에게 쥐어주었고 아이들은 두 손으로 먹을 것을 받쳐들고 뒤로 갔다. 하지만 아이들의 손이 너무 작아서 콩이랑 호박씨는 벌써 손가락 사이로 빠져 땅에 떨어졌는데, 손이 세 개였으면 호박씨도 까먹고 콩도 먹고, 사탕도 빨아먹었겠지만 그럴 수 없는 아이들은 먹을 게 두 손 가득한데도 입은 텅텅 비어 있었다.

그때 암탉 몇 마리와 수탉이 두 아이들이 흘린 호박씨를 쪼아 먹으며 일행을 뒤쫓았다. 닭들은 아이들의 다리 사이를 왔다 갔다 했고 날개를 퍼덕이며 아이들의 두 손을 노리기도 했다. 아이들은 닭들을 피하느라 손에 쥔 호박씨와 콩들을 더 많이 떨어뜨렸다.

오가는 사람들이 점점 늘어가는 거리에서 수레를 끄는 송범평과 나무통을 안은 이란의 얼굴에는 웃음이 가시지 않았다. 송범평과 이란을 아는 많은 사람들이 발길을 멈추고 이 남녀와 닭들에게 쫓기는 이광두와 송강을 이상하다는 듯 쳐다보았다. 그러면서 이들을 가리키며 서로에게 물었다. 어떻게 된 일이지?

송범평은 수레를 세워두고 담배를 꺼내 남자들에게 한 개비씩 건네주었고, 이란은 나무통을 안은 채 뒤를 따르며 여자들과 아이들에게 콩, 호박씨, 사탕을 한 줌씩 건네주었다. 이 남녀는 얼굴이 온통 새빨개지고 땀을 흘리면서도 연방 고개를 끄덕이며 웃음을 잃지 않았고, 떨리는 목소리로 이제 막 결혼했다는 말을 전했다. 사람들은 죄다 송범평과 이란을 쳐다보며 고개를 끄덕였고, 송강과 이광두도 바라보며 헤헤거리기도 하고 깔깔거리기도 하고 실실거리기도 하고 너털웃음을 터뜨리면서 말을 주고받았다.

"결혼……, 와……, 결혼했구나……."

송범평과 이란은 웃으며 길을 따라 걸었고, 길을 따라 걸으며 자신들의 결혼을 사람들에게 알렸다. 사람들은 그들이 주는 담배를 피웠고, 사탕을 빨아먹었고, 콩을 씹고, 호박씨를 까먹었다. 하지만 뒤따르는 두 아이들은 먹기는커녕 그들을 쫓아오는 닭들로부터 손에 쥔 것들을 지키느라 침만 꼴깍꼴깍 삼킬 뿐 남들이 먹고 뀐 방귀 냄새도 맡지 못하는 상황이었다.

길가의 사람들은 이광두와 송강을 보며 의론이 분분했다. 이렇게 두 집 식구가 합치면 어느 집 아이를 의붓자식이라고 해야 하나? 그렇게 서로 의견을 주고받다가 한참 만에 결론을 냈다.

"둘 다구먼……."

그러고 나서 그들은 송범평과 이란에게 이렇게 말했다.

"둘이 진짜 잘 어울리네……."

드디어 일행이 송범평의 집 앞에 도착했다. 가두행진식의 혼례가 끝난 것이다. 송범평이 수레 위의 물건들을 안으로 옮기는 와중에도 이란은 나무통을 안은 채 문밖에서 먹을 것들을 한 줌씩 꺼내어 송범평의 이웃들에게 나눠주었고, 나무통 안의 것들이 줄어들자 꺼내는 양도 갈수록 적어졌다.

이광두와 송강은 겨우 집 안 침대 위에 올라갔고 손에 들고 있던 것들을 침대 위에 쏟아놓았다. 콩이랑 사탕이랑 호박씨들은 손의 땀 때문에 모두 축축하게 젖어 있었고, 아이들은 그동안 먹고 싶은 걸 참느라 거의 쓰러질 지경이었다. 콩과 사탕, 호박씨를 한꺼번에 입에 털어넣고 나니 순식간에 입 안이 꽉 차서 마치 엉덩이처럼 빵빵해졌고, 씹을 수조차 없었다. 그제야 그들은 자신들이 이제껏 아무것도 먹지 못했다는 걸 알았는데, 이때 밖에서 송범평이 아이들을 불렀다. 집 밖에는 소란스런 사람들로 가득했는데, 재혼한 남녀를 보는 데 질렸는지 이제는 의붓아들들이 보고 싶어진 모양이다.

이광두와 송강이 입 안이 빵빵한 채 밖으로 나왔고, 얼굴은 튀어나오고 눈은 쪼그라든 두 아이를 본 사람들은 깔깔거리며 물었다.

"입 안에 뭔 산해진미냐?"

두 아이가 고개를 가로젓다가 끄덕이면서 말을 하지 못하니까 그 모습을 보던 어떤 사람이 대신 말을 해주었다.

"요 두 녀석 입이 바람을 빵빵하게 넣은 공보다 더 동그랗잖아요. 그래도 더 먹는 걸 마다하진 않을 겁니다."

그 사람은 희죽거리며 송범평의 집 안으로 들어가더니 한참을 뒤진 끝에 백자로 된 찻잔 뚜껑을 들고 나와서는 이광두와 송강에게 뚜껑 위의 꼭지를 물게 했다. 두 아이가 유두처럼 생긴 꼭지를 물자 이를 지켜보던 사람들은 허리가 꺾일 듯이 몸을 앞뒤로 흔들며 박장대소했고, 웃다가 온몸을 벌벌 떨기도 했고, 눈물을 흘리기도 했고, 콧물은 물론 침을 흘리기도 했고, 웃다가 방귀를 뀌기도 했는데, 이광두와 송강이 각각 찻잔 뚜껑 꼭지를 물고 있는 모습이 마치 이란의 젖꼭지를 물고 있는 모습 같았기 때문이다. 이란은 얼굴이 새빨개진 채로 살며시 고개를 틀어 갓 결혼한 남편을 쳐다보았고, 송범평의 얼굴에도 난처한 기색이 가득했다. 그는 두 아이에게 다가가서 찻잔뚜껑을 떼어내면서 일렀다.

"들어가라."

이광두와 송강은 집 안으로 들어와 다시 침대 위로 기어 올라갔다. 입안이 여전히 가득 찬 상태라 전혀 씹을 수가 없자 두 아이는 상심한 나머지 서로의 얼굴을 멀뚱히 바라보고만 있었다. 그때 이광두가 먼저 반응을 보였다. 손으로 입 안의 것들을 파내기 시작한 것이다. 송강도 이광두를 보고 따라서 입 안의 것들을 파냈고 둘은 입에서 파낸 콩이랑 호박씨랑 사탕들을 침대보 위에 늘어놓기 시작했는데, 끈적끈적한 것들이 마치 콧물같이 번들번들하면서 신혼부부의 신혼 금침을 더럽혔다. 두 아이는 입에 음식을 빵빵하게 넣어두고 너무 오랫동안 움직이지 못한 탓인지 다시 먹으려고 콩과 호박씨를 입에 넣었을 때 입이 닫히지가 않았다. 아이들이 어찌할 바를 몰라 동굴처럼 뻥 뚫린 입을 서로 바라만 보고 있으려니 송범평과 이란이 밖에서 다시 아이들을 불렀다.

이란이 살던 집의 이웃들이 그들의 중학생 아이들과 그보다 더 작은 아이들을 데리고 왔다. 그들은 거리와 골목을 누비며 송범평의 집을 수소문하여 찾아왔다고 했다. 당초 이란은 그들의 방문이 놀랍기도 하고 기쁘기도 했지만 그런 감정은 재채기처럼 한순간에 실망으로 변하고 말았다. 그들은 이란과 송범평의 결혼을 축하하기 위해 온 것이 아니라 잃어버린 닭들을 찾으러 온 것이었다. 그들의 닭들이 이광두와 송강을 쫓아오다가 없어진 것이다. 수탉과 암탉의 주인들은 문밖에서 소란을 피우다가 이란과 송범평에게 소리를 질렀다.

"닭은? 닭 어디 있냐고? 빌어먹을 닭 말이야!"

신혼부부는 그들의 말을 알아듣지 못하고 반문했다.

"무슨 닭을 말하는 겁니까?"

"우리 닭 말이야……."

그들은 자신들의 닭이 어떻게 생겼는지를 장황하게 설명하면서 자기 닭들이 이광두와 송강을 쫓아가는 걸 많은 사람들이 보았다고 말했지만, 송범평은 도무지 무슨 말인지 이해할 수가 없었다.

"닭이 무슨 개도 아니고, 개야 사람을 쫓아다니지만, 닭이 어떻게 큰길까지 따라오겠습니까?"

하지만 사람들은 다른 사람들이 죄다 보았다고 한다면서, 이광두와 송강 이 죽일 놈의 애새끼들이 걸어가면서 계속 손가락 사이로 콩이랑 호박씨를 흘리는 바람에 닭들이 그걸 쪼아먹느라고 큰길까지 나오게 된 거라고 난리를 쳤고, 송범평과 이란은 할 수 없이 두 아이를 다시 불렀다.

"닭 얘기가 뭐냐? 닭?"

두 아이는 아직까지 벌린 입을 다물지 못했으니 몸과 머리를 흔들어대며 자신들은 전혀 모르는 일이라는 걸 표현하려 애썼다.

수탉, 암탉을 찾는 세 남자와 세 여자, 세 중학생과 이광두와 송강보다 조금 큰 사내아이 둘 이렇게 총 열한 명이 이광두와 송강을 둘러싼 채 중구난방으로 묻기 시작했다.

"닭 어쨌어? 닭들이 너희를 쫓아갔잖아?"

이광두와 송강은 고개를 끄덕였고, 그들은 고개를 돌려 송범평과 이란을 보며 말했다.

"봤지? 요 죽일 놈의 새끼들이 고개 끄덕이는 걸 말야."

그들은 다시 이광두와 송강에게 물었다.

"닭 어디 있냐? 망할 놈의 닭들 어디 있냐고?"

이광두와 송강은 머리를 가로젓기 시작했고, 화가 난 사람들이 악을 쓰기 시작했다.

"이런 쌍놈의 새끼들, 좀 전엔 끄덕이더니 이젠 또 모른대……."

그들은 닭이 무슨 벼룩도 아니고, 갑자기 눈에 안 보인다는 게 말이 되느냐며 샅샅이 뒤져봐야겠다고 하면서 송범평의 집 안으로 들어가더니 장을 열어보고 엎드려 침대 밑을 보고 심지어 솥뚜껑을 열어보기까지 했다. 손위라는 장발의 중학생은 이광두와 송강의 입을 벌려서 혹시 닭고기 냄새가 나는지 코를 들이밀고 맡아보기까지 했다. 손위가 판단을 못하겠는지 조승리에게 맡아보라고 했고, 조승리도 맡아보더니 역시 판단이 서지 않는지 류성공에게 맡아보라고 했다. 류성공이 냄새를 맡아보고 난 뒤 입을 열었다.

"안 나는 것 같은데……."

집 안을 뒤진 사람들은 닭털 한 올도 건지지 못하자 투덜대면서 듣기 거북한 말들을 내뱉으며 밖으로 나왔다. 이때 송범평은 이미 희색만면한 신랑의 얼굴이 아니었다. 그의 얼굴은 시퍼렇게 굳어 있었고 그의 신부도 놀라 창백한 낯빛이었다. 이란은 갓 결혼한 남편이 그들과 싸움이라도 벌일까 봐 송범평의 옷자락을 꼭 붙들고 서 있었다. 송범평은 집 밖으로 나온 사람들이 듣기 거북한 말을 쏟아내도 한마디 말 없이 화를 누른 채 그들을 노려보고 있었다.

집 주위를 빠짐없이 뒤진 사람들은 우물도 빼놓지 않았다. 몇몇 사람이 돌아가면서 우물 속에 머리를 처박고 들여다보았지만, 닭대가리는커녕 우물물에 자신들의 얼굴만 비칠 뿐 아무것도 보이지 않자 세 중학생은 원숭이처럼 나무에 올라가 혹시 지붕 위에 닭들이 있나 살펴보았다. 하지만 닭은 없고 참새 몇 마리만 뛰어다닌다고 했다.

아무것도 찾지 못한 사람들은 돌아서면서 예의를 갖춘 말을 하기는커녕 여전히 투덜댔는데, 그 가운데 한 사람이 이렇게 말했다.

"아무래도 변소에 빠져 죽은 것 같아. 여자 엉덩이를 훔쳐보다가 빠져 죽은 것 같다고."

"닭도 여자 엉덩이를 훔쳐보나?"

"수탉이잖아."

그들은 껄껄, 낄낄댔다. 남자들은 껄껄댔고 것은 여자들은 낄낄거렸다. 이란은 이때 온몸을 벌벌 떨며 더 이상 송범평의 옷깃을 잡아끌지도 못하고 있었다. 갓 결혼한 남편에게 자신이 누를 끼쳤다는 생각 때문이었다. 송범평은 더 이상 참을 수가 없었고, 닭을 찾으러 온 사람들은 가면서도 농지거리를 주고받았다.

"그럼 암탉은?"

"암탉은 수탉이 빠져 죽은 다음에 재혼했겠지 뭐."

송범평은 방금 그 말을 한 자를 가리키며 소리쳤다.

"당신들, 이리 오지 못해!"

그 말에 세 남자와 세 중학생, 그리고 세 여자와 두 사내아이 모두 뒤돌아보았고, 송범평은 그들이 모두 걸음을 멈추자 다시 소리쳤다.

"전부 이리 오지 못해!"

사람들은 실실 웃었다. 세 남자와 중학생들이 송범평 앞으로 와 그를 둘러쌌고, 세 여자는 두 사내아이를 붙들고 한쪽에서 무슨 연극이라도 보는 듯 서 있었다. 그들은 수적 우세에 편승해 실실 웃으며 송범평에게 결혼 축하주라도 대접하려는 거냐며 이죽거렸고, 송범평은 술은커녕 두들겨 패주겠다며 한 사람을 가리키며 말했다.

"당신 방금 한 말 다시 한 번 해봐."

그자는 막돼먹은 웃음을 지으며 되물었다.

"내가 방금 뭐랬는데?"

송범평은 잠깐 머뭇거리다가 말을 이었다.

"암탉이 어쩌고……."

그자는 갑자기 생각났다는 듯 송범평에게 물었다.

"나더러 한 번 더 말하라고?"

"만약 한 번 더 입 놀릴 자신이 있으면 해봐. 내 가만 안 둘 테니."

그자는 주변의 동료들을 둘러보더니 여전히 이죽거렸다.

"만약에 안 놀리면?"

송범평은 순간 한 방 먹은 듯 멍한 표정으로 있다가 쓸쓸한 웃음을 지으며 손사래를 쳤다.

"가시오, 그냥."

송범평의 말에 그들은 큰 소리로 웃더니 중학생들이 송범평을 막아서면서 한목소리로 말했다.

"수탉은 빠져죽고 암탉은 재혼했다고?"

송범평은 주먹을 들었다가 다시 내려놨다. 세 중학생이 머리를 절레절레 흔드는 것을 보며 송범평은 그들을 밀치고 집 안으로 들어가려는데 조금 전의 그자가 입을 열었다.

"암탉이 무슨 놈의 재혼이야? 그냥 닭들끼리 돌아가며 하는 거지!"

바로 그 순간 송범평이 돌아서서 한 방을 날렸다. 그의 돌아서는 몸놀림과 주먹 모두 빠르고, 정확했고, 또 무서웠다. 그자는 마치 낡아빠진 이불보가 펼쳐지듯 벌렁 나자빠졌다. 이광두와 송강의 벌어져 있던 입이 '퍽' 소리와 함께 날린 한 방으로 철썩 닫혔다.

몸을 일으키는 그자의 입에서 피가 철철 쏟아져 나왔다. 허리를 굽힌 채 컥컥거리며 뱉어내는 침과 콧물이 죄다 피로 흥건했다. 송범평은 일격을 가한 후 뒤로 물러서서 그들의 포위에서 벗어났다. 그들이 다시 덤벼들었을 때 송범평은 몸을 낮추고 오른쪽 다리를 쭉 뻗어 쓸어차기를 날렸다. 이광두와 송강은 그때 쓸어차기의 위력을 알게 되었다. 송범평의 발차기 한 방에 어른 세 사람이 벌렁 나자빠졌고, 중학생 셋이 다리가 꼬여 서로 부딪쳐 엉켜버렸다.

그들이 일어나서 다시 달려들자 송범평은 왼발을 들어올려 한 놈의 배를 걷어찼고, 그는 '헉' 소리와 함께 나자빠지면서 뒤에 있던 두 사람마저 뒤집어버렸다. 어른 셋과 중학생 셋 모두 놀란 기색이 역력했고, 도대체 방금 무슨 일이 벌어진 건지 몰라 얼빠진 기색으로 서로의 얼굴을 쳐다보았다.

송범평이 주먹을 쥔 채 그들 앞에 서자 그들 중 한 사람이 송범평을 에워싸라고 소리쳤고, 여섯 명은 즉시 송범평을 둘러쌌다. 송범평은 주먹을 휘두르며 그들의 허를 찌르려고 했지만, 주먹을 날리면 곧바로 다시 둘러싸였다. 곧이어 누가 봐도 그들이 뭘 하고 있는지 모를 정도의 일대 혼전이 벌어졌다. 어떤 때는 만두처럼 서로 뭉쳐 있다가 또 어떤 때는 팝콘처럼 흩어지길 반복했다.

이광두와 송강보다 서너 살 많은 사내아이들도 혼란을 틈타 이광두와 송강에게 다가와서 한 사람씩 붙잡고 머리를 흔들어대고 다리를 걸어차고 심지어 침과 콧물까지 뱉었다. 싸움이 막 시작됐을 때에는 이광두와 송강도 밀리지 않았다. 그들이 머리를 잡고 흔들면 같이 흔들었고, 다리를 걸어차면 같이 걸어찼고, 침, 콧물을 뱉으면 같이 뱉었다. 그러나 나이의 한계는 뚜렷했다. 팔이 짧아 그들의 머리에 닿지 못했고, 다리가 짧아 걸어차도 허공을 가를 뿐이었으며, 심지어 콧물과 침의 양도 그들보다 적었다. 몇 번 지나지 않아 이광두와 송강은 자신들의 패배를 직감했으니 방성통곡 말고는 다른 방도가 없었다.

송범평은 두 아이의 울음소리를 들었지만 혼자 여섯 명을 상대하느라 아이들을 돌볼 여력이 없었다. 이광두와 송강은 울면서 이란에게 갈 수밖에 없었는데, 그때 그녀는 이광두와 송강보다 더 심하게 울부짖고 있었다. 그녀는 송범평의 이웃들과 구경꾼들에게 다가가서 이제 갓 결혼한 자신의 남편을 도와달라고 애원했다. 그녀가 한 사람 한 사람에게 그렇게 애원하고 있을 때 이광두와 송강은 그녀의 옷자락을 붙잡은 채 한 발씩 발걸음을 옮기고 있었고, 그 뒤를 두 사내아이가 바짝 따라붙으며 계속 이광두와 송강의 머리를 쥐어흔들고 다리를 걸어차고, 콧물을 입으로 빨아들여 이광두와 송강의 얼굴에 뱉어댔다. 이광두와 송강은 이란에게 울며불며 자신들을 도와달라고 애원했고, 이란은 주변 사람들에게 울며불며 자신의 남편을 도와달라고 애원했다.

송범평의 이웃들과 구경꾼들 중 드디어 나서는 사람이 나타났다. 처음에는 두세 사람이 나섰지만 곧이어 열 명 넘게 늘어나서 우선 송범평을 에워싼 채 패던 자들을 뜯어내서 한쪽으로 밀어낸 후 송범평을 다른 한쪽으로 끌어내고 중간에 서서 그들을 막아섰다. 이때 송범평의 눈은 퉁퉁 부어 있었고, 입과 코에서 모두 피가 흐르고 있었으며, 옷은 찢어져서 너덜너덜했다. 다른 여섯 명의 얼굴도 비슷하게 부어오르고 코에 멍이 들었지만 옷은 찢어지지 않은 상태였다.

싸움을 말린 사람들은 양쪽으로 나뉘어 설득에 나섰다. 먼저 송범평에게는 누구든 닭을 잃어버리면 마음이 아파서 듣기 언짢은 욕들을 해대기 마련이라고 했고, 닭을 잃어버린 자들에게는 스님 체면은 세워주지 못하더라도 부처님 체면은 세워줘야 하는 거 아니냐며, 평소에는 서로 안 보고 살더라도 오늘 막 결혼한 부부이니 봐줘야 할 것 아니냐고 설득했다. 그리하여 송범평을 집으로 밀어넣고 사람들은 길가로 몰아세웠다.

"됐어요, 됐어. 원한을 맺지 말아야지. 어이, 송 선생, 당신은 집으로 들어가요. 그리고 당신들도 집으로 돌아가고."

온몸에 상처 가득한 송범평은 고개를 꼿꼿이 세운 채 서 있었고, 그 자들도 죽어도 못 가겠다는 태세였다. 자신들의 머릿수가 많다는 걸 믿고 이렇게 끝낼 수는 없다느니, 용서할 수 없다느니 중얼거렸다.

"최소한 정중히 사과라도 해야지……."

중간에서 말리던 사람 중 하나가 방법을 찾아냈다. 송범평이 그 사람들에게 담배 한 대씩 권하라는 것이었다. 당시에는 싸움에 진 사람이 사과하는 뜻에서 담배를 권하는 풍습이 있었다. 이들은 최소한 겉으로나마 자신들이 이겼다는 뜻이므로 단번에 받아들였다.

"그렇게 합시다. 오늘은 그냥 봐주자고."

말리던 사람들은 송범평에게 가서 사과하란 말은 하지 않고 그저 결혼 축하 담배를 한 개비씩 주라고만 했다. 송범평은 담배를 권하라는 말이 무슨 뜻인지 알아채고는 고개를 저으며 말했다.

"담배 대신 주먹 두 개나 먹어라."

이 말을 마치자마자 송범평의 눈에는 울어서 눈이 퉁퉁 부어오른 이란과 자신들의 눈물과 다른 사람의 콧물과 침으로 범벅이 된 송강과 이광두가 들어왔고 이내 그는 슬픔이 가득한 얼굴로 변해버렸다. 그는 잠시 서 있다가 고개를 떨어뜨린 채 안으로 들어가서 담배 한 갑을 들고서 여전히 고개를 떨어뜨린 채 밖으로 나와 담뱃갑을 뜯으면서 세 남자와 중학생들 앞으로 걸어갔다. 그리고 한 개비 한 개비씩 꺼내 건넸고 중학생들한테까지 담배를 권했다. 담배를 다 돌린 후 뒤돌아서는 그에게 몇몇이 뒤에서 오만방자하게 지껄였다.

"그냥 가면 안 되지, 불을 붙여줘야지."

송범평의 슬픔에 찬 얼굴은 순식간에 분노로 일그러졌다. 담뱃갑을 땅에 내팽개치고 돌아서서 다시 한 판 벌이려는 찰나 이란이 달려와 그를 꼭 붙들고 낮은 목소리로 애원했다.

"제가 갈게요. 제가 가서 불을 붙여줄게요. 제가 갈게요……."

이란은 성냥을 들고 그들 앞에 가서 먼저 눈물을 닦고 성냥을 그어 그들 입에 물린 담배에 불을 붙여주었다. 손위라는 장발의 중학생은 한 모금 빤 후 일부러 이란의 얼굴에 담배연기를 뿜어댔다.

송범평은 이를 지켜보았지만 분노를 폭발시키지 않았고, 고개를 떨어뜨린 채 몸을 돌려 안으로 들어갔다. 이광두는 그의 계부가 안으로 들어갈 때 흘리던 눈물을 보았다. 이광두가 처음으로 본 기골이 장대한 사나이 송범평의 눈물이었다.

이란은 담뱃불을 다 붙여주고 난 후 성냥을 주머니에 넣고 나서 이광두와 송강 앞으로 다가서서 옷소매로 아이들 얼굴의 눈물과 다른 녀석들이 뱉은 콧물과 침을 닦아준 후 아이들 손을 잡아끌고 문간을 넘어 집으로 들어간 다음 몸을 돌려 문을 닫았다.

평소에는 담배를 피우지 않는 송범평은 집 구석의 걸상에 앉아 연거푸 다섯 개비의 담배를 피워버렸다. 그의 기침 소리는 구토 소리 같았고 바닥에 뱉은 침과 가래는 온통 핏빛이었다. 두 아이는 그 모습을 보고 무서워하며 바깥방 침대 모서리에 걸터앉아 있었는데, 침대 모서리에 나란히 있는 다리 네 개가 후들후들 떨렸다. 이란은 이란대로 손으로 얼굴을 감싼 채 문가에 기대어 서 있었지만, 손가락 사이로 눈물이 계속 새어나왔다. 송범평은 다섯 개비째 담배를 피우고 나더니 일어나서 찢어진 셔츠를 벗어 얼굴의 피를 깨끗이 닦고, 신고 있던 샌들로 바닥의 혈흔을 문질러버린 후 침실로 들어갔다.

잠시 후 송범평은 완전히 다른 모습으로 나타났다. 비록 코와 눈두덩은 시퍼렇게 부어올랐지만, 깨끗한 러닝셔츠를 입은 채 웃음 가득한 얼굴로 이광두와 송강을 향해 두 주먹을 내어 보이며 말했다.

"안에 뭐가 있는지 맞춰보련?"

두 아이가 머리를 절레절레 흔들자 그는 두 주먹을 애들의 눈 아래까지 뻗어서 펴 보였고, 손 안에 사탕이 두 개씩 들어 있는 걸 보고서야 아이들은 웃기 시작했다. 송범평이 껍데기를 벗겨 아이들의 입에 사탕을 넣어주자 아이들의 입안에 드디어 단맛이 돌기 시작했다! 오전부터 군침만 삼키던 아이들은 해가 서쪽으로 뉘엿뉘엇 질 무렵에야 단맛을 본 것이다.

송범평은 얼굴이 온통 시퍼렇게 부은 채였지만, 이란 앞으로 가서 웃으며 이란의 등을 토닥이고 머리칼을 쓰다듬으며 귓가에 대고 많은 말들을 했다. 이광두와 송강은 침대에 앉아 달디단 사탕을 먹으며 송범평이 무슨 말을 하는지는 모르지만 잠시 후 이란이 웃음 짓는 모습을 바라보았다.

이날 밤 네 사람이 한데 둘러앉은 가운데 송범평은 생선요리와 채소볶음 한 접시를 만들었고, 이란은 자신의 짐 속에서 일찌감치 해놓은 홍소육을 한 접시 꺼냈다. 송범평은 소흥황주를 한 병 꺼내 자기 잔에 한 잔, 이란에게도 한 잔을 따라주었다. 이란은 안 마신다고 했지만, 송범평은 자신도 안 마신다고, 앞으로는 누구도 안 마실 테지만 오늘 밤만은 꼭 마셔야 한다고 했다.

"오늘 밤 마시는 건 우리 결혼 축하주잖아요."

송범평은 술잔을 든 채 희미한 불빛 아래에서 이란을 기다렸다. 이란이 자신의 잔을 들자 송범평이 자신의 잔을 그녀의 잔에 부딪쳤고, 이란은 수줍은 듯 웃었다. 송범평은 황주를 한 입에 털어 넣더니 입 안의 상처 때문에 얼굴을 일그러뜨렸고, 마치 매운 고추를 먹은 것처럼 입 안에 바람을 넣으려 손부채질을 했다. 그러고는 이란에게도 마시라고 권하자 이란 역시 한 입에 털어 마셨다. 송범평은 이란이 잔을 내려놓기를 기다렸다가 자신의 잔도 내려놓았다.

이광두와 송강은 어깨를 맞댄 채 그들의 부모가 탁자 위에 팔꿈치를 올려놓은 것같이 기다란 걸상에서 고개만 내밀고 턱을 탁자에 괴고 앉아 송범평과 이란이 돌아가며 그릇에 고기며 생선이며 채소를 얹어주는 것을 받아먹었다. 이광두는 고기 한 입, 생선 한 입, 채소 한 입을 밥에 얹어 먹고 난 후 더 이상 먹기 싫은지 고개를 돌려 송강을 바라보며 조그만 목소리로 말했다.

"사탕."

고기와 생선을 맛나게 먹던 송강도 이광두의 말을 듣자마자 갑자기 고기와 생선이 먹기 싫어져서 조그만 목소리로 말했다.

"사탕."

두 아이는 물론 1년에 몇 번 먹어보지 못하는 고기와 생선의 죽이는 맛을 잘 알고 있었지만 사탕이 더 먹고 싶었던 모양이었다. 입 안에서 단맛이 채 가시기도 전에 짠맛이 돌기 시작했으니 말이다. 그리하여 사탕이 먹고 싶다고 말하기 시작했고, 처음에는 조그만 목소리로 말하더니 점점 우렁차게 소리를 질렀고 급기야 거의 악을 쓰며 두 글자를 외쳐댔다.

"사탕, 사탕, 사탕……."

이란은 사탕이 없다고, 나무통에 있던 사탕과 호박씨, 콩은 벌써 다른 사람들한테 모두 줘버렸다고 말했으나 송범평은 실실 웃으면서 두 꼬마에게 뭘 먹고 싶으냐고 물었고, 두 꼬마는 동시에 탁자 위에 놓여 있는 사탕 껍데기를 들며 대답했다.

"이런 사탕 먹고 싶어요!"

송범평은 짐짓 거드름을 피우듯 손을 주머니에 넣으며 다시 물었다.

"너희가 먹고 싶은 게 사탕이라고?"

녀석들은 있는 힘껏 고개를 끄덕이며 모가지를 최대한 길게 뽑아서 주머니 속을 보려고 애썼지만, 송범평은 고개를 가로저으며 말했다.

"없네."

두 꼬마는 실망 가득한 얼굴로 거의 울음을 터뜨릴 지경이었는데,

바로 그때 송범평이 입을 열었다.

"사탕은 없지만 캐러멜은 있지."

두 꼬마의 눈은 순식간에 동그래졌다. '캐러멜'이란 이름을 처음 들어보았던 것이다. 송범평이 일어나 캐러멜을 찾는 듯 주머니를 뒤지는 모습을 지켜보는 두 아이의 가슴이 콩닥콩닥 뛰었다.

"캐러멜? 캐러멜이 어딨지?"

그러면서 주머니를 하나씩 까 보이는데 두 번째 주머니에서조차 캐러멜이 나오지 않자 주머니를 뚫어지게 바라보던 이광두와 송강은 급기야 울음을 터뜨리고 말았고, 그제야 송범평은 자신의 머리를 치면서 말했다.

"아, 생각났다……."

그러더니 몸을 돌려 마치 이라도 잡는 듯 살금살금 조심스럽게 방 안으로 들어가는데, 그 모습이 하도 우스워서 이란은 웃음을 터뜨렸다. 그리하여 시퍼렇게 멍든 얼굴이 문가에 다시 그 모습을 드러냈을 때 이광두와 송강은 그의 손에 들린 캐러멜 봉지를 볼 수 있었다.

두 꼬마는 놀라 소리치며 생애 처음으로 연유 맛이 나는 캐러멜을 먹게 되었다. 껍데기에 흰 토끼가 인쇄된, '토끼표 캐러멜'을 말이다. 송범평은 이 캐러멜은 상해에 있는 누님이 결혼 선물로 보내주셨다며 이란에게 맛보라고 한 개를 주었고, 자신도 한 개를 입에 넣으면서 이광두와 송강에게는 다섯 개씩 나누어주었다.

두 아이는 캐러멜을 입에 넣고 천천히 핥고, 천천히 씹고, 천천히 입에 고인 침을 삼켰다. 침까지 캐러멜처럼 달았고, 연유처럼 향긋했다. 이광두가 밥을 입에 넣고 같이 씹기 시작하자 송강도 금세 따라했다. 그러자 입 안의 쌀마저 캐러멜처럼 단맛이 났고, 연유처럼 향긋해지면서 입 안의 쌀 이름까지 토끼표로 바뀔 지경이었다. 송강은 맛있게 씹으면서 달뜬 목소리로 말했다.

"이광두, 이광두……."

이광두 역시 열심히 씹으면서 송강을 불렀다.

"송강, 송강……."

송범평은 이란과 함께 행복에 겨운 웃음을 지으면서 이광두의 반들반들한 머리를 보며 생각났다는 듯 이란에게 말했다.

"아이의 별명을 부르지 말아요. 이름을 불러야지."

그리고 갑자기 생각났다는 듯 자신의 이마를 치면서 말했다.

"그러고 보니 나도 이광두라고만 알지 이름을 몰랐네. 광두의 이름이 뭐지요?"

이란은 터져 나오는 웃음을 참지 못한 채 대답했다.

"별명을 부르지 말라고 해놓고 또 별명을 부르면 어떡해요?"

송범평은 두 손을 든 채 항복했다는 듯 입을 열었다.

"앞으로 절대 아이의 별명을 부르지 맙시다……. 이름이 뭐지요?"

"이광두의 이름은……."

이란은 엉겁결에 그만 또 별명을 부르고 말았다. 이란은 말을 채 마치기도 전에 자신의 입을 틀어막았다. 키득키득 웃음을 참지 못한 채 이란은 간신히 말을 마쳤다.

"이광이에요."

"이광이라, 알았어요."

송범평은 고개를 끄덕였다. 그리고 몸을 돌려 아이들을 향해 말했다.

"송강, 이광두, 내 할 말이 있다……."

송범평은 이란이 웃음을 참지 못하는 걸 보고 조심스럽게 물었다.

"왜요? 내가 또 별명을 불렀소?"

이란은 웃으며 고개를 끄덕였고, 송범평은 머리를 긁적이며 말했다.

"됐어요, 됐어. 그냥 별명을 부릅시다. 이광이라고 부르려다가도 발음이 그냥 이광두로 흘러버리네."

말을 마친 송범평은 너털웃음을 터뜨렸고, 다시 아이들을 향해 몸을 돌릴 때 너털웃음은 미소로 변했다.

"오늘부터 너희 둘은 형제다. 손과 발처럼 가까이 지내고, 서로 도와주고, 즐거운 일이 있으면 함께 즐기고, 어려운 일이 있으면 함께 겪어야 한다. 나날이 배워서 나날이 향상하도록⋯⋯."

이렇게 해서 송범평과 이란은 부부가 됐고, 송강과 이광두는 형제가 되었으며, 두 가정은 한 가정이 되었다. 이광두와 송강은 바깥방에서 잤고 송범평과 이란은 안방에서 잤다. 이날 밤 두 아이는 캐러멜 껍데기를 들고 침대에 누워 껍데기에 남아 있는 연유 향을 맡으면서 꿈속에서도 토끼표 캐러멜을 만나기를 기원했다. 그런데 이광두가 잠들기 전 안방 침대가 삐걱대는 소리가 들려왔고, 모친이 응응거리며 울면서 가끔은 '아이야, 아이야' 소리치는 게 들렸다. 이광두가 듣기에 이날 밤 모친이 내는 소리는 이전의 울음소리와는 달랐다. 바로 그때 창밖 강에서 나룻배가 지나갔고, 끼익끼익 노 젓는 소리가 마치 안방에서 자신의 모친이 내는 소리 같았다.

7

송범평은 쾌활한 성격의 소유자였다. 사람들에게 맞은 얼굴이 시퍼렇게 멍들어서 살짝 웃기만 해도 고통이 가득했지만, 여전히 너털웃음을 터뜨리곤 했다. 그는 신혼 다음 날 집 밖에서 거침없는 몸짓으로 이란의 머리를 감겨주었다. 그때 그의 부어오른 얼굴은 마치 푸줏간에 걸린 돼지고기 덩어리 같았지만, 그는 이웃들의 재수 없는 웃음에 전혀 개의치 않고 우물물을 퍼서 세숫대야에 붓고 이란의 머리칼을 적신 뒤 비누를 묻혀 마치 이발사처럼 이란의 머리칼을 감긴 뒤 비누 거품이 가득해지면 다시 우물물을 떠서 깨끗이 닦아내고 수건으로 닦아준 뒤 참빗으로 깔끔하게 빗어주었다. 이 모든 과정 동안 이란을 손 한 번 못 쓰게 해서 이란이 고개를 들었을 때 주위에는 이미 열 명이 넘는 어른과 아이들이 모여서 마치 무슨 공연이라도 보는 양 실실거리고 있었다. 이란은 부끄러움에 얼굴이 새빨갛게 달아올랐지만, 동시에 행복의 미소도 피어올랐다.

그렇게 머리를 감겨주고 나서 송범평은 거리로 산보하러 가자고 큰 소리로 말했다. 이란의 머리칼에는 물기가 채 가시기 전이었는데, 송범평의 멍든 얼굴을 보며 주저하자 송범평은 그녀의 뜻을 알아채고 이제 아프지 않다며, 집 문을 잠그고 이광두와 송강의 손을 잡고 길을 나서니 이란은 따라나설 수밖에 없었다.

이광두와 송강은 중간에서, 그들의 부모는 양쪽에서, 네 사람은 손에 손을 잡고 거리로 나섰다. 거리의 사람들은 그들을 보고 웃어댔는데, 둘 다 재혼인 데다 두 아들 모두 의붓자식이고 신랑이 신혼 첫날 여섯 명과 대판 싸움을 벌인 사실을 알고 있었기 때문이다. 다만 그들이 예기치 못했던 것은 얼굴이 아직 퉁퉁 부은 상태인 신랑이 거리로 나와 만면에 의기양양한 표정으로 아는 사람을 볼 때마다 큰 소리로 인사를 하고 이란을 가리키며 소개를 하는 모습이었다.

"이쪽은 내 부인이야."

그리고 또 아이들을 가리키며 힘찬 목소리로 소개했다.

"둘 다 내 아들이야."

길거리의 사람들은 모두 웃는 얼굴이었지만, 그들의 웃음은 송범평의 웃음과는 다른 것이었다. 송범평이야 신랑이니까 즐거웠지만 그들은 이들을 비웃고 있었던 것이다. 이란은 사람들의 웃음이 어떤 웃음인지 알았고 손가락질하며 무슨 말을 하는지 알았기에 고개를 떨어뜨렸고, 송범평 역시 사람들의 비웃음을 모르지 않았으나 이란에게 낮은 목소리로 말했다.

"고개 들어요."

이 가족이 즐겁게 길을 걷는 동안 빙수가게를 지나게 되었는데 두 꼬마들이 먹고 싶어 죽겠다는 듯 가게 안을 들여다보았지만 그들 부모는 보고도 못 본 척 아이들 손을 잡아끌고 계속 앞을 향했고, 사진관 앞에 도착해서야 송범평은 걸음을 멈췄다. 그리고 들뜬 목소리로 들어가 가족사진을 찍자고 했다. 이때 그는 자신의 얼굴 상태를 완전히 잊고 있었다. 이란이 다음에 와서 찍자고 했지만 송범평은 이미 안으로 들어갔고, 아이들 손을 잡은 채 밖에 서 있는 이란을 향해 있는 힘껏 손을 흔들며 들어오라고 해도 이란은 들어가지 않았다.

송범평은 사진사에게 가족사진을 찍고 싶다고 말하고는 자신의 얼굴을 보고 깜짝 놀라는 사진사를 보고 그제야 오늘은 사진 찍기 어렵겠다는 생각을 하고, 거울에 비친 자신의 얼굴을 보면서 사진사에게 다시 말했다.

"오늘은 그만둡시다. 내 아내가 다음에 찍자고 하는군요."

기분이 좋은 송범평은 사진관에서 나온 뒤 실실 터져 나오는 웃음을 멈추지 못했고, 그 들뜬 기분은 이란에게도 전해져서 길을 걸으면서 두 사람은 계속 웃었다. 그리고 이광두와 송강 역시 깔깔거리기 시작했다. 엄마와 아빠가 왜 웃는지도 모르면서 말이다.

재혼한 이란은 기쁨에 들떴고, 전남편이 변소에 빠져 죽은 후 죽느니만 못한 7년, 개집 같이 헝클어진 머리로 보낸 7년 후 이제 처녀 때처럼 머리를 땋고 그 끝에 붉은 댕기까지 두 줄을 달았다. 그녀의 얼굴은 인삼이라도 달여 먹은 듯 붉은 기운이 돌았고, 편두통은 갑자기 사라졌으며, 7년 동안 입에서 떠나지 않던 잇새 소리는 어느새 흥얼거리는 노랫소리로 변해 있었다. 그녀의 현재 남편 역시 얼굴에는 혈색이 가득했고, 집을 드나들 때의 발걸음은 북소리처럼 활기가 넘쳤으며, 벽에 대고 싸는 오줌 소리는 마치 폭우처럼 세찼다.

두 번째 결혼을 한 이 부부는 찰떡같은 밀월의 시간을 보내며 잠시라도 틈만 나면 안방으로 들어가서 나오지 않았다. 물론 방문은 꼭 잠가둔 채로. 이광두와 송강은 두 사람이 안에서 뭘 하는지 들여다보고 싶었지만 어찌해볼 도리가 없었는데, 방 안에서 새어나오는 두 사람의 소리를 듣고 분명히 토끼표 캐러멜을 먹는 거라고 굳게 믿었다. 그들은 낮에만 먹는 게 아니라 밤에도 먹어댔다. 그들은 날이 채 저물기도 전에 방문을 걸어잠근 채 이광두와 송강을 피해 잠을 잤고, 두 사람의 입에서는 계속 소리가 새어나왔다. 이웃집 아이들이 한창 뛰어놀 시간에 이광두와 송강은 잠을 잘 수밖에 없었고, 송범평과 이란도 잠을 잔다고는 했지만 입으로 무슨 소리인지를 부단히 내뱉고 있었다. 이광두와 송강은 눈물과 침을 흘리며 꿈속에 빠져들었고, 눈물이야 다음 날 아침이면 말라버렸지만 침은 여전히 흘러내렸다.

그렇게 이광두와 송강이 침을 질질 흘리던 어느 날, 점심을 먹고 난 후 송범평과 이란의 입이 안방에서 또다시 소리를 낼 때 이광두는 문틈에 바짝 붙어서 안을 훔쳐보았고, 송강은 또 그의 등에 바짝 붙어 그때그때 소식을 전해 들었다. 이광두가 처음으로 본 것은 그들의 네 다리가 전부 침대 위에서 엉켜 있는 모습이었다. 이란의 벌어진 다리 사이를 송범평의 다리가 누르고 있었는데 이광두가 이를 보고 송강에게 보고했다.

"지금 침대에서 먹고 있는 중이야……."

이광두가 다시 문틈으로 송범평의 몸이 이란의 몸을 위에서 누르면서 두 손으로 허리를 꼭 안고 있는 모습을 보고 송강에게 전했다.

"지금은 꼭 껴안고 먹는 중이야……."

이광두가 다시 문틈으로 본 것은 위아래 첩첩인 두 사람의 얼굴이었다. 송범평이 이란에게 정열적인 입맞춤을 했고, 이광두는 키득거렸다. 그런 모습이 이광두에게는 대단히 웃겼던 것이다. 하지만 이광두는 금방 뒤에 서 있던 송강이 손으로 몇 차례 밀어도 모를 만큼 그 모습에 깊이 도취되었다. 송강이 소곤거리듯 물었다.

"야야, 지금은 어떻게 먹는데?"

이광두는 흥미진진한 얼굴로 돌아보며 신비감에 휩싸인 목소리로 말했다.

"캐러멜을 먹는 게 아니고 입술을 먹고 있어."

무슨 말인지 알 길이 없는 송강이 도대체 무슨 소리냐는 듯 물었다.

"누구 입술을 먹는데?"

이광두는 계속 신비감에 휩싸인 목소리로 말했다.

"네 아빠가 울 엄마 걸 먹고, 울 엄마는 네 아빠 걸 먹어."

송강은 깜짝 놀랐다. 그는 송범평과 이란이 두 마리 짐승처럼 서로를 뜯어먹는 광경을 떠올렸기 때문이다. 그 순간 방문이 갑자기 열리고 송범평과 이란이 놀란 표정으로 두 아이를 쳐다보았다. 송강은 두 사람의 입이 멀쩡히 달려 있는 모습을 보고 크게 한숨을 내쉬고는 이광두의 코를 가리키며 엄마와 아빠에게 말했다.

"얘가 나한테 거짓말했어요. 엄마, 아빠가 입을 뜯어먹고 있다고."

이광두는 머리를 흔들면서 변명했다.

"난 그냥 입을 먹고 있다고 했지, 뜯어먹었다고는 안 했어요."

송범평과 이란은 얼굴이 새빨개진 채로 키득거리면서 아무 말도 없이 집을 나서서 일터로 돌아갔다. 그들이 나간 후 이광두는 자신이 거짓말쟁이가 아니란 것을 증명하려는 듯 마치 극장에서 영화를 보는 것처럼 송강을 침대에 똑바로 앉게 하고 긴 의자를 가져와 송강 앞에 놓고는 자신은 거기에 엎드린 채 고개를 들어 걸상을 가리키며 자신이 본 것을 설명하기 시작했다.

"이게 우리 엄마야, 알았어? 그리고 내가 네 아빠고."

그는 긴 걸상을 자기 엄마라고 하고 자기를 송범평이라고 한 다음 입을 어떻게 먹는지 연기할 참이었다. 이광두는 긴 걸상 위에 엎드린 채로 걸상을 끌어안고 입을 맞추면서 찐한 소리를 냈고 몸을 위아래로 움직여댔다. 그러면서 송강에게 말했다.

"이렇게, 엄마, 아빠가 이렇게 했다고……."

송강은 왜 그렇게 움직이는지 알 수 없어 이광두에게 물었다.

"너 왜 그렇게 엉덩이를 움직이는데?"

"네 아빠가 이렇게 움직였다니까."

송강은 깔깔대며 웃었다.

"너 진짜 웃긴다."

이광두가 맞받았다.

"네 아빠가 진짜 웃긴 거지."

이광두가 걸상 위에서 들썩이는 속도가 점점 빨라지더니 얼굴이 달아오르면서 호흡까지 가빠지자 송강은 갑자기 겁이 나기 시작했다. 그는 침대에서 내려와 이광두의 몸을 밀면서 말했다.

"야야, 왜 그래?"

이광두는 들썩이던 엉덩이를 천천히 멈추고 몸을 일으키면서 짜릿한 표정으로 자신의 바지를 가리키며 말했다.

"이렇게 움직이니까 고추가 딱딱해져서 기분 되게 좋네."

후끈 달아오른 이광두는 송강에게도 긴 의자에 엎드려서 해보라고 했고, 송강은 반신반의하는 표정으로 이광두를 바라보며 긴 의자에 엎드리려는 순간, 침이 가득한 데다가 허연 콧물까지 뒤섞인 것 같아 다시 일어나 앉으면서 긴 의자를 가리켰다.

"저것 봐, 콧물을 잔뜩 흘렸잖아."

창피해진 이광두는 재빨리 소매로 긴 의자 위의 침과 콧물을 닦아내고서 다시 송강에게 엎드리라고 했지만 송강은 또다시 일어나 앉으며 트집을 잡았다.

"콧물 냄새 때문에 못 엎드리겠어."

무척이나 미안해진 이광두는 그래도 이 즐거움을 송강과 함께 나누고 싶은 마음에 정성스럽게 송강의 얼굴이 반대쪽으로 향하도록 배려해주었다. 송강이 다시 긴 의자에 엎드리자 이광두는 마치 선생처럼 이렇게 저렇게 지도했다. 허리를 어떻게 움직여야 하는지 부단히 바로잡아주며 지켜보다가 드디어 송범평의 움직임과 비슷해지자 이마에 흐르는 땀을 닦으며 매우 만족한 듯한 표정으로 물었다.

"기분 좋지? 고추가 딱딱해졌지?"

하지만 되돌아온 송강의 대답은 이광두를 낙담시키기에 충분했다. 송강은 일어나 앉으며 하나도 재미없다고 말했다.

"의자는 딱딱하고 울퉁불퉁해서 고추가 아팠어."

이광두는 의혹에 찬 눈빛으로 물었다.

"왜 기분이 안 좋지?"

이광두는 베개 두 개를 놓고 해보더니 조금 덜 푹신한 것 같아 안방에 있는 송범평과 이란의 베개까지 들고 나와서 정성스럽게 위에 놓고는 웃으며 말했다.

"이렇게 하면 분명히 기분 좋아질 거야."

송강은 이광두의 성의를 거절할 수 없어 베개 위에 엎드려 이광두의 지도에 따라 허리를 움직이기 시작했다. 그렇게 몇 번을 들썩이다가 다시 일어나 앉으면서 여전히 아프다고, 베개 속에 작은 돌멩이가 있는 것 같다고, 그것들 때문에 고추가 아프다고 했다.

그러다 기적이 일어났다. 그들 부모가 베개 속에 감춰놓은 토끼표 캐러멜 한 봉지를 발견한 것이다. 침대 아래를 뒤지다가 먼지를 뒤집어쓰기도 하고 이불을 까보다가 숨이 막힐 뻔하기도 하고, 아무튼 온 집 안을 다 뒤집으며 애타게 찾았지만 그림자도 발견할 수 없었던 캐러멜을 드디어 찾은 것이다. 캐러멜 수색 작업은 마치 바다에서 바늘 찾는 격이라 실망도 컸는데, 베개 속에서 저절로 나타났다.

두 꼬마는 마치 굶주린 강아지처럼 악을 써댔다. 캐러멜을 전부 침대 위에 쏟은 후 이광두는 한 번에 세 개를 입에 털어 넣었고, 송강도 두 개를 한꺼번에 입에 털어 넣었다. 그들은 연방 웃어대며 캐러멜을 빨아먹지 않고 마구 씹어 먹었다. 캐러멜은 무척이나 많았으니 말이다. 단맛과 연유 맛이 입 안에 가득했고, 그 맛이 창자 속으로 퍼져나가 콧구멍으로 새어나올 정도였다.

두 꼬마는 단숨에 서른일곱 개의 캐러멜을 네 개만 남긴 채 다 먹어 치웠고, 송강은 갑자기 걱정이 되기 시작했는지 울음을 터뜨렸다. 눈물을 닦으며 송강은 엄마, 아빠가 돌아오셔서 캐러멜을 찾아내다 먹은 걸 아시게 되면 어떡하느냐고 중얼거렸다. 송강의 말에 이광두도 놀라 움찔했지만 한 번에 불과했을 뿐, 남은 네 개의 캐러멜을 한꺼번에 입에 털어 넣어버렸다. 송강은 마지막 남은 네 개의 캐러멜을 혼자 먹는 이광두를 보며 울면서 물었다.

"넌 안 무섭니?"

이광두는 캐러멜 네 개를 완전히 삼킨 후에 입을 닦으며 말했다.

"이젠 무서워."

두 아이는 침대 위에 앉은 채 얼빠진 듯 멍한 표정으로 추풍낙엽처럼 흩어져 있는 서른일곱 장의 캐러멜 껍데기를 바라보고 있었다. 송강은 송범평과 이란이 돌아와 사실 확인을 한 후 무섭게 혼낼까 봐, 결혼하던 날 자신이 맞은 것처럼 얼굴이 퉁퉁 부어오를 때까지 두들 겨팰까 봐 무서워 울음을 멈추지 못했다. 송강의 울음에 이광두까지 점점 무서워지기 시작했다. 숨 한 번에 몸을 여남은 번이나 떨어댔다. 하지만 떨리던 몸이 가라앉자 그는 묘책을 생각해냈다. 그것은 바로 캐러멜과 크기가 엇비슷한 돌멩이들을 구해서 캐러멜 껍데기로 다시 싸놓는 것이었다. 송강은 울음을 그치고 웃기 시작했고, 이광두를 따라 침대에서 내려와 집 밖으로 나가서는 나무 아래, 우물가, 길거리, 심지어 송범평이 서서 오줌을 싸는 벽 아래까지 샅샅이 뒤져서 돌멩이들을 주웠다. 그러고 나서 침대로 돌아와서는 돌멩이를 캐러멜 껍데기로 싼 다음 봉투에 넣고, 이 괴상한 모양의 가짜 캐러멜들을 다시 베개 속에 집어넣고 안방 침대 위에 가져다 놓았다.

이 모든 일을 마친 후 송강은 다시 걱정이 되기 시작했는지 훌쩍이면서 눈물, 콧물을 훔치며 입을 열었다.

"다 알아채실 거야."

하지만 이광두는 울지 않았다. 다만 입을 헤 벌리고 바보처럼 잠깐 웃더니만 머리를 긁적이면서 송강을 위로했다.

"그래도 아직까진 모르시잖아."

이광두는 그 어린 나이에도 벌써 오늘은 오늘이고 내일 일은 내일 걱정하는 인간이었던 것이다. 토끼표 캐러멜을 다 먹어치운 그는 다시 긴 걸상에 흥미를 보였다. 송강이 훌쩍거리는 와중에도 그는 다시 걸상에 엎드려 몸을 들썩이기 시작했다. 이번에는 경험이 쌓였으니 고추 쪽으로 몸의 중심을 잡고 고추를 걸상에 대고 얼굴이 벌겋게 달아오르고 호흡이 가빠질 때까지 문질러댔다.

이광두와 송강은 서로 그림자처럼 붙어다녔고, 이광두는 자기보다 한 살 많은 송강을 좋아해서 형제가 생기고 나서는 그야말로 도처를 누비고 다니는 자유생활을 만끽했다. 그전까지는 이란이 실공장에 출근할 때 집 문을 잠갔기 때문에 혼자서 독수공방하며 하루하루를 보내는 수밖에 없었는데, 송범평은 이란과는 달리 열쇠꾸러미를 송강의 목에 걸어주었으므로 송강과 이광두는 줄 끊어진 연처럼 류진의 큰길과 골목을 가리지 않고 그야말로 신출귀몰 나다녔다. 송범평과 이란은 당초 두 아이가 매일같이 싸우지 않을까 걱정했지, 이렇게까지 마치 한 사람처럼 친하게 지낼지 생각조차 하지 못했다. 이 형제의 몸과 얼굴에는 뛰다가 넘어지면서 생긴 상처는 있어도 서로 싸우다가 생긴 멍은 없었다. 딱 한 번 두 아이의 입술이 터지고 코피가 흐른 적은 있었지만, 다른 집 아이들과 싸우다가 생긴 상처였다.

이광두는 걸상에 대고 고추를 문지르면서 자기 몸의 신세계를 발견한 후 마치 중독이라도 된 듯 수시로 자신의 고추를 문질렀다. 송강과 길거리를 걸어가다가도 갑자기 걸음을 멈추고 이렇게 말하고는 했다.

"몇 번만 문지를래."

그러고는 머리를 쳐든 채로 나무전봇대를 꼭 끌어안고는 윙윙거리는 전기 소리를 들으며 위아래로 문지르기 시작했고, 매번 얼굴이 새빨갛게 달아오를 때까지, 호흡이 깔딱거릴 때까지 문지르고 나서 더없이 행복한 표정으로 말하고는 했다.

"진짜 기분 좋다."

송강으로서는 이광두의 표정이 부럽기 그지없었으나 도대체 이해할 수 없는 것이었으므로 늘 이렇게 묻곤 했다.

"난 왜 기분이 안 좋지?"

이광두 역시 아무리 생각해도 이해할 수 없는 일이라 매번 머리를 가로저으며 이렇게 대답하곤 했다.

"글쎄 말이야. 왜 기분이 안 좋을까?"

언젠가 이광두와 송강이 다리를 지날 때 이광두가 갑자기 또 문지르고 싶었는지 다리 난간에 올라타고는 걸상에서 했을 때처럼 문지르고 있었다. 아래로는 우리 류진의 작은 강이 흐르고 있었고 가끔 예인선이 기적을 울리며 지나가곤 했는데 기적이 울리면 이광두는 유난히 더 흥분이 되는지 괴성을 질러댔다.

그때 마침 송범평과 싸웠던 그 중학생 셋이 지나가다가 난간 옆에서 괴상한 표정으로 이광두를 쳐다보며 물었다.

"야, 꼬마야. 너 지금 뭐하는 거냐?"

이광두는 몸을 돌려 가쁜 숨을 몰아쉬면서 대답했다.

"이렇게 문지르면 고추가 빵빵해져서 기분이 좋아지거든요……."

중학생들은 눈이 동그래지고 입이 떡 벌어진 채로 이광두의 말을 들었고, 이광두는 입과 몸으로 그들에게 가르치면서 나무전봇대를 끌어안고 해도 좋다고, 하지만 서서 하려면 힘드니까 엎드려서 하는 게 편하다면서 이렇게 덧붙였다.

"집에 가서 긴 걸상 위에서 이렇게 문지르면……."

세 중학생은 이광두의 교육을 듣고 나더니 놀란 듯 탄성을 질렀다.

"이 자식 다 컸네……."

이광두는 문지르다 보면 왜 기분이 좋아지는지, 송강은 기분이 왜 안 좋은지 드디어 이해할 수 있었다. 그리하여 세 중학생이 멀리 간 후 크게 깨달았다는 듯 말했다.

"내가 다 커서 그런 거였구나……."

그러고는 우쭐거리며 말했다.

"나는 네 아빠처럼 다 큰 거고, 넌 아직 덜 큰 거야."

이광두와 송강이 류진의 곳곳을 누비고 다닐 때 빼놓지 않는 곳이 바로 성서 골목이었다. 거기에 가면 대장간도 있고, 재봉소도 있고, 가위 가는 집도 있고, 이 뽑는 노점도 있고, 아이스케키 장수 왕씨가 케키 통을 두드리며 왔다 갔다 하기도 했다.

두 아이는 우선 재봉소 문 앞에서 우리 류진에서 혁혁한 명성을 날리고 있는 장 재봉이 줄자로 여자의 목 치수를 잰 후 가슴 치수를 재고, 그 후에 또 엉덩이 치수를 재는 광경을 구경했다. 신기하게도 그의 손이 닿으면 여자들은 화를 내는 것이 아니라 오히려 깔깔 웃어댔다.

장 재봉을 본 후에 두 아이는 관 가새네 가게에 갔다. 아비 관 가새는 마흔이 좀 넘었고, 아들 관 가새는 열다섯 살이었는데, 두 관 가새가 물이 담긴 나무대야를 사이에 놓고 앉은뱅이 걸상에 앉아 숫돌을 비스듬히 대야에 받쳐놓고 '솨솨' 하고 마치 비 내리는 듯한 소리를 내며 가위를 갈고, 두 아이는 그 광경을 지켜본다.

두 관 가새가 가위를 가는 광경을 다 보고 나면 두 아이는 이를 뽑는 가게의 여 뽑치를 보러 갔다. 여 뽑치네는 사실 가게가 따로 없고 길가에 파라솔을 펴고 그 아래 탁자를 놓은 채, 탁자 왼쪽에는 크고 작은 집게들을 펼쳐놓고 그 오른쪽에는 수십 개의 크기가 각기 다른 이들을 전시한 채 손님을 기다렸다. 탁자 뒤에는 걸상이 하나 있고 옆에는 등나무 의자가 하나 있는데, 손님이 오면 그 등나무 의자에 앉히고 여 뽑치는 걸상에 앉아서 이를 뽑지만, 평상시에는 여 뽑치가 그 등나무 의자에 편히 드러누워 있었다. 한 번은 등나무 의자가 비어 있는 걸 본 이광두가 그 속에 폭 들어가 쉬려 하자 여 뽑치가 마치 조건 반사처럼 집게를 잡아들더니 이광두의 주둥이를 벌려 집게를 집어넣었고, 이광두는 깜짝 놀라 악을 썼다. 그 순간 여 뽑치는 이광두가 손님이 아니라는 걸 깨닫고 이광두를 끌어내면서 이렇게 소리쳤다.

"이런 제기랄, 죄다 젖니잖아. 꺼져, 이 자식아!"

동 철장네 가게는 두 아이가 제일 좋아하는 곳이었다. 동 철장에게는 자기 소유의 수레가 한 대 있었는데 당시로서는 그 한 대만으로도 요즘에 트럭을 가진 것보다도 더한 위세를 떨 수 있을 정도였다. 동 철장은 매주 한 번씩 고물상에 가서 고철 더미를 사가지고 오곤 했고, 아이들은 그것들을 녹이고 두드려 폐 구리로 액자틀을 만들거나 고철로 낫과 호미를 만드는 광경을 좋아했다. 특히 불꽃을 튕기며 쇠를 두드리는 광경에 아이들은 탄성을 질렀고, 한 번은 송강이 동 철장에게 이렇게 물은 적도 있었다.

"하늘에 별들도 쇠를 두드릴 때 생긴 거예요?"

그러면 동 철장은 이렇게 대답했다.

"그럼, 이 어른께서 만든 거지."

송강은 동 철장을 극도로 존경했기에 하늘의 별들이 진짜 동 철장의 대장간에서 날아간 것이라고 믿었지만, 이광두는 달랐다. 그는 동 철장의 말이 죄다 헛소리이며 동 철장이 두들긴 불꽃은 대장간을 나서기도 전에 땅에서 사라질 뿐이라고 맞받아쳤다.

동 철장의 말이 헛소리라는 걸 알면서도 이광두는 그가 대장간에서 쇠를 두드리는 광경을 보는 걸 좋아했다. 이광두는 세 중학생으로부터 자신이 왜 고추 문지르기를 좋아하는지에 대한 이론적 근거를 획득했고 이제는 대장간에 와서도 긴 걸상에 엎드렸다. 원래는 송강과 나란히 앉아서 동 철장이 쇠 치는 모습을 지켜보았지만, 이날 송강은 한쪽에 서 있었고 이광두만 두 팔을 벌린 채 당당하게 말했다.

"어쩔 수가 없어. 난 다 커서 그런 거니까."

이광두는 날아다니는 불꽃을 보면서 자신의 몸을 부단히 들썩였고, 숨을 헐떡거리면서도 송강과 함께 악을 썼다.

"별, 별, 이렇게 많은 별들……"

그 당시 동 철장은 20대 청년으로 훗날 살찐 엉덩이와 결혼하기 전이었다. 살집 좋은 동 철장은 왼손에는 집게를, 오른손에는 쇠망치를 든 채 쇠를 두드리면서 이광두를 보고는 단박에 녀석이 뭘 하는지 알아챘고, 요런 쪼그만 잡놈의 새끼가 혼자서 그짓을 하는 꼴을 보고는 순간 정신이 나가서 하마터면 망치로 자신의 왼손을 내려칠 뻔했다. 동 철장은 불길에 덴 듯 깜짝 놀라 집게를 내던지고 투덜대며 망치를 내려놓으면서 걸상에 엎드린 채 헐떡거리는 이광두에게 물었다.

"야 인마, 너 몇 살이냐?"

이광두는 헐떡거리며 대답했다.

"이제 곧 여덟 살이 돼요."

동 철장은 어이가 없다는 듯 말했다.

"이런 니미럴, 요 쪼그만 잡놈의 새끼, 여덟 살도 안 된 자식이 벌써 성욕이 있다니."

이리하여 이광두는 성욕이 뭔지 알게 되었고, 동 철장의 나이가 중학생들보다 훨씬 많았기 때문에 그의 말이 더 맞는 말이라고 믿었다. 그때부터 이광두는 컸다는 말 대신 성욕이라는 말을 쓰기 시작했고, 득의양양하게 송강에게 말했다.

"넌 성욕이 아직 안 생겼지만, 네 아빠는 성욕이 있어. 나도 있고."

이광두는 나무전봇대에 열심히 비벼대다가 얼굴이 달아오르면 기어오르다가 쭉 미끄러져 내려오곤 했는데, 그렇게 내려오고 나서는 감개무량한 듯 송강에게 말하곤 했다.

"기분 진짜 죽인다!"

한 번은 막 나무전봇대를 기어오르는 중에 중학생들이 오는 걸 보고는 재빨리 미끄러져 내려오더니 송강에게 기분 좋다는 말을 하는 대신 세 중학생을 다급하게 불러세우고는 이렇게 말했다.

"형들이 잘 몰라서 그런데, 내 고추가 문질러서 딱딱해질 때는, 내가 다 컸다는 게 아니라 성욕이 생긴 거예요."

　폭풍과도 같은 밀월의 세월이 지나간 후에도 송범평과 이란의 행복한 생활은 면면히 이어졌다. 출근할 때도 함께 집을 나섰고, 퇴근할 때도 함께 집에 들어섰다. 송범평의 학교는 집에서 가까워 그는 퇴근하면 늘 먼저 다리에서 기다렸다. 그렇게 3분 정도를 기다리면 이란이 모습을 나타냈고, 두 사람은 미소 띤 얼굴로 어깨를 나란히 한 채 집으로 들어왔다. 그들은 그렇게 늘 함께 장을 보고, 함께 식사를 준비하고, 함께 빨래를 하고, 함께 잠을 잤고, 함께 일어났으니 함께하지 않는 시간이 없는 듯 보였다.

　1년이 지난 후 이란의 편두통 증세가 다시 나타났다. 이란은 신혼의 기쁨으로 잠시나마 지병을 잊고 지냈으나 마치 시간이 지날수록 돈이 늘어가는 정기적금처럼, 이 병이 다시 엄습했을 때의 고통은 머리가 깨질 정도였다. 그리하여 잇새 소리를 내는 정도가 아닌, 고통 때문에 눈물을 줄줄 흘릴 정도였고, 마치 산후조리를 할 때처럼 머리에 수건을 동여맨 채 마치 스님들이 목어를 두드리듯 온종일 손가락으로 자기 머리의 태양혈을 두들겨대서 집 안에 탁탁 소리가 그치지 않았다.

　그러니 송범평의 잠은 눈에 띄게 줄어들 수밖에 없었다. 깊은 밤 이란의 신음 소리에 깨면 일어나 우물물을 길어 수건을 그 찬물에 적신 다음 꼭 짜서 이란의 이마에 덮어주면 이란이 한결 편안해했기 때문이다.

　그렇게 송범평은 밤새 고열에 시달리는 환자를 돌보듯 밤에 몇 차례나 차가운 수건으로 이란의 머리를 식혀주곤 했다. 송범평은 이란이 병원에 입원해서 치료받아야 한다고 생각했지만 류진의 병원 의사들은 일고의 가치도 없다고 여겼기 때문에 그는 식탁에 앉아서 상해에 있는 자신의 누님에게 상해의 병원을 좀 알아보라는 편지를 거의 매주 썼고, 편지에는 항상 '황급히'라는 말과 함께 마지막에 느낌표를 붙이는 걸 잊지 않았다.

두 달 후 드디어 그의 누님으로부터 병원에 이미 연락을 취했다는 답신이 왔으나 반드시 류진의 병원에서 발행한 전원(轉院. 상급 병원으로 옮겨야 한다는 동의서 같은 증명서—옮긴이) 증명서가 있어야 한다는 조건이 붙어 있었다. 송범평은 학교에 반나절 휴가를 내고 이란이 일하고 있는 실공장에 갔다. 그리고 공장장을 직접 만나서 이란이 상해 병원에 가서 편두통을 치료하도록 허락해달라는 말을 직접 할 생각이었다. 이날 하루 이란은 자신의 남편이 얼마나 대단한 사람인지 새삼 느끼게 되었다. 평생 아파도 휴가 낼 생각을 전혀 못했던 이란으로서는 남편을 데리고 공장장실에 들어간다는 생각을 감히 해본 적이 없어서 밖에서 송범평에게 기어들어가는 목소리로 자신은 도저히 못 들어가겠으니 혼자만 들어갈 수 없겠냐고 애원했다. 송범평은 웃으며 고개를 끄덕였고, 이란에게 밖에서 그저 좋은 소식만 기다리고 있으라며 혼자 사무실 안으로 들어갔다.

송범평은 우리 류진에서는 대단히 유명한 사람이었다. 지난번 농구경기가 있던 날의 덩크슛은 온 동네에 다 알려졌고, 공장장에게 자신을 미처 다 소개하기도 전에 공장장은 그만하라고 손사래를 쳐대며 당신이 누구인지 안다고 먼저 말을 꺼낼 정도였다. 그러고는 두 사람은 마치 오랜 친구라도 되는 양 한담을 한 시간도 넘게 주고받았고, 송범평은 아내가 밖에서 기다리고 있다는 사실조차 잊어버릴 정도였다. 이란은 안에서 주고받는 이야기에 깊이 빠져들었고, 훗날 남편을 그리워하면서 한껏 감격에 겨워 이렇게 말하곤 했다.

"그 사람은 입담이 참 좋았어!"

송범평이 공장장과 함께 나왔을 때 공장장은 이란이 상해에 가서 치료하는 것에 대해 동의해준 것뿐만 아니라 이란에게 상해에 가서 다른 생각 말고 치료에만 전념하고, 돌아와서 무슨 문제가 생기면 공장에 와서 말하라고, 그러면 꼭 해결해주겠다고 확답해주었다.

이란을 완전히 매료시킨 송범평의 입담은 병원에서도 유감없이 발휘됐다. 그는 병원의 한 젊은 의사와 이야기를 나누는 동안 화제가 끝이 없었고, 화제마다 반드시 의견의 일치를 보았고, 두 사람 모두 눈썹이 날리고 침이 튀도록 이야기에 열중했다. 이란은 곁에서 그저 눈이 동그래져서 그 광경을 지켜보았고, 자신의 두통마저 잊어버릴 정도였다. 그녀는 환희가 가득한 눈으로 송범평을 바라보았고, 자신과 1년을 넘게 함께 산 남자가 이렇게까지 재주가 많은 사람인 줄은 꿈에도 생각하지 못했다. 전원 증명서를 건네주고 난 뒤 그 젊은 의사는 아직도 미련이 남았는지 병원 대문까지 나와 전송해주며 송범평의 손을 잡고서 오늘 1천 배도 모자랄 술친구를 만난 듯, 바둑의 상대를 만난 듯 기분이 좋으니 언제 한번 꼭 시간을 내서 황주 한 근에 안주를 곁들여 죽을 때까지 마시며 밤새 이야기해보자고 했다.

집으로 돌아오는 길에 기쁨으로 충만해진 이란은 연방 손으로 가볍게 송범평의 손을 건드렸고, 송범평이 돌아볼 때 그녀의 눈빛은 마치 용광로 속의 화염처럼 뜨거웠다. 집에 도착한 후 이란은 송범평의 손을 잡고 방으로 들어간 다음 문을 잠근 후 송범평을 꼭 끌어안았다. 송범평의 넓은 가슴에 얼굴을 묻은 이란은 행복의 눈물을 쏟았고, 송범평의 가슴은 젖어갔다.

전남편이 똥통에 빠져 죽은 후 이 소심한 여인은 자기 비하에 익숙해졌고, 의지할 곳 없는 외로움에 익숙해졌지만, 이제 송범평은 그녀에게 꿈에도 그리지 못했던 행복을 가져다주었다. 더 중요한 것은 이란에게 의지할 곳이 생겼다는 것이었다. 게다가 그녀의 눈에 자신의 후원자가 그렇게 강건해 보였으니 앞으로 다시는 고개를 떨어뜨린 채 거리를 다닐 필요도 없을 것 같았다. 송범평으로 인해 그녀는 자랑스럽게 고개를 똑바로 들고 다닐 수 있게 되었다.

송범평으로서는 이란이 왜 이렇게 흥분하는지 알 수가 없어 웃으며 그녀를 살짝 밀쳐내고는 왜 그러느냐고 물었다. 이란은 아무 말 없이 그저 고개만 가로저으며 그를 꼭 껴안아주었다. 그렇게 꼭 껴안고 있다가 밖에서 이광두와 송강이 '배고파! 배고파! 배고프다고!'라며 고래고래 지르는 소리를 듣고 나서야 손을 풀어주었다. 그때 송범평은 왜 우느냐고 물었고, 이란은 수줍은 듯 고개를 돌려 문을 열고 총총히 방을 나섰다.

이란은 다음 날 오후 장거리 버스를 타고 상해에 가기로 했고, 식구들은 낮에 집을 나섰다. 송범평은 초혼 때 상해에서 산, 겉에 '상해'라고 선명한 붉은색 글씨가 쓰여 있는 회색 여행 보따리를 들고 있었다. 그들은 모두 깨끗한 옷을 입고 먼저 사진관으로 갔다. 1년여 전 송범평과 이란이 결혼한 다음 날, 송범평은 가족사진을 찍으려 했지만 얼굴에 멍이 들어 찍지 못했다. 그 후로 까맣게 잊고 지내다가 이란이 상해에 가게 되자 갑자기 가족사진이 생각난 것이다.

그들 네 식구는 사진관에 도착했고, 거기서 송범평은 또 한 번 아내를 놀라게 만들었다. 도대체 모르는 것이 없는 이 남자는 사진사에게 네 식구의 얼굴에 그늘이 지지 않도록 조명의 위치를 전부 새롭게 하도록 이렇게 저렇게 지시했고, 사진사도 연방 고개를 끄덕이면서 조명기의 위치를 바꾸며 송범평의 말에 동의를 표했다. 사진사가 조명기의 위치를 조정하자 송범평은 사진기를 들여다보면서 다시 조명의 방향을 조정한 다음 두 아이에게 고개를 들어올리고 웃어보라고 주문했다. 이광두와 송강은 가운데에, 이란은 송강의 옆에, 그리고 자신은 이광두의 옆에 선 후 다들 사진사의 손을 잘 보라고 한 다음 사진사에게 숫자를 세게 하지 않고 자신이 직접 수를 셌다.

"하나, 둘, 셋, 웃어!"

'찰칵!' 하는 셔터 소리와 함께 네 식구의 환한 얼굴이 한 장의 흑백 사진 속에 담겼다. 송범평은 돈을 낸 후 파란색 영수증을 한 장 받아들고는 그것을 조심스럽게 가죽지갑 속에 넣으면서 아이들에게 일주일 후면 사진을 볼 수 있다고 말해주었다. 그런 다음 회색 여행보따리를 들고 부인과 아들들을 인솔해서 장거리 버스터미널로 갔다.

터미널 대합실의 긴 의자에 네 식구가 나란히 앉은 채로 송범평은 이란에게 자기 누님이 어떻게 생겼는지를 거듭 설명해주었다. 그리고 누님이 상해 터미널 출구 오른쪽에서 편지에 쓴 대로 손에 〈해방일보〉를 들고 있을 거라고 이야기해주었다. 송범평이 그렇게 쉬지 않고 재잘재잘 말하는 동안 등짐을 진 사탕수수 장사가 맞은편에서 쉬지 않고 호객을 했고, 이를 본 이광두와 송강은 군침이 잔뜩 돌아서 고개를 빳빳이 세운 채 가련한 얼굴로 그들의 부모를 쳐다보았다.

평소의 이란은 검소하기가 그지없어 웬만하면 안 먹고 안 마셨지만, 아이들과 곧 헤어질 참이니 사탕수수를 사주기로 했다. 두 아이는 사탕수수 장사꾼이 사탕수수 껍질을 착착 벗겨내고 칼로 쳐서 네 개로 만들어주자 그때부터는 사탕수수 먹는 데만 정신이 팔려서 자기 부모가 서로 무슨 이야기를 주고받는지 신경 쓰지도 않았다.

검표가 시작되자 송범평의 입담이 또 한 번 그 진가를 발휘하여 네 식구 모두 승강장에 들어갈 수 있도록 허락을 받아냈고, 네 식구 모두 버스에 올라탔다. 송범평은 이란을 자리에 앉히고 나서 여행보따리를 짐칸에 올려놓은 다음 젊은 청년에게 상해에 도착하면 짐 내리는 걸 좀 도와달라고 부탁했다. 그러고 나서 송범평은 이광두와 송강을 데리고 차에서 내렸다. 이란은 차창 밖의 세 사람을 애틋한 눈길로 바라보았고, 송범평이 무슨 말 한마디를 하면 그녀 역시 고개를 한 번 끄덕였으며, 마지막으로 송범평이 돌아올 때 아이들에게 줄 것들을 잊지 말고 사오라고 하자 사탕수수를 먹던 이광두와 송강은 즉시 소리를 질렀다.

"토끼표 캐러멜요!"

그들 부모가 집에 아직 남아 있다고 말해주자 이광두와 송강은 자신들의 실수에 깜짝 놀라 입 안의 사탕수수조차 씹지 못했다. 그러나 다행스럽게도 그 순간 버스가 움직이기 시작했다. 버스가 터미널을 나설 무렵 이란은 눈물이 그렁그렁한 채로 남편과 아이들을 돌아보았고, 송범평은 그녀를 향해 손을 힘차게 흔들었다. 버스가 곧 터미널을 빠져나갔다. 그때 송범평의 얼굴에는 환한 미소가 걸려 있었고, 다만 그는 아내를 보는 것이 이때가 마지막이라는 사실은 알지 못했다. 이란이 그에게 마지막으로 남긴 모습은 눈물을 훔치던 옆모습이었고, 이광두와 송강은 버스가 멀리 가면서 흩뿌리던 먼지를 기억했다.

9

이란이 상해에 간 뒤 우리 류진에도 문화대혁명이 닥쳐왔고, 송범평은 아침 일찍부터 밤늦게까지 학교에서 지냈다. 아침 일찍 나가서 밤늦게 들어오는 것은 이광두나 송강도 마찬가지였지만, 그들은 온종일 길거리를 쏘다니는 것이 일과였다. 류진의 대로는 인산인해를 이루어 매일 시위대가 거리를 오갔고, 팔뚝에 붉은 완장을 두른 사람들은 점점 늘어났으며, 가슴에 모 주석의 붉은 배지를 단 사람들, 손에 모 주석의 붉은 어록을 든 사람들도 갈수록 늘어갔다. 점점 더 많은 사람들이 개떼처럼 모여들어 구호를 외치며 노래를 불렀다. 그들은 혁명구호를 외쳐댔고, 혁명가를 불렀고, 벽에 붙인 대자보는 갈수록 두터워져서 나중에는 바람이 불 때 나뭇잎들이 서로 부딪는 소리를 냈다. 어느 때부터인가 머리에 종이로 만든 고깔모자를 쓴 사람들이 나타났고, 나중에는 가슴에 커다란 나무널빤지를 걸고 있는 사람들, 심지어 깨진 솥이나 그릇을 두드리며 자기를 타도하라는 구호를 외치며 거리를 오가는 사람들도 생겨났다. 이광두와 송강은 고깔모자를 쓴 사람들, 나무널빤지를 목에 건 사람들, 깨진 냄비뚜껑을 두드리는 사람들이 다들 이야기하는 계급의 적들이라는 사실을 알고 있었다. 사람들은 그들의 얼굴을 후려치기도 했고, 그들의 배를 걷어차기도 했고, 그들의 목에 대고 코를 풀기도 했으며, 고추를 꺼내 그들의 몸에다 한바탕 오줌을 갈기기도 했다. 그들은 그런 수모를 당하면서도 감히 말을 하지 못했고, 흘겨볼 엄두조차 내지 못했다. 사람들은 낄낄거리며 그들에게 스스로 자기 얼굴을 때리라고 요구했고, 스스로를 욕하도록 시켰다. 자기 욕을 마치면 조상을 욕하라고 시켰고……

이것이 이광두와 송강이 겪은 잊을 수 없는 유년의 여름에 대한 기억이다. 당시 그들은 그저 류진이 날마다 명절이라도 지내듯 매일같이 시끄러웠다는 것 이외에 문화대혁명이 뭔지 세상이 왜 변했는지 알지 못했다.

이광두와 송강은 두 마리의 들개처럼 우리 류진 곳곳을 누비고 다녔다. 그들은 등이 땀에 흠뻑 젖도록 시위대마다 따라다녔고, 시위대가 외치는 "만세" 소리를 따라 한 번, 또 한 번 외쳤고, "타도하자!"라는 말을 외치면 역시 따라서 한 번, 또 한 번 따라 외쳤다. 그렇게 입이 마르고 혀가 바싹 탈 정도로 소리를 지르다 목구멍이 원숭이 똥구멍처럼 빨갛게 부어올랐다. 이광두는 시위대를 따라다니는 와중에도 임도 보고 뽕도 따는 격으로 나무전봇대만 보면 당연하다는 듯 몇 번씩 해버렸다. 이제 갓 여덟 살이 된 사내아이는 나무전봇대를 꼭 끌어안고 자연스럽게 위아래로 비벼댔다. 이광두는 몸을 비벼대면서 얼굴이 발갛게 달아오르는 와중에도 흥미진진한 얼굴로 시위대를 바라보며 불끈 쥔 조그만 주먹을 힘차게 흔들며 시위대의 "만세!", "타도하자!" 하는 구호를 따라 외쳤다. 거리를 지나는 사람들은 이광두가 나무전봇대에 매달린 모양을 곁눈질하며 입을 가린 채로 키득거렸다. 그들은 녀석이 뭘 하는지 알아챘지만, 입 밖으로는 아무 말도 내뱉지 않았고, 속으로만 몰래 키득거렸다. 물론 전혀 생각도 못한 사람들도 있었다. 한번은 장거리 버스터미널 근처에서 간식식당을 하는 여자가 지나가다 이광두가 열이 올라 나무전봇대에 열심히 몸을 비벼대는 모습을 보고는 희한하다는 듯 물었다.

"야, 꼬마야, 너 지금 뭐하는 거냐?"

이광두는 연방 몸을 비벼대면서 구호를 따라 외치느라 정신이 팔려서 성이 소씨인 이 아줌마를 무심히 흘끗 쳐다보고는 대꾸조차 하지 않았다. 그때 마침 세 중학생이 걸어왔는데, 그들은 이광두가 다 컸다는 이야기는 하지 않고, 이광두가 끌어안고 있는 나무전봇대와 이광두 그리고 위의 전선을 가리키며 소씨 아줌마에게 말했다.

"이 꼬마 지금 전기 오른 거예요."

길거리의 사람들이 웃음을 터뜨렸고, 옆에 있던 송강은 왜 웃는지조차 모르면서 사람들을 따라서 깔깔거렸다. 이광두는 사람들이 자신을 오해하는 게 상당히 불쾌했는지 상하로 비비는 운동을 멈추고는 이마의 땀을 닦으며 같잖다는 듯 중학생들에게 말했다.

"뭘 몰라요."

그리고 이광두는 득의양양한 표정으로 소씨 아줌마에게 말했다.

"제가요, 성욕이 끓어올라서요."

소씨 아줌마는 대경실색하여 고개를 연방 가로저으며 중얼거렸다.

"세상에나, 세상에나……."

그때 우리 류진 역사상 최대의 시위 인파가 선두부터 후미까지 쇠털처럼 많은 붉은 깃발을 바람에 펄럭이며 몰려왔다. 큰 깃발은 침대보만큼 컸고, 작은 것은 손수건만 했는데 깃대끼리 서로 부딪치고, 깃발은 깃발끼리 겹쳐 펄럭이며 바람에 나부꼈다.

우리 류진의 대장장이 동 철장은 쇠망치를 높이 든 채 정의를 보면 용감히 나서는 혁명 대장장이가 되겠다면서 계급의 적들의 개머리와 개다리들을 짓이겨 호미나 낫처럼 납작하게 만들어 작살을 내버리겠다고 소리를 질러댔다.

우리 류진의 여 뽑치는 이 뽑는 집게를 높이 치커든 채 자신은 애정과 증오를 분명히 하는 혁명적인 치과의사가 되겠다면서 계급의 적들은 멀쩡한 이를 뽑아버리고, 계급의 형제자매들은 썩은 이만 뽑겠다고 소리를 질러댔다.

우리 류진의 옷을 만드는 장 재봉은 목에 줄자를 건 채 자신은 통찰력 있는 재단사가 되겠다며 계급의 형제자매들에게는 세계 최신의, 최고로 아름다운 옷을 만들어줄 것이지만, 계급의 적들에게는 세계에서 가장 후진 수의를 지어주겠다고 외쳤다가 갑자기 이렇게 말했다.

"아니지! 내가 잘못 말했어!"

그러더니 가장 후진 염포를 지어주겠다고 고쳐 말했다.

우리 류진의 아이스케키 장수 왕 케키는 아이스케키 상자를 등에 멘 채 자신은 영원히 녹지 않는 혁명적인 아이스케키 장수가 되겠다면서 아이스케키를 사라고, 자신은 계급의 형제자매들에게만 아이스케키를 팔지, 계급의 적에게는 절대 팔지 않겠다고 고함을 쳤다. 왕 케키의 장사는 날개 돋친 듯했다. 왜냐하면 그가 파는 아이스케키는 일종의 혁명증서였기 때문이다. 그는 계속 소리쳤다.

"빨리 사세요. 내 아이스케키를 사는 사람들은 계급의 형제자매요, 안 사는 사람들은 계급의 적입니다요!"

우리 류진의 가위를 가는 관 가새 부자는 두 손에 가위를 든 채 자신들은 서슬 퍼런 혁명적 가위갈이가 되겠다며, 계급의 적을 보면 바로 그들의 '좆'을 잘라버리겠다고 고함쳤다. 아비 관 가새의 말이 끝나자마자 아들 관 가새는 새어 나오는 오줌을 참을 수가 없었는지 계속 입으로 '잘라, 잘라, 잘라', '좆, 좆, 좆'이라고 중얼거리며 시위대 속 사람들 사이를 뚫고 벽에 서서 바지를 풀고 오줌을 쌌다.

기골이 장대한 송범평은 시위 대열의 제일 앞에 서서 두 손을 곧게 편 채로 거대한 홍기를 들고 있었는데, 그 크기가 침대보 두 장을 합친 것에 베갯잇 두 장을 더해야 할 정도였다. 바람에 펄럭이는 송범평의 붉은 깃발은 마치 출렁이는 파도와 같았고, 송범평은 마치 출렁이는 물결을 든 채 걸어오는 것 같았다. 그의 러닝셔츠는 이미 땀에 흠뻑 젖었고, 그의 근육은 마치 다람쥐들처럼 그의 어깨와 팔뚝에서 꿈틀거렸으며 벌겋게 달아오른 얼굴에서는 땀조차 격정적으로 흘러내렸고, 그의 눈빛은 마치 하늘의 번개처럼 빛났다. 그는 이광두와 송강을 보고는 큰 소리로 외쳤다.

"아들들아, 이리 오너라!"

그때 이광두는 나무전봇대를 끌어안은 채 주위 사람들에게 소씨 아줌마가 왜 "세상에나!"라고 말했는지 묻는 중이었다. 그러다가 송범평의 목소리를 듣고는 바로 나무전봇대에서 떨어져 송강과 같이 뛰어갔다. 두 아이는 양쪽에서 송범평의 러닝셔츠를 잡았고, 송범평은 깃대를 내려 아이들이 깃대를 잡을 수 있도록 했다. 이광두와 송강이 우리 류진에서 제일 큰 홍기를 들고 가장 긴 시위 대열의 최전선을 걷고 있는 셈이었다. 송범평이 성큼성큼 걸으면 두 아이는 잔걸음으로 뛰어 그의 옆에 바짝 따라붙었고, 수많은 아이들이 길 옆에서 부러움에 침을 흘리며 그들을 따라 뛰었다. 우쭐거리기 좋아하는 중학생 셋도 그 순간만큼은 실없이 웃으며 연도의 사람들 틈에 섞여 함께 뛰었다. 이광두와 송강이 송범평을 따라가는 것은 강아지가 코끼리를 따라가는 것과 같았다. 두 아이는 달리다 다리가 꼬였고, 불기둥이 올라오듯 숨이 목구멍까지 차올랐다. 그러던 중 다리에 이르렀을 때 송범평은 드디어 걸음을 멈췄고, 모든 시위 행렬 역시 걸음을 멈추었다.

사람들이 다리 아래쪽 거리 곳곳에 가득했고, 그들의 시선은 다리 위의 송범평을 향했다. 모든 깃발은 다리 위에서 펄럭이는 깃발을 향했고. 송범평이 두 손으로 깃발을 자신의 머리 위까지 쳐들자 우리 류진에서 가장 큰 홍기는 마치 폭죽이 터지듯 큰 소리를 내며 바람에 펄럭였다. 곧이어 송범평은 자신의 붉은 깃발을 좌우로 휘둘렀고, 이광두와 송강은 고개를 들어 거대한 홍기가 어떻게 그 비상을 시작하는지 바라보았다. 깃발은 그들의 왼쪽에서 오른쪽으로 날아갔고, 다시 왼쪽으로 날아왔다. 그렇게 깃발은 다리 위에서 날아다녔고, 깃발이 일으키는 바람에 사람들의 머리칼이 휘날려 좌우로 떠다녔다. 송범평이 깃발을 휘두르고 있을 때 사람들은 만세를 연창했다. 이광두와 송강은 수많은 주먹들이 올라갔다가 내려가며 출렁이는 광경을 지켜보았고, 사람들이 외치는 구호는 마치 대포소리처럼 크게 울렸다.

이광두는 나무전봇대를 껴안고 소리쳤을 때처럼 와와 소리를 질렀고, 격하게 외쳐서인지 얼굴이 달아오르고 목덜미가 다 굵어질 지경이었다. 그때 송강에게 말했다.

"성욕이 올라."

그러고 나더니 얼굴이 달아올라 목을 길게 뽑고 눈을 감은 채 있는 힘을 다해 소리치는 송강을 보고 이광두는 놀라움과 기쁜 나머지 손으로 송강을 툭툭 치며 물었다.

"너도 성욕이 생겼어?"

이날이 송범평에게는 가장 빛나는 하루였다. 시위가 끝나고 사람들은 다들 각자의 집으로 돌아갔다. 송범평은 이광두와 송강의 손을 잡고 거리를 걸었다. 많은 사람들이 송범평의 이름을 부르며 아는 체하자 송범평은 "어어" 하며 일일이 대답했고, 어떤 사람들은 다가와서 악수를 청하기도 했다. 송범평의 곁에서 걷던 이광두와 송강은 시내 모든 사람들이 송범평을 아는 체하자 기분이 우쭐해졌다. 아이들은 기분이 좋아서 송범평에게 쉬지 않고 이름을 부른 사람이 누구냐, 방금 악수한 사람은 누구냐 물으며 걸었고, 집과는 점점 더 멀어지기에 어디 가느냐고 물었더니 송범평은 맑은 소리로 대답했다.

"밥 먹으러 식당에 간다."

그들이 인민반점에 도착하자 식당 안에 계산원, 종업원, 식사 중인 사람들 모두 이들을 향해 손을 흔들었고, 송범평은 사람들을 향해 마치 모 주석이 천안문 성루에서 손을 흔들듯 자신의 큰 손을 흔들었다. 그들이 창가의 자리에 앉자 계산원, 종업원들이 주위로 몰려들었고, 식사 중이던 사람들도 먹던 그릇을 든 채로 와서 앉았으며, 안에서 음식을 만들던 사람들까지 밖의 소리를 듣고 온몸에 기름기 가득한 채로 나와서 이광두와 송강의 뒤에 서서 중구난방으로 이것저것 물어왔다. 위대한 모 주석과 위대한 무산계급 문화대혁명의 시작부터 부부 싸움과 아이들 병 걸린 것까지 물었다. 송범평은 류진 역사상 가장 큰 홍기를 흔들고 나자 류진 역사상 가장 중요한 인물이 되어버렸다. 그는 단정하게 앉아 큰 양손을 탁자 위에 올려놓은 채 대답할 때마다 다음과 같은 말로 시작했다.

"모 주석께서 우리를 지도해주시고……"

그의 대답은 죄다 모 주석의 말이지 자신의 말은 한마디도 없었다. 그의 대답을 들은 사람들은 마치 딱따구리처럼 고개를 끝없이 끄덕였고 입으로는 마치 치통을 앓는 것처럼 "아이야, 아이야" 찬탄을 멈추질 않았다. 그때 이광두와 송강은 배가 고파서 가슴이 등짝에 붙을 지경이었고, 새어나오는 방귀도 죄다 헛방귀였지만, 여전히 한마디도 하지 않고 송범평을 존경의 눈빛으로 쳐다보며 송범평의 혀를 모 주석의 혀처럼, 송범평이 튀기는 침을 모 주석의 침인 것처럼 느꼈다.

이광두와 송강은 인민반점에 얼마나 오래 앉아 있었는지, 언제 해가 졌는지, 언제 날이 어두워졌고, 등을 켰는지 몰랐다. 그리고 한참 만에 온몸에 기름 냄새를 풍기며 김이 모락모락 나는 양춘면을 들고 나온 주방장이 아이들에게 물었다.

"국물 맛있지?"

두 아이는 이구동성으로 대답했다.

"무지 맛있어요."

기름 냄새를 풍기는 주방장이 우쭐대면서 말을 이었다.

"이건 육수란다……. 다른 사람들 국물은 다 그냥 맹물을 끓인 거고, 너희한테 준 건 육수야."

이날 밤 집에 도착한 뒤 송범평은 이광두와 송강을 데리고 우물가에 나가 우물물로 등목을 했다. 삼부자가 모두 반바지만 입은 채 온몸에 비누칠을 했고 송범평은 물을 길어 두 아이를 씻기고 자신의 몸에도 끼얹었다. 문밖에서 더위를 식히던 이웃들은 부채를 흔들며 송범평에게 낮에 있었던 시위가 장관이었다는 둥, 붉은 깃발을 흔드는 송범평의 기세가 위풍당당했다는 둥의 말을 건넸고, 송범평은 수없이 반복된 질문에 같은 대답을 하느라 지쳤지만 여전히 만면에 홍조를 띤 채 낭랑한 음성으로 대답했다. 집 안으로 들어온 이광두와 송강은 곧바로 침대에 올라 잠이 들었지만, 송범평은 불을 켜고 홍조 가득한 얼굴로 이란에게 편지를 썼다. 이광두는 잠들기 전 송범평을 쓰윽 보고는 낄낄대며 송강에게 네 아빠가 편지를 쓰느라 목까지 빨개졌다고 말했다. 송범평은 오늘 하루 있었던 모든 이야기를 담느라 한참 동안이나 편지를 썼다.

다음 날 이광두와 송강이 일어나자 송범평이 침대 앞에 서 있었다.

여전히 만면에 붉은 빛이 감도는 가운데 그는 아이들을 향해 두 손을 펼쳐 보였고, 손에는 배지 두 개가 빛을 발하고 있었다. 그러면서 너희에게 주는 거라고, 심장이 뛰는 곳에 달라고 말했다. 그리고 송범평은 또 하나의 배지를 자신의 가슴에 달고, 손에는 어록을 든 채 어록과 배지처럼 붉은 빛의 얼굴로 문을 나섰다. 그의 발걸음은 힘찼고, 이광두와 송강의 귀에 이웃들이 건네는 말소리가 들려왔다.

"오늘도 깃발을 흔드나?"

송범평은 명쾌하게 대답했다.

"물론이죠!"

이광두와 송강은 서로의 가슴에 귀를 대고 심장이 뛰는 곳을 찾아서 모 주석의 배지를 서로 달아주었다. 송강의 배지는 모 주석이 천안문 위에 있는 모습이고, 이광두의 배지는 모 주석이 바다 위에 있는 모습이었다. 두 아이는 아침을 먹고 나서 여덟아홉 시의 태양을 맞으며 큰길로 나섰고, 침대보만 한 깃발과 손수건만 한 깃발들이 여전히 우리 류진의 큰길을 가득 메우고 있는 광경을 보았다.

어제 시위에 참가했던 사람들이 오늘도 웃으며 거리로 나왔다. 어제 대자보를 붙인 사람들이 오늘도 벽에 풀칠을 했다. 어제 쇠망치를 높이 들었던 동 철장은 오늘도 쇠망치를 높이 치켜들었고, 여전히 계급의 적들의 개머리와 개다리를 납작하게 작살내겠다고 소리쳤다. 어제 집게를 높이 치켜들었던 여 뽑치는 오늘도 집게를 높이 치켜들고 여전히 계급의 적들의 멀쩡한 이를 뽑아버리겠다고 외쳤다. 어제 아이스케키를 팔던 왕 케키는 오늘도 여전히 아이스케키 통을 등에 지고 시위 대열을 따라 상자를 두드리며 계급의 형제자매들에게 아이스케키를 판다며 소리를 질렀다. 어제 목에 줄자를 두른 채 시위하던 장 재봉은 오늘도 목에 줄자를 두른 채 계급의 적들에게 가장 남루한 수의를 지어주겠다고 또 잘못 외쳤다가 황망히 염포를 만들어주겠다고 수정했다. 어제 손에 가위를 높이 치켜든 아비 관 가새는 오늘도 여전히 가위를 치켜든 채 공중에서 '철컥철컥' 가위 소리를 내며 계급의 적들의 거시기를 잘라버리겠다는 의지를 불태웠다. 어제 벽에 대고 오줌을 쌌던 아들 관 가새는 오늘도 그곳에 서서 바지를 풀어 젖혔다. 어제 침을 뱉었던, 기침을 했던, 재채기를 했던, 방귀를 뀌었던, 가래를 뱉던, 싸웠던 그 모든 사람들이 오늘도 온전히 거리에 나와 있었다.

손위, 조승리, 류성공 이 세 중학생 역시 거리로 나왔다. 그들은 이광두와 송강의 가슴에 달린 모 주석의 배지를 보고는 마치 항일전쟁 영화에 나오는 한간(漢奸. 일제강점기에 일제에 빌붙던 중국인을 뜻함─옮긴이)처럼 헤헤 웃는데, 그 모습에 이광두와 송강은 안절부절못했다. 장발의 손위는 길가의 나무전봇대를 가리키며 이광두에게 말을 걸었다.

"야, 꼬마야, 오늘은 성욕이 안 땡기냐?"

이광두가 듣기에 그 기색이 별로 달갑지가 않아 송강을 잡아끌고 길가로 슬그머니 피하며 머리를 가로젓고는 대답했다.

"없어요, 지금은 없어요."

장발의 손위가 이광두를 꼭 붙들고는 나무전봇대 쪽으로 밀치면서 실실거렸다.

"그러지 말고 성욕을 땡겨봐⋯⋯."

이광두가 발버둥을 치며 소리쳤다.

"지금은 성욕이 안 땡긴다니까요."

조승리와 류성공도 깔깔대며 송강을 붙들고 나무전봇대 저편으로 밀치면서 윽박질렀다.

"너도 성욕 좀 땡겨봐라."

송강은 결백을 주장하는 표정으로 안간힘을 쓰며 애원했다.

"난 성욕이 없어요. 진짜예요. 성욕이 뭔지도 몰라요."

세 중학생은 이광두와 송강을 나무전봇대 앞으로 밀어붙인 후 여섯 개의 손으로 이광두와 송강의 코를 비틀고, 귀를 비틀고, 볼을 꼬집는 등 마치 만두를 찢듯 얼굴을 마구 뒤틀었고, 이광두와 송강은 아파서 소리를 질렀다. 마지막으로 세 중학생은 이광두와 송강의 가슴에 달려 있던 모 주석 배지를 빼앗아버렸다.

세 중학생이 활갯짓하며 성큼성큼 가버리자 송강은 그 자리에 선 채로 입을 떡 벌리고 앙앙 울음을 터뜨렸다. 눈물, 콧물이 입속으로 들어가고, 입속에서 배 속으로 들어가 버렸다. 그는 길가의 모든 사람들을 향해 울며불며 자기와 이광두가 가슴에 달고 있던 모 주석 배지를 세 사람에게 빼앗겼다고 하소연했다. 송강은 세 사람의 뒷모습을 가리켰고, 그들의 모습이 완전히 사라진 후에도 그들이 간 쪽을 가리키며 모 주석 배지에 대해 주절주절 이야기를 늘어놓았다.

"모 주석님의 얼굴은 붉은색이고, 붉은 얼굴 하나는 천안문 성루 위에 있는 거고, 다른 하나는 넓은 바다 파도 위에 있는데……."

이광두는 울지 않았다. 그 역시 세 중학생이 사라진 방향을 가리키며 분에 차서 지나가는 사람들에게 세 중학생을 규탄했다.

"난 땡기지도 않는데 강제로 성욕을 땡기라고……."

지나가던 사람들은 실실 비어져나오는 웃음을 참지 못했다. 이광두는 송강이 울다 거의 딸꾹질하듯 머리를 떨자 마음이 아파져서 눈물을 닦다가 자신의 모 주석님 배지도 중학생들에게 빼앗긴 것이 생각났다. 송강이 자신의 가슴을 가리키며 말했다.

"모 주석님 배지는 오늘 아침에 막 단 건데……."

이광두 역시 자신의 가슴을 가리키며 말했다.

"안에 가슴은 아직도 팡팡 뛰는데 밖에 모 주석님만 없어졌네……."

길거리에 그렇게 고립무원으로 버려진 아이들은 갑자기 송범평이 생각났다. 기골이 장대한 아버지의 발차기 한 방이면 몇 사람쯤은 쉽게 날려버릴 수 있을 것이다. 그들은 송범평이 세 중학생을 잘 타일러서 그들의 모 주석 배지를 되찾아줄 것이라고 믿었다. 송범평이 그들의 멱살을 휘어잡고 마치 닭을 들어올리듯 그들을 공중에 들어올려, 그들이 허공에서 발버둥을 치며 무서워할 것을 상상했다.

송강이 이광두에게 말했다.

"가자, 아빠 찾으러 가자."

이때가 한낮이었는데 이때까지 아무것도 먹지 못해 배고픈 두 아이는 손에 손을 잡고 길을 따라 걷기 시작했다. 그들은 줄곧 손을 잡고 걸었고, 누가 그들의 중간을 지나칠 때면 잠깐 손을 놓았다가 이내 다시 잡았다. 그들은 시위대의 선두를 찾아 선두에서 붉은 깃발을 흔드는 사람이 송범평인지 아닌지를 확인했고, 집회가 열리는 곳을 찾아가 연단에서 연설하는 사람이 자신들의 아버지인지 확인했다. 그렇게 많은 곳을 찾아 헤맸고, 많은 사람들에게 수소문하고, 수많은 아저씨, 아주머니, 할아버지, 할머니에게 물었지만 그들의 아버지를 찾을 수가 없었다.

그렇게 두 아이는 어제 송범평이 붉은 깃발을 흔들어 류진 사람들 모두를 흥분시켰던 그 다리에까지 이르렀지만, 오늘은 이상하게도 다리 위에 붉은 깃발은 없고, 몇몇 사람이 고개를 숙인 채 머리에 고깔모자를 쓰고 가슴에 나무널빤지를 걸고 서 있었다. 두 아이는 그들이 계급의 적들이라는 걸 알았다. 아이들은 계급의 적들 앞에서 붉은 완장을 차고 왔다 갔다 하는 몇몇 조반파(造反派, 홍위병을 앞세운 문화대혁명의 주류파―옮긴이)를 보며 서 있다가 이내 송강이 그들에게 물었다.

"우리 아빠 보셨어요?"

붉은 완장을 찬 사람들 중 한 사람이 물었다.

"네 아빠가 누군데?"

"우리 아빠는 송범평인데, 어제 여기서 붉은 깃발을 흔들던 송범평……"

옆에 있던 이광두가 끼어들었다.

"굉장히 유명한데, 국수를 먹을 때도 육수를 넣어주거든요……"

바로 그때 송범평의 목소리가 두 아이들 뒤쪽에서 들려왔다.

"애들아, 나 여기 있다."

두 아이가 몸을 돌리자 송범평이 보였다. 머리에 고깔모자를 쓰고 가슴에는 '지주 송범평'이라고 써 있는 나무널빤지를 걸고 서 있었지만, 아이들에게 그건 다섯 개의 'xx xxx'일 뿐이었다. 송범평의 몸은 마치 문짝처럼 아이들로부터 햇빛을 막아섰고, 아이들은 그의 그림자 안에 서서 고개를 들고 송범평을 바라보았다. 송범평의 눈은 맞아서 부어 있었고, 입술은 터져 있었다. 그는 미소를 지으며 이광두와 송강을 바라보았지만, 그 웃음은 왠지 경직되어 있었다. 아이들은 도대체 무슨 일이 벌어졌는지, 어제 여기서 그렇게 위풍당당했던 아빠가 오늘 갑자기 왜 이 지경이 되었는지 알 수 없었다. 송강이 쭈뼛거리며 물었다.

"아빠, 여기서 뭐해요?"

송범평이 낮은 목소리로 말했다.

"얘들아, 배고프지?"

아이들은 동시에 고개를 끄덕였고, 송범평이 바지주머니에서 20전을 꺼내주면서 가서 뭘 좀 사 먹으라고 하자 방금 전 이야기를 나눴던 붉은 완장을 찬 사람이 송범평에게 소리쳤다.

"말은 금지다. 그 개 대가리 숙여."

송범평은 머리를 숙였고, 이광두와 송강은 놀라 뒤로 몇 발짝 물러섰다. 붉은 완장을 찬 사람은 다리 위에서 큰 소리로 욕을 해댔고, 송범평은 욕지거리를 들으면서도 곁눈으로 아이들을 보았으며 아이들은 그의 미소를 보고는 다시금 용기가 나서 다시 송범평 앞으로 다가서서 그들의 모 주석 배지를 개 같은 세 중학생이 뺏어갔다고 일러바쳤고, 송강이 아버지에게 물었다.

"다시 뺏어다줄 수 있죠?"

송범평은 고개를 끄덕이며 대답했다.

"그럼."

이광두가 물었다.

"때려줄 거죠?"

송범평은 또 고개를 끄덕이며 대답했다.

"그럼."

두 아이는 깔깔 웃었다. 이때 붉은 완장을 찬 사람이 와서 송범평의 뺨을 후려치며 욕을 퍼부었다.

"말하지 말랬지. 이런 씨팔, 그런데도 말을 하네."

송범평은 입술이 터져 붉은 피가 흘러내렸지만 아이들을 다그쳤다.

"빨리 가거라."

이광두와 송강은 재빨리 다리 아래로 내려갔다. 아이들은 몸을 벌벌 떨며 점점 더 빨리 달렸고, 계속 고개를 돌려 다리 위의 송범평을 바라보았다. 송범평이 머리를 떨어뜨린 모습은 마치 머리가 목에 매달려 있는 듯했다. 두 아이는 북적대는 거리로 나와 간식식당에 들어가서 찐빵 두 개를 산 다음 가게 밖에 서서 한 입씩 먹었다. 멀리 다리 위에서 송범평이 이제는 허리까지 굽힌 채 서 있는 모습이 보였고, 아이들도 이제는 알게 되었다. 그들의 아빠는 더 이상 어제의 그 아빠가 아니었다. 송강은 고개를 떨어뜨린 채 소리 없이 흐느끼기 시작했다. 송강은 두 손으로 얼굴을 가리고 마치 망원경을 보는 듯한 자세로 눈물을 훔쳤다. 이광두는 울지 않았다. 다만 아무래도 모 주석의 배지는 되찾지 못할 것 같다는 생각을 했다. 송강이 울고 있을 때 이광두는 나무전봇대 쪽으로 가서 나무전봇대를 끌어안고 몇 번 비벼댔지만 이내 고개를 떨어뜨리고 의기소침한 채로 돌아와 송강에게 말했다.

"성욕도 없다."

송범평이 집에 돌아왔을 때 날은 이미 저문 뒤였다. 그의 발걸음은 의족으로 걷는 듯 무거웠고, 집에 들어서자마자 안방으로 들어가 누운 채로 두 시간을 보냈다. 밖에 있던 이광두와 송강은 아버지가 뒤척이는 소리조차 들을 수 없었다. 창밖의 달빛이 싸늘하게 방 안을 비추자 두 아이는 무서워졌다. 그리하여 두 아이는 안방으로 들어갔고, 송강이 먼저 침대 위에 올라갔다. 뒤따라 이광두도 침대로 올라가 송범평의 발 근처에 쪼그려 앉아 있었다. 그렇게 또 얼마의 시간이 지났는지 모르지만 갑자기 송범평이 벌떡 일어나더니 아이들에게 말했다.

"아이구, 깜빡 잠들었네."

그러고는 불을 켜고 소리내어 웃었다. 송범평은 석유풍로로 저녁밥을 짓기 시작했고, 이광두와 송강은 그 곁에서 밥 짓는 법을 배웠다.

송범평은 어떻게 쌀을 일고, 채소를 씻는지, 풍로는 어떻게 켜고, 밥을 어떻게 짓는지 가르쳤다. 음식을 볶을 때는 이광두에게 냄비에 먼저 기름을 두르게 했고, 송강에게는 소금을 뿌리게 했다. 그리고 또 아이들의 손을 잡은 채 돌아가며 세 번씩, 모두 아홉 번씩 볶은 후 냄비에서 꺼내도록 했다. 비록 한 가지 채소반찬밖에 없었지만, 세 사람은 식탁에 둘러앉아 땀을 뻘뻘 흘리며 저녁밥을 먹기 시작했다. 저녁밥을 먹은 후 송범평은 이광두와 송강에게 엄마가 상해에 병 고치러 간 후 아직까지 바다에 놀러간 적이 없다면서, 만약 내일 바람이 불거나 비가 오지 않으면 바다에 가서 파도도 보고, 바다 저편의 하늘도 보고, 바다와 하늘 사이의 갈매기도 보여주겠다고 약속했다.

이광두와 송강이 너무 기뻐서 소리를 지르자 송범평은 놀란 나머지 손으로 아이들의 입을 틀어막았다. 그의 놀란 얼굴에 아이들도 놀라 버렸다. 두 아이의 놀란 얼굴을 보고 송범평은 손을 풀어주면서 미소 띤 얼굴로 천장을 가리키며 말했다.

"너희 고함에 지붕이 다 날아가겠다."

이광두와 송강은 그 말이 무척이나 재미있어서 이번에는 자신들의 입을 스스로 가리고 키득거렸다.

IO

다음 날 송범평과 아이들이 바닷가에 가려고 막 문을 나설 무렵, 송범평네 학교에서 여남은 명의 붉은 완장을 찬 사람들이 마치 게들처럼 뻐딱하게 어슬렁거리며 집으로 들어왔다. 이광두와 송강은 그들이 가재도구를 몰수하러 온 줄도 모르고 송범평의 친구들이 문병을 왔다고 생각했다. 그렇게 안으로 들어온 붉은 완장을 찬 사람들은 위풍당당한 자세로 집 안 곳곳에 자리를 잡고 섰다. 이광두와 송강은 신바람이 나서 그들 사이를 마치 숲속을 헤집고 다니듯 뚫고 지나다녔다. 바로 그때 '좌당' 하는 소리에 이광두와 송강은 깜짝 놀라 몸을 부르르 떨었고, 붉은 완장을 찬 사람들은 마치 넝마주이처럼 허리를 굽히고 쓰러진 옷장 속의 옷이며 서랍 안의 물건들을 죄다 끄집어내면서 송범평네 땅문서를 찾았다. 붉은 완장들은 지주 집안 출신인 송범평이 분명히 땅문서를 감추고 있으리라, 세상이 바뀌면 다시 그 권리를 주장하리라 생각했던 것이다. 그들은 침대 널빤지를 뒤집어 그 아래를 뒤졌고 마룻바닥을 쑤셔가며 그 속까지 뒤졌다. 이광두와 송강은 송범평 옆에 바짝 붙어 있었다. 송범평은 만면에 미소를 띤 채였으나 아이들은 그가 왜 그렇게 즐거워하는지 이유를 알 수 없었다. 그들은 송범평 집을 폐허로 만들었는데도 땅문서를 찾지 못하자 하나씩 방을 나섰고, 송범평은 여전히 웃는 얼굴이었다. 그는 마치 손님을 배웅하듯 따라나서며 말했다.

"차라도 드시고 가시죠."

그들 중 한 사람이 말했다.

"안 마셔."

송범평은 웃는 얼굴로 문 앞에 서 있다가 그들이 골목 밖으로 사라지자 집 안으로 들어왔고, 그때까지는 웃고 있었으나 걸상에 앉자마자 마치 전등 불빛이 나가듯 순식간에 그의 얼굴에서 웃음이 사라져 이광두와 송강은 겁에 질렸다. 송범평이 파랗게 질린 얼굴로 한참 동안 꼼짝 않고 앉아 있자 아이들이 다가가서 전전긍긍하며 물었다.

"바다에 갈 거예요?

송범평은 잠에서 깬 듯 몸을 부르르 떨며 재빨리 대답했다.

"가야지!"

그는 바깥의 햇빛을 보며 말했다.

"이렇게 날씨가 좋은데 당연히 가야지."

곧이어 그는 사방에 널린 옷가지들을 가리키며 말했다.

"우선 집부터 깨끗이 정리하자."

송범평은 쓰러진 옷장을 일으켜 세우고, 침대 널빤지를 똑바로 덮어놓고, 뒤틀린 마룻바닥에 다시 못을 박았다. 이광두와 송강은 그 뒤에서 옷을 옷장에 넣고, 물건들을 서랍 속에 넣었다. 순식간에 송범평의 얼굴에는 불이 다시 들어온 것처럼 웃음이 가득했다. 그는 정리를 하면서도 재미있는 이야기를 끝없이 해주었고, 아이들은 쉬지 않고 웃었다. 한낮이 되어 집을 이전보다 훨씬 더 깨끗하게 정리하고 난 다음, 그들은 수건으로 얼굴의 땀을 닦고 손수건으로 옷에 묻은 먼지를 털어내고 거울 앞에서 머리를 단정하게 빗은 후 바닷가로 가기 위해 이제 막 문을 나서려던 참이었다.

문을 열자 예닐곱 명의 중학생들이 문밖에 서 있었고, 이광두와 송강의 모 주석 배지를 빼앗아간 중학생 셋도 그중에 끼어 있었다. 이광두와 송강은 흥분한 나머지 소리를 지르며 아버지에게 말했다.

"아빠, 우리 모 주석님 배지를 빼앗아간 사람들이에요. 아빠가 빨랑 야단 좀 치세요!"

이광두는 세 중학생에게 소리쳤다.

"내놔! 배지 내놔!"

세 중학생은 키득거리며 두 아이를 밀쳐냈고 그중 장발의 손위가 송범평에게 말했다.

"우린 홍위병들인데, 집을 몰수하러 왔다!"

송범평은 웃음 띤 얼굴로 대답했다.

"어서들 오세요. 안으로 들어가시죠."

송범평이 그들의 비위를 맞추는 모습에 이광두와 송강은 무슨 일인지 영문을 알 수가 없었다. 홍위병들은 벌떼처럼 안으로 들이닥쳤고, 집 안은 곧바로 시끄러워지기 시작했다. 방금 세운 옷장이 다시 바닥에 뒹굴었고, 방금 정돈해둔 침대 널빤지가 다시 뒤집어졌다. 방금 새로 박은 마룻바닥은 다시 뒤집혔고, 막 정리를 끝낸 옷들은 다시 바닥에 널브러졌다. 앞서 온 학교 사람들이 집 안을 쑥대밭으로 만들고 책이나 문서 따위를 세심히 찾은 것은 송범평이 숨겨놓았을지도 모를 땅문서 때문이었지만, 지금의 홍위병들은 마치 늑대가 양들을 치듯, 개가 닭장을 치는 듯했다. 그들은 그릇들을 박살내고, 젓가락을 분지르고, 집을 뒤지면서 괜찮은 물건들은 자신들의 호주머니에 집어넣으며, 서로 무엇을 가졌느냐고 묻기까지 했다.

홍위병들은 송범평네 집에서 오후 내내 물건을 부수고 슬쩍하다가 더 이상 부술 것도 가져갈 것도 없자 휘파람을 불며 문을 나섰다. 그들의 주머니가 빵빵해진 뒤였다. 그런데 문 앞에 이르자 장발의 손위가 몸을 돌려 송범평을 불렀다.

"어이, 너 이리 나와!"

송범평과 이란의 결혼식 날, 손위, 조승리, 류성공 이 세 중학생을 포함한 그 세 아비들과 날이 저물도록 싸웠을 때 송범평의 쓸어차기에 셋이 쓰러지고 셋이 휘청댔던 적이 있었으니, 그날 휘청거렸던 세 중학생이 이제 1년여 만에 보복을 하려는 것이었다. 그들은 송범평을 문 앞 공터에 세워두고 자신들의 쓸어차기를 뽐냈다. 장대한 체격의 송범평은 철탑처럼 서 있었고, 중학생들은 열심히 연습을 하더니 몸을 낮추면서 오른발을 들어 날렸다. 몇 번을 연습해도 자세가 잘 나오지 않았다. 중심을 잃고 엉덩이 한쪽을 땅에 닿게 하는 게 아니라 발을 땅에 붙인 채로 긁으면서 먼지를 일으켜야 하는데, 자세가 나오지 않자 옆에 있던 동료들이 고개를 절레절레 흔들며 말했다.

"아무리 봐도 쓸어차기 같지가 않다."

"쓸어차기가 아니면 뭐 같냐?"

"뭔지 모르겠지만, 아무튼 쓸어차기는 아냐."

장발의 손위가 고개를 숙인 채 서 있는 송범평에게 물었다.

"어이, 우리가 방금 한 게 쓸어차기 같아, 안 같아?"

"비슷하기는 하지만, 요령을 잘 모르시는 것 같습니다."

"확실하게 설명해봐. 요령이 뭔데?"

그리하여 송범평은 코치가 되어 세 중학생에게 자신의 동작을 자세히 관찰하라고 했다. 송범평은 민첩한 몸놀림으로 두 번의 시범을 보였고, 나머지 몇몇 중학생들은 찬탄을 금하지 못하며 이것이야말로 쓸어차기의 전형이라고 입을 모았다. 곧이어 송범평은 느린 동작으로 시범을 보였다. 송범평은 쓸어차기는 사실 세 개의 동작으로 이루어진 것으로, 쪼그려앉았다가 땅에 발을 대고 쓸면서 잽싸게 일어나는 것, 이 세 동작을 연이어 하는 것이라고, 그러므로 반드시 재빨라야 한다고 강조했다. 그리고 몸의 중심이 앞에 놓이게 되면 발을 쓸어갈 때 힘이 쏠려 두 손이 땅을 짚게 된다고 했다. 송범평은 그들에게 연습을 시키면서 중지시키고 다시 시범을 보이기를 반복했다. 드디어 송범평의 입에서 동작은 완성됐고 다만 속도가 부족하다는 지적이 나왔다. 송범평이 덧붙였다.

"빠르기만 하면 그 속에 세 가지 동작이 있다는 걸 알아낼 수가 없지요. 그런 속도는 하루 이틀에 완성되는 게 아니니 돌아가서 매일 연습하도록 하십시오. 사람들이 봤을 때 한 가지 동작처럼 보여야, 그 정도로 빨라야 제대로 수련한 거라고 할 수 있지요."

이날 오후 송범평은 인내심을 발휘하며 세심하고 헌신적으로 세 중학생에게 쓸어차기를 가르쳤다. 그들은 연습이 충분하다고 생각했는지 갑자기 송범평에게 똑바로 서라고 명령하더니 자신들 쓸어차기의 위력을 맛보라고 했다. 송범평은 두 다리를 벌리고 섰고 조승리가 첫 타자로 나섰다. 그가 송범평 앞에서 시범 삼아 연습을 한 번 하자 갈채가 이어졌다.

"좋아!"

그가 쪼그린 채 제대로 쓸어가더니 철탑처럼 서 있던 송범평의 다리를 제대로 후려 찼지만 송범평은 꿈쩍도 하지 않았고, 오히려 자기만 땅바닥에 고꾸라져, 바닥에 얼굴을 쳐박는 바람에 웃음거리가 되었다. 두 번째로 나선 선수는 류성공이었다. 그는 굳건한 송범평의 몸집을 훑어보더니 자신도 흙먼지만 잔뜩 뒤집어쓰지 않을까 걱정했다. 쪼그려 앉고 나서도 여전히 혼자만 흙먼지를 뒤집어쓸까 걱정이 되어서 쓸어차기를 하지 않고 그냥 있는 힘껏 송범평의 정강뼈 부분을 걸어차 버렸다. 송범평은 고통에 휘청했지만 넘어지지는 않았고, 주위 사람들은 송범평에게 갈채를 보냈다.

"좋아!"

세 번째는 장발의 손위였다. 그는 송범평의 뒤를 어슬렁거리다 송범평의 그림자가 뒤로 길게 펼쳐진 것을 보고 그것을 따라 10여 미터를 뒤로 갔다가 마치 도움닫기라도 하듯 뛰어올라 송범평의 오금 부분을 옆차기로 냅다 후려 찼다. 송범평은 순간 땅바닥에 무릎을 꿇었고, 장발의 손위는 자신의 발차기에 만족한 듯 소리를 질렀다.

"좋아!"

그러고는 득의양양한 듯 동료들에게 말했다.

"내 내공을 봐라!"

나머지 중학생들이 말했다.

"그건 쓸어차기가 아니잖아……."

"왜 아니야?"

그는 땅바닥에 무릎을 꿇은 송범평을 발로 차며 물었다.

"말해봐, 이게 쓸어차기가 아니야?"

송범평은 고개를 끄덕이며 낮은 목소리로 대답했다.

"맞습니다."

송범평이 변종 쓸어차기에 무릎을 꿇자 그 중학생들은 휘파람을 제멋대로 불면서 어슬렁거리며 사라졌다. 송범평은 그들이 저 멀리까지 가고 난 뒤 자리에서 일어나 자신의 친아들 송강이 고개를 떨어뜨린 채 눈물을 훔치고 있는 모습을 바라보았다. 또 의붓아들 이광두가 놀란 눈을 동그랗게 뜬 모습도 보였다. 이광두와 송강은 자신들의 마음속에서 가장 힘이 센 송범평이 갑자기 병아리처럼 업신여김당하는 모습을 보고 어찌할 바를 몰랐다. 송범평은 손수건으로 바지의 먼지를 털어내면서 아무 일도 없었다는 듯 두 아이에게 말했다.

"얘들아, 이리 오너라!"

송강은 눈물을 훔치며, 이광두는 머리를 긁적이며 쭈뼛쭈뼛 걸어가자 송범평은 웃으며 아이들에게 물었다.

"너희도 쓸어차기 배우고 싶지 않니?"

송범평의 말에 아이들은 깜짝 놀랐다. 송범평은 사방을 둘러본 뒤 허리를 숙여 아이들에게 소곤거리는 목소리로 말했다.

"이거 아니? 방금 쟤들이 왜 나를 쓰러뜨리지 못했는지? 그건 내가 결정적인 한 초식을 가르쳐주지 않았기 때문이야. 그건 너희에게만 가르쳐주려고 남겨뒀지."

이광두와 송강은 방금 전 벌어진 모든 일을 순식간에 잊어버리고 어젯밤처럼 흥분해서 소리를 질러댔다. 그러자 송범평이 갑자기 긴장한 듯 아이들의 입을 틀어막았고, 아이들은 저절로 고개를 쳐들고 위를 보며 동시에 입을 열었다.

"지붕도 없는데요 뭐……."

송범평은 긴장한 듯 사방을 살피며 말했다.

"지붕 때문이 아니라 누가 몰래 쓸어차기를 배울까 봐 그렇지."

무슨 말인지 알아챈 두 아이는 말 한마디 없이 송범평으로부터 쓸어차기를 배우기 시작했다. 먼저 송범평의 뒤에 서서 동작을 배우고 난 뒤 송범평이 몸을 돌려 연속 동작을 가르쳤다. 아이들이 반 시간 정도 배웠을까? 송범평은 이젠 됐다고, 연습하면 되겠다고 했다. 송범평은 그 자리에 서서 이광두에게 먼저 해보라고 시켰고, 이광두는 옆에서 쪼그린 채 송범평을 넘어뜨리려고 했다. 이광두가 가볍게 쓸어차기를 하자 송범평은 엉덩방아를 찧었고, 일어나서 다시 똑바로 선다음 이번에는 송강에게 시키고 나서 송강이 천천히 쓸어차기를 하자 그는 벌렁 나자빠졌다. 송범평은 자신의 엉덩이를 문지르며 "아이야, 아이야" 소리를 내고 일어나면서 놀란 얼굴로 아이들에게 말했다.

"너희의 쓸어차기는 진짜 대단하다! 천하무적이야!"

그렇게 두 아이는 기분 좋은 채로 송범평을 따라 다시 난장판이 된 집을 정리하러 들어갔다. 방금 배운 천하무적의 쓸어차기 때문에 아이들은 무척이나 들뜬 나머지 온몸에 힘이 넘쳐났다. 아이들은 송범평을 도와 널브러진 옷장을 다시 일으키고, 침대 널빤지를 다시 올리고, 비틀린 마룻바닥에 다시 못질을 했고, 깨진 그릇과 부러진 젓가락들을 주워 집 밖 쓰레기 더미에 버렸다. 땀을 줄줄 흘리며 드나들기를 반복하다가 갑자기 온종일 아무것도 먹지 않았다는 걸 깨닫자 온몸에서 힘이 쭉 빠져나가는 것을 느꼈고, 그대로 침대에 기어올라 눈을 감고 잠들어버렸다.

얼마나 시간이 지났는지 모르지만, 송범평은 두 아이를 깨우며 밥을 먹자고 했다. 이때 방 안에는 이미 불이 켜져 있었고, 이광두와 송강이 눈을 비비며 침대에 앉자, 송범평은 아이들을 하나씩 안아서 식탁 앞에 앉혔다. 식탁 위에는 전날과 마찬가지로 채소반찬 한 개와 밥세 그릇이 놓여 있었다. 이 그릇 네 개는 홍위병들이 작살내는 와중에 이가 나갔지만 다행스럽게 그 형체를 유지한 것들이었다. 그들은 이 나간 그릇을 집어 들었지만 젓가락이 없었다. 젓가락이란 젓가락은 죄다 분질러져서 청소할 때 모두 쓰레기 더미에 버렸던 것이다. 아이들은 김이 모락모락 나는 밥그릇을 든 채 기름기 도는 반찬을 보면서도 고민이었다. 어떻게 먹어야 할까?

송범평은 젓가락이 없다는 걸 잊고서 젓가락을 챙기려다가 그제야 젓가락이 죄다 분질러져서 버렸다는 것이 생각났다. 그의 커다란 뒷모습이 미동도 없이 그곳에 서 있었고, 희미한 전등 불빛에 비춰 벽에 생긴 그의 머리 그림자가 세숫대야만큼이나 컸다. 송범평이 그렇게 잠깐 동안 서 있다가 다시 몸을 돌렸을 때 얼굴에는 신비로운 웃음이 걸려 있었고, 아이들의 호기심을 부추기듯 이렇게 물었다.

"옛사람들이 쓰던 젓가락을 본 적이 있니?"

이광두와 송강은 고개를 가로저으며 호기심 어린 목소리로 되물었다.

"옛사람들은 어떤 젓가락을 썼는데요?"

송범평은 웃으며 문가로 가면서 아이들에게 말했다.

"잠시만 기다리거라. 내 가져다줄 테니."

이광두와 송강은 송범평이 마치 먼 옛날로 시간여행을 떠나듯 신비롭고 조심스럽게 살금살금 문을 열고 나가는 모습과 살금살금 들어와 문을 닫는 모습을 지켜보았다. 송범평이 나간 후 두 아이는 서로의 얼굴을 보며 송범평이 어떻게 옛사람이 살던 시대로 가서 젓가락을 가져올지 몰랐지만, 아무튼 아버지는 참으로 대단하다고 생각했다. 잠시 후 문이 열리고 송범평이 돌아오더니 하하 웃으며 두 손을 뒤로 감춘 채 서 있자 아이들이 물었다.

"옛사람들 젓가락 가져왔어요?"

송범평은 고개를 끄덕였고, 식탁 앞에 앉은 후 뒤로 감추고 있던 손을 보여주며 이광두와 송강에게 젓가락을 한 벌씩 건네주었다. 두 아이는 옛사람들이 사용하던 젓가락을 보고 또 보았다. 평상시 쓰던 젓가락과 길이는 엇비슷했지만 굵기가 달랐고, 약간 비뚤어졌고, 윗부분에 마디가 있었다. 이광두가 먼저 알아차렸다는 듯이 소리쳤다.

"이건 나뭇가지잖아요."

송강도 그 사실을 발견하고는 송범평에게 물었다.

"옛사람들이 쓰던 젓가락이 왜 나뭇가지처럼 생겼어요?"

"왜냐하면 옛날에는 젓가락이 없었거든. 그러니까 나뭇가지를 젓가락으로 썼던 거지."

아이들은 뭔가를 크게 깨달은 기분이었다. 원래 옛사람들은 나뭇가지로 밥을 먹었구나. 이광두와 송강은 송범평이 방금 꺾어온 나뭇가지로 밥을 먹기 시작했고, 젓가락을 입 근처로 가져갈 때 씁쓸한 맛이 났다. 그렇게 옛사람들이 쓰던 젓가락으로 오늘날의 밥을 먹고 있었지만, 무척이나 맛있어서 다들 얼굴에 땀이 흘렀다. 아이들은 배가 불러 트림을 하고 나서야 날이 저물었다는 사실을 깨달았고, 그제야 오늘 바닷가에 놀러가기로 했다는 것도 생각이 났다. 바람도 안 불고 비도 안 왔고, 해가 무척이나 밝아서 눈을 똑바로 뜰 수 없을 정도였지만 바닷가에 가지 못했다. 아이들은 울상이 되었고, 송범평이 옛사람들이 쓰던 젓가락이 마음에 들지 않느냐고 물었더니 아이들은 머리를 가로저으며 옛사람들이 쓰던 젓가락은 좋다고 대답했다.

송강이 상심한 듯 말했다.

"오늘 바닷가에 못 갔잖아요."

송범평이 웃으며 말했다.

"누가 오늘 안 간다고 했니?"

이광두가 말했다.

"해도 없는데요?"

송범평이 말했다.

"해는 없지만, 달이 있잖니."

그들은 아침 해가 찬란하게 빛나던 때 이미 나갈 준비를 끝냈지만, 결국은 서늘한 달빛이 비추고 나서야 바닷가로 향할 수 있었다. 두 아이는 양쪽에서 송범평의 손을 잡고 달빛을 따라 한참을 걸어갔다. 해변에 도착했을 때가 마침 만조라서 그들은 제방에 올라갔다. 사방에는 아무도 없었고, 찬바람만 불어오고 파도소리만 들려왔다. 맹렬한 기세로 물결이 밀려와 부딪치면 하얀 포말이 기다란 선을 만들었고, 그 머나먼 하얀 선은 때로는 회색으로, 때로는 시커멓게 변했다. 먼 곳은 밝기도 했고 어둡기도 했으며, 하늘의 달마저 구름에 가렸다가 나타나기를 반복했다. 밤에 바다를 본 것은 처음이었던 아이들은 한밤의 그 변화무쌍하고 신비한 광경에 흥분한 나머지 소리를 질렀는데, 송범평은 이번에는 아이들의 입을 틀어막지 않고, 그저 녀석들의 머리칼을 쓰다듬어주기만 했다. 아이들의 탄성은 멈추지 않았고, 그 역시 넋을 잃고, 어둠 속의 바다를 바라보고 있었다.

제방에 앉자 아이들은 한밤의 바다가 무서워졌다. 바람소리와 파도소리만 있을 뿐 달빛도 때때로 사라지고 어둠 속의 바다는 넓어졌다 줄어들기를 반복했다. 이광두와 송강은 양쪽에서 송범평을 꼭 끌어안았고, 송범평 역시 두 팔을 벌려 아이들을 껴안아주었다. 그렇게 앉은 채로 얼마나 지났는지 아이들은 잠이 들었고, 송범평은 앞으로 하나를 안고 뒤로 하나를 업은 채 집으로 돌아왔다.

II

우리 류진의 비판투쟁대회는 갈수록 그 횟수가 많아졌고, 중학교의 운동장은 마치 장터라도 되는 양 날이 밝으면 시작해서 날이 저물어야 끝났다. 송범평은 매일 아침 날이 밝는 대로 목에 거는 나무널빤지를 들고 문을 나서서 학교 교문에 도착하면 그 널빤지를 목에 걸고 고개를 숙인 채 교문 앞에 서 있다가 비판투쟁대회에 오는 사람들이 다 들어가고 나서야 널빤지를 벗고 빗자루를 들고 중학교 앞의 큰 길을 쓸기 시작했다. 비판투쟁대회가 한 차례 끝나면 그는 다시 교문 앞으로 가서 널빤지를 목에 걸고 고개를 숙인 채 서 있었는데, 운동장 안의 사람들이 홍수처럼 빠져나오며 그를 발로 차고 욕을 해대고 침을 뱉고 이리저리 흔들어도 그는 아무런 반항도 하지 못했다. 곧이어 또 다른 비판투쟁대회가 열리면 날이 어두워질 때까지 머물러야 했고, 운동장 안에 한 사람도 없다는 확신이 들면 그제야 널빤지와 빗자루를 들고 집으로 돌아갔다.

그제야 이광두와 송강은 무거운 발걸음 소리와 함께 피곤에 지친 얼굴로 집으로 들어서는 송범평의 얼굴을 볼 수 있었다. 집에 돌아온 송범평은 언제나 걸상에 아무 말 없이 잠깐 앉았다가 일어나 우물물로 얼굴을 씻고, 걸레로 나무널빤지 위의 먼지와 발자국, 아이들이 뱉은 침자국을 닦아냈다. 그럴 때면 이광두와 송강은 감히 입을 열지 못하고 인내심을 가지고 기다렸다. 송범평이 얼굴을 씻고 나무널빤지를 다 닦고 나면 바로 기분 좋은 사람으로 돌아와 그들과 재미있는 말들을 많이 나눴기 때문이다.

이광두와 송강은 나무널빤지에 써 있는 '지주 송범평'이란 글자를 몰랐지만, 이 다섯 글자 때문에 송범평이 재수 없는 꼴이 되었음을 알고 있었다. 이 다섯 글자가 없었을 때 송범평은 다리 위에서 위풍당당하게 붉은 깃발을 흔들었지만, 이 다섯 글자가 붙고 나자 동네 꼬마까지 때리고, 침을 뱉고, 오줌을 싸대니 말이다. 하루는 두 아이가 더 이상 참지 못하고 송범평에게 물었다.

"이게 무슨 글자예요?"

나무널빤지를 닦고 있던 송범평은 아이들의 질문에 순간 멍한 표정으로 있다가 이내 웃음을 되찾고는 이렇게 이야기해주었다.

"이번 여름이 지나면 너희도 학교에 갈 테니 내가 미리 글자를 가르

처주마. 이 다섯 글자부터 시작해서……."

그것이 이광두와 송강의 첫 수업이었다. 송범평은 아이들에게 허리를 펴고 똑바로 앉게 한 다음, 손을 단정하게 하고 나무널빤지는 벽에 걸어놓은 후 옛사람들이 사용하던 젓가락을 가져왔다. 송범평은 아이들의 수업 사전 준비로 거의 반 시간 정도를 썼고, 이광두와 송강은 곧 이어질 수업에 대한 기대로 흥분에 넘쳐 있었다.

송범평은 나무널빤지 앞에 서서 진지하게 기침을 세 차례 한 후 입을 열었다.

"자, 수업을 시작하겠다. 먼저 수업에 대한 규율을 정하도록 하겠다. 첫째, 쓸데없이 움직이지 말 것. 둘째, 질문할 때는 손을 들 것."

송범평은 옛사람들이 쓰던 젓가락을 들고 나무널빤지의 첫 글자를 가리키며 말했다.

"이 글자는 '지'라고 읽는다. 자, 생각해보자. '지'가 무슨 뜻이니? 누가 먼저 말하나 볼까?"

송범평은 손가락으로 땅을 가리켰고, 이어 발로 땅을 찼다. 그리고 부단히 이광두와 송강을 향해 눈짓을 보냈다. 그러자 이광두가 송강보다 앞서 손을 뻗어 땅을 가리키면서 소리쳤다.

"알아요……."

송범평이 이광두의 말을 끊었다.

"잠깐, 말할 땐 손을 먼저 들어야지."

이광두가 손을 들어올리면서 입을 열었다.

"'지'는 요 아래 땅이고요, 우린 그 위에 있는 거예요."

"맞았다! 똑똑한걸."

송범평이 말했다. 그러고는 두 번째 글자를 가리키며 말했다.

"이 글자는 좀 더 어려운데, 이건 '주'라고 읽는다. 자, 한번 생각해 보자. 너희 예전에 '주'라는 글자 들어본 적 있니?"

이번에도 이광두가 송강보다 앞서 손을 들었지만, 송범평은 이번에는 그에게 대답할 기회를 주지 않고 송강에게 기회를 주었다.

"송강, 잘 생각해봐라. '주'라는 글자 들어본 적 있니, 없니?"

송강이 쭈뼛대며 대답했다.

"모 주석님 할 때 '주' 아니에요?"

"맞았다! 아주 똑똑한걸."

이때 이광두가 소리쳤다.

"손 안 들었어요!"

송범평이 송강에게 말했다.

"맞다. 방금 손을 안 들고 얘기했어. 자, 이제라도 손을 들어야지."

송강이 잽싸게 손을 들면서 불안한 듯 물었다.

"지금 들어도 괜찮은 거예요?"

송범평이 호탕한 웃음을 터뜨리며 대답했다.

"당연하지."

이날 두 아이는 다섯 글자를 배웠다. 먼저 땅 '지' 자를 배웠고, 모 '주'석의 '주' 자를 배웠으니 드디어 나무널빤지 위에 써 있던 글자가 무슨 말인지 알게 되었다. 아이들은 속으로 두 글자를 이어 "'지'상의 모 '주'석"이라고 생각했고, 뒤의 세 글자는 '송범평', 아버지 이름이었다.

그 후로도 송범평은 매일 장바구니를 들고 일을 나가는 여인네들처럼 나무널빤지를 들고 아침 일찍 나갔다가 저녁 늦게 돌아오는 생활을 반복했다. 이광두와 송강은 도처를 누비고 다녔다. 사람이 다니는 곳이면 어디든지 갔고, 심지어 닭, 오리, 고양이, 개가 다니는 길도 빼놓지 않았다. 거리의 붉은 깃발과 사람들은 여전히 쇠털처럼 넘쳐났고, 매일 영화가 끝날 때 사람들이 빠져나가는 것처럼 몰려다녔다. 고깔모자를 쓴 사람들도 갈수록 늘어났다. 막 시작했을 때 중학교 교문 앞에서 청소를 하는 사람은 송범평 한 사람뿐이었지만, 며칠 후 세 사람이 됐다. 다른 두 선생님도 나무널빤지를 걸고 송범평과 같이 서 있었다. 키와 덩치가 제각각인 세 사람이 고개를 숙인 채 나란히 서 있었다. 그중 안경을 낀 채 마른 체격의 노인네가 걸고 있는 나무널빤지에도 '지주'라는 두 글자가 송범평의 것과 똑같이 써 있었는데 이를 본 이광두와 송강이 흥분해서 들뜬 나머지 이렇게 말했다.

"원래 선생님도 '지'상의 모 '주'석이셨군요."

두 아이의 말에 놀란 그 노인네는 몸을 바들바들 떨었고, 얼굴이 하얗게 변하는 것이 마치 송장 같았다.

"난 지주란다. 난 나쁜 사람이니까 어서 날 때려라. 욕하고, 비판하고……"

이광두와 송강은 길가에서 쓸어차기를 연습하는 손위, 조승리, 류성공과 자주 마주쳤다. 세 중학생은 거의 매일 길가의 오동나무 아래에서 손으로 나무를 껴안은 채 쓸어차기를 연습했다. 개중에는 장발의 손위가 단연 돋보였다. 오동나무를 에둘러 단숨에 한 바퀴를 돌아 쓸어차는데, 그의 동작은 거의 곡예에 가까웠고, 그의 머리칼이 따라 휘날렸다. 조승리와 류성공은 오동나무를 고작 반 바퀴 정도 도는데 그쳤을 뿐 아니라 엉덩이가 땅에 닿아서 올렸던 다리가 다시 떨어져버렸다. 손위는 손가락으로 자신의 긴 머리칼을 정리하면서 마치 사범처럼 송범평으로부터 들은 말을 반복했다.

"빨리, 좀 더 빠르게, 빨리 해야 세 가지 동작이 안 보여. 사람들한 테 한 동작처럼 보여야 한다고……."

이광두와 송강은 그들 옆을 지나갈 때면 일부러 으스대며 걸었다. 왜냐하면 중학생들의 쓸어차기에는 한 가지 초식이 빠진 상태였고, 진정한 쓸어차기는 자신들만 알고 있었기 때문이었다. 송범평이 중학 생들에게는 가르쳐주지 않은, 자신들에게만 알려준 가장 중요한 초식 을 알고 있으니 이광두와 송강은 손에 손을 잡고 중학생들 곁을 지날 때 늘 낄낄댔다.

그 중학생들은 쓸어차기에 심취한 나머지 콧물 질질 흘리는 두 꼬 마녀석이 자신들을 비웃고 있다는 사실을 눈치채지 못하고 있었다. 그런 와중에 장발의 손위가 배움에 지나치게 깊이 몰입한 나머지 두 바퀴를 돌다 몸의 중심을 잃어버려 그만 땅바닥에 나뒹굴게 되었는데 이번에는 이광두와 송강도 더 이상 참을 수가 없어서 깔깔거리며 크 게 웃음을 터뜨리고야 말았다. 그 모습을 본 세 중학생은 눈을 부릅뜬 채 걸어왔고, 장발의 손위는 일어나 온몸의 먼지를 털어내며 험악하 게 윽박질렀다.

"이런 씨팔, 뭘 웃어?"

이광두와 송강은 그가 하나도 무섭지 않았다. 송강은 고개를 쳐들 며 대답했다.

"쓸어차기가 웃겨서요."

장발의 손위가 희한하다는 듯 자신의 동료들을 보며 말했다.

"허허……. 이 녀석들이 감히 이 몸의 쓸어차기를 비웃네?"

송강은 무시하듯 이광두에게 말을 걸었다.

"쓸어차기가 자기 거래?"

이광두 역시 깔깔거리며 무시하는 투로 되받았다.

"자기 쓸어차기?"

이광두와 송강의 자신만만한 표정에 세 중학생은 어이가 없다는 반응을 보이며 동시에 욕을 내뱉었다.

"이런 씨팔……."

이때 송강이 낭랑한 목소리로 말했다.

"제가 가르쳐드릴게요. 우리 아빠가 안 가르쳐준 초식이 하나 있다고요. 제일 중요한 건데 그건 우리한테만 가르쳐줬거든요."

"씨팔……."

그들은 계속 욕을 내뱉었고 장발의 손위가 입을 열었다.

"그럼 너도 쓸어차기를 할 수 있어?"

송강은 이광두를 가리키며 대답했다.

"우리 둘 다 할 수 있어요."

세 중학생은 큰 소리로 깔깔거리며 웃더니 이광두와 송강을 가리키며 말했다.

"너희도 쓸어차기를 할 줄 안다고? 좆만 한 것들이."

장발의 손위가 송강에게 말했다.

"네가 어디 나 한번 자빠뜨려봐라."

"먼저 똑바로 서세요."

장발은 더욱더 어처구니없는 얼굴로 조승리와 류성공에게 말했다.

"나보고 똑바로 서라고? 이런 씨팔, 진짜 날 자빠뜨릴 수 있다고 생각하나봐?"

동료들이 낄낄거리는 와중에 손위가 송강 앞에 섰다. 처음에는 두 다리를 벌리고 섰다가 다시 모으고 섰다가 곧이어 한쪽 다리를 들었다가 하더니 송강에게 물었다.

"내가 어떻게 서 있을까?"

송강은 땅바닥을 가리키며 대답했다.

"두 다리 다 똑바로 서세요."

손위는 키득거리며 올렸던 다리를 내려놓았고, 송강은 얼굴을 돌려 이광두에게 물었다.

"네가 먼저 찰래? 아님 내가 먼저 찰까?"

이광두는 확신이 안 선 듯 송강에게 대답했다.

"네가 먼저 차."

몇 발짝을 뒤로 물러선 송강은 도움닫기를 하더니 손위의 다리에 마치 토끼가 발을 들어 개를 차듯 발차기를 했지만, 손위는 여전히 낄 낄거리며 서 있었고 송강만 고무공처럼 땅바닥에 나뒹굴었다. 땅바닥 에서 일어난 송강은 얼빠진 눈빛으로 이광두를 쳐다보았고, 이광두야 방금 송강이 날린 쓸어차기가 어떻게 됐는지 알지만 바보 같은 송강만 모르고 있었다. 세 중학생이 입이 찢어져라 웃었고, 이광두는 심장이 얼어붙는 것 같았다. 장발의 손위가 웃으며 다리를 들어 젖혀서 송강 을 한 바퀴 뒤집어버렸던 것이다.

"봐라, 이게 바로 쓸어차기란 거다."

손위는 말을 끝내자마자 이광두까지 낚아채서 뒤로 자빠트렸다. 그 러더니 세 중학생은 마치 두 마리 닭을 쫓는 세 마리 들개처럼 이광두 와 송강을 쫓아 온 거리를 누비고 다녔다. 그들은 쓸어차기로 이광두 와 송강을 하나씩 돌아가며 계속 자빠뜨렸고, 형제는 돌아가며 흙먼 지를 뒤집어써야 했다. 이광두와 송강이 그런 와중에도 안간힘을 써 서 조금씩 앞으로 나아가는데 중학생들은 아이들을 쫓으면서 계속 낄낄거리며 자빠뜨렸다. 그러던 장발의 손위가 조승리와 류성공에게 한 가지 색다른 제안을 했다.

"자, 이젠 돌림빵 쓸어차기를 해보자."

무엇이 '돌림빵 쓸어차기'냐? 이광두와 송강이 일어나면 두 아이를 동시에 자빠뜨리자는 거였다. 그리하여 이광두와 송강은 동시에 자빠져서 얼굴과 손이 다 까진 후에 서로 머리통까지 부딪쳐야 했다. 머리통이 부딪쳐서 아이들 눈앞에는 한밤중에 뜨는 별들이 생생히 보였고 머릿속에는 털털 경운기 굴러가는 소리가 들렸다.

우리 류진의 몇몇 혁명적인 어른들은 세 중학생이 아직 학교도 들어가지 않은 어린아이들을 못살게 구는 걸 보고는 큰 사람이 작은 사람을 때리고, 강자가 약자를 못살게 구는 건 다 구사회의 군벌들이 일삼던 작태라고 중학생들을 야단쳤다. 조승리와 류성공은 은근히 겁이 났는지 대꾸를 못했는데, 장발의 손위가 당당하게 대들고 나섰다.

"쟤들은 지주 송범평의 아들들이에요. 새끼 지주들이라고요."

그러니 혁명 군중도 이광두와 송강이 계속해서 자빠지고 수십 번을 부딪쳐서 땅바닥에 누워 더 이상 일어나지 못할 때까지 그저 바라만 볼 뿐 더 이상 입을 열지 못했다. 손위와 조승리, 류성공 이 세 중학생은 이마에 땀이 맺힌 채 가쁜 숨을 몰아쉬며 이광두와 송강을 둘러싼 채 낄낄거리며 빨리 일어나라고 성화였지만, 이광두와 송강은 도저히 일어날 힘이 없었다. 그러더니 그대로 땅에 누운 채 중얼거렸다.

"누워 있으니 좋네……"

말을 마치자마자 아이들은 어떻게 해야 중학생들의 발차기로부터 피할 수 있는지 알게 되었다. 그냥 드러누워 있으면 되는 거였다. 중학생들이 차든 말든, 욕하든 말든, 공갈을 치든 말든 무조건 누워 있었다. 나중에는 중학생들이 그들을 꾀려 들었다.

"일어나면 이젠 안 자빠뜨릴게……."

이광두와 송강은 그 꾐에 넘어가지 않고 계속 그 자리에 누워 있었다. 장발의 손위가 저 앞의 나무전봇대를 가리키며 이광두를 다시 꼬드겼다.

"야, 꼬마야, 전봇대에 올라가서 성욕을 좀 풀지 그래."

이광두는 누운 채로 머리를 저으며 대답했다.

"지금은 성욕이 없어요."

조승리와 류성공도 이광두를 자극하려 했다.

"네가 올라가서 몇 번만 비벼대면 성욕이 생길 거야."

이광두는 머리를 옆으로 흔들며 대답했다.

"오늘은 안 해요. 형들이나 가서 성욕을 좀 푸세요."

"씨팔, 이런 새까만 양아치 새끼들 같으니라고, 천하제일의 새끼 양아치들."

그들은 욕을 퍼부었다.

장발의 손위가 말했다.

"요 새끼를 일으켜 세워서 다시 자빠뜨리자."

조승리와 류성공이 이광두와 송강을 막 다시 일으키려 할 무렵, 의를 보면 용감하게 행동하는 혁명적 대장장이 동 철장이 오더니 목청껏 일갈했다.

"멈춰!"

동 철장의 사자후에 중학생들은 놀라 몸을 떨었고, 장발의 손위마저 기어들어갈 듯한 목소리로 웅얼거렸다.

"쟤들은 새끼 지주들인데……."

동 철장은 이광두와 송강을 가리키며 소리를 질렀다.

"뭐가 새끼 지주야? 애들은 조국의 꽃이라고."

장발의 손위는 떡 벌어진 체구의 동 철장에게 감히 입을 열지 못했고, 동 철장은 세 중학생을 가리키며 말했다.

"너희들 역시 조국의 꽃이야."

세 중학생은 동 철장의 말을 듣고 서로 마주보며 실실거리더니 곧 자리를 떠버렸다. 동 철장은 멀어져가는 중학생들을 한 번 본 후 다시 땅바닥의 이광두와 송강을 보더니 몸을 돌려 가버렸다. 동 철장의 뒷모습에는 드센 기풍이 느껴졌고, 그의 목소리가 울렸다.

"다들 조국의 꽃들이라고."

두 아이는 바닥에서 일어난 후 상처투성이인 서로를 바라보았다. 송강은 여전히 방금 왜 장발의 손위를 쓰러뜨리지 못했는지 이해가 되지 않아 이광두에게 물었다.

"왜 그랬을까? 혹시 제일 중요하다는 그 초식을 쓰지 않아서 그랬을까?"

그러자 이광두가 화를 내며 대답했다.

"원래 제일 중요하다는 초식 같은 건 없었어. 네 아빠가 우릴 속인 거야."

송강은 퉁퉁 부어오른 얼굴을 좌우로 흔들며 말했다.

"네 아빠가 아니고 우리 아빠야. 아빠가 아들을 속일 리 없어."

이광두가 소리쳤다.

"네 아빠지 내 아빠 아냐."

두 아이가 자리에 선 채로 싸우다가 나중에 송강이 눈물을 훔치고 콧물을 닦으며 말했다.

"가자, 아빠한테 가서 물어보자."

이광두와 송강이 중학교 교문에 도착했을 때는 마침 비판투쟁대회가 막 끝났을 때였다. 송범평은 나무널빤지를 목에 건 채 나머지 두 사람과 교문 앞에 서 있었다. 교문을 나온 학생들이 그들을 에워싼 채로 그들을 타도하자는 구호를 외쳤고, 붉은 완장을 찬 사람들이 뭐라고 떠들고 있었다. 두 아이는 이 사람들이 안에서 대규모 비판투쟁을 끝내고 나와서 다시 소규모 비판투쟁을 벌이고 있다는 사실을 몰랐다. 아이들은 사람들을 헤치고 들어가 송범평의 앞에 서서 아버지의 옷소매를 끌어당기며 물었다.

"아빠, 우리한테 분명히 쓸어차기 중에 제일 중요한 초식 가르쳐준 거지? 그치?"

송범평이 고개를 숙인 채 꼼짝도 하지 않자 송강은 원망스런 마음에 울음을 터뜨렸고, 자기 아빠를 밀며 하소연했다.

"아빠, 빨랑 이광두한테 얘기해줘. 가르쳐줬다고……."

송범평은 여전히 한마디 말도 없었고, 바로 그때 이광두가 소리 질렀다.

"거짓말쟁이, 쓸어차기를 가르쳐주지도 않고……. 나무널빤지 글자도 속인 거죠? '지주'가 분명한데……, 무슨 '지'상의 모 '주'석이라고……."

당시 이광두는 이 말이 송범평에게 어떤 결과를 가져올지 상상도 하지 못했다. 이어진 광경에 이광두는 놀라 얼어붙었는데, 이광두의 말을 들은 사람들은 순간 멍한 표정을 짓더니 곧이어 주먹과 발로 송범평을 마구잡이로 패기 시작했고, 송범평은 반죽음이 되었다. 그들은 쓰러진 송범평을 차고 밟으며 위대한 영수, 위대한 지도자, 위대한 원수, 위대한 조타수이신 모 주석을 어떻게 악랄한 말로 모독했는지 해명하라며 소리쳤다.

이광두는 한 사람이 이렇게까지 맞는 모습을 본 적이 없었다. 송범평의 얼굴에는 피가 흥건했고, 머리칼마저 피에 젖었다. 그는 땅에 누운 채였고, 얼마나 많은 어른과 아이들의 발이 그를 짓밟았는지 알 수가 없을 정도였다. 사람들은 그의 몸이 마치 무슨 계단이라도 되는 양 사정없이 쉬지 않고 짓밟아댔다. 송범평은 사람들에게 몸을 아예 내맡겼다. 다만 눈길은 그들을 피해 이광두와 송강을 보려 했다. 이광두를 보는 그의 눈빛은 무언가 할 말이 있는 듯했으나 이광두는 그 눈길이 무서웠다. 나중에 이광두는 바깥으로 떠밀려 나왔고 다시는 그 눈빛을 보지 못한 채로 다만 송강이 울며불며 사람들 사이를 비집고 들어갔다가 다시 떠밀려나오는 모습만 바라볼 뿐이었다. 아홉 살 먹은 송강은 우는 것 이외에 있는 힘껏 안으로 밀고 들어갈 줄 밖에 몰랐지만, 주변 사람들은 갈수록 늘어났고 아이는 아빠로부터 갈수록 멀어져만 갔다. 나중에 송강의 벌린 입에서는 아무 소리도 나지 않았고, 그러다가 이광두 곁으로 와서는 얼굴에 온통 눈물과 콧물 범벅인 채로 입을 벌렸다 닫았다 마치 뭔가 소리치는 것 같았으나 이광두는 아무 소리도 들을 수 없었다. 송강은 그렇게 한참을 소리치더니 갑자기 주먹을 휘둘러 이광두를 후려쳤다. 이광두 역시 맞받아쳤다. 그러더니 두 아이는 마치 포커를 칠 때 카드를 번갈아 내듯 돌아가며 한 방씩 모두 서른여섯 방을 서로의 얼굴에 날렸다.

12

송범평은 온몸이 상처투성이인 채로 잡혀가 커다란 창고에 갇혔다. 그 후로 일주일 동안 송강과 이광두는 서로 한마디 말도 없이 지냈다. 송강은 말을 하지 못했다. 그날 송강은 울다 울다 목이 쉬어버려서 말할 때 소리를 내지 못했고 그저 입가에 침만 흘릴 뿐이었다. 이광두는 자신의 말실수로 송범평이 외양간 같은 창고에 갇히게 됐다는 것을 알았기 때문에 밤에 잘 때면 송범평이 사람들에게 짓밟히는 광경이 떠올랐고, 자신과 송강을 찾는 송범평의 황망한 눈길이 떠올라 견딜 수가 없었지만, 그래도 여전히 송강에게는 말을 걸지 않았고, 송강의 입에서 마치 똥구멍처럼 바람소리만 새어나오는 것을 비웃고 있었다.

그때부터 이광두의 고단한 혼자만의 생활이 시작됐다. 혼자 걷고, 혼자 나무 아래에 앉아 있고, 혼자 강변에 쪼그려 앉아 물을 마시고, 혼자서 자신과 이야기했다. 그는 길거리에서 멍하니 보고, 멍하니 기다리다 자신과 같은 나이의 고단한 아이가 다가와주길 갈망했다. 몸에서 흐르는 땀은 흐르고 마르기를 반복했고, 눈에 보이는 것은 죄다 시위 대열과 붉은 깃발들이었으며 그와 동년배 아이들은 모두 그들의 엄마 손에 이끌려 그의 눈앞에서 하나씩 사라져갔다. 그와 이야기하는 사람도 없었고 심지어 그를 쳐다보는 사람조차 없었다. 지나가다 부주의해서 부딪치거나 가래를 뱉다가 가래가 우연히 그의 발 위에 떨어지거나 해야 그를 제대로 한 번 쳐다볼 뿐, 그를 보면 신나게 손을 흔들며 멀리서부터 불러대는 그 세 중학생 말고는 아무도 그에게 주의를 기울이지 않았다.

"야, 꼬마야, 성욕을 좀 불살라봐!"

그들은 이광두를 향해 손을 흔들어대며 신나게 다가왔지만, 이광두는 그들이 입으로는 성욕 어쩌구 하면서 사실은 쓸어차기 연습을 하고 싶어한다는 걸 알고 있었다. 그들은 또 방귀가 새고 오줌을 찔찔 쌀 때까지, 얼굴이 퉁퉁 부어오를 때까지 계속 자빠뜨릴 테니 이광두는 그들과 마주칠 때면 걸음아 날 살려라 하고 내뺐다. 그러면 중학생들은 뒤에서 웃으며 소리쳤다.

"야, 꼬마야, 도망가지 마, 널 자빠뜨리려는 게 아냐⋯⋯."

그해 여름 이광두는 이 세 중학생의 쓸어차기를 피하려고 먼지 나게 뛰어다니다 자기 발에 걸려 넘어지기를 반복했다. 그렇게 여덟 살의 다리는 뛰느라 쑤시고 아팠고, 여덟 살의 폐는 가쁜 숨을 몰아쉬느라 뜨거웠으며, 여덟 살의 심장은 뛰느라 쿵쾅거렸고, 여덟 살의 몸뚱이는 뛰느라 죽을 지경이었다. 그렇게 이광두는 기진맥진한 채로 동철장, 장 재봉, 관 가새, 여 뽑치네 가게가 있는 골목에 이르고는 했다.

그 당시의 동, 장, 관, 여는 모두 혁명적 대장장이, 혁명적 재봉사, 혁명적 가위갈이, 혁명적 치과의가 된 상태라 장 재봉네 고객들이 옷감을 들고 가게에 나타날 때면 장 재봉은 먼저 상대방의 계급 성분부터 물었다. 만약 빈농이면 웃는 낯빛으로 맞이했고, 중농이면 억지로 옷감을 받아들었으며, 만약에 지주면 즉시 주먹을 휘두르며 혁명구호를 외쳤으니 얼굴이 새파랗게 질린 지주 고객은 옷감을 들고 가게를 나서야 했다. 장 재봉은 골목에 선 채로 도망치는 지주 고객을 향해 소리를 쳐댔다.

"제일 후진 수의를 지어줄 테다! 아니, 또 틀렸네, 염포 말이야!"

관 가새 부자의 혁명 각오는 장 재봉보다 더 드높았다. 빈농이면 돈을 받지 않았고, 중농이면 좀 더 많은 돈을 받았지만, 지주 고객은 잽싸게 도망쳐야 했다. 관 가새 부자는 양손에 가위를 들고 철컥철컥 소리를 내며 가게 앞에서 황급히 내빼는 지주 고객을 향해 그의 좆을 잘라버리겠다고 외쳐댔다.

"저 지주놈을 좆도 없는 지주년으로 만들어버릴 테요!"

여 뽑치는 혁명 투기분자였다. 그는 손님이 오면 계급 성분을 묻지 않았다. 손님이 등나무 의자에 앉아도 계급 성분을 묻지 않았다. 손님이 입을 벌리고 입안의 썩은 이를 확인한 다음에도 계급 성분을 묻지 않았다. 만약에 먼저 물었다가 지주 계급이라는 게 밝혀지면 돈 벌 기회를 놓치게 된다는 계산이었다. 그렇지만 계급 성분을 캐묻지 않으면 혁명적 치과의사가 아니었다. 여 뽑치는 혁명도 원했고 돈도 원했기 때문에 일단 집게를 손님의 입에 집어넣고 썩은 이를 집은 다음 때를 딱 맞춰서 큰 소리로 물었다.

"말하시오! 계급 성분이 뭐요?"

손님의 입속에 집게가 들어가 있으니 "아아" 소리 말고는 제대로 낼 수 없으니 여 뽑치는 그제야 허세를 부리며 귀를 입에 대고 소리를 듣는 척하다가 큰 소리를 질러댔다.

"빈농이라고? 좋습니다. 바로 썩은 이를 뽑아드리죠."

그 말이 끝나자마자 썩은 이는 바로 뽑혔고, 여 뽑치는 곧바로 핀셋으로 솜을 집어 손님의 상처 부위를 막아준 후 입을 꽉 다물게 해서 지혈시켰다. 손님에게 이를 꽉 물도록 하는 것은 입을 막기 위한 조치이기도 했다. 만약 지주 계급이더라도 여 뽑치는 그 손님을 억지로 빈농으로 치부해버렸고, 방금 뽑은 썩은 이를 기세등등하게 보여준 후 이렇게 소리쳤다.

"봤죠? 이건 빈농의 썩은 이입니다. 만약 당신이 지주였으면 절대

이 썩은 이가 아니죠. 분명히 다른 멀쩡한 이가 뽑혀 나왔을 겁니다."

그러고 나서 여 뽑치는 혁명과 돈벌이는 서로 어긋나는 게 아니라는 표정을 지어 보이며 손을 내밀어 돈을 요구했다.

"모 주석께서 지도하시길, 혁명은 공짜로 밥을 사는 게 아니다……. 이렇게 말씀하셨어요. 혁명적인 이 하나를 뽑았으면, 돈 10전을 내야 한다 이거죠."

혁명적 대장장이 동 철장은 고객의 계급 성분을 묻지 않았다. 동 철장은 자신이 가만히 앉아 있기만 해도 계급의 적들이 감히 자신의 대장간에 오지 못하리라 생각했으므로 자신의 가슴을 툭툭 치며 의미심장하게 말하고는 했다.

"노동을 하는 빈농이나 중농이라야 나한테 와서 낫이나 호미를 사지, 늘 잘 먹고 하는 일 없이 노는 착취 계급인 지주들이 낫이나 호미 쓸 일이 어디 있나?"

혁명의 물길이 도도히 밀려와 이제 동 철장, 장 재봉, 관 가새 모두 오래지 않아 뜨거운 혁명과업에 참여하기 시작했다. 동 철장은 팔뚝을 드러낸 채 그 팔뚝에 혁명의 붉은 완장을 찼고, 더 이상 낫이나 호미를 두드리지 않고 붉은 술이 달린 창검을 두드렸다. 동 철장이 창검을 만들면 그 창검은 곧바로 맞은편 가위 가는 가게로 보내졌다. 관 가새 부자도 팔뚝을 드러냈고 역시나 맨 팔뚝에 혁명의 붉은 완장을 찬 채 이젠 더 이상 가위를 갈지 않고 부자가 앉은뱅이 걸상에 앉아 두 다리를 벌린 채로 등에 땀을 뻘뻘 흘리면서 창검을 쓱쓱 갈았다. 그렇게 관 가새 부자가 갈고 난 창검은 바로 옆집의 장 재봉네로 전해졌다. 장 재봉은 러닝셔츠를 입고 있고 팔뚝은 당연히 맨살인 채였지만 팔뚝에 붉은 완장을 차고 있었다. 장 재봉은 더 이상 옷을 만들지 않고, 오직 붉은 깃발과 완장만 열심히 만들어댔다. 그리고 창검 위아래에 매는 붉은 꽃술도 만들었다. 문화대혁명은 우리 류진 전체를 정강산(중국공산당이 국민당과의 내전 시기에 혁명기지로 삼았던 곳—옮긴이)으로 만들었고, 이 시기의 류진은 "산 아래 깃발 내려다보이고, 산 위에 북소리 들리네."(山下旌旗在望, 山頭鼓角相聞. 모택동의 〈서강월〉에 나오는 시구—옮긴이)라는 구절처럼, 그야말로 완전히 전쟁의 도가니 속이었다.

여 뽑치는 팔뚝에 혁명의 장 재봉이 만들어준 붉은 완장을 찬 채 동, 관, 장 세 장인이 불같은 열의로 붉은 꽃술이 달린 창검을 만드는 광경을 지켜보고 있었다. 여 뽑치는 의외로 차분했는데, 이로는 어떻게 할 도리가 없었기 때문이었다. 가서 이를 뽑을 수도 없고, 이를 때워줄 수도 없고, 틀니를 해줄 수도 없으니 그저 등나무 의자에 누운 채 혁명의 부르심을 차분히 기다릴 수밖에.

빨빨거리며 사방팔방 돌아다니던 이광두는 동, 관, 장 세 가게에서 마치 무기공장에서처럼 창검을 만드는 광경을 다 보고 나면 하품을 하며 여 뽑치네 파라솔 아래로 기어들었고, 그의 옆에 그 전까지 아침저녁으로 함께하던 송강이 없으니 쓸쓸하고 무료해서 연방 하품만 해댔다. 하품도 전염성이 있어서 연방 하품을 해대는 이광두를 보자 여 뽑치까지 따라 입을 벌렸다 다물었다 하품을 연이어 해댔다.

전에는 여 뽑치의 탁자에 썩은 이들이 놓여 있었지만, 이제는 시대의 조류에 따라 실수로 뽑은 열 몇 개의 멀쩡한 이빨을 전시해놓은 것으로 지나가는 수많은 혁명 군중에게 자신의 선명한 계급적 입장을 표명했다. 이 이들은 죄다 계급의 적들의 입에서 뽑았다고 말했다. 여덟 살 먹은 이광두가 파라솔 아래로 기어들어오자 여 뽑치는 똑같이 자신의 계급적 입장을 밝히려고 등나무 의자에서 몸을 일으키며 탁자 위의 멀쩡한 이들을 가리키며 말했다.

"이게 전부 계급의 적들로부터 뽑은 멀쩡한 이빨들이다."

그리고 또 수십 개의 썩은 이들을 보여주며 말했다.

"이것들은 내가 뽑은 계급의 형제자매들의 썩은 이빨들이지."

이광두는 심드렁하게 고개를 끄덕이며 탁자 위에 펼쳐져 있는 계급의 적들에게서 뽑은 멀쩡한 이들과 계급의 형제들의 썩은 이들을 쳐다보았다. 그러고는 여 뽑치의 등나무 의자 옆의 긴 의자에 앉아 연방 입을 벌려 하품을 해댔다. 여 뽑치는 아침 내내 누워 있었고 그나마 찾아온 것이 이광두였으니 그 결과는 둘 다 경쟁적으로 하품을 해대는 것뿐이었다.

여 뽑치가 일어나 앉으며 길 저편의 나무전봇대를 바라보며 이광두의 뒤통수를 두드리면서 말했다.

"너 가서 전봇대랑 안 할래?"

"벌써 했어요."

이광두는 머리를 좌우로 흔들며 말했다.

"한 번 더 해라."

여 뽑치가 부추겼다.

"재미없어요. 성내 전봇대에 다 몇 번씩 해봤어요."

"아이고야…… 옛날 같으면 후궁을 따로 둔 황제였겠지만, 지금은 상습 강간범으로 감옥에서 썩다가 결국은 총살감이다."

여 뽑치가 기가 막힌다는 듯 내뱉었다.

하품을 하던 이광두가 '감옥에서 썩다가 결국은 총살감'이라는 말을 듣고는 하품을 하던 입을 벌린 채로 눈을 동그랗게 뜨고 물었다.

"전봇대에 대고 해도 감옥에 가고 총살당해요?"

"당연하지."

여 뽑치는 말투를 바꿔서 계속 말을 이었다.

"네 계급 입장을 봐야겠지만 말이다."

"무슨 계급 입장요?"

이광두는 무슨 소리인지 알아들을 수가 없었다.

여 뽑치는 맞은편 나무전봇대를 가리키면서 이광두에게 물었다.

"넌 전봇대를 계급의 여자 적으로 보냐, 계급의 자매로 보냐?"

이광두는 여전히 무슨 소리인지 알아들을 수 없다는 듯 눈을 동그랗게 떴고, 여 뽑치는 정신을 가다듬으며 신나게 말을 이어갔다.

"네가 만약에 전봇대를 계급의 여자 적으로 봤다면 너는 전봇대를 비판투쟁의 대상으로 삼았다는 것이고, 만약에 전봇대를 계급의 자매로 봤다면 넌 반드시 결혼등기를 해야 한다 이 말씀이야. 결혼등기를 안 하면 어떻게 되느냐? 그건 바로 강간이지. 성내 전봇대와 다 해버렸으니 성내 계급의 자매들을 전부 강간해버린 셈이니 어떻게 평생 감옥에 총살을 피하겠냐?"

여 뽑치의 설명을 들은 이광두는 '감옥에 끌려가서 총살을 당한다'는 말의 뜻을 알아듣고는 걱정이 사라진 듯 동그래진 두 눈의 힘을 풀었고, 여 뽑치는 이광두의 머리를 두들기며 물었다.

"알았냐? 계급적 입장이라는 말이 뭔지 알았냐?"

"알았어요."

이광두는 고개를 끄덕였다.

"자, 말해봐라. 저것들을 계급의 여자 적으로 생각했냐? 아님 계급의 자매로 생각했냐?"

이광두는 두 눈을 잠깐 동안 껌벅이더니 입을 열었다.

"만약에 그냥 계급의 전봇대로 생각하면요?"

여 뽑치는 순간 멍한 표정을 짓더니 이내 너털웃음을 터뜨리고 욕설을 퍼부었다.

"이런 좆만 한 후레자식 같으니……."

이광두가 여 뽑치와 그렇게 반 시간 정도 앉아 있는 동안 여 뽑치의 웃음이 낭랑히 퍼졌지만, 이광두는 여전히 별 재미를 못 느꼈는지 일어나 동 철장네 가게로 발길을 돌렸다. 이광두는 동 철장네 가게 긴 의자 뒤의 벽에 등을 기대고 머리와 몸은 뻣딱하게 둔 채로 쇠를 두드리는 모습을 지켜보았다. 동 철장은 왼손에 든 집게로 창검을 집고 오른손으로 탕탕 소리를 내며 망치를 휘둘렀고, 가게 안에서는 불꽃이 사방으로 춤추듯 날아다녔다. 동 철장의 왼팔에 찬 붉은 완장이 계속 내려가자 동 철장은 집게를 든 왼팔을 또 부단히 들어올려 팔목까지 내려온 완장을 다시 팔뚝까지 끌어올렸고, 집게로 집은 벌건 창검 역시 공중을 향했다. 땀에 전 동 철장이 연방 쇠를 두드리면서 이광두를 훑어보면서 속으로 전에는 여기 오면 의자에 엎드린 채로 사타구니를 비비고 난리더니 오늘은 어째 마치 담벼락에 서 있는 병든 닭처럼 뻣딱하게 앉아 있을까 하고 의아하게 여기다 이내 참지 못하고 물었다.

"야, 너 의자에 대고 남녀관계 왜 안 하냐?"

"남녀관계요?"

이광두는 "깔깔" 딱 두 번 웃었다. 무척이나 재미있는 말이었다. 그러더니 이내 고개를 가로젓고 쓴웃음을 지으며 대답했다.

"지금은 성욕이 안 땡기거든요."

동 철장은 실실거리며 대꾸했다.

"이 녀석 양기가 빠졌구먼."

이광두도 따라 웃다가 물었다.

"양기가 빠지다뇨?"

동 철장은 쇠망치를 내려놓고 목에 두른 수건으로 흐르는 땀을 닦으면서 입을 열었다.

"바지를 내리고 네 고추를 잘 봐라⋯⋯."

바지를 벌리고 찬찬히 살펴보는 이광두에게 동 철장이 물었다.

"어때? 말랑말랑하지?"

이광두는 고개를 끄덕이며 대답했다.

"꼭 밀가루 반죽 같아요."

동 철장은 다시 수건을 목에 두르고 실눈을 뜨면서 말했다.

"그게 바로 양기가 빠진 거지. 고추가 꼭 박격포처럼 딱딱해져서 곧 발사할 것 같은 게 성욕이 생긴 거고, 지금처럼 밀가루 반죽 같으면 양기가 빠진 거지."

"아! 양기가 빠진 거였구나."

이광두는 마치 신대륙이라도 발견한 듯 탄성을 지르며 말했다.

당시 이광두는 우리 류진에서 이미 이름을 조금 떨친 나름대로 유명인사였다. 우리 류진의 일부 사람들은 할 일 없이 거리를 어슬렁거리곤 했다. 그러다가 시위 대열을 만나면 주먹을 흔들며 그들과 함께 구호를 외치거나 오동나무 그늘에 서서 하는 일 없이 연방 하품만 해대곤 했는데, 이렇게 일없이 한가한 사람들은 죄다 이광두를 알고 있었다. 그들은 이광두만 보면 흥분해서 웃음을 참지 못하고 소리를 질러댔다.

"전봇대랑 하는 꼬마 온다."

이때의 이광두는 전과는 확연히 달랐다. 송범평은 잡혀서 창고에 갇혀 있고, 송강은 목이 잠긴 데다 그와는 말도 하지 않고 있고, 배가 고파 배 속에서는 꼬르륵 소리가 새어나오고, 풀이 죽어 고개를 떨어뜨린 채 거리를 배회할 뿐 길가의 나무전봇대에는 그야말로 일말의 흥미도 생기지 않았다. 하지만 길가에서 빈둥거리는 사람들은 여전히 그에게 흥미를 떨치지 못하고 눈은 끊이지 않는 시위 대열을 보면서도, 몸으로는 이광두를 가로막으며 길가의 나무전봇대를 가리키면서 꼬드겼다.

"야, 꼬마야, 너 전봇대랑 하는 거 본 지 오래됐다."

이광두는 머리를 세차게 가로저으며 분명한 어조로 대답했다.

"지금은 전봇대랑 남녀관계 안 해요."

길가에서 빈둥대던 사람들은 터져 나오는 웃음을 참느라 허리가 뒤로 넘어갈 지경이었다. 그들은 이광두를 못 가게 둘러싼 채 시위 대열이 지나가길 기다린 후 다시 물었다.

"왜 남녀관계를 안 하는데?"

이광두는 노련하게 바지를 풀어서 사람들에게 자신의 고추를 보여주며 말했다.

"봤죠? 내 고추 봤죠?"

사람들은 머리를 서로 부딪치면서 이광두 바지 속을 보았고, 고개를 끄덕이며 또 서로 머리를 부딪쳤다. 그렇게 사람들이 자신의 머리를 매만지면서 봤다고 대답하자 이광두는 다시 노련하게 사람들에게 질문했다.

"박격포처럼 단단한가요? 아니면 밀가루 반죽처럼 말랑말랑하던가요?"

사람들은 이광두가 무슨 말을 하는지 알 수가 없었던지라 고개를 끄덕이며 말했다.

"말랑말랑했지, 밀가루 반죽처럼……."

"그러니까 남녀관계를 안 한다 이거예요."

이광두가 으스대며 말했다. 그리고 마치 강호를 떠나는 협객처럼 손을 흔들며 사람들 사이를 헤집고 떠나갔다. 그렇게 몇 발짝을 뗐나 싶더니 뒤돌아서면서 마치 백전노장 같은 기세로 사람들에게 고했다.

"양기가 빠졌거든요!"

사람들의 떠들썩한 웃음 속에 이광두는 다시금 정신을 다잡고 고개를 바짝 쳐든 채 위풍당당한 자세로 걸어갔다. 그리고 나무전봇대를 지나칠 무렵, 나무전봇대를 발로 걷어차며 자신은 나무전봇대에 대한 색정을 끊었다는 표시를 분명히 했다.

13

거리를 헤매는 이광두의 주머니에는 단돈 1전도 없어서 목이 마르면 강물을 마시고, 배고프면 마른침을 삼키며 집으로 갔다. 그때의 집은 깨진 항아리처럼 완전히 엉망이었다. 아이들끼리 들어올릴 힘이 없어 쓰러진 옷장은 그대로 방치되어 있었고, 바닥에는 옷들이 널려 있었으나 아이들은 지쳐서 주워 담을 수가 없었다. 송범평이 잡혀간 이후 집을 쑥대밭으로 만든 사람들이 두 차례나 더 왔는데, 그때마다 이광두는 혼자 슬그머니 내뺐고, 송강 혼자 그자들을 상대했다. 송강이 잠긴 목으로 그들과 크르릉 소리를 내며 이야기를 할라치면 분명 따귀를 얻어맞았을 터였다.

그 며칠 동안 송강은 밖에 나가지 않고 요리사처럼 집에서 밥을 짓고 반찬을 볶았다. 송범평이 아이들에게 밥 짓는 법을 가르쳐주었지만 이광두는 까먹은 지 오래였고, 송강만 잊지 않고 있었으니 이광두가 배가 고파 머리를 떨어뜨린 채 기진맥진해서 집에 돌아올 때면 송강은 벌써 밥을 해놓고, 식탁에는 밥그릇과 옛사람들이 쓰던 젓가락을 반듯이 갖추어둔 채로 이광두를 기다리고 있었다. 이광두가 침을 꿀꺽 삼키며 들어올 때면 송강의 잠긴 목은 크르릉 크르릉 소리를 냈고, 이광두는 그가 '이제야 돌아왔구나'라고 말하고 있는 것을 알아차렸다. 이광두는 집에 들어서자마자 자신의 밥그릇을 들고 게걸스럽게 밥을 먹었다.

이광두는 송강이 하루하루를 어떻게 지내는지 몰랐으나, 송강은 매일 석유풍로의 심지에 조심스럽게 성냥불로 불을 붙이고, 매일매일 탈수록 짧아지는 심지를 조금씩 뽑아냈다. 땀을 뻘뻘 흘리며 손에는 온통 석유를 묻힌 채로 새까만 때가 빽빽이 들어찬 손톱으로 이광두에게 설된 밥을 해먹였다.

이광두는 송강이 해주는 밥을 마치 콩을 씹는 것처럼 먹었고 입에서는 우두둑 소리가 멈추지 않았다. 그리하여 소화를 시키느라 이광두의 위까지 고생했으니 배가 부르지 않은 상태에서도 트림을 했고, 그 트림 소리조차 우두둑 울렸다. 송강이 볶은 채소볶음도 맛이 없었다. 송범평이 볶았을 때는 푸릇푸릇했었는데, 송강은 매번 너무 바짝 볶아서 색깔이 마치 짠지 같았고, 속에는 새까만 석유 빛깔이 돌 정도였다. 게다가 맛은 너무 짜거나 너무 싱거웠다. 이광두는 본래 송강과는 말을 주고받지 않았지만 먹다 먹다 도저히 참을 수가 없었던지 그만 입 밖으로 말을 내뱉었다.

"밥은 설었고, 반찬은 흐물흐물하고, 넌 지주 아들이고……."

송강의 얼굴은 붉으락푸르락했고, 입에서는 크르릉 소리가 그치지 않았다. 이광두는 무슨 말인지 알아들을 수가 없었다.

"모기가 방귀 뀌냐? 벌레가 오줌 싸냐고? 제발 크르릉대지 좀 마."

송강이 분명한 소리를 낼 수 있을 무렵부터는 밥도 잘 지을 줄 알게 되었다. 그때 두 아이는 이미 송범평이 남겨둔 채소를 다 먹은 후였고, 쌀도 조금밖에 남지 않은 상태였다. 송강이 잘 익은 밥을 그릇에 담고 식탁에 간장병을 올려놓았을 때 이광두가 들어오는 모습을 보고 목소리가 나오는 것에 기뻐하며 말을 붙였다.

"이번에는 잘 익었어!"

송강이 이번에는 확실히 밥을 제대로 익혔고 쌀 한 톨 한 톨에 윤기가 잘잘 흘렀다. 이광두의 기억으로는 이제까지 먹어본 밥 중 최고였다. 비록 그 후로 더 잘 지어진 밥을 많이 먹어보았지만, 언제나 그때 송강이 지어준 밥만은 못했다. 장님이 문고리 잡은 격이었지만 이광두가 보기에 아무리 우연이라도 이렇게 잘할 수는 없었다. 며칠 동안 설된 밥만 먹다가 제대로 익은 밥을 먹으니 반찬이 없더라도 간장만으로 충분했다. 두 아이가 김이 모락모락 나는 밥에 간장을 붓고 골고루 잘 비비자 밥은 마치 도란(주로 배우들이 무대 화장용으로 쓰는 기름기 있는 분—옮긴이)을 바른 듯, 검붉은 빛이 돌면서 반짝반짝 빛났고 밥의 뜨거운 열기로 퍼져나간 간장 향이 집 안을 가득 채웠다.

그때 날은 이미 저물었고, 두 아이가 맛난 밥을 먹는 가운데 달빛이 창가로부터 스며들었고 바람은 지붕을 스쳤다. 송강이 입 안에 간장에 비빈 밥을 잔뜩 넣은 채 쉰 목소리로 옹옹거리며 말했다.

"혹시 아빠가 언제 올지 몰라?"

말을 마치자마자 송강의 눈에서 눈물이 흘러내렸다. 송강은 밥그릇을 내려놓고 고개를 떨어뜨린 채 흐느끼기 시작했고, 그렇게 흐느끼며 입안의 밥을 씹어 삼켰다. 그러더니 눈물을 훔치면서 이내 목 놓아 울기 시작했다. 쉰 목소리는 마치 전력이 부족한 경보음처럼 길었다 짧았다를 반복했고 그때마다 송강의 몸이 앞뒤로 흔들렸다.

이광두도 고개를 떨어뜨렸다. 갑자기 괴로워졌기 때문이었다. 송강이 이렇게 맛있는 밥을 해줘서 송강과 몇 마디 말이라도 하고 싶었는데 결국은 아무 말도 못했다. 이광두는 혼잣말로 되뇌었다.

"지주 아들."

송강이 한 번 밥을 근사하게 하더니만, 다음 날 낮은 또 설된 밥을 했다. 이광두는 밥그릇 안의 바짝 말라서 윤기 없는 밥을 보고 또 설된 밥을 먹어야 한다는 걸 직감했다. 그때 송강은 탁자 앞에 앉아서 과학실험을 하는 중이었다. 한쪽 그릇에는 소금을 약간 담고, 다른 그릇에는 간장을 조금 따른 다음 각각 소금을 뿌린 설된 밥과 간장을 뿌린 설된 밥을 맛보았다. 이광두가 막 들어섰을 때 이미 결론을 얻어서, 즐거운 표정으로 이광두에게 소금을 뿌린 밥이 간장을 뿌린 밥보다 훨씬 맛있다고 알려주었다. 게다가 살짝 뿌린 다음 잽싸게 먹어야 맛있지, 소금이 퍼져버리면 맛이 떨어진다는 사실까지 알아냈다.

이광두는 잔뜩 화가 나서 소리쳤다.

"난 익은 밥을 먹고 싶단 말야. 설된 밥은 안 먹어."

송강은 고개를 들어 한 가지 나쁜 소식을 전해주었다.

"석유를 다 썼어. 밥이 절반쯤 됐을 때 불이 나가버렸어."

석유가 없다는 건 불이 없다는 것이니 이광두는 화를 가라앉히고 앉아서 설된 밥을 먹을 수밖에 없었다. 이광두는 송강의 고추 안의 오줌이 석유라면, 똥구멍에서 뀌는 방귀가 불이라면 얼마나 좋을까 하고 생각했다. 송강은 이광두에게 소금을 살짝 뿌린 후 곧장 한입을 먹으라고 했고, 이광두의 눈이 바로 반짝였다. 소금알과 밥알을 함께 깨물자 아사삭 소리가 났고, 특히 소금은 씹자마자 신선한 맛이 났다. 이광두는 송강이 왜 소금이 녹기 전에 설된 밥을 씹으라고 했는지 알게 되었다. 막 씹으면 마치 불이 반짝 하는 것처럼 소금의 신선한 맛이 퍼져나갔는데, 녹고 나면 신선한 맛은 사라지고 그저 짠맛만 나기 때문이었다. 하지만 처음으로 설된 밥의 훌륭한 맛을 알게 된 이광두에게 송강은 또 다른 나쁜 소식을 전했다.

"쌀도 다 먹었어."

저녁이 되자 두 아이는 점심 때 남은 밥에 또 소금을 뿌려 먹었다. 다음 날 아침 아이들은 태양이 엉덩이를 비추고 나서야 일어났다. 잠에서 깬 아이들은 집 밖으로 뛰어나가 담벼락에 대고 오줌을 한바탕 갈긴 후 우물가로 가서 물을 길어 세수를 하고 나서야 오늘은 먹을 방귀도 없다는 생각이 났다. 이광두는 문간에 앉아 송강이 뭔가 먹을 것을 찾아낼 방법을 마련했으면 하는 생각을 했고, 송강은 넘어진 옷장속을 한참 동안 뒤지고, 또 바닥의 옷 속을 한참 뒤졌는데도 끝내 아무것도 찾지 못하자 결국에는 마른침을 아침 삼아 연방 삼켜댔다.

이광두 역시 마른침만 삼킬 수밖에 없었다. 그는 들개처럼 거리 곳곳을 돌아다녔는데, 그나마 막 거리로 나설 무렵에는 뛰어다니기도 했지만 점심때가 되자 바람 빠진 공처럼 힘이 빠져버렸다. 허기진 여덟 살의 이광두는 팔십 먹은 노인처럼 머리가 어지럽고 눈이 가물거리고, 사지에 힘이 빠지기 시작하더니 배 속이 텅텅 비었는데도 끊임없이 트림을 해댔다. 이광두는 길가의 오동나무 아래에서 머리를 세울 힘조차 없어 삐딱하게 떨어뜨린 채 한참 동안 앉아서 지나가는 사람들을 바라보고 있었다. 고기만두를 먹는 사람이 지나가면 그 사람 입가로 흐르는 육즙을 바라보았고, 혀를 내밀어 그 육즙을 핥아먹는 모습까지 뚫어져라 지켜보았다. 호박씨를 까먹으며 지나가던 여자가 뱉은 호박씨 껍데기가 이광두의 머리 위로 떨어졌다. 이광두는 뼈다귀를 문 들개 한 마리가 지나가던 모습을 보면서도 화를 냈다.

이광두는 자신이 집으로 어떻게 돌아갔는지조차 기억하지 못했다. 그저 배 속이 텅 빈 채로 집에 가면 뭘 먹을 수 있다는 희망도 없이 그냥 침대에 눕고 싶다는 생각뿐이었다. 이광두가 집에 도착했을 때 탁자에 앉아 밥을 먹고 있는 송강의 뒷모습이 눈에 들어왔고, 뜻밖의 기쁨에 이광두는 정신없이 힘들고 배고픈 와중에도 뛸 힘이 솟아났다.

하지만 이광두는 허탕을 쳤다. 분명히 송강이 뭘 먹고 있는 걸 봤다고 생각했는데, 송강 앞에는 맹물 한 사발이 놓여 있었고, 송강은 입에 약간의 소금을 털어 넣고는 천천히 녹기를 기다리고 있었다. 그리고 이어 물 한 모금을 들이켰다. 소금을 먹고 나자 이번에는 간장을 조금 마시고 볼을 잔뜩 부풀려 간장이 입안을 적시길 기다렸다가 또 맹물을 들이켰다.

맥없이 소금과 간장에 물만 마시던 송강은 배가 고파 이광두와 말도 하기 싫었는지 말없이 손으로 탁자 위의 다른 그릇에 담긴 맹물만 가리켰고, 이광두는 그것이 자기를 위해 준비됐다는 걸 알아차렸다. 실망이 컸지만 이광두는 탁자 옆에 앉아 송강처럼 물을 마시기 시작했다. 먼저 소금과 간장을 조금 털어 넣고 맹물을 마셨는데, 아무것도 안 먹는 것보다는 확실히 나았다. 결국 이날 점심은 아무것도 먹은 게 없지만 이렇게라도 하니 먹은 것 같았다. 허기를 약간 채운 이광두는 침대에 누웠고 혼잣말로 꿈속에서나마 뭔가 먹을 걸 찾아보자고 중얼거리다가 입맛을 다시면서 잠이 들었다.

　이광두는 한다면 하는 성격이었다. 잠이 들자마자 김이 무럭무럭 피어오르는 만두찜통에 머리를 부딪쳤고, 흰 요리사복을 입은 요리사들이 구호를 외치고 있었다. 찜통을 열자 그 속에는 비판투쟁대회에 모인 사람 수만큼이나 많은 고기만두가 있었고 만두에서는 육즙이 흘러내리고 있었다. 그때 요리사들이 찜통 뚜껑을 닫으며 아직 다 안 익었다고 했다. 이광두는 분명히 다 익었다며 육즙이 다 흘러나오는 걸 봤다고 했다. 요리사들은 아무도 그의 말에 귀 기울이지 않았고, 그는 옆에서 기다릴 수밖에 없었다. 육즙이 찜통 틈으로 흘러내리자 요리사들이 마침내 외쳤다.

　"다 익었다!"

　그들은 또다시 "헤이요, 헤이요" 노동구호를 외치며 뚜껑을 열어젖혔고, 뚜껑을 들고 가면서 다시 소리쳤다.

　"먹어라!"

　이광두는 마치 다이빙을 하듯 찜통 속으로 뛰어들어서 만두를 한 아름 안고 나와 육즙이 흘러내리는 만두를 막 한 입 깨물려던 순간이었다. 그때 송강이 이광두를 흔들어 깨우면서 쉰 목소리로 외쳤다.

　"찾았다! 찾았어!"

　이제 막 만두를 한 입 물던 차였는데 송강이 흔들어 깨워 눈앞에서 만두가 흔적도 없이 사라졌으니 이광두는 화가 나서 그만 엉엉 울음을 터뜨렸다. 눈물을 닦으며 송강을 발로 차대며 입으로는 연방 "만두, 만두, 만두"를 외쳤다. 하지만 순식간에 울음은 웃음으로 변해버렸다. 송강이 손에 5원짜리 지폐 두 장과 양식표를 들고 흔드는 걸 보았기 때문이었다.

송강이 송범평이 남겨둔 돈과 양식표를 어떻게 찾았는지 열심히 설명했으나 이광두의 귀에는 한마디도 들어오지 않았고, 그의 머리에는 오직 육즙이 흐르는 만두 생각으로 가득했다. 순식간에 원기를 회복한 이광두는 침대에서 뛰어내려와 송강에게 말했다.

"가자, 만두 사 먹으러 가자!"

송강이 고개를 가로저으며 대답했다.

"먼저 아빠한테 물어봐야 해. 아빠가 허락하면 만두 사 먹자."

"네 아빠한테 물어볼 때까지 기다리다간 난 이미 굶어죽을 거야!"

송강은 여전히 고개를 절레절레 저으며 말했다.

"절대 굶어죽지 않을 거야. 금방 만날 수 있을 거야."

돈도 있겠다, 양식표도 있겠다, 눈앞에 보이던 만두도 바로 살 수 있는데 송강 이 바보는 무슨 얼어 죽을 놈의 아빠를 찾아 물어보겠다는 건지 이광두는 다급한 마음에 발을 동동 구르며 송강의 손에 쥐여진 돈과 양식표를 뺏을 생각을 했다. 한눈에 이광두의 생각을 읽은 송강은 돈과 양식표를 주머니에 숨겨버렸다. 두 아이는 싸우기 시작했고 바닥에 함께 나뒹굴었다. 송강은 두 손으로 주머니를 꼭 쥐고 있었고 이광두는 어떻게든 손으로 송강의 손가락 사이를 헤집고 들어가려 애썼다. 두 아이 모두 온종일 아무것도 먹지 못했던 터라 힘이 없어서 맞붙어 싸우기를 잠깐, 떨어져 쉬기를 잠깐, 또 이어 싸우다 쉬면서 가쁜 숨을 몰아쉬기를 반복했다. 나중에 송강이 먼저 일어나 문밖으로 나가려 했지만 이광두가 잽싸게 문을 막아섰다. 두 아이 모두 힘이 빠져서 똑바로 서지도 못하고 이광두는 문 앞에 송강은 집 안에서 각각 얼굴을 맞댄 채 잠시 서 있었다. 그러던 중 송강이 갑자기 몸을 돌려 주방으로 갔고, 이광두의 귀에 항아리에서 물을 퍼서 꿀꺽꿀꺽 마시는 소리가 한참 동안이나 들려왔으며, 물로 배를 채운 송강이 이광두 앞에 나타나더니 쉰 목소리로 크게 외쳤다.

"난 이제 힘이 다시 생겼다!"

송강이 이광두를 두 손으로 밀쳐 문밖으로 넘어뜨린 뒤 이광두의 몸 위를 뛰어넘어 자신의 지주 아빠를 찾으러 가버렸다. 이광두는 죽은 돼지처럼 집 앞 땅바닥에 누워 있다가 병든 개처럼 일어나 문간에 앉아서 배가 고파 엉엉 울다가, 울다 보니 배가 더 고픈 것 같아 즉시 울음을 멈췄다. 바람은 나뭇잎 사이를 헤집는 소리를 내고 햇빛은 발가락 위에서 반짝이는데 이광두는 햇빛이 채 썬 고기처럼 먹을 수 있는 것이었으면, 바람이 고깃국처럼 마실 수 있는 것이었으면 얼마나 좋을까 생각했다. 이광두는 그렇게 문가에 앉아 있다가 벌떡 일어나 주방에 가서 항아리 속의 물을 벌컥벌컥 들이마시고 약간 기력이 회복된 듯해 문을 닫고 거리로 나섰다.

이날 오후 이광두는 거리를 겨우겨우 걸어다녔는데, 먹을 거라고는 눈에 보이지 않았고 반갑지 않은 세 중학생과 맞닥뜨렸다. 오동나무에 기대어 서 있던 이광두는 그들이 실실 웃으며 자신을 부르는 소리를 들었다.

"야, 꼬마야."

이광두가 고개를 들었을 때 그들은 이미 그를 에워싸고 있었다. 그들의 달뜬 모습을 보며 이광두는 그들이 쓸어차기 연습을 할 것이라는 걸 알았지만, 도망갈 방법이 없었다. 뜀박질할 기력조차 없었다.

"하루 종일 아무것도 못 먹었는데……."

장발의 손위가 말했다.

"우리가 쓸어차기를 먹여줄게."

이광두가 애걸했다.

"오늘은 그거 안 먹을래요……. 내일 먹을게요."

그들 셋이 동시에 말했다.

"안 돼. 오늘도 먹고 내일도 먹어야지."

이광두는 멀지 않은 곳에 서 있는 나무전봇대를 가리키며 계속 애걸했다.

"쓸어차기를 안 먹고 그냥 전봇대랑 남녀관계 할게요."

세 중학생이 모두 깔깔거리는 와중에 장발의 손위가 말했다.

"쓸어차기를 먼저 배불리 먹은 다음에 전봇대랑 남녀관계를 하는 거야."

이광두는 상심에 찬 눈물을 훔쳤고, 세 중학생은 마치 형제라도 되듯 누가 먼저 발차기를 할 것인가를 놓고 서로 겸양의 미덕을 발휘하는 중이었다.

바로 그때 송강이 나타났다. 손에 만두를 든 채로 길 저편에서 뛰어오더니 이광두 앞에 이르자 바로 엉덩이를 땅바닥에 대고 앉더니 이광두도 땅바닥으로 끌어내렸다. 송강은 땀을 뻘뻘 흘리며 이광두에게 아직도 김이 모락모락 피어오르는 만두를 건네주었고, 이광두는 고기만두를 받자마자 곧장 입에 쑤셔넣었는데, 한 입 물자 육즙이 입가로 흘러내렸다. 그 한 입을 삼키기도 전에 목이 메어버려서 이광두는 목을 길게 빼고 꼼짝도 못하고 있었다. 송강은 손으로 등을 두들겨주면서 득의양양한 표정으로 중학생들에게 말했다.

"우리가 이렇게 땅바닥에 앉아버렸으니 어떻게 자빠뜨릴지 두고 보자고요……."

"이런 니미럴……, 씨팔……."

중학생들은 서로를 쳐다보며 연방 욕을 해댔다. 중학생들은 이미 앉아버린 이광두와 송강에게 어떻게 쓸어차기를 할지 몰라 전전긍긍하며 손으로 일으켜 세우는 방법을 의논하는 중이었는데 이를 들은 송강이 경고하듯 말을 던졌다.

"우리가 구해달라고 소릴 지르면 길거리의 사람들이 다 올 거예요……"

"니미럴……, 그럴 능력 있으면 일어나지."

장발의 손위가 말했다.

"능력이 있으면 자빠뜨려보시지."

송강이 맞받았다.

세 중학생은 땅바닥에 주저앉은 이광두와 송강을 속수무책으로 바라보며 투덜거렸고, 이광두가 만두를 먹는 모습을 지켜보았다. 이광두는 만두를 먹고 기운이 나서 송강에게 말을 붙였다.

"앉아 있으니까 편하네. 앉아 있는 게 침대에 누운 것보다 더 편해."

세 중학생은 동시에 "니미럴"이라고 내뱉었고, 손위가 표정을 바꾸며 짐짓 친근한 척 웃으며 이광두에게 말했다.

"야, 꼬마야, 일어나라. 절대 안 자빠뜨릴게. 그냥 가서 전봇대랑 남녀관계나 해라……"

이광두는 "헤헤" 그렇게 딱 두 번 웃더니 혀를 내밀어 입가에 흐르는 육즙을 핥아먹으며 얼마나 맛있는지 머리까지 흔들어댔다. 그렇게 머리를 가로저으며 대답했다.

"난 전봇대랑 남녀관계 안 해요. 하려면 형들이나 가서 하세요. 난 양기가 빠졌다고요. 알아요?"

세 중학생은 양기가 빠졌다는 게 무슨 말인지 몰라 호기심 가득한 얼굴로 서로 쳐다보았고, 참다 못한 조승리가 이광두에게 물었다.

"양기가 빠졌다는 게 뭐냐?"

이광두는 의기양양한 말투로 대답했다.

"바지 내리고 자기 고추를 봐요……."

조승리가 손으로 자신의 바지를 주물럭거리면서 경계하는 눈초리로 이광두를 바라보았다.

"봐요, 고추가 단단한 박격포 같아요? 아니면 밀가루 반죽처럼 말랑말랑해요?"

조승리는 바지 위로 고추를 한 번 주물럭거리더니 대답했다.

"볼 필요까지 있냐? 지금이야 분명히 밀가루 반죽처럼 말랑말랑하지……."

이광두는 놀람과 기쁨이 동시에 교차하는 듯 소리 질렀다.

"형도 양기가 빠졌네요!"

세 중학생은 그제야 양기가 빠졌다는 게 뭔지 알았고, 손위와 류성공은 깔깔거렸다. 손위는 웃으며 조승리에게 말했다.

"이 바보야, 그것도 몰랐냐?"

조승리는 무척이나 창피한 듯 이광두를 발로 걷어차면서 말했다.

"이 쪼그만 쌍놈의 새끼, 너나 양기가 빠졌지, 이 몸께서 새벽에 일어나실 때 박격포보다 훨씬 단단하다고……."

"그러니까 아침에는 양기가 안 빠졌고, 오후에 빠진 거죠."

이광두는 열심히 가르치려 들었다.

"웃기는 소리 하고 있네. 이 몸께서는 1년 사시사철, 하루 24시간 내내 양기가 빠진 적이 없어요."

"뻥이야. 전봇대랑 남녀관계 해봐요. 우리한테 보여줘요……."

이광두는 가까운 곳의 나무전봇대를 가리키며 말했다.

"전봇대? 너 같은 새끼 후레자식이나 전봇대랑 하지. 이 몸께서 남녀관계를 하시면 네 엄마랑 해야지."

조승리가 콧방귀를 뀌면서 대꾸했다.

"우리 엄마가 안 하지……."

이광두는 같잖다는 듯 대답했다. 그러더니 송강을 가리키며 득의양양하게 말했다.

"우리 엄마는 얘네 아빠하고만 한다고요……."

손위와 류성공은 허리가 휘도록 웃었고, 조승리는 듣기 거북한 욕을 뱉어냈다. 세 중학생은 두 새끼 양아치들이 절대로 일어나지 않을 것을 알고는 어떻게 할까 의논했다. 어떻게든 일으켜 세워서 자빠뜨리고 싶었던 것이다. 이광두는 이광두대로 지난 번 동 철장이 자신들을 구해주었던 것이 기억났는지 갑자기 웃으며 소리쳤다.

"동 철장이다!"

중학생들은 고개를 돌려 거리를 보았다. 근처와 먼 곳을 번갈아보고 나서 동 철장이 보이지 않자 이광두와 송강을 세 차례나 걷어찼고, 이광두와 송강은 "아이고, 아이고" 소리쳤다. 그들은 오늘은 이쯤에서 봐준다는 듯 가버렸다.

이광두는 자빠뜨리기를 피한 데다 고기만두까지 먹어서 좋긴 한데 재수 없게도 만두 맛은 하나도 기억이 안 나고, 그저 목이 네 차례 막혔고, 그때마다 송강이 자신의 등을 두드려준 기억밖에 없었다. 송강은 이광두가 목이 막혔을 때 마치 거위처럼 목이 길어졌다고 이야기해주었다.

이광두와 송강은 다시 전으로 돌아갔다. 두 형제는 마주보며 거의

1분 가까이 웃었고, 손을 잡고 길을 걸었다. 송강은 아빠를 찾았다고, 아빠는 큰 창고에 산다며, 그 안에 많은 사람들이 갇혀 있는데, 우는 사람들도 있고 소리를 지르는 사람들도 있다고 했다. 이광두가 왜 울고 소리를 지르느냐고 묻자 송강은 아마도 안에서 싸우는 것 같다고 대답했다.

이날 오후 송강은 이광두의 손을 이끌고 교차로를 세 개나 지나고 다리를 두 개나 건넌 다음 골목을 거쳐서 지주와 자본가, 현재 반혁명분자와 역사적 반혁명분자를 포함한 모든 계급의 적들이 갇혀 있는 창고로 갔다. 거기서 이광두는 손위의 아버지를 보았다. 팔뚝에 붉은 완장을 찬 손위 아버지는 창고 앞에 서서 담배를 피우다가 송강을 보더니 말을 걸었다.

"넌 왜 또 왔냐?"

송강은 이광두를 가리키며 대답했다.

"애는 제 형제 이광두인데요, 아빠 보러 왔어요."

손위의 아버지는 이광두를 보며 물었다.

"네 엄마는?"

"상해에 의사 만나러 갔어요."

손위의 아버지가 낄낄거리며 말했다.

"의사를 보러 간 게 아니고, 병 고치러 간 거겠지."

손위의 아버지는 담배꽁초를 바닥에 버리고는 발로 짓밟아 끈 다음 창고 문을 연 뒤 안에다 대고 소리쳤다.

"송범평! 송범평 나와!"

손위의 아버지가 문을 열었을 때 이광두는 창고 안에서 머리를 감싼 채 땅바닥에 누워 있는 사람과 다른 사람이 가죽 허리띠로 그 사람을 때리는 광경을 보게 되었는데, 바닥에 누운 사람은 맞으면서도 아무 소리도 내지 않고 있었고, 때리는 사람이 고통스럽다는 듯이 오히려 소리를 질러대고 있었다. 이 광경에 이광두는 놀라 몸을 벌벌 떨었고 송강은 얼굴이 창백해졌다. 놀란 두 아이는 안에서 걸어나오는 송범평도 보지 못했다. 송범평이 두 아이 앞에 서서 물었다.

"고기만두 먹었니?"

이광두 앞의 송범평은 여전히 기골이 장대했으나 와이셔츠에는 핏자국이 선명했고, 얼굴에는 멍이 들었고, 눈은 부어 있었다. 맞아서 그런 모습이 되었다는 것은 이광두도 알았다. 송범평은 쪼그려 앉은 채로 이광두를 보며 머리를 쓰다듬어주면서 말했다.

"이광두, 입가에 아직도 육즙이 묻어 있구나."

이광두는 고개를 숙인 채 괴로움에 눈물을 흘렸다. 후회스러웠다. 학교 앞에서 그 말을 안 했다면 송범평이 이렇게 창고에서 고생하지 않았을 텐데, 이렇게 나한테 잘해주는데 하는 생각이 들자 눈물이 흘렀고 그는 떨어지려는 콧물을 들이마시면서 웅얼거렸다.

"잘못했어요."

송범평은 엄지손가락으로 이광두의 눈물을 닦아주면서 미소 띤 얼굴로 이야기했다.

"콧물 들이마시다가 눈으로 들어간 건 아니지?"

이광두는 그 말에 그만 키득대며 웃었다. 이때 창고 안에서는 울부짖는 소리와 욕설을 내뱉는 고함 소리가 문틈으로 끊임없이 새어나왔고, 신음 소리도 꼭 청개구리 소리처럼 계속해서 들려왔다. 이광두는 무서웠다. 송강과 함께 송범평의 옆에서 무서워 덜덜 떨고 있는데 송범평은 마치 아무 소리도 들리지 않는 것처럼 즐겁게 아이들과 이야기를 나누었다. 그런데 이상하게도 송범평의 왼쪽 팔이 뭔가 헐거웠는데, 이광두와 송강은 그것이 맞아서 탈골이 된 사실을 모르고 마치 어깨에 가짜 팔이 매달려 있는 듯한 느낌을 받았다. 그리하여 왼팔이 왜 그렇게 헐렁하냐고 물었고, 송범평은 천천히 왼쪽 팔을 흔들어 보이며 말했다.

"이 녀석이 피곤한가봐. 며칠 쉬게 해주려고."

송범평이라는 사람은 언제나 이광두와 송강에게 끊임없는 호기심을 불러일으켰다. 아이들은 송범평에게 정말로 팔을 헐겁게 해서 며칠 쉬게 하는 재주가 있다고 생각했다.

이광두와 송강의 호기심을 충족시켜주기 위해서 송범평은 괴기스러운 외침이 들려오는 창고 앞에서 교관이 되어 팔을 어떻게 쉬게 해주는지 시범을 보여주었다. 그는 두 아이에게 먼저 한쪽 어깨를 삐딱하게 하고 그쪽 팔을 힘없이 늘어뜨리라고 했다. 늘어뜨린 팔에는 힘을 주지 말라고 했고, 자신의 관자놀이를 가리키며 머리로 아예 그쪽 팔이 없는 것처럼 생각하라고 말했다. 이광두와 송강이 금방 따라하자 나란히 세워놓고 "하나, 둘, 하나, 둘" 구령을 붙이며 아이들을 창고 앞에서 삐딱한 어깨에 팔을 늘어뜨린 채 왔다 갔다 걷는 연습을 시켰다. 걸을 때마다 쉬는 팔이 자연스럽게 흔들렸고, 그게 너무 신기해서 서로 상대방의 팔을 보면서 "아이야, 아이야" 소리를 질러댔다. 송범평이 아이들에게 물었다.

"팔이 헐렁하지?"

이광두와 송강이 같은 소리로 대답했다.

"헐렁해요!"

손위의 아버지는 그들의 웃음이 그치지 않는 걸 보고 처음에는 히죽거리더니 점차 웃음을 터뜨렸고, 나중에는 배를 잡고 쪼그려 앉아 웃어댔다. 일어나서도 배를 잡고 한참 웃다가 송범평에게 말했다.

"이젠 그만, 그만 들어가야겠어."

송범평은 헐렁한 왼팔을 흔들며 창고 안으로 들어갔고, 들어갈 때 고개를 돌려 두 아이에게 말했다.

"집에 가서도 계속 연습해라."

이날 오후 이광두와 송강은 창고 안에서 들렸던 무서운 소리는 완전히 잊어버렸고, 송범평 얼굴의 피멍도 잊었고, 그저 계속 연습하라는 말만 기억했다. 두 아이는 돌아오는 길에 두 팔을 번갈아가며 늘어뜨린 채 걸었고 집에 와서는 침대에 누운 채로 연습했다. 침대 끝에 어깨를 댄 채 팔을 늘어뜨렸는데 길거리에서 연습하는 것보다 훨씬 쉬웠다. 다만 그렇게 팔을 늘어뜨리고 있으면 금방 팔이 저려오는 게 문제였다.

14

이광두와 송강은 부모 없는 형제만의 생활을 아주 훌륭하게 하고 있었다. 그들은 함께 쌀 주머니를 들고 쌀을 사러 다녔는데, 쌀가게에 있는 쌀 저울을 좋아했다. 꼭 미끄럼틀처럼 생긴 알루미늄 출구에다 쌀 주머니를 대고 있으면 안쪽 문이 쏴악 하고 열리면서 쌀들이 마치 미끄럼을 타듯 쏟아져 내려오는데, 그 쌀을 주머니로 받은 후 손으로 그 출구를 두드리면 안에 붙어 있던 쌀알들도 마저 털려 나왔다. 그때 미끄럼틀처럼 생긴 출구를 두들기면 쌀집 주인은 욕을 퍼부으며 계산대 안에서 손을 뻗어 아이들의 뒤통수를 갈겨댔다.

이들은 또한 대나무 광주리를 들고 반찬도 사러 같이 다녔다. 채소를 고를 때는 몰래몰래 이파리를 하나씩 뜯어내 나중에는 속의 가장 연하고 신선한 부분만 남겨서 샀다. 그러니 채소장수 아줌마는 당연히 애가 타게 마련이었고, 눈물까지 그렁그렁하며 두 아이를 타박하다가 후레자식이라고 욕을 하기도 하고, 숨 쉬다가 목이나 막혀라, 물 마시다가 이빨에나 껴라, 똥 싸다가 똥구멍이나 막혀라, 오줌 싸다가 오줌 구멍이나 막혀라, 하며 아무튼 곱게 죽지는 못할 거라고 악담을 퍼부었다.

이광두와 송강은 모든 것을 근검절약했다. 마치 출가한 스님들처럼 채소만 먹었고, 고기나 생선은 입에 대지도 않았다. 그러다가 고기가 너무 먹고 싶어서, 강가로 나가 민물새우를 잡기로 했다. 강변으로 향할 무렵, 그들은 자신들이 아직 새우요리를 해본 적이 없다는 사실을 떠올렸고, 아직 새우 그림자도 보기 전이었지만 벌써부터 입맛을 다시며 어떻게 먹을 것인가를 놓고 토론을 벌였다. 지져 먹을까, 볶아 먹을까, 아님 쪄 먹을까? 그리하여 결국 방향을 틀어 창고로 가서는 송범평에게 자문을 구하기로 했다. 창고 앞에 다다르자 그들은 자연스레 어깨를 삐딱하게 해서 팔을 헐렁하게 늘어뜨렸고, 왼팔이 축 늘어진 송범평은 나와서 아이들에게 지지거나 볶거나 찌거나 어떻게 해서 먹든 상관없고 새우 색깔이 빨갛게 변했을 때 먹으라고 일렀다.

"혓바닥처럼 붉게 변하면 익은 거야."

송범평은 새우는 물이 얕은 곳에 있다고 알려주며 바지통을 무릎까지 걷어올리게 하면서 주의를 주었다.

"바지통이 젖으면 더 이상 깊이 들어가선 안 돼. 깊은 데는 새우는 없고 뱀만 있으니까."

그는 아이들이 깊은 곳에 들어가다가 익사할까 봐 걱정되어 그렇게 말한 것이었는데, 이광두와 송강은 순간 움찔했다. 송범평이 그렇게 겁을 줄 줄은 몰랐기 때문이다. 아이들은 알아들었다는 듯 고개를 끄덕이며 절대 무릎 이상 물이 차는 곳에는 안 들어가겠다고 맹세한 후에 다시 어깨를 삐딱하게 한 다음 팔을 헐렁하게 내려뜨리며 돌아섰다. 그때 송범평이 다시 아이들을 불러 세우고 먼저 집으로 가서 대나무 광주리를 가져가라고 했다. 아이들이 대나무 광주리로 뭘 하라는 말인지 모르겠다는 표정을 짓자 송범평이 아이들에게 물었다.

"고기 잡을 때 뭘 쓰지?"

아이들은 걸음을 멈춘 채 잠시 생각하더니 송강이 먼저 대답했다.

"낚싯대요."

"그건 낚시고. 고기를 잡을 때는 그물을 써야 하고, 새우를 잡을 때는 대나무 광주리를 써야지."

송범평은 왼쪽 팔을 늘어뜨린 채 오른팔을 구부려 마치 대나무 광주리를 드는 흉내를 내며 창고 앞에서 손짓으로 광주리로 새우를 잡는 모양을 보여주었다. 강가에서 마치 보초를 서는 것처럼 광주리를 물속에 비스듬히 담그고 있다가 새우가 광주리 속으로 헤엄쳐 들어오면 잽싸게 광주리를 들어올리라고 하면서 몸을 일으켰다.

"새우는 그렇게 잡는 거란다."

송범평은 아이들에게 알았느냐고 물었고, 이광두와 송강이 상대방이 고개를 끄덕여주길 바라며 서로를 쳐다보고 있자 송범평은 재차 시범을 보여주려고 몸을 굽히는데 이번에는 아이들이 송범평의 잘못을 지적했다.

"바지통을 아직 안 걷어올렸는데요."

그 말에 송범평이 껄껄웃으며 몸을 숙여 바지 양쪽을 걷어올린 다음 새우 잡는 모습을 다시 한 번 보여주자 두 아이는 그제야 이구동성으로 대답했다.

"알았어요."

이광두와 송강은 강변에 도착해 바지통을 말아올리고서 강물이 무릎에 찰랑거릴 때까지 들어갔다. 아이들은 송범평이 창고 앞에서 보여주었던 동작처럼 대나무 광주리를 강물 속에 살짝 기울여서 담그고 새우들이 광주리 안으로 들어오기를 기다렸다. 강물 속에서 그렇게 오후 내내 서 있었더니 한여름 볕에 온몸이 땀으로 흥건했다. 아이들은 새우들이 물속에서 통통 뛰듯 헤엄치는 모습을 신기한 듯 지켜보았다. 확실히 꼬리를 흔드는 물고기와는 달리 깡충깡충 뛰듯 대나무 광주리 안으로 헤엄쳐 들어왔고, 많을 때는 다섯 마리가 한꺼번에 들어오기도 했다. 그때 아이들은 좋아서 소리를 지르다 즉시 입을 막았지만 이미 새우들이 놀라 다 도망친 다음이었다. 결국 장소를 바꿔 새우를 계속 잡았는데, 저녁노을이 질 무렵 두 아이가 강변으로 나와 풀밭에 앉아서 잡은 새우를 세어보니 무려 예순일곱 마리였다.

그날 저녁 무렵, 두 아이는 얼굴 표정이나 말투, 걸음걸이 모두 우리 류진에서 붉은 완장을 차고 돌아다니는 사람들의 기세와 닮아 있었다. 이광두와 송강은 새우 예순일곱 마리가 담긴 대나무 광주리를 들고 과시하며 거리를 지나갔고, 광주리 속의 새우를 본 사람들은 감탄을 하며 두 새끼 후레자식들이 수완은 좋다고 떠들어댔다. 이광두는 득의양양했다. 그리고 처음으로 새끼 후레자식이라는 말이 듣기 좋아서 송강에게 말했다.

"새끼 후레자식이 수완이 좋아."

집에 돌아온 후 이광두는 송강에게 명령을 내리듯 말했다.

"예순일곱 마리의 새끼 후레새우들을 삶아."

솥 안의 물이 점점 뜨거워지자 이광두는 흥분한 듯 말했다.

"들었지? 새끼 후레새우들이 솥 안에서 뛰는 소리."

솥 안에서 더 이상 소리가 들리지 않자 두 아이는 뚜껑을 열고 안에 있는 새우가 모두 빨간색으로 변한 것을 확인하고 나서 혓바닥처럼 붉게 변하면 익은 거라는 송범평의 말을 떠올렸다. 송강이 혓바닥을 내밀어 이광두에게 혓바닥처럼 빨간지 물었다.

"네 혓바닥보다 더 빨개."

이광두도 혀를 내밀어 송강에게 보여주자 송강은 "네 혀보다도 빨개."라고 답했다.

곧이어 두 아이는 함께 외쳤다.

"먹자! 빨리 먹자! 새끼 후레새우를 먹자!"

아이들은 처음으로 자신들이 잡아서 삶은 새우를 먹었는데 그만 솥 안에 소금을 넣어야 하는 걸 잊는 바람에 몇 마리 먹어보니 싱거워 만족스럽지가 않았다. 이때 송강이 재치를 발휘해 그릇에 간장을 붓고 새우를 찍어 먹었다. 따라서 먹어본 이광두의 미간이 열리더니 미소가 떠올랐다.

"이런 새끼 후레새우 살이 후레고기만두보다 몇십 배는 더 맛있네."

두 아이는 그 순간만큼은 먹는 것에 푹 빠져서 심지어 지금 먹고 있다는 사실조차 의식하지 못했다. 다 먹고 난 뒤에도 그 자리에 그대로 앉아 뒷맛을 음미하며 새우 맛에서 빠져나오지 못하다가 송강이 먼저, 곧이어 이광두가 차례로 트림을 하고 나서야 이미 새우 예순일곱 마리를 다 먹어치운 사실을 확인하고, 입가를 훔치며 여전히 아쉽다는 듯 말했다.

"내일 또 새우 먹자."

그 후로 이광두와 송강은 큰길가에서 노는 데 흥미를 잃고 강과 사
랑에 빠졌다. 이들은 대광주리를 들고 아침 일찍 나갔다가 저녁 늦게
새우를 잡아서 돌아왔는데, 강가를 따라 아주 멀리까지 나갔다가 다
시 강변을 따라 돌아오기도 했다. 아이들은 다리통을 늘상 물속에 담
그고 있는 바람에 다리가 마치 시체처럼 하얗게 변했지만, 얼굴만큼
은 대자본가의 얼굴처럼 발그레했다. 아이들은 아무런 가르침 없이도
삶고 지지고 볶고, 특히 볶을 때는 간장을 넣어야 하고 지질 때는 소
금을 넣어야 한다는 것도 알아냈다. 운수대통이면 문지방이 닳는다더
니 한번은 1백 마리도 넘는 새우를 잡은 적이 있었다. 기름을 잔뜩 넣
은 솥에 넣고 지지고 또 지지자 나중에는 끈적거릴 정도가 되었다. 하
지만 먹어보고 놀랐다. 지지다 보니 껍질이 바삭바삭해진데다 향기
또한 훨씬 좋아졌고, 이제껏 새우 살에서는 경험해보지 못한 맛이 느
껴졌다. 남은 마흔 마리를 마저 먹는 중에 송강이 갑자기 먹기를 멈추
고 말했다.

"이건 아빠 갖다 주자."

이 말에 이광두도 그러자고 했다.

두 아이가 남은 새우를 그릇에 담아 막 문을 나설 즈음 송강이 황주
두 냥을 받아서 아빠에게 가지고 가자고 이야기했다. 송범평이 황주
를 마시고 새우를 먹으면 분명히 기분이 무지 좋아 껄껄 웃을 것 같았
기 때문이다. 송강은 입을 크게 벌리고 소리를 지르면서 자기 아빠가
웃는 모습을 흉내 냈다. 이광두는 송강의 웃는 모습이 전혀 닮지 않았
다고, 마치 살려달라고 소리치는 것 같다고 촌평했다. 그 다음에는 이

광두가 송범평이 하하 웃는 모습을 흉내 냈다. 이광두는 송범평 입에 새우 살이 가득 담기고 황주도 가득 머금은 채 소리는 못 내고 그냥 입만 벌리는 모습을 흉내 냈지만 송강은 닮지 않았다고, 꼭 하품하는 것 같다고 대꾸했다.

아이들은 빈 그릇을 하나 더 들고 문을 나서 길가의 식품점에서 황주 두 냥을 받았는데, 술을 파는 사람이 그들 손의 새우를 보면서 킁킁거리더니 냄새는 좋지만 맛은 어떨지 모르겠다고 심드렁하게 이야기하자 아이들은 깔깔거리면서 맛은 더 좋다고 대답했다. 그들이 몸을 돌려 가게를 나설 때 뒤에서 술을 파는 사람의 침 삼키는 소리가 들려왔다.

황혼이 저물어갈 무렵이었다. 송강은 황주 한 그릇을 들고, 이광두는 지진 새우 한 그릇을 들고 조심스럽게 송범평이 갇혀 있는 창고로 향하다가 하필 쓸어차기 중학생들을 또 만났다. 중학생들은 맞은편에서 걸어오며 소리쳤다.

"야, 꼬마야."

일 났다 싶었다. 손에 황주와 지진 새우만 들고 있지 않았다면 벌써 줄행랑을 쳤을 텐데 그릇을 든 채로는 빨리 뛸 수 없으니 그냥 바닥에 주저앉는 수밖에 없었다. 중학생 세 명의 쓸어차기용 다리 여섯 개가 아이들을 포위했고, 이광두와 송강은 그릇을 든 채 얼굴을 쳐들어 그들을 바라보았다. 송강은 자신만만한 목소리로 말했다.

"벌써 앉아버렸네."

이광두는 그들이 "자신 있으면 일어나지."라고 말할 줄 알고 미리 "한번 자빠뜨려보시죠."라고 말해버렸는데, 중학생들은 그 말은 하지 않고 이광두의 그릇에 관심을 보였다. 손위, 조승리, 류성공은 쪼그려 앉았고, 그 가운데 손위는 코로 향을 잔뜩 들이마시더니 입을 열었다.

"냄새 죽인다. 식당에서 만든 것보다 훨씬 죽이는데……."

조승리가 그 뒤를 이었다.

"이런 젠장, 황주까지 있네."

그들이 지진 새우에 눈독을 들이자 그릇을 들고 있던 이광두의 손이 떨렸다. 중학생이 느물거렸다.

"야, 꼬마야, 어디 맛 좀 보자."

중학생 셋의 여섯 손이 동시에 이광두의 그릇으로 뻗쳐왔고, 이에 이광두는 손에 든 그릇을 품속으로 감추며 목청껏 소리쳤다.

"동 철장 아저씨가 우리는 모두 조국의 꽃이라고 그랬잖아요!"

동 철장이라는 말에 그들은 재빨리 손을 내뺐다. 그러다가 사방을 둘러보며 동 철장도 안 보이고 아무도 주의를 기울이지 않자 다시 손을 뻗쳐왔다. 이광두가 입을 크게 벌려 그들의 손을 물어버리려는 찰나 송강이 고함을 치기 시작했다.

"새우 사세요! 새우 사세요!"

송강이 고함을 치면서 팔로 이광두를 쿡쿡 찔러대자, 송강의 고함에 사람들의 시선이 자신들에게 향하는 것을 본 이광두도 송강을 따라 소리를 치기 시작했다.

"새우 사세요! 향이 죽이는 지진 새우요!"

많은 사람들이 다가와 호기심 어린 눈빛으로 이광두와 송강을 보았고, 중학생 셋은 이미 바깥으로 떠밀려서 송강의 아버지, 이광두의 엄마, 그리고 그들의 조상들까지 들먹이며 욕을 퍼부어대다 결국 침만 꿀꺽 삼키며 입맛만 다시다 자리를 떴다.

어떤 사람이 이광두와 송강에게 물었다.

"이 새우 얼마냐?"

그러자 송강이 대답했다.

"한 마리에 1원이요."

"뭐?"

그 사람이 깜짝 놀라 대꾸했다.

"너 무슨 금붙이라도 가져다 파는 거냐!"

송강은 이광두더러 그릇을 들어보라고 하더니 말했다.

"냄새 맡아보세요. 지진 새우예요."

이광두가 자기 머리끝까지 그릇을 들어올리자 사람들은 지진 새우의 향을 맡아보았고, 그들 가운데 한 사람이 말했다.

"향은 확실히 좋구먼. 1전에 두 마리면 대충 맞겠어."

그러자 다른 사람이 말을 받았다.

"1원이면 금새우 한 마리도 사겠다. 요런 머리에 피도 안 마른 개자식들이 한탕 해먹을 작정이구먼."

그러자 송강이 벌떡 일어서며 말했다.

"금새우는 못 먹잖아요."

이광두도 따라 일어서며 맞받았다.

"금새우는 맛이 없잖아요."

중학생 셋이 이미 사라지고 난 뒤라 이광두와 송강은 크게 숨을 내쉬며 사람들 틈을 헤집고 나왔다. 두 아이는 그릇을 든 채 성큼성큼 걸어서 거리를 지나 다리를 건너 창고 앞 대문에 도착했다. 창고 앞을 지키는 간수는 방금 전 새우를 거의 먹을 뻔했던 장발 손위의 부친이었다. 그는 아이들을 보고는 웃으며 다가오면서 말을 걸었다.

"야, 팔은 안 헐렁하니?"

그러자 두 아이가 함께 대답했다.

"헐렁할 수가 없죠. 그릇을 들고 있는데요."

장발 손위의 부친 역시 지진 새우의 향을 맡더니 이광두와 송강 손에 들린 황주와 새우 그릇 쪽으로 고개를 숙인 채 걸어가서는 손을 내밀어 새우 한 마리를 집어 입에 넣고 씹으면서 아이들에게 물었다.

"누가 만든 거냐?"

이광두가 대답했다.

"우리가요."

얼굴 가득 놀란 기색으로 간수가 반응했다.

"거 참, 요 쪼그만 새끼들, 국가 정상급 연회 주방장 솜씨인데!"

그렇게 말하면서 다시 이광두가 들고 있는 새우 그릇에 손을 뻗어 집으려 하자 이광두가 그 손을 피했고, 이번에는 아예 두 손을 다 내밀어 두 아이가 들고 있는 술과 새우를 다 뺏으려 들었다. 두 아이가 뒤로 물러서며 그를 피하자 그는 "이런 젠장."이라는 한마디를 날리고 창고로 가서 대문을 발로 차며 안을 향해 소리쳤다.

"송범평! 나와! 네 두 아들이 먹을 거 하고 마실 거 가져왔다!"

그는 '먹을 거, 마실 거' 부분을 길게 뽑아 외쳤고, 순식간에 안에서 대여섯 명의 붉은 완장을 찬 사람들이 튀어나와 사방을 둘러보며 물었다.

"뭘 먹어? 뭘 마시라는 거야?"

그들은 콧구멍을 벌렁거리며 진짜 냄새 좋다, 돼지기름보다 훨씬 냄새가 좋다고 떠들어댔다. 그들 역시 평소에 먹는 거라곤 매일 무나 배추 같은 채소뿐이고 한 달에 많아봐야 한 번 겨우 돼지고기를 맛보는 판이니, 이광두 손에 들린 지진 새우를 보고 걸신이 들려 목구멍에서 손이라도 튀어나올 지경이었다. 그들은 아이들을 마치 높은 장벽이 두 그루의 묘목을 에워싸듯 둘러섰다. 그들은 중구난방으로 어르신 맛 좀 보자는 둥 주절거리며 침방울을 이광두와 송강의 얼굴에 마치 비처럼 쏟아부었고, 이광두와 송강은 손에 든 그릇을 끌어안으며 놀라 소리쳤다.

"살려주세요! 살려주세요!"

이때 팔이 늘어진 송범평이 나왔고, 아이들은 마치 구원군을 만난 듯 송범평에게 소리쳤다.

"아빠, 이쪽으로 빨리 와요!"

송범평이 아이들 쪽으로 다가오자 아이들은 그의 등 뒤로 숨었다. 아이들은 그제야 마음을 놓으며 새우 그릇과 술 그릇을 그에게 건네주려 높이 쳐들었고, 송강이 말했다.

"아빠, 아빠한테 주려고 우리가 지진 새우를 만들었어요. 황주 두 냥도 받아왔고요."

왼손을 쓸 수 없는 송범평은 오른손으로 이광두의 새우 그릇을 받아들고 자신은 입에 대지도 않은 채 공손하게 붉은 완장을 찬 사람들에게 건네주었다. 그러고 나더니 송강의 손에 들려 있던 술 그릇도 그들에게 건네주려 했으나 새우를 먹느라 정신이 없는 그들을 보고는 공손하게 그릇을 들고 서 있었다. 새우를 집어먹는 손들은 마치 나뭇가지처럼 수없이 많아 정신이 없을 지경이었고, 눈을 몇 번 깜박이고 기침 몇 번 한 사이에 새우는 남김없이 사라져버렸다. 그러고 난 후 송범평이 공손한 자세로 술을 들고 있는 모습을 보고는 황주를 가져가서 다들 입에 가득 한 모금씩 마셔서 한 방울도 남기지 않고 전부 마셔버렸다. 이광두와 송강의 귀에는 그들의 목으로 황주가 넘어가는 꿀꺽꿀꺽 하는 소리가 선명하게 들렸다.

이광두와 송강은 속이 상해 눈물을 흘렸다. 지진 새우와 술은 아빠에게 주려고 가져온 건데, 아빠는 새우와 술을 입에도 대지 못했으니 말이다. 송강이 말했다.

"우리는 아빠가 새우를 먹고 술을 마시면서 껄껄 웃을 거라고 생각했단 말이에요."

송범평은 몸을 구부려 두 아이의 눈물을 닦아주면서 아무 말도 하지 않았다. 날은 이미 어두워지기 시작했고, 그는 그저 가만히 아이들의 눈물을 닦아줄 뿐이었다. 순간 아이들의 눈에 그가 울고 있는 모습이 보였다. 그는 미소 지으며 자신들을 바라보고 있었다. 눈물이 흐르는 채로.

이때 갑자기 새우를 먹고 술을 마신 붉은 완장을 찬 사람들이 송범평을 발로 걷어차며 소리쳤다.

"일어나, 창고로 꺼져!"

송범평은 눈물을 훔치며 이광두와 송강의 얼굴을 살며시 쓰다듬었다. 그리고 낮은 목소리로 이야기했다.

"집에 가거라."

송범평이 일어섰다. 일어선 그의 눈에는 눈물이 흐르지 않았고, 행복한 듯 붉은 완장을 찬 이들에게 웃어 보였다. 송범평은 마치 영웅의 기세로 창고 안으로 들어갔다. 비록 왼손은 흔들거렸지만 문에 다다랐을 때 뒤돌아서서 이광두와 송강에게 오른손을 흔들었다. 송범평이 오른손을 흔드는 모습은 거만해 보일 정도로 기세등등했다. 마치 모주석이 천안문 성루에서 광장의 백만 시위 군중에게 손을 흔드는 모습 같았다.

15

여러 해가 지난 후 이광두가 자신의 계부 송범평을 떠올릴 때면 엄
지손가락을 치켜세우며 하는 말이 있었다.

"사나이였지."

딱 이 한마디였다.

송범평은 감옥이나 마찬가지인 창고에서 갖은 고초를 겪었고, 그의
왼팔은 탈구된 채로 점점 부어올랐지만 그는 신음 한 번 내지 않았다.
그는 다리 위에서 눈부신 위용을 떨치며 붉은 깃발을 흔들던 날, 격정
을 담은 첫 편지를 쓴 이래 이란에게 계속 편지를 썼다. 이란은 상해
의 병원 병상 위에서 사람을 흥분케 하는 한 남자의 편지를 마치 무슨
호르몬이라도 먹는 듯 읽어 내려갔다. 이광두의 친부는 이란에게 편
지라고는 쓴 적이 없었다. 똥통에 빠져 죽은 그 남자가 가장 낭만적이
었던 때는 깊은 밤 이란의 창문을 두드려 그녀를 꼬여내서는 논에서
한번 해보려 한 때였다. 이란은 송범평의 첫 편지를 받았을 때 얼굴이
온통 새빨개졌고, 나중에도 한 통 한 통 편지가 그녀의 손에 도착했을
때 그녀는 늘 얼굴이 달아오르며 가슴이 뛰었다.

이때 송범평은 이미 철저하게 망가진 상태였지만, 치료 중인 이란
을 안심시키기 위해 여전히 격정적인 어조로 편지를 보냈고, 실제 벌
어지는 일들은 알리지 않았다. 이란은 송범평의 편지에 이전보다 훨
씬 잘 지내고 있다고 적혀 있어서 그가 문화대혁명의 홍수 속에서도
더욱더 빛을 발하는 줄 알고 있었다. 송범평은 창고에 갇히고 나서 왼
쪽 팔이 탈구된 상황에서도 오른손으로 여전히 자신의 일상생활을 빛

나는 것으로 꾸며냈다. 나중에 이 편지들은 이광두와 송강이 대신 부쳐주었다. 두 아이가 창고 대문 앞에 도착하면 장발 손위의 아버지가 편지를 건네주었고, 그러면 그들은 편지를 받아들고 우체국으로 향했다. 송범평이 직접 편지를 부칠 때면 항상 편지봉투의 오른쪽 위편에 우표를 붙였는데, 이광두와 송강은 우표를 어디에 붙여야 할지 몰랐고, 이광두는 어떤 사람이 봉투의 뒷면에 붙이는 걸 보고 따라서 뒷면에 붙였고, 그 다음 송강 차례가 되었을 때는 어떤 사람이 편지봉투 구멍에 붙이는 걸 보고 그대로 편지봉투 구멍에 붙였다.

그 당시 이란은 이미 상해에서 마음 놓고 치료에 전념할 상황이 못 되었다. 병원 내에서조차 매일 비판투쟁대회가 열렸고, 그녀가 알고 있던 의사들은 하나씩 비판 대상이 되었다. 시간이 지날수록 걱정이 쌓여 그녀는 집에 돌아가고픈 심정이었지만, 송범평의 편지에는 돌아오지 말라는 당부와 함께 상해에서 편두통을 완치하길 바란다고 적혀 있었다. 이란은 병원에서의 하루가 여삼추처럼 느껴졌고, 송범평의 편지를 거꾸로도 외울 수 있을 만큼 읽고 또 읽었다. 편지가 상해에서의 유일한 위안이었다.

이란은 편지봉투 역시 보고 또 보았다. 그녀는 언제부터인가 우표 위치가 변한 것을 알아차렸다. 처음에는 뒷면에 붙었다가 그 다음에는 봉투 구멍에 붙어 있었다. 그리하여 편지봉투 뒷면에 우표가 붙은 편지를 받을 때면 이란은 속으로 다음번에는 분명히 봉투 앞면에 우표가 붙어 있을 거라고 추측하곤 했다.

이광두와 송강은 돌아가면서 우표를 붙였고 우체통에도 번갈아 가면서 편지를 집어넣었다. 그들의 순서는 틀린 적이 없었는데, 오히려 이 점 때문에 이란은 알게 모르게 불안했다. 그리고 시간이 지나면서 그 불안감도 커져갔다. 그녀는 터무니없는 생각에 빠지기도 했고, 걱정에 잠을 이루지 못하다 보니 두통은 자연히 더욱 심해졌다. 송범평의 의견을 전적으로 따르던 이란은 처음으로 단호한 어조로 편지를 썼다. 문화대혁명으로 인해 이제 더 이상 자신을 돌봐줄 의사가 없다고, 자신은 이미 집에 돌아가기로 결정했다고 송범평에게 알렸다.

이란이 버스를 타고 상해에 올 때 송범평은 병이 다 나으면 자신이 직접 상해로 데리러 오겠다고 말했다. 이란은 자신의 걱정을 덜어버리기 위해 기색을 살피듯 편지에 상해로 데리러 올 수 있느냐고 썼다.

이란은 무려 보름 만에 답신을 받아볼 수 있었다. 송범평이 그 편지를 쓸 때는 가죽 채찍으로 한 시간도 넘게 두들겨 맞은 후였지만, 이 사내는 갇혀 있으면서도 여전히 약속을 지키기로 작심하고서는 단박에 상해에 데리러 가겠다고 답하고 낮 12시 병원 정문 앞에서 기다리라고 썼다.

이것이 송범평이 이란에게 쓴 마지막 편지가 되었다. 이 편지를 읽은 이란은 안심의 눈물을 흘렸고, 마음속 모든 불안을 떨쳐버린 후 날이 저물자 사르르 잠이 들었다.

그날 밤 송범평은 창고에서 도망쳐 나왔다. 손위의 아버지가 변소에 간 틈을 이용해서 조심스럽게 대문을 살짝 열고 그 틈으로 빠져나온 것이다. 집에 도착했을 때는 이미 새벽 1시가 넘었을 무렵이라 이광두와 송강은 잠들어 있었다. 한 손으로 아이들을 쓰다듬으면서 불빛을 비추자 먼저 송강이 눈을 비비며 잠이 깼고 침대 가에 송범평이 있는 것을 보고 기쁨의 탄성을 질렀다. 곧이어 이광두가 눈을 비비며 잠을 깼다. 송범평은 아이들에게 이란이 올 거라고, 자신의 부인, 너희의 엄마가 돌아온다고 전해주었다. 송범평은 날이 밝자마자 상해로 가는 차를 타고 이란을 데리러 가서 오후 차를 타고 돌아온다고 이야기해주며 칠흑 같은 창밖을 가리켰다.

"내일 해가 떨어질 때쯤이면 집에 도착할 거다."

이광두와 송강은 침대 위를 마치 두 마리 원숭이처럼 깡충깡충 뛰어올랐고, 송범평은 오른손을 흔들며 아이들을 진정시키면서 앞 편의 이웃들을 가리키며 낮은 목소리로 다른 사람들을 깨우면 안 된다고 일러주었다. 이광두와 송강은 즉시 입을 막으며 살그머니 이불 속으로 기어들어갔다. 송범평은 방바닥에 쓰러져 있는 장롱과 옷가지들을 보더니 미간을 찌푸리면서 아이들에게 말했다.

"너희 엄마가 오시고 나서 쓰레기장처럼 집이 어질러진 걸 보면 화가 나서 다시 상해로 돌아가실지도 몰라. 그럼 어떡할래?"

순식간에 이광두와 송강의 미간도 좁아들면서 고민에 싸인 표정이 되자, 송범평이 물었다.

"어떻게 해야 엄마가 상해로 안 돌아가실까?"

이광두와 송강이 잠시 생각에 빠진 듯하더니 동시에 소리쳤다.

"깨끗이 청소를 해야 해요."

"그렇지!"

송범평도 큰 소리로 대답했다.

송범평은 쓰러져 있는 장롱 앞으로 가서 쪼그려 앉은 채 오른손으로 장롱을 들어올렸다. 어깨로 장롱을 지탱하며 일어서니 장롱 역시 똑바로 섰다. 이광두와 송강은 눈이 동그래졌다. 송범평이 한 손으로 저 큰 장롱을 일으켜 세운 것이다. 여전히 헐렁거리는 왼손을 쓰지도 않고 말이다. 두 아이는 송범평의 뒤에서, 아니 좀더 정확히 말하면 송범평의 오른손 뒤에서 집 안을 정리하기 시작했다. 아이들은 그의 오른손을 도와 옷가지들을 주웠고, 오른손이 바닥을 쓸 때는 쓰레기를 내다 버렸다. 오른손이 마룻바닥을 닦으면 아이들은 걸레로 탁자와 걸상 위의 먼지를 닦아냈다. 그들이 함께 집을 깨끗이 청소할 때 새벽 닭 울음소리가 들려왔고, 창밖 하늘에 먼동이 터왔다. 그리고 두 아이는 바깥을 향해 문간에 앉아서 송범평이 오른손을 이용해 우물물을 길러 오른손만으로 비누거품을 내어 몸을 씻는 모습을 지켜보았다. 송범평이 집 안으로 들어오자 아이들은 몸을 돌리기만 했을 뿐 여전히 문간에 앉아 그가 오른손으로 깨끗한 옷으로 갈아입는 모습을 지켜보았다. 붉은 색깔의 러닝셔츠였는데 가슴에는 노란 글자가 있었고, 그 글자를 알아보지 못하는 아이들에게 송범평은 대학교에 다닐 때 농구부에서 입던 옷이라고 말해주었다. 또한 그는 미색의 플라스틱 샌들을 신었다. 이 신발은 이란이 결혼 전에 선물한 것으로 신혼 첫날 한 번 신고 이번이 두 번째였다.

이때 아이들은 송범평의 헐렁거리는 왼쪽 팔뚝이 두꺼워진 것을 발견했다. 왼손도 마치 면장갑을 낀 것처럼 뚱뚱했다. 아이들은 그것이 부어서 그런 줄을 모르고 물었다.

"왜 오른손보다 뚱뚱한 거예요?"

송범평은 왼손은 계속 쉬어서 그런 거라고 대답해주었다.

"먹기만 하고 일을 안 해서 살이 쪘다."

이광두와 송강은 어떻게 한쪽 팔로만 일을 하고 나머지 팔은 쉬게 하며 게다가 살까지 찌우는지 송범평이 그야말로 신선의 경지에 오른 사람이라고 생각했다.

"그럼 오른손은 언제 살이 올라요?"

송범평은 싱글싱글 웃으며 대답했다.

"오른손도 곧 살이 오를 거다."

태양이 떠오르기 시작하자 한숨도 못 잔 송범평은 몇 차례 하품을 하더니 아이들에게 침대에 가서 자라고 했다. 하지만 이광두와 송강은 머리를 가로저으며 문간에 앉아 있었다. 그리하여 그는 아이들 사이로 훌쩍 발을 내디디며 아내를 데리러 가기 위해 아침 차를 타러 갔다. 커다란 그의 몸이 아이들을 넘어간 후 아침노을이 집 안을 붉게 물들였고, 그제야 아이들은 집 안이 마치 거울처럼 깨끗하게 빛나고 있다는 것을 느끼고는 동시에 외쳤다.

"진짜 깨끗하다!"

송강은 몸을 돌려 멀어져가는 아빠를 불렀다.

"아빠! 와보세요!"

저벅저벅 발걸음 소리를 내며 돌아온 송범평에게 송강이 물었다.

"집이 이렇게 깨끗해진 걸 보면 엄마가 뭐라고 할까요?"

그러자 송범평이 대답했다.

"엄마는 '상해에는 안 가.'라고 하실 거다."

이광두와 송강은 깔깔 웃었고, 송범평도 껄껄 웃었다. 송범평은 태양을 맞으며 다시 집을 나섰다. 발소리는 마치 쇠망치로 바닥을 치는 것처럼 쿵쿵 소리를 냈다. 그렇게 10여 미터를 걷다가 갑자기 발걸음을 멈춰 서더니 오른손으로 조심스럽게 헐렁거리는 왼손을 들어올려 주머니에 집어넣었다. 그러고 난 다음 그는 계속 걸었는데, 더 이상 왼손이 헐렁거리지 않았다. 한 손은 계속 주머니 속에 있고, 나머지 한 손만 힘차게 휘두르며 걷는 모습은 신기하기 그지없었다. 아침 햇살을 맞으며 걷는 기골이 장대한 그의 뒷모습은 영화에 나오는 영웅의 모습 그 자체였다.

16

송범평이 류진 동편의 시외버스 터미널에 도착하자 붉은 완장을 찬 사람이 몽둥이를 든 채 계단 앞에 서 있었다. 이 사람은 송범평이 다리 아래로 내려오는 것을 보고 대합실 쪽으로 고함을 쳤고, 그 순간 안에서 대여섯 명의 붉은 완장이 곧바로 튀어나왔다. 송범평은 자신을 잡으러 온 사람이란 걸 알고 순간 멈칫했으나 그대로 나아갔다. 송범평은 그들에게 이란의 편지를 보여주려 했지만 이내 생각을 바꾸었다. 여섯 명의 붉은 완장을 찬 사람들은 버스터미널 계단 앞에 몽둥이를 든 채 서 있었다. 송범평은 주머니에 찔러 넣은 왼손을 꺼내고 계단 쪽으로 가면서 자신이 도망친 것이 아니라 상해로 아내를 데리러 가려 했다고 설명을 할 참이었다. 하지만 날아온 것은 몽둥이찜질이었다. 송범평은 본능적으로 오른손을 들어 몽둥이를 막았고, 몽둥이는 팔뚝을 내려쳤다. 뼈가 부러지는 듯한 고통이 밀려왔지만 오른손을 휘저어 계속해서 날아드는 몽둥이질을 막으며 대합실 안 매표구를 향해 걸어갔다. 붉은 완장을 찬 여섯 명은 몽둥이를 휘두르며 야수처럼 쫓았고, 매표구 앞까지 따라붙었다. 이때 송범평은 몽둥이로 두들겨 맞은 오른팔이 떨어져나갈 듯 고통스러웠다. 무수히 두들겨 맞은 어깨도 통증이 심했고, 그의 한쪽 귀는 이미 찢어져 떨어져나가기 직전이었다. 그런 몽둥이찜질 속에서도 송범평은 창구 앞까지 갔고, 창구 여직원은 그런 송범평을 보고 놀라 눈알이 거의 튀어나올 지경이었다. 그 순간 신기하게도 송범평은 이미 탈구된 왼손을 들어올려 빗줄기 같은 몽둥이질을 막았고, 그는 오른손으로 주머니에서 돈을 꺼내 창구 안으로 밀어넣으며 여직원에게 말했다.

"상해 가는 표 한 장이오."

여직원은 머리를 한쪽으로 기울이는 듯하더니 그대로 기절해버렸다. 이에 송범평은 팔로 날아오는 몽둥이를 막아야 한다는 사실을 잊어버려 탈구된 왼팔을 툭 떨어뜨렸고, 그 순간 몽둥이가 그의 머리에 내려 꽂혔다. 머리가 깨진 송범평이 피를 흘리며 벽 쪽으로 쓰러지자, 여섯 개의 몽둥이는 부러지기 전까지 그야말로 미친 듯 그를 두들겨 댔다. 그러고 나서는 열두 개의 발이 나섰다. 붉은 완장의 열두 발은 차고 밟고 짓이기고. 그렇게 10여 분간을 지속하더니 벽에 붙은 채 누워 있는 송범평이 꼼짝도 하지 않자 그제야 손발을 모두 거두었다. 그들은 가쁜 숨을 몰아쉬며 자기 팔다리를 주물렀고, 얼굴 가득한 땀방울을 훔치면서 천장에 매달린 선풍기 아래에 있는 긴 의자에 앉았다. 혼신의 힘을 쏟아부은 나머지 더 이상 아무 기력도 남지 않은 그들은 머리를 삐딱하게 한 채 벽 쪽에 누워 있는 송범평을 보며 욕지거리를 늘어놓았다.

"씨팔……."

감옥으로 쓰이던 창고에서 온 붉은 완장을 찬 사내들은 날이 밝자 송범평이 사라진 것을 알고 급히 패를 둘로 나누어서 터미널과 부두를 지키고 있었다. 터미널을 지키고 있던 여섯 명이 아침에 악을 쓰며 송범평을 두들겨 패는 모습에 대합실에 있던 사람들은 바깥 계단 쪽으로 도망쳤고, 아이들은 울음을 터뜨렸으며, 여자들은 무서워서 입을 찡그렸다. 이 사람들은 대합실 문밖에서 몰래 안을 들여다볼 뿐 누구 하나 감히 안으로 들어가 볼 엄두를 내지 못하다가 상해행 장거리 버스가 검표를 시작하자 그제야 조심스럽게 안으로 들어가서 두려움에 떨며 선풍기 아래 둘러앉아 있는 붉은 완장들을 훔쳐보았다.

송범평은 기절한 와중에도 어렴풋이 검표원의 외침을 듣고 놀랍게도 정신을 차려 벽에 의지해 몸을 일으켰고, 얼굴의 피를 닦아내며 휘청거리면서 개찰구 쪽으로 걸어갔다. 검표를 기다리며 일렬로 서 있던 사람들은 놀라움과 무서움에 소리를 질러댔고, 선풍기 아래 앉아서 쉬고 있던 붉은 완장들도 송범평이 갑자기 일어서서 개찰구로 걸어가는 모습을 보고는 모두들 눈이 동그래진 채 서로를 번갈아 쳐다보며 입에서는 "어어." 소리만 새어나왔다. 이때 붉은 완장 하나가 소리쳤다.

"도망치지 못하게 해!"

여섯 명의 붉은 완장은 부러진 몽둥이를 들고 기세등등하게 돌진해 정면으로 공격하기 시작했고, 이번에는 송범평도 반항했다. 송범평이 오른손으로 주먹을 휘두르며 개찰구로 걸어가자 검표원은 놀라 그만 철문을 쾅 닫고 도망쳐버렸다. 그는 길이 막히는 바람에 그저 주먹을 휘두르며 돌아갈 수밖에 없었다. 여섯 명의 붉은 완장은 방금 막 깨어난 송범평을 둘러싼 채로 두들겨 팼고, 피범벅이 된 송범평을 대합실에서 바깥 계단까지 끌고 나왔다. 송범평의 목숨을 건 저항은 계속됐지만, 계단에 이르러 그만 발을 헛디뎌 구르고 말았다. 곧이어 여섯 붉은 완장들이 그를 짓밟아대면서 부러져 끝이 총검처럼 뾰족해진 몽둥이로 찔러대기까지 했다. 그때 끝이 뾰족한 몽둥이 하나가 송범평의 복부에 꽂혔고, 순간 송범평의 몸이 경련을 일으키자 그 붉은 완장은 몽둥이를 뽑아냈고, 송범평의 몸은 즉시 축 늘어졌다. 배에서는 피가 솟구쳐 나와 땅 위의 흙을 붉게 물들였고 송범평의 몸은 축 늘어진 채 꿈쩍도 하지 않았다.

여섯 명의 붉은 완장은 먼저 땅바닥에 쪼그려 앉아 가쁜 숨을 몰아쉬다가 뜨거운 햇볕이 너무 더웠는지 나무 아래로 가서 나무에 기댄 채 와이셔츠를 걷어올리고 온몸의 땀을 닦아냈다. 이제는 송범평이 다시 일어나지 못할 거라 생각하고 있는 가운데 장거리 버스가 터미널에서 나오자 기절했던 송범평이 또다시 깨어났다. 그리고 일어나서 비틀거리며 두 발자국을 옮기더니 오른손을 흔들며 멀리 떠나가는 버스를 향해 끊어질 듯 끊어질 듯 힘겹게 말을 내뱉었다.

"나……, 아직……, 안 탔어요……."

휴식을 취하던 여섯 붉은 완장이 다시 달려들어 송범평을 때려눕혔다. 송범평은 이번에는 반항하지 않고 용서를 구했다. 지금까지 절대 굴복한 적 없는 송범평은 이번만큼은 너무도 살고 싶었다. 있는 힘을 다해 무릎을 꿇은 뒤 피를 토하며 오른손으로 피를 쏟아내는 배를 막으면서 제발 때리지 말아달라고 눈물을 흘리며 애걸했다. 피눈물을 흘리며 주머니 속에 있던 이란의 편지를 꺼내어 더 이상 움직일 수 없는 왼손으로 편지를 펼쳐 보이며 자신은 도망치려 한 것이 아님을 증명하려고 했다. 그 편지를 받아드는 손은 하나도 없고, 그저 여섯 명의 열두 다리가 계속해서 차고 밟고 짓이겨댔으며, 날카로워진 몽둥이가 송범평의 몸을 쑤셨다 뺐다 쑤셨다 뺐다를 반복했다. 송범평의 몸은 구멍이 뚫린 듯 선연한 피를 쏟아냈다.

우리 류진의 몇몇 사람들이 여섯 붉은 완장이 송범평을 학살하는 장면을 지켜보았고, 터미널 근처에서 간식식당을 하는 소씨 아줌마는 이 광경을 지켜보며 견딜 수 없어 눈물을 흘렸다. 그녀는 눈물을 훔치며 고개를 가로저으면서 울음소리인지 탄식인지 모를 소리를 웅얼거렸다.

송범평의 숨이 곧 끊어질 듯하자, 붉은 완장들은 그제야 배가 고팠는지 송범평을 잠시 놔두고 소씨 아줌마의 간식식당으로 갔다. 이들은 하루 종일 고된 일을 한 부두 노동자들처럼 피곤에 지친 듯 식당에 앉자 어느 누구도 말을 하지 않았다. 소씨 아줌마는 고개를 숙인 채 자신의 간식식당으로 들어갔고 계산대에 앉아 아무 말도 없이 짐승만도 못한 붉은 완장들을 바라보았다. 붉은 완장들은 잠시 쉬더니 소씨 아줌마에게 콩국과 꽈배기, 만두를 달라고 했고, 음식이 나오자 짐승처럼 처먹었다.

이때 부두를 지키던 다섯 명의 붉은 완장이 도착했다. 그들은 송범평이 잡혔다는 소식을 듣고 흥분해서 땀을 뻘뻘 흘리며 뛰어온 것이었다. 그들은 손에 든 몽둥이로 이미 꼼짝도 하지 않는 송범평을 몽둥이가 부러질 때까지 두들겨 팼고, 또다시 발길로 차고 밟고 짓이겼다. 앞서 여섯 명이 배불리 아침을 먹은 뒤, 이번에는 붉은 완장 다섯이 소씨 아줌마 간식식당에 가서 아침을 해결했다. 여섯에 다섯, 모두 열한 명의 붉은 완장은 계속해서 돌아가며 이미 아무런 반응도 없는 송범평을 차고 짓밟았다. 간식식당의 소씨 아줌마가 더 이상은 볼 수 없었는지 한마디를 던졌다.

"죽은 것 같아……."

그제야 열한 명의 붉은 완장은 발을 거두고 땀을 닦으며 개선장군처럼 자리를 떴다. 열한 명의 붉은 완장은 자신들의 발도 걸어차였는지 죄다 절룩거렸고, 소씨 아줌마는 절룩거리며 걷는 그들의 뒷모습을 보면서 사람도 아니라는 듯이 혼잣말을 되뇌었다.

"사람이 어떻게 이렇게 악독할 수가 있나!"

17

한편 이광두와 송강은 집에서 이란이 집에 돌아온 후 기뻐하는 꿈을 꾸는 중이었다. 잠에서 깨니 벌써 한낮이었다. 아이들은 들뜬 나머지 송범평이 해가 떨어지고 나서야 집에 도착한다고 이야기했는데도 기다릴 수가 없어서 터미널로 향했고, 거기서 송범평과 이란이 타고 오는 버스를 기다릴 참이었다. 두 아이는 집을 나서자마자 송범평의 멋진 모습을 흉내 냈다. 왼손을 주머니에 넣은 채 오른손을 흔들며 영화에서 나오는 영웅들의 모습을 따라 하려고 일부러 건들건들 걸었지만, 영웅은커녕 나라 팔아먹는 한간 첩자 같았다.

이광두와 송강이 다리에서 막 내려섰을 때 피범벅이 된 채 모로 누워 있는 송범평을 보았다. 지나가던 몇몇 행인들이 흘낏흘낏 쳐다보며 몇 마디 주고받았고, 아이들은 그 옆을 지나치면서도 그를 알아보지 못했다. 송범평은 한 팔이 밑에 깔려 있고, 다른 한 팔은 구부러진 채였으며, 한 다리는 곧게, 다른 한 다리는 쪼그린 채였다. 파리 떼가 윙윙거리며 그의 주위를 날아다니고 있었고, 그의 얼굴과 손과 발, 그리고 그의 몸 어디건 핏자국이 있는 곳은 죄다 파리 떼로 뒤덮였다. 두 아이는 그 모습을 보고 무섭기도 했고, 구역질이 나기도 했다. 송강은 밀짚모자를 쓴 사람에게 물어보았다.

"저 사람 누구예요? 죽었나요?"

그 사람은 고개를 절레절레 흔들면서 무슨 소린지 모를 소리를 내뱉으며 나무 아래로 가더니 밀짚모자를 벗어 부채질을 했다. 이광두와 송강은 계단을 올라 대합실로 들어갔다. 바깥에 잠시 서 있었더니 한여름 햇볕에 살이 타버릴 것 같았기 때문이다. 대합실 천장에는 커다란 선풍기 두 개가 윙윙 소리를 내며 돌아가고 있었고, 사람들은 죄다 그 선풍기 날개 아래 모여앉아 마치 두 무리의 파리 떼처럼 웅얼웅얼 떠들고 있었다. 이광두와 송강은 두 무리의 사람들 주변에 각각 서 있어보았지만 바람이 그곳까지 미치지 않았다. 바람이 닿는 곳은 죄다 사람들로 빼곡했다. 그리하여 아이들은 매표구로 가서 발끝을 깡충 세운 채 안을 들여다보았더니 여자 매표원이 아침의 공포에서 아직 완전히 벗어나지 못한 듯 멍한 표정으로 바보처럼 앉아 있다가 아이들을 보고 깜짝 놀라 눈을 부라리며 소리를 질렀다.

"뭘 봐?"

이광두와 송강은 잽싸게 몸을 낮춰 살금살금 자리를 떠서 개찰구로 향했다. 개찰구 철문이 반쯤 열려 있어서 아이들은 그 틈으로 안을 들여다보았는데, 차는 한 대도 없었고 찻잔을 든 검표원만 아이들 쪽으로 오더니 소리를 질렀다.

"너희는 뭐냐?"

이광두와 송강이 도망치듯 개찰구를 벗어나서 무료하게 대합실을 몇 바퀴 돌고 있을 때, 왕 케키가 쪼그만 의자 하나를 들고 어깨에는 아이스케키 상자를 든 채 문 앞에 나타나서 의자를 대합실 입구에 놓고는 거기에 앉아서 막대기로 아이스케키 상자를 두들기며 장사를 시작했다.

"아이스케키! 계급의 형제자매들에게만 파는 아이스케키……."

두 아이는 왕 케키 앞으로 가서 침을 꿀꺽 삼켰다. 왕 케키는 막대기로 상자를 연방 두드리면서도 이광두와 송강을 경계하듯 쳐다보았다. 이때 두 아이는 바깥 땅바닥에 아까와 똑같은 자세로 누워 있는 송범평을 바라보았고, 송강이 송범평을 가리키며 왕 케키에게 물어보았다.

"저 사람 누구에요?"

왕 케키는 대답은 없이 머리를 갸우뚱하며 두 아이를 보기만 했다. 그러자 송강이 재차 물었다.

"저 사람 죽었어요?"

그러자 이번에는 왕 케키의 험악한 답변이 이어졌다.

"돈 없으면 저리 꺼져. 여기서 침만 삼키지 말고."

이광두와 송강은 깜짝 놀라 손을 맞잡은 채로 터미널 계단을 뛰어 내려갔다. 아이들은 다시 뜨거운 여름의 태양 아래 파리 떼가 뒤덮은 송범평 옆을 지나치는데 순간 송강이 발길을 멈추더니 "아." 하고 외마디 소리를 지르며 송범평의 발에 신겨진 미색 샌들을 가리켰다.

"아빠 신발을 신고 있다."

송강은 또 송범평의 붉은색 러닝셔츠를 보더니 "아빠 러닝셔츠랑 똑같다."라고 말했다.

두 아이는 무슨 일이 일어났는지 몰라 그곳에 서서 아무 말 없이 서로를 쳐다보고만 있었다. 잠시 후 이광두가 이건 아빠 러닝셔츠가 아니다, 아빠 것에는 분명히 노란색 글씨가 써 있었다고 이야기해주었다. 송강은 고개를 끄덕이는가 싶더니 고개를 절레절레 흔들면서 노란색 글씨는 가슴에 써 있다고 대꾸했다. 두 아이는 쪼그려 앉아 손을 휘저어 파리 떼를 쫓아내고 송범평 몸 밑에 깔려 있는 셔츠를 끄집어내보니, 그제야 노란색 글자가 모습을 드러냈다. 송강은 일어나 울음을 터뜨리며 이광두에게 물었다.

"아빠 맞지?"

이광두 역시 울음을 참지 못한 채 대답했다.

"난 모르겠어."

두 아이는 그곳에 서서 울며 사방을 둘러보았지만, 한 사람도 와보는 사람이 없자 다시 쪼그려 앉아 송범평 얼굴에 앉아 있는 파리 떼를 쫓아낸 뒤 송범평인지 아닌지 분명히 보려 했다. 송범평의 얼굴은 피와 흙먼지로 범벅이 되어 있어서 분명히 알아볼 수가 없었다. 아이들은 그 얼굴이 아빠의 얼굴과 많이 닮은 것 같기도 했지만 아닌 것 같기도 해서 다른 사람들에게 물어보기로 했다. 그들은 우선 나무 아래에서 담배를 피우고 있는 사람들에게 다가가서 송범평을 가리키며 물었다.

"저 사람 혹시 우리 아빠예요?"

담배를 피우던 두 사람은 순간 멍한 표정을 짓더니 머리를 절레절레 흔들며 대답했다.

"너희 아빠가 누군지 내가 어떻게 아냐?"

두 아이는 계단을 올라 왕 케키 앞에 이르렀고, 송강이 눈물을 훔치며 왕 케키에게 물었다.

"저기 밖에 누워 있는 사람 우리 아빠예요?"

왕 케키는 막대기를 몇 차례 두드리더니 눈을 부릅뜨면서 고함쳤다.

"꺼져!"

이광두가 억울하다는 듯 항변했다.

"침 안 삼켰잖아요."

그러자 왕 케키가 또 소리쳤다.

"그래도 꺼져!"

이광두와 송강은 울면서 손을 잡은 채로 대합실로 들어가서 선풍기 아래에 모인 사람들에게 물어보았다.

"누구 아는 사람 없어요? 저기 밖에 저 사람 혹시 우리 아빠예요?"

두 아이의 애절한 질문에 사람들은 세상에 저희 아버지도 못 알아보고 딴 사람에게 물어보는 바보가 다 있나 싶은 표정으로 낄낄댔다. 그러더니 한 사람이 아이들에게 손을 흔들었다.

"야, 꼬마야, 이리 와봐라."

두 아이가 그 사람 앞으로 가자 그 사람은 고개를 숙이며 물었다.

"너희 혹시 내 아버지 아니?"

아이들이 고개를 흔들자 그 사람이 또 물었다.

"그럼 누가 내 아버지를 알까?"

아이들은 잠깐 생각하더니 동시에 대답했다.

"아저씨요."

그 사람은 손사래를 치며 말을 이었다.

"가라, 너희 아버지는 너희가 알아봐야지."

두 아이는 울며 손을 맞잡은 채 대합실을 나서서 계단을 내려와 땅바닥에 누워 있는 송범평 곁으로 왔다. 송강이 울면서 혼잣말을 했다.

"우리도 우리 아빠를 알아보지만, 이 사람 얼굴은 죄다 피라서 제대로 볼 수가 없잖아."

두 아이는 버스터미널 옆 간식식당으로 갔다. 안에는 소씨 아줌마 혼자서 탁자를 닦고 있었지만, 아이들은 무서움에 문가에 선 채로 감히 들어설 엄두를 못 내고 작은 목소리로 물었다.

"뭐 좀 물어볼 게 있는데 화내실까 봐 무서워서……."

소씨 아줌마는 아이들이 문가에 선 채 울고 있는 걸 보고는 이광두와 송강의 옷태를 훑어보더니 이렇게 물었다.

"밥 동냥하러 온 거 아니지?"

"아니에요."

송강은 손가락으로 송범평을 가리키며 물었다.

"아줌마한테 물어보고 싶은데요. 저 사람이 우리 아빠예요?"

소씨 아줌마는 손에 든 행주를 내려놓았다. 자세히 보니 이광두였다. 나무전봇대를 끌어안고 비벼대며 성욕이 땡긴다고 이야기하던 새끼 후레자식. 소씨 아줌마는 이광두에게 눈을 한번 부라리고는 송강에게 물어보았다.

"너희 아빠 이름이 뭐냐?"

"송범평이요."

그러자 소씨 아줌마 입에서 "아이고 하느님", "어머니", "아이고 조상님" 등의 소리가 터져 나왔다. 그러더니 다 외쳤는지 숨을 몰아쉬면서 송강에게 말했다.

"벌써 반나절이나 저렇게 누워 있었다. 난 저 집안사람들 죄다 죽어버린 줄 알았지⋯⋯."

두 아이는 무슨 말을 하는지 알아들을 수가 없었고, 송강이 계속 물었다.

"우리 아빠가요?"

소씨 아줌마는 이마에 맺힌 땀을 훔치며 대답했다.

"저 사람 이름이 송범평이다."

송강이 와락 울음을 터뜨리며 이광두에게 울며불며 아우성쳤다.

"아빠 줄 알았어. 그래서 보자마자 울었다고⋯⋯."

이광두 역시 울음을 터뜨렸다.

"나도 보자마자 눈물이 나왔어⋯⋯."

아이들은 그 여름날 서러운 울음을 토해내며 송범평의 시신 곁으로 다시 돌아왔다. 아이들의 서러운 울음소리에 파리 떼는 윙윙거리며 날아갔고, 송강과 이광두는 땅바닥에 무릎을 꿇은 채 고개를 숙여 송범평의 얼굴을 자세히 살펴보았다. 송범평의 얼굴에 피가 햇볕에 말라붙어 있었고, 송강이 손으로 그 마른 피딱지들을 하나씩 떼어내보니 드디어 선명하게 아빠 얼굴이 드러났다. 송강은 몸을 돌려 이광두의 손을 붙잡으면서 말했다.

"아빠야."

이광두 역시 고개를 끄덕이며 울부짖었다.

"아빠야……."

두 아이는 버스터미널 앞 땅바닥에 꿇어앉은 채 하늘을 향해 목 놓아 울었고, 울음소리는 하늘로 퍼져갔다. 그들의 울음소리는 부러진 날개가 추락하듯 순간 멈추었다. 벌어진 입에서는 눈물과 콧물이 목구멍을 막아 더 이상 소리가 나오지 않았고, 애써 눈물과 콧물을 삼키고 나서야 울음소리가 다시 터져 나와 하늘로 퍼졌다. 두 아이는 함께 울며 송범평을 흔들면서 소리쳤다.

"아빠, 아빠, 아빠……."

송범평이 아무런 반응을 보이지 않자 두 아이는 어떻게 해야 할지를 몰랐다. 이광두가 울며 송강에게 물었다.

"새벽까지도 괜찮았는데 왜 지금은 듣지도 못하고 말도 못해?"

송강은 많은 사람들이 모여들자 소리쳤다.

"우리 아빠 좀 도와주세요!"

두 아이의 얼굴에 눈물과 콧물이 줄줄 흘렀고, 송강이 콧물을 훔친 손을 흔들다가 그만 어떤 사람의 바지통에 묻혀버렸다. 그러자 그 사람은 송강의 멱살을 붙잡고 욕설을 늘어놓았다. 이때 이광두도 콧물을 훔치다가 그만 콧물이 그 사람의 샌들에 튀자 그 사람은 이광두의 머리끄덩이를 움켜쥐었다. 그 사람은 양손으로 아이들을 쥐어박으면서 아이들의 러닝셔츠로 자신의 샌들에 튀긴 콧물을 닦게 했지만, 결과적으로 더 많은 눈물, 콧물이 그의 바지와 샌들에 묻어버렸다. 그러자 불같이 화를 내던 사람은 이내 이러지도 못하고 저러지도 못한 채 두 손을 다 들고 말았다.

"닦지 마! 이런 젠장, 닦지 말라고!"

이광두와 송강은 각자 그 사람의 다리와 바지통을 잡고 늘어졌다. 두 아이는 지푸라기라도 잡는 심정으로 손을 놓지 않고, 그 사람이 뒤로 물러나면 무릎을 끓고 앞으로 기어가면서 애걸했다.

"아빠 좀 살려주세요! 제발요, 아빠 좀 살려주세요!"

그 사람은 손으로 아이들을 젖히면서 발을 쳐들어 아이들을 떨어뜨리려 했지만 아이들은 죽기 살기로 잡고 늘어졌다. 그 사람이 아이들을 10여 미터나 끌고 갔지만 아이들은 손을 풀지 않고 계속 울면서 애걸했다. 그러자 그 사람은 지쳤는지 가쁜 숨을 몰아쉬며 땀을 닦아내면서 어쩌지 못한 채 주위 사람들에게 호소했다.

"이것 좀 보세요. 이것 좀 보라고요. 내 바지랑 신발, 명주 양말…….
이런 젠장……, 이게 도대체 무슨 일이냐고요?"

그때 간식식당의 소씨 아줌마가 구경꾼들 앞으로 오더니 아이들의 비장한 울음소리에 눈시울을 붉히면서 말을 건넸다.

"아이들이니까……."

그 사람은 그 말을 듣고는 발끈했다.

"뭐가 애들이야? 이런 젠장, 완전 새끼 저승사자지."

"당신이 그냥 이 새끼 저승사자들을 도와서 시체를 치워줘요."

"뭐라고요? 나더러 더럽고 냄새나는 이 시체를 메고 가라고요?"

소씨 아줌마가 눈물을 훔치며 대답했다.

"메고 가라고 하진 않았수. 우리 집 수레를 빌려줄 테니 그걸 써요."

소씨 아줌마는 그렇게 말하면서 간식식당으로 갔다가 잠시 후 수레를 밀면서 다시 나타났다. 그녀는 아이들을 대신해서 주변 사람들에게 도움을 청하며 송범평을 수레에 실어줄 것을 부탁했다. 주변 사람들은 자리를 뜨거나 뒤로 물러섰고, 소씨 아줌마는 불쾌하다는 듯 일일이 사람들을 가리켰다.

"당신, 당신, 당신, 그리고 당신도……."

소씨 아줌마는 그렇게 말하면서 땅바닥에 누워 있는 송범평을 가리켰다.

"이 사람이 좋은 사람이건 나쁜 사람이건 어쨌든 죽은 사람이니 수습해야지. 이렇게 계속 땅바닥에 내버려둘 수는 없잖아요."

결국 네 사람이 이끌려 나왔고, 그들은 쪼그려 앉아 송범평의 두 팔과 두 다리를 잡고 하나, 둘, 셋을 외치면서 동시에 들어올렸다. 네 사람은 얼굴이 시뻘게지도록 힘을 썼고, 죽은 사람이 마치 무슨 코끼리만큼이나 무겁다고 투덜거렸다. 네 사람은 송범평을 수레의 끝에 걸쳐둔 채 다시 하나, 둘, 셋을 외치며 수레 안으로 던져 넣었다. 송범평의 커다란 몸이 수레 안으로 던져지자 수레는 삐걱삐걱 소리를 내며 흔들렸다. 네 사람은 손바닥을 부딪치며 털었고, 그 가운데 한 사람이 손을 코에 대고 냄새를 맡아보더니 소씨 아줌마에게 말했다.

"당신 가게에 가서 손 좀 씻어야겠어요."

"가요."

소씨 아줌마는 고개를 끄덕이면서 몸을 돌려 이광두와 송강에게 바짓가랑이를 붙잡힌 남자에게 말을 건넸다.

"당신은 착한 일 한 번 더 해요. 죽은 사람을 싣고 가줘요."

그 남자는 고개를 숙인 채 자신의 두 다리를 꼭 붙잡고 있는 이광두와 송강을 보면서 씁쓸한 미소를 띠며 말했다.

"이 몸이 시체를 싣고 갈 수밖에 없군."

그리고 나서 그 사람은 이광두와 송강에게 소리를 질렀다.

"젠장, 이제 그만 놔라!"

이광두와 송강은 이 말을 듣고 나서야 손을 풀며 땅바닥에서 일어나 그 남자를 따라 수레 앞으로 갔고, 그 남자는 수레를 끌면서 이광두와 송강에게 큰 소리로 물었다.

"말해! 집이 어디냐?"

송강은 있는 힘껏 고개를 가로저으며 애걸했다.

"병원으로 가요."

남자는 수레를 팽개치면서 말했다.

"이미 다 죽었는데, 무슨 병원."

그 말을 못 믿겠는지 송강은 몸을 돌려 소씨 아줌마에게 물었다.

"우리 아빠 죽었어요?"

소씨 아줌마는 고개를 끄덕이며 말했다.

"돌아가셨다. 집으로 가거라. 불쌍한 것."

송강이 고개를 들어 목 놓아 울지 않고 고개를 떨어뜨린 채 훌쩍이자 이광두 역시 고개를 떨어뜨린 채 훌쩍였다. 소씨 아줌마는 수레를 끄는 남자에게 말했다.

"복 받을 거요."

남자는 수레를 끌고 앞으로 가면서 욕설을 내뱉었다.

"복은 무슨 얼어죽을 놈의 복. 이 어르신의 조상이나 후손이나 죄다 잡쳤구먼."

그날 오후 이광두와 송강은 손을 잡은 채 훌쩍이며 피 칠갑을 한 송범평을 실은 수레와 함께 집으로 돌아오던 중 상심에 찬 나머지 비틀거리며 걸었고, 그렇게 훌쩍이다 목이 메어 잠시 울먹이다 갑자기 수류탄이 터지듯 울음이 폭발했다. 두 아이의 날카로운 울음소리에 거리의 혁명가곡과 혁명구호가 압도당했고, 시위 대열 속의 사람들과 일없이 거리를 쏘다니던 사람들이 모여들었다. 사람들은 방금 전까지 송범평 주위를 맴돌던 파리 떼처럼 수레 주위에 몰려들어 웽웽거리며 말들을 늘어놓고 웅웅거리며 질문들을 쏟아부으면서 수레를 에워쌌고 앞을 향해 걸었다. 앞에서 수레를 끌던 사람은 이광두와 송강에게 욕설을 퍼부었다.

"그만 울어! 이런 제길 온 동네 사람들이 다 모여들겠네. 온 동네 사람들 전부 내가 시체 *끄*는 꼴을 보겠다고……"

수많은 사람들이 와서 수레 위에 누워 있는 죽은 사람이 누구냐고 물었다. 그렇게 앞서거니 뒤서거니 마흔에서 쉰 명 정도가 수레를 *끄*는 사람에게 물었더니 그 사람은 불같이 화를 냈다. 처음에는 수레 위에 시체는 송범평이다, 중학교 선생님이었다더라고 대답해주었지만, 묻는 사람이 갈수록 많아지자 설명하기도 귀찮아져서 눈을 크게 뜨고 보라면서 우는 사람네 식구라고 소리쳤고, 나중에는 이마저도 피곤했는지 누가 물으면 그냥 간단하게 이렇게 대답해버렸다.

"몰라."

그 사람은 한여름에 수레를 *끄*느라 등에 땀이 흥건했다. 시신이 누워 있는 수레 끌랴, 수많은 사람들의 질문에 답하랴 입이 쩍쩍 말라서 화가 머리끝까지 나 있던 참이었는데 그나마 아는 사람이 다가와 사람들을 밀치고 들어와서는 이렇게 묻기까지 했다.

"이봐, 자네 집에 누가 죽었나?"

급기야 수레를 끌던 사람이 폭발해 소리를 질렀다.

"자네 집에나 죽은 사람이 있지!"

그랬더니 물어보았던 사람이 황당해서 물었다.

"뭐라고?"

수레를 끌던 사람은 재차 소리 질렀다.

"자네 집 시체!"

그러자 물어보았던 사람의 얼굴이 새파랗게 굳더니 한마디 말도 없이 재빨리 러닝셔츠를 벗어 온몸의 근육을 과시하면서 오른손을 들어 집게손가락으로 수레를 끄는 사람을 가리키며 말했다.

"이런 니미럴, 다시 한 번 말해봐. 한 번 더 말하면 이 몸께서 너를 그대로 수레에 눕혀줄 테니……."

이렇게 말하더니 의기양양하게 한마디 덧붙였다.

"이 몸께서 이 수레를 더블침대로 만들어주지……."

수레를 끌던 사람은 수레 손잡이를 내던지더니 차갑게 웃으며 대꾸했다.

"더블침대는 더블침댄데 너희 집 더블침대지!"

수레를 끌던 사람은 말을 마치고 두 발짝을 걷더니 그 사람의 얼굴을 향해 소리쳤다.

"니미럴, 잘 들어. 너희 집 식구들 다 뒈져버려라!"

그 사람이 주먹으로 수레를 끄는 사람의 아가리를 치자 수레를 끌던 사람이 비틀거렸고, 간신히 중심을 잡자 그 사람이 바로 발차기로 땅에 자빠뜨렸다. 곧이어 그의 몸에 올라타 얼굴에 한 방, 두 방, 세 방, 네 방, 다섯 방의 주먹을 날렸다.

그때 이광두와 송강은 여전히 울며 걷는 중이었는데 아이들이 뒤돌아보았을 때는 수레를 끌던 사람이 땅에 깔린 채 주먹으로 정신없이 얻어터질 때였다. 송강이 먼저 부리나케 달려들고, 이광두도 뒤따라 달려들어 두 아이는 마치 두 마리 들개처럼 그 사람의 다리와 어깨를 물어뜯기 시작했다. 그 사람은 비명을 질러댔고, 발로 차고 주먹을 흔들어 아이들을 간신히 떼어냈다. 그 사람이 막 일어서자마자 두 아이는 다시 달려들어 송강은 그의 팔을, 이광두는 허리를 각각 물어뜯어 옷과 살점을 뜯어냈다. 그는 아이들의 머리끄덩이를 틀어쥐고 얼굴을 두들겨 팼지만, 아이들은 죽어라고 손을 놓지 않았고, 아이들의 입은 그의 몸 도처를 물어뜯어 송범평처럼 건장한 체구의 사내는 도살되는 돼지처럼 꽥꽥 소리를 질러댔다. 그러다가 결국에는 쓰러져 있던 수레 끌던 사람이 일어나 다가와서 이광두와 송강을 떼어낸 뒤 수레를 끌면서 말했다.

"됐다. 그만 깨물어라."

이광두와 송강이 손을 놓고 입을 떼자 그 사람은 전신이 피로 흥건했는데 두 아이의 갑작스런 급습에 혼이 나간 듯 그대로 당해버린 것이다. 아이들과 수레가 다시 가던 길을 가는데도 마치 바보처럼 멍하니 그 자리에 서 있었다.

그들은 계속 앞을 향해 걸었다. 이광두와 송강은 상처로 가득했고, 수레를 끄는 남자도 온 얼굴이 핏자국으로 가득했다. 여전히 많은 사람들이 몰려들었지만, 두 아이는 더 이상 울지 않았고, 수레를 끄는 남자도 더 이상 아무 말을 하지 않았다. 두 아이는 걸으면서 한편으로 조심스럽게 수레 *끄*는 남자를 뒤돌아보았다. 얼굴의 땀이 핏자국에 번지는 것을 보고 송강은 자신의 러닝셔츠를 벗어 머리 위로 들어올려 그에게 건네주면서 말했다.

"아저씨, 땀 닦으세요."

수레를 끌던 남자는 고개를 가로저으며 말했다.

"필요 없다."

송강은 러닝셔츠를 든 채 조금 걷다가 다시 고개를 돌리고는 이렇게 물었다.

"아저씨, 목마르세요?"

수레를 *끄*는 남자가 아무 말 없이 고개를 숙인 채 앞을 향해 걷기만 하자 송강이 다시 입을 열었다.

"아저씨, 저 돈 있어요. 제가 가서 아이스케키 하나 사드릴게요."

수레를 *끄*는 남자는 고개를 가로저으며 말했다.

"됐다. 침 삼키면 괜찮아져."

그들은 다시 아무 말 없이 집을 향해 갔다. 이광두와 송강은 진즉부터 울음을 참고 있었지만, 송강이 수레 *끄*는 남자에게 잘 보이려 부단히 고개를 돌리는 와중에 자신의 죽은 아빠를 자꾸 보게 되자 다시 눈물이 나기 시작했고, 울음은 이광두에게도 전염되어버렸다. 하지만 두 아이는 목을 놓아 울 엄두가 나질 않았다. 뒤에서 수레를 *끄*는 남자가 욕을 할까 봐 겁이 나서 입을 꼭 틀어막고 흐느낄 뿐이었다. 수레를 *끄*는 남자는 뒤에서 아무런 말도 없었고, 집에 거의 도착할 때가 되어서야 두 아이에게 말을 건넸다. 갑작스러웠지만 따뜻한 음색이었다.

"그만 울어라. 너희가 우니까 내 코까지 다 시큰해진다."

마지막으로 남은 여남은 명이 집 앞까지 따라왔지만 수수방관인 채로 서 있었고, 수레 끄는 남자는 그들을 보며 송범평을 드는 걸 도와달라고 했다. 하지만 그들이 미동도 없자 더 이상 그들에게 도움을 청하지 않고 이광두와 송강에게 자길 도와 수레 손잡이를 흔들리지 않게 해달라고 했다. 그러고는 두 손을 송범평의 겨드랑이에 낀 채로 그를 수레에서 끌어내린 뒤 집 안으로 끌고 들어가 침대에 눕혔다. 그는 송범평보다 머리가 반쯤 작아서 송범평을 끌고 가는 모습이 흡사 커다란 나무를 끌고 가는 것 같았다. 그래서 그런지 힘이 들어 머리가 옆으로 삐딱해졌고, 폐 안쪽에서는 마치 풀무질을 하듯 헉헉 소리가 났다. 그는 송범평을 침대에 누인 후 밖으로 나와 걸상에 앉아서는 고개를 떨어뜨린 채 가쁜 숨을 몰아쉬며 한참을 쉬고 있었다. 하지만 이광두와 송강은 한 편에 선 채 감히 말을 붙이지 못했다. 그는 한참을 쉬더니 고개를 돌려 밖에서 구경하는 사람들을 보며 이광두와 송강에게 물었다.

　"너희 말고 집에 누가 또 있니?"

　두 아이는 엄마가 계시다고 엄마가 상해에서 곧 돌아오실 거라고 대답했다. 그는 고개를 끄덕이며 그럼 안심이라고 대답했다. 그는 아이들에게 손을 흔들어 자기 앞으로 부른 다음 아이들의 어깨를 토닥여주며 이렇게 물었다.

　"너희, 홍기 골목이 어딘 줄 알지?"

　아이들이 고개를 끄덕이며 안다고 대답하자 그는 말을 이었다.

　"내가 그 골목 입구에 살거든. 성은 도(陶)고 이름은 청(靑), 도청이야. 무슨 일 생기면 홍기 골목으로 날 찾아오너라."

　그렇게 말하면서 그는 일어섰고, 그가 문밖으로 나서자 집 앞에 둘러서 있던 사람들이 순식간에 물러섰다. 그들 몸에 방금 시체를 안았던 사람의 몸이 닿을까 봐 겁났던 것이다. 송강과 이광두도 그를 따라 문밖으로 나섰고, 그가 수레를 끌기 시작했을 때 송강은 소씨 아줌마에게 배운 말을 했다.

"복 받으실 거예요."

그는 고개를 끄덕이며 수레를 끌고 가버렸고, 이광두와 송강은 그가 가면서 왼손을 들어 자신의 눈을 닦는 것을 보았다.

그날 오후 이광두와 송강은 죽은 송범평 옆에서 지냈는데 시간이 갈수록 터진 살과 핏덩어리가 점점 무서워졌다. 그의 몸은 꼼짝도 하지 않았고, 입도 반쯤 벌린 채 움직이지 않았다. 두 눈은 부릅뜬 채였고, 안구는 마치 돌멩이처럼 아무런 빛이 나질 않았다. 울어도 보고 소리도 질러보고 사람도 물어뜯던 이광두와 송강이 이제는 두려움에 떨기 시작했다.

이광두와 송강은 창가와 문가에 선 채로 움직이는 몸뚱이와 머리들이 송범평이 어떤 사람이며 어떻게 죽었는지 웅성거리는 소리를 듣다가, 두 아이가 참으로 불쌍하다는 대목에 이르자 송강이 "엉엉." 그렇게 딱 두 번 울고 이광두도 따라서 "엉엉." 하고 딱 두 번 울고 난 뒤 계속 두려움에 찬 얼굴로 그들을 바라보았다. 웅성대는 소리와 함께 많은 파리 떼가 사방팔방에서 날아들어 송범평의 시체 위에 달라붙었다. 파리 떼는 갈수록 늘어났고, 방 안을 날아다닐 때는 마치 검정색 눈이 날리는 것 같았다. 파리 떼의 웽웽거리는 소리가 사람들의 웅성거림을 덮어버리더니 이제는 이광두와 송강에게도 달라붙었고, 사람들에게도 달려들기 시작했다. 두 아이의 귀에는 사람들이 손으로 자신의 다리와 팔, 얼굴과 가슴을 쳐서 파리를 쫓아내며 사방으로 흩어지는 소리가 들렸고, 파리 떼도 그들을 쫓아갔다.

이즈음 햇볕이 하늘을 붉게 물들였다. 두 아이는 집 밖으로 나가 석양을 바라보며 송범평이 아침에 했던 말을 떠올렸다. 송범평은 아침에 석양이 질 무렵이면 자신과 이란이 돌아올 거라고 했으니 지금쯤이면 엄마는 돌아오는 중일 것이었다. 그리하여 이광두와 송강은 손을 맞잡은 채 저녁노을을 받으며 다시 터미널로 향했다. 두 아이가 터미널 근처의 간식식당을 지날 무렵 송강은 안에 있는 소씨 아줌마에게 말했다.

"우리 엄마 마중 나왔어요. 상해에서 오실 거예요."

두 아이는 터미널의 버스 하차장에 서서 목을 늘어뜨리고 까치발을 한 채 멀리 뻗어 있는 도로를 바라보다가 저 멀리 논밭 끝에서 먼지를 날리며 버스 한 대가 경적을 울리며 달려오는 모습을 보고 나서 송강이 이광두에게 말을 건넸다.

"엄마 오신다."

송강은 말하면서 눈물을 흘렸고, 이광두의 눈물도 목 위로 흘러내렸다. 그 장거리 버스는 뿌연 먼지를 일으키며 다가왔고, 두 아이 앞에 커다란 곡선을 그리며 터미널로 들어왔을 때는 희뿌연 먼지가 가득 일어 아무것도 볼 수가 없었다. 먼지가 가라앉은 후 상자와 봉투를 든 사람들이 터미널로 나오기 시작했고, 처음에는 두세 사람이, 나중에는 여러 사람이 줄줄이 두 아이 앞을 지나갔지만 이란의 모습은 보이지 않았다. 마지막 한 사람이 나올 때까지도 아이들의 엄마는 여전히 출구에 모습을 드러내지 않았다.

송강이 겁먹은 얼굴로 그 사람에게 물었다.

"상해에서 온 버스 맞아요?"

그 사람은 고개를 끄덕이며 눈물범벅인 두 아이의 얼굴을 보며 되물었다.

"뉘 집 애들이냐? 여기서 뭐하니?"

그의 대답에 아이들은 방성대곡했고, 그 사람은 깜짝 놀라 짐을 들고 서둘러 그 자리를 벗어나면서도 연방 호기심 어린 눈길로 아이들을 뒤돌아보았고, 아이들은 그 사람에게 말했다.

"우리는 송범펑 씨네 애들인데요. 송범펑 씨가 죽었어요. 그래서 이란 씨가 돌아오는 걸 기다리는데요. 이란 씨는 우리 엄마거든요……."

두 아이의 말이 채 끝나기도 전에 그 사람은 벌써 멀리까지 가버렸다. 이광두와 송강은 이란이 다음 차를 타고 올 거라고 생각하고 하차장에서 계속 기다렸다. 그렇게 한참을 기다리는데 대합실 문이 닫히고, 하차장의 철문도 닫혔다. 하지만 그들은 여전히 그곳에 선 채 상해에서 돌아올 엄마를 기다렸다.

날이 캄캄해지자 간식식당의 주인 소씨 아줌마가 와서 고기만두를 슬쩍 건네주며 말했다.

"어서 먹어라. 뜨거울 때 먹어."

만두를 먹는 두 아이에게 소씨 아줌마가 말했다.

"오늘은 버스 없다. 터미널 문도 닫았는데, 집에 돌아가거라. 내일 다시 오너라."

두 아이는 소씨 아줌마를 믿었기 때문에 고개를 끄덕였고, 만두를 먹으며 눈물을 훔치면서 집으로 돌아갔다. 그들의 귀에 소씨 아줌마가 뒤에서 한숨을 쉬며 하는 말이 들렸다.

"불쌍한 것들……."

송강이 걸음을 멈추고 고개를 돌려 소씨 아줌마에게 소리쳤다.

"복 받으실 거예요."

18

이란은 새벽에 이미 병원 정문 앞에 나와 있었다. 송범평의 편지에는 낮이 되어야 상해에 도착한다고 써 있었지만, 이란은 두 달이 넘는 생이별로 그리움이 파도처럼 밀려와 해가 밝기도 전에 일어나서 병상에 앉은 채 여명을 기다렸다. 수술을 마친 한 환자가 통증으로 몸을 뒤척이다 깨어났을 때 이란이 귀신처럼 꼼짝도 않고 앉아 있는 모습을 보고는 소스라치게 놀라 봉합한 수술 부위가 터질 뻔했다. 그녀가 다행히 맞은편 병상에 앉아 있는 이란임을 확인한 후 고통의 신음을 냈고, 이란은 몹시 미안해서 낮은 목소리로 사과의 말을 전한 후 여행 보따리를 들고 병실을 나와 병원 정문 앞으로 갔다. 동이 트기 전 거리는 텅 비어 있었고, 외로운 이란은 그녀의 적적한 보따리와 함께 병원 정문 앞에서 아무런 소리도 없이 두 개의 검은 그림자로 서 있었다. 이번에는 병원 수위가 깜짝 놀랐다. 나이가 든 그는 전립선 비대증으로 일어나자마자 오줌이 마려워 바지를 붙잡고 수위실 밖으로 나서다가 시커먼 두 그림자를 보고 깜짝 놀라 오줌의 절반을 바지에다 싸고 나서 소리 질렀다.

"누구요?"

이란은 자신의 이름과 병실 호수를 알려준 뒤 오늘 퇴원한다고, 여기로 남편이 오기로 했다고 알려주었다. 수위는 놀란 마음을 진정시키지 못한 채 또 다른 그림자를 가리키며 물었다.

"저건 또 누구요?"

이란은 보따리를 들어 보이며 대답했다.

"이건 여행보따리에요."

수위는 그제야 한숨을 쉬며 수위실 뒤로 돌아 벽에다 남은 오줌을 찔끔거린 뒤 투덜거렸다.

"깜짝이야. 이런 제길, 바지까지 다 젖었잖아……."

이란은 그의 원망을 듣고 부끄러운 마음에 보따리를 들고 병원 정문을 나서 길 모퉁이 나무전봇대 옆에 서서 전봇대에서 나는 전기 소리를 들으며 멀지 않은 곳의 어두운 정문을 바라보고 있었다. 이 순간 이란의 마음이 안정을 찾았다. 병상에 앉아 있을 때는 그저 날이 밝기를 기다렸을 뿐이지만 지금은 길모퉁이에 서서 이제 송범평을 기다리고 있었고, 건장한 체구의 송범평이 기쁨에 들뜬 모습으로 나타나는 모습을 그리고 있었기 때문이다.

왜소한 체구의 이란이 그곳에 미동도 없이 계속 서 있는 모습은 확실히 무서울 만했다. 한 남자는 맞은편에서 걸어오다 10여 미터 앞에서 그녀를 발견하고 소스라치게 놀라 조심스럽게 길 맞은편으로 갔고, 맞은편에서조차 연방 고개를 돌려 그녀를 확인했다. 또 다른 남자는 길모퉁이를 돌다가 그녀와 부딪쳤는데 혼비백산하여 온몸을 벌벌 떨다가 즉시 태연한 척하며 그녀를 빙 에둘러 갔고, 그나마 어깨를 계속 떨고 있어서 이란은 낮게 웃고 말았는데 그 소리가 또 마치 귀신 소리 같아 그 남자는 겁에 질린 나머지 줄행랑을 쳐버렸다.

새벽노을의 빛발이 거리를 비추고 나서야 이란은 귀신의 형색을 벗어났다. 여전히 길모퉁이에 서 있긴 했지만, 이젠 완연한 사람의 형상이었다. 거리에는 사람들로 점점 붐비기 시작했고, 이란은 여행보따리를 들고 다시 병원 정문으로 갔다. 그때부터 본격적인 그녀의 기다림이 시작됐다.

오전 내내 이란은 흥분으로 얼굴이 발갛게 달아오른 상태였고, 그녀의 눈앞에 펼쳐진 거리 역시 붉은 깃발이 넘실대고 구호가 출렁이며 시위 대열이 끊임없이 오가면서 뜨거운 여름을 더욱 뜨겁게 달구었다. 병원 수위는 이란을 진즉부터 알아보았다. 날이 새기도 전부터 자신을 놀라게 해 바지에 오줌을 싸게 한 여인을 아침 내내 이상하다는 듯 바라보았는데, 그녀는 시위 대열 속의 사람들을, 좀더 분명히 말하면 그녀 쪽으로 오는 한 사람 한 사람을 흥분의 눈길로 바라보고 있었다. 이란의 흥분은 마치 시냇물이 강으로 흐르듯 거리의 흥분 속으로 흘러들었다. 그녀는 흥분에 찬 눈길로 격동에 찬 인파 속에서 송범평의 모습을 찾고 있었던 것이다. 수위는 그녀가 장시간 그곳에 서서 두리번거리는 모습을 보며 어떻게 아직도 사람이 안 올까 싶어 그녀에게 다가가 물어보았다.

"당신 남편은 언제 온다고 했소?"

그러자 이란이 고개를 돌려 대답했다.

"낮에요."

병원 수위는 이란의 대답을 듣고 도대체가 이상하다는 표정으로 접수실로 들어가 의아한 눈길로 벽에 걸린 괘종시계를 바라보았다. 이때 시각이 오전 열 시가 채 안 되었을 무렵이었다. 그러고는 속으로 참으로 희한한 일이네, 낮에 온다는 남자를 날이 새기도 전부터 나와서 기다리다니 말이야, 라고 생각했다. 곧이어 수위는 한층 더 호기심 어린 눈길로 이란을 훑어보며 속으로 생각했다. 이 여자가 도대체 남자랑 해본 지가 얼마나 됐을까? 그리하여 더 이상 참지 못하고 이란에게 물었다. 남편이랑 떨어진 지 얼마나 됐어요? 이란은 두 달 조금 넘었다고 이야기해주었다. 수위는 실실 웃으며 두 달 만에 이렇게 달아오르다니, 보기에는 왜소하고 바짝 마른 여인이 뱃속은 화냥기로 똘똘 뭉쳤다고 생각했다.

그때 이미 이란은 거의 여섯 시간을 물 한 모금, 쌀 한 톨 입에 대지 않고 길가에 서 있었는데도 얼굴에는 여전히 발그레한 홍조가 가득했다. 낮으로 접어들자 그녀의 흥분과 격정은 정점에 달해 그녀의 눈빛은 시위 대열 속의 남자들에게 마치 날카로운 화살처럼 꽂혔다. 몇 번이나 송범평과 비슷한 체구의 사람을 발견하고는 두 발을 곧추세운 채 뜨거운 눈물을 쏟으며 온 힘을 다해 손을 흔들어댔지만, 송범평이 아니라는 사실을 알고 잠시 동안의 기쁨은 끝이 났다. 그럼에도 그녀의 흥분은 계속되었다.

낮 열두 시가 지났음에도 송범평은 여전히 모습을 드러내지 않고, 송범평의 누님이 버스를 타고 땀이 가득한 얼굴로 병원 정문에 와서 이란을 보고는 기쁨의 인사를 건넸다.

"아이고, 아직 여기 있었네……."

송범평의 누님은 이마의 땀을 닦으면서 말보따리를 풀어놓았다. 오는 길에 만나지 못할까 봐 걱정이었다는 둥, 장거리 버스터미널로 가는 차로 갈아타려 했다는 둥, 안 가길 다행이었다는 둥 이야기를 늘어놓았다. 그녀는 토끼표 캐러멜을 이란에게 건네주면서 아이들에게 주라고 했다. 이란은 캐러멜을 받아서 보따리에 집어넣었고, 아무런 말도 없이 그저 송범평의 누님에게 미소를 짓고 고개를 끄덕일 뿐 바로 눈길을 거리의 인파 쪽으로 다시 돌렸다. 송범평의 누님은 이란과 함께 거리의 남자들을 살펴보면서 동생이 보이지 않는 것에 대해 이상하다는 듯 손목시계를 가리키며 이란에게 말했다.

"벌써 도착했어야 하는데. 한 시가 다 되어 가."

두 여인은 병원 정문 앞에서 30여 분간 서 있었고, 송범평의 누님은 이제 회사로 돌아가해야 하기 때문에 더 이상 기다릴 수가 없다고 했다. 갈 때가 되자 그녀는 이란을 위로하며 송범평이 길이 막혀서 못 오는 것일 거라며 터미널에서 병원까지 차를 세 번이나 갈아타야 하고, 길가에 사람이 너무 많아서 길도 막히고, 사람을 헤치고 오는 것도 어려우니 걱정하지 말라고 했다. 말을 마친 후 송범평의 누님은 총총히 걸음을 옮기다가 총총히 다시 돌아와 이란에게 한마디 더 보탰다.

"오후 차를 못 타게 되면 우리 집에 와서 자."

이란은 그렇게 계속 병원 정문 앞에 서 있었다. 그녀는 송범평이 길이 막혀서 늦는 거라는 누님의 말을 믿으며 여전히 인파 속의 남자들을 흥분에 찬 눈길로 보고 있었다. 하지만 시간이 지나면서 이란은 점점 피곤해졌고, 허기로 인해 더 이상 서 있을 수가 없어 몸을 문가에 기댄 채 접수실 계단에 앉았지만, 고개는 여전히 꼿꼿이 든 채 눈은 여전히 인파 속을 향하고 있었다. 접수실의 노인은 고개를 들어 괘종시계를 보았고, 이미 두 시가 넘어가는 것을 보고 그녀에게 말했다.

"날이 밝기 전부터 여기 있었잖우. 지금 벌써 두 시가 넘었고 입에 아무것도 대지 않고 계속 서 있었는데 괜찮겠소?"

이란은 고개를 돌려 웃어 보이며 노인에게 말했다.

"아직까지는 괜찮아요."

노인이 계속 말했다.

"그래도 가서 먹을 걸 좀 사요. 오른쪽으로 20미터 정도 가면 조그만 식당이 있으니까."

이란은 고개를 가로저으며 말했다.

"제가 갔을 때 그이가 오면 어떡해요?"

그러자 노인이 말했다.

"내가 대신 보고 있으리다. 얘기해봐요. 어떻게 생겼소?"

이란은 잠시 생각하는 듯하더니 고개를 가로저었다.

"그냥 제가 기다릴래요."

두 사람은 더 이상 이야기를 주고받지 않았고, 노인은 접수실 창구에 앉아 끊이지 않고 접수실에 뭔가를 묻는 사람을 맞이했고, 이란은 문가의 계단에 앉은 채 사람들을 살폈다. 그때 노인이 일어나 이란의 옆으로 와서 말했다.

"내가 대신 가서 사오지."

이란이 깜짝 놀라자 노인은 재차 반복하면서 이란에게 손을 내밀었다. 무슨 뜻인지 알아차린 이란이 황급히 주머니에서 돈과 양식표를 꺼내자 노인이 물었다.

"뭘 먹겠수? 만두, 고기만두? 아님 팥찐빵? 완탕 한 그릇 들겠소?"

이란은 돈과 양식표를 건네주며 노인에게 말했다.

"맨찐빵 두 개면 돼요."

노인은 돈과 양식표를 받아들며 말했다.

"진짜 아끼는구먼."

노인은 문을 나서면서 고개를 돌려 당부했다.

"누구도 접수실로 들여보내면 안 돼요. 안에 있는 건 다 국가 재산이니."

이란은 고개를 끄덕이며 대답했다.

"알겠어요."

세 시 반이 다 되어갈 무렵에야 이란은 드디어 먹을 걸 입에 댔다.

그녀는 맨찐빵을 손으로 한 조각씩 찢어서 한 조각씩 입에 넣고 천천히 씹어 천천히 삼켰다. 온종일 물도 입에 안 댄 상태라 마치 쓰디쓴 약을 먹는 것처럼 먹을 것을 넘기기가 힘겨웠다. 노인은 그 모습을 보고 자신의 찻잔을 건네주었고, 이란은 차 때가 가득한 찻잔을 받쳐들고 천천히 찻물을 마시면서 맨찐빵 하나를 먹었다. 다른 찐빵은 먹지 않고 종이로 싸서 보따리에 넣어두었다. 찐빵 하나를 먹고 나니 이란은 자신의 몸에 천천히 기운이 돌아오는 듯해 자리에서 일어나며 접수실의 노인에게 말했다.

"그이가 탄 차는 열한 시에 상해에 도착하는데 병원까지 걸어서 오는 모양이에요."

이 말을 노인이 받았다.

"기어서 오는 모양이오. 여기까지 기어서."

이때 이란은 송범평이 아마도 오후 차를 타고 올 모양이라고, 무슨 중요한 일 때문에 늦어지는 거라고 여기고 자기가 터미널에 가야겠다고 생각했다. 오후 차가 다섯 시에 상해에 도착하니까 말이다. 이란은 노인에게 송범평의 모습을 상세히 설명한 다음, 만일 송범평이 오면 터미널로 갔다고 전해달라고 했다. 영감은 안심하라고 하면서 키 큰 남자가 오기만 하면 송범평인지 물어보겠다고 했다.

이란은 보따리를 들고 병원 정문을 나선 후 버스 정류장 표지판 아래까지 가서 잠깐 동안 기다리다가 다시 보따리를 들고 접수실 창구로 갔다. 노인은 그런 그녀를 보고 물었다.

"어째서 다시 왔소?"

"잊은 말이 있어서요."

"무슨 말이오?"

이란은 노인의 눈을 보며 정중하게 말했다.

"감사합니다. 참 좋은 분이세요."

작고 마른 이란은 커다란 보따리를 들고 버스에 올라타 붐비는 차 안에서 이리저리 흔들리면서 땀 냄새와 암내, 발 냄새와 입 냄새로 정신이 혼미했다. 그러다가 차에서 내려 다시 타기를 세 번을 한 후에야 터미널에 도착했다. 오후 다섯 시가 막 될 무렵이었다. 그녀는 터미널 출구 쪽에 서서 붉은 석양빛을 온몸에 받으며 터미널에 들어오는 버스 한 대 한 대를, 출구로 나오는 여행객들 한 무리 한 무리를 바라보았다. 그녀는 낮처럼 만면에 홍조를 띤 채 흥분된 눈빛으로 다른 사람보다 머리가 하나쯤 큰 남자가 나오면 분명히 송범평일 거라는 생각에 눈을 반짝이며 여행객들의 머리 위를 훑었다. 이때까지도 그녀는 송범평이 여전히 이곳으로 나올 거라고 믿었고, 뜻밖의 사고가 발생했다고는 전혀 생각하지 못했다.

한편 그때 이광두와 송강은 바로 우리 류진의 터미널에서 그녀를 기다리고 있었다. 류진 터미널의 문이 닫힐 때 상해의 터미널도 문이 닫혔다. 이광두와 송강이 간식식당 주인 아줌마가 주는 만두를 먹으며 집으로 가고 있을 때 이란은 여전히 상해 터미널 출구에 서 있었다. 하늘빛이 점점 어두워져도 이란은 여전히 송범평의 모습을 보지 못했고, 입구 쪽 철문이 닫힌 후 그녀의 머리는 텅 비어 마치 얼빠진 사람처럼 그 자리에 그대로 서 있었다.

이란은 그렇게 대합실에서 밤을 보냈다. 송범평의 누님 댁에 갈까도 생각했지만 주소가 없었다. 송범평의 누님 역시 이란과 마찬가지로 송범평이 상해에 오지 않을 거라고는 생각하지 못했기 때문에 이란에게 자기 집 주소를 가르쳐주는 것을 잊어버렸던 것이다. 그리하여 이란은 집도 절도 없는 거지처럼 땅바닥에서 웽웽거리는 여름 모기들에게 물어뜯기며 자기도 모르게 잠이 들었다 깼다 했다.

새벽 무렵에는 어느 미친 여자가 그녀의 동반자가 되어주었다. 미친 여자는 그녀의 옆에 앉아 있다가 그녀를 찬찬히 지켜보면서 킬킬대며 웃었다. 이란은 미친 여자의 괴상한 웃음소리에 놀라 깼고, 가로등 빛에 비친 봉두난발과 때 가득한 얼굴에 놀라 소리를 질렀다. 그 소리에 미친 여자는 더 놀라 훨씬 더 길고 날카로운 괴성을 질러대며 마치 자기가 이란을 보고 놀라 펄쩍 된 것처럼 난리를 치다가 곧이어 아무 일 없었다는 듯이 앉아서는 이란을 보면서 계속 킬킬거리며 웃어댔다.

이란이 놀라 있는 가운데 미친 여자는 노래를 흥얼거리기 시작하더니 이제는 노래를 부르면서 알 수 없는 말을 끊임없이 기관총처럼 두두두두 쏟아냈다. 이란은 더 이상 놀라지 않았다. 비록 그 미친 여자가 무슨 소리를 지껄이는지는 몰랐지만 귓가에 계속 똑같은 소리가 울려대니까 오히려 한결 편안한 마음이 되어 가볍게 미소 지은 후 다시 잠들 수 있었다.

얼마가 지났는지 모르지만 이란이 꿈속에서 시끄러운 손뼉 소리를 듣고 무거운 눈을 떴을 때 미친 여자는 옆에 앉은 채 손으로 모기를 쫓으며 손바닥으로 모기들을 잡고 있었다. 그렇게 여남은 번을 치더니 조심스럽게 손바닥에 묻은 모기들을 입에 넣은 후 킬킬거리며 삼켰다. 그녀의 행동을 본 이란은 보따리 속의 찐빵이 생각나서 일어나 자세를 고쳐 앉은 후 찐빵을 꺼내 절반을 쪼개서 미친 여자에게 건네주었다. 이란은 찐빵을 꺼낸 손을 거의 그녀의 눈 밑까지 뻗쳤지만, 미친 여자는 개의치 않고 모기를 쫓느라 잡느라 손바닥을 쳐대다가 잡은 모기를 입 안에 넣고 씹으며 킬킬 웃어댔다. 손이 저려온 이란이 손을 그만 내리던 순간, 미친 여자는 찐빵 반 조각을 낚아채버렸다. 그러더니 즉시 자리에서 일어나 알아들을 수 없는 소리를 웅얼거리며 대합실 계단으로 내려가서 뭔가를 찾는 듯하더니 남쪽으로 다시 몇 발짝을 갔다가 북쪽으로 다시 돌아와 손에 든 찐빵을 높이 쳐든 채 동쪽으로 가버렸다. 미친 여자가 천천히 멀리 가버린 후에야 이란의 귀에는 그녀가 중얼거린 말이 분명히 들리기 시작했다. 그녀는 계속 이렇게 외쳤던 것이다.

"오빠, 오빠……."

어두운 가로등 아래 다시 이란만 남았다. 그녀는 그 자리에 앉아 찐빵을 천천히 씹어 삼켰지만, 마음속은 텅 빈 것 같았다. 찐빵을 다 먹었을 즈음 갑자기 가로등이 꺼져버렸고, 그녀는 고개를 들어 떠오르는 태양의 빛발을 바라보았다. 순간 그녀의 눈에는 눈물이 용솟음쳤다.

아침 버스를 탄 이란은 버스가 터미널을 빠져나올 때 고개를 돌려 창밖 거리를 두리번거리며 송범평의 모습을 찾았다. 버스가 상해를 벗어나자 창밖의 광경은 논밭으로 변했고, 그제야 이란은 눈을 감고 고개를 창가에 기댄 채 차의 진동 속에서 정신없이 잠이 들었다. 세 시간의 여정 속에 이란은 잠이 들었다 깨기를 반복했고, 머릿속에는 편지봉투가 계속 떠올랐다. 왜 우표의 위치가 늘 달랐을까? 이런 의심이 거듭 엄습했고, 불안함이 점점 강렬해졌다. 심지어 송범평처럼 자신의 말에 분명히 책임지는 사람이 상해에 와서 자신을 마중하겠다고 했으면 무슨 일이 있어도 왔을 터인데 오지 않은 것은 필시 무슨 일이 생긴 것이 분명하다는 데 생각이 미쳤다. 그리하여 이란은 점점 더 불안해졌는데, 버스가 우리 류진에 가까워질수록, 차창 밖의 풍경이 익숙해질수록 불안감은 더욱더 강렬해져갔다. 송범평에게 무슨 일이 생겼다는 느낌이 들면서 온몸이 떨려와 두 손으로 얼굴을 감쌌다. 더 이상 구체적인 생각을 할 수도 없이 자신이 곧 무너져내릴 것만 같아 하염없이 눈물만 흘렸다.

버스가 우리 류진의 터미널에 도착하자 이란은 '상해'라고 인쇄된 회색 여행보따리를 든 채 제일 마지막으로 내렸다. 터미널을 나서는 사람들의 제일 끝에서 따라 나오는 두 다리는 마치 납덩이를 매단 것처럼 무거웠고, 한 걸음을 옮길 때마다 죽음의 소식에 다가가는 느낌이 들었다. 극심한 고통 속에 터미널을 나오는 순간, 눈앞에 마치 쓰레기통 속에서 며칠 처박혀 있었을 법한 더러운 사내아이 둘이 그녀를 보고 엉엉 울음을 터뜨렸다. 그 순간 이란은 자신의 예감이 맞았다는 것을 깨달았고, 눈앞이 캄캄해지면서 보따리를 땅에 떨어뜨렸다. 더럽기 그지없는 두 사내아이는 바로 이광두와 송강이었으며, 아이들은 울며불며 이란에게 외쳤다.

"아빠가 죽었어요."

19

이란은 미동도 없이 그 자리에 서 있었고, 이광두와 송강은 울며불며 한 번, 또 한 번 아빠가 죽었다고 외쳤다. 이란은 햇빛이 찬란하게 비치는 한낮이라는 사실을 느끼지 못하는 듯 눈앞이 캄캄했고, 눈이 먼 듯 귀가 먹은 듯 순간 아무것도 보이지 않고 아무 소리도 들리지 않았다. 살아는 있으나 죽은 것이나 마찬가지인 듯 그곳에 10여 분간 서 있다보니 점점 눈이 밝아졌고, 이란의 귀에 두 아이의 울음소리가 천천히 들려왔다. 그렇게 다시 우리 류진의 터미널이 눈에 들어왔고, 지나가는 남자들과 여자들이 눈에 들어왔으며, 이광두와 송강의 모습이 눈에 분명히 들어왔다. 그녀의 두 아이는 얼굴에 온통 눈물과 콧물이 가득한 채 그녀의 옷자락을 끌어당기면서 울며 외쳤다.

"아빠가 죽었어요."

이란은 천천히 고개를 끄덕이며 낮은 목소리로 말했다.

"알았다."

이란은 고개를 떨어뜨린 채 땅에 떨어진 여행보따리를 바라보며 허리를 굽혀 보따리를 집어들려는 순간 그만 바닥에 주저앉고 말았고, 그녀의 옷을 붙잡고 있던 이광두와 송강 역시 땅에 나자빠지고 말았다. 이란은 두 아이를 일으켜 세우며 손으로 보따리를 들고 일어서려 했는데 다시 두 다리가 풀려 주저앉았다. 이때부터 이란은 온몸을 떨기 시작했고, 이광두와 송강은 무서움에 엄마를 보며 손으로 엄마를 흔들면서 불렀다.

"엄마, 엄마……"

이란은 두 아이의 어깨를 짚고 일어나 긴 탄식을 뱉은 후 보따리를 들고 간신히 길을 걷기 시작했다. 한낮의 햇볕에 그녀는 현기증을 느끼며 비틀거렸다. 터미널 앞의 공터를 지나갈 때 검붉은 송범평의 핏자국이 여전히 남아 있고, 밟혀 죽은 파리 여남은 마리도 있었는데, 송강이 손가락으로 땅바닥의 핏자국을 가리키며 이란에게 말했다.

"아빠가 여기서 죽었어요."

아이들은 이미 울음을 멈춘 상태였지만, 송강이 이 말을 마친 후 다시 엉엉 울기 시작하자, 이광두도 터져 나오는 울음을 참지 못했다. 이란은 보따리를 다시 땅바닥에 떨어뜨렸고, 고개를 숙인 채 이미 새까맣게 변한 핏자국을 바라보다 다시 고개를 쳐들어 사방을 두리번거리고 두 아이를 번갈아 보았다. 눈물을 가득 머금은 그녀의 눈길이 어느 한 곳에 머물지 못한 채 도처를 떠돌았다. 그녀는 다시 땅바닥에 무릎을 꿇은 후 보따리에서 옷 한 벌을 꺼내 땅을 덮었다. 그녀는 조심스럽게 파리들을 집어 던져버린 후 두 손으로 검붉은 흙을 떠서 옷 위에 놓았다. 그러고 나서 세세히 살펴본 후 핏물이 들지 않은 흙을 한 알씩 골라내 검붉은 흙만 옷 속에 넣었다. 그녀는 줄곧 그렇게 무릎을 꿇은 채 핏물이 든 흙을 모두 담은 후에도 여전히 그곳에 꿇어앉아 마치 사금을 찾듯 흙을 일구며 흙 속에서 송범평의 혈흔을 찾아내려 애썼다.

그녀가 그렇게 오랜 시간 꿇어앉아 있는 동안 많은 사람들이 모여들어 그녀를 보며 수군거렸다. 그녀를 아는 사람도 모르는 사람들도 있었으며, 송범평이 어떻게 맞아 죽었는지에 대해 말하는 사람들도 있었다. 그들의 이야기는 이광두와 송강도 모르는 이야기였다. 사람들은 몽둥이가 어떻게 송범평의 머리를 가격했는지, 다리가 어떻게 송범평의 가슴을 밟았는지, 맞은 부러진 몽둥이가 어떻게 송범평의 몸을 찔렀는지 전부 이야기했다. 그들의 한마디 한마디에 이광두와 송강은 날카로운 울음을 터뜨렸다. 이란도 그 말들을 들었고, 그녀의 몸은 떨려왔다. 그녀는 몇 차례 고개를 들어 말하는 사람들을 보다가 또다시 고개를 숙인 채 계속해서 송범평의 혈흔을 찾았다. 나중에 간식식당의 소씨 아줌마가 와서 큰 소리로 사람들을 욕했다.

"그만해! 죽은 사람 부인하고 자식들 앞에서 그런 말 하지 마! 당신네들 인간도 아냐!"

그러고 나서 소씨 아줌마는 이란에게 말했다.

"당신은 애들 데리고 빨리 집으로 가요."

이란은 고개를 끄덕이며 검붉은 흙이 가득한 옷을 들어 묶은 후 보따리에 넣었다. 그때가 이미 오후였다. 이란은 보따리를 든 채 앞서 걸었고, 이광두와 송강은 손에 손을 잡은 채 한쪽 어깨가 심하게 기운 엄마를 뒤따라갔다.

이란은 걷는 동안 한마디 말도 없었고, 소리를 지르지도 않았다. 보따리가 무거웠기 때문인지 그저 비틀거릴 뿐이었다. 그럴 때마다 그녀는 잠깐씩 쉬었고, 그럴 때도 아이들을 보면서 한마디 말이 없었다. 두 아이 역시 울지 않았고, 말도 없었다. 길에서 그녀를 아는 사람들이 그녀의 이름을 부를 때도 그저 살짝 고개를 끄덕일 뿐이었다.

이란은 그렇게 아무 말 없이 집으로 돌아왔고, 문을 열자마자 침대 위에 죽은 채로 누워 있는, 살이 터져 피 칠갑이 된 남편의 참담한 모습을 보고 그만 바닥에 주저앉고 말았다. 하지만 이내 일어났다. 그녀는 여전히 울지 않았고, 침대 맡에 선 채로 고개를 저을 뿐이었다. 그러고는 손을 내밀어 천천히 송범평의 얼굴을 쓰다듬었지만, 송범평이 아플까 두려워 황급히 손을 거두었다. 그렇게 팔을 한참 들고 있다가 헝클어진 송범평의 머리칼을 손가락으로 빗어주었고, 그 바람에 머리칼에 엉겨붙어 있던 파리 몇 마리가 떨어졌다. 그녀는 오른손으로 송범평의 몸에 붙어 있던 파리를 한 마리씩 떼어내어 왼손 위에 올려놓았다. 그렇게 오후 내내 이란은 침대 맡에 선 채로 송범평의 시신에 붙어 있던 파리를 떼어냈고, 몇몇 이웃들은 창가에 머리를 들이민 채 이 광경을 지켜보았다. 그 가운데 두 사람은 아예 들어와서 이란에게 말을 걸었으나 이란은 고개를 가로저을 뿐 아무 말도 하지 않았다. 그들이 간 후 이란은 문과 창을 모두 닫아걸었다. 날이 저물고 송범평의 시신에 더 이상 파리가 없는 것처럼 보이자, 이란은 그제야 침대 맡에 앉아 멍하니 창문에 비치는 노을을 바라보았다.

이광두와 송강은 온종일 아무것도 먹지 못한 채 그녀 앞에 서서 훌쩍였다. 그렇게 오랫동안 울고 있었지만 이란은 이제 막 들었다는 듯 두 아이에게 낮은 목소리로 타일렀다.

"그만 울렴. 다른 사람들한테 우리 울음소리를 듣게 하지 마라."

두 아이는 즉시 손으로 입을 틀어막았고, 이광두는 겁먹은 듯 어렵게 입을 열었다.

"우리 배고파요."

이란은 마치 꿈에서 깬 듯 일어나 아이들에게 돈과 양식표를 주면서 알아서 사 먹으라고 했다. 두 아이가 문밖으로 나설 때도 그녀는 여전히 침대 맡에 멍하니 앉아 있었다. 두 아이는 찐빵 세 개를 사서 먹으며 집으로 왔고, 여전히 그 자리에 앉아 있는 엄마에게 나머지 한 개를 건네주었다. 그러자 그녀는 얼빠진 표정으로 찐빵을 바라보며 아이들에게 물었다.

"이게 뭐니?"

그러자 이광두와 송강이 동시에 대답했다.

"찐빵이요."

이란은 그제야 알았다는 듯 고개를 끄덕이며 찐빵을 들어 한 입을 베어 물고는 천천히 씹다가 천천히 삼켰다. 이광두와 송강이 그녀가 찐빵을 먹는 모습을 지켜보고 있었고, 그녀는 다 먹고 나자 아이들에게 말했다.

"가 자거라."

이날 밤 두 아이는 비몽사몽간에 사람이 들락날락하는 소리를 들고 물을 붓는 소리까지 들었는데, 실제 그것은 이란이 밖의 우물에서 물을 긷는 소리였다. 그녀는 물을 길어 송범평의 시신을 깨끗이 닦아 주고 깨끗한 옷으로 갈아입혔다. 두 아이는 마르고 작은 이란이 어떻게 기골이 장대한 송범평의 옷을 갈아입혔는지 상상이 가지 않았고, 언제 잠을 잤는지도 알 수 없었다. 다음 날 이란이 집 밖을 나간 후 이 광두와 송강이 일어나 보니, 집 안 침대 위의 송범평의 모습이 신랑의 모습처럼 깨끗했다. 또한 그의 몸 아래의 침대보도 바뀌어 있었고, 얼굴도 깨끗했지만 푸르면서도 자줏빛이었다.

죽은 송범평은 침대 바깥 편에 누워 있었고, 안쪽의 베갯잇에는 이란의 머리칼이 몇 가닥 남아 있었다. 송범평의 목 위에도 두 가닥이 남아 있는 것으로 보아 간밤에 이란이 송범평의 가슴을 베고 그와의 마지막 밤을 보낸 것이 분명해 보였다. 핏자국이 가득한 옷과 침대보는 침대 아래의 목재 대야에 담겨 있었고, 물 위에는 옷에서 떨어져나온 파리 몇 마리가 떠 있었다.

지난 밤 이란은 비 오듯 눈물을 흘렸다. 그녀는 송범평의 몸을 닦아주면서 온몸 가득한 상처를 보고 부들부들 떨었고 비통한 울음이 몇 번이나 폭발할 뻔했지만 애써 울음을 삼켰다. 울음을 참다 몇 번이나 정신을 잃어도 그때마다 혼신의 힘을 다해 피가 나도록 입술을 깨물며 정신을 다시 추슬렀다. 누구도 그녀가 어떻게 이날 밤을 스스로 미치지 않으며 자신을 억누르면서 보냈는지 상상할 수조차 없었을 것이다. 그리고 나중에 그녀가 침대에 누워 눈을 감았지만 송범평의 가슴에 머리를 기대고 잠이 든 것이 아니라, 깜깜한 밤처럼 깊은 아득함 속으로 빠져든 것이었다. 일출의 빛이 비칠 무렵에서야 그녀는 다시 깨어났고, 슬픔의 심연 속에서 겨우 되살아나왔다.

이란은 충혈된 눈으로 집에 있는 돈을 모두 들고 장의사에게 갔다. 그녀는 남편을 위해 가장 좋은 관을 사고 싶었지만 돈이 부족했다. 그 돈으로는 얇은 합판에 옻칠도 안 한 관을 살 수밖에 없는데다 진열되어 있던 관 네 개 가운데 가장 짧은 관을 살 수밖에 없었다. 한낮이 되어갈 무렵 그녀는 돌아왔고, 그녀 뒤로는 네 명의 남자가 얇은 관을 어깨에 메고 집으로 들어와서 관을 이광두와 송강이 쓰는 침대 옆에 내려놓았다. 이광두와 송강은 두려움에 가득 찬 눈으로 관을 바라보았고, 온 몸에서 퀴퀴한 땀 냄새를 풍기는 남자들은 수건으로 땀을 닦고 밀짚모자로 부채질을 하면서 두리번거리며 큰 소리로 물었다.

"시신은? 시신은 어디 있소?"

이란은 아무 말 없이 방문을 열어주고는 그들을 바라보았다. 그들 가운데 가장 고참인 듯한 남자가 방 안을 들여다보더니 침대에 누워 있는 송범평을 보고는 일행을 향해 손을 흔들자 네 사람이 한꺼번에 방 안으로 들어갔다. 네 사람은 작은 소리로 잠시 뭔가를 의논하더니 손으로 송범평의 두 손과 두 발을 잡은 후 고참의 "들어!"라는 소리에 맞춰 송범평을 들어올렸다. 순간 네 사람의 찡그린 얼굴은 돼지 간처럼 검붉은 색깔로 변했다. 그들은 뒷방 문에 끼이다시피 하며 송범평을 들고 나왔고 그의 몸이 관에 들어갈 때는 더 꽉 끼었다. 송범평의 몸은 관에 들어갔지만 그의 두 다리는 관 위에 걸쳐졌다. 네 남자는 관 옆에서 가쁜 숨을 몰아쉬며 이란에게 물었다.

"이 양반 살았을 때 체중이 얼마나 나갔소?"

이란은 문가에 기댄 채 조그마한 목소리로 알려주었다. 90킬로그램이 넘었다고. 순간 사람들의 표정에 놀란 빛이 역력했고, 고참이 입을 열었다.

"어쩐지 무겁더라. 사람이 죽으면 몸무게가 배가 되니까 1백80킬로그램이네……. 이런 젠장, 허리 빠지겠구먼……."

곧이어 장의사에서 온 네 남자는 서로 주절주절 말을 나누더니 송범평의 다리를 어떻게든 관 안에 넣어보려고 애썼다. 하지만 송범평은 너무 컸고, 관은 짧았다. 네 사람은 땀을 뻘뻘 흘리며 한 시간 동안이나 송범평의 머리를 삐딱하게 해서 최대한 위쪽으로 붙여 넣어보려 했지만 두 다리는 여전히 들어가지 않았다. 그러자 그들은 송범평의 몸을 옆으로 눕혀서 두 손으로 두 다리를 껴안게 하면 들어갈 수 있을 것 같다고 했다.

하지만 이란은 반대했다. 그녀 생각에 망자는 인간세상을 보고 싶어 할 테니 얼굴이 위로 향한 채로 관에 들어가야 한다고 했다.

"옆으로 눕히면 안 돼요. 옆으로 눕히면 구천에서 우리를 볼 수 없잖아요."

고참이 말했다.

"얼굴이 위를 향해도 못 봐요. 위에 관 뚜껑이 있고, 흙도 있는데……. 그리고 사람이 엄마 배 속에 있을 때부터 두 손으로 다리를 껴안고 있으니, 죽어서도 그렇게 하고 있으면 얼마나 좋아요. 세상에 다시 오기도 훨씬 더 쉽고."

이란은 여전히 고개를 가로저으며 뭔가를 말하고 싶은 얼굴이었지만, 네 남자는 벌써 몸을 일으켜 영차, 영차 소리를 내며 관 속의 송범평을 옆으로 돌려 눕히려 했다. 하지만 관은 너무 좁고, 송범평의 몸은 넓고 두터운데다 다리 또한 길었다. 그리하여 송범평을 엄마 배 속에서처럼 옆으로 눕혀 무릎을 안게 해도 전부 다 집어넣을 수는 없었다. 네 남자는 힘에 겨운 듯 머리를 흔들어댔고, 땀은 얼굴에서 가슴까지 흘러내렸다. 사람들은 러닝셔츠를 걷어올려 땀을 훔치면서 욕설을 내뱉었고, 이란에게도 투덜댔다.

"이런 제길, 이게 무슨 관이야. 니미럴, 발 닦는 대야보다 별로 크지도 않은 게……."

이란은 괴로움에 고개를 떨어뜨렸고, 네 남자는 벽에 기대거나 앉은 채 잠시 쉬다가 또 뭔가를 의논하고 나서 그 가운데 고참이 이란에게 말했다.

"이 방법밖에 없어요. 무릎을 부러뜨려서 장딴지를 굽혀 넣는 거예요. 이렇게 해야 집어넣을 수 있을 것 같소."

하얗게 질린 이란은 무서움에 고개를 가로저었고, 부들부들 떨며 입을 열었다.

"안 돼요. 그렇게는 안 돼요……."

"그럼 방법이 없어요."

네 남자는 이렇게 말하면서 일어나 멜대와 밧줄을 거두더니 머리를 절레절레 흔들고 손사래를 치며 더 이상 일하기가 어렵다고 했다. 그들이 집 밖으로 나가자 이란도 따라 집 밖으로 나서며 애원했다.

"다른 방법 없을까요?"

그들은 고개를 돌리며 대답했다.

"없어요. 봤잖아요."

장의사에서 온 네 남자가 멜대와 밧줄을 들고 골목 안으로 들어가자 이란은 애처롭게 그들의 뒤를 계속 따라갔다.

"다른 방법 없을까요?"

그들의 대답은 단호했다.

"없어요."

네 사람이 골목을 나섰을 때 이란이 여전히 그들을 따라오자 고참이 발길을 멈추고 이란에게 말했다.

"생각 좀 해보세요. 세상에 어디 죽은 사람 두 다리가 관 밖으로 나와 있는지. 어떻게 하든 다리가 관 밖으로 나오는 것보다는 나아요."

이란은 순간 슬픔에 젖은 채 고개를 떨어뜨리며 말했다.

"그렇게 할게요."

네 남자가 다시 돌아왔고, 불쌍한 이란은 그들의 뒤를 따르며 아무런 말도 없이 연방 고개를 가로저었다. 그리고 아무런 말도 없이 관 앞에 이르러, 아무런 말도 없이 관 속의 송범평을 잠시 바라보았다. 그러고는 몸을 굽혀 두 손을 관 안으로 넣어 조심스럽게 송범평의 바짓단을 접기 시작했고, 바짓단을 접다가 또다시 송범평 장딴지의 상흔들을 보고는 온몸을 부들부들 떨었다. 그녀는 고개를 들었을 때 이광두와 송강을 보고는 두려움에 찬 두 아이의 눈을 가려주고 고개를 떨어뜨린 채 두 아이의 손을 잡아끌고 뒷방으로 들어갔다. 이란은 방문을 닫고 침대에 앉은 채 눈을 감았다. 이광두와 송강은 그녀의 양쪽에 앉았고, 그녀는 손으로 두 아이의 어깨를 감싸주었다.

고참인 사람이 밖에서 방 안을 향해 소리쳤다.

"부러뜨립니다!"

이란은 마치 감전된 것처럼 몸을 심하게 한 번 떨었고, 이광두와 송강 역시 따라 떨었다. 그때 집 밖에는 많은 사람들이 서 있었다. 개 중에는 이웃에 사는 사람들과 지나가던 사람들, 이웃들과 지나가던 사람들이 불러온 사람들까지 새까맣게 모여들어 집 밖에 진을 치고 있었는데 몇몇은 인파에 떠밀려 집 안까지 들어왔다. 사람들이 밖에서 웅성거리는 가운데. 장의사에서 온 사람들이 송범평의 무릎을 부러뜨리기 시작했다. 이란과 두 아이는 그들이 송범평의 무릎을 어떻게 부러뜨릴지 상상조차 할 수 없었다. 바깥 사람들은 벽돌로 부러뜨리겠다고 했다가 벽돌이 박살났다고 했고, 또 식칼의 칼등으로 친다고 했다가 나중에는 다른 걸로 부러뜨리자고 했다. 바깥 소리는 참으로 시끄러워서 도대체 뭐라고 하는지 알 수가 없이 그저 왕왕대는 소리만 들렸다. "우드득" 하는 소리가 났고 곧이어 간간이 아주 무거운, 가라앉는 듯한 소리가 이어지더니 가끔 분명한 소리가 났는데, 그것은 바로 뼈가 부러질 때 나는 소리였다.

이광두와 송강은 모진 광풍에 흔들리는 나뭇잎처럼 덜덜 소리를 내며 떨었고, 두려움에 떠는 자신들의 몸뚱이를 쳐다보면서도 왜 이렇게 떨리는지 알 수 없었다. 나중에서야 자신들의 손을 꼭 잡고 있는 이란의 손이 덜덜 떨고 있는 것을 발견했다. 이란의 몸은 마치 엔진처럼 심하게 덜덜거리고 있었다.

바깥의 네 남자는 결국 송범평의 굳건한 두 무릎뼈를 부러뜨렸고, 고참인 남자가 관 속의 벽돌 조각을 주워내라고 하는 소리가 들렸다. 잠시 후 그 남자는 다시 바짓단을 내려서 부러진 장딴지를 덮어주라고 했다. 그러고는 안쪽 방문을 두드리며 이란에게 말했다.

"나와서 한번 보세요. 이제 관 뚜껑을 닫아야 합니다."

이란은 몸을 벌벌 떨면서 일어나, 벌벌 떨면서 문을 열었고, 벌벌 떨면서 밖으로 나왔다. 그녀가 얼마나 힘겹게 관 앞까지 걸어갔는지 하늘만이 알 것이다. 그녀는 남편의 부러진 장딴지가 넓적다리 위에 얹혀진, 마치 다른 사람의 다리가 올려진 듯한 모습을 보고 몇 차례 비틀거렸지만 쓰러지진 않았다. 그들이 바짓단으로 가려놨기 때문에 그녀는 송범평의 부러진 무릎을 보진 못했지만, 뼛조각들과 관 바닥,

옆면에 붙은 살점들을 보며 두 손으로 관을 붙든 채 가없는 눈길로 송범평의 얼굴을 바라보았다. 퉁퉁 부어올라 완전히 변한 얼굴 위로 송범평이 생기발랄하게 웃는 모습과 뒤돌아보며 손을 흔드는 모습이 생생하게 떠올라 마치 살아 있는 모습처럼 눈에 선했다. 이란의 일생의 사랑은 사방에 인적이라고는 없는 황량한 거리를 걸어 서둘러 황천을 향해 가고 있었다.

뒷방의 침대에 앉아 있던 이광두와 송강의 귀에 이란의 떨리는 목소리가 들려왔다.

"덮어주세요."

20

이광두와 송강은 도대체 어떤 힘이 이란을 그토록 강인하게 만들었는지 영원히 알 수 없었다. 장거리 버스터미널에서 나와 엉엉 울고 있는 이광두와 송강을 보고 나서 땅바닥에 꿇어앉아 피로 얼룩진 흙을 수습했고, 집으로 와 피 칠갑을 한 시신을 보았으며, 관을 사서 돌아온 뒤 장의사에서 온 네 남자가 송범평의 다리를 분질러버렸어도 그녀는 시종 울지 않았다. 송범평의 다리가 분질러졌을 때 이광두와 송강은 몇 번이나 울음이 터질 듯 입이 벌어졌으나 다른 사람들에게 울고 있다는 사실을 알리지 말라는 이란의 말을 떠올리며 간신히 입을 다물었다.

이날 밤 이란은 초상을 치르는 류진 사람들이 하는 풍습대로 두부 밥을 지었다. 이란은 양푼에 가득 두부 밥을 해서 식탁 가운데 놓고 채소볶음을 한 뒤 날이 저물어 불을 켜고 나서 아이들을 불러 함께 식탁 앞에 앉았고, 옆에 있는 송범평의 관 위에는 기름등을 밝혀주었다. 송범평이 저승길을 걸을 때 넘어지지 않도록 장명등(長明燈)을 밝혀준 것이다.

오후 내내 이란은 아무 말도 없었고, 이광두와 송강 역시 감히 입을 열지 못하였으므로 집 안에는 정적만이 가득했다. 이란이 밥과 반찬을 할 때 두 아이는 비로소 달그락거리는 소리를 듣고 피어오르는 열기를 볼 수 있었다. 이란이 상해에서 돌아와 처음으로 하는 밥이었다. 그녀는 석유풍로 앞에 선 채로 눈물을 흘렸지만 한 번도 손을 들어 눈물을 닦지 않았다. 그녀가 양푼에 담은 두부 밥과 채소볶음을 식탁에 올려놓았을 때 이광두와 송강은 그녀가 눈물을 펑펑 흘리는 모습을 보았고, 밥을 담아줄 때도 여전히 눈물을 펑펑 쏟아내는 것을 보았다. 그리고 그녀는 몸을 돌려 젓가락을 가지러 갔다. 그녀는 전등 불빛의 그림자 속에 한참을 서 있다가 여섯 개의 나뭇가지를 들고 식탁 앞으로 오면서 또 펑펑 눈물을 쏟아냈다. 그녀는 마치 꿈을 꾸는 듯한 표정으로 눈물을 쏟으며 걸상에 앉았고, 눈물을 쏟으며 손에 든 젓가락을 바라보았는데, 송강이 떨리는 목소리로 말했다.

"그건 옛사람들이 쓰던 젓가락이에요."

그녀는 눈물을 쏟으며 두 아이를 바라보았고, 두 아이가 젓가락의 내력에 대해 이야기를 해주자 그제야 손으로 온 얼굴에 범벅인 눈물을 깨끗이 닦은 후 옛사람들이 쓰던 젓가락을 이광두와 송강에게 나눠주면서 차분하게 말했다.

"옛날 사람들이 쓰던 젓가락 참 좋구나."

그녀는 관을 보면서 마치 송범평이 그곳에 앉아 그녀를 바라보는 듯 친근한 미소를 지어 보였다. 그녀는 밥그릇을 들어올리며 다시 눈물을 흠뻑 쏟아냈다. 그녀는 아무 말 없이 눈물을 흘리며 밥을 먹었다. 송강의 눈물이 밥그릇 속으로 흘러드는 걸 본 이광두도 같이 눈물을 흘렸다. 세 사람은 소리 없이 흐느끼며, 소리 없이 식사를 했다.

두부 밥을 먹은 다음 날, 이란은 정성껏 세수를 하고 머리를 빗었다. 깔끔하게 단장한 그녀는 이광두와 송강의 손을 잡고서 고개를 들고 가슴을 편 채로 집을 나섰다. 그녀는 두 아이의 손을 잡은 채 문화대혁명이 한창인 거리를 걸었다. 온통 붉은 깃발과 구호로 가득한 거리를 그녀는 거침없이 걸었고, 많은 사람들이 손가락질해도 그녀는 본체만체했다. 이란은 먼저 포목점에 갔다. 다른 사람들이야 모두들 붉은 깃발과 붉은색 완장용 천을 샀지만, 그녀는 검은색과 흰색 천을 샀다. 포목점에 있던 사람들은 호기심 어린 눈길로 그녀를 쳐다보았고, 그 가운데 한 사람이 그녀가 송범평의 부인이라는 걸 알아보고 다가서서 주먹을 들어올리며 그녀를 타도하자는 구호를 외쳐댔다. 그녀는 차분하게 돈을 치르고 나서 검정색과 흰색 천을 말아 가슴에 받쳐 들고 포목점을 나섰다.

그 후 이광두와 송강은 이란의 옷자락을 잡은 채 그녀의 걸음에 맞춰 사진관으로 갔다. 이란은 송범평의 물건들을 정리하다가 그 파란색 영수증을 발견하고는 손에 든 채 한참을 생각하다가 그녀가 상해로 떠나기 전 찍었던 가족사진을 떠올렸다. 송범평이 그때까지 사진을 찾지 않은 걸 보면 그녀가 상해에 도착하자마자 일이 생긴 게 틀림없다고 생각했다.

사진관 주인은 영수증을 든 채 한참을 찾고 나서야 겨우 그들의 가족사진을 찾아냈다. 이란이 사진을 받아드는 순간, 그녀의 손이 심하게 떨렸다. 그녀는 흑백의 천과 함께 사진을 가슴에 받쳐 들고 사진관을 나선 후 계속 고개를 들고 가슴을 편 채 거리를 걸었다. 그 순간 그녀는 이광두와 송강이 뒤따라오고 있다는 것도 잊어버렸다. 그녀의 머릿속은 온통 송범평의 웃음소리와 웃는 모습으로 가득했다. 송범평이 조명 배치를 다시 시키고 사진사에게 셔터를 누를 순간을 지시하고 나서, 네 식구가 신나게 사진관을 나와 버스터미널로 나섰던 날의 기억들. 그녀가 터미널에서 송범평과 손을 흔들며 작별인사를 했을 때가 그들의 마지막이었고, 그녀가 상해에서 돌아왔을 때 송범평의 웃음과 웃는 얼굴은 더 이상 존재하지 않았다.

이란은 앞으로 걸었지만, 사진을 받쳐 든 그녀의 손은 쉼 없이 떨렸다. 그녀는 봉투 안에서 가족사진을 꺼내지 않으려고 스스로를 억눌렀다. 그렇게 애써 자신의 격한 감정을 억누르며 걸었지만, 송범평이 일찍이 위풍당당하게 붉은 깃발을 흔들었던 다리에 다다랐을 즈음 시위 대열이 그녀의 갈 길을 막아서는 바람에 그녀는 더 이상 참지 못하고 봉투 속의 사진을 꺼내보고 말았다. 첫눈에 송범평의 행복하게 웃음 짓는 얼굴을 보았지만 나머지 세 식구의 웃는 얼굴이 눈에 들어오기도 전에 그녀는 그만 무너져내렸다. 지난 사흘 동안 거대한 슬픔과 고통을 견뎠고 게다가 꿋꿋하기까지 했는데, 사진 속 생생한 송범평의 웃는 얼굴을 보자마자 그녀는 한순간에 무너져버렸고, 그대로 땅바닥에 쓰러졌다.

그때 이광두와 송강은 이란의 옷자락을 잡은 채 뒤편에 서 있었는데, 그녀의 몸이 갑자기 사라지고 앞에 웬 남자의 놀란 얼굴이 보이자 두 아이는 그제야 땅바닥에 쓰러진 엄마를 발견했다. 이광두와 송강은 엉엉 울며 쪼그려 앉아, 엉엉 울며 엄마를 흔들어보았지만, 그녀는 눈을 감은 채 미동도 하지 않았다. 이광두와 송강은 처절한 울음을 터뜨렸고 주위 사람들은 갈수록 늘어났다. 두 아이는 땅바닥에 무릎을 꿇은 채 도와주는 이 하나 없는 가운데 울며 사람들에게 자신들의 엄마를 구해달라고 했다. 그들은 엄마가 기절한 줄도 모르고 엉엉 울며 주변 사람들에게 물었다.

"엄마가 왜 쓰러진 거예요?"

주변 사람들은 그대로 서 있을 뿐 다가와 앉는 사람이 하나 없었다. 사람들이 그저 웅성웅성 뭔 말인가 떠드는 가운데 한 사람이 허리를 굽혀 두 아이에게 말했다.

"눈꺼풀을 뒤집어봐라. 안에 동공이 커졌니?"

이광두와 송강은 허둥지둥 엄마의 눈꺼풀을 뒤집어보았지만 동공과 안구가 어떤 건지 전혀 알지 못하는지라 그저 고개를 쳐들면서 대답했다.

"동공이 무지 커요."

"동공이 커졌으면 죽었을지도 모른다."

두 아이는 엄마가 죽었을지도 모른다는 말에 자기들도 모르게 둘이 부둥켜안고 목 놓아 울기 시작했다. 이때 다른 한 사람이 허리를 굽히면서 아이들에게 말했다.

"울지 마라, 울지 마. 꼬마들이 동공이 뭔지 어떻게 알겠니. 너희는 분명 안구를 보고 동공이라 그랬을 게다. 너희 엄마 맥박을 짚어보렴. 맥박이 뛰는 한 안 죽은 거니까."

이광두와 송강은 즉각 울음을 멈추고 황급히 그 사람에게 물었다.

"맥박이 어디예요?"

그 사람은 왼손을 들고 오른손 손가락으로 맥박이 뛰는 곳을 가리키며 말했다.

"바로 여기 손목 부분이다."

이광두와 송강은 각자 이란의 한 손을 잡고 손목을 더듬으며 맥박이 뛰는 곳을 찾았지만 찾지 못했고, 그 사람이 물었다.

"뛰니, 안 뛰니?"

이광두가 머리를 가로저으며 대답했다.

"안 뛰어요."

이광두는 말을 마치고 나서 긴장된 눈빛으로 송강을 바라보았고, 송강 역시 고개를 흔들며 대답했다.

"안 뛰어요."

그러자 그 사람은 허리를 펴며 말했다.

"그럼 진짜 죽었나 보다."

이광두와 송강은 절망한 나머지 입이 찢어져라 벌린 채 울음을 터뜨렸다. 그렇게 한바탕 울고 나서 동시에 울음을 멈추었다가 곧이어 다시 폭발하듯 동시에 날카로운 울음을 터트렸다. 송강이 울면서 소리쳤다.

"아빠가 죽더니 이제 엄마까지 죽었어."

이때 동 철장이 나타났다. 그는 밖에서 사람들을 헤집고 들어와 쪼그려 앉더니 두 아이를 흔들면서 울지 말라고 소리치며 말했다.

"무슨 놈의 맥박이 뛰니 안 뛰니 한다는 거야. 그건 의사들 말이고, 너희 꼬마들이 뭘 안다고. 내 말 들어라. 귀를 가슴에 대봐라. 안에서 심장 뛰는 소리 들리니?"

송강이 눈물과 콧물을 훔치며 머리를 이란의 가슴에 대보고 잠시 소리를 들어보더니 고개를 쳐들고서 긴장한 눈빛으로 이광두에게 말했다.

"뛰는 것 같아."

이광두도 잽싸게 눈물과 콧물을 훔치고 나서 머리를 이란의 가슴에 대보더니 심장이 뛰는 소리를 듣고 나서 고개를 끄덕이며 말했다.

"뛰고 있어."

동 철장이 일어나서 방금 말을 한 두 사람을 야단쳤다.

"당신들 개뿔이나 알긴 뭘 안다고, 괜히 애들만 놀라게 했잖아."

그러더니 동 철장은 고개를 숙여 이광두와 송강에게 말했다.

"니들 엄마 안 돌아가셨다. 그냥 기절한 거니까 누워 계시게 두자. 조금 있다가 일어나실 게다."

이광두와 송강은 바로 눈물을 그치고 웃었고, 송강은 눈물을 닦으며 고개를 쳐들면서 동 철장에게 말했다.

"동 철장 아저씨, 복 받으실 거예요."

동 철장은 송강의 말에 아주 흡족한 듯 웃으며 화답했다.

"아주 좋은 말이로구나."

이광두와 송강은 차분하게 이란의 옆에 앉아 있었고, 잠을 자듯 땅바닥에 누워 있는 엄마를 바라보았다. 송강은 땅에 떨어진 사진을 주워서 보고 난 뒤 이광두에게도 보여주고 나서 조심스럽게 봉투에 집어넣었다. 다리 위로 사람들은 점점 더 많이 모여들었고, 많은 사람들이 인파를 헤집고 아이들을 보다가 다른 사람들에게 정황을 물어보고다시 헤집고 나갔다. 두 아이는 차분하게 앉아서 무시로 서로를 힐끔힐끔 쳐다보고 슬쩍 웃음을 지었다. 한참이 지난 뒤 이란이 갑자기 일어나 앉자, 두 아이는 기쁨에 소리를 질렀다. 두 아이는 주변 사람들에게 소리쳤다.

"엄마가 깨어났어요!"

이란은 자신이 땅바닥에서 일어나고 있다는 사실 말고 방금 전까지 무슨 일이 일어났는지 전혀 알지 못했으니 어색한 듯 일어나 몸의 먼지를 열심히 털어낸 뒤 사진과 흑백의 천들을 다시 가슴에 받쳐 든 채로, 이광두와 송강은 다시 그녀의 옷자락을 잡은 채로, 그렇게 세 사람은 고개를 숙인 채 그들을 둘러싼 사람들을 헤치고 밖으로 나갔다. 집으로 가는 길에 이란은 한마디 말도 없었고, 이광두와 송강 역시 아무런 말도 하지 못하고 그들은 이란의 옷자락을 꼭 쥔 채 걸었는데, 죽었다 살아온 엄마 덕분에 더할 수 없이 행복했다. 이광두와 송강은 이란을 잡고 걸으면서 머리를 이란 앞으로 내밀었다가 다시 고개를 돌려 이란의 몸 뒤로 내밀면서 서로를 향해 웃었다.

21

송범평이 죽은 지 나흘째 되던 날, 나이 많은 한 농부가 낡은 수레를 끌고 이란의 집 앞에 왔다. 온통 헝겊으로 덧댄 바지에 러닝셔츠를 입은 그는 문밖에 서서 한마디 말도 없이 집 안의 관을 보며 눈물만 하염없이 흘렸다. 그는 바로 송범평의 부친, 송강의 할아버지였다. 해방 전 수백 마지기의 논밭을 소유했지만 해방 후 농민들에게 전부 나눠주고 이제 달랑 지주 신분만 남은 늙은 지주가 온 것이다. 이제는 가장 가난한 하중농보다도 더 가난한 늙은 지주인 그가 자신의 지주 아들을 거두러 온 것이다.

전날 밤, 이란은 이미 송강에게 짐을 꾸려주었다. 이광두와 송강은 침대에 앉아 묵묵히 엄마가 정리하는 모습을 지켜보았다. '상해'라고 쓰여 있는 회색 여행보따리에서 자신의 옷과 송범평의 피로 얼룩진 흙을 꺼낸 뒤 토끼표 캐러멜을 꺼냈다. 그러고 나서 다시 그녀는 송강의 옷을 보따리에 넣은 뒤 캐러멜 한 봉지를 그대로 다시 넣었다. 그러다가 고개를 돌렸을 때 잔뜩 기대로 가득 찬 이광두의 눈길을 보고는 다시 캐러멜을 끄집어내어 이광두에게 한 줌, 송강에게도 두 개의 캐러멜을 건네주고 난 다음 나머지를 다시 보따리 안에 집어넣었다. 이광두와 송강은 캐러멜을 먹기만 할 뿐 내일 무슨 일이 벌어질지 전혀 몰랐으며, 다음 날 송강의 지주 할아버지가 집 앞에 나타났을 때도 형제가 곧 헤어지게 될 것이라는 사실조차 몰랐다.

이날 오전 그들은 팔뚝에는 검은 상장을, 허리에는 흰색 띠를 두르고 있었다. 송범평의 얇은 관을 낡은 수레 위에, 송강의 보따리와 함께 올려놓았다. 늙은 지주는 백발이 성성한 머리를 떨어뜨린 채 앞에서 수레를 끌었고, 이란은 이광두와 송강의 손을 잡고서 뒤를 따랐다.

이광두의 기억 속에서 그토록 당당한 이란의 표정은 본 적이 없었다. 이광두의 친부는 그녀에게 한과 치욕을 주었지만, 송범평은 사랑과 존엄을 주었다. 이란은 고개를 곧게 쳐든 채 마치 영화 속의 홍색 낭자군(중국 해방전쟁에 참여했던 공산당의 여성군대를 이르는 말―옮긴이)처럼 걸었다. 늙은 지주는 마치 비판 투쟁의 대상이라도 된 듯 허리를 굽힌 채 수레를 끌고, 앞으로 가면서 연방 손을 들어 얼굴에 흐르는 눈물을 훔쳐냈다. 그러다가 그들은 두 무리의 시위 행렬과 맞부딪치게 되었다. 혁명군중은 구호를 멈추고 손에 든 작은 붉은 깃발마저 땅으로 내리며 웅성거리기 시작하더니 네 사람과 수레 위의 관을 쳐다보았다. 그때 붉은 완장을 찬 사람이 다가와 이란에게 물었다.

"관 속에 있는 사람이 누구요?"

이란은 차분하면서도 당찬 목소리로 대답했다.

"내 남편입니다."

"당신 남편이 누군데?"

"송범평입니다. 류진중학교의 선생님이었습니다."

"어떻게 죽었소?"

"사람들한테 맞아 죽었습니다."

"왜?"

"지주였습니다."

이란의 입에서 송범평이 지주였다는 말이 나오자, 이광두와 송강은 몸을 벌벌 떨었고, 앞에 있던 늙은 지주 역시 놀라 눈물조차 훔치질 못했다. 하지만 이란의 어조는 분명했다. 시위 대열의 혁명군중은 발길을 멈춘 채 이 작고 메마른 여인이 뜻밖에도 당차게 말하니 놀랐다. 붉은 완장을 찬 남자가 이란에게 말했다.

"당신 남편이 지주면, 당신은 지주 마누란가?"

이란은 견결한 자세로 고개를 끄덕이며 대답했다.

"그렇습니다."

그 사내는 고개를 돌려 시위 대열의 혁명군중을 보며 소리쳤다.

"봤소? 이렇게 날뜁니다⋯⋯."

사내는 말을 마치자마자 몸을 돌려 손을 들어 이란의 뺨을 후려쳤고, 그 바람에 이란의 머리가 크게 휘청했다. 입에서는 시뻘건 피가 흘러나왔지만, 그녀는 당차게 웃으며 여전히 고개를 꼿꼿이 든 채로 그 사내를 쳐다보았다. 붉은 완장을 찬 사내가 또 한 방을 날렸고, 그녀의 머리는 또 한 번 크게 휘청했다. 하지만 그녀는 여전히 당차게 웃었고, 고개를 꼿꼿이 세운 채 그 사내를 바라보며 입을 열었다.

"다 때렸나요?"

이란의 말에 그 사내는 순간 넋이 나간 듯했고, 희한하다는 듯 이란과 시위 군중을 번갈아가며 쳐다보았다. 그러자 이란이 말했다.

"다 때렸으면 이제 가겠습니다."

"이런 니미럴……."

붉은 완장을 찬 사내는 욕설을 퍼부으며 또다시 이란의 양 뺨을 후려쳤고, 그녀의 얼굴은 또 좌우로 심하게 휘청했다. 그제야 그 사내는 소리쳤다.

"꺼져……."

이란의 입에서는 시뻘건 피가 흘러내렸지만, 그녀는 엷은 미소를 지으며 이광두와 송강의 손을 잡고 앞으로 걸어갔다. 거리의 혁명군중은 얼빠진 듯 그녀를 바라보았고, 그녀는 엷은 미소를 띤 채 사람들에게 알려주었다.

"오늘이 제 남편 하관하는 날입니다."

이 말을 마치자마자 이란의 눈에서는 눈물이 용솟음쳤다. 이때 이광두와 송강 역시 따라 울음을 터뜨렸고, 앞에 있던 늙은 지주 역시 온몸을 부들부들 떨며 울기 시작했다. 하지만 이란은 이광두와 송강을 야단쳤다.

"울지 말라고 했잖니."

그녀는 당찬 목소리로 말했다.

"다른 사람들 앞에서 울지 말라고 했잖니."

두 아이는 손으로 입을 틀어막아 울음소리는 나오지 않게 했지만 눈물은 막을 수 없었다. 이란은 아이들에게 울지 말라고 하면서, 정작 자신은 얼굴에 온통 눈물을 가득 흘리며 엷은 미소를 띤 채 앞으로 걸어갔다.

그들은 남문을 지나 삐걱삐걱 소리를 내는 나무다리를 건너면서부터 매미 소리가 들려오자 이제 흙먼지 날리는 시골길이 시작됐음을 알게 되었다. 한낮이 되어 끝없이 펼쳐진 논밭 가운데서 밥 짓는 연기가 피어올랐고, 여름의 논밭은 텅 비어 마치 하늘 아래 그들 네 사람과 관 속에 누워 있는 송범평뿐인 것처럼 느껴졌다. 송범평의 늙은 부친은 급기야 울음을 터뜨렸고, 마치 밭 가는 늙은 소처럼 허리를 구부린 채 자신의 죽은 아들을 끌고 갔다. 그는 온몸을 벌벌 떨며 앞으로 걸어갔고, 그의 울음소리까지 떨려왔다. 그리고 그의 울음소리에 송강과 이광두도 울었다. 송강과 이광두의 울음소리는 그들의 손가락 틈으로 새어나왔다. 두 손으로 입을 가렸지만, 울음소리는 코에서 조금씩 터져 나왔고, 손으로 코를 막자 이번에는 울음소리가 입에서 새어나왔다. 두 아이가 두려움에 고개를 슬그머니 들어 이란을 바라보자 이란은 아이들에게 말했다.

"울어."

말을 마치자마자 이란의 울음소리가 먼저 울려 퍼졌다. 그것은 이광두와 송강이 처음으로 듣는, 처절함이 극에 달한 날카로운 울음이었다. 그녀는 마음껏, 마치 그녀의 모든 소리를 한꺼번에 쏟아내듯 울었다. 곧이어 송강이 손을 풀자 입 안에서 맴돌던 울음소리가 '왕' 하고 터져 나왔고, 이광두도 따라 마음껏 울기 시작했다. 그들의 방성대곡이 그들의 걸음과 함께했고, 시골길을 걷고 있었기에 그들은 더 이상 걱정하지 않았다. 논밭은 광활했고, 하늘은 높고 아득했다. 그들은 함께 울었다. 그들은 한 가족이었다. 이란은 마치 하늘을 보는 듯 고개를 쳐든 채 목 놓아 통곡했고, 송범평의 부친은 허리를 굽힌 채 고개를 숙이고 마치 눈물 한 방울 한 방울을 땅에 심듯 울었다. 이광두와 송강은 눈물을 한 번 또 한 번 훔치며 송범평의 관 위로 눈물을 흩뿌렸다. 그들은 그렇게 마음껏 울었고, 그들의 폭발적인 울음에 근처 나무에 앉아 있던 참새들이 놀라 마치 물보라처럼 날아갔다.

그렇게 한참을 울며 걷다가 송범평의 부친이 터져 나오는 울음 때문에 정말이지 더 이상 걸을 수 없는 상황이 되어 수레를 내려놓고 땅에 쪼그린 채로, 허리가 다 아플 지경에 이를 때까지 계속 울었고, 꼼짝도 할 수 없을 정도로 울고 또 울었다. 그들은 발길을 멈춘 채 울음이 잦아들 때까지 기다렸다. 이란은 눈물을 훔친 후 이제부터 자신이 수레를 끌겠다고 했지만, 송범평의 부친은 아들의 마지막 길을 자신이 배웅하겠다며 이를 받아들이지 않았다.

이후부터 그들은 울지 않았고, 수레만 삐걱댈 뿐 아무 소리 없이 걸었다. 그들이 송범평이 태어난 마을에 도착하자 후줄근한 옷을 입은 몇몇 친척들이 마을 입구에서 묘를 파놓고 쟁기와 삽을 든 채 기다리고 있었다. 송범평은 마을 입구의 느릅나무 아래에 묻혔다. 송범평의 관이 무덤 안으로 들어가자 친척들이 흙을 덮어주었는데, 늙은 부친은 옆에 무릎을 꿇고 앉아 흙 속에 섞여 있는 돌들을 주워 밖으로 내었고, 이란도 함께 무릎을 꿇고 앉아 돌들을 골라냈다. 무덤이 채워지고 봉분이 솟아오르기 시작하면서 돌을 골라내던 두 사람의 몸 역시 서서히 일어났다.

일을 마친 후 그들은 송범평의 부친이 사는 초가집으로 갔다. 초가집 안에는 침대와 낡디낡은 옷장, 그리고 밥을 먹는 초라한 탁자가 놓여져 있었다. 몇몇 가난한 친척들이 식탁에서 밥을 먹었고, 이광두와 송강도 짠지뿐인 맨밥을 먹기 시작했다. 송범평의 부친은 집 안 구석 앉은뱅이 걸상에 앉아 고개를 떨어뜨린 채 밥은 입에도 대지 않고 눈물만 훔치고 있었다. 이란 역시 젓가락을 들지도 않고 그 낡은 옷장을 연 후 송강의 여행보따리에서 옷을 꺼내 잘 개어 넣었고, 이광두는 그녀가 토끼표 캐러멜도 옷장에 넣는 걸 지켜보았다. 옷을 넣은 후 그녀는 뭘 해야 할지 몰라 옷장 옆에 선 채 멍한 표정으로 두 아이를 바라보고 있었다.

밥을 다 먹은 가난한 친척들이 돌아간 후 초가집 안에 그들 네 사람만이 남았을 때도 소리 없는 오후는 계속되었다. 이광두는 집 밖의 나무들과 저수지를 보았고, 참새들이 나뭇가지 위로 날아다니는 것과 제비가 처마 밑을 날아 오가는 모습을 송강과 함께 보고 있었다. 두 아이 모두 나가고 싶었지만, 감히 그렇게 하지는 못하고 걸상에 앉은 채 비통에 잠긴 이란과 송범평의 부친을 몰래몰래 훔쳐보고만 있었다. 잠시 후 이란이 날이 저물기 전에 성안에 도착해야 하니 이젠 일어나야겠다고 말하자, 송범평의 부친은 비틀비틀 몸을 일으켜 옷장 앞으로 가더니 안에서 작은 단지를 꺼내 안으로 손을 집어넣어서는 볶은 누에콩 한 줌을 집어 이광두의 바지 주머니에 넣어주었다.

그들은 다시 마을 입구로 나왔고, 솟아오른 송범평의 봉분 위로 나뭇잎 몇 개가 떨어져 있자 이란이 다가가 이파리들을 옆으로 치웠다. 이란은 울지 않는데, 두 아이의 귀에는 그녀가 고개를 숙인 채 봉분을 향해 속삭이는 말소리가 들려왔다.

"아이들이 다 크고 나면 나도 당신과 함께할게요."

이란은 몸을 돌려 송강 앞으로 오더니 쪼그려 앉아 송강의 얼굴을 쓰다듬었고, 송강 역시 이란의 얼굴을 쓰다듬었다. 이란은 송강을 끌어안으며 참지 못하고 울음을 터뜨렸다.

"아들, 할아버지 잘 보살펴드려. 할아버지가 연세가 많으셔서 널 곁에 두고 싶어 하시거든……. 아들……, 엄마가 자주 보러 올게……."

송강은 이란이 왜 이런 말을 하는지 알 수 없었지만 고개를 끄덕였고, 다시 고개를 들어 이광두를 쳐다보았다. 이란은 송강을 끌어안고 한참을 운 후 눈물을 훔치며 일어났다. 송범평의 부친이 뭐라 말할 듯 입을 들썩이다가 아무 말도 없자 그녀는 몸을 돌려 이광두의 손을 잡아끌었다.

이란은 이광두의 손을 잡고 시골 흙길을 걸으며 뒤돌아보지 않았다. 그녀의 발걸음은 마치 두 자루의 대걸레가 땅을 훑고 지나가듯 무거웠다. 그 순간에도 이광두는 여전히 송강과 헤어진다는 사실을 모르고 있었고, 한쪽 손을 이란에게 이끌린 채 몸을 뻐딱하게 한 상태로 송강을 바라보며 속으로만 왜 함께 가지 않는지 의아해했다. 송강의 할아버지는 송강의 손을 붙들고 있었고, 송강은 아버지의 무덤 앞에 선 채 왜 자신이 남았는지 알지 못하고 이광두와 이란이 천천히 가는 모습을 바라보고 있었다. 이란과 이광두의 모습이 점점 멀어지고 있을 때 고개를 들어보니 할아버지가 이광두와 이란을 향해 손을 흔들어 작별하고 있었다. 송강도 머뭇거리며 손을 들었다. 그의 손은 어깨 근처에서 쭈뼛쭈뼛 흔들렸다. 이광두는 이란의 손에 이끌려가면서도 계속 고개를 돌려 송강을 보았는데, 멀리서 송강이 자신을 향해 손을 흔드는 모습을 보며 자신도 손을 어깨 근처로 가져가 흔들었다.

22

이광두는 그때부터 늘 혼자였다. 이란은 아침 일찍 나가 저녁 늦게 돌아왔다. 그녀가 다니던 실공장은 벌써부터 생산을 중단하고 혁명을 수행하는 중이었는데, 그녀는 송범평이 남겨준 지주 마누라라는 신분 때문에 공장에 가서 매일 비판투쟁을 감수해야 했다. 이광두는 송강이 없자 같이 놀 사람이 없어서 종일 강물 위를 떠다니는 나뭇잎처럼, 길거리에 날아다니는 종잇조각처럼 온 동네를 쏘다녔지만 무료하고도 가련해 보였다. 뭘 해야 할지도 모르겠고, 그냥 그렇게 쏘다니다가 피곤하면 앉아서 쉬다가, 목이 마르면 아무 수도꼭지나 틀어 물을 마시고, 배가 고프면 집으로 가 식은 밥에 남은 반찬을 얹어서 먹었다.

이광두는 세상이 어떻게 돌아가는지 알지 못했다. 무산계급의 문화대혁명으로 인해 거리에 고깔모자를 쓴 사람과 목에 나무널빤지를 건 사람들이 갈수록 많아졌다. 간식식당의 소씨 아줌마도 창녀라는 명목으로 끌려나와 비판투쟁을 당했다. 남편도 없는데 딸이 하나 있으니 창녀라고 했다. 하루는 멀리 길 구석에 붉은 머리 여자가 긴 걸상에 올라가 있는 걸 보고는 이제껏 붉은 머리칼은 본 적이 없어 호기심에 달려가 보았더니 머리에 피가 엉겨붙어 그렇게 보인 것이었다. 그녀는 가슴까지 내려오는 나무널빤지를 목에 건 채 걸상 위에 올라가 있었고, 그 옆에는 이광두보다 몇 살 많은 소매라는 이름의 딸이 엄마의 옷자락을 붙잡고 서 있었다. 이광두는 소씨 아줌마 바로 아래까지 간 뒤 머리를 들어 그녀의 숙인 얼굴을 보고 나서야 그녀가 간식식당의 주인 아줌마라는 걸 알아보았다.

소씨 아줌마 옆에 또 하나의 긴 걸상이 있었는데, 그 위에서 고개를 숙인 채 서 있는 사람은 장발 손위의 아버지였다. 전에 송범평과 대판 싸움을 벌인 적이 있던, 붉은 완장을 차고 창고 앞에서 으스대던 사람이 이제는 고깔모자를 쓰고 나무널빤지를 걸고 있었다. 손위의 할아버지가 해방 전에 우리 류진에서 쌀가게를 하다가 전쟁 통에 문을 닫았는데 문화대혁명이 확산되면서 손위의 부친까지도 자본가로 꼽힌 것이다. 그의 가슴에 있는 나무널빤지는 지주 송범평의 그것보다 훨씬 컸다.

장발 손위도 이광두처럼 고독했다. 그의 부친이 고깔모자를 쓰고 나무널빤지를 건 채 계급의 적이 된 후 그의 두 친구 조승리와 류성공은 즉시 제 갈 길을 가버렸다. 손위는 더 이상 쓸어차기 연습을 하지 않았고, 길거리에서 쓸어차기 연습을 하는 건 조승리와 류성공뿐이었다. 조승리와 류성공은 이광두를 볼 때마다 음흉한 웃음을 지어 보였는데, 그럴 때면 이광두는 그들이 또 자신을 자빠뜨리고 싶어한다는 걸 알아차리고 잽싸게 도망쳤다. 도망치다 잡힐 것 같다 싶으면 잽싸게 땅바닥에 털썩 주저앉아 양껏 새끼 양아치 티를 내며 말했다.

"벌써 땅바닥에 앉았지롱."

절세의 기술을 발휘할 수 없게 된 조승리와 류성공은 이광두를 발로 차며 욕을 했다.

"쌍놈 자식……."

예전에는 그냥 '자식'이라고 부르더니 이제는 '쌍놈 자식'이 되어 버렸다. 이광두는 장발의 손위를 자주 보았는데, 그는 늘 혼자 고개를 삐딱하게 한 채 돌아다녔고, 자주 다리 난간에 비스듬히 기대 있곤 했다. 그를 부르는 사람도 없었고, 그의 어깨를 두드리는 이도 없었으며, 조승리와 류성공도 그를 보면 모르는 사람 대하듯 했다. 오직 이광두만이 예전과 마찬가지로 그를 보면 도망치지 않고 땅바닥에 엉덩이를 털썩 깔고 주저앉았고, 그도 예전처럼 이광두를 '자식'이라고 불렀지 앞에 '쌍놈'이라는 말을 붙이지 않았다.

이광두는 이제 도망가는 것도 지겨웠다. 매번 도망칠 때마다 숨도

가쁘고 가슴속으로 바깥의 역겨운 공기도 들어와서 아무리 생각해도 그냥 바닥에 털퍼덕 주저앉아 편하게 지나가는 사람들 구경하는 것만 못하다고 생각했다. 그리하여 이광두는 그 후로 장발 손위를 볼 때면 마치 자리를 빼앗듯이 땅바닥에 털퍼덕 주저앉아 의기양양하게 손위에게 이렇게 말하곤 했다.

"벌써 땅바닥에 앉았지롱. 그냥 한번 발길질이나 하고 가셔요."

그런데 이번에는 장발 손위가 실실 웃으며 발로 이광두의 엉덩이를 톡톡 건드리면서 말했다.

"야, 자식아, 왜 나만 보면 땅바닥에 주저앉냐?"

그 말에 이광두가 약은 목소리로 대답했다.

"나를 자빠뜨릴까 봐 그러지롱."

장발 손위는 여전히 실실 웃으며 말했다.

"일어나, 이 자식. 안 자빠뜨릴 테니까."

하지만 이광두는 고개를 가로저으며 말했다.

"간 다음에 일어날 거야."

"이런 젠장, 절대 안 자빠뜨릴 테니 일어나라니까."

이광두는 그의 말을 믿을 수 없었다.

"난 앉아 있는 게 편하다니까요."

"이런 니미럴."

그는 욕 한마디를 뱉고 나서 가버렸다. 가면서도 여전히 모 주석의 시구를 읊었다.

"창망한 대지여, 내 묻노니, 그 누가 흥망을 논하느뇨?"

고독하기 마찬가지인 두 사람은 길거리에서 자주 마주쳤고, 이제 이광두는 멀리서부터 손위를 봐도 도망치지 않고 그냥 땅바닥에 주저앉았는데, 손위는 그때마다 실실 웃기만 할 뿐 별다른 행동을 하지 않았다. 하지만 이광두는 여전히 그의 두 다리가 가할 불의의 일격에 대해 경계심을 늦추지 않았다. 그러다가 이광두가 경계를 늦추고 있던 어느 날 한낮, 그즈음은 성안의 많은 집들이 수도꼭지에 자물쇠를 채워둘 때여서 목이 마른 이광두가 수도꼭지를 찾아다닌 끝에 여덟 번째 만에 자물쇠를 채우지 않은 수도를 찾아 배가 터지도록 수돗물을 마시고 땀에 전 머리를 씻었다. 그가 막 수도꼭지를 잠갔을 때 바로 뒤에서 누군가가 다가오더니 수도꼭지를 틀어 또 한참 동안 꿀꺽꿀꺽 마셨다. 수도꼭지를 마치 사탕수수를 물듯 입에 대고 머리를 삐딱하게 기울인 채 엉덩이를 쳐들고서는 물을 마시면서 방귀까지 뀌어댔다. 이광두가 깔깔대며 웃자, 물을 다 마신 다음 몸을 곧추세운 그 사람이 이광두에게 말했다.

"야, 자식아, 왜 웃어?"

그제야 이광두가 얼굴을 확인하고 보니 장발 손위였다. 그 순간 이광두는 너무 웃겨서 깔깔대며 웃느라고 앉는 걸 잊고 그대로 손위에게 대답했다.

"방귀 소리가 꼭 코 고는 소리 같아."

손위는 실실 웃으며 수돗물을 약하게 틀어놓은 뒤 손가락에 물을 묻혀 계속 긴 머리칼을 정리하면서 이광두에게 물었다.

"다른 놈은 어디 갔냐?"

이광두는 송강에 대해 묻고 있다는 걸 알고 대답했다.

"그 애는 시골로 갔어."

손위는 고개를 끄덕이며 수도꼭지를 잠갔다. 그는 머리를 흔들며 이광두를 향해 손을 흔들어 자기와 함께 가자고 했다. 이광두는 그를 따라 두 걸음을 걸은 뒤 갑자기 그의 쓸어차기가 생각난 듯 잽싸게 땅바닥에 앉았다. 손위는 몇 걸음을 걷다가 이광두가 따라오지 않아 돌아보니 이광두가 땅바닥에 주저앉아 있어서 이상하다는 생각이 들어 물었다.

"야, 자식아, 뭐하냐?"

이광두는 손위의 두 다리를 가리키며 대답했다.

"쓸어차기."

그러자 손위가 너털웃음을 터뜨렸다.

"자빠뜨리려고 했으면 벌써 자빠뜨렸지."

이광두가 가만히 생각해보니 그 말이 맞는 것 같았지만 여전히 미덥지 않아 슬쩍 떠보았다.

"방금은 까먹은 거죠."

그는 손사래를 치며 말했다.

"아냐! 일어나, 안 자빠뜨린다니까. 우리는 이제 친구야."

이광두는 "우리는 이제 친구야."라는 말에 감격한 나머지 하마터면 펄쩍 뛰어오를 뻔했다. 손위는 확실히 그를 자빠뜨리지 않고 손까지 이광두의 어깨에 두른 채 진짜 친구처럼 거리를 걸었고, 말쑥한 긴 머리칼을 털며 시구를 되뇌었다.

"창망한 대지여, 내 묻노니, 그 누가 흥망을 논하느뇨?"

이광두는 자기보다 일곱 살이나 많은 손위가 친구라는 사실에 흥분해 얼굴이 다 새빨갛게 달아올랐다. 이 친구의 쓸어차기는 송범평이 죽은 후 그야말로 천하무적이었다. 걸을 때면 귀까지 덮은 머리칼이 바람에 흩날렸고 입으로는 무시로 모 주석의 시구를 읊어댔는데, 시구 마지막 글자를 '니'나 '뇨'라고 살짝 바꿔서 읊는 것에 이광두는 십

분 감동했다. 그의 옆에서 걷다 보니 이광두는 어깨에 힘이 잔뜩 들어 갔고, 잠시나마 붉은 완장을 찬 사람들도 눈에 들어오지 않았다.

다리를 지날 즈음 그들은 조승리와 류성공과 마주쳤다. 조승리와 류성공은 손위가 이광두 같은 꼬마와 함께 있는 걸 보고 희한하다는 표정을 지었지만, 손위는 짐짓 아무 일도 아니라는 듯 태연하게 모 주석의 시구를 읊었다.

"창망한 대지여, 내 묻노니……."

그 순간 이광두가 눈치 없이 자신도 아는 척을 하고 싶어 다음 구를 먼저 낚아챘다.

"그 누가 흥망을 논하느뇨?"

조승리와 류성공은 손위를 보며 지들끼리 쑥덕대면서 입을 가린 채 웃어댔다. 손위는 그들이 자신을 비웃고 있다는 걸 알아채고 목소리 를 낮춰 이광두를 야단쳤다.

"이 자식, 내 옆에 붙지 말고, 내 엉덩이 뒤에 붙어."

그 순간 이광두의 방정맞은 기세는 순식간에 사라졌고, 손위와 어 깨를 나란히 하고 걸을 수 있는 권리 역시 날아가버렸으며, 그저 찰거 머리처럼 손위의 뒤꽁무니를 따라붙을 수밖에 없었다. 이광두는 고개 는 삐딱하고 어깨는 축 늘어뜨린 풀 죽은 모습으로 손위의 뒤를 따랐 다. 이광두도 손위가 친구가 없어 할 수 없이 자기와 다닌다는 걸 알 고는 있었지만, 그래도 여전히 손위를 따라다녔다. 손위와 다니면 혼 자 다니는 것보다 훨씬 세 보였기 때문이다.

그 다음 날 아침 장발 손위가 집으로 찾아온 것은 진짜 생각지도 못 한 일이었다. 문밖에서 손위가 모 주석의 시구를 읊고 있었다.

"창망한 대지여, 내 묻노니, 그 누가 흥망을 논하느뇨?"

아침밥을 막 먹고 난 이광두는 너무나 기뻐 문을 박차고 나왔고, 손위는 마치 오랜 친구처럼 손을 흔들며 말을 건넸다.

"가자."

둘은 다시 함께 걸었고, 이광두는 손위가 뭐라고 할까 봐 조심스럽게 옆으로 갔지만, 아무런 반응이 없어 안심했다. 그러던 중 골목 입구에 이르렀을 때 갑자기 손위가 걸음을 멈추고 이광두에게 물었다.

"좀 봐봐. 바지 뒤에 구멍 나지 않았니?"

이광두는 손위의 엉덩이를 자세히 본 뒤 찢어진 구멍이 보이지 않자 대답했다.

"괜찮은데."

손위가 다시 말했다.

"가까이서 자세히 봐봐."

이광두의 코가 손위의 엉덩이에 거의 닿을 만큼 가까운 거리까지 대고 보았어도 여전히 찢어진 구멍이 보이지 않았는데, 바로 그 순간 손위의 우렁찬 구린 방귀가 터져 나왔다. 그것은 마치 바람처럼 이광두의 얼굴에 몰아쳤다. 손위는 깔깔대며 웃었고, 발길을 옮기며 큰 소리로 시를 읊었다.

"창망한 대지여, 내 묻노니……."

그때 이광두가 잽싸게 큰 소리로 이어 쳤다.

"그 누가 흥망을 논하느뇨?"

이광두도 손위가 자신을 놀렸다는 것을 알았지만 신경 쓰지 않았다. 이광두가 신경 쓴 것은 오직 그의 옆에서 걷느냐, 아니면 뒤꽁무니를 따르느냐 하는 것이었다.

여름의 끝자락, 이광두와 손위는 아침이고 밤이고 함께 지냈다. 그들은 해가 지고 난 뒤에도 거리를 어슬렁거렸고, 어떤 때는 달이 뜬 뒤에도 어슬렁거렸다. 손위가 한적한 곳보다는 사람들로 북적대는 대로를 좋아했으므로, 이광두는 마치 변소를 선회하는 파리처럼 그를 따라 거리를 어슬렁거렸는데, 거리를 벗어나면 딱히 갈 곳도 마땅치 않았다. 손위는 자신의 긴 머리칼을 사랑했다. 그리하여 하루에 적어도 두 번은 거리 옆 계단 아래로 내려가 강변에 앉아 강물을 손에 묻혀서 이마 앞의 머리를 가라앉힌 다음 강물에 흐릿하게 비치는 자신의 얼굴을 보며 머리칼을 흩날리면서 뿌듯하다는 듯 휘파람 두 가락을 이어 불러젖혔다. 이광두는 나중에 손위가 왜 큰길을 왔다 갔다 하는 걸 좋아했는지 알게 되었다. 그는 큰길의 유리창을 좋아했던 것이다. 유리창 앞에 멈춰선 채로 휘파람을 불면 이광두는 눈을 감고도 손위가 지금 머리를 뒤로 젖히고 있다는 걸 알 수 있었다.

그들은 거리에서 손위의 부친을 자주 볼 수 있었다. 그때 손위의 부친은 고개를 숙인 채 다른 사람이 알아볼까 봐 총총히 지나치곤 했는데, 종이로 만든 고깔모자를 쓰고 전의 송범평처럼 빗자루를 들고서 거리를 쓸었다. 오전에는 저쪽으로 쓸고 갔다가 오후가 되면 이쪽으로 쓸며 오고는 했다. 그럴 때면 그에게 윽박지르는 사람들이 자주 있었다.

"야, 네 죄를 다 자백했나?"

그러면 손위 부친은 순순히 대답했다.

"다 자백했습니다."

"생각해봐. 아직 말 안 한 죄가 있는지."

그러면 그는 굽실거리며 대답했다.

"네."

어떤 때는 아이들까지 그에게 소리칠 때가 있었다.

"주먹을 들고 외쳐. '나를 타도하자!'"

그러면 그는 그대로 주먹을 들어올리며 소리쳤다.

"나를 타도하자!"

이럴 때면 이광두의 목은 간질간질해졌다. 이광두 역시 그렇게 윽박질러보고 싶었지만, 손위가 옆에 있어서 입 밖에 내지 못했다. 한번은 이광두가 도저히 참을 수 없어서 손위의 부친이 "나를 타도하자!"란 구호를 외치고 난 뒤 곧바로 소리를 친 적이 있었다.

"두 번 더 외쳐."

손위의 부친은 주먹을 연이어 두 번 흔들며 "나를 타도하자!"라는 구호를 두 번 외쳤다. 그 순간 손위는 있는 힘껏 이광두를 걷어차며 조그만 목소리로 욕했다.

"이런 젠장, 개를 걷어차더라도 그 주인을 봐야 할 거 아냐!"

하지만 손위는 비판투쟁을 당하는 고깔모자를 쓴 사람을 볼 때면 지나가다가 한 번 발길질을 했다. 그러면 이광두도 따라서 발길질을 했고, 그러고 나면 두 사람은 삼선탕면을 공짜로 먹은 것처럼 즐거워했다. 그럴 때면 손위는 이광두에게 이렇게 말했다.

"나쁜 자들을 보며 그냥 차버리는 건 똥 싸고 밑 닦는 것하고 꼭 같은 경우지."

손위의 모친, 그러니까 일찍이 이빨이 세기로 유명한, 이란과 송범평의 신혼 첫날 잃어버린 암탉 한 마리 때문에 귀에 거슬리는 말을 줄줄이 읊어댔던 이 여인은 남편이 고깔모자를 쓰고 나무널빤지를 목에 걸게 되자 사람이 완전히 바뀌어 말도 부드럽게 하고, 웃는 낮으로 사람을 대하기 시작했다. 이광두가 오전에 그 집 앞에 자주 나타나자 그녀는 그가 자기 아들의 유일한 친구라는 걸 알고 그를 얼마나 따뜻하고 살뜰하게 대하는지, 얼굴이 더럽다며 수건을 가져다가 얼굴을 닦아주고, 옷의 단추가 떨어지면 옷을 벗게 해서 단추를 달아주기도 했다. 그녀는 늘 조용히 이란의 근황을 묻곤 했는데, 그럴 때면 이광두는 늘 머리를 가로저으며 모른다고 대답했고, 그러면 그녀는 한숨을 쉬며 눈자위가 붉어졌고 눈물이 막 떨어지려 할 때면 등을 돌렸다.

이광두와 손위의 우정은 그리 오래가지 못했다. 그 시절 거리에는 시위 대열 이외에도 가위와 바리깡을 들고 다니는 사람들이 나타나기 시작했는데, 그들은 바지통이 좁은 사람을 보면 대번에 끌고 가서 그 사람의 바지통을 가위로 싹둑싹둑 잘라 대걸레의 걸레살처럼 만들어버렸고, 장발머리를 한 사람을 보면 그대로 땅바닥에 자빠뜨려 꼼짝 못하게 짓누른 뒤 머리를 잡초더미로 만들어버렸다. 좁은 바지통이나 장발 모두 자본가 계급의 표시라는 이유에서였다. 손위도 이들에게서 벗어나지 못했다. 그날 오전, 손위와 이광두가 막 거리로 나와서 손위의 부친이 거리를 쓸고 있는 모습을 발견했을 때 가위와 바리깡을 든 사람들이 그들에게 달려왔는데, 손위는 그때 막 시구를 소리 내어 읊을 즈음이었다.

"창망한 대지여, 내 묻노니, 그 누가 흥망을 논하느뇨?"

이광두가 뒤에서 달려오는 발소리를 듣고 뒤돌아보니 가위를 든 사람들과 바리깡을 든 붉은 완장들이 자신을 향해 달려오고 있었다. 그는 무슨 일인지 몰라 다시 고개를 돌려 손위를 보니 손위는 이미 아버지가 비질을 하는 방향으로 미친 듯 내달리고 있었다. 붉은 완장들은 이광두 옆을 바람처럼 지나쳐서 앞선 손위를 쫓아 내달렸다.

이광두의 중학생 친구는 평소 비질을 하는 부친과 마주칠 때면 고개를 숙인 채 총총히 지나쳤는데, 그날만큼은 그의 아끼는 긴 머리칼 때문에 아버지에게 달려갔고, 큰 소리로 이렇게 외쳤다.

"아버지, 구해주세요!"

그때 또 다른 붉은 완장 하나가 길 중앙에 갑자기 나타나더니 달려오는 손위의 발을 걸었고, 그 바람에 손위는 순식간에 곤두박질쳐서 땅바닥에 나뒹굴었다. 손위가 곧바로 일어나 다시 달려가려 했지만, 뒤쫓아오던 자들이 한꺼번에 몰려와 그를 땅바닥에 눕혔다. 이때 이광두도 뛰어갔고, 손위의 아버지도 뛰어왔다. 달려올 때 바람이 불어 고깔모자가 날아가자, 손위의 아버지는 그쪽으로 뛰어가 고깔모자를 주워들고 다시 제대로 쓴 뒤 이번에는 한 손으로는 고깔모자를 잡고 다른 한 손으로만 휘저으며 뛰어왔다.

건장한 붉은 완장 몇몇이 손위를 땅바닥에 처박고서는 바리깡으로 그의 아름다운 장발을 강제로 밀어버렸다. 손위는 죽을힘을 다해 발버둥쳤지만, 두 팔이 꺾인 후에는 두 발만 마치 수영을 하듯 허우적댔는데, 붉은 완장 둘이 오금을 꿇려버려 그나마 두 다리마저 꿈쩍 못하게 됐다. 손위는 몸뚱이를 짓눌리고 나자 머리를 쳐들어 계속 아버지를 애타게 불렀다.

"아빠, 아빠……."

붉은 완장의 손에 들린 바리깡이 마치 한 자루의 톱처럼 손위의 머리와 목 부분을 그어버렸다. 붉은 완장의 완력에 손위가 발버둥치면서 바리깡이 손위의 머리에서 미끄러지면서, 급기야 목에 깊숙이 박히고 선혈이 솟아나 바리깡이 빨갛게 물들었지만, 붉은 완장의 손은 여전히 멈추지 않았다. 결국 붉은 완장은 손위 목 안의 동맥을 끊어버리고 말았다.

이광두의 눈앞에서 무시무시한 광경이 펼쳐졌다. 동맥의 피가 용솟음쳤고, 이 미터가 넘게 솟구친 피는 붉은 완장의 얼굴과 온몸을 시뻘겋게 물들였다. 붉은 완장은 놀라 용수철처럼 튀어올랐다. 바로 앞까지 달려온, 고깔모자를 쓴 손위의 부친은 목에서 피를 뿜는 아들을 보면서도 여전히 그들에게 아들을 놔주십사 애걸했다. 그가 피로 흥건한 땅에 무릎을 꿇었을 때 고깔모자가 땅에 떨어졌지만, 그는 줍지 않고 아들을 보듬어 안았다. 아들의 머리는 마치 목이 부러진 듯 흔들렸고, 아들의 이름을 힘껏 불러보았지만 아무 반응이 없었다. 그는 두려움에 가득한 얼굴로 주위 사람들에게 물었다.

"내 아들이 죽은 거요?"

대답하는 사람은 아무도 없었고, 그의 아들을 죽인 붉은 완장들은 자신들 얼굴의 피를 닦아내며 방금 벌어진 일에 겁에 질린 채 주위를 두리번거렸다. 곧이어 손위의 아버지는 일어나 붉은 완장들에게 악을 썼다.

"너희가 내 아들을 죽였어!"

그가 고함을 치며 붉은 완장들을 향해 돌진하자 그들은 놀라 사방으로 도망쳤다. 분노로 가득한 손위의 아버지는 주먹을 쥐었지만 어디로 휘둘러야 할지, 누구를 좇아가야 할지 몰랐다. 바로 그때 다른 붉은 완장들이 나타나 손위의 부친에게 즉시 비질을 하라고 윽박질렀지만, 분노로 가득한 손위의 아버지는 주먹을 쥔 채 그들을 향해 돌진했다. 그 순간 이광두의 눈앞에 무시무시한 싸움이 펼쳐졌다. 붉은 완장 넷과 한 사람, 그들은 큰길에서 한데 얽힌 동물들처럼 일진일퇴를 거듭했고, 주위의 구경꾼들까지 싸움에 따라 일진일퇴를 했다. 손위의 아버지는 주먹을 내지르고 발길질을 하고 머리로 들이박으며 마치 미친 사자처럼 으르렁거렸고, 붉은 완장 넷이 그 한 사람을 당해내지 못할 정도였다. 그가 송범평과 싸웠을 때는 송범평의 적수가 되지 못했지만, 지금 이 순간 이광두의 눈에는 송범평이 그의 적수가 될 수 없을 것 같았다.

거리의 붉은 완장들이 점점 많아져 나중에는 거의 스무 명이 넘는 붉은 완장들이 손위의 아버지를 둘러싼 채 돌아가며 공격했고, 결국 그를 땅바닥에 쓰러뜨렸다. 손위의 아버지는 송범평이 당했을 때처럼 그들의 발에 짓밟혔다. 그들은 손위의 아버지가 꿈적도 하지 않자 그제야 발길질을 멈추었고, 그 자리에 선 채 가쁜 숨을 몰아쉬다가 그가 정신이 들자 소리쳤다.

"일어나, 따라와."

이 순간, 손위의 부친은 예전의 순종하는 자세로 돌아가서 입가에 흐르는 피를 닦으며 상처로 가득한 몸을 일으켰고, 아들의 피로 얼룩진 고깔모자를 집어들어 똑바로 썼다. 그는 고개를 떨어뜨린 채 그들을 따라 떠나려다가 이광두를 발견하고는 울음을 터뜨리며 부탁했다.

"빨리 가서 집사람에게 애가 죽었다고 전해다오."

이광두는 온몸을 벌벌 떨며 손위의 집에 도착했다. 여전히 아침 시간이었던 그때 손위의 모친은 이광두 혼자 집 앞에 서 있는 걸 보고, 그가 자기 아들을 만나러 온 줄 알고 이상하다는 듯 물었다.

"너희 방금 같이 나갔잖니?"

이광두는 머리를 가로저었고, 온몸을 사시나무 떨듯 벌벌 떨며 아무 말도 못했다. 손위의 모친은 이광두 얼굴의 핏자국을 보며 놀라 외쳤다.

"너희 싸웠니?"

이광두가 손으로 얼굴을 훔쳐보니 손에 피가 묻었고, 그제야 손위의 목에서 솟구친 피가 자신의 얼굴에도 튀었다는 사실을 알고 엉엉 울음을 터뜨리며 말했다.

"손위 형이 죽었어요."

이광두는 손위 어머니 얼굴에 공포가 엄습하는 모습을 보았고, 그녀는 두려움 가득한 얼굴로 이광두를 바라보았다. 이광두가 한 번 더 말하자 손위 어머니는 눈이 사시가 되었다. 이광두는 한마디를 덧붙였다.

"큰길에서요."

손위의 모친은 집에서 비틀거리며 나왔고, 휘청거리며 골목을 벗어나 큰길로 나섰다. 이광두는 그녀의 뒤를 따랐고, 더듬거리며 그녀의 아들이 어떻게 죽었는지를, 또 그녀의 남편이 사람들과 어떻게 싸움을 벌였는지 말해주었다. 손위 어머니의 발걸음이 점점 빨라지더니 이젠 더 이상 휘청거리지 않았다. 속도가 그녀에게 평형감각을 가져다주었는지 큰길에 이르러서는 달리기 시작했다. 이광두는 뒤에서 몇 발 뛰다가 멈추고 손위의 어머니가 뛰어가는 모습을, 멀리까지 뛰던 그녀의 모습이 아들이 누워 있는 곳에 이르러 마치 무너지듯 땅바닥에 꿇어앉는 모습을 지켜보았다. 이윽고 이광두의 귀에 소름끼치는 울음소리가 들려왔다. 그 소리는 마치 비수에 가슴을 찔린 후 터져 나오는 소리 같았다.

손위의 어머니는 그 후로 울음을 그치지 못했다. 그녀의 눈은 시뻘겋게 붉은 두 개의 전구처럼 부어올랐지만, 울음은 그치지 않았다. 그 뒤로 그녀는 매일 새벽이면 골목의 벽에 기댄 채 거리로 나갔고, 거리의 벽에 기댄 채 아들이 죽은 곳까지 가서 아들이 남긴 혈흔을 보며 계속 울다가 날이 저물어서야 벽에 기댄 채 집으로 돌아왔다. 그리고 다음 날이면 또 그곳에서 흐느꼈다. 그녀와 잘 아는 사람들이 혹시나 그녀에게 다가가 위로의 말을 건넬 때면 그녀는 부끄럽기라도 한 듯 몸을 돌렸고, 고개를 깊숙이 떨어뜨렸다.

그녀는 점점 정신이 흐려졌고 그녀의 눈빛도 흐리멍덩해졌고, 몸에 걸친 옷도 갈수록 더러워졌으며, 머리칼과 얼굴도 점점 더 더러워졌다. 그녀의 걸음걸이 또한 갈수록 이상하게 변했다. 그녀는 오른발이 나아갈 때 오른손을 휘젓고 왼발이 나아갈 때 왼손을 휘저었다. 우리 류진의 말투로 하자면 '띠방'한 걸음걸이였다. 그녀는 아들이 죽은 곳에 가서 마치 정신을 잃은 듯 땅바닥에 그대로 힘없이 주저앉아 모기 소리처럼 낮은 소리로 흐느꼈다. 많은 사람들이 그녀가 정신 이상이라고 했지만, 가끔 우연히 고개를 치켜들어 다른 사람의 눈과 마주칠 때면 몸을 돌려 고개를 떨어뜨린 채 몰래 눈물을 훔쳤다. 나중에는 다른 사람들이 그녀의 눈물을 못 보게 하기 위해 아예 뒤돌아서 길가 오동나무에 얼굴을 묻고 울었다.

우리 류진 사람들은 의견이 분분했다. 어떤 사람들은 벌써 미쳤다고 했고, 어떤 사람들은 부끄러움을 아는 걸로 봐서 아직 미치진 않았다고 했다. 그녀가 아직 미치지 않았다고 말하는 사람들은 그녀의 기괴한 외모에 대해서는 똑바로 말을 못했지만, 아마도 우울증일 거라는 말들을 했다. 매일 그렇게 거리로 나가던 어느 날 그녀는 신발을 잃어버렸는데, 그 후부터 더 이상 그녀가 신발을 신은 모습을 볼 수 없었다. 그녀의 옷도 하나씩 줄어들더니 나중에는 옷 입은 모습을 볼 수 없었다. 그러던 어느 날 갑자기 그녀가 적나라한 나신으로 그곳에 앉아서 이미 몇 차례 내린 비로 인해 아들의 혈흔은 깨끗이 지워졌는데도 여전히 땅을 보며 흐느끼고 있었는데, 그럼에도 다른 사람과 눈이 마주치면 그녀는 몸을 돌려 오동나무에 얼굴을 묻고 몰래 눈물을 닦아냈다. 그제야 류진 사람들은 의견 통일을 보았다. 그녀가 미쳤다고, 확실히 미쳤다고 말이다.

가련한 이 여인은 이제는 집이 어딘지도 몰라 날이 저물면 자리에서 일어나 우리 류진의 거리 골목 도처를 누비며 집을 찾아다녔는데, 깊은 밤 귀신처럼 아무 소리도 없이 다녀서 우리 류진 사람들은 놀라 아버지 어머니를 찾았고, 하마터면 정신이 나갈 뻔한 적이 수도 없이 많았다. 나중에는 아들이 죽은 곳도 기억해내지 못하고 낮에는 마치 기차 시간에 쫓기는 사람처럼 늘 허둥지둥 왔다가 허둥지둥 갔고, 입에서는 아들의 이름을 외쳐댔다. 그녀의 외침은 마치 아들을 빨리 집으로 보내 밥을 먹이려는 것 같았다.

"손위야, 손위야……."

그 후로 손위의 어머니는 우리 류진에서 사라졌다. 그녀가 사라진 후 몇 달이 지나서야 우리 류진 사람들은 그녀를 오랫동안 보지 못했다는 사실을 기억해냈다. 사람들은 손위 어머니가 왜 갑자기 안 보이는지 서로에게 묻고는 했다. 손위 생전에 가장 절친했던 동료 조승리와 류성공은 그녀가 어디로 갔는지 알고 있었다. 그들은 류진 사람들 가운데에 서서 손을 들어 남쪽을 가리키며 말했다.

"갔어요. 진즉에 갔어요."

"갔어? 어디로 갔어?"

사람들이 물었다.

"시골로 갔어요."

조승리와 류성공이 아마도 그녀를 마지막으로 본 사람이었을 것이다. 그날 오후 그들이 남문 밖 나무다리 위에서 낚시를 하고 있을 때 손위의 어머니가 그전에 소씨 아줌마가 준 웃옷과 바지를 입고 나타 났다고 했다. 그렇지만 그녀가 남문 밖으로 나섰을 때는 바지를 벗어 버렸다고 한다. 공교롭게도 그때 그녀는 생리가 막 터질 때여서 그녀 가 나무다리를 넘어올 때는 붉은 피가 양다리를 타고 흘러내려 그 모 습을 본 조승리와 류성공의 눈이 동그래졌다고 한다.

손위의 아버지는 아들이 죽던 그날, 감옥으로 쓰이던 그 창고로 끌 려갔다. 자신이 일찍이 송범평을 감시하던 곳이었지만, 이제는 자신 의 차례가 되었고, 들리는 말에 따르면 그는 송범평이 자던 침대에서 잤다고들 했다. 선연한 피를 흘리며 죽어간 아들로 인해 그는 이성을 완전히 잃었고, 붉은 완장을 찬 조반파들과 일대 격투를 벌였다. 그 붉은 완장들은 손위의 부친을 창고로 압송한 첫날 밤부터 고문을 시 작했고, 손위 부친의 두 손과 두 발을 한데 묶은 다음 들고양이를 잡 아와 손위 부친 바지 속에 넣은 후 바짓단도 묶고 허리띠를 꼭 채워버 렸다. 들고양이는 그의 바지 속에서 꼬박 하루 동안 물고 할퀴었고, 그는 더 이상 살고 싶지 않은 듯 밤새 처참한 비명을 질러댔다. 창고 안에 있던 다른 끌려온 사람들은 밤새 벌벌 떨었으며, 담이 작은 사람 들은 바지에 그대로 오줌을 싸버렸다.

다음 날 붉은 완장들은 형벌을 바꿨다. 손위 부친을 엎드리게 한 뒤 쇠로 된 솔을 가져와서는 그걸로 발바닥을 긁어댔는데, 고통스럽기도 하고 간지럽기도 하여 팔과 다리에 마치 수영하듯 경련이 일었다. 그 걸 본 붉은 완장들은 박장대소를 하며 물었다.

"이걸 뭐라고 하는지 아나?"

온몸에 경련을 일으키며 울부짖던 손위의 부친은 그래도 그들의 물음에 답하려는 듯 눈물을 줄줄 흘리며 소리쳤다.

"저, 저, 저는 모르겠습니다……."

붉은 완장 하나가 낄낄대며 물었다.

"수영 할 줄 아나?"

손위의 부친은 이미 숨이 찼지만 그래도 대답하려고 애썼다.

"하, 할 줄 압니다……."

"이게 바로 오리헤엄이라는 거다."

붉은 완장들은 허리가 꺾어질 듯 앞뒤로 몸을 흔들며 웃어댔다.

"네가 하는 게 오리헤엄이라고."

사흘째 되던 날에도 붉은 완장들은 손위의 부친을 가만 놔두지 않았다. 그들은 불붙인 담배를 세워둔 채로 손위 부친에게 바지를 벗으라고 했다. 바지를 벗을 때 손위 부친은 아픔에 얼굴을 몹시 찡그렸고, 자기도 모르게 윗니와 아랫니를 부딪쳐 마치 동 철장이 쇠를 두드리는 듯한 소리가 났다. 들고양이가 할퀴어서 두 다리가 상처투성이였기 때문에 바지가 상처에 붙어 벗을 때 마치 살갗을 벗겨내는 듯한 고통이 엄습했고, 바지를 벗고 나니 두 다리에 피고름이 가득했다. 붉은 완장들은 손위 부친의 항문이 땅에 세운 담배꽁초로 똑바로 향하도록 서게 한 뒤 앉게 했고, 이에 눈물이 그렁그렁한 손위 부친은 앉기 시작했다. 붉은 완장 하나는 땅바닥에 엎드려 머리통을 낮춘 채 왼쪽으로 조금, 오른쪽으로 조금 옮기라고 하며 그의 엉덩이 위치를 조종하다, 담배꽁초가 정확히 조준되자 손을 흔들어 명령했다.

"앉아!"

손위의 부친은 불붙은 담배꽁초에 앉았고, 그 담배꽁초가 항문을 태우고 있다는 걸 느낄 수 있었다. 아래에서는 지지직 소리가 났지만,

그는 이미 고통을 느낄 수 없었고, 그저 살갗이 타면서 나는 냄새를 맡을 수 있을 뿐이었다. 붉은 완장은 계속 소리쳤다.

"앉아! 앉아!"

그 말에 그는 땅에 철퍼덕 주저앉았고, 담배꽁초는 항문에 눌려 지지직거리며 그의 항문을 태우다가 이내 꺼져버렸다. 그는 마치 죽은 듯 땅바닥에 앉아 있었고, 붉은 완장들은 배를 잡고 웃다가 그 가운데 하나가 물었다.

"이건 뭔지 아나?"

손위 부친은 힘없이 고개를 저으며 낮은 목소리로 대답했다.

"모릅니다."

붉은 완장은 그를 발로 차며 말했다.

"이게 바로 항문 흡연이라는 거다, 알겠지?"

그는 고개를 떨어뜨리며 대답했다.

"항문 흡연, 알겠습니다."

손위의 부친은 처절한 신음 소리가 밤새 끊이지 않는 창고 안에서 갖은 고문을 다 견뎠다. 그의 두 다리는 점점 부어올랐고, 매일 피고름이 줄줄 흘러내리며 악취를 풍겼다. 매번 똥을 쌀 때도 살고 싶지 않을 만큼 고통스러워 종이로 닦을 엄두도 내지 못했다. 그리하여 불에 탄 항문에 똥 덩어리가 계속 남아 있었고, 급기야 항문이 썩기 시작했다. 이 남자의 온몸은 위나 아래나 모두 썩어서 너덜너덜해졌다. 서 있어도 고통스럽고, 앉아 있어도 고통스럽고, 누워 있어도 고통스럽고, 움직여도 고통스럽고, 움직이지 않아도 고통스러웠다.

그는 죽느니만 못한 삶을 유지하면서도 계속 새로운 고문을 견뎌냈고, 깊은 밤에 이르러서야 겨우 편각의 평안을 얻을 수 있었다. 고통뿐인 온몸을 침대에 누인 채 유일하게 고통스럽지 않은 그의 의식이 찾아가는 곳은 그의 아들과 아내였다. 그는 아들이 어디에 묻혔을지 생각을 멈출 수 없었다. 눈앞에는 청산녹수의 풍경이 한 폭 한 폭 펼쳐졌고, 마음속 깊은 곳에서 아들을 이런 푸른 산 맑은 물이 흐르는 곳에 묻어주었으면 좋겠다 싶었다. 그런데 눈앞에 펼쳐지는 풍경이 어떤 때는 아주 익숙하기도 하고, 어떤 때는 너무나 낯설기도 했다. 그러고 나면 아내는 어떻게 되었을까, 하고 끊임없이 생각했다. 그는 아들을 잃은 그녀의 고통에 대해 생각하면서, 그녀가 여위어가는 모습으로 문밖을 나서지 않은 채 아무 말 없이 집 안에 앉아 그가 돌아오기만 기다리고 있으리라 믿었다.

그는 매일 자살에 대해 생각했고, 그런 생각은 갈수록 강렬해졌지만, 깊은 밤이면 찾아오는 아들과 고립무원의 아내를 생각하며 하루하루를 힘겹게 견디고 있었다. 그는 아내가 매일 창고로 찾아와 안을 들여다볼 것만 같아서 창고 문이 열릴 때면 긴장의 눈길로 밖을 내다보았다. 그리하여 하루는 도저히 참을 수 없는 마음에 무릎을 꿇은 채 머리를 조아리며 붉은 완장에게 만약 아내가 찾아오면 한 번만이라도 보게 해달라고 애걸했다. 그리고 이때 그는 자신의 아내가 미쳤고, 적나라한 나신으로 거리를 나다닌다는 사실을 알게 되었다.

그 말을 들은 붉은 완장은 실실거리며 다른 붉은 완장들을 불러왔고, 그들은 그의 아내가 진즉에 정신이 나갔다고 일러주었다. 그들은 손위 부친 앞에 선 채로 키득거리며 그의 아내의 몸에 대해 쑥덕거렸다. 유방이 큰데 너무 처져서 아쉽다느니, 음모가 무성한데 너무 더럽다느니, 그 위에 볏짚을 붙이고 다닌다느니…….

그때 땅바닥에 앉아 있던 손위 부친은 고개를 떨어뜨린 채 꼼짝도 하지 않고 괴로움에 눈물조차 흘리지 않았다. 밤이 되면서 침대에 누워 있는 그의 육체는 극심한 고통에 휩싸였고, 이제는 의식마저도 고통스러워졌다. 그의 머릿속에는 마치 고기 분쇄기가 그의 뇌를 쥐어짜는 듯한 고통이 찾아왔다. 새벽 두 시경 명징한 정신이 든 편각의 순간에 그는 자살을 결심했고, 그 결심은 그의 머릿속 모든 고통을 순식간에 일소해버리며 안녕을 불러왔다. 그는 한 달 전 침대 밑에서 대못을 본 걸 생각해냈다. 한 달 전쯤 그 대못을 보면서 처음으로 자살을 생각했는데, 결국 자살에 대한 결심은 그 대못으로 귀결됐다. 그는 몸을 일으켜 땅바닥에 무릎을 꿇은 채 한참을 더듬어 못을 찾아낸 다음, 어깨로 침대를 받쳐올린 후 침대다리를 받치던 벽돌을 끄집어내고 나서 벽에 기댄 채 앉았다. 이때 그는 온몸의 고통을 완전히 느끼지 못했다. 죽음을 향해가는 사람에게 생시의 고통은 일순간 사라졌고, 그는 벽에 기대앉은 채 길고 길게 두 번의 호흡을 한 뒤 왼손으로 대못을 들어 정수리에 댄 후 오른손으로 벽돌을 들어올리면서 죽은 아들을 생각했다. 그는 엷은 미소를 지으며 낮게 속삭였다.

"나도 간다."

그는 오른손에 든 벽돌로 정수리에 댄 대못을 내려쳤고, 대못은 뼈에 박힌 듯했지만 그의 의식은 여전히 명료했다. 벽돌을 들어 두 번째로 내려치려 할 때 그는 실성한 아내를 생각했고, 아내가 앞으로도 정처 없이 헤매 다닐 것을 생각하니 눈물이 흘러내렸다. 그는 아내에게 낮은 목소리로 용서를 빌었다.

"미안하오."

두 번째로 내려쳤을 때, 대못이 골에 닿은 듯했지만 그의 의식은 아직 멀쩡했다. 마지막으로 붉은 완장을 찬 무뢰배들을 떠올렸고, 순식간에 원한이 사무치고 분노가 용솟음쳤다. 눈을 부릅뜬 채 어둠 속을 향해 가상의 붉은 완장들에게 미친 듯이 울부짖었다.

"너희를 죽여버리겠다!"

그는 남은 생명의 모든 힘을 모아 단숨에 대못을 머릿속으로 박아 넣었고, 벽돌은 박살이 나버렸다.

손위 부친의 마지막 노성에 창고 안 모든 사람은 잠결에서조차 식은땀을 흘렸고, 붉은 완장들은 전전긍긍했다. 전등을 밝히고 나자 손위의 부친이 벽에 기댄 상태로 두 눈을 부릅뜬 채 꼼짝도 않고 앉아 있었고, 주위에는 박살난 벽돌 파편들이 널려 있었다. 그때까지도 그가 자살했다고 생각을 못했던 까닭에 왜 그렇게 앉아 있는지 몰라 붉은 완장 하나가 욕을 퍼부었다.

"니미럴, 일어나. 씨팔, 어디 감히 눈을 부릅뜨고……."

그 붉은 완장이 다가가 손위 부친을 발로 한 번 걷어차자 그는 벽을 따라 쓰러졌다. 붉은 완장은 그제야 깜짝 놀라 뒤로 몇 발짝 물러서서 잡혀온 두 사람을 시켜 가보게 했다. 그 사람들이 가서 쪼그려 앉아 손위 부친을 살펴보았지만, 온몸의 상처만 보였을 뿐 어떻게 죽었는지는 알아내지 못했다. 그리하여 두 사람이 손위 부친을 일으켜 세웠는데, 그제야 머리 위에서 흘러내리는 피를 발견했고, 자세히 머리를 살펴보고 손으로 만져보고 나서야 알아차리고 동시에 놀라 소리쳤다.

"대못이 있습니다. 대못을 박아 넣었어요."

보통 사람은 상상조차 할 수 없는 손위 부친의 자살 소식은 우리 류진에 신속하게 퍼져나갔다. 이란은 이 소식을 집에서 전해 들었는데, 몇몇 이웃들이 창밖에서 손위 부친의 자살에 대해 왈가왈부하고 있었고, 그들의 입에서는 탄식이 터져 나왔다. 불가사의라는 둥, 믿을 수 없다는 둥, 상상도 할 수 없다는 둥……. 그들은 대못이 두 치나 되는 길이였고, 그런 대못을 어떻게 전부 머리에 박아 넣었는지, 어쩌면 그렇게 똑바로 처박아 넣었는지, 옷장을 짤 때처럼 손으로 만져봐도 모를 만큼 조금도 밖으로 나오지 않았다는 등의 이야기를 나눴다. 대화가 여기까지 이르자 그들의 목소리는 떨려왔다. 그들은 그가 어떻게 실행했는지, 그렇게 긴 못을 다른 사람 머리에 처넣어도 조마조마하고 손이 떨릴 텐데, 자신의 머리에 어떻게 처박아 넣었는지 등의 말을 주고받았다. 이란은 창가에 서서 이들의 대화를 듣다가 그들이 떠난 후 몸을 돌려 쓸쓸하게 웃으며 중얼거렸다.

"사람이 정말로 죽고 싶으면 무슨 방법이든 있는 거예요."

23

류진의 거리는 갈수록 혼란스러워졌다. 거의 매일 혁명군중끼리 집단 패싸움을 벌였고, 이광두는 똑같이 붉은 완장을 차고 붉은 깃발을 흔드는 사람들끼리 왜 서로 뒤엉켜 싸우는지 도무지 알 수 없었다. 그들이 주먹과 깃대, 몽둥이를 휘두르며 한데 얽혀 있는 모습은 마치 한 떼의 들짐승들 같았다. 한번은 그들이 식칼과 도끼까지 들고 싸우는 광경을 지켜보았는데, 싸우는 도중에 수많은 사람들이 피를 흘렸고, 거리의 나무전봇대며 오동나무, 벽에 온통 얼룩덜룩한 핏자국이 남았다.

이란은 이광두가 밖에 나가는 것을 금지시켰고, 창문으로 나갈까 봐 창문이 열리지 않게 못을 박았다. 이란은 아침 일찍 실공장에 나갈 때 이광두를 집 안에 두고 밖에서 문을 잠갔고, 밤이 될 무렵 집에 돌아와서 문을 열었다. 이때부터 진정으로 고독한 이광두의 유년이 시작됐다. 해가 뜰 때부터 질 때까지 그의 세계는 방 두 칸뿐이었고, 지루함을 견디다 못한 그는 개미, 바퀴벌레와의 전면 전쟁을 시작했다. 그는 늘 침대 밑에 엎드린 채로 손에는 물 한 그릇을 들고 개미들이 나오길 기다렸다가 처음에는 물을 떨어뜨린 다음 손으로 한 마리 한 마리 눌러 죽였다. 그러던 중 살찐 쥐 한 마리가 튀어나와 눈꺼풀 바로 아래로 지나가는 통에 깜짝 놀라 다시는 침대 밑에 엎드릴 엄두를 내지 못했다. 그래서 이광두는 옷장 안으로 들어가 바퀴벌레를 습격했고, 나중에는 바퀴벌레들이 옷장 밖으로 도망치지 못하게 하기 위해 바퀴벌레와 함께 옷장 안에 들어간 뒤 손에 신발을 든 채 문을 닫아버렸다. 그리고 문틈으로 새어 들어오는 빛에 의지해 그들의 움직임을 지켜보다가 마음 내킬 때 그들을 때려죽였다. 한번은 이광두가 옷장 안에서 잠이 들었는데, 이란이 저녁 무렵 집으로 돌아왔을 때도 안에서 꿀잠을 자느라 옷장에서 나오질 않았다. 하지만 이런 사실을 모르는 불쌍한 이란은 어쩔 줄을 몰라 집 안에서 소리를 지르며 난리를 쳤다. 심지어 우물로 가서 안을 들여다보며 이광두를 찾았다. 이광두가 그녀의 고함을 듣고 옷장에서 나오자 이란은 새하얗게 질린 얼굴로 그 자리에 털썩 주저앉은 채 가슴을 부여잡고 한참 동안이나 한마디도 하지 못했다.

이광두가 극도로 고독한 이때, 송강이 이광두를 보러 먼 길을 걸어왔다. 송강은 토끼표 캐러멜 다섯 개를 가지고 할아버지에게 말도 하지 않은 채 이른 아침에 마을을 떠나 사람들에게 류진으로 가는 길을 물어물어 왔다. 송강은 한낮이 다 되었을 때에야 비로소 이광두의 집 창가에 도착하여 창문을 두드리며 소리쳤다.

"이광두! 이광두! 너 안에 있어? 나 송강이야."

그때 이광두는 심심한 나머지 막 잠이 들려고 할 참이었는데 송강의 외침이 들리자 펄쩍 뛰어올라 창가로 가서 유리를 두드리며 소리쳤다.

"송강! 송강! 나 안에 있어."

송강이 밖에서 소리쳤다.

"이광두, 문 열어."

그러자 이광두가 말했다.

"문을 밖에서 잠가서 못 열어."

"그럼 창문 열어."

"창문에 못을 박아놨어."

이광두와 송강 형제는 창을 두드리며 기뻐서 한참 동안이나 소리쳐댔다. 아래 창살 유리에다 이란이 신문을 덧대서 형제는 서로 보지 못하고 고함만 들을 수밖에 없었다. 나중에 이광두가 걸상을 창가로 가져와서 그 위에 올라가 창틀에 매달리고 나서야 신문을 덧대놓지 않은 창문 위쪽으로 드디어 송강을 보았고, 송강 역시 이광두를 볼 수 있었다. 송강은 송범평이 출관한 날 입었던 옷을 입고서, 고개를 쳐든 채 이광두를 보며 말했다.

"이광두, 보고 싶었어."

송강은 말하면서도 부끄러운 듯 웃었고, 이광두도 두 손으로 유리를 두드리며 소리쳤다.

"송강, 나도 보고 싶었어."

송강은 주머니에서 토끼표 캐러멜 다섯 개를 꺼내 두 손으로 받쳐들어 이광두에게 보여주었다.

"보이지? 너 주려고 가져왔어."

이광두는 토끼표 캐러멜을 보고 너무나 기뻐 소리를 질렀다.

"송강, 보여. 송강, 너 정말 죽인다."

이광두의 입에서 침이 줄줄 흘러내렸지만, 창유리가 그와 송강 손의 캐러멜 사이를 갈라놓은 탓에 캐러멜을 먹을 수 없으니 미칠 노릇이었다.

"송강, 방법을 생각해봐. 캐러멜을 안으로 넣어줘."

송강이 들었던 손을 내리더니 잠시 생각한 후 말했다.

"내가 문틈으로 집어넣어 줄게."

이광두는 잽싸게 창틀에서 내려온 뒤 걸상에서도 내려와 문에 바짝 붙었다. 제일 넓은 문틈으로 캐러멜 껍질이 흔들리며 들어왔지만 캐러멜은 들어오지 못했다. 송강이 밖에서 소리쳤다.

"안 들어가."

이광두는 초조함에 어쩔 줄 몰라했다.

"다른 방법 좀 찾아봐."

송강은 밖에서 한참 동안 가쁜 숨을 몰아쉬더니 이광두에게 말했다.

"진짜로 들어가질 않아……. 그럼 먼저 냄새만 맡아봐……."

송강이 캐러멜을 문 바깥쪽 문틈에 바짝 붙이자 이광두는 문 안쪽에서 틈새에 코를 바짝 들이댄 채 있는 힘껏 숨을 들이마셨다. 드디어 캐러멜 냄새를 맡은 순간 이광두는 난데없는 울음을 터뜨렸다.

"이광두, 너 왜 울어?"

그러자 이광두가 울면서 대답했다.

"토끼표 캐러멜 냄새가 나잖아."

송강은 바깥에서 깔깔대며 웃기 시작했고, 이광두도 송강의 웃음소리를 듣고 나자 콧물을 튀기며 웃어대다 다시 울다 웃다, 웃다 울다했다. 그러고 나서 두 아이는 문을 사이에 두고 등을 기댄 채 앉아 한참 동안 이야기를 나눴다. 송강은 이광두에게 시골 이야기를 해주었다. 그물로 고기 잡는 법, 나무에 기어오르는 법, 모내기, 벼 베기, 면화 따는 법 등을 배운 일들을 이야기해주었고, 이광두는 송강에게 성안에서 일어난 일을 이야기해주었다. 손위의 죽음과 간식식당의 소씨 아줌마가 끌려나와 나무널빤지를 목에 건 일 등을. 장발 손위가 죽은 이야기를 하자 송강은 바깥에서 훌쩍이며 중얼거렸다.

"진짜 불쌍하다."

두 아이가 문을 맞대고 사이좋게 이야기하는 동안 어느새 오후가 되어버렸다. 문밖의 송강은 해가 우물가 쪽으로 기울기 시작하는 걸 보고는 재빨리 일어나더니 문을 두드리며 이광두에게 이제는 가야겠다고 말했다. 돌아갈 길이 멀어서 일찍 가야겠다는 것이었다. 이광두는 안에서 문을 두들기며 송강에게 조금만 더 이야기하자고 애걸했다.

"날도 아직 안 저물었는데……."

송강은 문을 두드리며 말했다.

"해가 지면 길을 잃어버릴 거야."

송강은 캐러멜을 창가에 놔두면 다른 사람이 가져갈 것 같다면서 문 앞의 돌판 아래에 놔두었다. 그러고선 몇 발짝을 가다가 다시 돌아와서는 돌판 아래는 지렁이가 꼬일까 봐 걱정이라며 오동잎을 두 장 따오더니 캐러멜을 잘 싸서 다시 돌판 아래에 넣어두었다. 그러고 나서 눈을 문틈으로 바짝 붙이더니 이광두를 보며 인사했다.

"이광두, 안녕."

이광두는 상심한 듯 물었다.

"언제 또 보고 싶어할 거야?"

송강은 고개를 가로저으며 대답했다.

"나도 몰라."

이광두는 점점 멀어지는 송강의 발걸음 소리를 들었다. 아홉 살짜리 사내아이의 오리처럼 가벼운 발걸음 소리. 이광두는 눈을 문틈 사이로 바짝 붙인 채 돌판 아래의 캐러멜을 지켜보았다. 그러다가 누군가 가까이 오면 그 사람이 돌판을 들춰 캐러멜을 날름 가져갈까 봐 심장이 벌렁벌렁 뛰었다. 이광두는 황혼이 한시라도 빨리 깃들기를 간절히 바랐다. 해가 지고 엄마가 집에 와서 문을 열어야 그토록 혀가 빠지게 고대하던 캐러멜을 먹을 수 있을 테니까 말이다.

송강은 사뿐사뿐 걸어 골목을 벗어나 큰길로 접어들면서 두리번거리며 걷기 시작했다. 익숙한 집들과 익숙한 오동나무 그리고 싸우는 사람들이 보였다. 어떤 사람들은 울고 있고 또 어떤 사람들은 웃고 있었다. 그 가운데 아는 사람이 있어서 그는 웃어 보였지만, 아무런 반응이 없었다. 약간 실망스러운 마음으로 두 블록을 지나 나무다리를 건넌 후 남문 밖에 이르렀는데, 남문을 나가자마자 시골로 빠지는 첫 번째 길목에서 그만 길을 잃고 말았다. 날이 저물기도 전에 길을 잃은 송강은 어디로 가야 할지 몰라 불쌍하게도 그 길목에 그대로 서 있었다. 사방이 논밭과 집들이었고, 멀리는 사방으로 지평선만 보였기 때문이다. 송강은 그 길목에서 한참 동안 서 있다가 한 남자가 걸어오는 것을 보고 대뜸 '아저씨'라고 부르며 자신의 할아버지네 마을을 어떻게 가느냐고 물었지만, 그 남자는 고개를 저으며 모른다고 대답하고는 건들거리는 걸음걸이로 멀어져갔다. 송강은 광활한 논밭 중간에, 끝도 없는 하늘 아래에 서 있다 보니 점점 무서워져 그만 울음을 터뜨리고 말았다. 그는 눈물을 닦으며 남문으로 가서 다시 우리 류진으로 돌아가기로 했다.

송강이 가고 난 후부터 이광두의 눈은 줄곧 문틈에 고정되어 있었는데 눈이 쓰리고 아파올 무렵 갑자기 송강이 돌아왔고, 이광두는 송강이 가다가 다시 자신을 보고 싶어서 돌아왔다고 생각하고는 기쁨에 문을 두들기며 소리쳤다.

"송강, 가다가 벌써 또 보고 싶어진 거야?"

송강은 문밖에 선 채 고개를 절레절레 흔들며 상심한 듯 대답했다.

"길을 잃었어. 집으로 가는 방법을 모르겠어. 급해 죽겠는데."

이광두는 깔깔 웃음을 터뜨렸고, 문을 두드리며 송강을 위로했다.

"서두르지 마. 엄마 돌아오실 때까지 기다려봐. 엄마는 너희 집 가는 길을 아시니까 데려다주실 거야."

듣고 보니 이광두 말이 맞는 것 같아 송강은 고개를 힘차게 끄덕이고서는 문틈에 얼굴을 바짝 들이민 채 안에 있는 이광두를 보고 몸을 문에 바짝 붙여 땅바닥에 앉았다. 이광두도 안에서 문에 몸을 기댄 채 바닥에 앉아 있었다. 두 아이는 다시 문을 사이에 두고 한참 동안 이야기를 나누었다. 이번에는 송강이 어디서 싸움이 났고, 어디서 누가 울고 있었으며, 어디서 누가 웃고 있었는지 방금 본 것들을 이야기해주었다. 그러다가 갑자기 토끼표 캐러멜이 생각났는지 잽싸게 돌판을 들춰 캐러멜을 꺼내면서 정말 위험했다고, 지렁이가 방금 오동잎을 먹었다고, 다행히 아직 캐러멜은 안 먹었다고 했다. 그는 캐러멜 다섯 개를 주머니에 조심스럽게 넣고 손으로 주머니를 꼭 쥐었다. 잠시 후 송강이 이광두에게 조용히 속삭였다.

"광두야, 나 배고파. 점심도 못 먹었어. 캐러멜 하나 먹어도 될까?"

좀 아까운 마음이 든 이광두가 안에서 머뭇거리자 밖에 있는 송강이 채근했다.

"나 진짜 배고프거든. 한 개만 먹을게."

이광두는 안에서 고개를 끄덕이며 말했다.

"그럼 네 개 먹고, 나한테 하나만 남겨줘."

송강은 밖에서 고개를 절레절레 흔들었다.

"하나만 먹을게."

송강은 주머니에서 캐러멜 한 개를 꺼낸 뒤 잠깐 보더니 코로 가져가 냄새를 맡았다. 집 안에 있는 이광두는 입에서 나는 소리가 아니라 그저 코에서 킁킁대는 소리만 들리자 이상하다는 듯 송강에게 물었다.

"왜 씹는 소리가 안 나고 킁킁대기만 해?"

그러자 송강이 깔깔댔다.

"안 먹었어. 그냥 냄새만 맡아봤거든."

"왜 안 먹는데?"

송강은 침을 꼴깍 삼키더니 말했다.

"안 먹을래. 이건 너한테 주려고 가져온 거니까 난 그냥 냄새만 맡아도 돼."

이때 이란이 돌아왔다. 이광두는 먼저 엄마의 놀란 탄성을 들었고, 곧이어 달려오는 발걸음 소리를 들었다. 그리고 이어 송강의 외침이 들렸다.

"엄마!"

이란은 문 앞으로 달려와 송강을 꼭 껴안았고, 기관총 소리처럼 말을 따다다 내뱉었다. 이광두는 감옥에 갇혀 있는 것처럼 여전히 안에 갇힌 채 문을 힘차게 두들기고 소리를 질렀는데, 한참이 지나서야 이란은 그 소리를 듣고 문을 열어주었다.

이광두와 송강은 그제야 서로를 제대로 볼 수 있었다. 두 아이는 손에 손을 꼭 잡은 채 악을 써대며 땀이 나도록, 콧물이 입에 들어가도록 펄쩍펄쩍 뛰고 난리를 쳐댔다. 그렇게 10여 분을 뛰다가 송강이 주머니 속의 캐러멜이 생각난 듯 이마의 땀을 훔치며 캐러멜을 꺼낸 뒤 하나, 둘, 셋, 넷, 다섯을 세면서 하나씩 하나씩 이광두의 손에 올려주었고, 이광두는 네 개를 주머니에 넣은 후 남은 한 개의 껍질을 잽싸게 벗긴 후 입에 집어넣었다.

이란은 실공장에서 하루 종일 비판투쟁을 겪어 돌아오는 길의 피로가 이루 다 말할 수 없었지만, 송강을 보고 나니 순간 밀려오는 흥분에 얼굴이 다 붉어졌다. 송범평이 죽은 후 처음으로 느끼는 기쁨이었다. 그녀는 송강이 왔으니 저녁은 맛있는 것을 먹자고, 인민반점에서 국수를 먹자고 말하고는 아이들의 손을 잡고 거리로 나섰다. 그들은 황혼이 내리는 거리를 걸었고, 이광두는 마치 몇 년 간 거리에 나와보지 못한 사람처럼 기분이 좋아 펄쩍펄쩍 뛰어오르며 걸었고, 송강도 이광두를 따라 뛰어오르며 걸었다. 이란은 웃음 가득한 얼굴로 두 아이의 손을 잡고 걸었고, 그녀의 웃는 얼굴을 오랫동안 보지 못한 이광두는 물론이고 송강 역시 그녀의 웃는 얼굴을 보고 한층 더 기뻐하며 날뛰었다.

그들이 다리를 건널 무렵 목에 나무널빤지를 건 간식식당의 소씨 아줌마와 마주쳤는데, 그녀의 딸 소매가 옆에서 엄마의 옷자락을 잡고 서 있었다. 송강이 소씨 아줌마를 보고 다가가 물었다.

"아줌마처럼 좋은 분이 왜 나무널빤지를 걸고 계세요?"

소씨 아줌마는 고개를 떨어뜨린 채 한마디 대꾸도 못했고, 소매는 송강의 말을 듣더니 손을 들어 눈물만 훔쳤다. 이란은 고개를 숙이고 서서 이광두를 밀며 소매에게 캐러멜 하나만 주라고 낮은 목소리로 속삭였다. 이광두는 침을 삼키며 주머니에서 토끼표 캐러멜 한 개를 꺼내 아까운 듯 꾸물거리다가 건네주었고, 소매는 눈물을 훔친 손으로 캐러멜을 받아들었다. 소씨 아줌마는 고개를 들어 이란을 보고 웃었고, 이란도 소씨 아줌마를 보고 웃었다. 이란은 잠시 동안 그렇게 서 있다가 송강의 손을 잡아끌었고, 송강도 가야 한다는 걸 알고는 소씨 아줌마에게 말했다.

"아줌마, 안심하세요. 아줌마는 복 받으실 거예요."

소씨 아줌마도 낮은 목소리로 송강에게 화답했다.

"착한 녀석, 너도 복 받을 거야."

송범평이 커다란 붉은 깃발을 위풍당당하게 흔들었던 날 아이들을 데리고 국수를 먹으러 왔을 때, 사람들이 그들을 둘러싸며 알은체를 하고 주방장이 일반 국물 대신 육수를 담아준 이후 한참 동안 오지 못했던 인민반점에 이란이 이광두와 송강을 데리고 도착했다. 지금의 식당은 썰렁했다. 이란은 아이들에게 양춘면 두 그릇을 시켜주고, 자기 것은 시키지 않았다. 돈을 쓰기 아까워서 자기는 집에 가서 남은 밥을 먹을 요량이었다. 이광두와 송강은 김이 모락모락 나는 국수를 먹으면서 콧물을 거의 입으로 들어갈 정도로 흘렸으나, 입에 닿기 직전 아슬아슬하게 코로 다시 들이마셨다. 아이들에게는 국수 맛이 지난번하고 똑같이 죽여줬는데, 지난번 본 적이 있는 주방장이 사람들이 없는 틈을 타서 다가오더니 조그만 목소리로 일러주었다.

"너희한테 준 건 육수야."

이날 밤 이란은 두 아이의 손을 잡고 거리를 한참 동안 걸었다. 날이 저물고 나서 그들은 야간 경기장에 갔다. 세 사람은 경기장 주변 바위 위에 앉은 채 텅 빈 경기장을 바라보았다. 이란은 경기장에 불이 밝게 들어오고 격렬한 경기가 있던 날, 송범평이 발군의 기량으로 경기장을 순식간에 숨 막히게 하다 들끓게 했던 덩크슛을 떠올렸다. 그녀는 입가에 미소를 지으며 아이들에게 이야기했다.

"너희 아빠가 돌아가신 후 아직까지 아무도 덩크슛을 하지 못했단다."

송강은 이광두의 집에서 이틀을 머물렀는데, 사흘째 되던 날 송강의 할아버지, 그 늙은 지주가 호박을 지고 왔다. 이란이 반갑게 "아버님" 하고 부르면서 그의 소매를 붙잡고 늙은 지주를 집 안으로 모시려 했지만, 그는 고개를 숙인 채 문밖에 서서 꼼짝도 하지 않았다. 이란의 거듭된 부탁에도 늙은 지주는 고개를 가로저으며 죽어도 들어가지 않으려 했다. 할 수 없이 이란은 걸상을 가져와 문밖에 늙은 지주를 앉게 했지만, 늙은 지주는 앉지 않고 몸만 숙여 호박을 집 안에 들여놓고 계속 밖에 서서 송강이 아침밥을 먹는 모습을 지켜보다가 송강이 나오자 그의 손을 잡고 마치 절을 하듯 이란에게 고개를 끄덕이더니 송강과 함께 가버렸다.

이광두는 문가로 뛰어와 아쉬운 듯 송강을 바라보았고, 송강도 연방 고개를 돌려 아쉬운 듯 이광두를 바라보았다. 송강은 손을 어깨 높이로 올려 이광두를 향해 흔들었고, 이광두 역시 어깨 높이로 손을 올려 흔들었다.

그 후로 송강은 거의 매 달 성안으로 왔다. 그때부터는 혼자가 아니라 할아버지와 함께 와서 채소를 팔았다. 조부와 손자는 날이 밝기도 전, 이광두가 꿈에서 깨기도 전에 성에 도착했다. 남문을 지나 성안에 들어오면 송강은 신선한 채소 두 포기를 들고 해뜨기 전의 거리를 지나 이광두의 집 앞까지 뛰어와서는 문 앞에 채소를 조심스럽게 놔둔

후 다시 해뜨기 전의 채소시장으로 달려가 채소를 파는 할아버지 옆에 앉아 할아버지 대신 큰 소리로 외쳤다.

"채소 사세요!"

송강과 그의 할아버지는 보통 해가 밝을 무렵이면 채소를 다 팔았고, 빈 광주리를 맨 할아버지는 송강의 손을 잡고 집으로 가자며 일부러 길을 돌아서 이광두의 집으로 갔다. 둘은 안에서 무슨 소리가 안 나나, 모자가 지금 일어나고 있나, 하며 문밖에 서서 귀를 기울였다. 하지만 그때는 항상 이란과 이광두가 잠에서 깨어나기 전이고, 채소 두 포기는 여전히 문에 괴어 있는 채여서 송강과 그의 할아버지는 어쩔 수 없이 조용히 자리를 뜨곤 했다.

첫해 송강은 성에 올 때마다 토끼표 캐러멜을 몇 개씩 가져와 오동잎에 싸서 문 앞의 돌판 아래 놔두곤 했다. 이광두는 엄마가 송강에게 도대체 캐러멜을 얼마나 주었는지 궁금했지만, 아무튼 일 년 동안 이광두는 띄엄띄엄, 거의 매 달 한 번은 토끼표 캐러멜을 먹을 수 있었다.

이란이 일어나 문을 열어 이슬 맞은 채소를 볼 때면 이광두에게 힘차게 외쳤다.

"송강 왔다."

그러면 이광두는 가장 먼저 돌판을 들춰 잎으로 싼 캐러멜을 꺼낸 후 거리로 냅다 달렸다. 이란은 이광두가 송강을 보려는 것을 알고 이때만큼은 내버려두었기에 이광두는 시장에 갔을 때 송강의 모습이 보이지 않으면 즉각 발길을 돌려 남문으로 향했다. 몇 차례 형제가 남문밖에서 만나기도 했다. 이광두는 광주리를 맨 할아버지 뒤를 따라가는 송강이 걸어가는 모습을 멀리서 보고 있는 힘을 다해 소리쳤다.

"송강! 송강……."

그 소리를 듣고 송강이 고개를 돌려 역시 있는 힘을 다해 소리쳤다.

"이광두! 이광두!"

이광두는 그 자리에 서서 손을 흔들며 송강의 이름을 불렀고, 송강은 계속 걸어가면서 이광두를 돌아보며 손을 흔들고 이름을 불렀다. 이광두는 송강의 모습이 보이지 않아도 계속 이름을 불렀다.

"송강! 송강……"

이광두가 이름을 외칠 때면 하늘 저편에서 메아리가 들렸다.

"가앙, 가아앙."

24

파란만장한 세월이 조용히 우리 류진을 스쳐지나, 순식간에 7년이라는 세월이 흘러갔다. 우리 류진에는 남편을 잃은 여인이 한 달간, 길게는 반 년간 머리를 감지 않는 풍습이 있었다. 이란은 송범평이 죽은 후부터 머리를 감지 않았다. 누구도 송범평에 대한 이란의 깊은 정을 가늠할 수 없었다. 그것은 바다보다 깊고 넓은 것이었다. 그리하여 이란은 무려 7년이나 머리를 감지 않았고, 그 상태에서 머리카락에 항상 머릿기름을 발랐다. 그녀가 머리를 항상 검고 빛나게 유지하며 깔끔하게 빗고 고개를 꼿꼿이 세운 채 거리에 나서면 류진의 아이들이 그녀의 뒤를 쫓으며 소리를 질러댔다.

"지주 마누라, 지주 마누라……"

그럼에도 이란의 입가에는 시종일관 자신만만한 미소가 걸려 있었다. 송범평과는 비록 1년 2개월이라는 짧은 시간 동안 부부생활을 함께했지만, 이란의 마음 깊은 곳에서 그 시간은 그녀의 일생보다 긴 시간이었다. 이란은 7년간 머리를 감지 않으면서도 머릿기름은 계속 발랐기 때문에 머리에서 풍기는 악취는 갈수록 그 도를 더해갔다. 처음에는 양말 고린내 비슷한 냄새가 집 안을 가득 채우더니, 나중에는 그녀가 길에 나타날 때면 길가 사람들 모두 그 냄새를 맡을 수 있을 정도여서 류진 사람들은 다 그녀를 피했다. 그녀를 '지주 마누라'라고 부르며 따라붙던 꼬마들도 코를 틀어막고 "아이고 냄새야, 아이고 죽겠네."를 연발하며 줄행랑을 쳤다.

　이란은 이를 오히려 영광으로 생각했다. 그녀는 사람들이 자신이 송범평의 부인이라는 사실을 언제나 기억하기를 바랐기 때문이다. 그리하여 이광두가 책보를 메고 학교에 다니기 시작한 후로 아버지 이름을 써넣어야 할 때면 그녀는 조금의 머뭇거림도 없이 '송범평'이라고 적어넣었고, 이건 이광두에게 커다란 괴로움을 가져다주었다. 일단 송범평이라는 이름을 적어넣기만 하면 이광두의 가정성분 난에 반드시 '지주'라고 써넣어야 했고, 그러면 학교에서는 이광두를 '새끼 지주'라며 따돌렸다. 이란과 시골에서 그를 보러오는 송강만이 이광두의 이름을 불렀을 뿐 다른 사람들은 마치 그의 이름을 모르는 듯했고, 나중에는 선생님까지 그렇게 불렀다.

　"새끼 지주, 일어나서 이 단락 외워봐."

　열 살이 된 이광두는 갑자기 자신에게 친아버지가 있다는 사실을 생각해냈다. 변소에서 여자 엉덩이를 몰래 훔쳐보다 똥통에 빠져 죽은 그 아버지. 이광두는 '지주'라는 굴레에서 벗어나고 싶어 학교에서 나눠준 서식에 그 이름을 적어넣으려고 처음으로 엄마 뜻에 반항을 하며 물었다.

　"어떻게 써?"

때마침 밥을 짓고 있던 이란은 이광두의 물음에 잠시 동안 멍해 있다가 이해할 수 없다는 표정으로 아들을 보면서 대답해주었다.

"송범평."

이광두는 고개를 떨어뜨리며 말했다.

"다른 아버지 말이야⋯⋯."

순간 이란의 표정이 굳어지면서 단호한 목소리의 대답이 이어졌다.

"다른 아버지는 없어."

이란은 자랑스러운 마음으로 송범평을 자신의 마음속 깊은 곳에 두고 그의 지주 마누라 역할을 자임했는데, 그렇게 7년, 이광두가 열네 살이 되었을 때까지 자랑스럽게 해오던 것이 이광두가 변소에서 여자들의 엉덩이를 훔쳐보다가 잡힌 순간 바로 무너져내리고 말았다. 그 후부터는 이광두가 서식을 다 채우고 나면 이란이 지우개로 송범평의 이름을 지워버린 후 이광두에게는 낯설기 그지없는 '류산봉'이라는 이름을 써넣었고, 가정성분 난에는 '지주'라는 글자를 '빈농'이라고 고쳐 써넣었다. 이란이 고쳐준 서식을 이광두에게 건네주면 이광두는 다시 '류산봉'과 '빈농'을 지우고 '송범평', '지주'라고 써넣었다. 열네 살 이광두에게 '새끼 지주'라는 출신 성분은 이미 별 신경 쓸 거리가 못 되었기에 이렇게 웅얼거렸다.

"내 아버지는 송범평이란 말이에요."

이란은 방금 전 아들의 말에 놀라 마치 모르는 사람을 대하듯 아들을 바라보았고, 아들이 고개를 들어 자신을 보자 바로 고개를 떨어뜨리며 작은 소리로 말했다.

"너의 친아버지는 류산봉이야."

"무슨 류산봉?"

이광두는 일고의 가치도 없다는 듯 말을 이었다.

"그 사람이 내 아버지면, 송강은 내 형제가 아니야."

이광두는 여자들 엉덩이를 훔쳐보다가 일거에 유명해진 후 더 이상 '새끼 지주'가 아닌 '새끼 엉덩이'가 되어버렸다. 사람들 머릿속에서 잊힌 그의 친아버지의 악취 나는 명성이 마치 새로 발굴된 문화재처럼 출토된 것이다. 이광두의 동기들도 더 이상 그를 '새끼 지주'라고 부르지 않고 '새끼 엉덩이'라고 불렀다. 죽은 그의 친아버지가 '늙은 엉덩이'기 때문이었다. 그의 선생님까지도 그렇게 불렀다.

"새끼 엉덩이, 청소해라."

이란에게는 첫 번째 남편이 똥통에 빠져 죽은 치욕의 기억이 돌아왔고 송범평이 가져다준 긍지는 순식간에 사라져버렸다. 그녀는 더 이상 고개를 든 채 거리에 나서지 못했다. 14년 전처럼 겁이 많아져서 거리에 나설 때마다 고개를 떨어뜨리고 다녔고, 길거리 사람들이 죄다 자신을 손가락질하면서 수군거리는 것 같아 벽에 바짝 붙은 채 총총걸음으로 다녔다. 집 밖에 나서길 꺼려했으며, 집 안에서도 침대 옆의 나무닭처럼 말없이 멍한 표정으로 앉아 있었다. 편두통도 다시 시작됐고, 입에서는 아침부터 밤까지 쇳소리가 새어나왔다.

이때의 이광두는 임홍의 엉덩이 비밀을 팔아서 무지 많이 먹은 삼선탕면과 가끔 먹는 양춘면 덕분에 영양 상태가 좋아져 만면에 홍조를 띠었다.

이광두가 건들거리며 거리를 걸을 때면 완전히 유명인사로서의 위엄이 피어났고, 그는 다른 사람들이 자신을 '새끼 엉덩이'라고 부르며 비웃는 것도 전혀 개의치 않았다. 그를 '새끼 엉덩이'라고 부르는 사람들은 자세한 내막을 모르는 사람들이었고, 조승리나 류성공, 아들

관 가새 등 이광두와 거래를 하고 난 뒤 상세한 내막을 알게 된 사람들은 모두 그를 '엉덩이 대왕'이라고 불렀기 때문이다. 이 당시 조승리는 이미 조 시인이 되었고, 류성공 역시 류 작가가 되었을 때인데, '엉덩이 대왕'이라는 별명도 류진의 이 양대 문호께서 지어준 것이었다. 이광두는 '엉덩이 대왕'이라는 별명이 실사구시적이라 여겨져 마음에 들었다.

소년 이광두와 청년 시인 조승리, 그리고 청년 작가 류성공은 몇 개월간 막역한 사이로 지냈다. 그들의 공통된 화두는 임홍의 아리따운 엉덩이에 대한 연구와 토론이었다. 우리 류진의 양대 문호께서는 머리를 쥐어짜서 나온 사실적이고, 서정적이고, 형용적이고, 비유적이고, 묘사적이고, 비평적인 어휘들을 이광두 앞에 늘어놓은 채 이광두로 하여금 어떤 어휘가 가장 적절하고 생생한지 판단을 내리게 했다. 그렇게 해서 이광두가 고른 어휘는 사실적이고도 생생하며 서정적이기까지 했다. 그리하여 모든 어휘에 대한 토론이 끝난 후에는 이광두와 두 문호의 왕래도 끝이 났다. 이 두 문호는 일찍이 깊은 밤, 문화대혁명 기간 중에 압류한 책들을 모아놓은 집에 들어가 책을 훔친 적이 있었다. 그때마다 이광두는 이들을 도와 밖에서 망을 봐주었는데, 임홍의 엉덩이를 묘사한 아름답고 미묘한 그 많은 어휘들은 다 이 책들에 나온 표현들이었다.

동 철장은 내막을 아는 사람들 가운데 유일하게 이광두를 '엉덩이 대왕'이라고 부르지 않았다. 동 철장은 저렴한 양춘면 한 그릇과 임홍의 값비싼 엉덩이의 비밀을 맞바꾸려 들었지만 이광두는 단호했다. 동 철장은 본전도 못 건진 채 양춘면 한 그릇만 날렸고, 그 후부터 길거리에서 이광두를 볼 때면 분을 삭이지 못하고 으르렁거렸다.

"죽일 놈의 새끼 엉덩이."

이광두는 그 말에 전혀 신경 쓰지 않았고, 오히려 동 철장을 타이르 듯 천연덕스럽게 대꾸했다.

"그냥 '엉덩이 대왕'이라고 부르세요."

당시 임홍은 방년 18세로 처녀 나이 18세면 한 떨기 꽃이요, 18세 임홍은 그런 꽃 중의 꽃이었으니, 남자들의 마음을 뒤흔드는 임홍이 일단 거리에 그 모습을 드러내면 거리에 있는 모든 남자의 눈이 임홍 의 몸에 꽂히는 건 당연했다. 하지만 이들은 보기만 할 뿐 말은 못 붙 이는 놈팽이들이었고, 오직 이광두만이 가끔 길에서 임홍을 만날 때 면 마치 오랜 친구처럼 열정적으로 인사를 건넸다.

"임홍, 오랜만이네. 요즘 어떻게 지내요?"

임홍은 변소에서 자신의 엉덩이를 훔쳐본 열다섯 살 먹은 양아치와 어깨를 나란히 하고 걷는 게 부끄러워 얼굴이 시뻘게졌지만, 이 친구 는 행인들의 멍한 표정, 낄낄대는 사람들을 무시한 채 다정하게 말을 이어갔다.

"식구들은 다 잘 지내죠?"

임홍은 화가 나 이를 악다문 채 낮은 목소리로 내뱉었다.

"저리 가!"

이 말을 들은 이광두는 뒤를 돌아보며 뒤따라오는 사람들에게 마치 임홍이 그들에게 한 이야기인 양 손사래를 쳐대면서 자신은 임홍의 보디가드라도 되는 것처럼, 화가 나 눈물이 그렁그렁한 임홍에게 말 을 건넸다.

"어디까지 가요? 제가 같이 가드릴게."

임홍은 더 이상 견딜 수가 없어 단호한 어조로 소리쳤다.

"꺼져! 이 양아치야!"

하지만 이광두는 여전히 뒤를 돌아보았고, 순간 임홍은 이광두에게 분명히 소리쳤다.

"너 말이야!"

길가 사람들이 낄낄거리는 가운데 이광두는 발길을 멈추고 임홍의 아리따운 뒷모습을 바라보며 무지 아쉬운 듯 입을 훔치면서 사람들에게 변명하듯 말했다.

"아직도 나한테 화가 안 풀렸나봐요."

그러고는 고개를 절레절레 흔들면서 한숨을 길게 내쉬더니 후회막급한 듯 한마디를 내뱉었다.

"그때 그 생활범죄를 저지르는 게 아니었는데."

이광두의 못된 행실은 이란의 귀에도 조금씩 전해졌고, 첫 남편의 추문을 견디느라 힘겨웠던 이란의 머리는 이제 아들의 추문을 견디느라 더욱더 아래로 내려갔다. 일찍이 눈물로 세수하던 그녀는 이제 눈물마저 말라버렸다. 이란은 아들에 대해 자신이 이미 어찌해볼 도리가 없다는 걸 알고 그의 행실에 대해 한마디 말도 하지 않았다. 그리하여 두통으로 잠이 깬 밤이면 앞으로 이광두를 어떡해야 하나 하는 걱정으로 거의 매일 뜬눈으로 밤을 지새웠고, 슬프고 괴로운 마음에 하늘을 탓하곤 했다.

"하느님, 어쩌자고 저한테 저런 개망나니를 낳게 하셨습니까?"

이란은 정신이 무너진 후 육신도 함께 무너졌다. 그녀의 편두통은 갈수록 심해졌고, 나중에는 신장에도 문제가 생겼다. 이광두가 밖에서 삼선탕면을 열심히 먹어 얼굴에 기름기가 잘잘 흐를 때 이란은 더이상 출근을 못하고 장기 병가를 내 집에서 쉬고 있었고, 그녀의 얼굴은 누렇게 뜨고 몹시 수척해졌다. 그리하여 이란은 매일 병원에 가서 주사를 맞았는데, 그녀의 머리에서 나는 악취 때문에 의사와 간호사들 모두 마스크를 해도 견디기 힘들 정도였다. 그들은 몸을 돌린 채 그녀와 이야기를 나누었고, 몸을 삐딱하게 돌린 채 주사를 놓았다. 나중에 병세가 더 악화되어 입원을 해야 했을 때 그들은 이란에게 급기야 이렇게 말했다.

"머리 감고 입원하세요."

이란은 부끄러워 고개를 떨어뜨린 채 집으로 돌아왔고, 이틀간 괴로운 시간을 보냈다. 이 이틀간 그녀의 머릿속은 온통 송범평의 생전의 웃는 얼굴과 포근한 목소리로 가득했다. 그녀가 만약 머리를 감는다면 일생 동안 사랑했던 송범평에게 면목이 서지 않을 것 같았다. 하지만 나중에는 그녀에게 남은 날이 그리 길지 않을 거란 생각이 들었고, 머지않아 구천에서 송범평과 만날 텐데 송범평도 머리에서 나는 악취를 좋아할 것 같지 않다는 생각이 들어 일요일 한낮 이란은 깨끗한 옷 몇 벌을 대광주리에 담고서, 막 나가려던 이광두를 불러세운 뒤 잠시 뜸을 들이다가 입을 열었다.

"아무래도 병이 나을 것 같지 않아서 죽기 전에 몸을 깨끗이 해야 할 것 같구나."

그것은 이광두가 변소에서 몰래 여자 엉덩이를 훔쳐본 후 처음으로 이광두에게 함께 길을 나서자고 한 것이었다. 비록 목숨까지 잃었지만 영원히 용서할 수 없는 전남편과 똑같이 자신을 부끄럽게 한 아들이었으나 그래도 아들은 자신의 몸에서 떨어져 나온 피붙이였다.

이란은 이광두와 함께 목욕탕에 가려고 나서면서 불현듯 이광두의 키가 자신보다 불쑥 커버린 것을 발견하고 안도의 미소를 지었고, 자신도 모르게 아들의 팔짱을 꼈다. 이란은 걷는 것도 힘이 들어 가쁜 숨을 몰아쉬며 20여 미터를 가다 나무 아래에서 걸음을 멈추고 쉬었고, 이광두는 그녀 곁에서 아는 사람들과 인사를 하며 그들이 누군지 이란에게 알려주었다. 이란은 열다섯 살밖에 안 된 아들이 아는 사람들이 자신이 알고 지내는 사람들보다 훨씬 많은 것에 놀랐다.

집에서 목욕탕까지 불과 5백 미터밖에 안 되는 거리를 이란과 이광두는 한 시간이 넘게 걸었고, 이란이 매번 나무 아래서 쉴 때마다 이광두는 짜증 한 번 내지 않고 곁에 서서 그녀가 이제껏 들어보지 못한 류진에서 벌어진 많은 일들을 차분하게 이야기해주었다. 그 순간 이란은 아들이 더 이상 아이가 아니라는 사실을 깨닫고 잠시나마 기분이 좋아졌다. 하지만 곧 이광두가 송강처럼 정직하기만 하면 세상 사는 데 문제가 없을 것 같다는 생각이 들었다.

"아들이 개망나니라……."

목욕탕에 도착한 후에도 이란은 벽에 기댄 채 잠시 쉬다가 이광두의 손을 잡은 채 그에게 어디 가지 말고 목욕탕 밖에서 기다리라고 했다. 이광두는 고개를 끄덕이며 목욕탕 안으로 들어가는 어머니의 뒷모습을 바라보았다. 이란의 발걸음은 마치 인생의 황혼에 접어든 노인의 그것처럼 느렸고, 그녀의 머리는 7년이나 감지 않았는데도 새까맣게 빛이 났다.

이광두가 목욕탕 밖에 서서 얼마나 기다렸는지 다리가 아프고 발가락까지 저려왔다. 많은 사람들이 얼굴이 뽀얗게 익고 머리에 물기가 남아 있는 채로 목욕탕 밖으로 나왔고, 그 가운데에는 이광두에게 잊지 않고 '새끼 엉덩이' 또는 '엉덩이 대왕'이라고 부르고 가는 사람들도 있었다. 그는 '새끼 엉덩이'라고 부르는 사람들에게는 엄청 뻐기는 듯한 태도에 내키지 않는 듯한 눈길을 한 번 줄 뿐이었지만, '엉덩이 대왕'이라고 부르는 사람들에게는 웃는 얼굴로 열정적인 인사를 나누었다. 왜냐하면 이들은 이광두의 삼선탕면 고객들이었기 때문이다.

동 철장이 목욕탕에서 나오면서 문 앞에 서 있는 이광두를 보며 '죽일 놈의 새끼 엉덩이'라고 부른 뒤 목욕탕 안을 가리키며 말했다.

"목욕탕도 훔쳐보지 그러냐. 엉덩이가 많아 눈이 다 모자를 정도일 텐데 말이야……."

이광두는 콧방귀를 끼며 시큰둥하게 말을 받았다.

"뭘 안다고 그러세요? 엉덩이가 많으면 다 볼 수 있을 것 같죠? 어떤 걸 봐야 할지도 모르게 된다고요."

그는 손가락 다섯 개를 펼치며 동 철장을 노련하게 가르쳤다.

"최대 다섯 개를 넘으면 안 되고, 최소 두 개는 돼야 한다고요. 다섯 개가 넘으면 헷갈리고, 두 개 이하면 분명히 볼 수 있고 기억도 분명하겠지만 비교가 안 된다는 단점이 있거든요."

동 철장은 이야기를 듣고 나더니 뭔가 크게 깨달았는지 이광두를 숭배하는 듯한 말투로 말했다.

"요 죽일 놈의 새끼 엉덩이, 넌 진짜 대단한 놈이다. 이 몸께서 이번 생에 반드시 삼선탕면 한번 사마."

이광두는 겸손하게 손사래를 치며 동 철장의 말투를 바꿔주었다.

"그러니까 앞으로는 '엉덩이 대왕'이라고 부르세요."

동 철장은 이광두의 뜻을 흔쾌히 받아들였다.

"확실히 '엉덩이 대왕'은 '엉덩이 대왕'이다."

우리 류진의 엉덩이 대왕 이광두가 목욕탕 앞에서 장장 세 시간 가까이 기다렸지만 그의 모친은 나올 줄을 몰랐다. 그리하여 이광두는 불같이 화가 나다가도 한편으로는 모친이 혹시 안에서 쓰러지기라도 했나 싶어 걱정이 되었다. 그렇게 시간이 한참 흐르고 나서 온통 백발인 여인이 젊은 여자들 뒤를 비틀거리며 따라 나왔다. 이광두는 머리칼에서 물을 뚝뚝 떨어 뜨리면서 자기들끼리 깔깔대면서 수다를 떨며 가는 젊은 여자들을 보느라 비틀거리며 걷는 여인이 자기에게 걸어오고 있는지 전혀 신경 쓰지 못했다. 그런데 그 백발의 여인이 갑자기 이광두 앞에서 발걸음을 멈추더니 그를 조용히 부르는 것이 아닌가.

"광두야."

이광두는 깜짝 놀랐다. 그 여자가 엄마일 줄은 꿈에도 생각하지 못했기 때문이다. 방금 목욕탕에 들어갈 때만 해도 흑발이던 이란의 머리가 이광두 앞에 서 있는 지금은 백발이었다. 송범평을 기리기 위해 7년간 감지 않았던 머리를 감고 나자 백발이 드러난 것이었다.

이광두는 처음으로 어머니가 늙었다는 사실을, 그것도 할머니처럼 늙었다는 사실을 깨달았다. 이란은 이광두의 팔짱을 낀 채 힘겹게 집으로 향했는데, 도중에 아는 사람을 만나면 그들 모두 이란을 보고 깜짝 놀랐다. 그들은 얼굴을 가까이 들이대면서 놀란 목소리로 물었다.

"이란, 이란 맞죠?"

이란은 힘없이 고개를 끄덕이며 맥없이 대답했다.

"맞아요. 제가……."

25

이란은 집으로 돌아온 뒤 거울에 비친 갑작스레 늙어버린 자신의 모습에 스스로도 깜짝 놀랐다. 곧이어 이번에 입원을 하면 살아서 나오지 못하리란 불길한 예감이 들었다. 그녀는 쉰내 나는 머리를 깨끗하게 감았지만, 곧장 입원하지 않고 며칠 더 집에 머물렀다. 그 며칠간 그녀는 침대에 눕지 않고 탁자 앞에 앉아서 수심 가득한 표정으로 이광두를 바라보며 무시로 한숨을 쉬어댔다.

"너 앞으로 어떡할 거니?"

이란은 뒷일을 도모하기 시작했다. 그 가운데에는 역시 이광두가 가장 큰 걱정이었다. 자신이 죽고 나면 아들이 어떻게 될까? 그녀 생각에 아들의 팔자가 그리 좋을 것 같지는 않았다. 열네 살에 여자들 엉덩이나 훔쳐보고 다녔으니, 열여덟 살이 되면 어떤 못된 짓을 저지를지 모르고, 나중에는 철창 신세까지 지게 될까 봐 걱정이었다.

이란은 병원에 입원하기 전에 아들 일을 먼저 처리하기로 했다. 그녀는 호적부를 가슴에 보듬은 채 이광두의 부축을 받으며 현 민정국에 갔다. 불쌍한 이란은 지주 마누라인데다 온 동네가 다 아는 생양아치 이광두의 엄마이니 부끄러움에 고개를 떨어뜨린 채 전전긍긍하며 민정국에 들어가 사람들에게 머뭇거리며 물었다.

"어느 분이 고아 일을 담당하시나요?"

이광두는 이란을 부축한 채 서른이 약간 넘은 것처럼 보이는 남자가 사무용 책상 앞에 앉아서 신문을 보고 있는 방으로 들어갔다. 이광두는 한눈에 그를 알아보았다. 7년 전, 송범평의 시신을 수레에 싣고 터미널에서 그의 집까지 옮겨다준 사람이었다. 이광두는 그의 이름이 도청이라는 걸 기억해냈고, 흥분한 나머지 그에게 손가락질을 하며 말했다.

"아저씨 이름, 도청이죠?"

이란은 이광두의 옷을 잡고 말렸다. 아들의 말투가 예의 없게 들렸기 때문이다. 그녀는 고개를 조아리고 허리를 굽히며 물었다.

"도청 동지시죠?"

고개를 끄덕이며 손에서 신문을 내려놓고 이광두를 자세히 살펴보는 그의 눈빛이 분명히 이광두를 기억하는 것 같았다. 이란은 문가에 선 채 안으로 감히 들어가지도 못하고 목소리마저 떨고 있었다.

"도 동지, 여쭤볼 말씀이 있어서요."

도청은 미소를 지어 보이며 말했다.

"들어와서 얘기하세요."

이란은 불안한 듯 고개를 떨어뜨리며 말했다.

"제 계급 성분이 나빠서요."

도청은 여전히 미소를 띤 얼굴로 말했다.

"들어오세요."

그렇게 말하며 도청은 일어나 의자를 가져와서는 이란에게 앉으라고 했고, 이란이 황공한 듯 들어오긴 했지만 여전히 앉지 못하고 있자 도청이 의자를 가리키며 거듭 말했다.

"앉아서 말씀하세요."

이란은 잠시 동안 머뭇거리다가 공손한 자세로 앉은 다음 호적부를 도청에게 건네주며 손가락으로 이광두를 가리켰다.

"이 아이는 제 아들이고요, 호적부에 이 아이 이름이 있습니다."

도청은 호적부를 펼쳐보며 말했다.

"네, 있군요. 그런데 무슨 일이시죠?"

이란은 쓴웃음을 지으며 말을 이었다.

"제가 요독증에 걸려 오래 살지 못할 것 같아요. 제가 죽으면 제 아들 녀석에겐 가족은 물론이고 친척도 없으니 생활보호대상이 될 수 있을까 해서요."

도청은 놀란 듯 이란을 바라본 뒤 다시 이광두를 보았고, 곧이어 고개를 끄덕이며 입을 열었다.

"될 수 있습니다. 매달 8원에 스무 근짜리 양식표, 기름표와 의복표는 계절마다 한 장씩, 직업을 가질 때까지 지급됩니다."

이란은 여전히 안절부절못하며 말했다.

"제 계급 성분이 안 좋아서요. 남편이 지주라서⋯⋯."

도청은 웃으면서 호적부를 이란에게 돌려주며 말했다.

"상황은 다 압니다. 마음 놓으시고, 그 일은 제가 알아서 할 테니까 아드님이 나중에 저를 찾아오기만 하면 됩니다."

이란의 입에서 드디어 안도의 한숨이 길게 터져 나왔고, 안심이 되었는지 창백한 얼굴에 홍조가 피어올랐다. 이때 도청은 이광두를 보며 실실 웃었다.

"네가 이광두였구나. 너 무지 유명하더라. 또 하나 개 이름이 뭐지?"

이광두는 그가 송강 이야기를 한다는 걸 알고 막 대답하려 했는데 갑자기 이란이 불안한 듯 일어났다. 그녀는 도청이 이광두가 유명하다고 한 말이 변소에서 여자들 엉덩이를 몰래 훔쳐본 이야기라 짐작하고는 감사하다는 말을 연방 내뱉으며 이광두더러 자신을 부축하라고 해서 밖으로 나왔다. 이광두의 부축을 받으며 민정국을 나온 뒤에야 안심이 되었는지 이란은 나무에 기댄 채 숨을 몰아쉬며 말했다.

"도 동지는 정말 좋은 사람 같구나."

이때 이광두가 이란에게 송범평이 터미널 앞에서 죽었을 때 저 도청이라는 사람이 송범평의 시신을 집까지 실어다주었다고 말했고, 이란은 이 말을 듣자마자 얼굴을 붉히더니 이광두에게 부축해달라는 말도 없이 혼자 빠른 걸음으로 민정국 안으로 들어가 방금 전 그 사무실로 가서는 도청에게 말했다.

"알고 보니 저희 은인이셨군요. 절 받으세요."

이란의 몸이 마치 고꾸라지는 것처럼 앞으로 급격히 숙여지더니 그대로 엎드려 자신의 이마를 땅바닥에 소리가 나도록 부딪치며 조아렸다. 그러고는 울음을 터뜨렸다. 도청은 어찌 할 바를 몰라 의자에서 일어났고, 잠시 후 이란의 하소연을 듣고 나서야 그녀가 왜 자신에게 절을 했는지 알았다. 도청은 재빨리 그녀를 부축해서 일으켜 세웠지만, 그녀는 여전히 무릎을 꿇은 채 두 차례 더 머리를 조아렸고, 도청이 마치 아기를 달래듯 좋은 말을 한참 한 뒤에야 그녀를 일으켜 세울수 있었다. 도청은 그녀를 민정국 대문 밖까지 부축해 나온 뒤 헤어질때 엄지손가락을 세워 보이며 낮은 목소리로 이란에게 말했다.

"송범평, 대단한 사람입니다."

감동한 이란은 몸까지 덜덜 떨었고, 도청이 민정국 안으로 돌아가자 눈물을 훔치며 이광두에게 기쁨에 겨워 말을 이었다.

"들었지? 방금 도 동지께서 하신 말씀 들었지……."

이란은 민정국을 나온 뒤 장의사로 갔다. 그녀의 이마에는 피가 맺혔고, 몇 걸음을 걸으면 쉬어야 했으며, 쉴 때마다 그녀는 참지 못하고 도청이 한 말을 반복했다.

"송범평, 대단한 사람입니다."

그러고 나서 그녀는 팔을 들어 앞으로 크게 휘두르며 자랑스러운듯 이광두에게 말을 건넸다.

"류진 사람들 전부 속으로는 그렇게 생각하면서도 감히 말을 못하는 것뿐이란다."

이광두는 이란을 부축하고 걷느라 자라보다도 느리게 걸어 장의사
에 도착했다. 이란은 문간에 앉아 가쁜 숨을 몰아쉬고 이마에 흐르는
피를 훔치면서 웃음 띤 얼굴로 안에 있는 사람들에게 말을 건넸다.

"저기요, 안녕하셨어요?"

장의사 사람들 전부 이란을 알고 있었다.

"이번에는 누구 관을 사는 겁니까?"

이란은 겸연쩍은 듯 입을 열었다.

"내가 쓸 관이에요."

깜짝 놀란 사람들이 웃으며 말을 받았다.

"산 사람이 자기 관을 사는 건 처음 봅니다."

이란도 웃었다.

"그래요. 저도 본 적이 없어요."

이란은 이광두를 손으로 가리키며 말을 이었다.

"아들이 아직 어려 어떤 관을 사야 할지 모를 것 같아서 제가 미리
골라놓고 나중에 저 아이에게 찾아가라고 하려고요."

장의사 사람들은 전부 유명인사 이광두를 알고 있던 터라 아무 일
도 없다는 듯 문가에 서 있는 그를 보며 짓궂은 웃음을 지어 보이고는
이란에게 말했다.

"아주머니 아들 어린애 아니에요."

이란은 사람들이 왜 기묘한 웃음을 짓는지 알았기에 고개를 떨어뜨
렸다. 이란은 제일 싼, 송범평의 것과 똑같은, 겉에 칠도 안 된 8원짜
리 관을 골랐다. 그녀는 떨리는 두 손으로 가슴께를 더듬어 손수건으
로 싼 돈을 꺼내 4원을 건네면서 나머지 4원은 나중에 관을 찾아갈 때
내겠다고 했다.

이란은 민정국에서 이광두가 고아가 될 때 받게 될 생계비 문제를 해결하고 자신이 누울 관도 준비하고 나니 마음속의 두 개의 돌을 내려놓은 느낌이었다. 이제 다음 날 병원에 입원만 하면 되겠다고 생각했는데, 손가락을 꼽아보니 청명절이 엿새밖에 남지 않았다는 것을 깨달았다. 그녀는 고개를 갸웃거리더니 청명절에는 송범평의 무덤에 성묘하러 가야겠다고 말하며 그날이 지나서 입원하겠다고 했다.

이란은 무거운 몸을 이끌고 걷다 쉬다를 반복하며 류진의 신화서점에 들러 문구 진열장에서 백지 한 묶음을 사서 가슴에 안은 채 또 걷다 쉬다를 반복하며 집으로 돌아와서는 탁자에 앉아 종이동전과 종이 금은보화를 만들기 시작했다. 송범평이 죽은 후 매년 청명절에 이란은 종이금은보화를 한바구니 만들어서 그 먼 길을 걸은 후 송범평의 무덤 위에서 태워주었다.

이란은 병 때문에 기운이 하나도 없었다. 종이금은보화를 만들면서도 계속 쉬어야 했고, 종이금은보화에 선을 긋거나 '금', '은' 자를 쓸 때는 손을 덜덜 떨었다. 전 같으면 하루 만에 끝냈을 일이 이번에는 무려 나흘이나 걸렸다. 이란은 완성된 종이금은보화를 바구니에 잘 담은 뒤 흰색 끈으로 꿴 종이동전 꾸러미를 조심스럽게 그 위에 놓은 후 살며시 웃음 지은 뒤 긴 한숨을 내쉬었다. 그러더니 이내 눈물을 떨어뜨렸다. 이번이 송범평 무덤에 가는 마지막 성묘일 거란 생각 때문이었다.

밤이 되자 이란은 이광두를 침대 맡에 불러 찬찬히 살펴보았다. 아들의 얼굴에 류산봉을 닮은 구석이라곤 한 군데도 없었다. 이란은 그 사실이 그나마 위안을 주었는지 웃으며 맥 빠진 목소리로 이광두에게 말했다.

"모레가 청명절이잖니. 시골로 성묘하러 가야 하는데, 내가 힘이 없어서 오래 걸을 수 없을 것 같구나……."

이광두가 말했다.

"엄마, 안심하세요. 제가 업고 갈게요."

이란은 웃으며 고개를 가로저은 후 다른 아들 이야기를 했다.

"네가 내일 시골에 가서 송강을 불러오럼. 그래서 너희 형제가 돌아가면서 날 업고 가거라."

"송강까지 부를 필요 없어요. 저 혼자서도 충분해요."

이광두는 머리를 흔들며 단호하게 말했다.

"안 된다. 길이 너무 멀어서 혼자 업기 너무 힘들 거야."

그 말에 이광두는 손사래를 치며 말했다.

"힘들면 큰 나무를 찾아 그 아래에서 조금만 쉬면 돼요."

이란은 여전히 고개를 절레절레 흔들면서 말했다.

"가서 송강을 데려오럼."

"안 가요. 제가 방법을 생각해볼게요."

이광두는 그렇게 말하며 하품을 하더니 바깥방으로 자러 가면서 문가에 선 채 고개를 돌려 이란에게 말했다.

"엄마, 안심하세요. 제가 엄마 편하게 시골로 모시고 갔다가 편하게 모시고 올 테니까요."

이미 열다섯 살이 된 이광두는 바깥방 침대에 누운 지 5분 만에 그 방법을 생각해냈고, 편안하게 눈을 감자 바로 코고는 소리를 내기 시작했다.

다음 날 오후, 이광두는 느긋하게 집을 나서서 우선 병원으로 갔다. 병원 복도에서 왔다 갔다 하며 환자들 가족 행세를 하다가 사람이 없을 때를 틈타 간호사 사무실에 잽싸게 들어가서는 태연자약하게 빈 포도당병을 뒤지기 시작했다. 먼저 여남은 개의 사용한 포도당병을 들어 어느 게 더 많이 남아 있는지 살펴본 후 제일 많은 걸 고른 다음 옷 속에 재빨리 숨겨 간호사 사무실을 잽싸게 나와 병원을 잽싸게 빠져나왔다.

그리고 나서 이광두는 포도당병을 흔들면서 거리로 나섰다. 그는 무시로 병을 눈앞에 대고 흔들며 안에 포도당이 얼마나 들어 있는지 궁금해했다. 이광두가 보기에 반 냥은 넘어 보였는데, 분명하게 알아보기 위해 길가의 간장가게에 들어갔다. 이광두는 병을 흔들면서 간장가게 점원에게 안에 있는 포도당의 양이 얼마나 될 것 같으냐고 물어보았다. 간장가게 점원은 이 방면의 고수라 병을 두 번 정도 흔들어보더니 양을 알아냈다. 그는 반 냥은 넘고 한 냥에는 조금 못 미친다고 알려주었다. 이광두는 병을 건네받고는 기분이 좋아 병을 흔들면서 소리쳤다.

"이게 다 영양 덩어리거든요."

이광두는 득의양양해서 반 냥은 넘지만 한 냥은 채 안 되는 포도당을 들고 동 철장네 가게로 향했다. 이광두는 동 철장네 가게에 수레가 있다는 걸 알고 그걸 하루 빌려서 거기에 이란을 태워 시골로 갈 생각이었던 것이다. 동 철장네 대장간에 도착한 이광두는 땀을 비 오듯 흘리는 동 철장을 보며 마치 시찰 나온 당 간부처럼 손을 휘두르며 입을 열었다.

"좀 쉬었다 하세요, 쉬었다가."

동 철장은 쇠망치를 내려놓고 수건으로 얼굴의 땀을 닦으며, 뭔가 일이 있어 보이는 이광두가 들어와 녀석이 어릴 적 남녀관계를 하던 긴 의자에 앉는 모습을 지켜보았다.

"좆만 한 후레자식이 여긴 웬일이냐?"

이광두는 실실거리며 대답했다.

"빚 받으러 왔죠."

동 철장은 수건을 흔들며 말을 받았다.

"니미럴, 이 몸께서 언제 너같이 좆만 한 후레자식한테 빚을 져?"

이광두는 여전히 실실거리며 동 철장의 기억을 재생시켰다.

"이 주일 전에 목욕탕 앞에서 말씀하셨잖아요."

"뭔 말?"

동 철장은 생각이 나지 않는 눈치였다.

이광두는 자신만만한 표정으로 자신의 코를 가리키며 말을 이었다.

"아저씨가 이광두가 대단한 녀석이라면서 이번 생에 꼭 삼선탕면 한 그릇을 사주신다고 하셨잖아요."

그제야 생각이 난 듯 동 철장은 수건을 목에 두르며 퉁명스럽게 대 꾸했다.

"이 몸께서 분명히 그렇게 말했지. 그런데 뭐?"

이광두는 동 철장에게 아양을 떨었다.

"동 철장 아저씨가 어떤 분이시냐고요? 아저씨가 한 번 소리를 치 면 유리 류진의 산천초목이 벌벌 떠는데, 아저씨가 입 밖에 낸 말씀을 주워 담지는 않으시겠죠?"

"이런 새끼 후레자식."

동 철장은 웃으며 욕을 했고, 이광두의 말에 더 이상 퉁명스럽게 대 꾸할 수가 없었는지 곰곰이 생각해보고는 우쭐거리며 말했다.

"내 말은 내 생전에 삼선탕면 한 그릇을 사준다고 한 거였다. 내 인생이 아직 많이 남았으니 언제 사줄지 그건 아직 모르지."

"맞습니다."

이광두는 엄지손가락을 들어 보이고는 실실 웃으며 본격적인 주제로 들어갔다.

"이렇게 하자고요. 아저씨 삼선탕면을 안 먹는 대신 수레를 하루만 빌려주세요. 그럼 삼선탕면에 대한 빚을 없던 걸로 할게요."

동 철장은 이광두가 무슨 꿍꿍이인지 도무지 알 수가 없어 물었다.

"수레를 빌려서 어디다 쓰려고?"

"아!"

길게 한숨을 내쉰 이광두가 동 철장에게 차분하게 설명하기 시작했다.

"우리 엄마가요, 시골에 있는 아빠 무덤에 성묘를 가는데, 아시잖아요. 우리 엄마 몸이 편찮으신 거. 그렇게 먼 길을 걸을 수가 없거든요. 그래서 아저씨네 수레를 빌려서 태워 가려고요."

이광두는 말을 하면서 손에 들고 있던 포도당병을 의자에 내려놓았고, 동 철장은 병을 가리키며 물었다.

"이 병은 뭐냐?"

"이건 일종의 군용 수통이죠."

과장기 섞인 어조로 이광두가 말을 이었다.

"시골길이 멀고, 햇볕도 센데, 엄마가 목이 마르면 어떡하냐고요? 여기다 물을 채워서 길에서 엄마 마시게 할 거니까 군용 수통이라 그러는 거죠."

동 철장의 입에서 "허!" 하는 소리가 터져 나왔다.

"요 새끼 후레자식이 효자인 줄은 몰랐네."

이광두는 겸연쩍은 듯 웃어 보이며 병을 흔들면서 동 철장에게 설명했다.

"이 안에 한 냥이 조금 못 되는 포도당 영양분이 있거든요."

이야기를 들은 동 철장이 호탕하게 승낙을 했다.

"이렇게 효자 노릇을 하겠다니 내 수레를 빌려주마."

이광두는 거듭 감사를 표하고 의자를 두드리면서 동 철장을 향해 손짓을 했고, 의미심장한 표정을 지으며 동 철장을 의자에 앉게 했다.

"제가 수레를 공짜로 빌리지는 않을게요. 나름대로 보답을 해야지요. 이게 바로 인과응보, 착한 일을 하면 보답이 있다. 그런 말이죠."

동 철장은 무슨 말인지 몰라 되물었다.

"뭐가 착한 일에 보답이 있어?"

이광두가 조그만 목소리로 속삭였다.

"임홍 엉덩이……."

"아!"

동 철장은 그제야 크게 깨달았다.

신비한 표정의 동 철장이 신비한 표정의 이광두 곁에 앉자 이광두는 임홍의 엉덩이에 관한 비밀을 생생하게 묘사하기 시작했는데, 가장 격정으로 치닫는 긴장된 순간에 이광두의 입이 갑자기 닫혀버렸다. 동 철장은 잠시 기다렸고, 이광두의 입은 다시 움직이기 시작했지만, 이상하게도 임홍의 엉덩이 이야기가 아닌 조 시인이 결정적인 순간에 어떻게 그의 목덜미를 낚아챘는지에 관한 이야기였다. 동 철장은 실망한 나머지 주먹으로 자신의 손바닥을 치며 가게 안을 왔다 갔다 하더니 결국에는 참지 못하고 욕설을 내뱉었다.

"이런 죽일 놈의 개자식 조 시인……."

비록 임홍의 엉덩이를 완전 정복하지는 못했지만, 동 철장은 이광두를 치켜세운 후 수레를 빌려주며 말했다.

"앞으로 수레가 필요하면 말만 해라. 그냥 빌려줄 테니."

이광두는 병원에서 훔쳐온 포도당병을 옷 주머니에 넣고 동 철장의 수레를 끌며 여 뽑치에게로 갔다. 여 뽑치의 등나무 의자가 마음에 들었던 것이다. 그는 여 뽑치의 등나무 의자를 빌려 동 철장의 수레에 묶어 이란을 편안하게 눕힌 후 시골로 모시고 갈 생각이었다.

이광두가 왔을 때 여 뽑치는 등나무 의자에 누운 채 꾸벅꾸벅 졸고 있었는데, 이광두가 동 철장의 수레를 땅바닥에 내려놓으면서 낸 소리에 깜짝 놀라 펄쩍 뛰더니 눈을 동그랗게 뜬 채 이광두와 수레를 번갈아 보면서 둘 다 손님이 아닌 것을 확인하고는 귀찮은 듯 다시 눈을 감아버렸다. 이광두는 여전히 시찰 나온 당 간부처럼 파라솔 아래로 가서 뒷짐을 진 채 탁자 위의 펜치와 이빨들을 살펴보았다.

이때는 이미 문화대혁명이 끝나갈 무렵이라 혁명의 세찬 물결은 실개천이 되어 졸졸 흐르고 있었다. 여 뽑치는 더 이상 멀쩡한 이를 뽑는 것으로 자신의 계급적 입장을 분명히 하지 않았다. 일부러 잘못 뽑은 멀쩡한 이들을 탁자 위에 늘어놓으면 오히려 자신의 명성에 악영향을 미칠 것이었기 때문이다. 그리하여 여 뽑치는 시류에 맞게 멀쩡한 이들을 지폐들 속에 숨겨놓은 뒤 졸졸 흐르는 혁명의 실개천이 나중에 혹시 세찬 물결로 다시 바뀌면, 그때 다시 멀쩡한 이를 탁자 위에 늘어놓을 생각을 하며 요리조리 줄타기를 하는 중이었다.

이광두는 탁자 위를 한참 동안 주시하다가 멀쩡한 이들이 없는 걸 보고 탁자를 두드리며, 큰 소리로 눈을 감은 채 등나무 의자에 누워 있는 여 뽑치에게 물었다.

"이빨들은요? 멀쩡한 이빨들 어디 갔냐고요?"

"무슨 멀쩡한 이빨?"

여 뽑치는 못마땅하다는 듯 눈을 부릅뜨며 대꾸했다.

"아저씨가 뽑았던 그 이빨들 말이에요."

이광두는 탁자 위를 가리키며 말했다.

"전에 탁자 위에 놔뒀던 것들이요."

여 뽑치는 열 받은 듯 몸을 벌떡 일으키며 성질을 냈다.

"헛소리. 나 여 뽑치는 멀쩡한 이빨을 뽑은 적이 없어요. 나 여 뽑치가 뽑은 이빨들은 다 썩은 것들이라고."

이광두는 여 뽑치가 이렇게까지 화를 낼 줄은 몰랐던지라 즉시 표정을 바꿔 웃는 얼굴로 여 뽑치처럼 시류에 편승하기로 하고 자신의 가슴을 두드리며 말했다.

"맞아요, 맞아. 여 뽑치 아저씨가 멀쩡한 이빨을 뽑았을 리가 없죠. 제 기억이 틀렸을 거예요."

이광두는 말을 하면서 걸상을 끌어다 여 뽑치의 등나무 의자 앞에 놓고 앉으면서 방금 전 동 철장에게 아양을 떨었던 것처럼 여 뽑치에게 아양을 떨었다.

"여 뽑치 아저씨는 사방 백 리 안에 최고 뽑치시죠. 여 뽑치 아저씨는 눈을 감고 뽑아도 썩은 이빨만 척척 뽑아내시잖아요."

그 말을 들은 여 뽑치의 표정이 금세 웃는 낯으로 변하더니 고개를 끄덕이며 말을 받았다.

"맞는 말이야."

이광두 생각에 때가 된 것 같아 여 뽑치를 슬슬 꼬드기기 시작했다.

"여 뽑치 아저씨가 여기서 일한 지도 20년쯤 되셨으니 류진 처녀들은 다 아시겠네요?"

여 뽑치는 거들먹거리기 시작했다.

"처녀뿐이냐? 류진의 할머니까지도 다 알지. 뉘 집 처녀가 시집을 가는지, 뉘 집의 할머니가 돌아가셨는지, 딩일 날 바로 알지."

이광두는 계속해서 작업을 진행했다.

"그럼, 류진 처녀 중에 누가 제일 예뻐요?"

여 뽑치는 생각할 필요도 없다는 듯 잘라 말했다.

"임홍, 그야 당연히 임홍이지."

이광두는 실실 웃으며 또 물었다.

"그럼, 류진 어른이랑 애들 다 통틀어서 남자들 중에 임홍의 맨엉덩이를 본 사람은 누구일까요?"

여 뽑치는 이광두를 가리키며 껄껄 웃기 시작했다.

"너지, 요 새끼 후레자식아."

이광두는 지당하다는 듯 고개를 끄덕이며 갑자기 고개를 숙이더니 목소리를 낮추었다.

"아저씨, 혹시 임홍 엉덩이 얘기 듣고 싶지 않으세요?"

껄껄 웃던 여 뽑치의 얼굴이 순간 엄숙해지더니 등나무 의자에서 벌떡 일어나 골목 안팎을 다 살펴본 후 인기척이 없음을 확인하고는 이광두에게 속삭였다.

"말해봐라!"

여 뽑치의 눈이 반짝거렸고, 입은 마치 하늘에서 떨어지는 고기를 꽉 채운 떡이라도 기다리는 양 떡하니 벌어졌다. 그런데 그 순간 노련한 이광두의 입이 갑자기 닫혀버렸다. 과연 우리 류진의 일부 남자들이 일컫던 대로 열다섯 살짜리 새끼 후레자식은 쉰 살 먹은 늙은 후레자식보다 훨씬 세상물정에 정통했던 것이다. 여 뽑치는 실올 한 자락도 들어갈 틈 없이 굳게 닫혀버린 이광두의 입을 보고 조급한 나머지 재촉했다.

"말하라니까!"

이광두는 여 뽑치의 등나무 의자를 느긋하게 쓰다듬으며 엉큼한 미소와 함께 입을 열었다.

"아저씨, 이 등나무 의자 하루만 빌려주시면 안 될까요? 그럼 임홍 엉덩이 모양을 조목조목 알려드릴게요."

여 뽑치는 등나무 의자를 빌려달라는 말을 듣자마자 고개를 절레절레 흔들었다.

"그건 안 되지. 등나무 의자가 없으면 이 여 뽑치는 손님을 어떻게 받으란 말이냐?"

이광두는 끈기 있게 여 뽑치를 구슬렸다.

"등나무 의자가 없어도 걸상은 있잖아요. 앉을 필요 없이 손님을 세워둔 채로도 아저씨는 이빨을 뽑으실 수 있잖아요. 아저씨는 이 방면의 최고수니까요."

여 뽑치는 헤헤, 두 번 웃더니 재빨리 손익을 따져본 후 등나무 의자 하루 빌려주는 것으로 미녀 임홍의 엉덩이에 얽힌 비밀을 듣는 것은 괜찮은 거래라고 생각했는지 고개를 끄덕여 동의를 표시하더니 손가락 하나를 내보이며 말했다.

"하루, 딱 하루만 빌려주는 거다."

이광두는 여 뽑치의 귀에 입을 대고 리드미컬하게 이야기보따리를 풀기 시작했다. 삼선탕면 쉰여섯 그릇을 먹은 경험과 조 시인과 류 작가와의 문학 학습을 통해 단련된 솜씨로 임홍의 엉덩이를 묘사하는 이광두의 말솜씨는 입신의 경지에 다다른 바 그는 임홍의 엉덩이를 천상선녀의 엉덩이보다 더 황홀하게 묘사했다. 이야기를 듣는 여 뽑치의 얼굴에는 풍파가 일기 시작했다. 하지만 여 뽑치의 얼굴이 마치 귀신 이야기를 들을 때의 표정, 즉 가장 격동의 순간으로 치달을 무렵 이광두의 입이 갑자기 멈춰버렸고 눈은 여 뽑치의 파라솔을 향해 있었다. 파라솔에 마음이 끌렸던 것이다. 다급한 여 뽑치가 다그쳤다.

"계속해."

이광두는 입가를 한 번 쓰윽 훔치더니 파라솔을 가리키며 입을 열었다.

"이 파라솔도 하루만 빌려주세요."

여 뽑치는 화를 냈다.

"욕심이 지나치구먼. 등나무 의자를 빌려달라더니, 이젠 파라솔까지 빌려달라니. 그럼 이 탁자만 남게 될 텐데, 보무도 당당한 뽑치 가게가 털 뽑힌 참새 꼴이 될 것 아니냐?"

이광두는 머리를 가로저으며 대꾸했다.

"내일 하루는 털이 없지만, 모레면 다시 날 텐데요, 뭐."

여 뽑치는 마치 연재소설을 읽는 것처럼 조바심이 났다. 다음 이야기를 읽고 싶은데, '다음 회에 계속'이라는 말로 끝날 때처럼 조급해 미칠 지경이었다. 어쩔 수 없이 파라솔까지 이광두에게 빌려주기로 약속했고, 그 후 이광두는 임홍의 엉덩이에 대해서 두 마디를 더했는데, 이상하게도 여 뽑치가 들은 것은 임홍의 엉덩이가 아니라 조 시인의 손이었다. 멍한 표정의 여 뽑치는 잠시 아무 말도 없다가 도무지 이해가 가지 않는다는 표정으로 물었다.

"어떻게 된 거야? 멀쩡한 임홍의 엉덩이가 어떻게 갑자기 조 시인의 손이 되어버린 거냐?"

"저도 어쩔 수가 없어요."

할 수 없이 이광두는 말을 이었다.

"죽일 놈의 조 시인이 일을 망쳐버렸다니까요. 아저씨 일까지 말이에요."

기분이 상해버린 여 뽑치는 이를 악다문 채 이를 갈며 조 시인을 향해 모든 분노를 터뜨렸다.

"죽일 놈의 조가 놈, 이 몸께서 반드시 멀쩡한 이빨 한 대를 뽑아줄 테다."

이광두는 여 뽑치의 등나무 의자와 파라솔을 올려놓은 동 철장의 수레를 끌고 우리 류진의 잡화점 창고에 가서 다시 한 번 교언영색을 발휘해 임홍의 엉덩이를 팔아서 밧줄을 빌려냈다. 이광두는 목적을 십분 달성했고, 혁명가곡을 웅얼거리면서 삐걱삐걱 수레를 끌고 개선장군처럼 거리를 지나 집으로 갔다.

날은 이미 저물었고, 이란은 다음 날 먼 길을 걸을 것을 생각해 저녁밥을 먹자마자 잠을 청했다. 이광두가 변소에서 여자들의 엉덩이를 훔쳐본 것으로 류진에서 명성을 떨친 후부터 이란은 더 이상 아들을 관리할 수 없다고 판단했고, 아들이 자주 늦게 돌아와도 그저 한숨만 내쉴 뿐 어찌하지 못했다.

집에 돌아온 이광두는 집에 불이 꺼진 걸 보고 엄마가 벌써 잠자리에 들었다는 걸 알고는 수레를 조심스럽게 내려놓은 뒤 조용히 문을 열고 들어가 전등선을 잡아당겨 불을 켠 다음 탁자에 앉아 엄마가 남겨둔 저녁밥을 게걸스럽게 먹어치웠다. 그러고 나서 이광두는 일을 시작했다. 집 안의 전구 불빛과 집 밖의 달빛을 빌려 우선 등나무 의자를 수레 위에 놓고 끈으로 의자와 수레를 꽁꽁 묶었다. 등나무 의자의 손받이 부분에 찻잔을 넣는 구멍이 있어서 이광두는 파라솔대를 그 구멍에 넣고 의자 위에서 파라솔을 펼친 다음 줄로 파라솔과 의자를 수레에 꽁꽁 묶어두었다.

그때가 이미 한밤중이었지만 이광두는 자세히 한 번 더 살펴보고 다시 끈으로 중요 부분을 꽉 묶었고, 일을 마친 다음 이광두는 뒷짐을 진 채 수레 주위를 두 바퀴 돌았다. 이광두는 키득키득 웃음이 멈추지 않았다. 자신이 생각해도 수레와 등나무 의자 그리고 파라솔이 삼위일체로 튼튼하게, 마치 팔과 다리, 그리고 몸뚱이가 한데 이어진 것처럼 잘 엮여 있는 듯했다. 이광두는 기분 좋게 하품을 한 뒤 들어가 잠을 청했으나 침대에 누운 후에도 잠을 잘 수가 없었다. 집 밖에 있는 자신의 걸작품을 누가 훔쳐갈까 봐 걱정이 된 것이다. 그리하여 아예 이불을 들고 나가 동 철장의 수레로 올라가서 여 뽑치의 등나무 의자에 누웠더니 그제야 마음이 놓였고, 눈을 감자마자 바로 코를 골았다.

날이 밝은 뒤 자리에서 일어난 이란은 이광두의 침대가 비어 있고 이불까지 없어진 걸 발견하고 무슨 일이 일어났나 싶어 머리를 절레절레 흔들며 밖으로 나갔다가 그만 까무러칠 뻔했다. 밖에는 그녀가 이제까지 본 것 가운데 세상에서 가장 희한하고도 괴상하게 생긴 수레가 있었고, 그녀의 아들은 그 위의 등나무 의자에 누운 채 이불을 덮고서 자고 있었으며, 그 위로는 무지하게 큰 파라솔이 펼쳐져 있었다.

이란의 외침에 이광두는 꿈에서 깨어났고, 모친의 놀란 표정을 보면서 눈을 비비며 수레에서 기어 내려왔다. 그리고는 어깨에 힘을 잔뜩 준 채 수레는 동 철장네 것이고, 등나무 의자와 파라솔은 여 뽑치네, 끈은 잡화점 창고에서 빌린 것이라고 알려주었다.

"엄마, 편하게 성묘를 갈 수 있을 거예요."

천하의 잡놈인 아들을 바라보며 이란은 열다섯 살짜리 아이가 어디서 이런 수완을 발휘했는지 놀랐고, 이제까지 이광두를 제대로 보지 못했다고 생각했다. 이 아들은 늘 덤벙거려서 사람들을 어이없게 만들었기 때문이다.

모자는 나란히 아침밥을 먹은 후 이광두는 뜨거운 물을 조심스럽게 포도당액이 들어 있는 병에 부으며 이란에게 말했다.

"이 안에 한 냥 조금 안 되는 포도당이 들어 있는데, 이게 다 영양 덩어리거든요."

그리고 이광두는 살뜰하게도 자신이 덮던 이불을 등나무 의자 위에 깔고서 길이 울퉁불퉁하지만 이렇게 이불을 깔아놓으면 수레가 덜컹거려도 괜찮을 거라고 말했다. 이광두는 왼발로 수레의 손잡이를 꽉 밟은 채로 이란을 부축해서 수레에 올라가게 한 뒤 등나무 의자에 눕혔다. 이란은 손으로 종이금은보화와 종이동전을 담은 광주리를 안은 채 수레 위의 등나무 의자에 누워 머리 위의 파라솔을 보면서 자신을 위해 햇볕을 막아주려고 설치했다는 걸 알았다. 이광두가 포도당액에 뜨거운 물을 가득 채운 포도당병을 이란의 가슴에 건네주며 갈증이 날 때 마시라고 하자 이란은 눈물이 솟구쳤다. 이란이 눈물을 흘리자 이광두가 당황하며 물었다.

"엄마, 왜 그러세요?"

"아무것도 아니야."

이란은 눈물을 훔치면서도 웃는 얼굴로 대답했다.

"착한 아들, 가자."

이날 아침 이란은 이광두가 끄는, 우리 류진 유사 이래 가장 호화

로운 수레를 탄 채 류진 거리를 폼 나게 지나갔다. 류진 사람들은 꿈속에서조차 보지 못했던 수레를 보며 자신들의 눈을 믿지 못하겠다는 듯 눈이 휘둥그렇게 떴고, 이광두의 이름을 부르며 이런 걸 어떻게 만들었느냐고 물었다.

이광두는 어깨를 한 번 으쓱하며 대답했다.

"이런 거? 이건 우리 엄마 전용 수레에요."

사람들은 그 말을 듣자마자 일제히 물었다.

"전용수레가 뭔데?"

이광두가 으스대며 대답했다.

"전용수레도 모른단 말이에요? 모 주석께서 타시는 비행기는 전용기, 모 주석께서 타시는 열차는 전용열차, 모 주석께서 타시는 자동차는 전용차, 왜냐? 다른 사람은 탈 수 없다 이 말씀이거든요. 우리 엄마가 타는 수레는 전용수레, 왜냐? 다른 사람은 못 타기 때문이죠."

사람들은 그제야 알았다는 듯 웃음을 터뜨렸고, 이란 역시 새어나오는 웃음을 참지 못했다. 이란은 자신이 타고 있는 전용수레를 끌고 늠름하게 거리를 누비는, 일찍이 류산봉과 똑같은 치욕을 자신에게 가져다주었지만 이제 송범평처럼 자신을 자랑스럽게 하는 아들을 보며 만감이 교차했다.

우리 류진의 여자들은 한 술 더 떴다. 여자들은 이란의 전용수레가 꽃가마 같다고 깔깔거리면서 그녀의 이름을 부르며 물었다.

"오늘 시집가나 보네?"

이란은 얼굴이 붉어진 채 대답했다.

"아니요. 남편 무덤에 성묘하러 가요."

이광두가 끄는 이란의 전용수레가 남문을 지나자 시골길이 나타났다. 수레바퀴가 삐걱삐걱 소리를 낼 때 이란은 나무다리를 지나고 있다는 것을 알았고, 울퉁불퉁한 시골길에 접어들자 수레는 덜컹거리기 시작했다. 이란이 시골의 공기를 들이마시자 신선한 봄바람도 함께 날아들었고, 파라솔 아래서 몸을 일으켜보니 들녘에 가득한 황금빛 유채화가 햇볕에 빛나고 있었다. 논두렁이 구불구불 이어져 있었고, 논두렁 양편의 풀 때문에 마치 논이 풀 사이에 끼워져 있는 것처럼 보였다. 집과 나무는 저 멀리 띄엄띄엄 떨어져 있었으며, 가까운 웅덩이에는 오리들이 떠 있었는데, 수면에 비친 오리 그림자까지 보였다. 그리고 길가에는 참새들이 날고 있었다……. 이것이 이란이 간 마지막 시골길이었고, 덜컹거리는 수레 위에서 이란이 본 봄은 그토록 아름답고 광활했다.

이란은 앞에서 수레를 힘차게 끄는 아들을 보았다. 이광두는 몸을 숙인 채 얼굴에 가득한 땀을 연신 훔쳐냈다. 그녀는 가슴이 아파 아들의 이름을 불러 수레를 잠시 내려놓고 쉬었다 가자고 했지만, 이광두는 고개를 돌려 힘들지 않다고 했다. 이란은 포도당 병을 들고 이광두에게 수레를 멈추고 몇 모금 마시라고 했지만, 이광두는 다시 고개를 돌려 목마르지 않다고 했다.

"그 포도당 영양수는 엄마 마시라고 준비한 거예요."

그 순간 이란은 아들이 얼마나 착한지 실감했고, 마음의 위안이 큰 나머지 울다가 웃다가 마지막에는 목이 메었다.

"착한 아들, 제발 부탁인데, 쉬었다 가자. 물도 한 모금 마시고."

이때 이광두는 저 멀리 마을 입구에 서 있는 송강의 모습과 나무에 기댄 채 앉아 계시는 송강 할아버지의 모습을 보았다. 매년 청명절이면 송강과 그의 할아버지는 마을 입구에서 그들을 기다렸다. 송강은

손차양을 한 채 멀리서 다가오는 기괴한 수레를 보고는 있었지만, 그
것이 이광두가 이란을 싣고 오는 줄은 꿈에도 생각하지 못했다. 이광
두는 송강을 보자마자 숙였던 몸을 살짝 일으켜 뛰기 시작했다. 이란
의 몸은 덜컹거리는 수레 안에서 심하게 흔들렸다.

"송강, 송강……."

이광두는 큰 소리로 송강의 이름을 외쳤다.

송강 역시 이광두의 외침을 듣고 손을 흔들며 달려왔다. 송강도 이
광두의 이름을 큰 소리로 외쳤다.

"이광두……, 이광두……."

26

이란은 성묘를 다녀온 후 침대에 누워 생각해보니 이제 할 일은 다
한 것 같았다. 그녀는 다음 날 안심하고 병원에 가서 입원했다. 그녀
의 예감대로 입원 후 그녀의 병세는 점점 더 악화되어갔고, 다시는 병
원 밖으로 나오지 못했다. 두 달 후 이란은 관을 연결해서 소변을 보
았고, 열이 내리지 않아 장시간 혼수상태에 빠져 있었으며, 점차 깨어
있는 시간이 줄어만 갔다.

이란의 병세가 악화된 후 이광두는 학교에 가지 않고 온종일 모친
의 병상을 지켰다. 깊은 밤 혼수상태에서 깨어난 이란은 침대 맡에 얼
굴을 묻은 채 잠들어 있는 아들을 보면서 눈물을 흘리며 한마디 한마
디 아들의 이름을 힘겹게 부르며 집으로 돌아가라고 했다.

이란은 이제 더 이상 어렵겠다는 생각이 들었을 때 또 다른 아들 하
나가 너무나 보고 싶어졌다. 그녀는 이광두에게 귀를 자신의 입에 가

까이 대게 한 뒤 모기 소리처럼 가는 목소리로 시골에 가서 송강을 데려오라고 말했다.

시골 가는 길은 너무 멀어 가는 데만 반나절이 걸리고 병원에 있는 엄마도 자기가 간호해야 하니까 이광두는 시골에 직접 가지 않고 남문 밖의 나무다리로 가서 다리 난간에 앉아 두 시간이나 기다린 끝에 시골로 나가는 농민을 만나 어느 마을로 가느냐고 물어보았다. 그렇게 여남은 명에게 물어보았지만, 송강네 마을 사람은 하나도 없었다. 이광두가 더 이상 아무런 희망도 품지 않을 즈음, 그리하여 자신이 마라톤 선수처럼 열심히 뛰어서 시골까지 가야겠다고 마음먹었을 때 마침 새끼돼지 한 마리를 안고 가는 노인이 다가왔다. 그 노인이 송강의 마을에 산다고 하자 이광두는 쏜살같이 떨쳐 일어나 하마터면 그를 껴안을 뻔했다. 이광두는 노인에게 송강더러 빨리 성안으로 들어오라고 전해달라고, 거의 소리치듯 이야기했다.

"무지 급한 일이니, 가서 이광두라는 아이를 찾으라고 전해주세요."

이윽고 송강이 도착해 이른 아침 이광두네 집 대문을 두드렸다. 이광두는 병원에서 날이 샐 때까지 병실을 지키다가 송강이 문을 두드렸을 때 막 잠이 들었으므로 정신이 몽롱한 채로 문을 열어주었다. 이즈음 송강은 이미 이광두보다 머리 하나가 컸는데, 그런 송강이 긴장된 어조로 이광두에게 물었다.

"무슨 일이야?"

이광두는 눈을 비비며 대답했다.

"엄마가 곧 돌아가실 것 같아. 그런데 엄마가 너를 보고 싶어서. 병원에 빨리 가봐."

눈물을 흘리는 송강에게 이광두가 말했다.

"울지 말고 빨리 가봐. 난 좀 자다 갈게."

송강은 고개를 떨어뜨린 채 병원을 향해 달렸고, 이광두는 문을 닫고 계속 잠을 잤다. 원래 이광두는 잠깐만 자다 일어날 생각이었지만 연일 계속되는 피로에 지쳐 그만 한낮이 넘을 때까지 자고 말았다. 그가 서둘러 병실에 도착했을 때 그는 눈앞에서 벌어진 광경에 놀라고 말았다. 엄마가 자리에서 일어나 앉아 있었고, 목소리도 어제보다 훨씬 분명했다. 송강은 병상 옆의 걸상에 앉은 채 시골 이야기를 하고 있었다. 이광두는 엄마가 죽기 전 마지막 불꽃을 태우는 것인 줄도 모르고 송강을 보고 좋아진 것이라 여겼다. 이란은 생명이 다할 무렵이 되어 갑자기 정신이 돌아왔고, 이광두가 들어올 때는 웃기까지 했다. 그녀는 가슴이 아픈 듯 이광두에게 말을 건넸다.

"많이 여위었구나."

이란은 집이 너무 그립다며 의사에게 오늘 기분도 참 좋고 두 아들들도 곁에 있으니 집에 가보고 싶다고 했고, 의사 역시 남은 날이 얼마 되지 않으므로 집에 가보는 것도 괜찮겠다 싶어 고개를 끄덕이면서 이광두와 송강에게는 두 시간이 넘어서는 안 된다고 분명한 다짐을 받았다.

이광두보다 큰 송강이 이란을 업고 병원을 나섰고, 거리에 다다르자 이란은 마치 갓난아기처럼 거리의 사람들과 집들을 희한하다는 듯 둘러보았다. 그녀를 아는 몇몇 사람들은 그녀의 이름을 부르며 병세가 좋아졌느냐고 안부를 물었고, 그녀는 대단히 즐거워하며 좋아졌다고 대답했다. 야간 경기장을 지나칠 때 이란은 또 송범평을 생각했다. 그녀는 팔을 뻗어 송강의 어깨를 안았고, 얼굴 가득 행복한 미소를 지었다.

"넌 갈수록 아빠를 닮아가는구나."

집으로 돌아온 이란은 가없는 마음으로 탁자와 걸상, 옷장과 벽, 그리고 창문을 바라보았다. 천장의 거미줄과 탁자 위의 먼지들을 바라보는 그녀의 눈길은 물기를 빨아들이는 스펀지 같았다. 그녀는 걸상에 앉았고, 송강이 뒤에서 그녀를 부축했다. 그녀는 이광두더러 행주를 가져다달라고 하더니 탁자 위의 먼지를 세심하게 닦으면서 혼잣말을 했다.

"집에 오니 참 좋구나."

곧이어 그녀는 피곤하다 했고, 이광두와 송강은 그녀를 침대에 눕혔다. 그녀는 흡사 잠이 드는 듯 눈을 감았다가 잠시 후 눈을 뜨더니 이광두와 송강을 마치 수업을 받는 학생들처럼 나란히 침대 앞에 앉힌 다음 허약한 목소리로 두 아들에게 말했다.

"이제 곧 죽을 것 같다……."

그 말에 송강이 훌쩍였고, 이광두도 고개를 떨어뜨린 채 눈물을 훔쳤다. 이란은 두 아들들을 다독였다.

"울지 말거라. 울지 마. 착한 아들들아……."

송강은 고개를 끄덕이며 울음을 멈추었고, 이광두도 고개를 들었다. 이란의 말이 이어졌다.

"벌써 관도 봐두었고, 너희가 나를 아빠 곁에 묻어주겠지. 원래는 너희가 다 큰 다음에 그 사람과 함께하려고 했는데. 미안하구나. 그때까지 기다릴 수가 없으니……."

송강이 울음을 터뜨렸고, 송강의 울음에 이광두는 고개를 더 깊숙이 떨어뜨리며 눈물을 훔쳤다. 이란의 말이 또 이어졌다.

"울지 마, 울지 말라니까."

송강이 눈물을 훔치며 가까스로 울음을 멈추었지만, 이광두의 얼굴은 여전히 가슴팍에 묻혀 있었다. 이란은 미소 지으며 말을 이었다.

"지금 내 몸은 깨끗하니까 죽은 다음에 다시 씻길 필요 없다. 옷도 그냥 깨끗한 옷이면 돼. 털옷은 입히지 마라. 털옷은 매듭이 많아서 저승에서 나를 얽어맬 수가 있거든. 그냥 면직물 옷을 입혀주면 돼……."

그녀는 힘겨웠는지 눈을 감고 잠시 잠을 잔 뒤 10분쯤 후에 눈을 떠 두 아들에게 말했다.

"방금 너희 아빠가 나를 부르는 소리를 들었다."

이란은 달콤한 미소를 지으며 송강에게 침대 아래에서 나무상자 하나를 꺼내 그 안의 물건들을 내오게 했다. 이광두와 송강이 열어보니 그 안에는 송범평의 피로 얼룩진 흙과 손수건으로 싸인 옛사람들이 쓰던 젓가락 그리고 가족사진 세 장이 들어 있었다. 그녀는 두 장은 이광두와 송강이 각각 잘 간수하라고, 두 사람 모두 나중에 결혼해서 가족을 이룰 테니 한 장씩 나눠 가지라고 했다. 그리고 나머지 한 장은 그녀가 저승으로 가지고 가서 송범평에게 보여주겠다고 했다.

"못 보고 가셨잖니……."

옛사람들이 쓰던 젓가락도, 송범평의 피로 얼룩진 흙도 가지고 가겠다고 했다.

"내가 관 속에 들어가면 이 흙을 내 몸 위에 뿌려주렴……."

그렇게 말하던 그녀는 두 아들에게 자신을 부축하라고 한 뒤 두 손으로 흙을 보듬었다. 7년이 지났고, 피로 얼룩졌던 흙은 완전히 새까맣게 변해 있었다. 흙을 어루만지며 그녀가 말했다.

"안이 참 따뜻하구나."

이란은 달콤한 미소를 지으며 말했다.

"이제 곧 너희 아빠를 볼 생각을 하니 참 기쁘구나. 7년이다. 7년을 기다렸어. 많은 얘기들을 들려줄 거야. 송강에 대한 많은 얘기, 이광두에 관한 많은 얘기, 몇 날 며칠을 해도 다 하지 못할 얘기들을 들려줄 거야."

이광두와 송강이 또다시 울음을 터뜨렸다.

"그런데 너희는 어쩌지? 하나는 열다섯 살, 하나는 열여섯 살이니 마음을 놓을 수가 없구나. 내 두 아들, 너희 모두 스스로를 잘 보살피렴. 너희는 형제니까 서로 잘 보살펴주고……."

말을 마친 이란은 마치 자는 듯 눈을 감고 잠시 있다가 또다시 눈을 뜨고 만두 몇 개 사오라고 이광두를 내보낸 후 송강을 붙잡고 자신의 마지막 유언을 남겼다.

"송강, 이광두는 네 동생이니까 평생 잘 보살펴줘야 한다……. 난 네 걱정은 하지 않는다. 광두가 걱정이야. 이 아이가 바른 길을 걷는다면 장래에 큰 인물이 될 수도 있을 텐데, 잘못된 길을 걸을까 봐, 감옥에 가게 될까 걱정이다……. 애야, 나를 대신해서 광두를 잘 보살펴다오. 잘못된 길을 가지 않도록 말이다. 애야, 약속해다오. 광두가 어떤 잘못된 일을 하더라도 잘 보살피겠다고 말이야."

송강은 눈물을 닦아내며 고개를 끄덕였다.

"엄마, 걱정 마세요. 죽을 때까지 광두를 보살필게요. 밥이 딱 한 공기가 남으면 광두를 먹일게요. 옷 한 벌이 있으면 광두 입히고요."

이란은 눈물을 흘리며 고개를 가로저었다.

"마지막 밥 한 공기는 너희 형제가 나눠 먹도록 해. 옷 한 벌은 너희 형제가 돌아가면서 입고……."

이것이 이란의 삶에 있어 마지막 날이 되었다. 그녀가 집 안 침대에서 황혼이 내릴 무렵까지 잠을 자고 일어났을 때 이광두와 송강은 도란도란 이야기를 나누고 있었다. 저녁놀이 들어와 방을 붉게 물들인 가운데 이광두와 송강의 친밀한 대화를 듣고 이란은 미소 지으며 이제는 병원으로 돌아가야겠다고 나즈막히 이야기했다.

송강이 이란을 업은 채 집을 나서고 이광두가 문을 잠글 때 이란은 또 한 번 같은 말을 했다.

"집에 오니 참 좋구나."

이광두와 송강은 병원에서 줄곧 이란을 곁에서 지켰고, 이날 하루 이란의 정신은 말끔했다. 잠깐 혼수상태에 들었다가 다시 깨어났고, 두 아들이 곁에서 친밀하게 이야기를 나누는 소릴 듣고 깨어난 이란은 아이들더러 집에 가서 눈을 좀 붙이라고 채근했다.

이광두와 송강은 새벽 한 시경에야 병원을 나와 정적만이 감도는 거리를 걸었다. 그즈음 이광두는 송강이 책을 좋아한다는 사실을 알고 문화대혁명 초기 때 사람들의 집을 뒤져서 압류한 책들을 모두 홍기골목에 있는 큰 집에 모아두었다고 알려주었다. 그 안에는 뭐든지 있다고, 책도 있고, 그림도 있고, 장난감도 있고, 생각지도 못한 각양각색의 물건들이 있다고 말하면서 조승리와 류성공이 어떻게 조 시인과 류 작가가 됐느냐, 다 거기 가서 책을 훔쳤고, 훔칠 때마다 적지 않은 책들을 훔쳤다고 알려주었다.

"어떻게 조승리가 조 시인이 됐느냐? 류성공이 류 작가가 될 수 있었느냐? 그 책들을 훔쳐서 읽고 나니까 나중에는 자기들도 쓸 수 있게 되었다 이 말씀이야."

이광두와 송강은 조심스럽게 그 집 앞에 이르렀고, 유리창을 깨고 들어가려 했으나 유리는 이미 깨지고 없었다. 그들이 창을 들추고 들어가 보니 안은 크고 속이 텅 빈 궤짝 몇 개를 제외하고는 아무것도 없었다. 그들은 집 안 구석구석을 다 뒤졌지만 찾은 거라곤 빨간색 하이힐 한 짝이 전부였다. 그들은 그것이 무슨 패물인 줄 알고, 창을 들추고 나와 그것을 옷 속에 감춘 채 한참을 달린 다음 사람이 없는 것을 확인한 뒤 골목길 외등 아래에 이르러서야 다시 꺼내보았다. 이광두와 송강은 전등 아래서 한참을 연구했지만, 하이힐이라곤 본 적도 없고 빨간색 신발도 본 적이 없어서 도무지 이것이 무엇에 쓰는 물건인지 알 수가 없었다.

"이게 뭘까?"

어떻게 보면 신발 같기도 하고, 어떻게 보면 신발이 아닌 것 같기도 하고, 장난감 배가 아닌가 하고 생각했다가 결국 장난감이라고 결론을 내렸다. 장난감 배가 아니면 장난감 신발이라고 말이다. 이광두와 송강은 흐뭇한 기분으로 빨간 하이힐을 가지고 집에 돌아와 침대에 앉아서는 다시금 토론을 한 끝에 이제까지 자신들이 보지 못한 장난감이라는 결론을 내리며 하이힐을 침대 아래 숨겨놓았다.

다음 날 이광두와 송강이 눈을 떴을 때 햇빛은 이미 그들의 엉덩이까지 내리비추고 있었다. 그들이 병원에 황급히 도착했을 때 이란의 병상은 이미 비어 있었고, 두 아이가 어찌 할 바를 몰라 그 자리에 선 채 두리번거리고 있자 간호사가 와서 이란이 죽었다고, 이미 병원 영안실에 안치되어 있다고 일러주었다.

송강이 곧바로 울음을 터뜨렸고, 울며불며 병원 복도를 지나 영안실로 내쳐 달렸다. 이광두는 울지도 못하고 어찌 할 바를 모른 채 송강의 뒤를 따라 영안실까지 따라갔고, 엄마가 시멘트 침대 위에 빳빳이 누워 있는 모양을 보고 나서야 엉엉 울음을 터뜨렸다. 그의 울음은 송강의 울음보다 더욱 크게 울렸다.

이란은 죽었지만 두 눈은 여전히 뜨고 있었다. 죽기 전 두 아들이 너무나 보고 싶었지만, 시력이 그녀의 눈에서 사라질 무렵까지 눈에 밟히던 두 아들은 여전히 그녀 앞에 나타나지 않았기 때문이다.

송강은 시멘트 침대 앞에 무릎을 꿇은 채 온몸을 들썩거리며 울었고, 이광두는 바람에 흔들리는 작은 나무처럼 떨었다. 이광두와 송강은 함께 울고 함께 엄마를 불렀다. 이광두는 그 순간 진정으로 자신이 세상에 혼자 남겨진 고아라는 걸 느꼈다. 자신에겐 송강밖에 없었고, 송강에게도 이광두 말고는 아무도 없었다.

송강이 이란의 시신을 업고, 이광두는 그 뒤를 따라 집으로 왔다. 이란을 업은 송강은 눈물을 멈추지 못했고, 이광두 역시 눈물을 쉬지 않고 훔쳐냈다. 두 아이는 더 이상 울부짖지 않고 그저 소리 없이 흐느끼기만 했다. 하지만 야간 경기장에 도착했을 때 송강은 다시 복받쳐 터져 나오는 울음을 참을 수 없었다.

"어제 여기 왔을 때 엄마랑 얘기했는데……."

송강이 울음 때문에 걸음을 옮기지 못하자 이광두가 울면서 자신이 엄마를 업겠다고 하니 송강이 고개를 가로저으며 됐다고 했다.

"넌 동생이잖아. 내가 보살펴야지."

두 소년과 시신은 우리 류진의 대로를 큰 소리로 울며 지나쳤다. 이란의 시신은 송강의 등에서 계속 흘러내렸고, 이광두가 뒤에서 계속 다시 밀어올렸다. 송강 역시 자주 멈춰 서서 이광두가 조심스럽게 이란의 시신을 밀어올리도록 몸을 활처럼 굽혔다. 나중에 송강은 그냥 그대로 허리를 굽힌 채 이란을 업고 걸었고, 이광두는 두 손으로 이란의 시신을 지탱한 채 잰걸음으로 옆에서 따라붙었다. 두 소년이 조심스럽게 이란의 시신을 신경 쓰는 모습은 흡사 이란이 아직 죽지 않고 그냥 잠이 든 것처럼 보였고, 마치 두 소년이 그녀가 아플까 봐 조심하는 것 같았다. 그 광경은 많은 사람들 눈에 밟혔고, 보는 이들의 마음을 시리게 했다. 소씨 아줌마와 그의 딸 소매도 이 광경을 보았는데, 그녀는 눈물을 흘리며 자신의 딸에게 말했다.

"이란 아줌마는 좋은 분이셨다. 불쌍하기도 하지. 저렇게 착한 두 아들을 남기고 가다니."

이틀 후 두 소년은 동 철장네 수레를 끌고 거리에 모습을 드러냈다. 수레 위의 관은 이란이 생전에 골라둔 것이었다. 이란은 그 안에 누워 있었고, 관 안에는 한 장의 가족사진과 세 벌의 옛사람들이 쓰던 젓가락 그리고 송범평의 혈흔이 남은 흙이 들어 있었다. 송강이 앞에서 수레를 끌었고, 이광두가 관을 감싼 채 뒤를 따랐다. 두 소년은 관이 떨어질까 봐 수레와 땅이 평행이 되도록 허리를 활처럼 굽힌 채 앞을 향했다. 두 소년은 더 이상 울지 않았다. 그저 허리를 굽힌 채 소리 없이 걸었고, 수레가 돌판 길을 지날 때 삐걱거리는 소리만 울려퍼졌다.

7년 전 관을 실은 다른 수레 한 대가 똑같이 거리를 지났을 때 그 관 안에는 송범평이 누워 있었고, 늙은 지주가 앞에서 끌고 이란과 두 아이가 뒤에서 밀었다. 그 당시에는 울음이 네 사람 가슴속에 복받쳤어도 감히 울음을 터뜨릴 수가 없었다. 지금 두 아이는 소년이 되었고, 이란은 관 속에 누워 있으니 두 소년은 방성대곡하며 이란을 저승으로 보내드릴 수가 있었으나 그들은 울지 않았다.

남문을 지나 시골 흙길에 접어들었다. 7년 전 이란은 여기서 "이제 울어." 하고 딱 한마디를 했고, 그 말에 그들 네 사람은 원 없이 울음을 터뜨렸다. 그들의 울음소리에 나무 위의 참새들이 놀라 날아갔다. 지금은 그때와 똑같이 수레 한 대와 똑같이 얇은 관, 눈앞에 펼쳐진 논은 똑같이 광활하고 하늘 역시 똑같이 드넓은데, 변한 것이라곤 네 사람이 두 사람으로 변했고 울지 않는다는 것뿐이었다. 그들은 허리를 굽힌 채 하나는 앞에서 끌고 하나는 뒤에서 밀면서 몸을 수레 위의 관보다도 낮게 낮춘 상태였는데, 멀리서 보면 두 사람 같지 않고 수레 앞뒤로 머리와 꼬리가 붙어 있는 것처럼 보였다.

두 소년은 그들의 모친을 송범평이 태어나고 자란 마을로 모셨다. 송범평은 마을 입구 무덤에서 7년간 그녀를 기다렸고, 이제 드디어 그녀와 나란히 누워 함께하게 되었다. 손에 나뭇가지를 지팡이 삼아 들고 아들의 무덤가에 서 있는 늙은 지주는 호흡마저 힘겨워 보였다. 손에 든 나뭇가지가 아니었다면 곧 땅바닥에 쓰러질 것처럼 보였다. 이 늙은 지주는 가난해서 지팡이 하나 살 돈이 없었고, 송강은 그를 위해 지팡이 노릇을 대신하는 나뭇가지를 깎아주었다. 송범평의 무덤 곁에 이미 그의 가난한 친척들이 파놓은 묘가 있었다. 이 친척들은 7년 전과 마찬가지로 여전히 낡은 옷을 입고 있었고, 7년 전 그대로 삽을 든 채 그곳에 서 있었다.

이란의 관이 묘에 들어간 후, 늙은 지주는 눈물을 흘리며 자신의 몸을 지탱하지 못한 채 비틀거렸고, 송강이 그를 부축하여 바닥에 앉혔다. 늙은 지주는 나무에 기대어 앉아 사람들이 흙으로 묘를 채워나가는 모습을 지켜보며 한없이 눈물을 흘렸다.

"내 아들 녀석은 복도 많지. 이렇게 착한 여자를 얻었으니……. 내 아들 녀석은 복도 많지. 이렇게 착한 여자를 얻었으니……. 내 아들 녀석은 복도 많지……."

이란의 무덤이 송범평의 봉분과 똑같이 높아지자 늙은 지주는 울면서 읊조렸다.

"며느리가 정말 착했지. 매년 청명절이면 와서 성묘를 하고, 매년 설이면 와서 새해 인사를 왔고, 해마다 몇 번씩 와서 인사를 하고……"

송강은 이광두에게 할아버지를 업고 집으로 가 있으라고 했다. 이광두가 할아버지를 업고 가자 친척들도 삽을 들고 뒤를 따라갔다. 송강은 그들이 마을로 간 뒤 주위가 조용해지자 이란의 무덤 앞에 무릎을 꿇고 맹세했다.

"엄마, 안심하세요. 밥이 한 공기 남으면 꼭 광두 먹일게요. 옷이 한 벌 남으면 꼭 광두 입힐게요."

弟
형제

———

2부

I

죽은 자는 떠났고, 산 자만 남았다. 이란은 유명을 달리하고 저승길을 천천히 걸어 아득한 영혼들 속에서 송범평의 숨결을 찾아나섰고, 두 아들이 어떻게 세상을 떠도는지 더 이상 알지 못했다.

송강의 할아버지, 늙은 지주는 침대에 누워 일어나지도 못하고 며칠에 밥 몇 입, 물 몇 모금만 간신히 넘기며 앙상한 뼈를 드러낸 채 바람 앞에 시달리는 촛불 같은 남은 생애를 견디고 있었다. 늙은 지주는 이제 가야 할 때임을 알고는 문밖을 바라보며 송강을 붙잡은 손을 놓으려 하지 않았다. 송강은 그의 눈길이 무슨 말을 하려는지 알 수 있었다. 그리하여 비 한 방울, 바람 한 점 없는 저녁 무렵 그를 업고 마을의 이웃집들을 천천히 지나갔고, 늙은 옛 지주는 마치 작별을 고하듯 낯익은 얼굴들을 들여다보았다. 할아버지를 등에 업고 마을 입구에 도착한 송강은 느릅나무 아래에서 걸음을 멈추었다. 솟아 있는 송범평과 이란의 봉분 옆에서 두 사람은 서쪽으로 기우는 저녁노을을 말

없이 바라보았다.

등에 업힌 송강의 할아버지는 작은 땔감 한 단처럼 가벼웠다. 매일 밤 마을 입구에서 집으로 돌아와 할아버지를 내려놓을 때면 할아버지는 마치 죽은 듯 기척이 없었지만, 다음 날이면 아침 햇살과 함께 천천히 눈을 떠 생명의 빛을 발했다. 그렇게 하루 또 하루 늙은 지주는 죽은 듯 삶을 유지해갔다. 송강의 할아버지는 이미 말할 기력조차, 미소 지을 힘조차 없었는데, 운명이 정한 그날, 황혼이 내릴 무렵 마을 입구 느릅나무 아래 송범평과 이란의 무덤 옆에서 늙은 지주는 갑자기 고개를 들어 미소 지었다. 송강은 등 뒤 할아버지의 미소를 볼 수 없었지만, 귓가에 읊조리는 할아버지의 타들어가는 듯한 음성을 들었다.

"고생도 이제 끝이로구나."

늙은 지주의 머리가 송강의 어깨에 떨어졌고, 그는 잠든 듯 꼼짝도 하지 않았다. 송강은 할아버지를 업은 채 그곳에 서서 류진으로 향하는 좁은 길이 어둠에 가려 흐릿해지는 것을 지켜보며 몸을 돌려 마을로 향했다. 어깨에 기댄 할아버지의 머리는 그의 발걸음을 따라 흔들렸고, 송강은 집으로 돌아와서 늘 그랬듯이 조심스럽게 할아버지를 침대에 내려놓고 그에게 이불을 덮어드렸다. 이날 밤 늙은 지주는 아주 가늘게 두 번 눈을 떠 자신의 손자를 보려 했지만, 그가 본 것은 소리 없는 어둠뿐이었다. 그리고 영원히 눈을 감은 채 다시는 아침 햇살에 눈을 뜨지 못했다.

할아버지가 세상을 뜬 줄도 모르고 송강은 아침에 일어났고, 그날 내내 할아버지의 죽음을 알지 못했다. 그날 늙은 지주는 아무런 기척도 없이 누운 채 먹지도 마시지도 않았지만, 이런 상황이 워낙 오래 지속되었던 탓에 송강은 마음에 두지 않았다. 어스름한 저녁 무렵 송강이 할아버지를 업었을 때 할아버지의 몸이 경직되어 있음을 느꼈고, 문을 나섰을 때 할아버지의 머리가 미끄러져 내렸지만 송강은 한 손으로 할아버지의 머리를 어깨에 잘 놓은 다음 계속 걸어 이웃들의 집을 지나갔다. 할아버지의 머리는 발걸음을 따라 흔들렸고, 마치 돌덩어리가 흔들리는 듯 몸이 딱딱했다. 송강은 마을 입구로 향할 무렵 갑자기 뭔가를 느꼈다. 할아버지의 머리가 몇 차례나 어깨에서 미끄러져 내리자 송강은 손으로 할아버지의 차가운 뺨을 만져보았다. 송강은 느릅나무 아래에 선 채로 손가락을 어깨 뒤로 넘겨 할아버지의 코끝에 대보았는데, 한참 동안이나 할아버지의 숨을 느끼지 못했고, 자신의 손가락이 차가워지고 나서야 할아버지가 돌아가셨다는 사실을 알게 되었다.

다음 날 아침, 허리를 굽힌 채 왼손으로 돌아가신 할아버지를 업고 오른쪽 겨드랑이에 멍석을 낀 채 삽을 들고 지나가는 모습을 지켜보는 이웃 사람들에게 송강은 처연한 목소리로 알렸다.

"할아버지가 돌아가셨어요."

늙은 지주의 가난한 몇몇 친척들이 송강을 따라 마을 입구에 왔고, 몇몇 다른 마을 사람들도 마을 입구로 와서 송강이 멍석을 펴고 등에 업은 할아버지를 마치 침대에 누이듯 조심스럽게 내려놓는 것을 도왔다. 가난한 친척들은 멍석을 말았고, 세 군데로 나누어서 새끼줄로 꼭 묶었다. 이것이 늙은 지주의 관이었다. 마을 사람들이 묘를 파자 송강은 멍석으로 감싼 할아버지를 안아들고 그 앞으로 가 무릎을 꿇은 뒤 할아버지를 묘 속에 내려놓고 일어서서 촉촉이 젖은 눈가를 훔쳤고, 복토를 시작했다. 이제 의지할 곳 하나 없는 송강을 보며 마을의 몇몇 여인들은 끝내 울음을 터뜨리고 말았다.

늙은 지주는 송범평과 이란 근처에 묻혔고, 송강은 할아버지를 위해 열나흘 동안이나 상을 치렀다. 초칠과 재칠을 지낸 뒤 송강은 짐을 꾸리기 시작했다. 낡은 집과 가구들은 몇몇 가난한 친척들에게 나눠주고, 마침 성 내로 들어가는 마을 사람이 있어서 자신이 간다는 소식을 이광두에게 전해달라고 부탁했다.

이날 송강은 새벽 네 시에 일어나 문을 열고 나가 하늘 가득한 별을 보며 지금 바로 이광두를 만나러 가야겠다고 생각하고는 지체 없이 문을 닫고 저벅저벅 발소리를 내며 마을 입구로 향했다. 그는 달빛이 비추는 가운데 마을 입구에 서서 지난 10년 동안 살았던 마을을 돌아본 후 고개를 숙여 송범평과 이란의 오래된 봉분과 늙은 지주의 새 봉분을 바라보았다. 그러고 나서 달빛이 비추는 서늘하고 좁은 길을 걸어 아직 깊은 잠에 빠져 있는 류진으로 향했다. 송강은 지난 10년 동안 서로 목숨을 의지했던 할아버지와 작별을 고하고 이제 서로 목숨을 의지해야 할 이광두를 향해 걸음을 옮겼다.

송강은 손에 여행 보따리를 든 채 동틀 무렵 남문을 지나 류진에 들어섰고, 온갖 고생을 한 끝에 전에 살던 집으로 돌아왔다. 일찍이 이란이 상해로 병을 치료하러 갈 때 들고 갔던, 상해에서 돌아와 송범평의 사망 소식을 접했을 때 들고 있었던 여행 보따리로, 거기에 터미널 앞에 꿇어앉은 채 송범평의 선혈로 얼룩진 흙을 주워 담았고, 송강이 시골로 가서 할아버지와 함께 살게 되었을 때 이란이 송강의 옷과 함께 토끼표 캐러멜을 넣어주었다. 그 여행 보따리를 송강이 다시 들고 온 것이다. 송강의 전 재산인 낡디낡은 옷 몇 벌을 담은 채로 말이다.

지난날의 소년이 이제는 멋진 청년이 되어 돌아왔다. 송강이 왔을 때 이광두는 집에 없었다. 송강이 온다는 소식은 듣고 새벽 네 시에 눈을 떠서 들뜬 마음으로 기다리다가 날이 밝자마자 열쇠가게에 가 송강에게 줄 열쇠를 복사했다. 이광두는 송강이 날이 새기도 전에 길을 나서서 해가 떴을 때 이미 집 앞에 서 있으리라고는 생각지도 못했다. 송강이 여행 보따리를 들고 문 앞에 서 있었을 때 이광두는 거리에서 열쇠가게 문이 열리기만을 기다리고 있었다. 이때의 송강은 이미 송범평만큼이나 키가 컸고, 다만 송범평처럼 건장한 체구가 아니라 수척한 몸매에 새하얀 얼굴이었으며, 윗옷이 너무 작아서 허리는 훤히 드러났고, 바짓단이나 소매 역시 한 단씩 온통 다른 색깔의 천으로 덧대어져 있었다. 송강은 차분히 옛집 문 앞에 서서 이광두의 귀가를 기다리고 있었다. 그는 두 손을 번갈아가며 여행 보따리를 들었다. 보따리를 더럽히고 싶지 않아 땅에 내려놓지 않았다.

이광두가 집으로 돌아오면서 저 멀리 서 있는 송강을 보았다. 키가 큰 형제가 여행 보따리를 들고 멍하니 서 있는 모습을 보고는 쏜살같이 달리다가 갑자기 멈춘 후 살금살금 다가서서 있는 힘껏 송강의 엉덩이를 걷어찼고, 몸이 휘청한 송강의 귀에 깔깔거리는 이광두의 웃음소리가 들려왔다. 곧이어 형제는 집 앞에서 서로 뒤엉키고 쫓고 쫓기기를 반복하며 집 앞에 먼지바람이 뿌옇게 일 정도로 장장 반 시간이나 난리를 쳐댔다. 이광두는 왼쪽 다리를 걷어차다가 또 오른쪽 다리를 걸어 자빠뜨리려고 하다가 또 몸을 낮춰 발차기를 하다가 또 자빠뜨리기를 시도했고, 송강은 보따리를 안은 채 펄쩍펄쩍 뛰며 이광두의 발을 피했다. 이광두는 창이었고 송강은 방패였다. 깔깔거리는 형제의 웃음이 끊이지 않았고, 둘 다 눈물 콧물을 쏟아내다가 결국에는 허리를 굽힌 채 기침을 토해냈다. 이광두는 가쁜 숨을 몰아쉬면서 새로 맞춘 열쇠를 꺼내 송강에게 건네주며 말했다.

"문 열어."

이광두와 송강은 이름 없는 들풀처럼 발에 밟히고 바퀴에 짓눌렸지만 여전히 생기발랄한 모습으로 성장했다. 일찍이 악명이 드높았던 이광두가 중학교를 졸업했지만, 그를 받겠다는 공장이 한 군데도 없었다. 때는 바야흐로 문화대혁명이 막 끝나고 개혁개방이 시작될 무렵이었다. 도청은 이미 현 민정국의 부국장이었다. 도청은 터미널 앞에서 벌어진 송범평의 참사와 자신 앞에서 무릎을 꿇은 채 머리를 조아리던 이란을 생각하고는 이광두를 불러 민정국 산하 복지공장의 노동자로 배치시켰다. 복지공장에는 모두 열다섯 명이 일하고 있었는데, 이광두를 제외하면 절름발이가 둘에 바보가 셋, 장님이 넷에다 귀머거리가 다섯이었다. 송강의 호구(戶口, 우리나라의 주민등록지에 해당―옮긴이) 역시 류진으로 되어 있어 그는 류성공이 공급판매과장을 맡고 있는 금속공장의 노동자로 배치되었다.

둘은 같은 날 첫 월급을 받았다. 그날 역시 송강은 그가 다니는 금속공장이 집에서 가까워 집에 먼저 도착해 문 앞에서 이광두를 기다리며 서 있었고, 주머니에 꽂은 오른손에서는 처음으로 받은 월급 인민폐 18원을 꼭 쥐고 있느라 땀이 다 배어나왔다. 송강은 퇴근한 이광두가 오른손을 주머니에 꽂은 채 환한 얼굴로 나타나자 그 역시 월급을 받았고 손으로 꼭 쥐고 있어서 땀이 배어 있다는 걸 알아채고 가까이 오기를 기다렸다가 웃음 가득한 낯빛으로 물었다.

"받았지?"

이광두는 고개를 끄덕였고, 송강의 얼굴에 웃음이 가득한 걸 보고 물었다.

"너도 받았어?"

송강도 고개를 끄덕였고, 둘은 집으로 들어가 마치 누가 몰래 들어와 훔치기라도 할까 봐 문을 꼭 걸어잠그고, 커튼까지 친 후 땀에 절어 축축해진 총 36원의 월급을 침대 위에 꺼내놓은 채 낄낄거렸다. 둘은 침대에 앉아 36원을 세고 또 셌다. 이광두의 눈이 빛났고, 송강의 눈은 가느다란 실눈이 되었다. 이때 송강의 눈은 벌써 근시가 되어 두 손으로 돈을 들고 들여다봐야 할 정도라 돈이 코에 거의 닿을 지경이 되었다. 이광두는 두 사람의 돈을 합쳐서 송강에게 관리하라고 했고, 송강 또한 자신이 형이므로 자신이 관리하는 게 낫다고 생각했다. 송강은 침대 위의 돈을 한 장 한 장 주워 잘 포갠 후에 이광두에게 마지막으로 세어보게 하고 나서 자신이 마지막으로 한 번 더 센 후 행복에 겨운 듯 읊조렸다.

"이렇게 많은 돈은 진짜 처음이다."

송강은 그렇게 말하며 일어서다가 그만 천장에 머리를 부딪쳤고, 고개를 수그린 채 두 단이나 덧댄 바지를 내리자 안에 또 낡은 천으로 이어 기운 속옷이 모습을 드러냈다. 송강은 속옷 옆쪽에 붙어 있는 작은 주머니에 두 사람의 월급을 조심스럽게 집어넣었다. 이광두가 속옷의 주머니를 진짜 잘 꿰맸다고, 누가 해준 거냐고 묻자 송강은 자신이 직접 꿰맸다고, 이 속옷도 직접 꿰맨 거라고 대답했고 이광두는 탄성을 지르며 물었다.

"도대체 남자야, 여자야?"

송강은 실실 웃으며 대답했다.

"털옷을 짤 줄도 아는데 뭐."

두 사람이 첫 월급을 받은 후 처음으로 한 일은 인민반점에 가서 김이 모락모락 피어오르는 양춘면을 한 그릇씩 먹는 일이었다. 이광두가 삼선탕면을 먹자고 하였으나 송강이 생활이 앞으로 더 좋아지면 먹자며 반대했는데, 이광두 역시 송강의 말이 일리가 있고, 임홍의 엉덩이 이야기를 들으러 오는 사람이 사주는 것이 아니라 자기 돈으로 사 먹는 것이니 고개를 끄덕이며 양춘면을 먹기로 했다. 송강은 계산대에 가서 바지를 내리고 계산대 안 계산원을 보며 속옷을 더듬었고, 이광두는 옆에 선 채로 실실 웃고 있었는데, 계산대 안에 있던 마흔이 넘어 보이는 여인은 이런 광경을 무척이나 많이 본 듯 무표정한 얼굴로 송강이 돈을 꺼내기를 기다렸다. 송강은 속옷에서 정확하게 1원짜리 한 장을 꺼내서 계산대 안에 있는 여자에게 건네주었고, 바지를 쥔채 거스름돈을 기다렸다. 양춘면 두 그릇에 18전이니 82전을 거슬러 받은 후 송강은 큰돈부터 차례로 잘 접어 2전짜리 동전까지 속옷 주머니에 잘 넣은 다음에야 바지를 입고 이광두를 따라 빈 탁자에 가서 앉았다.

두 사람은 양춘면을 다 먹고 나서 이마 위로 흐르는 땀을 닦아내며 인민반점을 나선 뒤 홍기 포목점에 들어섰다. 그들은 짙은 남색의 목면을 골랐고, 계산대 안쪽에 서 있는 스무 살이 넘어 보이는 아가씨 앞에서 송강이 또다시 바지를 풀어 내린 다음 속옷을 더듬었다. 송강의 행동과 이광두의 짓궂은 웃음을 보고 아가씨는 곧바로 얼굴이 새빨갛게 변해버린 채 고개를 돌려 그녀의 동료와 되지도 않는 말을 찾아 나누려 애썼다. 이번에는 송강이 한참을 더듬었고, 더듬으며 입으로 연방 수를 셌다. 그리하여 돈을 꺼냈을 때 정확히 옷감 가격에 딱 들어맞았으니 얼굴은 물론 귀까지 후끈 달아오른 아가씨가 돈을 받을 때 이광두는 놀란 표정으로 물었다.

"장님 기술을 도대체 언제 배운 거야?"

눈을 가느다랗게 뜬 송강이 부끄러워하는 아가씨를 바라보았다. 근시가 심한 그는 벌겋게 달아오른 그녀의 얼굴을 볼 수는 없었지만, 웃으며 바지를 입었고 웃으며 대답했다.

"돈을 순서대로 포개서 접어놓으면 몇 번째 돈이 얼마짜린지 알 수 있거든."

두 사람은 짙은 남색의 목면을 들고 장 재봉네 가게에 들어가서 각자 중산복을 한 벌씩 맞추었다. 송강이 세 번째로 바지를 내려 세 번째로 바지 속을 더듬자 장 재봉은 줄자를 목에 건 채 그 모습을 보며 웃으면서 말했다.

"음……, 돈을 제대로 감췄구먼……."

송강이 돈을 꺼내 장 재봉에게 건네주자 장 재봉은 코끝에 갖다 대고 냄새를 맡아보더니 말했다.

"좆 냄새가 다 뱄네……."

근시인 송강은 장 재봉이 자기 돈의 냄새를 맡는 것 같아 가게를 나오자마자 눈을 가늘게 뜨고 물었다.

"저 사람이 우리 돈 냄새를 맡았지?"

이광두는 송강의 눈이 이미 심하게 나빠졌음을 깨닫고 안경점에 가서 안경을 맞추자고 했지만 송강은 고개를 저으며 형편이 좀더 좋아지면 맞추겠다고 했다. 방금 삼선탕면을 먹지 말자고 했을 때는 순순히 고개를 끄덕이며 따랐던 이광두가 안경을 맞추지 않겠다는 의견은 받아들이지 않고 길거리에 선 채로 호통을 쳤다.

"형편이 나아지기를 기다렸다가는 네 눈 멀겠다!"

이광두가 갑작스럽게 화를 내자 송강은 깜짝 놀랐고, 가늘게 뜬 눈으로 길거리의 많은 사람들이 발걸음을 멈춘 채 자신들을 지켜보고 있는 걸 슬쩍 본 후 이광두에게 소리를 좀 낮추라고 말했다. 이광두는 목소리를 낮추었지만 분명한 어조로 만약 오늘 안경을 안 맞추면 그대로 분가해버리겠다고 선언하고는 큰 소리로 한마디를 덧붙였다.

"안경 맞추러 가자!"

이광두는 두 어깨를 휘저으며 안경점으로 향했고, 송강은 주저하면서 그 뒤를 따랐다. 두 사람은 조금 전처럼 어깨를 나란히 하며 걷지 않았고, 앞뒤로 선 채 우리 류진의 안경점으로 향했다. 둘의 형세는 마치 방금 한판 벌이기라도 한듯 이광두가 이긴 자처럼 으스대며 앞서 걸었고, 송강은 패한 자처럼 뒤에서 끌려가듯 걸었다.

한 달 후 이광두와 송강은 짙은 남색의 목면 중산복을 입게 되었고, 송강은 검은색 뿔테 안경을 끼게 되었다. 이광두가 안경점에서 제일 비싼 안경테를 골라서 송강은 눈시울을 붉혔다. 한편으로는 돈을 너무 많이 쓰는 것 같아 마음이 아팠지만, 또 한편으로는 자신의 형제가 이렇게나 좋은 사람이라고 감동했다. 송강은 검은색 뿔테 안경을 끼고 안경점을 나오면서 자신도 모르게 놀라 소리쳤다.

"진짜 잘 보인다!"

송강은 이광두에게 안경을 끼고 나니 마치 세상이 방금 한바탕 목욕을 한 것처럼 깨끗하게 보인다고 했다. 이광두는 껄껄 웃으며 송강은 이제부터 눈이 네 개니까 예쁜 아가씨를 보면 자신의 옷을 잽싸게 잡아당기라고 말했고, 송강은 피식피식 웃으며 고개를 끄덕이면서 이광두를 위해 진지한 자세로 거리의 아가씨들을 살피기 시작했다. 짙은 남색의 목면 중산복으로 새롭게 단장한 형제가 류진의 거리를 걸어가자 길가에서 장기를 두던 노인들은 놀라움을 감추지 못했다. 엊그제까지 거지 행색이었던 두 사람이 현 간부처럼 입고 있다고 감탄하며 말했다.

"확실히 불상은 금칠을 해야 멋이고, 사람은 옷을 제대로 입어야 멋이야."

송강은 키도 크고 얼굴도 잘생긴 데다 학자처럼 검은색 뿔테 안경까지 꼈지만, 이광두는 키도 작았고 중산복을 입었는데도 도적처럼 생긴 얼굴은 여전했다. 이런 두 사람이 늘 떨어지지 않고 함께 우리 류진의 거리를 활보하자 류진의 노인들은 손가락으로 이들을 가리키며 하나는 문관, 하나는 무관 같다고 말들을 나누었다. 하지만 류진의 아가씨들은 그렇게 점잖은 표현 대신 자기들끼리 이렇게 소곤거렸다. 하나는 삼장법사요, 하나는 저팔계 같다고 말이다.

2

송강은 자기도 모르게 문학에 빠지게 되면서 금속공장 공급판매과장 류 작가를 대단히 존경하게 되었다. 류 작가의 사무실 책상 위에는 한 꾸러미의 문학잡지가 쌓여 있었는데, 그래봐야 실속 없는 것들이었다. 류 작가는 문학에 관한 고담준론을 즐겨 공장에서도 사람을 하나 잡았다 싶으면 주저리주저리 말을 이어갔지만, 아쉽게도 공장에서는 그의 말을 알아듣는 사람이 없었고, 누구든 그저 바보 같은 웃음을 지으며 류 작가를 바라볼 뿐이었다. 류 작가가 문학을 이야기할 때는 어째 중국말인지 외국말인지 한마디도 알아들을 수가 없다고 자기들끼리 의론이 분분했는데, 노동자들의 이런 수군거림이 류 작가의 귀에 들어갔고 류 작가는 한심하다는 듯 이렇게 생각했다.

'저런 무식한 것들.'

문학을 사랑하는 송강이 온 후, 류 작가는 마치 보물이라도 얻은 듯한 기분이었다. 송강은 류 작가의 문학 사상을 알아들을 뿐만 아니라 경건한 표정으로 고개를 끄덕여야 할 때 고개를 끄덕였고 웃어야 할 때 웃었다. 류 작가는 기쁘기 그지없었다. 자신을 알아주는 이와 마시면 1천 배도 적다더니 송강과 마주치기만 하면 류 작가의 말은 끝을 알 수 없이 이어졌고, 한번은 두 사람이 변소에서 오줌을 다 싼 후 류 작가가 송강을 붙들고 오줌통 옆에 선 채로 두 시간 넘게 떠든 적도 있었다. 변소에 가득한 악취도 아랑곳하지 않고 거기 앉아서 똥을 누느라 응응대거나 끙끙대는 사람들의 소리도 개의치 않았다. 송강이라는 학생이 생긴 이후 류 작가는 마치 문학 스승이 된 듯한 기분이었다. 무식한 인간들을 상대로 입술이 부르트도록 떠들어도 그들은 바보처럼 웃기만 할 뿐 표정 한번 변하지 않아서 스승이 됐다는 느낌은 받아본 적이 없던 터였다. 류 작가는 책상 위에 쌓아놓은 문학잡지들을 송강에게 빌려주며 읽으라고 했다. 그는 〈수확〉이라는 잡지를 들더니 조심스럽게 표면에 쌓인 먼지를 소매로 닦아낸 후 송강의 얼굴에 갖다대고서 한 장 한 장 확인한 후 한 장도 더럽거나 찢어지지 않았으니 다 읽고 나서 반납할 때도 다시 한 장씩 검사하겠다며 덧붙였다.

　"손상시키면 벌금이야."

　송강은 류 작가의 문학잡지를 집으로 가져가서 걸신들린 듯 읽었다. 그리고 자신도 차분히 소설을 쓰기 시작했는데, 완성하기까지 꼬박 반년이 걸렸다. 처음에는 폐지에 석 달 동안 쓴 다음, 다시 폐지에 석 달 동안 고쳐썼다. 그리고 반년이 지난 뒤 원고지에 또박또박 옮겨 적었다. 송강의 첫 독자는 당연히 이광두였다. 송강의 소설을 받아든 이광두가 던진 놀라움의 한마디는 이랬다.

"이렇게나 두꺼워!"

이광두가 한 장 한 장 세어보니 모두 열세 장이었다. 다 세고 난 뒤 이광두는 존경의 눈빛으로 송강을 보며 입을 열었다.

"진짜 대단하다. 열세 장이나 쓰다니!"

이광두는 소설을 읽기 시작하더니 또 한 번 찬사를 터뜨렸다.

"글씨 진짜 잘 쓴다!"

이광두는 송강의 소설을 열심히 읽은 후 더 이상 찬탄의 소리를 지르지 않고, 깊은 생각에 잠겼다. 송강은 긴장한 눈빛으로 이광두를 바라보았고, 자신의 첫 번째 소설이 잘 읽히는지 엉망은 아닌지 걱정이 되어 떨리는 목소리로 물었다.

"어때? 괜찮아?"

이광두는 한마디 대답도 없이 계속 깊은 생각에 잠겨 있었다. 송강은 조마조마해져서 재차 물었다.

"엉망인 것 같아?"

이광두는 여전히 깊은 생각에 잠긴 채였고, 송강은 자신이 쓴 글이 도대체 앞뒤도 안 맞아 이광두가 읽고도 무슨 소리인지 알 수 없는 거라고 생각하고 절망했다. 이때 이광두의 입에서 갑자기 한마디가 튀어나왔다.

"좋다!"

이광두는 그 말을 한 뒤 곧바로 다시 한마디를 보탰다.

"진짜 잘 썼다!"

그러고 나서 이광두는 열정적으로 말을 쏟아냈다. 이것은 좋은 소설이고, 아직까지 노신이나 파금의 소설만큼 좋지는 않지만 최소한 류 작가나 조 시인의 작품보다는 훨씬 좋다고 말이다. 이광두는 손을 휘저으며 신이 나서 말을 이어갔다.

"네가 나왔으니 앞으로 류 작가하고 조 시인은 암흑의 나날이다."

송강은 놀랍고 기쁘고 흥분한 탓에 이날 밤 잠을 이루지 못했다. 이광두가 코를 고는 가운데 그는 이미 거꾸로도 줄줄 외는 자신의 소설을 다섯 번이나 더 읽었지만, 읽어볼수록 이광두가 과장한 만큼 그렇게 좋지는 않았다. 그는 속으로 이광두는 자신의 형제이므로 어쩔 수 없이 좋다고 말해줬다고 여겼다. 하지만 이광두의 칭찬도 일리가 있긴 있었다. 이광두가 예를 들어 좋다고 지목한 대목은 송강이 읽기에도 확실히 괜찮았다. 송강은 용기를 내어 소설을 류 작가에게 보여주고 지도 편달을 받기로 했다. 만약 류 작가가 잘 썼다고 한다면 진짜 잘 쓴 것일 테니.

다음 날 송강은 불안한 마음으로 자신의 소설을 류 작가에게 보여주었고, 류 작가는 자신의 제자도 소설을 쓸 거라고는 예기치 못해 놀란 기색을 감추지 못했다. 그때 마침 류 작가는 똥 닦을 종이를 들고 변소에 가서 똥을 쌀 참이었다. 그는 송강의 열세 장짜리 소설을 똥 닦을 종이 위에 놓고 소설을 읽으며 변소로 들어갔다. 변소로 들어간 후 그는 한 손으로 바지를 내리고 나머지 한 손으로 송강의 소설을 들고 읽어갔다. 입으로는 연방 끙끙거리며 똥을 쌌고, 눈으로는 송강의 소설을 계속 읽어갔다. 그리하여 똥을 다 쌌을 때 송강의 소설도 다 읽었고, 똥을 닦고 남은 반 장의 종이를 소설 위에 얹은 채 변소에서 나온 류 작가는 미간을 잔뜩 찌푸린 채 공급판매과 사무실로 들어갔다. 류 작가는 오전 내내 사무실에 앉아서 송강의 소설을 평가했는데, 빨간 연필을 들고 매 페이지 모두 박박 고쳐 썼고, 마지막 장 여백에 무려 3백 자나 되는 비평을 거침없이 적어넣었다. 퇴근시간이 되었을 때 송강이 초조한 듯 공급판매과 사무실 문 앞에 그 모습을 드러냈고, 류 작가는 엄숙한 얼굴로 송강에게 사무실 안으로 들어오라는 손짓을 했다. 류 작가는 열세 장짜리 소설을 송강에게 돌려주며 근엄한 얼굴로 말했다.

"내 생각을 위에다 적었네."

자신의 소설을 받아든 송강은 낙담했다. 맨 윗면은 류 작가의 붉은색연필로 완전히 덧씌워져 있었고, 그것은 송강의 소설에 대단히 많은 문제가 있다는 것을 의미했기 때문이었다. 이때 류 작가는 의기양양한 표정으로 자신의 책상 서랍에서 자기가 쓴 소설 한 편을 꺼내더니 송강에게 건네주면서 집에 가서 찬찬히 읽어보라고 했다. 마치 세계적인 작품을 건네주는 듯한 태도였다.

"내가 어떻게 썼는지 잘 보라고."

이날 밤 송강은 류 작가가 고쳐쓴 부분과 비평을 몇 번이고 읽었지만, 읽을수록 더 아득했고 류 작가가 도대체 무슨 말을 하려는 것인지 알 수가 없었다. 송강은 류 작가의 신작 역시 몇 번을 읽었지만 마찬가지로, 도대체 어디가 좋은지 알 수가 없었다. 밥도 거른 채 잠도 안 자는 송강의 모습이 이상했는지 이광두가 다가와 류 작가가 송강에게 써준 비평을 딱 한 번 읽더니 입을 열었다.

"완전 개소리구먼."

그러더니 류 작가의 신작을 뺏어 들고 나서 페이지 수를 센 다음 같잖다는 듯 원고를 흔들면서 중얼거렸다.

"겨우 여섯 장이야."

그러고는 읽기 시작하더니 채 다 읽기도 전에 원고를 내던지며 말했다.

"지루해, 재미없어."

그러더니 이광두는 하품을 하며 바로 침대에 누웠고, 잠시 후 몸을 뒤집더니 바로 코를 골기 시작했다. 송강은 다시 교정받은 자신의 소설과 류 작가의 신작을 열심히 읽었다. 류 작가의 교정과 평가 모두 실망스럽고 혼돈스러웠지만, 특히 송강의 글 모두를 부정적으로 평가하고 격려의 말 달랑 두 마디를 덧붙여놓은 비평은 특히 견디기 힘들었다. 하지만 송강은 류 작가의 평가가 입에 쓴 약이 될 테고 수정과 평가에 많은 시간을 썼을 테니 자신도 이에 보답해야 한다고 생각했다. 그리하여 류 작가의 신작에 적게나마 평가를 달아야 한다 싶어 자신의 의견을 열심히 달기 시작했다. 우선 몇 줄의 찬사를 적고, 마지막에 부족한 점을 지적했다. 송강은 류 작가와는 달리 의견을 고치고 또 고쳤다. 먼저 폐지 위에 초고를 쓴 다음 여러 번 수정해서 류 작가 신작의 마지막 장에 찬찬히 베껴 썼다.

다음 날 송강이 신작을 류 작가에게 돌려줄 때 류 작가는 의자에 다리를 꼰 채로 앉아 만면에 미소를 띠고 송강의 찬사를 기다리고 있었는데, 의외의 한마디가 날아들었다.

"제 의견은 마지막 장에 적어놓았어요."

류 작가는 표정을 순식간에 바꾸고 자신의 신작 마지막 장을 펼쳐 보았다. 과연 거기에는 송강의 평가가 달려 있었고, 문제점까지 지적해놓았다. 분노가 폭발한 류 작가가 의자에서 벌떡 일어나 책상을 내려치며 손가락으로 송강의 코를 가리키면서 소리쳤다.

"너, 너, 너, 네가 감히 내 머리 위에 올라타서 감히⋯⋯."

류 작가는 성질을 이기지 못하고 말까지 더듬었고, 송강은 멍청히 선 채로 류 작가가 왜 그렇게 불같이 화를 내는지 알 수 없어 변명을 늘어놓았다.

"제가 무슨 머리 위에 올라탔다는 말씀이신지……."

류 작가는 자신의 소설을 들어 마지막 장을 펼친 후 송강에게 보여주면서 또다시 말을 더듬었다.

"이, 이게 뭐냐?"

송강은 불안한 듯 대답했다.

"제 의견을 적어놓은 건데요……."

류 작가는 성질을 이기지 못하고 자신의 소설을 땅바닥에 내던진 뒤 곧바로 가슴이 아픈 듯 주워 쓰다듬으며 송강을 향해 악을 썼다.

"너, 네가 감히 내 원고를 더럽히다니……."

송강은 그제야 류 작가가 왜 그렇게 화가 났는지 알았지만, 자신도 기분이 썩 좋지는 않아서 대꾸했다.

"과장님도 제 원고를 더럽혀놓으셨잖아요."

류 작가는 그 말을 듣고 순간 멍했지만 곧바로 분노가 더 커졌다. 류 작가는 책상을 연이어 두들기며 소리쳤다.

"네까짓 게 뭔데? 이 몸이 어떤 분이냐? 네 원고? 이 몸께서 네 원고에 똥오줌을 싼다 해도 그게 다 너를 보살피는 것이거늘. 니미 씨팔……."

급기야 송강도 열이 올랐고, 앞으로 두 걸음을 나간 후 손가락으로 류 작가를 가리키며 말했다.

"제 어머니를 욕하지 마세요. 우리 엄마를 욕하면 그냥……."

"그냥, 뭐?"

류 작가는 주먹을 들었지만 자신보다 머리가 반 개는 더 큰 송강을 보고 살며시 내려놓았다.

송강은 잠시 주저하다 입을 열었다.

"패버릴 겁니다."

류 작가가 호통을 쳤다.

"네가 정신 나간 소리를 토해내는구나."

평소에 공손하기 그지없었던 송강이 감히 자신을 패버리겠다는 말을 내뱉자 류 작가는 화가 치밀어 책상 위의 붉은색 잉크병을 들어 송강의 안경, 얼굴, 옷에 그대로 뿌려버렸고, 송강은 붉은 잉크에 젖은 안경을 벗어 상의 주머니에 넣은 뒤 두 손으로 류 작가의 목을 조르려 달려들었다. 공급판매과의 다른 직원들이 달려들어 가까스로 송강을 잡아서 문밖으로 끌어냈고, 류 작가는 벽 쪽으로 밀린 채 손으로 부하 직원들을 불렀다.

"저놈을 파출소로 끌고 가."

공급판매과의 직원들은 송강을 그의 작업장으로 돌려보냈고, 얼굴과 온몸에 붉은 잉크를 뒤집어쓴 송강은 벌겋게 달아오른 얼굴로 기다란 걸상에 앉아 있었다. 공급판매과의 몇몇 사람들이 옆에 서서 위로의 말을 건넸고, 송강이 일하는 작업장의 노동자들은 송강을 둘러싼 채 무슨 일이 있었는지 물어보았다. 공급판매과 사람들이 그들에게 송강과 류 작가가 붙은 전 과정을 자세히 설명해주자 싸우게 된 이유를 묻는 사람이 있었고, 공급판매과 사람들은 순간 자신들도 궁금했지만 이내 손을 내저으며 이렇게 말했다.

"문인들 사이의 일이니 우리야 모르지."

송강은 한마디 말도 없었다. 평소에 온화하고 우아하기까지 했던 류 작가가 어떻게 막된 여자처럼 욕을 퍼붓는지 알 수가 없었다. 류 작가 입에서 쏟아져나온 말들은 촌에서 김을 매는 농민의 입에서 나오는 말보다 훨씬 천박했다. 송강은 쉽게 마음의 평정을 찾을 수가 없었고, 류 작가의 입에서 어떻게 농민도 입에 안 담을 난감한 말들이 튀어나왔는지 도무지 이해할 수가 없었다. 주위 사람들이 다 떠나간 후 송강은 몸을 일으켜 수돗가로 가서 잉크로 물든 뿔테 안경을 씻고 얼굴에 묻은 잉크를 닦아냈다. 잉크를 닦아냈지만 얼굴은 여전히 새파랗게 질려 있었고, 그 새파랗게 질린 얼굴로 작업장으로 돌아왔으며, 퇴근 후 여전히 새파랗게 질린 얼굴로 집에 돌아왔다.

이광두는 집에 돌아온 후 식탁 앞에 화가 난 모습으로, 옷에 온통 지도처럼 붉은색 잉크칠을 한 채 앉아 있는 송강을 보고 무슨 일인지 물어보았고, 송강은 앞뒤 상황을 전부 알려주었다. 이야기를 듣고 난 후 이광두는 류 작가가 어느 골목에 사는지 알고 있었기 때문에 호의도 몰라보는 류 작가에게 일장훈시를 하기 위해 한마디 말도 없이 땅딸막한 몸뚱이를 휘저으며 집을 나섰다.

이광두가 거리로 나섰을 때 마침 류 작가와 마주쳤다. 류 작가는 마누라의 심부름으로 간장을 사러 갔다가 골목에서 나오는 길이어서 손에 간장병을 든 채였다. 이광두는 발을 멈추고 류 작가를 향해 큰 소리로 외쳤다.

"야, 꼬마야, 이리 와봐라."

류 작가는 매우 귀에 익은 말을 듣고 고개를 돌려보니 이광두가 위풍당당한 모습으로 맞은편 길에 서서 손을 흔들고 있었다. 생각해보니 어릴 적 자신과 조승리 그리고 손위가 이광두에게 쓸어차기를 먹이기 위해 늘 그렇게 불렀는데, 뜻밖에도 지금 이광두가 자신을 그렇게 부르고 있는 것이다. 류 작가는 이광두가 송강의 일 때문에 자신을 찾는 것이라는 사실을 직감하고 잠시 멈칫하다 간장병을 든 채 길을 건너 이광두 앞으로 갔다.

이광두는 대뜸 손가락으로 류 작가의 코끝에 삿대질을 하며 욕을 퍼부었다.

"너 이 씨팔새끼야, 네가 감히 우리 송강의 몸에 잉크를 뿌리다니. 이런 씨팔, 너 그만 살고 싶냐……."

류 작가는 화가 치밀어올라 몇 차례 몸을 부들부들 떨었다. 송강 앞에서 주먹을 들었다가 내려놓은 것은 송강이 자신보다 머리 반 개 정도가 컸기 때문이었지만, 이광두는 오히려 머리가 반 개 정도 작았기 때문에 그다지 걱정할 필요가 없다 싶어 바로 욕으로 맞받아치려 했다. 그러나 볼거리를 좇아 몰려드는 사람들을 보고 자신의 품위를 생각해 냉정한 목소리로 말했다.

"거 입 좀 깨끗하게 하지 그래."

이광두는 차갑게 웃으며 왼손으로 류 작가의 멱살을 잡고 오른손 주먹을 들어올리며 흉악한 목소리로 맞받았다.

"그래, 이 몸의 입께서는 더러우니 이 몸이 네 놈의 깨끗한 얼굴 좀 더럽히셔야겠다."

이광두의 기세에 겁이 난 류 작가는 비록 자신보다 머리 반 개 정도가 작았지만 덩치가 단단한 이광두의 손아귀에서 벗어나려 애쓰며, 사람들 앞이니 작가의 품위를 유지하려고 했고, 자신의 멱살을 잡은 이광두의 손을 가볍게 치면서 그가 알아서 놔주기를 바라며 우아하게 타이르듯 말했다.

"지식인인 내가 너하고 이렇게 뒤엉킬 수야 없지……."

"에라이 이 지식인아, 이 몸의 맛 좀 봐라."

류 작가의 말이 채 끝나기도 전에 이광두의 오른손 주먹이 하나,

둘, 셋, 넷, 차례로 얼굴에 꽂혔고, 그때마다 류 작가의 머리가 좌우로 심하게 요동쳤다. 뒤이어 이광두의 주먹이 다섯, 여섯, 일곱, 여덟, 또 차례로 네 방을 날리니 류 작가의 몸이 휘청거리면서 단숨에 바닥에 무릎을 꿇었다. 이광두는 왼손에도 힘을 주어 또다시 아홉, 열, 열하나, 열둘, 또 차례로 네 방을 류 작가의 얼굴에 내리꽂았고, 류 작가가 손에 들고 있던 간장병이 땅에 떨어져 그대로 쨍그랑 소리를 내며 깨져버렸다.

류 작가는 정신을 잃은 듯 축 늘어졌고, 이광두은 왼손으로 있는 힘껏 그를 들어올려 땅에 눕지 못하게 하고는 오른손 주먹으로 마치 모래주머니를 두드리듯 류 작가의 얼굴을 두들겼다. 류 작가의 눈은 가느다란 선 하나만 남긴 채 퉁퉁 부어올랐고, 코와 입에서는 피가 철철 흘렀다. 이광두는 류 작가의 얼굴에 모두 스물여덟 방을 날렸고, 류 작가는 교통사고를 당한 사람같이 되어버렸다. 나중에 이광두가 힘이 빠져 류 작가를 들고 있던 왼손을 풀자 류 작가는 모래주머니처럼 무너져 내렸고, 이광두는 잽싸게 뒤에서 류 작가의 옷을 잡았다. 류 작가는 땅바닥에 무릎을 꿇었고, 이광두는 왼손으로 그의 옷깃을 잡아 땅에 눕지 못하게 하고 히죽히죽 웃으며 주위 사람들에게 말했다.

"이게 꼴에 지식인이래요……."

말을 마친 이광두는 오른손 주먹으로 류 작가의 등을 두들기기 시작해서 단숨에 열한 방을 날렸고, 류 작가의 입에서는 "아이요, 아이요" 소리가 터져 나왔다. 그때 이광두는 류 작가의 소리가 변했음을 감지했다. 더 이상 날카로운 소리가 아닌 무거운 소리가 터져 나오기 시작했던 것이다. 이광두는 놀라 주위 사람들에게 말했다.

"들었지요? 이 지식인이 노동구호를 외치네요……."

이광두는 마치 무슨 과학실험이라도 하듯 류 작가의 등을 한 방 때리고 그의 입에서 터져 나오는 "아이요" 소리를 들었다. 이광두가 연달아 다섯 방을 날리면 류 작가는 사전에 약속이라도 한 듯 연이어 다섯 차례의 "아이요" 소리를 후창했다. 이광두는 잔뜩 흥분해서 주위 사람들에게 소리쳤다.

"내가 이자의 노동 인민 본색을 두들겨서 색출해냈습니다요!"

이때 이광두 자신도 땀에 흠뻑 젖어 왼손을 놓자 류 작가는 죽은 돼지처럼 그대로 땅바닥에 늘어져버렸다. 이광두는 이마에 흐르는 땀을 닦으며 만족한 듯 중얼댔다.

"오늘은 여기까지."

그리고 나서 갑자기 류 작가의 지식인 동료 조 시인이 떠올라 주위 사람들에게 소리쳤다.

"조 시인 역시 지식인이죠. 가서 좀 전해주세요. 반년 내에 내가 가서 손 한번 봐준다고 말입니다. 속에 숨어 있는 노동 인민 본색을 두들겨 찾아내준다고요."

이광두가 활갯짓하며 성큼성큼 걸어갔고, 류 작가는 얼굴에 피를 철철 흘리며 오동나무 옆에 누워 있었다. 지나가는 사람들은 둘러서서 류 작가를 가리키며 의론이 분분했고, 이광두로부터 얼굴에 스물여덟 방의 주먹을 맞은 류 작가는 정신을 완전히 잃은 채 반신불수인 것처럼 땅바닥에 누워 있었다. 그리하여 출근하는 금속공장의 노동자들이 얼굴에는 온통 피 칠갑을 한 채 눈은 퉁퉁 부어 있고 입은 혜 벌어진 상태인 류 과장을 발견하고 곧바로 병원으로 데려갔다.

병원 응급실 침대에 누워 처음으로 입을 연 류 작가는 자신을 때린 사람의 이름이 이광두가 아닌 이규라고 잘라 말했다. 금속공장 노동자들은 무슨 말인지 몰라 물었다.

"어떤 이규요?"

기침을 하는 류 작가의 입에서 선혈이 터져 나왔다.

"《수호전》에 나오는 이규 말이야."

노동자들은 놀라지 않을 수 없었다. 그 이규는 류진에 사는 사람이 아닌 책 속의 인물이었기 때문이었다. 류 작가는 고개를 끄덕이며 그 이규가 책에서 나와 자신을 팼다고 말했다. 노동자들은 터져 나오는 웃음을 참지 못한 채 그에게 이규가 뭐하러 책에서 나와 그를 패겠느냐고 물었고, 류 작가는 먼저 이규에게 욕설을 퍼부은 뒤, 힘만 세고 지능이라고는 없는, 대가리 속까지 근육으로 가득 찬 얼뜨기 놈 이규가 잘못된 정보를 받아 엄한 사람을 팼다고 했다. 류 작가는 다시 콜록거리며 피를 쏟아낸 뒤 중얼거렸다.

"이광두가 어디 내 적수가 되나."

금속공장의 노동자들은 겁이 덜컥 나버렸다. 그들은 의사를 붙잡고 류 과장이 얻어터져서 정신이 나가버린 게 아닌지 물었다. 의사는 손사래를 치며 그렇게 심한 상태는 아니고 그냥 망상 증세가 좀 있을 뿐이라면서 이렇게 덧붙였다.

"한숨 자고 나면 괜찮아질 겁니다."

이광두가 다음 패대기 칠 차례라고 지명한 조 시인은 그 말을 듣고 화가 치밀어 오른 나머지 안색이 창백해지고 코에서는 연방 "흥" 소리가 대여섯 번이나 터져 나왔으며 평소에는 거의 입에 담지 않는 욕지거리를 내뱉었다.

"이런 씨발놈을 봤나."

조 시인은 류진 사람들에게 말하길, 당초 11, 12년 전에 이광두가 자기한테 발길질을 수도 없이 당해서 울며불며 자빠지기를 한번에 거리 절반을 굴러갈 정도였다고 말했다. 조 시인은 이광두가 인간쓰레기라며 열네 살 때 변소에서 여자들 엉덩이를 몰래 훔쳐보다 자신에게 잡힌 이후 잡혀 앙심을 품고 이제껏 복수할 기회를 노려왔다고 했다. 그 시절 이광두를 끌고 다녔던 기억을 되살리자 그의 창백했던 얼굴에는 붉은 빛이 감돌았고 목소리에는 힘이 실렸다. 그러던 중 어떤 사람이 이광두가 조 시인을 두들겨 패서 노동 인민 본색을 찾아주겠다는 얘기를 했다고 하자 조 시인의 얼굴은 금세 또 창백해졌고, 화를 참지 못해 목소리는 부들부들 떨려왔다.

"내가 먼저 패주겠소. 잘 보시오. 내가 먼저 그놈의 노동 인민을 두들겨 패서 지식인으로 만들어주리다. 앞으로 욕설을 입에 담지 않게, 예의로 사람을 대하게, 노인을 공경하고 아이들을 사랑하게, 태도가 온화하고 거동이 우아하게……. 내가 두들겨 패서 그렇게 만들어주겠소……."

그랬더니 한 사람이 웃으며 대꾸했다.

"당신이 그렇게 패면 이광두가 이 시인이 되겠구먼?"

조 시인은 그 말을 듣고 순간 멍한 표정을 짓더니 우물거렸다.

"뭐, 패서 이 시인이 돼도 무방하지."

거리에서 호언장담한 조 시인은 집에 온 후 바로 위축되었다. 그는 가슴이 갑자기 조마조마해졌는데, 자신과 류 작가가 싸운다고 가정할 때, 만약 1백 번을 싸운다면 몇 번이나 이길까 따져보니 별로 승률이 높지 않을 것 같았고, 이광두가 류 작가를 저렇듯 속수무책으로 박살내서 이광두를 이규로 여길 만큼 망상증에 걸리게 했고 류진 사람들의 식후 후식용 웃음거리로 만들었으니 자신도 그와 별반 다름없을 거라는, 오히려 더하면 더했지 덜하지 않을 거라는 생각이 들었기 때문이다. 조 시인이 보기에 이광두란 놈은 나이도 어리고 건성건성 제멋대로인 데다 사람을 패도 정도껏 패야 하는데 죽든 살든 상관없이 패는 놈이라 류 작가의 얼굴을 스물여덟 방이나 때려 망상증에 걸리게 했으니 만약 자신의 얼굴에 여든두 방을 쏟아붓는다면 자신은 한평생 정신을 못 차린 채 인생 망상증에 걸릴지도 모를 일이라 생각했다. 이러다 보니 외출을 하려야 할 수 없는 상황이 되어버렸다. 어쩔 수 없이 나갈 일이 생겼을 때는 마치 정찰병처럼 고개를 내민 채 거리를 살폈고, 사방팔방에서 들려오는 소리에 주의를 기울여 일단 이광두가 나타났다는 낌새가 보일라치면 골목으로 잽싸게 몸을 숨겨버렸다.

류 작가는 두들겨맞아 병원에 입원한 지 이틀 만에 퇴원하여 집에서 무려 한 달을 누워 지냈다. 이광두는 민정국의 도청에게 불려가 욕을 실컷 얻어듣긴 했지만, 그것 말고는 별일 없었다. 그 후로 사람들은 이광두를 만날 때 왜 지식인 류 작가를 두들겨서 노동 인민 류성공으로 만들었느냐고 물었고, 이광두는 실실 웃으면서 완강히 부인했다.

"내가 팬 게 아니래두요. 이규가 팬 거라면서요."

류 작가가 이광두에게 맞아서 병원에 입원하고 침대에서 내려오지 못하는 상황이 되자 송강은 불안해졌다. 비록 류 작가가 그날 한 짓으로 화가 머리끝까지 난 것은 사실이나, 그렇다고 이광두가 류 작가를 저 지경이 되도록 팬 것 또한 잘못이었다. 송강은 줄곧 류 작가를 찾아가볼까 했는데 이광두가 기분 나빠할까 봐 미루던 중이었다. 류 작가가 곧 나을 것처럼 보이고 다시 출근할 때가 임박하자 송강은 더 이상 미룰 수 없다 싶어 우물우물 말을 꺼냈다.

"류 작가 한번 찾아가봐야 할 것 같아."

이광두는 손사래를 치며 말했다.

"가려면 너나 가. 난 안 가."

송강은 계속 쭈뼛대며 사람을 다치게 했으니 뭐라도 들고 가야 하는 거 아니냐고 하자 이광두는 송강이 하는 말의 뜻을 알아듣지 못하고 버럭 소리를 질러버렸다.

"도대체 중얼중얼 무슨 말이 하고 싶은 거야?"

송강은 사과 몇 개를 사서 류 작가를 찾아가보고 싶다고 솔직하게 말했다. 이광두는 사과라는 말을 듣자마자 바로 침을 꼴깍 삼키며 이제껏 자신은 사과 한 개도 못 먹어보았다며 말했다.

"노동 인민을 너무 봐주는 거 아냐?"

송강은 더 이상 아무 말 못하고 탁자 앞에 고개를 떨어뜨린 채 앉아 있었고, 송강의 마음이 불안하다는 걸 이광두는 잘 알고 있는지라 송강의 어깨를 두드려주며 말을 건넸다.

"그래, 넌 가서 사과 몇 개 사서 그 노동 인민 찾아가봐."

송강은 감격하며 웃었고, 이광두는 고개를 가로저으며 말했다.

"내가 사과 몇 개 때문에 이러는 게 아니고, 애써 그놈의 노동 인민 본색을 끄집어내봤는데 그놈이 사과를 먹기만 하면 바로 지식분자 상판을 할 게 걱정이라고."

송강은 가게에서 사과 다섯 개를 산 다음 우선 집으로 가서 제일 크고 빨간 사과를 골라 이광두 몫으로 남겨두고 남은 네 개의 사과를 낡은 책보에 싸서 류 작가의 집으로 갔다. 그 당시 류 작가는 이미 건강을 회복해서 마당에 앉아 이웃과 노닥거리고 있는 중이었는데 문밖에서 송강의 목소리가 들리자 잽싸게 일어나서 집 안으로 들어가 침대에 누웠다.

송강이 류 작가가 누워 있는 방으로 조심스럽게 들어가니 류 작가는 눈을 감은 채 침대에 누워 있었다. 송강이 침대에 다가서자 류 작가는 눈을 뜨고 그를 한 번 본 뒤 다시 감아버렸다. 송강은 류 작가 침대 앞에 잠시 서 있다가 조용히 입을 열었다.

"미안합니다."

류 작가는 다시 눈을 떠 송강을 한번 보더니 다시 감았고, 송강은 그렇게 잠시 서 있다가 책보를 열어 사과 네 개를 꺼내어 류 작가 침대 앞의 탁자에 놓으면서 낮은 목소리로 말했다.

"탁자 위에 사과 놔둘게요."

류 작가는 사과라는 말에 눈을 번쩍 뜨며 몸까지 벌떡 일으켜 앉았다. 그는 탁자 위의 사과 네 개를 보더니 순식간에 환한 웃음을 지으며 송강에게 말을 건넸다.

"뭐 이럴 것까지야."

이렇게 말하며 류 작가는 사과 한 개를 들어 침대보에 닦더니 바로 한 입 깨물었다. 류 작가는 행복한 듯 눈을 가늘게 뜬 채로 상쾌한 소리를 내며 사과를 한 입 한 입 깨물어, 상쾌한 소리를 내며 사과를 씹었고, 상쾌한 소리를 내며 배 속으로 삼켰다. 이광두가 예상했던 대로 류 작가는 사과 한 개를 먹자마자 바로 지식분자의 상판을 드러내더니 웃으며 송강에게 문학 이야기를 하기 시작했다. 마치 두 사람 사이에 아무 일 없었다는 듯이.

3

반년이 지나갔지만 이광두는 조 시인의 노동 인민 본색을 두들겨서 끄집어낼 기회를 얻지 못했고, 류진 사람들과 한 약속조차 까먹은 채 점점 더 바쁘게 지내다가 어느새 복지공장의 공장장이 되었다. 이광두가 막 들어갔을 때 각각 공장장, 부공장장이었던 두 절름발이는 반년도 지나지 않아 기꺼이 이광두의 지시를 받길 바랐다.

이때 이광두의 나이는 갓 스물로, 이 나이에 벌써 이 공장장이 된 것이다. 복지공장은 절름발이 둘과 바보 셋, 장님 넷과 귀머거리 다섯만 있을 때는 매년 적자여서 해마다 도청한테 가서 보조금을 신청해야 했는데, 민정국 예산이 워낙 적은 관계로 도청 자신도 아랫돌 빼서 윗돌 괴는 식으로 손실을 메울 수밖에 없었다. 복지공장은 원래 도청이 손수 세운 것이었다. 복지공장을 세워 열네 명의 장애인이 먹고 사는 문제를 해결하고자 했으나 돈을 벌기는커녕 해마다 적자를 메워야 했으니 보통 골칫거리가 아니었고, 당초 이광두를 받은 것도 따지고 보면 이란이 이마가 깨지도록 절을 했기 때문이었다. 그랬으니 이광두가 오자마자 바로 첫 해에 장애인 열네 명의 임금 문제를 해결하고도 무려 5만 7천2백24원의 이윤을 창출해 입금을 할 줄은 꿈에도 생각지 못했다. 2년차에는 더 대단했다. 도청에게 입금한 금액만 15만 원이 넘었으니 한 사람당 평균 1만원에 달하는 이윤을 창출한 것이다. 이러니 도청을 맞이하는 현장(縣長)의 얼굴에는 웃음꽃이 필 수밖에 없었다. 도청을 전국에서 가장 능력 있는 민정국장이라 칭찬하면서 조심스럽게 복지공장의 이윤 중 일부를 떼어다가 현 재정의 구멍난 부분을 메워달라는 부탁까지 했다.

도청은 국장으로 영전한 후, 여러 해 동안 가보지 않았던 복지공장을 어느 날 회의를 마치고 산보 삼아 걸어서 찾아갔다. 도청은 공장장, 부공장장을 맡고 있던 두 절름발이는 진작부터 일에 관여하지 않는 장식품에 불과하고 실질적인 공장장은 이광두라는 사실을 알고 있었다. 이광두가 복지공장에 들어와 반년도 안 돼 절름발이 둘, 바보 셋, 장님 넷, 귀머거리 다섯을 데리고 사진관에 가서 단체사진을 찍은 후 그 사진을 가지고 장거리 버스를 타고 상해로 간 사실도 알고 있었다. 장거리 버스를 타기 전 이광두는 소씨 아줌마 간식식당에서 여행 중에 먹을 만두 열 개를 샀고, 상해에 도착한 후 이틀 동안 동분서주 하며 상점 일곱 군데와 회사 여덟 군데를 찾아다녔으며, 가는 곳마다 들고 있던 사진을 보여주면서 한 사람 한 사람씩 지목해 상점과 회사 의 사장들에게 누가 절름발이이며 바보, 장님, 귀머거리인지 알려주 었고 마지막으로 사진 속의 자신을 가리킨 뒤 이렇게 말했다고 한다.

"절름발이도 아닌 것이, 바보도 아닌 것이, 장님도 아닌 것이, 귀머 거리도 아닌 것이 딱 여기 하나 남았네요."

이광두는 도처에서 많은 사람들의 동정을 얻었고, 열 개의 만두를 다 먹은 끝에 드디어 큰 회사 한 군데와 종이상자를 대는 장기계약을 맺는 데 성공했고, 그 후로 오늘날 복지공장의 영광이 시작되었다.

도청이 복지공장에 들어섰을 때 절름발이 부공장장이 변소에서 막 나오는 참이라 도청이 그에게 공장장은 어디 있느냐고 묻자 절름발이 부공장장은 공장장이 작업장에서 일하는 중이라고 대답했다. 도청은 공장장을 불러오라고 하고 공장장 사무실로 들어갔다. 사무실에 들어 서자 벽에 걸려 있는 단체사진이 눈에 들어왔고, 지난번에 왔을 때 절 름발이 공장장과 부공장장이 장기를 두다가 무르고 서로 욕을 해대던 두 개의 탁자 중 하나만 남아 있어 이상하다고 생각했다. 절름발이 공 장장이 절름발이 부공장장을 이 방에서 쫓아냈나? 생각하며 도청이 의자에 막 앉았을 때 이광두가 밖에서부터 소리를 지르며 뛰어 들어 왔다.

"도 국장님, 도 국장님 오셨어요!"

도청은 이광두가 몹시 기뻐하는 모습을 보면서 웃으며 입을 열었고.

"잘하고 있군!"

이광두는 겸손하게 고개를 가로저었다.

"이제 시작인걸요. 더욱 힘쓰겠습니다."

도청은 고개를 끄덕이며 이광두에게 지금 일에 만족하느냐고 물었고, 이광두는 연방 고개를 끄덕이며 지금 일에 무척이나 만족한다고 대답했다. 도청은 이광두와 잠시 이야기를 나누다가 문밖을 바라보며 '절름발이 공장장은 왜 안 들어오나? 작업장이 바로 옆인데 아무리 걸음이 느려도 그렇지, 벌써 왔어야 했는데.'라는 생각을 하며 이광두에게 물었다.

"너희 공장장은 어째 아직도 안 오지?"

이광두는 순간적으로 깜짝 놀랐지만 곧바로 자신의 코끝을 가리키며 대답했다.

"제가 왔잖아요. 제가 공장장인데요."

도청은 깜짝 놀라며 물었다.

"네가 공장장이라고? 그런데 내가 어떻게 모를 수가 있지?"

이광두가 웃으며 말했다.

"워낙 바쁘시잖아요. 괜히 번거롭게 하는 것 같아 말씀 안 드렸죠."

도청의 안색이 어두워졌다.

"그럼 원래 두 공장장들은?"

이광두는 고개를 가로저으며 대답했다.

"이젠 공장장이 아니죠."

도청은 그제야 사무실에 왜 책상이 하나뿐이었는지 알게 되었고,

책상을 가리키며 물었다.

"그럼 이건 네 책상이냐?"

"네."

도청의 표정이 엄숙해졌다.

"공장장의 임명은 반드시 조직의 결정을 거쳐야 한다. 먼저 민정국의 토론을 거쳐 현 정부의 허가를 받아야 하는데……."

이광두는 고개를 연방 끄덕이며 잔뜩 흥분한 목소리로 말했다.

"네네, 맞습니다. 그러니까 국장님이 원래 공장장을 해임하시고 저를 정식으로 새 공장장으로 임명하시면 되는 거죠."

도청은 굳은 표정으로 말했다.

"내겐 그런 권한이 없다."

이광두는 헤헤거리며 손으로 도청을 가리키며 말했다.

"도 국장님은 너무 겸손하신 것 같아요. 복지공장의 공장장이야 국장님이 정하시면 되는 거 아닌가요?"

도청은 쓸쓸한 웃음을 지어 보이며 대답했다.

"규율을 모르니 그런 소릴 하지."

곧이어 벌어진 상황에 도청의 쓴웃음은 더해만 갔다. 제 마음대로 공장장에 오른 이광두는 도청을 모시고 종이상자 만드는 작업장으로 갔는데, 열네 명의 장애인들이 이구동성으로 이광두를 '이 공장장님'이라고 불렀고, 원래 공장장들이었던 두 절름발이들 역시 공손한 어투로 그를 '이 공장장님'이라고 불렀던 것이다. 이광두 공장장은 도청 국장 옆에 서서 있는 힘껏 박수를 쳤고, 열네 명의 장애인들도 따라서 있는 힘껏 박수를 쳤다. 하지만 이광두는 박수 소리가 너무 작다고 생각했는지 그를 충심으로 따르는 부하들에게 소리쳤다.

"도 국장님께서 우리를 보러 오셨으니 대포와 같은 박수 소리를 보내드립시다!"

열네 명의 충신들은 혼신의 힘을 다해 박수를 쳤고, 열네 몸뚱이들이 심하게 요동쳤다. 이광두는 그래도 부족했는지 손을 휘저으며 외쳤다.

"큰 소리로 외칩시다! 도 국장님을 환영합니다!"

두 절름발이와 네 장님은 목청이 찢어져라 외쳤다.

"도 국장님을 환영합니다!"

귀머거리 다섯은 두 절름발이와 네 장님이 무슨 말을 외치는지도 모른 채 입을 헤 벌리고 웃고 있었다. 이광두는 잽싸게 달려가 귀머거리들에게 수면 위에 뜬 물고기 주둥이처럼 벌렸다 오므렸다 뻐끔뻐끔하면서 자신의 입모양을 보여주었고, 결국 다섯 명의 귀머거리들에게 외쳐야 할 말을 가르쳤다. 다섯 명 중에 세 명이 벙어리였던지라 그래도 발음을 할 줄 아는 둘에게 소리를 치게 했는데 문제는 "도 국장님을 환영합니다!"라는 둘의 고함소리에 귀가 먹을 지경이었다. 이광두는 대단히 흡족한 듯 양손의 엄지손가락을 세워 보였다. 그런데 곧바로 새로운 문제가 나타났다. 바보 셋이 "도 국장님"이라고 외칠 줄을 몰라서 "이 공장장님을 환영합니다!"라고 계속 외치는 것이었다. 이광두는 낯을 들 수가 없어서 또다시 잽싸게 뛰어가 마치 합창을 지도하듯 "도 국장님을 환영합니다!"라는 말을 두 팔을 휘두르며 목이 쉬도록 가르쳤으나 세 바보는 여전히 "이 공장장님을 환영합니다!"만 외쳐댔다. 그제야 도청은 너털웃음을 터뜨렸고, 이광두는 겸연쩍은 듯 도청에게 말을 건넸다.

"도 국장님, 시간을 조금만 주십시오. 다음에 오실 때는 반드시 '도 국장님'이라고 외치게 하겠습니다."

도청은 손사래를 치며 말했다.

"괜찮아, 이 공장장님이라고 부르는 게 훨씬 듣기 좋구먼, 뭐."

도청은 작업장을 나서면서 고개를 돌려 두 절름발이 공장장들을 보며 이광두에게 말했다.

"난 이 둘이 장식품인 줄 알았는데 이제 보니 장식품도 아니구먼."

두 달 후 이광두는 정식으로 복지공장의 공장장으로 임명되었다. 이광두는 도청의 사무실로 불려갔고, 거기서 도청은 현 정부로부터 내려온 임명 문건을 읽어주었다. 이광두는 감격에 겨워 얼굴을 다 붉히면서 도청에게 복지공장의 세 바보가 이제는 '도 국장님'이라는 발음을 아주 또렷하게 잘한다고 보고했다. 도청은 잠시 킥킥대고 웃다가 마치 자신의 심복에게 말하듯 낮은 목소리로 의미심장하게 이광두의 전력 때문에 공장장으로 임명하는 데 많은 장애가 있었다면서 다른 사람들 모두 이광두를 자신의 직계 수하로 보니까 앞으로는 행동거지에 주의를 기울이고 도적떼 습성을 고쳐나가라고 충고했다. 마지막으로 도청은 이광두에게 손가락 두 개를 들어 보이며 목표 이윤을 하달했다.

"올해는 20만 원의 이익을 달성하도록."

이광두는 손가락 세 개를 들어 보였다.

"30만 원을 달성하겠습니다. 만약 못하면 바로 그만두겠습니다."

도청은 흡족한 듯 고개를 끄덕였고, 이광두는 현 정부에서 내려보낸 임명 문건을 돌돌 말아 주머니에 넣었는데 이를 본 도청이 물었다.

"너 지금 뭐 하는 거냐?"

"집에 가져가려고요."

도청이 고개를 절레절레 흔들며 야단쳤다.

"진짜 뭘 모르는군. 이 문서는 조직부에 가져가서 접수해야 한다. 넌 이제부터 국가간부라고."

이광두는 얼굴 가득 성은이 망극한 표정으로 말했다.

"제가 국가간부라고요? 그럼 더더욱 집으로 가져가서 송강에게 보여줘야죠."

도청은 그제야 12년 전의 가련하고도 사랑스럽던 아이, 송강이 생각났다. 도청은 잠시 주저하다가 이광두에게 임명 문건을 집에 가져가서 송강에게 보여주는 걸 허락하면서, 하지만 오후에 반드시 다시 가져와야 한다고 못을 박았다. 이광두는 문을 나서며 도청에게 허리까지 숙여 절을 하며 진심 어린 목소리로 말했다.

"도 국장님, 절 공장장이 되게 해주셔서 감사합니다."

도청은 그의 어깨를 두드리며 말을 받았다.

"감사는 무슨. 네가 사후보고 해놓고."

이광두는 '사후보고'라는 말을 들으며 헤헤 웃었다. 하지만 민정국 정원을 나서면서 다시 그의 입에서 '사후보고'라는 말이 튀어나왔을 때 그 맛은 완전히 달랐다.

이광두는 현 정부가 보낸 임명 문건을 들고 나와 길에서 만나는 사람들마다 그걸 펼쳐 보여주며 이제는 이 공장장이라고 의기양양하게 알려주었다. 다리에서 동 철장을 만났을 때에는 그를 붙잡고 다리 난간에 앉아 자신이 어떻게 공장장이 되었는지 설명을 늘어놓았다. 진작부터 실질적인 공장장이었다며, 손에 든 임명 문건을 흔들며 말했다.

"이건 뭐 명분에 불과한 거죠."

"그렇군. 결혼증명서 같은 거로군. 어떤 놈이 결혼 당일까지 참겠어. 진즉에 같이 자지. 결혼증명서야말로 명분을 준 것이지. 합법적인 거라 이 말씀이야."

이광두도 큰 소리로 맞장구를 쳤다.

"그렇죠. 합법적인 것. 도 국장님 말씀을 빌리자면 제가 먼저 처녀 배를 부르게 하니깐 그 처녀는 어쩔 수 없이 저한테 시집올 수밖에 없다, 그걸 일러 사후보고다……. 이렇게 말씀하시더군요."

이광두가 집에 도착했을 때 송강은 벌써 점심을 다 해서 밥그릇과 젓가락을 차려놓은 채 식탁에 앉아 이광두를 기다리고 있었다. 이광두는 거만한 태도로 식탁 옆에 앉더니 시큰둥한 표정으로 식탁 위의 음식을 보며 이렇게 중얼거렸다.

"훌륭하신 이 공장장님께서 매일 이런 개밥에 쓰레기 반찬을 먹다니……."

송강은 이광두가 여전히 자칭 공장장이지 정식 공장장이 되었다는 사실을 알 리가 없었으므로 헤헤 웃으며 자기 밥그릇을 들고 밥을 먹기 시작했다. 이때 이광두가 임명 문건을 송강의 눈앞에 펼쳐 보이자 송강은 입 안에 밥과 반찬을 가득 넣고 씹으면서 문서를 읽었고, 갑자기 자리에서 벌떡 튀어올랐다. 송강은 웅얼거렸지만 입 안의 음식들 때문에 정확한 발음을 내뱉을 수가 없었다. 할 수 없이 입 안에 있던 것들을 손에 뱉은 다음 깊이 한숨을 내쉬고 나서 소리쳤다.

"이광두, 네가 진짜……."

이광두는 태연자약하게 송강의 말을 이었다.

"그렇지, 이 공장님."

"이 공장장, 니가 진짜 이 공장장이 됐구나!"

송강은 흥분한 나머지 집 안 곳곳을 뛰어다니며 입으로는 연방 '이

공장장'을 외쳐댔고, 음식물을 쥔 주먹으로 이광두의 가슴을 연속으로 세 방이나 치니 손 안의 음식물들이 사방팔방으로 튀어 이광두의 얼굴에도 묻어버렸다. 이광두는 얼굴에 묻은 송강이 씹던 음식물들을 닦아내면서도 웃음을 멈추지 못했다. 송강의 주먹은 계속 이광두의 가슴을 향했고, 송강의 주먹을 피하느라 이광두도 자리에서 벌떡 일어났다. 송강이 보따리를 들고 시골에서 올라오던 날처럼 두 사람은 집 안 곳곳을 누비고 다녔는데, 다만 이번에는 송강이 이광두를 쫓아다니며 때렸고, 이광두는 송강의 주먹을 피해 집 안 곳곳으로 도망다녔다. 집 안의 걸상들은 죄다 자빠졌고, 탁자 또한 부딪혀 휘청거렸으니 밥그릇 안의 밥과 반찬들은 탁자 위에 널브러졌다. 그제야 송강은 주먹을 거두었고, 손 안에 씹다 만 음식물이 남아 있는 것이 생각나 행주로 손을 닦고, 탁자 위의 음식들을 그릇에 담았으며, 쓰러진 의자와 걸상들을 일으켜 세운 다음 웃으며 가쁜 숨을 몰아쉬고 있는 이광두에게 정중한 몸짓을 하며 경어체로 말했다.

"이 공장장님, 식사하시죠."

이광두는 가쁜 숨을 몰아쉬면서도 고개를 저으며 대답했다.

"훌륭하신 이 공장장님께서는 삼선탕면을 드셔야겠는데."

송강의 눈이 순간 빛났고, 손을 한 차례 휘젓더니 맞장구를 쳤다.

"맞다, 삼선탕면을 먹으며 축하해야지."

송강은 탁자 위의 음식을 힐끗 보고 나서 이광두의 어깨를 두드리며 집을 나서서, 문을 잠근 후 몇 걸음 걷다 다시 멈춰서더니 이광두에게 삼선탕면 한 그릇이 얼마냐고 물었다. 이광두가 한 그릇에 35전이라고 대답하자 송강은 고개를 끄덕이며 다시 집 앞으로 돌아가더니 문에 기댄 채로 바지를 내리고 속옷 속을 뒤져 70전을 꺼낸 다음 윗도리 주머니에 넣은 후 신나게 걷기 시작했다. 송강은 걸으며 이광두에게 말을 걸었다.

"네가 이제 공장장이 됐고 난 공장장의 형인데, 사람들 앞에서 바지 속을 뒤져 돈을 꺼내 공장장인 동생을 창피하게 만들 수는 없잖아."

형제는 개선하는 영웅처럼 우리 류진의 대로를 걸었고, 이광두는 손에 여전히 임명 문건을 쥐고 있었다. 송강이 갑자기 걸음을 멈추더니 이광두에게 임명 문건을 달라고 하여 마치 낭송이라도 하듯 큰 소리로 읽더니 진심 어린 목소리로 말했다.

"나 진짜로 기분이 무지 좋다."

형제는 인민반점에 도착했고, 송강은 성큼성큼 걸어가서 계산대의 계산원에게 큰 소리로 주문했다.

"삼선탕면 두 그릇!"

송강은 계산대에 가기 전, 윗도리 주머니에서 미리 넣어둔 70전을 꺼내면서 계산대를 연방 두들겨서, 계산원은 깜짝 놀라 말했다.

"겨우 70전 가지고 난리네. 10원 내는 사람도 이렇게 난리치지는 않는데."

형제는 삼선탕면을 다 먹고 땀을 뻘뻘 흘리며 식당을 나섰다. 거리에서 이광두는 임명 문건을 세 번이나 펼쳐 아는 사람에게 보여주었고, 송강은 두 번이나 발걸음을 멈춘 채 문서를 읽어주었다. 집에 도착한 후 송강은 이광두가 잃어버릴까 걱정되니 임명 문건을 자기가 보관하겠다고 했고, 이광두는 송강의 말을 듣고 나서 도 국장의 표정 그대로, 도 국장과 똑같은 어투로 대꾸했다.

"진짜 뭘 모르는군. 이 문서는 조직부에 제출해야 하는 거라고. 난 이제부터 국가간부다 이 말씀이야."

이광두의 말에 송강의 기쁨은 더했고, 자신의 동생이 진짜 대단하다는 생각에 임명 문건을 손에 받쳐들고 한 자 한 자를 마치 씹어 삼키듯 마지막으로 읽어 내려갔다. 그렇게 다 읽고 나서 다시는 이 임명 문건을 볼 수 없다 싶었는지 아쉬움 가득한 얼굴로 있다가 순간 뭔가 영감이 떠오른 듯 백지를 찾아 임명 문건을 똑같이 또박또박 베끼고 나서 붉은색 잉크로 조심스럽게 직인을 그렸다. 이광두의 입에서는 연방 감탄의 소리가 터져 나왔고, 송강이 그린 직인이 진짜 직인보다 더 진짜같이 보인다고 말해주었다. 송강은 직인을 다 그리고 나서야 무거운 짐을 벗어버린 듯 웃으며 임명 문건을 이광두에게 돌려준 후 자신이 베낀 종이를 들고 이광두에게 회심의 미소를 지으며 말했다.

"앞으로는 이걸 보면 돼."

형제의 월급은 송강이 관리했고, 돈을 쓰기 전 이광두와 먼저 상의하고 동의를 얻은 후에야 돈을 썼지만, 이광두가 정식으로 공장장이 된 후 송강은 처음으로 혼자 거리에 나가 이광두에게 검은색 구두를 사다주었다. 이제 공장장이니 낡은 운동화 대신 반짝반짝 빛나는 구두를 신어야 한다는 것이었다. 이광두는 송강이 사다준 구두를 보고 기분이 무척 좋았는지 손가락으로 현 서기부터 국장, 국장서부터 몇몇 큰 공장의 공장장까지 수를 헤아린 뒤 류진의 신분 높은 사람들은 다들 구두를 신는다고 말하면서 한마디를 덧붙였다.

"이제 나도 신분이 꽤나 되는 모양이네."

이광두가 입고 있던 스웨터 역시 낡은 데다 이란 생전에 몇몇 옷가지를 풀어서 새로 짠 것이라 여러 가지 색깔이 어지럽게 섞여 있었다. 송강은 미색 털실 한 근 반을 사서 퇴근 후 집에서 이광두에게 줄 새 스웨터를 짜기 시작했다. 그는 이광두의 몸에 대보면서 부단히 옷을 짰고, 한 달 후 완성된 스웨터는 이광두의 몸에 꼭 맞았다. 가슴에는 파도 무늬가 있었고, 그 위에는 돛을 올리고 출항하는 배가 있었다. 가슴에 새겨진 이 배가 이광두의 전도양양한 앞날을 상징한다고 알려주자 이광두는 기분이 무척 좋아 소리를 지르며 말했다.

"송강, 너 진짜 대단하다. 여자들이 하는 일도 다 할 줄 알고."

검은색 구두를 신은 이광두는 집을 나설 때마다 짙은 남색 중산복을 입고 단추를 꼭 채운 뒤 호크까지 반드시 잠갔다. 하지만 송강이 짜준 스웨터를 입고 나서부터 중산복의 단추를 채우지 않았다. 가슴에 새겨진 돛을 올린 배를 사람들에게 분명히 보여주기 위해서 중산복의 앞을 열고 일부러 목에 힘을 주고 걸었다. 두 손은 주머니에 꽂고 윗도리는 팔에 건 채 두툼한 가슴을 한껏 앞으로 내밀고 걸으며 만나는 사람들 모두에게 미소를 보냈다.

우리 류진의 여자들은 이제껏 돛을 올린 문양으로 짠 스웨터는 본 적이 없던 터라 이광두를 보면 그를 둘러싼 채 손으로 이광두의 새 스웨터를 가리키며 어떻게 배 문양을 짰을까 연구하며 감탄을 그치지 않았다.

"위에 돛도 있다니까!"

이럴 때면 이광두는 고개를 빳빳이 쳐든 채 실실 웃으며 그녀들이 마음껏 보도록 내버려두면서, 옷에 대한 칭찬을 들었다. 그녀들이 누구 기술이 이렇게 훌륭하냐고 물으면 이광두는 빼기며 대답했다.

"송강이 만든 거야. 송강은 애 낳는 것 빼고는 뭐든지 할 수 있어."

우리 류진의 여자들은 배의 도안과 돛의 도안에 대한 감탄을 끝낸 후 이제 이 스웨터에 새겨진 배가 무슨 배인지 연구하기 시작했다.

"고기잡이 밴가?"

이광두는 화를 버럭 내며 대답했다.

"고기잡이 배? 이건 전도양양선이라고."

그녀들의 한심한 질문에 이광두는 열이 받았다. 전도양양선을 보여주는 건 소귀에 거문고 연주라는 생각에 그녀들의 손을 뿌리치고 자리를 떴고 나중에 뒤돌아보며 그녀들을 비웃었다.

"너희, 흥, 애 낳는 거 말고 도대체 할 줄 아는 게 뭐야?"

4

이광두는 공장장이 된 후 다른 공장장들과도 자주 회의를 했다. 죄다 검은색 구두를 신고 중산복을 입은 사람들이었고, 이광두는 그들과 웃는 얼굴로 인사를 하고 악수도 나누며 지낸 지 몇 개월 만에 죄다 호형호제하는 사이가 되었다. 이광두는 그렇게 우리 류진의 상류사회로 진입했고, 그러고 나서부터 얼굴에는 안하무인의 표정이 자리 잡았으며 고개를 빳빳이 세운 채 다른 사람들과 이야기하는 걸 좋아했다.

그러던 어느 날 다리 위에서 갑작스럽게 임홍과 마주쳤고, 안하무인의 이광두는 갑자기 멍한 상태가 되었다. 이때 임홍의 나이 방년 스물세 살. 6여 년 전 이광두가 몰래 훔쳐본 것은 열일곱 살의 미소녀에 불과했지만, 지금 임홍의 자태는 그때와 비교할 수 없을 만큼 맵시 있고 아름다웠다. 앞만 보고 걷는 임홍이 다리에서 내려오며 이광두의 곁을 지날 무렵 때마침 누군가 그녀의 이름을 불렀고, 그녀가 몸을 돌릴 때 하마터면 그녀의 땋은 머리가 이광두의 코끝을 스칠 뻔했다. 이광두는 술에 취한 듯 뭔가에 홀린 듯 다리 아래 길을 따라 걷는 임홍의 모습을 바라보며 신음하듯 연방 중얼거렸다.

"이쁘네, 정말 이뻐……."

두 줄기 선혈이 콧구멍에서 흘러나와 그의 입으로 들어갔다. 이광두는 오랫동안 임홍을 보지 못한 데다 공장장이 된 후로는 거의 이 류진의 최고 미인을 잊고 지내던 터라 갑작스런 그녀와의 조우에 흥분한 나머지 코피가 터져버린 것이었다. 이 코피로 이광두는 다시 한 번 세간의 주목을 끌었고, 변소에서 엉덩이를 몰래 훔쳐보던 때만큼 유명해졌다. 우리 류진 사람들은 웃음을 멈추지 못했고, 손가락을 하나씩 꼽아가며 이광두가 변소에서 여자들의 엉덩이를 훔쳐본 후로 더이상 사람들을 흥분시킬 만한 일이 벌어지지 않은 햇수를 헤아리면서 그동안 한 해 한 해 류진이 점점 더 우울해지고 사람들은 갈수록 소극적으로 변해갔는데 이제 다시 이광두가 강호에 출현했으니 즐거운 일이 아니냐고 두런거렸다. 게다가 그 새로운 소식 또한 여전히 임홍에 관한 것이었다.

이광두는 사람들의 말에 일고의 가치도 없다는 듯 비웃으며 그것은 '헌혈'이라고, 사랑을 위해 헌혈을 하는 것은 당연하다면서 자신의 가슴을 두들기며 말했다.

"나 아니면 할 수 있나."

우리 류진의 노인들은 그래도 비교적 말을 가려 하는 편이어서인지 이렇게 표현했다.

"이름 있는 사람은 이야깃거리도 많은 법이지."

이 말은 이광두의 귀에 전해졌고, 그제야 기분이 좋았는지 고개를 끄덕이며 말했다.

"유명인이란 보통사람들에 비해 시빗거리가 많은 법이지."

이광두는 일찍이 류 작가를 망상증에 걸리게 했으나 이번에는 자신이 과대망상에 걸리고 말았다. 이리저리 생각해봐도 임홍이 자기 옆을 지나칠 때 군이 머리댕기가 코끝에 닿을 정도로 가깝게 지나칠 필요는 없었다는 생각을 하며 임홍이 자신을 좋아한다고, 설사 좋아하는 것은 아니더라도 곧 좋아하게 될 거라고 단정을 내려버렸다. 이광두는 그날 다리 위에 사람이 너무 많았지만, 만약 깊은 밤처럼 사람이 없는 때였다면 임홍은 분명히 걸음을 멈추고 은근한 눈길로 자신을 보고 또 보고, 얼굴 피부 아래 혈관 속 신경의 흐름까지 눈 안에 담고 마음속에 새겨넣었을 거라고 생각했다. 그러더니 바보 같은 미소를 지으며 송강에게 말을 건넸다.

"임홍이 나한테 생각이 있는 거야."

송강도 임홍을 알고 있었다. 류진의 미인 임홍은 류진 모든 남자들의 꿈속에 나타나는 존재로, 그런 임홍은 마치 하늘의 달과 별처럼 가까이 하기에는 너무 먼 대상이었다. 그런데 이광두가 임홍이 갑자기 자기한테 마음이 있다고 하니 송강은 할 말을 잃어버렸다. 임홍이 과연 6년 전 변소에서 자신의 엉덩이를 훔쳐본 이광두를 좋아할 수 있을까? 송강은 도대체 이해가 가지 않아 이광두에게 물었다.

"임홍이 왜 너한테 맘이 있을까?"

이광두는 자신의 가슴을 두들기며 말했다.

"이 공장장님이잖아! 생각해보라고. 우리 류진에 앞으로 뒤로, 위로 아래로 스물 몇 명의 공장장들 중에 나 이 공장장만 미혼 청년이야……."

송강은 이 말에 고개를 끄덕이며 말했다.

"그래! 옛말에 유능한 남자가 미인을 얻는다고 했지. 너하고 임홍이 그러네."

이광두는 그 말에 흥분이 되었는지 송강에게 주먹을 한 방 날리며 눈이 반짝반짝 빛났다.

"그렇지! 내 말이 바로 그 말이야. 유능한 남자에 아름다운 여자."

송강의 말이 이광두에게는 자신과 임홍 사이에 있을지 모를 애정의 이론적 기초가 되어 이광두는 정식으로 임홍을 쫓아다니기 시작했다. 우리 류진의 많은 젊은 남자들이 예나 지금이나 임홍을 쫓아다니다가도 형세가 불리함을 알고 변변치 못하게 죄다 중간에 하나씩 하나씩 떨어져 나갔지만, 기개가 비범한 이광두만은 불굴의 기세로 끝까지 버텼다.

이광두는 과감하게 임홍을 따라다녔고, 송강에게 있으나 마나 한 참모 역할을 맡겼다. 송강은 낡은 책 몇 권에서 본 내용을 떠올리며 옛 사람들은 전쟁 전에 전령을 보내 선전포고를 한다면서 이광두에게 이렇게 물었다.

"구애하기 전에도 전령을 보내야 하는 건지 모르겠네?"

"당연히 보내야지. 임홍이 준비할 시간을 줘야지. 너무 갑작스러워서 흥분한 나머지 기절하면 어떡하냔 말야?"

그리하여 이광두가 보낸 전령은 우리 류진의 여섯 살 먹은 사내아이 다섯 명이었다. 복지공장에 출근하러 가던 길에 마주친 녀석들이었는데, 이 녀석들은 길거리에서 이광두를 가리키며 떠들고 싸우는 중이었다. 어떤 녀석은 저 대머리가 사람들이 말하는 여자들 엉덩이를 몰래 훔쳐본 사람이고, 임홍을 보고 코피를 쏟은 사람이라고 했고, 다른 녀석은 그건 이 사람이 아니고 이광두라는 사람이라고 했다. 이광두는 녀석들의 말을 들으며 이런 좆만 한 후레자식들까지 소문들을 다 알고 있으니 자기는 이미 류진의 신화적인 인물이 되었다고 생각하며 걸음을 멈춘 뒤 힘차게 손을 흔들어 아이들을 불렀다. 콧물을 질질 흘리는 아이들이 다가와 고개를 쳐든 채 류진의 명사 이광두를 바라보자 이광두는 엄지손가락을 치켜세워 자신의 코를 가리키며 이렇게 말했다.

"이 몸이 바로 이광두이시다."

사내아이들은 흘러내리는 콧물을 들이마시며 동시에 놀라 이광두를 쳐다보았다. 이광두는 손을 휘둘러 아이들에게 콧물을 깨끗이 닦으라고 하면서 물었다.

"너희들, 임홍이 누군지 알지?"

사내아이들은 일제히 소리쳤다.

"직물공장 다니는 임홍요."

이광두는 헤헤거리며 몇 번 웃고는 영광스런 임무를 부여해주겠다고 말하며 아이들에게 직물공장 정문 앞에서 늦은 밤 쥐를 기다리는 고양이처럼 임홍의 퇴근을 기다렸다가 임홍이 나타나면 큰 소리로 외치라고 하면서 스스로 아이들의 어조를 흉내 내면서 외쳤다.

"이광두가 사랑한대요!"

사내아이들은 깔깔거리며 일제히 따라 외쳤다.

"이광두가 사랑한대요!"

"잘했다. 그대로 외쳐라."

이광두는 아이들을 칭찬하듯 차례로 머리를 토닥이며 한마디를 덧붙였다.

"한마디가 더 있다. '준비됐나요?'"

사내아이들이 따라 외쳤다.

"준비됐나요?"

이광두는 만족한 듯 아이들이 정말 빨리 배운다고 칭찬해주면서 손가락을 세서 다섯 명인 것을 확인한 후 주머니에서 5전짜리 동전을 꺼내 인근 가게에서 사탕 열 개를 산 다음 아이들에게 한 개씩 나눠주고, 남은 다섯 개는 임무를 완수한 후에 복지공장에 와서 마저 받아가라고 일렀다. 그런 다음 마치 전장의 장수가 사병들에게 명령하듯 직물공장 방향을 가리키며 큰 소리로 외쳤다.

"출발!"

다섯 명의 사내아이들은 잽싸게 사탕껍데기를 벗겨 입에 넣은 다음 꿈적도 않고 그 자리에서 행복한 표정으로 사탕을 먹고 있었다. 이광두가 재차 손을 휘저었지만 아이들은 여전히 미동도 하지 않았다.

"이런 젠장, 빨리 가란 말이야!"

아이들은 서로를 쳐다보다가 이광두에게 물었다.

"근데 사랑이 뭐예요?"

"사랑?"

이광두는 한참을 고민한 뒤 아이들에게 설명해주었다.

"사랑이란 결혼하는 것이고, 해 떨어지면 같이 자는 거야."

아이들은 깔깔거리며 웃었고, 이광두의 짧고 굵은 팔뚝이 다시 직물공장을 향하자 아이들은 일렬로 앞을 향해 걸으며 소리쳤다.

"이광두가 사랑한대요! 결혼하재요! 같이 자재요! 준비됐나요?"

"이런 젠장, 다시 와!"

이광두는 재빨리 아이들을 불러세웠고, 다시 한 번 확인했다.

"결혼이란 말은 하지 말고, 자자는 말도 안 돼. 그냥 사랑한다는 말만 외쳐라. 알겠냐?"

이날 오후 이광두의 다섯 전령은 소리를 질러대며 직물공장을 향해 걸어갔다. 우리 류진 사람들은 눈이 휘둥그레져서 이광두의 사랑 특파원들이 짹짹거리는 모습을 지켜보았다. 사람들은 이광두가 가랑이 터진 싸개 바지를 입은 코흘리개들을 써서 임홍에게 자신의 사랑을 전하게 하리라고는 꿈에도 상상하지 못했고, 웃으면서도 고개를 절레절레 흔들면서 이광두의 머리통 속에는 분명코 똥이나 오줌이 들어 있을 거라고, 그러니 이런 아둔한 짓을 저지른다고 수군거렸다. 온종일 두 절름발이와 세 바보, 장님 넷과 귀머거리 다섯과 함께 있다 보니 그의 머리에도 장애가 생긴 거라고 입방아를 찧어댔다.

당시 조 시인 역시 현장에 있었는데 그는 사람들의 말에 완전히 동의했다. 그는 진작부터 이광두를 알고 있었고, 그를 깊이 있게 이해하고 있다며, 예전의 이광두는 비록 총명하지는 않았어도 바보는 아니었지만, 복지공장에 들어간 뒤로, 특히 절름발이, 바보, 장님, 귀머거리들의 공장장이 된 이후로는 하루하루 더 바보가 되어간다고 말했다. 그러더니 마지막으로 우아한 옛 격언 한마디를 덧붙였다.

"이걸 근묵자흑, 근주자적이라 일컫는 게지요."

다섯 명의 아이들은 흘러내리는 코를 들이마시며 노래 부르듯 소리를 질러댔다. 제일 먼저 '사랑'을 외치며 첫 번째 거리를 지났고, 그다음 거리는 '결혼'을, 세 번째 거리에 당도했을 때는 이미 입에서 '같이 자재요!'란 외침이 터져 나오고 말았다. 그들은 앞으로 돌아가 다시 소리치기 시작했고, '결혼'을 외치려 할 때 '결혼'도 외쳐서는 안 된다는 것이 생각났다. 그리하여 다시 돌아가 외치려 하니 '사랑'이라는 말이 도무지 생각나지 않았다. 다섯 명의 사내아이들은 사방을 두리번거리다가 손으로 콧물을 닦아 엉덩이에 쓱 문질러버렸고 그 자국이 마치 돈벌레가 지나가는 것같이 번들거렸지만 여전히 '사랑'이라는 단어는 떠오르지 않았다.

때마침 조 시인이 그 세 번째 거리를 지나고 있었는데, 아이들의 재잘거림을 듣고 난 뒤 이광두가 일찍이 자신을 두들겨서 노동 인민의 본색을 찾아주겠다고 한 것이 생각났고, 순간 얼굴에 회심의 미소가 떠올랐다. 그는 아이들을 불렀고, 다섯 명의 아이들이 그에게 다가오자 낮은 목소리로 알려주었다.

"그건 바로 '성교'란다."

뭔가 그 말 같기도 하고 아닌 것 같기도 해 아이들은 서로의 얼굴을 쳐다보았고, 조 시인은 단호한 어조로 한 차례 더 확인해주었다.

"분명히 '성교'라니까."

다섯 아이들은 즉각 고개를 끄덕이며 희희낙락 직물공장으로 향했다. 아이들은 직물공장의 대문 앞에서 수위실의 노인을 보며 떠들어대다가 닫혀 있는 대문을 향해 냅다 소리를 질러댔다.

"이광두가 성교하고 싶대요!"

수위실의 노인은 처음에 호기심에 귀를 쫑긋 세웠다가 아이들이 세 번을 외친 후에야 분명히 알아들을 수 있었다. 노인은 불같이 화를 내며 문 뒤쪽의 빗자루를 들고 아이들을 쫓아갔고, 아이들은 놀라 사방으로 흩어졌다. 노인은 빗자루를 흔들며 욕설을 늘어놓았다.

"이런 니미 씨팔……, 니어미에미 씨팔……."

아이들은 전전긍긍 다시 모여들어 수위에게 억울하다는 듯 말했다.

"이광두가 시킨 건데……."

노인은 빗자루로 땅바닥을 내려치며 악을 썼다.

"이광두, 이런 씨팔놈……. 그 자식이 감히 이 몸이랑 한다고? 이 몸이 그 자식의 똥구멍을 걸레로 만들어주마."

다섯 아이들의 다섯 개의 머리가 종처럼 흔들렸다.

"할아버지가 아니고 임홍이랑요……."

"누구와도 안 돼. 자기 친엄마와도 성교는 안 돼."

노인은 엄숙한 어조로 쐐기를 박았다.

다섯 꼬마들은 더 이상 직물공장 대문 앞으로 접근할 수가 없어 멀지 않은 곳에 있는 나무 뒤에 숨은 채 수위실의 노인을 지켜보다가 노인이 나오기만 하면 잽싸게 도망쳤고, 노인이 수위실로 다시 들어가면 다시 조심스럽게 나무 앞으로 돌아와서 공장 안을 살폈다. 아이들은 이광두가 지시했듯이 깊은 밤 쥐를 기다리는 고양이처럼 직물공장의 퇴근 종소리를 기다렸다. 그러던 중 임홍이 여공들과 함께 나타나자 다섯 명 중 임홍이 누구인지 알고 있던 두 꼬마가 있는 임홍을 향해 손짓을 했고, 나머지 세 꼬마는 마치 정찰병처럼 수위실의 동태를 살폈다. 두 꼬마는 애써 소리를 낮춰 임홍을 불렀다.

"임홍 누나, 임홍 누나……."

다른 여공들과 시시덕거리며 걸어오던 임홍은 꼬마들의 조심스런 목소리를 듣고 이상한 듯 걸음을 멈춘 뒤 나무 뒤에 숨어 있는 다섯 명의 꼬마를 바라보았다. 다른 여공들도 걸음을 멈춘 채 웃음 섞인 목소리로 말을 주고받았다.

"임홍이 유명하긴 유명하구나, 싸개 바지 입은 꼬마들까지 이름을 알고 있으니……."

이때 다섯 꼬마는 일제히 임홍을 향해 소리쳤다.

"이광두가 임홍이랑 성교한대요!"

개중의 한 꼬마가 임홍에게 친절하게 설명까지 곁들여주었다.

"변소에서 몰래 엉덩이 훔쳐본 이광두가요."

임홍의 얼굴은 순간 창백해졌고, 다른 여공들 역시 순간 멈칫했으나 곧이어 키득키득 웃음을 터뜨렸고, 아이들은 계속 소리를 질렀다.

"이광두가 임홍이랑 성교한대요!"

임홍은 격분한 나머지 눈물을 쏟으며 입술을 꼭 깨문 채 황급히 자리를 떴고, 다른 여공들은 뒤에서 참지 못하고 깔깔거렸다. 아이들은 아직 외치지 않은 한마디가 그제야 생각난 듯 토끼떼처럼 뒤를 쫓으며 임홍의 뒷모습을 향해 소리쳤다.

"준비됐나요?"

다섯 명의 꼬마들은 결국 이광두가 부여한 영광스런 임무를 완수하자 기뻐하며 얼굴까지 발갛게 달아올라 여공들 틈에 끼어 걸었고, 아가씨들은 귀여워 죽겠다는 듯 녀석들의 머리와 얼굴을 쓰다듬으며 전후사정을 알아보기 시작했다. 아이들은 전후사정을 낱낱이 일러바쳤고, 아가씨들은 허리가 부러져라 웃음을 터뜨리느라 구부린 허리를 다시 펼 줄을 몰랐다.

그리고 나서 다섯 꼬마는 복지공장으로 줄달음쳤고, 복지공장 사람들이 모두 퇴근한 후 문이 닫혀 있자 아이들은 또 물어물어 이광두의 집을 찾아 문 앞에서 소리를 질러댔다. 이광두와 송강이 집에서 나오자 아이들은 일제히 이광두 앞으로 손을 뻗었고, 이광두가 녀석들이 상을 받으러 온 걸 알고 주머니에서 사탕을 꺼내 하나씩 손바닥에 쥐어주자 녀석들은 잽싸게 껍질을 깐 후 입에 털어 넣었다. 이광두가 기대 가득한 표정으로 아이들에게 물었다.

"어떻게……, 그녀가 웃던?"

이광두는 뭔가 부끄러운 듯한 웃음을 지어 보이며 아이들에게 물었다.

"이렇게 웃지 않던?"

다섯 꼬마는 도리질을 치며 대답했다.

"울었어요."

이광두는 놀란 듯 송강에게 말을 건넸다.

"그렇게 감격스러웠나."

이광두는 여전히 충만한 기대감으로 아이들에게 물었다.

"얼굴이 빨개졌지?"

다섯 꼬마는 이번에도 도리질을 했다.

"얼굴이 새하얗다가 시퍼렇게 변했어요."

이광두는 뭔가 미심쩍은 듯 송강을 보며 말했다.

"그건 아닌데, 얼굴이 빨개져야 하는데."

"하얗다가 새파래졌어요."

아이들이 말했다.

이광두는 의혹의 눈길로 꼬마들을 바라보면서 물었다.

"너희 혹시 잘못 외친 거 아냐?"

"아니에요. '이광두가 성교하고 싶대요.'도 했고, '준비됐나요?'도
했어요."

이광두는 마치 야수처럼 아이들을 노려보며 소리를 고래고래 지르
기 시작했다.

"누가 너희한테 '성교'라는 말을 외치게 했어? 니미럴, 누가 너희한
테 '성교'라고 하랬냐고?"

다섯 꼬마들은 온몸을 부들부들 떨며 쭈뼛쭈뼛 말을 뭉뚱그렸다.
녀석들은 조 시인을 몰랐기 때문에 아무리 설명해봐야 그게 누구인지

알 수가 없었다. 녀석들은 뒤로 물러서며 말을 하다 결국에는 냅다 꽁무니를 빼버렸다. 이광두는 화가 끓어올라 얼굴이 창백하다 못해 새파래졌고, 나중에는 임홍의 얼굴보다 더 하얗고 새파래져서 주먹을 휘두르며 포효했다.

"이런 개 쌍놈의 새끼, 계급의 적 같으니, 이 몸이 기어코 작살을 내줄 것이다. 기필코 그놈에게 무산계급의 혁명적 전제정치를 실행할 테다⋯⋯."

분을 삭이지 못한 이광두의 가슴에서 '푹, 쉭, 푹, 쉭' 풀무질을 하는 듯한 소리가 터져 나왔고, 송강은 이광두의 어깨를 다독이며 화내는 건 별무소용이니 어서 임홍에게 가서 사과하라고 말해주었다.

다음 날 오후 퇴근 시간 무렵, 이광두는 송강과 함께 직물공장 정문 앞에 서 있었다. 직물공장의 퇴근시간을 알리는 종소리가 울리고 공장 안에서 여공들이 쏟아져 나오자 이광두는 다소 긴장한 듯 옆에 있는 송강에게 자신이 곤란한 상황에 처할지 모르니 상황 판단을 잘해서 만약 아니다 싶으면 잽싸게 자신의 옷을 잡아끌라고 부탁했다.

대문 밖에 서 있는 이광두를 보고 옆에 있는 아가씨들이 놀라는 소리를 들은 임홍은 파랗게 질린 얼굴로 정문 앞으로 나왔다가 이광두 옆에 서 있는 송강을 보고는 자신도 모르게 그를 한동안 바라보게 되었다. 이때 처음으로 훤칠한 키에 수려한 용모의 송강을 주의 깊게 보게 된 것이다.

이광두는 대문을 나서는 임홍을 보며 비통한 듯 소리쳤다.

"임홍, 오해예요! 어제 그 꼬마놈들이 잘못 외쳤어! 난 그놈들한테 '성교'라는 말을 쓰게 한 적이 없다고! 나는 '사랑'이란 말을 외치라고 했어요! 나 이광두가 당신한테 사랑을 표하려고 한 거라고요!"

임홍과 함께 걸어오던 일군의 여공들은 이광두가 비통한 표정으로 비통하게 절규하자 웃음을 터뜨렸고, 분노로 가득한 임홍은 냉랭한 기세로 이광두의 곁을 지나쳤지만, 이광두는 그녀의 뒤를 바싹 좇으며 주먹으로 자신의 가슴에서 둥둥 소리가 나도록 후려치면서 그 소리에 맞추어 소리쳤다.

"하늘에 대고 맹세한다니까!"

이광두는 여공들의 비웃음에는 아랑곳하지 않은 채 비통한 해명을 계속했다.

"그 개 같은 꼬마놈들이 잘못 외친 거라고, 어떤 계급의 적이 일을 망쳤어요……."

이광두는 의분이 가득한 가슴을 후려치던 주먹을 머리 위로 휘두르며 소리쳤다.

"그놈의 계급의 적이 우리 무산계급의 혁명적 감정을 망쳤소. 고의적으로 바보 같은 꼬마놈들에게 '성교'라고 외치게 했어요. 임홍, 하지만 안심해요. 그놈의 계급의 적 놈이 어디에 숨어 있든지 반드시 붙잡아내서 무산계급의 혁명적 전제정치를 실행할 테니……."

그리고는 의미심장하게 한마디를 덧붙였다.

"임홍, 계급투쟁을 절대로 잊지 말아요!"

이때 임홍은 더 이상 참을 수가 없었는지 계속해서 소리치는 이광두를 돌아보며 이를 악다문 채 그녀가 태어난 이래 가장 입에 담기 험한 말을 내뱉었다.

"가서 뒈져버려!"

이 말에 비분강개하던 이광두는 순간 움찔했다. 무슨 일이 벌어졌는지조차 몰랐다가 직물공장 여공들이 지나가고, 이광두의 재난을 고

소해하는 비웃음 소리가 그녀들의 발걸음을 따라 사라져간 후 이광두의 정신이 돌아왔고, 뒤늦게 임홍을 뒤쫓으려는 그를 송강은 따라가지 말라며 붙잡았다. 이광두는 씩씩거리며 발걸음을 멈추었고, 사랑이 가득한 눈길로, 멀어져가는 임홍의 뒷모습을 바라보았다.

그러고 나서 형제는 집으로 향했고, 이광두는 일을 망쳤다는 생각은 조금도 없이 여전히 활기찬 모습으로 걸었지만, 송강이 오히려 사랑에서 밀려난 사람처럼 풀이 죽어 고개를 떨어뜨린 채 이광두의 옆에서 걸었다. 송강은 근심 가득한 목소리로 말했다.

"내 생각엔 임홍이 너한테 관심이 없는 것 같아."

"웃기지 마."

이광두는 송강의 말을 끊은 후 자신 있게 한마디를 덧붙였다.

"관심이 없을 수가 없지."

송강은 고개를 가로저으며 말했다.

"만약 너한테 생각이 있었으면 그렇게 심한 말을 할 수가 없지."

이광두는 노련하게 송강을 가르치기 시작했다.

"네가 뭘 안다고 그래? 여자들은 본래부터 그런 거라고. 좋아하면 할수록 상대를 싫어하는 척한다고. 너를 갖고 싶으면서 싫다고 가장하는 거지."

송강은 이광두의 말이 상당한 근거가 있는 것 같아 놀라며 말했다.

"그런 걸 어떻게 다 알아?"

이광두가 우쭐대며 말했다.

"경험이지 뭐. 생각해봐. 내가 늘 공장장들이랑 회의를 하잖아. 그 공장장들은 다 나이도 우리보다 많고 똑똑하거든. 그 사람들이 다 그렇게 말한다고."

송강은 탄복한 듯 고개를 끄덕이며 이광두에게 만나는 사람들이 다르니 시야도 다르다고 말해주었다. 그 순간 이광두는 버럭 소리를 질렀다.

"이럴 때 쓰는 성어가 있는데……. 니미럴, 어째 생각이 안 나냐?"

이광두는 자신의 머리를 두들기며 아쉬운 듯 말을 맺었다. 이광두는 걷는 내내 씩씩거리며 그 성어를 생각했고, 생각하는 도중 열일곱 번이나 '니미럴'을 외쳤지만 그 성어는 끝내 생각나지 않았다. 송강 역시 머리를 쥐어짜며 이광두를 대신해서 생각해보았지만, 집에 도착할 때까지도 생각나지 않았다. 송강은 집에 들어서자마자 중학교 때 쓰던 성어사전을 찾아 침대에 앉은 채로 한참을 찾은 뒤 조심스럽게 이광두에게 물어보았다.

"혹시 욕금고종(欲擒故縱, 큰 것을 잡기 위해 일부러 놓아주다.─옮긴이) 아냐?"

"맞아! 내가 말하려던 게 바로 욕금고종이야."

이광두가 소리를 질렀다.

이날 밤 이광두는 송강을 붙잡고 밤이 다 가도록 어떻게 임홍의 욕금고종 전술을 격파할 것인가를 의논했다. 탁상공론이 한창일 때 송강은 즉시 문제를 발휘했는데, 일찍이 반쯤 떨어져 나간《손자병법》을 읽었던 적이 있는지라 눈을 지그시 감은 채 병법을 떠올려본 뒤 눈을 뜨고, 임홍의 전략을 분석해보니 임홍의 '욕금고종' 전술은 실로 복잡해서 예측하기가 어렵다고 칭찬하고는 말했다.

"욕금고종 전술 정말 대단한데……. 나아가면 공격이요 물러서니 방어라……."

그러더니 다시 성어사전을 뒤적이며 읽다가 또 다른 성어 다섯 개를 찾아낸 뒤 득의양양한 표정으로 손가락 다섯 개를 펼쳐 보이며 설명했다.

"다섯 개의 전술을 쓰면 임홍의 욕금고종을 깨부술 수 있어."

"다섯 개? 어떤 건데?"

이광두가 신나서 물었다.

송강은 손가락을 하나씩 구부려가며 설명하기 시작했다.

"방고측격(旁敲側擊), 단도직입(單刀直入), 병림성하(兵臨城下), 심입적후(深入敵後), 사전난타(死纏爛打)."

송강은 이광두에게 맨 앞의 두 전술은 이미 사용했다고 설명해주었다.

"어제 꼬마들을 시켜 먼저 소리치게 한 것이 방고측격이고, 오늘 네가 직접 나선 것이 단도직입이었지. 세 번째 전술이 왜 병림성하냐? 그것은 이제 더 이상 혼자 가서는 안 된다는 뜻이야. 이번엔 복지공장 전 직원을 대동해서 임홍에게 너의 위세를 깨닫게 해줘야 해. 네 번째 전술 심입적후, 이게 관건인데……, 성패가 여기에 달려 있어."

이광두의 눈이 반짝거렸다.

"심입적후라니?"

"집으로 찾아가는 거야. 그녀의 집으로 가서 그녀의 부모님을 먼저 사로잡는 거지. 바로 적을 붙잡으려면 그 우두머리를 먼저 잡아야 한다 이거야."

이광두는 연방 고개를 끄덕이며 또 물었다.

"사전난타는?"

"계속 찾아가는 거야. 인내심을 가지고 그녀가 몸을 허락할 때까지 말이야."

이광두는 탁자를 힘차게 내려치며 소리쳤다.

"송강, 너 진짜 훌륭한 참모다!"

이광두는 신속하게 작업을 시작했다. 다음 날 바로 병림성하 전술을 실천에 옮긴 것이다. 이광두는 열네 명의 절름발이, 바보, 장님, 귀머거리 충신들을 대동하고 우리 류진의 대로를 양껏 과시하며 걸었고, 우리 류진의 많은 사람들은 이 소란스런 광경을 목도하고는 배가 아프도록, 목이 쉬도록 웃었다. 이광두는 절름발이 둘이 걸음이 느려 중도에 낙오할까 걱정이 되어서 그들을 제일 앞에서 걷게 했지만, 그의 구애 부대는 끊임없이 문제를 일으켰고, 한마디로 지리멸렬했다. 선두의 두 절름발이 중 하나는 계속 왼쪽으로 갔고, 다른 하나는 계속 오른쪽으로 걸어 결국 한 명은 길가 제일 왼쪽으로, 다른 한 명은 제일 오른쪽으로 가버렸다. 그리하여 뒤에서 따라오던 세 바보는 우물쭈물 방향을 잡지 못한 채 왼쪽으로 몇 발짝 걷다가 또 잽싸게 돌아와 오른쪽으로 몇 발짝을 걸었다. 세 바보는 서로서로 손을 붙든 채 합심해서 걷는답시고 좌우로 왔다 갔다 하다 대나무 지팡이를 짚고 뒤따라오던 네 장님들과 부딪쳤고, 장님이 다시 일어났을 때 한 명만 앞을 향해 걸었을 뿐 둘은 뒤를 향해 걷기 시작했고, 나머지 한 명은 길가의 오동나무에 가로막히자 손에 든 대나무 지팡이로 오동나무를 툭툭 건드리며 애타게 소리쳤다.

"이 공장장님, 이 공장장님, 여기가 어디예요?"

이광두는 정신없이 땀을 흘리며 동분서주하는 중이었다. 뒤로 가는 장님들을 앞으로 돌려 방향을 바꿔주었고, 정확히 앞을 향해 가던 장님은 또다시 세 바보와 부딪쳐 넘어졌으며, 오동나무에 가로막힌 장님은 여전히 도움을 구하고 있었다. 제일 손해를 본 것은 귀머거리 다섯 명이었다. 이광두는 마치 덩실덩실 춤을 추듯 몸짓으로 그들에게 한 줄로 가지 않고 나눠서 걷도록 지시했다. 한 명에게는 오동나무로 가서 장님을 데리고 오도록 하고, 둘에게는 앞쪽의 세 바보를 간수하도록 했고, 나머지 둘에게는 땅에 넘어진 장님을 빨리 가서 도와주도록 했다. 이광두는 마치 춤을 추듯 여기저기 마구 뛰어다니며 다섯 귀머거리들을 지휘했고, 지휘하면서도 길가의 사람들에게 자신의 귀를 가리키면서 알려주었다.

"다섯 명은 귀머거리거든요."

이광두가 분주히 구애 부대를 진두지휘하다 보니 문제의 핵심은 결국 맨 앞의 절름발이들이었다. 그리하여 잽싸게 앞으로 달려가 왼쪽으로 가던 절름발이를 오른쪽으로, 오른쪽으로 걷던 절름발이를 왼쪽으로 둘의 위치를 바꿔주었더니 더 이상 걸을수록 멀어지지는 않았지만, 같은 쪽 다리가 동시에 절룩이다 보니 몇 걸음 걷다 보면 서로 부닥치고, 또 떨어진 후 몇 걸음 못 걸어 또 부닥치고를 반복했다. 이광두는 계속해서 춤을 추듯 손발을 써가며 귀머거리들에게 지시를 내렸고, 그들은 자신들의 사명을 완벽하게 이해한 듯 둘은 대열의 왼쪽에서 셋은 대열의 오른쪽에서 마치 헌병처럼 대형을 유지시켰다.

드디어 구애 부대의 문제를 해결한 이광두는 얼굴에 가득한 땀을 닦으며 길가에서 깔깔대는 군중을 향해 마치 시찰 나온 지도자처럼 손을 활짝 흔들어 사의를 표했다. 길가의 군중은 중구난방으로 이 희한한 대오가 향하는 곳이 어디냐고 물었고, 이광두는 굳은 결의를 다지듯 복지공장의 노동자 모두를 데리고 병림성하 전술을 쓰러 직물공장으로 간다고, 그곳에 가서 임홍에게 하늘에 닿을 듯한 파도와 같은 자신의 사랑을, 드높은 산과 같은 자신의 사랑을 선포할 작정이라고 말해주었다.

"임홍에게 알려줄 겁니다. 그녀에 대한 나의 사랑은 그 어떤 산보다 높고 바다보다 깊다고요."

우리 류진에서 이제까지 볼 수 없었던 희한한 광경에 사람들은 동분서주하며 긴급히 소식을 타전했고, 한가롭게 길을 걷던 사람들은 남녀노소를 불문하고 가던 길을 틀어 직물공장으로 향했다. 수많은 상점의 직원들이 임시 휴가를 내고 거리로 나왔고, 공장에서는 그보다 훨씬 많은 노동자들이 쏟아져 나와 거리에는 갈수록 사람들이 넘쳐났다. 우리 류진 사람들은 서로 밀고 당기고 마치 물결이 소용돌이치듯 이광두의 구애 대오를 둘러싼 채로 직물공장으로 몰려갔다.

직물공장 수위는 눈에 비친 모든 것이 사람인지라 흥미진진한 듯 감탄하며, 문화대혁명 이후로 이렇게 많은 사람들을 한꺼번에 본 일이 없었던 터라 농담을 덧붙였다.

"난 또 모 주석께서 오신 줄 알았네."

그러자 사람들도 농담으로 맞받았다.

"모 주석 돌아가신 지 몇 년인데."

수위 노인은 기분이 상한 듯 말을 받아쳤다.

"나도 알아. 모 주석께서 돌아가신 줄 누가 모르나?"

이광두는 그의 열네 충신으로 구성된 구애 부대를 직물공장 정문 앞에 두 편으로 갈라 세웠다. 두 절름발이와 장님 넷, 그리고 소리를 지를 줄 아는 귀머거리 둘을 앞쪽에 세우고, 세 바보와 소리를 지르지 못하는 세 귀머거리를 뒷줄에 세웠다. 이광두는 이미 복지공장 작업장에서 오전 내내 연습시킨 대로 앞줄의 여덟 명에게는 고함을 치게 하고, 뒷줄의 소리를 못 내는 귀머거리 셋에게는 박수를 힘껏 치게 했다. 지난번 도청이 시찰 나왔을 때 얻은, 얼음이 석 자나 언 것은 하루 이틀의 추위로 이루어진 것이 아니라는 교훈을 새겨, '임홍'이라고 외쳐야 할 때 세 바보는 뻔히 '이 공장장님'이라고 외칠 테니 이광두는 오전 내내 두 손으로 그들의 입을 틀어막는 방법을 가르쳤다. 이광두는 이 세 바보들이 제일 걱정되어 직물공장 정문 앞에 서서도 세 바보들에게 입을 틀어막는 연습을 세 번이나 더 시켰다. 이광두가 두 손을 입가로 가져가면 바보들 역시 여섯 개의 손을 가지런히 모아 즉각 자신들의 입을 틀어막았고, 이광두는 한 명씩 검사를 한 후 매우 만족한 듯 이렇게 말했다.

"잘 막았어. 물 샐 틈 없이 잘 틀어막았어."

이때 사람들이 들썩이기 시작하자 이광두는 새까맣게 운집한 군중을 향해 두 팔을 힘차게 쳐들었다가 또 힘차게 내려놨다. 그렇게 세계적인 명지휘자 카라얀처럼 이광두가 팔을 일곱 차례 올렸다가 일곱 차례 내리고 나서야 군중의 웅성거림이 사그라들었고, 난삽한 소리만 간간이 들려왔는데 이광두는 검지를 입에 가져다댄 뒤 몸을 돌리며 '쉬쉬' 소리를 냈다. 이광두가 쓰러질 듯 좌우로 몸을 백팔십 도를 돌리자 드디어 쥐 죽은 듯 고요해졌고, 그때 이광두는 군중을 향해 소리쳤다.

"다함께 한번 맞춰봅시다!"

"좋지!"

군중이 일제히 소리쳤다.

이광두는 만족한 듯 고개를 끄덕였고, 사람들의 소리가 우후죽순처럼 터져 나오자 이광두는 잽싸게 둘째손가락을 입에 댄 채 '쉬쉬' 소리를 내며 몸을 돌렸다.

퇴근 종소리가 아직 울리지 않은 가운데 우리 류진의 저명인사인 직물공장의 골초 류 공장장이 몇 명을 대동하고 담배를 피우며 대문으로 걸어 나왔다. 이광두가 병림성하 전술을 쓰기 위해 류진 사람 거의 전부를 데리고 왔다는 소식을 전해 듣고 나온 것이다. 서른이 넘은 류 공장장은 담배를 하루에 세 갑 피우는데, 아침부터 저녁까지 그의 손에서는 담배가 떨어질 틈이 없었으니, 담배를 피우며 나오다가 새까맣게 운집한 군중을 보고는 깜짝 놀란 뒤 속으로 이광두는 1백 퍼센트 개후레자식이라고 생각했다. 골초 류 공장장은 회의를 통해 이광두와 자주 만나 꽤 친숙한 사이라서 멀리서부터 이광두를 향해 손을 흔들며 반갑게 불렀다.

"이 공장장, 이 공장장⋯⋯."

이광두 근처까지 다가선 골초 류 공장장은 담뱃불이 손가락에까지 붙어 타들어가는 것도 모르고 낮은 목소리로 이광두를 질책했다.

"이 공장장, 이게 뭐 하는 짓인가? 이보게, 공장 정문을 다 막아섰잖아. 이래서야 직원들이 퇴근해서 집에 어떻게 가겠나?"

이광두는 히죽히죽 웃으며 대답했다.

"류 공장장님, 임홍만 잠깐 불러주시면 됩니다. 저희는 그냥 그녀에게 한두 마디 말만 하면 되니까요. 그럼 바로 철수하겠습니다. 그대로 무사 귀대시키겠습니다."

골초 류 공장장은 달리 방법이 없을 것 같았다. 이때 갑자기 오른손을 맹렬히 흔들어 손가락까지 타들어간 담배꽁초를 던져버린 후 고개를 끄덕이며 새로 담배 한 개비를 꺼내 불을 붙이고는 깊이 한 모금을 빨아들였고, 몸을 돌려 부하 직원에게 가서 임홍을 불러오라고 지시했다.

10분 후 임홍이 나타났다. 그녀는 팔짱을 꼭 끼고 고개를 떨어뜨린 채 걸어왔는데, 뻣뻣한 걸음걸이가 마치 다리를 저는 것처럼 보였다. 임홍의 출현에 군중이 환호하자 이광두는 황급히 몸을 돌려 군중을 향해 다시 한 번 지휘자 카라얀처럼 팔을 들어올렸다가 내려놓았고, 이내 군중의 함성은 천천히 사그라들었다. 그러고 나서 이광두가 뒤돌아섰을 때 임홍은 벌써 상당히 가까이 와 있었다. 이광두는 잽싸게 자신의 열네 충신들을 향해 손을 휘저었다. 그가 왼손으로 입을 막고 오른손으로 하늘을 향해 힘차게 휘젓자 뒷줄에 있던 세 바보의 반응이 과연 제일 빨라 손으로 잽싸게 자신들의 입을 막았고, 그 다음으로 뒷줄의 귀머거리 셋은 있는 힘껏 박수를 쳐댔고, 앞줄의 절름발이, 장님, 귀머거리 여덟은 일제히 소리를 지르기 시작했다.

"임홍! 임홍! 임홍!"

새까맣게 운집한 군중도 따라 외쳤다.

"임홍! 임홍! 임홍!"

여덟 명의 절름발이, 장님, 귀머거리들이 이어 외쳤다.

"복지공장의 공장장 사모님이 되어주세요! 복지공장의 공장장 사모님이 되어주세요!"

사람들은 왁자지껄한 가운데 여덟 명의 절름발이, 장님, 귀머거리가 네 번을 외친 다음에야 그 말을 분명히 듣고는 복잡한 말은 다 빼버리고 핵심적인 말만 우레와 같은 소리로 외쳤다.

"사모님! 사모님! 사모님!"

이광두는 눈을 빛내면서 감격한 듯 소리쳤다.

"군중의 함성이 정말 크구먼. 정말 커……."

고개를 떨어뜨린 채 걸어오던 임홍이 머리를 들어올렸고, 새까맣게 운집한 군중을 바라보더니 질겁하고 몸을 돌려 되돌아갔다. 이때 뜻밖의 일이 발생했다. 본래 자기 입을 잘 틀어막고 있어야 할 바보 셋 중 하나가 임홍이 고개를 들었을 때 그 아름다운 얼굴을 보고 자기도 모르게 앞줄의 장님을 밀쳐내고 두 팔을 벌린 채 침을 질질 흘리며 소리를 지르면서 임홍을 쫓아갔다.

"언니야, 안아줘, 언니야, 안아줘……."

처음에는 놀라서 자기들끼리 소곤거리던 사람들의 말소리는 이내 비행기에서 투하한 폭탄이 폭발한 듯 거대한 웃음소리로 변해버렸다. 발정 난 바보 하나가 일을 망칠 수도 있으리라는 것은 이광두도 전혀 예상치 못했다. 그는 니미럴 하고 욕을 뱉으며 발정 난 바보를 붙들고 낮은 목소리로 윽박질렀다.

"니미럴, 빨랑 돌아가. 이 발정 난 바보새끼야."

그러나 발정 난 바보는 발광하며 이광두의 손을 뿌리치고는 소리치며 임홍을 쫓아갔다.

"언니야, 안아줘……."

이광두는 다시 막아섰고, 이번에는 그를 꼭 껴안고 낮은 목소리로 차근차근 설명해주기 시작했다.

"임홍은 너랑 안으면 안 돼요. 나랑 안아야지. 나랑 안으면 사모님이 되지만, 너랑 안으면 그냥 바보 부인이 돼버리거든."

이광두가 꼭 껴안아버리자 더 이상 임홍을 쫓아갈 수 없었던 발정 난 바보는 화가 난 나머지 이광두의 왼쪽 눈에 주먹을 날렸고, 이광두의 입에서는 '억' 소리가 두 차례나 터져 나왔다. 이광두는 오른손으로 발정 난 바보의 뒷덜미를 잡아끌고 왼손으로는 저쪽에 서 있는 열세 충신들을 향해 흔들며 말했다.

"빨리 데리고 가."

뒷덜미를 이광두에게 잡힌 발정 난 바보가 어째서 임홍을 쫓아 앞으로 갈 수 없는지 알지 못한 채 마치 물에 빠진 것처럼 허우적거리는 가운데 열세 명의 충신들이 달려왔다. 귀머거리 다섯이 제일 앞에서, 바보 둘이 두리번거리며 그 뒤를 바짝 쫓아왔고, 절름발이 둘은 하나는 왼쪽 다리를 다른 하나는 오른쪽 다리를 절며 왔고, 장님 넷도 무슨 일이 벌어졌는지를 알고 대나무 지팡이로 땅바닥을 두들기면서 천천히 왔다. 이광두의 부하이며 충신인 다섯 귀머거리와 두 절름발이는 힘을 모아 발정 난 바보를 땅바닥에 넘어뜨린 채 누르고 있었고, 발정 나지 않은 두 바보 충신은 옆에 서서 실실 웃음을 흘리고 있었으며, 장님 충신 넷은 무슨 규찰대원처럼 나란히 서서 대나무 지팡이로 땅바닥을 고른 박자로 두들기고 있었다. 발정 난 바보는 땅바닥에 깔린 채 여전히 도살장의 돼지처럼 먹따는 소리를 질렀다.

"언니야, 안아줘……."

이광두의 병림성하 구애 전술은 그렇게 허무하게 끝나버렸고, 이광두는 왼손으로 자신의 왼쪽 눈을 감싼 채 열세 충신들에게 발정 난 바보를 복지공장으로 데려가라고 명령했다. 두 절름발이가 계속해서 제일 앞에 서서 길을 열었고, 다섯 귀머거리와 두 바보가 발정 난 바보를 붙들고 걸었고, 네 장님이 그 뒤를 바짝 따라붙었다. 발정 난 바보는 끌려가면서도 여전히 입으로는 "언니야", "안아줘"라는 말을 외치며 침을 튀겼다. 그래서 다섯 귀머거리들은 쉬지 않고 얼굴에 튄 침을 닦아냈지만, 두 바보는 얼굴에 침이 튀었는데도 닦아내지 않았다. 그저 하늘은 저렇게 맑은데 자신들의 얼굴은 왜 축축한지 신기한 듯 하늘만 바라볼 뿐이었다.

우리 류진의 사람들은 갑론을박 의론이 분분했지만, 다들 이날의 최대 볼거리는 이광두와 임홍이 아니라 이광두와 그 발정 난 바보였다는 데 의견을 모았다. 특히나 발정 난 바보가 날린 한 방에 이광두의 왼쪽 눈두덩이 파란 사과가 되어 이광두가 고통에 이를 악다문 채로 돌아간 모습을 압권으로 쳤다. 류진의 군중은 깔깔거리며 웃었고, 이광두가 부하인 바보의 역습 한 방에 애꾸눈이 될 줄은 몰랐다고 쉴 새 없이 이야기했다. 그러면서도 옛말 틀린 거 하나 없다고, 친구를 위해서는 어떠한 위험도 감수해야 하지만, 여자를 잘못 위하다가는 친구 사이도 갈라설 수 있다는 속담을 끄집어내면서 이 속담이야말로 만고불변의 진리라고, 바보 입장에서 봐도 아주 딱 들어맞는 말이라고 입을 모았다. 그러고 나서는 또 온갖 상상을 하다가 누군가 이광두가 멍든 눈에 검은색 안대를 차고 다니면 어떨까라고 말했고, 사람들은 한목소리로 말했다.

"그럼 딱 유럽 해적이지."

이광두가 병림성하 전술을 쓴 지 사흘째 되던 날, 왼쪽 눈이 여전히 푸르뎅뎅한 가운데 심입적후 전술을 쓰기 위해 이광두는 임홍의 집을 찾아갔다. 이번에는 송강을 대동했고, 그는 송강에게 일단 뜻밖의 상황이 벌어지면 곧바로 묘책을 내놓으라고, 손가락 세 개를 꼽으면서 최소한 세 가지 묘책을 내서 자기가 고를 수 있도록 하라고 말했다. 그리하여 하나는 길고 하나는 짧은, 하나는 문관 같고 다른 하나는 무관 같은 두 사람이 우리 류진의 대로를 활보했다.

이광두는 웃음을 멈추지 못했다. 임홍의 부모를 먼저 공략해야 한다는 송강의 심입적후 전술은 확실히 묘수라 느껴졌기 때문이었다. 이광두는 가는 길에 엄지손가락을 들어올리고 송강을 연방 치켜세우면서 말했다.

"도적의 무리를 소탕하려면 먼저 우두머리를 잡아야 한다는 전술은 진짜 대단해."

겨드랑이에 문학잡지를 낀 채 걱정스러운 표정으로 이광두의 옆에서 걷던 송강은 다 된 밥을 먹기만 하면 된다는 듯한 생각을 하는 이광두를 보며 안절부절못했다. 그가 이광두에게 알려준 다섯 가지 전술 중 세 가지가 다 실패한데다 심입적후 전술 또한 험한 꼴 당할 가능성이 농후해 보였기 때문이었다. 임홍의 집 앞에 도착한 뒤 송강이 겁이 난 듯 발걸음을 멈추면서 자신은 들어가지 않고 밖에서 기다리겠다고 하자 이광두는 다 와놓고 이제 와서 무슨 소리냐며 끌고 들어가려 했지만 송강은 완강하게 버티며 들어가기 창피스럽다고 했다.

이광두는 임홍의 집 앞에서 소리를 치기 시작했다.

"뭐가 창피해? 너보고 사랑한다는 말을 하라는 것도 아니고, 그냥 옆에서 보고 있기만 하면 돼."

송강의 얼굴이 붉어지면서 낮은 소리로 말했다.

"소리 좀 낮춰. 옆에서 네 말을 듣는 것도 창피하단 말이야."

이광두는 할 수 없다는 듯 고개를 절레절레 흔들며 말했다.

"에라이, 이 별 볼일 없는 인간아. 하나마나한 참모 역할이나 해라."

그러고는 혼자 우쭐대면서 임홍의 집 마당으로 들어섰다. 그 건물은 마당을 둘러싸고 몇 집이 함께 사는 구조였는데, 이광두가 성큼성큼 들어섰을 때 마당에는 아무도 없었고, 그저 세 집의 문만 열려 있었다. 이광두가 밝은 목소리로 소리쳤다.

"어르신, 안녕하십니까?"

이광두는 거들먹거리며 한 집으로 들어갔고, 그 안에서 젊은 부부가 놀란 표정으로 자신을 바라보자 잽싸게 손을 흔들면서 겸연쩍은 듯 실실거렸다.

"잘못 들어왔네요!"

이광두는 헤헤 웃으며 열려 있는 다른 문으로 들어갔고, 이번에는 제대로 찾았다. 임홍의 부모는 모두 안에 있었다. 그들이 이광두를 알 리 없었으니 조그만 키에 다부진 체격의 젊은이가 한쪽에 대고 '어르신', 또 다른 쪽을 향해 '어르신'이라고 부르며 들어서자 서로의 얼굴을 바라보며 대체 뭐 하는 놈인가 하는 눈빛을 교환했다. 이광두는 집 중앙에 선 채로 좌우를 살피고 헤헤 웃으며 물었다.

"임홍은 집에 없나 보군요?"

임홍의 부모는 고개를 끄덕였고, 임홍의 어머니가 대답했다.

"나갔는데."

이광두는 고개를 끄덕이며 두 손을 바지주머니에 꽂은 채 주방으로 들어가 여기저기를 둘러보았다. 임홍의 부모는 서로에게 눈짓으로 이 사람이 누굴까 물으며 뒤따라 주방으로 갔다. 이광두는 화덕 근처로 가서 허리를 굽히며 알탄 상자를 열어 가득 찬 알탄을 확인한 뒤 몸을 일으키고 임홍의 아버지에게 말했다.

"어르신, 어제 알탄을 사셨군요?"

임홍의 아버지는 부정도 긍정도 없이 고개를 끄덕였다가 다시 가로 저으며 말했다.

"그제 샀는데."

이광두는 알겠다는 듯 고개를 끄덕이며 이번에는 쌀독 쪽으로 가더니 뚜껑을 열어 독 안에 가득한 쌀을 보고 고개를 돌리며 말했다.

"어르신, 어제 쌀 사셨습니까?"

임홍의 아버지는 이번에는 먼저 고개를 흔들었다가 다시 끄덕이면서 대답했다.

"쌀은 어제 샀지."

이광두는 주머니에 넣고 있던 오른손을 꺼내 자신의 빡빡머리를 쓰다듬으며 임홍의 부모에게 호기롭게 말했다.

"앞으로 쌀이나 알탄 같은 것들을 사는, 힘쓰는 일은 제가 다 맡겠습니다. 두 분 어르신들께서는 더 이상 힘쓰실 필요가 없습니다."

임홍의 어머니가 더 이상 참지 못하고 물었다.

"자네 누군가?"

"절 모르신단 말입니까?"

이광두는 북경을 모르는 중국인을 바라보는 눈빛으로 놀라 소리치며 자신의 가슴을 두들기면서 말을 이어갔다.

"전 복지공장의 이 공장장입니다. 제 본명은 이광, 별명은 이광두이며……."

이광두의 말이 채 끝나기도 전에 임홍 부모의 낯빛은 새파랗게 질렸다. 변소에서 자기 딸의 엉덩이를 훔쳐본 적이 있고, 최근 또 한 번 분통을 터트려 울게 만든 장본인이었기 때문이다. 류진의 악명 높은 건달자식이 감히 제 발로 찾아왔으니 임홍의 부모는 분을 참지 못한 채 소리치기 시작했다.

"꺼져! 꺼져! 꺼져버려!"

임홍의 부친이 문 뒤에 있던 빗자루를 들고, 임홍의 모친은 탁자 위에 있던 닭털 총채를 들어 이광두의 빡빡머리를 향해 달려들었고, 이광두는 손으로 빡빡머리를 가린 채 잰걸음으로 재빨리 문밖으로 빠져나왔다. 이광두가 마당으로 빠져나왔을 때 다른 이웃들도 소리를 들고 전부 마당으로 구경을 나왔다. 임홍의 부모는 분을 삭이지 못해 온몸을 부들부들 떨었으나 이광두는 도무지 영문을 알 수 없다는 얼굴로, 마치 투항을 하듯 두 손을 들어올린 채 임홍의 부모를 향해 주저리주저리 변명을 늘어놓기 시작했다.

"오햅니다. 완전 오해예요. 전 아이들한테 '성교'라는 말을 시킨 적이 없단 말입니다. 계급의 적이 일을 망친 거라고요……."

임홍의 부모는 이광두의 말을 듣지도 않고 동시에 소리쳤다.

"꺼져! 어서 꺼지지 못 해!"

이광두는 계속해서 변명을 이어갔다.

"진짜 오해시라니까요. 그 발정 난 바보는 중간에 그냥 갑자기 튀어나온 거라 저도 방법이 없었습니다……."

이광두는 그렇게 말하면서 구경 나온 임홍의 이웃들을 향해 몸을 돌리더니 한마디를 덧붙였다.

"다들 그러더라고요. 영웅은 미인을 지나칠 수 없는 법인데, 바보 또한 미인을 지나칠 수 없나 보다라고요."

임홍의 부모는 여전히 소리를 질렀다.

"꺼져!"

임홍의 부친이 들고 있던 빗자루로 이광두의 어깨를 내려쳤고, 임홍 모친의 닭털 총채가 코끝을 스쳐가자 이광두는 좀 기분이 상한 듯 연방 몸을 피하면서 임홍의 부모에게 말했다.

"이러지 마십시오. 나중에 다 한 식구가 될 텐데 말입니다. 장인어른, 장모님이 되실 테고 저는 사위가 될 텐데, 이러시면 나중에 한 식구로서 어떻게 서로 낯을 대하겠습니까?"

"어디서 개소리야!"

임홍의 아버지가 고함을 치며 빗자루로 이광두의 어깨를 쳤다.

"개소리 작작해!"

임홍의 어머니가 소리를 지르며 닭털 총채로 이광두의 머리를 후려쳤다.

이광두는 큰길로 잽싸게 빠져나와 단숨에 10여 미터를 도망쳤고, 임홍의 부모가 대문 앞에 선 채로 더 이상 쫓아오지 않는 걸 보고 걸음을 멈춘 채 좀 더 해명하려고 했다. 이때 임홍의 부친이 길거리에 가득한 사람들을 향해 빗자루로 이광두를 가리키며 욕을 퍼부었다.

"두꺼비 주제에 감히 백조 고기를 먹으려 들어!"

임홍의 모친도 따라서 닭털 총채로 이광두를 가리키며 소리쳤다.

"꽃다운 내 딸을 너 같은 소똥더미에 꽂아두지 않을 테다."

이광두는 자신의 곤욕을 신나서 바라보는 사람들과 분을 삭이지 못해 날뛰는 임홍의 부모 그리고 옆에서 전전긍긍 어쩔 줄 모르는 송강을 번갈아 쳐다본 후 손을 휘저었다. 송강이 그의 뒤를 따랐고, 형제는 우리 류진의 대로를 걸어갔다. 이광두는 줄곧 스스로를 백에 하나, 천에 하나 나올까 말까 하는 대단한 인물이라 여겨왔기 때문에 임홍의 부모에게 자신이 두꺼비, 소똥더미쯤으로 보인다는 것은 생각지도 못했다. 그리하여 이광두는 손해막급이라는 생각에 걸어가는 도중 줄곧 구시렁댔다.

"이런 젠장, 영웅도 곤경에 처할 때가 있는 법이지, 뭐."

이광두는 임홍의 부모로부터 두꺼비, 소똥더미 취급을 받은 치욕으로 인해 장장 일주일 동안 어찌할 바를 몰랐으나, 일주일 후 다시금 사랑의 불길이 되살아나 다시 한 번 의욕적으로 임홍을 공략하기 시작했다. 그는 송강이 마지막으로 전수해준 전술인 사전난타 전술을 쓰기로 했다. 그는 길거리에서 송강을 대동한 채 임홍이 모습을 나타내면 마치 연인 겸 경호원처럼 임홍 옆에 바짝 붙어서 집까지 따라갔다. 답답하고 억울한 임홍이 눈물이 그렁그렁해서 분노로 입술을 깨물고 있을 때 이광두는 오히려 열정적으로 쉬지 않고 지껄였고, 마치 약혼남이라도 되듯 송강을 임홍에게 소개하며 이렇게 말했다.

"이 친구는 내 형제 송강이고, 우리가 결혼할 때 내 들러리를 서줄 사람이야."

연인 겸 경호원인 이광두는 길거리 남자들의 눈이 임홍에게 갈라치면 주먹을 치켜들며 악다구니를 써댔다.

"뭘 봐! 또 보면 한 방 먹여버릴 거야!"

5

임홍은 집에 오면 침대에 엎드린 채 베개를 끌어안고 한참을 울었다. 그렇게 열 번을 울고 눈물을 닦아낸 후 더 이상 울지 않았다. 혼자 숨어서 울어봐야 아무 소용이 없고, 뭔가 방법을 찾아서 후안무치한 이광두에게 맞서야 한다는 걸 깨달았다. 이광두의 사전난타 전술에 임홍은 빨리 남자친구를 만들어야겠다고 마음먹었다. 그것은 그 시대 처녀들이 흔히 쓰던 수법으로 임홍도 예외는 아니었던 바, 임홍 생각에 자신에게 남자친구가 있으면 치근거리는 이광두로부터 벗어날 수 있을 것 같았다. 임홍은 머릿속으로 대충 우리 류진의 미혼 청년들을 한번 떠올려본 뒤 몇몇을 목표로 정하고, 머리를 곱게 빗고 화장을 한 뒤 목에 미색 스카프를 맨 다음 우리 류진의 큰길로 나섰다.

전에는 길거리에서 자주 볼 수 없었던 임홍이 거리에 나타나자 곧바로 우리 류진 거리의 천사가 되어버렸고, 우리 류진 남자들의 눈은 그야말로 천복을 누리게 되었다. 그녀는 가끔은 어머니와 함께 걷기도 했고, 가끔은 공장 여공들과 함께 걷기도 했는데, 그렇게 거의 매일 저녁 어스름할 무렵 석양과 함께 나왔다가 달빛을 받으며 돌아가고는 했다. 그때 임홍은 자신의 미색이 널리 퍼져 류진의 수많은 남자들이 자신에 대해 일말의 연정을 가지고 있다는 사실을 알고 있었지만, 자신이 좋아할 만한 남자가 어디에 있는지는 알지 못했다. 그전까지야 부모님의 의사를 존중했지만, 그녀의 부모는 너무 쉽게 만족하는 것이 문제였다. 조건이 조금만 괜찮은 젊은 남자가 와서 청혼을 하면 그녀의 부모는 이광두보다 훨씬 좋다며 무척이나 기뻐하셨기 때문이었다. 그 젊은 남자들은 죄다 그녀의 마음에 들기는커녕 눈에 들어오지도 않았다. 그리하여 그녀는 직접 나서서 마음에 드는 낭군을 찾기로 했다. 임홍은 아름다운 얼굴에 미소를 띠고 거리를 오갔다. 가끔 잘생긴 청년을 보면 유심히 쳐다보다가 곧바로 고개를 돌린 뒤 하나, 둘, 셋, 넷, 다섯 걸음을 걸은 뒤 다시 한 번 고개를 돌려 그 남자를 쳐다보면, 어김없이 넋이 빠진 그 청년의 얼굴을 확인할 수 있었다.

임홍에게 눈길을 제대로 두 번 이상 받은 청년 스무 명 가운데 열아홉은 정신이 나가 자기 혼자 소설을 쓰기 시작했고, 오직 송강만이 아무런 반응을 보이지 않았다. 허무맹랑한 소설을 쓰기 시작한 열아홉 명이 보기에 임홍은 분명히 뭔가 말을 전하려 했고, 특히 고개를 돌려 보는 두 번째 시선에는 가히 봄기운 가득한 정원에서의 그리움이 가득했기 때문에 그 추파에 마음을 빼앗겨 깊은 밤에도 도무지 잠을 이루지 못했다.

열아홉 중 여덟은 이미 결혼을 한 자들이어서 이들의 입에서는 긴 한숨이 터져 나올 수밖에 없었는데, 인생 대사를 너무 일찍 결정하여 탁구 칠 때 운 좋게 모서리에 걸리는 그런 기회를 날렸다고 후회막급이었다. 그 여덟 명 중 둘의 부인은 특히 못생겼기 때문에 이들의 분노는 특히 더했다. 깊은 밤 분을 삭이지 못해 잠을 깨서 곤한 잠을 자는 마누라를 괜히 꼬집어 깨우고는 자신들이 오히려 소리 지르는 마누라 때문에 놀라 즉시 잠든 척 연기를 하고는 했다. 두 명 중 하나는 집중적으로 넓적다리를 꼬집었고, 다른 하나는 엉덩이를 집중적으로 꼬집었는데, 이들 부인들의 고통은 말로 다 할 수 없을 지경이었다. 그녀들은 남편들의 심정을 종잡을 수 없었으니 퍼렇게 멍든 넓적다리와 엉덩이를 보며 자신들의 남편이 잠결에 성폭력 경향이 있는 게 아닌가 의심하여 밤에 한 이불 속에서 잠자기 싫고, 한 이불 덮고 자는 게 두렵다고 주절주절 원망을 늘어놓았다.

열아홉 가운데 아홉은 이미 애인이 있었는데, 이들 아홉의 입에서도 아무리 급해도 뜨거운 죽을 마셔서는 안 되는 거라고, 일찍 하는 것이 때맞추는 것만 못하다며 끝없이 한숨이 새어나왔다. 그리하여 그들은 속으로 주판알을 다시 굴리기 시작했다. 지금의 애인을 차버리고 임홍을 다시 쫓아다니면 어떨까 하고 말이다. 그 아홉 가운데 여덟은 이해득실을 곰곰이 따져본 결과, 지금의 여자친구가 비록 임홍의 미색을 따라가지는 못할지라도 그녀들 역시 엄청난 노력 끝에 손에 넣었고, 온갖 감언이설로 신체 접촉에 성공했으며, 온갖 머리를 다 굴려 잠자리까지 끌어들였던 터라, 임홍이 아무리 훌륭하다 하더라도 결국에는 자신들의 두 눈으로 보아도 사실상 허상일 뿐 자신들의 여자친구처럼 확실한 대상은 아니었다. 눈앞의 오리가 거의 푹 익은 상태라 날아갈 수 없는 상황이니 임홍에게 마음이 쏠리기는 해도 실제로 행동하지는 않았다. 이렇듯 아홉 중 여덟은 온건형 사랑 추구자였고, 오직 한 명만이 모험형 사랑 추구자였는데, 이 한 명이 모험을 실행하고야 말았다. 이자는 양다리를 시도하면서 현재의 여자친구와 잠을 잔 다음 날 몰래 영화표 두 장을 사서 한 장은 자신의 가슴 주머니에 넣어두고 다른 한 장은 인편으로 임홍에게 전했다.

이때의 임홍은 우리 류진의 여자 셜록 홈스라고 해도 무방할 만큼 얼굴이 괜찮은 청년 스무 명의 속사정을 꿰고 있는 상태여서 영화표를 보낸 모험형이 이미 여자와 동거 중이라는 사실 또한 미리 알고 있었다. 영화표를 받아든 임홍은 아무런 반응도 하지 않았으나 속으로는 콧방귀를 뀌었다. 이제 곧 결혼할 자가 감히 자신의 의사를 타진하려 들다니 말이다. 그 당시 사람들은 그렇게 경직되고 보수적이었다. 일단 남녀가 잠을 잤다 싶으면 더 이상 제값을 받을 수 없었다. 새 집은 헌 집이 되고, 새 차는 헌 차가 되어 어쩔 수 없이 중고시장에 나갈 수밖에 없는 처지가 되는 것이다. 임홍은 이 모험형의 여자친구가 홍기 포목점의 판매원이란 걸 알고 포목점에 가서 각양각색의 천들을 훑어보면서 모험형의 여자친구와 노닥거리다가 영화표를 꺼냈고, 놀라는 그녀에게 이 표는 그녀의 남자친구가 줬다고 알려주었다. 임홍은 근심 가득한 그 아가씨에게 진상을 낱낱이 알려준 후 마지막으로 경고했다.

"아가씨 남자친구는 류진의 진세미(陳世美. 희곡 〈찰미안(鍘美案)〉의 등장인물로 장원급제 후 조강지처를 버리고 부마가 되었다가 포청천包青天에게 죽임을 당한다. 출세한 후 변심한 남편이나 애정이 식은 남자를 지칭하는 말로 주로 쓰인다.—옮긴이)예요."

이 사랑의 모험가는 일찍이 명성을 떨친 바 있으나 훗날 혼비백산

할, 바로 조 시인이었다. 조 시인은 그때까지 아무것도 모른 채 저녁 어스름할 무렵 희색이 만연한 얼굴로 극장으로 향했고, 휘파람까지 흥얼거렸다는 걸 본 사람도 있었다. 조 시인은 극장 밖에서 영화가 상영하길 기다리며 반 시간 정도 어슬렁대다 도둑놈처럼 살살 극장으로 기어들어갔다. 밝은 곳에서 갑자기 어두운 곳으로 들어선 조 시인은 더듬어가며 자신의 자리에 앉았고, 아직 옆자리에 앉은 사람의 얼굴을 정확히 확인하지 못한 채 당연히 임홍일 거라고 여기며 시건방진 태도로 조용히 이름을 불렀다.

"임홍……"

그러고는 여전히 시건방진 말투로 올 줄 알았다고 했다. 조 시인은 자신의 여자친구에게 임홍에 대한 진실된 마음을 온갖 미사여구를 동원하여 속삭이기 시작했는데, 그 말을 채 마치기도 전에 기차 기적소리 같은 악다구니를 들으며 뺨을 연타로 맞았고, 갑작스레 두들겨 맞고 도대체 무슨 일인지 가늠도 하지 못한 채 얼굴을 방어할 겨를도 없이 말문은 막혀 목을 길게 뽑아 자신의 얼굴을 무방비 상태로 상대방의 손바닥에 노출시키고 있었다. 그의 여자친구는 화가 머리끝까지 난 나머지 소리를 지르자 목소리가 평소와는 전혀 달라져서, 조 시인은 그녀의 목소리를 알아채지 못하고 임홍이 자신의 뺨을 때린 줄 알고 화가 나서 세상천지에 무슨 이런 연애가 있나 싶어 자신의 여자친구를 낮은 목소리로 타일렀다.

"임홍, 임홍, 다른 사람들도 신경을 좀 써줘야지……"

바로 그 순간 조 시인의 여자친구가 찢어질 듯한 목소리로 소리쳤다.

"내 오늘 너 류진의 진세미를 때려죽이고 말 테다."

조 시인은 그제야 여자친구의 얼굴을 분명히 확인하고 공포에 질린 듯 자신의 머리를 감싸 안은 채 악을 써대는 여자친구의 낙화유수 같은 손바닥 세례에 자신을 내맡겼다. 그때 스크린에서 상영되고 있던 영화는 〈소림사〉였는데, 영화를 보던 사람들은 이구동성으로 두 편의 〈소림사〉를 동시에 본 셈이라고 했다. 한 편은 이연걸 판이고 다른 한 편은 조 시인 판인데, 조 시인 판이 훨씬 더 화려하다면서 조 시인의 여자친구는 무림고수에 비견될 만했고, 미친 듯 욕을 퍼부으며 미친 듯 두들기는 무공이 영화 속의 이연걸보다 훨씬 대단했다고 입을 모았다. 조 시인은 이때부터 악명을 떨치게 되었고, 그 악명이 심지어 예전에 엉덩이를 몰래 훔쳐보았던 이광두를 뒤엎고도 남았다. 당연히 여자친구도 조 시인을 차버렸고 다른 남자한테 시집을 가서 살집 좋은 사내아이를 낳았다. 후회막급인 조 시인은 그때부터 독신생활의 길로 접어들었는데, 혼인의 역사는 말할 것도 없고 다시는 애인과의 역사를 써내려가지 못했다. 그리하여 조 시인은 통한의 아픔이 사라질 즈음 류 작가에게 이렇게 말했다.

"닭 한 마리 훔치려다 쌀 한 줌만 잃었다는 말이 뭔 줄 아나? 바로 나를 두고 하는 말일세."

류 작가는 헤헤 웃으며 자기 역시 임홍에 대해서 헛된 상상을 했는데 그때 만약 지금의 마누라를 차버렸으면 조 시인과 똑같은 꼴이 될 뻔했구나 싶었다. 그는 조 시인의 어깨를 토닥이면서 한편으로는 자신을 대견스러워하는 듯, 다른 한편으로는 조 시인을 위로하려는 듯 이렇게 덧붙였다.

"사람은 자기 분수를 정확히 알아야 하는 법이지."

허망한 상상에 빠진 열아홉 가운데 확실한 총각은 둘이었는데, 이 류진의 총아 둘은 자신들의 구애 작전을 실행에 옮기면서 자신들은 결혼한 전력도 없고 여자친구도 전혀 없었다는 사실을 강변했고, 그중 하나는 임홍의 부모에게 자신은 정신병력도 없고 지병조차 없다는 증명으로 자신의 진료 기록을 보여주었다. 이 소식을 전해들은 다른 하나는 자기 부모의 진료 기록을 떼서 의기양양한 태도로 마치 명화 두 폭을 펼치듯 임홍의 집 탁자에 내려놓으며 임홍의 부모에게 찬찬히 보여주었고, 자신은 부모님까지 정신병, 지병이 없다는 사실을 증명했다. 그러고는 자신의 가슴을 두들기며 자신은 진료 기록조차 없다고 했다. 태어나서 이제까지 병이라는 게 도대체 무엇인지 알지 못하며 자신은 재채기 한 번 해본 적이 없어서 다른 사람이 재채기를 할 때면 코도 방귀를 다 뀌나 하고 신기해했다고 자랑하듯 말했다. 그런데 그는 그 말을 채 끝맺기도 전에 갑자기 코가 근질거리면서 입이 저절로 열리며 재채기가 터져 나오려 하자 마치 독약이라도 삼킨 듯 붉으락푸르락한 얼굴로 재채기를 억지로 삼키며 마치 하품을 하는 것처럼 연기를 하더니 겸연쩍었는지 입을 열었다.

"어제 잠을 잘 못 자서 그만……."

이 진정한 총각 둘은 임홍의 집을 몇 차례 찾아가 무덤덤한 임홍 부모를 몇 번 보고 임홍의 부모와 몇 마디 대화를 나눴을 뿐이지만, 임홍의 예의를 차린 미소에 어쩔 줄 몰라하며 말끝마다 어머님, 아버님이라고 불렀고, 임홍의 부모는 그 말에 소름이 끼친 듯 손을 휘저으며 대꾸했다.

"그렇게 부르지 말아요. 부르지 말라니깐……."

그중 그래도 눈치가 좀 있다는 총각은 잽싸게 말을 바꿔 '어르신'으로 불렀고, 이광두보다 얼굴이 더 두꺼운 다른 한 놈은 계속 '아버님,

어머님'이라고 부르며 조만간 어차피 그렇게 부르게 될 텐데 때늦게 부르는 것보다 일찍 부르는 게 낫다며 너스레를 떨다가 안색이 어두워진 임홍의 부모로부터 결국은 불쾌한 소리를 듣고야 말았다.

"누가 네 아버님이야? 누가 네 어머님이냐고?"

매번 빈손으로 와서 저녁 먹을 때가 되어도 미적거리면서 가지 않고 임홍의 집에서 공짜로 저녁을 먹고 싶어 하는, 인물은 번듯하지만 쩨쩨하기 그지없는 이 두 놈을 임홍은 속으로 상당히 무시하고 있었다. 게다가 한 놈은 임홍의 집에서 앉아 말하는 동안 내내 오른손을 주머니 속에 넣고 있다가 임홍의 부모가 주방으로 들어가는 순간 주머니를 더듬어 호박씨 한 줌을 임홍에게 건네주었는데, 그 표정이 마치 무슨 남아프리카에서 구해온 다이아몬드를 건네주기라도 하는 듯했다. 임홍은 땀에 절어 축축하고 주머니에서 빠진 실오라기까지 엉혀 있는 호박씨를 보고 갑자기 구역질이 나서 고개를 돌린 채 못 본 척하며 속으로 이 멍청이는 이광두만도 못하다는 생각을 했다.

임홍의 부모도 처음에는 예의를 갖추어 저녁시간에 인사하러 집으로 찾아와 갈 생각을 하지 않는 사람에게 저녁식사를 대접했다. 그러자 이 두 진짜 총각은 저녁식사를 한 후부터 자신들이 임홍과 연애를 시작했다고 떠벌리고 다니기 시작했다. 한 녀석은 만나는 사람들마다 양념까지 발라 임홍의 모친이 자기에게 얼마나 친절하게 반찬을 얹어 주었는지 허풍을 떨어댔고, 그 말을 들은 다른 한 녀석은 임홍의 모친이 얼마나 다정하게 밥을 더 담아주었는지를 떠벌렸다. 이들 진짜 총각들은 자신들의 친구들에게 이 이야기와 더불어 자신들의 허무맹랑한 연애 이야기를 널리 퍼뜨리도록 했다. 하지만 그들의 친구들이 보기에는 일이 어떻게 풀릴지 아무도 모르는 상황이었고, 떠벌리기야 쉽지만 임홍이 아니라고 하면 그야말로 낯부끄러운 꼴을 당할지도 모를 일이었다. 하지만 두 총각들은 그렇게 생각하지 않았다. 다른 한쪽이 멋대로 떠벌리고 다니는 꼴을 보면 자신도 절대 뒤처지고 싶지 않았고, 기세로라도 상대방을 압도해야겠다고, 설사 나중에 성공하지 못하더라도 임홍과 연애를 해보았다는 사실 자체가 그들의 인생에 있어 영광의 한 자락이 될 것이므로 자신들의 몸값도 오르고 다른 여자들과 연애를 할 때도 우월감을 느낄 수 있으리라 생각했다.

사랑을 위해 개수작을 펼치던 이자들은 끝내 외나무다리에서 만나고 말았다. 그 중 하나가 큰길에서 한창 핏발이 올라 자신과 임홍의 연애 이야기를 떠들고 있을 때 다른 하나가 옆을 지나는데, 도대체 들어줄 수가 없다는 듯 걸음을 멈추고 큰 소리로 호통을 쳤다.

"헛소리."

그리하여 두 사람은 우리 류진의 큰길에서 침을 튀기며 욕설을 퍼붓기 시작했다. 처음에 우리 류진의 구경꾼들은 두 사람이 이제 곧 본격적인 싸움을 벌일 줄 알았다. 두 사람이 서로에게 욕을 퍼부으며 소매를 걷어붙이기 시작했고, 왼쪽 소매를 걷고 나자마자 바로 오른쪽 소매를 걷어올렸기 때문이었다. 류진의 구경꾼들은 뒤로 물러나 그들에게 싸울 공간을 만들어주며 이제 곧 시작될 권투경기의 서막을 준비했다. 그런데 두 사람은 갑자기 쪼그려앉더니 바짓단을 걷기 시작했고, 구경꾼들의 흥분은 더해 분명코 먼지가 날리고 하늘이 주저앉도록 싸울 거라고, 마치 세계 경량급 권투 챔피언 결정전 같은 싸움이 벌어질 거라고 입을 모았다. 그런데 두 사람은 네 개의 바짓단을 다 걷고 나서 더 이상 걷어올릴 것이 없는데도 아직 주먹을 날리지 않은 채 처음처럼 여전히 욕설을 퍼붓고만 있었으며, 침을 닦아내는 동작이 늘었을 뿐이었다.

그렇게 우리 류진의 구경꾼들이 초조하게 결전을 기다리던 순간 이광두가 나타났다. 이광두가 민정국의 도청에게 보고를 마치고 복지공장으로 돌아가던 중 둘러싼 군중을 보고 그중 한 사람을 잡아끌어 무슨 일인지 알아보았고, 그 사람은 과장 섞인 말투로 이광두에게 이렇게 대답을 했다.

"제3차 세계대전이 곧 시작된다니까!"

이광두는 두 눈을 반짝이며 사람들을 헤집고 들어섰고, 사람들은 이광두를 보자 흥분이 극에 달해 볼 만한 연극이 벌어진다며 두 사람이 격돌하는 가운데 이광두까지 가세했으니 이제는 삼국지가 펼쳐진다고 침을 튀겨댔다. 이광두는 두 사람이 서로의 코를 향해 삿대질을 하고 침을 닦아내며 욕을 하면서 서로 임홍이 자신의 여자친구라고 우기는 꼴을 보더니 자기도 모르게 불같이 화를 내며 성큼성큼 두 사람 사이로 끼어들어 두 사람의 멱살을 휘어잡으며 포효했다.

"임홍은 이 몸의 여자친구란 말이다!"

두 사람은 이광두가 갑자기 나타나리라고는 생각지도 못한 탓에 놀라 꼼짝 못하고 있었는데, 이광두가 소리치며 오른쪽 놈을 밀쳐낸 뒤 오른 주먹으로 왼쪽 놈에게 한 방을 날려 즉석에서 눈두덩을 푸르뎅뎅하게 만들어놨고, 곧이어 똑같이 오른쪽 놈의 눈두덩을 푸르뎅뎅하게 만들어놓았다. 이날 오후 이광두는 왼쪽 놈 오른쪽 놈 모두를 두들겨서 비명을 지르게 만들었고, 이들은 너무 아픈 나머지 반격할 생각조차 하지 못했다. 구경꾼들은 두 눈으로 마치 삼국시대 조조가 유비와 손권을 박살 내는데도 유비와 손권이 힘을 합쳐 반격하지 못하는 광경을 보는 듯 발을 동동 구르고 있었다. 그러는 가운데 몇몇 구경꾼들이 초조했는지 자기가 무슨 제갈량이라도 되는 양 두들겨맞은 두 사람이 힘을 합쳐 이광두에게 대항해야 한다고 중얼거리며 오른쪽 놈을 유비라고 치자면서 그를 가리켜 소리쳤다.

"오나라와 합세해서 위나라에 대항해! 빨리 오나라와 연합해서 위나라에 대항하라고!"

하지만 두 사람은 이광두에게 두들겨 맞아 정신이 없고 방향 분간도 하지 못했고, 하늘과 땅이 빙빙 돌고 있다고 느낄 뿐 사람들의 외침은 애초에 귀에 들어올 틈이 없었으며, 오로지 이광두의 고함소리만 귀에 쏙쏙 들어왔다. 이광두는 그들을 두들기면서도 마치 경찰인 양 그들을 심문했다.

"말해, 빨리 말해, 임홍이 누구 여자친구냐?"

그러자 둘 다 숨이 곧 넘어갈 듯 간신히 대답했다.

"당신, 당신……."

우리 류진의 구경꾼들은 크게 실망한 나머지 고개를 내저으며 한탄했다.

"진정코 아두(유비의 아들. 위험에 빠진 아두를 조자룡이 홀로 구해내는 장면에 비유한 말―옮긴이)를 구할 수 없구나. 둘 다 아두일세."

이광두가 두 사람을 팽개친 뒤 살기등등한 눈으로 둘러싼 군중을 노려보니 방금 제갈량을 자처하던 몇몇은 목을 잽싸게 움츠리고 뒤로 물러서면서 감히 입을 열지 못했고, 이광두는 오른손을 들어 류진의 군중을 가리키며 경고했다.

"앞으로 누구든지 임홍이 자기 여자친구라고 말하는 자가 있으면 이 몸이 영원토록 다시는 일어나지 못하게 만들어주겠소!"

이광두가 말을 마치고 성큼성큼 걸어가는데, 사람들의 귀에 그의 의기양양한 말소리가 들려왔다.

"모 주석님의 말씀이 확실히 맞단 말이야. 권력은 총 끝에서 나오는 거라고."

이광두가 개수작을 부리던 두 놈을 뼈가 남아나지 않도록 두들겨 주고 나자 둘은 감히 더 이상 임홍을 쫓아다니지 못했고, 망신살이 충분히 뻗쳤으므로 길거리에서 임홍과 마주치면 고개를 숙인 채 창피한 듯 총총히 사라져갔다. 그 모습을 본 임홍은 어처구니없다는 듯 코웃음을 쳤고, 도적떼 두목 같은 이광두가 좋은 일 하나 했다고 생각했다.

임홍이 아무리 둘러봐도 류진의 미혼 남자들은 하나같이 잡초들 같았고, 하늘에 닿을 듯한 큰 나무는 한 그루도 없었으니, 자신이 찾는 남자는 진정 어디에도 없나 싶어 참담했다. 그때 한 사람이 비로소 선명하게 눈에 들어오기 시작했다. 임홍은 새하얀 피부에 잘생긴 얼굴, 안경을 낀 사람에게 관심이 갔다. 비록 큰 나무는 아니었고 임홍의 눈에는 그저 작은 나무에 불과했지만, 잡초들에 비하면 훨씬 나았다. 잡초는 그저 땅 위를 덮을 뿐이지만, 나무이기만 하면 열심히 자라 하늘에 닿을 수도 있으니 말이다. 그 사람은 바로 송강이었다.

6

송강은 당시로서는 꽤 괜찮은 외양의 청년이었다. 손에는 항상 책이나 잡지를 들고 다녔고, 고상하면서도 소탈했으며, 한마디로 괜찮은 스타일인 데다 여자가 자신을 바라보면 얼굴이 붉어지고는 했다. 이광두가 죽어라고 임홍을 따라다닐 때 송강은 늘 이광두 옆에 있었고, 그렇게 늘 이광두와 함께이다 보니 자연스럽게 임홍의 눈에 비치는 노출 빈도가 우리 류진의 다른 어떤 젊은이들보다 높을 수밖에 없었다. 이광두는 비지땀을 흘리며 임홍을 쫓아다니면서도 임홍의 눈에 어느새 아무 말도 없던 송강이 들어서 있다는 사실을 몰랐다.

이광두가 길거리에서 바보 같은 임홍의 보디가드 노릇을 하면서 임홍을 쳐다보는 남자들의 눈길을 매섭게 차단하고 있을 때 송강은 고개를 숙인 채 말없이 이광두의 옆을 따라 걷기만 했고, 임홍도 이제는 이광두의 껄떡거림에 익숙해져서 태연했다. 임홍은 보고도 못 본 척 아무 표정도 없이 그저 걷기만 했다. 그러다가 길모퉁이를 돌면서 임홍이 그 틈을 타 송강을 볼 때 두 사람의 눈 네 개가 몇 차례 마주쳤고, 송강은 당황하여 눈길을 피했지만, 그럴 때면 임홍의 입가에는 자기도 모르게 어렴풋한 미소가 살짝 걸리고는 했다. 그리고 이광두가 화를 돋우는 말을 할 때마다 그녀는 자신도 모르게 몰래 송강을 보았는데, 그때마다 송강의 눈길은 늘 우울했다. 그리하여 임홍은 송강이 자신을 안타깝게 여긴다는 것을 알게 되었고, 갑자기 행복해졌다. 이광두가 거의 매일 임홍을 괴롭힐 때마다 임홍은 송강을 볼 수 있었고, 그때마다 때로는 우울하고 때로는 당황하는 송강의 눈길을 확인하며 마음속에는 기쁨이 가득했다. 임홍은 이광두의 껄떡거림 덕에 매일 송강을 볼 수 있으니 더 이상 이광두를 혐오하지도 않게 되었고, 밤이 되어 잠이 들 때면 고개를 숙인 송강의 모습이 임홍의 꿈결을 소리 없이 스치고 지나갔다.

임홍은 언제든 자신을 찾아와 구애하려는 사람들처럼 훤칠한 송강의 모습이 집 앞에 나타나 안으로 들어와주기를 바랐다. 송강은 분명히 자신을 찾아와 사랑을 구걸하는 낯 두꺼운 자들과는 다르게 행동할 거라고 생각했다. 송강은 수줍은 듯 문 앞에서 한참을 서 있다가 들어와서도 떠듬떠듬 겨우 입을 열 것 같았다. 부끄러움에 얼굴이 붉어지는 송강을 떠올리며 임홍은 자신이 그런 스타일의 남자를 좋아하는 것 같다고 느끼면서 자신도 모르게 뜨겁게 달아오른 자신의 얼굴을 어루만졌다.

그러던 어느 날 저녁 무렵, 송강이 진짜로 왔다. 그는 임홍의 집 앞에서 우물쭈물 망설이고 서 있다가 떨리는 목소리로 임홍의 어머니에게 물었다.

"아주머니, 임홍 집에 있나요?"

그때 임홍은 자기 방에 있었고, 그의 어머니가 늘 이광두와 같이 있던 젊은 청년이 왔다고 일러주자 임홍은 화들짝 놀라 나가려다 말고 다시 들어와 어머니에게 조용히 속삭였다.

"들어오라고 하세요."

임홍의 모친은 회심의 미소를 지으며 나가서 친절하게 임홍은 자기 방에 있으니 들어오란다고 전해주었다. 송강은 이광두가 시켜서 억지로 온 것뿐이라 전전긍긍 임홍의 방으로 향했다. 이광두는 5개월 동안의 사전난타 전술이 아무런 성과가 없자 다섯 번째 전술도 전혀 쓸모가 없다고 여기고 이제는 심입적후 전술을 써야 하는데, 자신은 벌써 임홍의 집에서 소똥, 두꺼비라고 욕을 먹었으니 자신이 가는 것보다는 송강에게 중매를 서도록 하는 게 낫다고 판단한 것이다. 물론 송강은 죽어도 오기 싫었지만 이광두가 벼락같이 화를 내자 올 수밖에 없었다.

송강이 임홍의 방에 들어서자 임홍은 송강을 등진 채 붉은 노을이 물든 창가에 서서 긴 머리카락을 곱게 땋고 있었다. 하늘에서 쏟아지는 빛살을 받으며, 고운 자태로 서 있는 그녀의 뒷모습은 은은하게 빛났다. 저녁 바람이 불어오자 그녀의 흰색 치마가 가볍게 춤을 추었고, 신비한 한 줄기 향기가 송강을 엄습하여 전율케 했다. 그녀의 머리카락 절반은 오른쪽 어깨 위에, 나머지 절반은 세 줄기로 땋아 왼쪽 어깨 위로 넘겨진 채 그녀의 손 안에서 미세하게 움직이고 있었다. 그 순간 송강은 임홍이 천상의 선녀라는 생각을 했다. 그때의 노을은 붉은색 운무와 같았고, 그녀의 새하얀 목덜미가 언뜻언뜻 송강의 눈에 들어오자 송강은 이광두의 부하인 발정 난 바보처럼 정신이 아득해질 수밖에 없었다.

임홍은 등 뒤에서 들려오는 송강의 거친 호흡소리를 들으면서도 차분하게 자신의 머리카락을 땋았다. 왼쪽 머리카락을 다 땋은 다음 살짝 흔든 후 오른손을 천천히 들어올려 오른쪽 어깨 위에 얹혀 있던 머리카락을 날리듯 넘겨 가슴께로 반듯하게 늘어뜨리더니 나머지 머리카락을 땋았다. 그 순간 임홍의 새하얀 목덜미가 송강의 눈에 온전히 들어왔고, 송강은 무엇인가에 막힌 듯 숨을 쉴 수가 없었다. 임홍은 살짝 미소 지으며 여전히 송강을 등진 채 말을 건넸다.

"말 좀 해봐요."

화들짝 놀란 송강은 그제서야 자신의 사명이 생각난 듯 우물우물 입을 열었다.

"저는 이광두가 보내서 온……."

송강은 긴장한 나머지 할 말을 잊었고, 임홍은 이광두가 보내서 온 거라는 송강의 말을 듣는 순간 가슴이 철렁 내려앉아 입술을 꼭 깨문 채 잠시 주저하더니 이내 분명한 어조로 말했다.

"이광두를 위해서 온 거라면 어서 나가요. 본인을 위해 온 거라면 앉고요."

말을 마친 임홍의 얼굴이 달아올랐다. 등 뒤에서 들려오는 의자 끄는 소리에 송강이 앉나 보다 생각했으나 곧이어 송강의 비틀거리는 걸음소리가 들려왔다. 송강은 앞의 이야기는 분명히 이해했지만 뒤의 말은 무슨 소리인지 이해하지 못했고, 임홍이 몸을 돌렸을 때 송강은 방을 이미 나선 뒤였다.

이날 저녁 무렵 송강이 나간 후 임홍은 분을 이기지 못해 눈물을 흘렸고, 이를 악문 채 앞으로 다시는 이 바보에게 어떤 기회도 주지 않으리라 맹세했다. 하지만 날이 어두워지고 나자 침대에 누운 임홍의 마음은 또다시 누그러졌다. 후안무치한 구애자들을 떠올려본 후 다시 송강의 말과 행동거지를 곱씹어보면 확실히 송강은 의지할 만한 남자였고, 다른 모든 구애자들보다 잘생기고 매력 있었다.

임홍은 송강이 자신에게 구애하기를 바랐지만 몇 개월이 지나도 깜깜 무소식이니 그럴수록 송강이 더 좋아졌고, 거의 매일 밤 고개 숙인 송강의 모습과 우울한 눈빛, 가끔씩 보았던 그의 미소를 떠올리며 그를 그리워했다.

시간이 흐를수록 임홍은 송강이 자기 앞에 나타나기만을 기다려서는 안 되고, 좀더 적극적이어야 한다는 데 생각이 미쳤지만, 송강과 마주칠 때마다 그 옆에는 항상 그 도적떼 우두머리 같은 이광두가 버티고 서 있었다. 송강과 단둘이 마주쳤을 때도 송강은 두 번 다 지긋한 눈길로 바라보는 임홍의 시선을 피해 고개를 숙인 채 황급히, 마치 탈주범처럼 허둥지둥 자리를 피해버렸기 때문에 비통한 임홍은 이를 악물며 송강을 원망했고, 이를 악물며 사랑했다. 그리하여 세 번째로 송강과 다리에서 마주쳤을 때, 임홍은 앞으로 이런 기회가 그다지 많지 않겠다 싶어 발길을 멈추고 발갛게 물든 얼굴로 그를 불렀다.

"송강."

황망히 발길을 옮기려던 송강은 임홍의 목소리를 듣고 벌벌 떨다가 몸을 돌려 다리 위에 혹여 또 다른 송강이 있나 확인하려는 듯 앞뒤, 좌우를 살폈다. 그때 다리 위에는 다른 사람들도 있었는데 그들 역시 임홍이 송강의 이름을 부르는 소리를 똑똑히 들었고, 그들의 눈길은 전부 임홍에게 향했다. 비록 얼굴은 발갛게 달아올랐지만, 임홍은 다른 사람들의 시선을 감내하며 송강에게 말했다.

"이리 와봐요."

마치 무슨 잘못이라도 저지른 아이처럼 송강이 걸어오자 임홍은 일부러 큰 소리로 이렇게 외쳤다.

"성이 이가인 그치한테 다시는 귀찮게 하지 말라고 전하세요."

송강은 이 말을 듣고 고개를 끄덕이며 발걸음을 옮기려 했는데, 그 순간 임홍의 낮은 목소리가 들려왔다.

"가지 말아요."

송강은 자신이 뭔가 잘못 들은 줄 알고 어찌할 바를 모른 채 임홍을 바라보았고, 그때 잠깐 동안 아무도 없었던 다리 위에서 이제껏 전혀 본 적이 없었던 부드러운 표정의 임홍이 차분한 목소리로 물었다.

"날 좋아하나요?"

송강은 놀라 얼굴색까지 하얗게 질려버렸고, 임홍은 부끄러운 듯 말을 덧붙였다.

"난 당신을 좋아해요."

송강은 눈이 휘둥그레지고 입은 떡 벌어진 채로 어찌할 바를 몰랐고, 임홍은 사람들이 다가오자 작은 소리로 마지막 한마디를 덧붙였다.

"내일 밤 여덟 시에 극장 뒤 숲에서 날 기다려요."

송강은 이번에는 완전히 제대로 들었고, 하루 종일 얼이 쏙 빠진 채로 지냈다. 그는 공장 작업장 구석에서 이리저리 생각해봤다. 다리 위에서 벌어진 일이 정말일까? 송강은 당시 상황을 한 번 또 한 번 돌이켜보고 얼굴이 달아올랐다가 창백해졌고, 깊은 고민에 잠겼다가 이내 또 바보처럼 실실 웃었다. 송강의 동료들이 쑥덕거렸지만 송강은 전혀 의식하지 못했고, 그들이 큰 소리로 그의 이름을 불렀을 때야 꿈에서 깨어난 듯 눈을 동그랗게 뜬 채 그들을 바라보았다. 송강의 표정을 보고 동료들은 낄낄거리면서 물었다.

"송강, 무슨 단꿈을 꾸셨는가?"

고개를 든 송강은 "응" 하고 한마디 대답한 후 또 고개를 숙인 채 공상에 다시 빠져들자 동료 하나가 농을 걸었다.

"송강, 가서 오줌 눠야지!"

송강은 또다시 "응" 하더니 진짜로 일어나 밖으로 나가 변소로 향했다. 동료들은 배를 잡고 웃음을 터뜨렸고, 송강은 작업장 입구에서 뭔가 생각난 듯 걸음을 멈추더니, 다시 작업장 구석으로 돌아와 앉았다. 그에게 동료들은 웃다가 기침까지 해대며 물었다.

"왜 그냥 와?"

송강은 잠시 무슨 생각을 하는 듯하더니 대답했다.

"오줌이 안 마려워서."

저녁 무렵이 되자 다리 위에서 있었던 일이 실감이 났고 송강은 발갛게 달아오른 임홍의 얼굴과 떨리던 목소리 그리고 흔들리던 눈빛을 떠올렸다. 무엇보다 임홍이 나지막한 목소리로 "당신을 좋아해요."라고 한 말을 떠올리자 가슴은 제멋대로 쿵쾅거렸고, 눈은 반짝반짝 빛이 났으며, 흥분한 나머지 얼굴의 홍조는 밀물과 썰물이 교차하는 듯 달아올랐다 가라앉았다 했다.

그때 송강은 벌써 집에 도착해서 저녁을 먹은 뒤였다. 식탁 앞에 앉아 있던 이광두는 의심 가득한 눈길로 뭔가 잘못 먹었는지 바보같이 실실 웃는 송강을 바라보며 조용히 이름을 불렀다.

"송강, 송강……."

송강이 아무런 반응을 보이지 않자 이광두는 식탁을 힘껏 내려치며 소리를 질렀다.

"송강, 너 왜 그래?"

그제야 제정신이 돌아왔는지 평소처럼 이광두에게 반문했다.

"뭐라고 했어?"

이광두는 송강을 뚫어져라 쳐다보며 말했다.

"너 왜 꼭 내 똘마니, 발정 난 바보처럼 웃는 거야?"

송강은 의혹이 가득한 이광두의 얼굴을 보자 갑자기 불안해지기 시작했고, 이광두의 눈길을 피하면서 잠시 주저하다가 고개를 들고 우물우물 물었다.

"만약 임홍이 다른 사람을 좋아한다면 어떡할래?"

이광두가 서슴없이 대답했다.

"도륙을 내버리지."

송강은 움찔했으나 계속 질문을 던졌다.

"그 남자? 아님 임홍?"

이광두가 손을 한 번 휘젓고 나서 입을 쓰윽 훔치더니 말을 이었다.

"임홍을 도륙내긴 아깝잖아. 남겨서 내 마누라 삼아야지."

송강은 혼란스러웠고, 떠보듯 질문을 이어갔다.

"만약에 임홍이 나를 좋아한다면 어떡할래?"

이광두가 너털웃음을 짓더니 두 손으로 힘껏 식탁을 내려치면서 단호한 목소리로 대답했다.

"그럴 리가."

이광두의 자신에 찬 모습을 보며 송강은 가슴이 내려앉았고, 서로 목숨을 의지하는 형제에게 더 이상 숨길 수는 없다고 생각했다. 그는 깊이 심호흡을 한 뒤 멀고 먼 기억을 끄집어내듯 어렵사리 낮에 다리 위에서 임홍과 마주쳤던 이야기를 숨김없이 전했다. 송강이 이야기를 시작하자 이광두의 두 눈은 점점 더 커지고 동그래졌고, 식탁을 두드리던 두 손은 점차 차분해졌다. 어렵게 이야기를 마친 송강은 길게 한숨을 내쉬며 불안한 눈빛으로 이광두를 바라보았다. 송강은 이광두의 포효가 터져 나올 것 같았다. 아니 포효가 아니더라도 틀림없이 노발대발하리라 생각했다.

그런데 뜻밖에도 이광두는 조용히 자신을 바라보고 있었고, 동그랬던 두 눈이 몇 차례 깜박이더니 또 가늘어졌고, 그러더니 또 의심 가득한 눈길로 송강을 보며 물었다.

"임홍이 너한테 뭐라고 했는데?"

송강은 떠듬거리며 대답했다.

"나를 좋아한대."

이광두는 자리에서 일어나면서 말했다.

"그럴 리가. 임홍이 너를 좋아할 리가 없어."

송강은 얼굴이 붉어지면서 말을 받았다.

"왜 좋아할 리가 없어?"

이광두는 엉덩이 한쪽을 식탁 위에 올려놓고 송강을 내려다보며 훈계하듯 말했다.

"생각해보라고. 이 류진의 얼마나 많은 사람들이 임홍을 쫓아다녔냐고……. 그 사람들 조건이 다 너보다 좋아요. 그런데 임홍이 너를 왜 좋아하겠냐고? 너는 아버지도 없고 엄마도 없는 고안데……."

"너도 고아잖아……."

"나도 고아지."

이광두가 고개를 끄덕이며 대답했고, 곧바로 가슴을 두들기며 말을 이었다.

"하지만 나는 공장장이잖아."

"임홍은 그런 걸 신경 쓰지 않을 거야."

이광두는 고개를 흔들며 말했다.

"어떻게 신경을 안 써? 임홍은 하늘의 선녀고, 너는 지상의 가난뱅인데……. 너희는 안 되지."

송강은 순간 아름다운 전설을 생각해냈다.

"천상의 칠 선녀가 지상의 가난뱅이 동영을 좋아하잖아……."

"그건 전설이고 가짜지. 진짜 있었던 얘기가 아니잖아."

순간 이광두는 뭔가를 발견한 듯 송강을 유심히 바라보더니 송강의 코끝을 가리키며 물었다.

"너 임홍을 좋아하는 거야?"

송강의 얼굴이 다시 붉어졌고 이광두는 탁자에서 벌떡 일어나더니 송강 앞에 버티고 서서 선언했다.

"분명히 말하는데, 너 임홍 좋아하지 마라."

송강은 기분이 상한 듯 대꾸했다.

"왜 나는 임홍을 좋아하면 안 되는데?"

이광두는 다시 두 눈이 동그래지면서 소리쳤다.

"이런 젠장, 임홍은 내 거야. 어떻게 네가 임홍을 좋아할 수가 있어? 우리 둘은 형젠데, 다른 사람들이야 임홍을 놓고 나랑 싸울 수 있지만 너는 나랑 싸우면 안 되지."

송강은 무슨 말을 해야 할지 몰라 난감해하며 이광두를 바라보았고, 이광두는 감정이 북받친 듯 말을 이어갔다.

"송강, 우리는 서로 목숨을 의지하는 형제잖아. 내가 임홍을 좋아하는 걸 분명히 알면서 왜 그녀를 좋아하려는 거야? 이건 패륜이야!"

송강은 고개를 떨어뜨리며 더 이상 아무 말도 하지 못했다. 이광두는 송강이 자신에게 미안해한다고 생각하고 그의 어깨를 두드려주며 위로했다.

"송강, 난 너를 믿어. 너는 절대 나한테 미안할 일을 안 할 거야."

그러더니 짐짓 여유를 부리며 송강을 보고 혼잣말을 되뇌었다.

"임홍이 왜 다른 사람한테 그 말을 안 했을까? 왜 하필이면 너한테 말했지? 나 들으라고 한 말 아닐까?"

이날 밤 송강은 잠을 설쳤다. 좋은 꿈을 꾸는지 낄낄거리며 고는 이광두의 달콤한 코골이를 들으며 침대에 누운 송강은 몸을 뒤척였다. 임홍의 아름다운 모습과 자태가 어둠 속에서 모습을 드러냈다 사라지면 송강의 마음은 하릴없이 이끌렸고, 이광두를 잠시 잊은 채 진짜 행복을 맛볼 수 있었다. 어둠 속을 날아오른 그의 상상 속에서 그와 임홍이 마치 한 쌍의 연인처럼 류진의 대로를 스스럼없이 걸었고, 두 사람은 한 집에서 부부처럼 서로 사랑하고 있었다. 하지만 상상 속의 행복은 순식간에 사라지고 지난 일들이 벌떼처럼 밀려왔다. 아버지 송범평이 터미널 앞에서 비참하게 죽는 모습과 자기와 이광두가 엉엉 울던 모습, 할아버지가 수레를 끌고 와서 돌아가신 아버지를 싣고 집으로 가던 모습, 일가친척들이 시골 흙길에서 방성통곡하던 모습, 길가 나무에서 참새들이 놀라 허둥대며 날아오르던 모습, 이광두와 서로 의지하며 돌아가신 엄마 이란을 시골로 모시고 가는 모습들이 떠올랐다. 마지막으로는 죽기 전의 이란이 자신의 손을 잡고 이광두를 잘 보살펴달라고 부탁하는 모습이 떠올랐다. 송강의 눈에서 눈물이 흘러내려 베개를 적셨다. 그 순간 그는 죽을 때까지 이광두에게 미안할 일은 하지 않겠다고 비통한 마음으로 결심했다. 그는 아침 해가 밝아오자 겨우 잠이 들 수 있었다.

다음 날 송강은 금속공장을 몰래 일찍 빠져나와 빠른 걸음으로 직물공장 문 앞에서 임홍이 퇴근해서 나오기를 기다렸다. 송강은 오늘 밤 여덟 시에 극장 뒤쪽 숲으로 갈 수 없을 것 같다는 이야기를 전할 참이었고, 이 한마디면 자신의 결심을 분명히 알릴 수 있을 것이라 생각했다.

송강은 이광두의 애정 특파원인 다섯 꼬마들이 임홍에게 "성교"라는 말을 외쳤던 나무 아래에 서서 직물공장의 퇴근 종소리가 울리기를 기다리는데 갑자기 말할 수 없는 고통이 밀려왔다. 마치 사망 직전에 다다른 것 같은, 일생 중 가장 하고 싶지 않은 말을 해야 하는 순간이었지만, 그 말을 하고 나면 스스로를 구할 수 있을 것 같았다.

임홍은 평상시와 같이 많은 동료 여공들과 함께 걸어 나왔다. 임홍은 저녁 여덟 시에 만나기로 해놓고 오후에 미리 나타나 나무에 몸을 숨긴 채 서 있는 송강을 보고 속으로 '바보'라고 투덜댔다. 임홍 주변의 여공들은 송강을 보고 희한한 소리로 재잘거렸고, 송강이 이광두의 형제라는 사실을 알기 때문에 이번에는 이광두가 또 어떤 색다른 술책을 펼치려나 궁금해하며 입을 가리고 웃다가 소곤거렸다. 임홍은 다른 여공들과 함께인 탓에 송강의 옆을 지나치면서도 눈길을 주지 않고 곁눈으로만 커다란 나무 옆에 키 작은 나무처럼 꼼짝도 않고 서 있는 그의 모습을 훑으며 속으로 또 한 번 투덜댔다.

'이런 바보.'

송강은 그 자리에 선 채 임홍이 지나칠 때 바보처럼 "저……."라는 한마디조차 내뱉지 못했고, 임홍이 멀리 사라진 후, 다른 여공들도 모두 멀리 떠나간 후에야 임홍이 자신을 보고도 못 본 척했다는 사실을 깨달았다. 송강은 그때 별안간 이광두가 임홍이 절대 자신을 좋아할 리가 없다고 한 말이 사실이었다고, 방금 임홍이 지나칠 때 보인 냉랭한 표정이 그 증거라고 생각했다. 그렇게 생각하니 송강은 갑자기 홀가분해졌고, 나무 곁을 떠나 큰길을 따라 돌아올 때 몸이 제비처럼 가벼워지는 것 같았다. 어제 일은 한 편의 달콤한 꿈에 불과했다고 생각하며 꿈에서 깨어난 듯 송강은 입을 비튼 채 웃었고, 꿈속의 장면을 다시 음미하며 꿈이 현실보다 훨씬 낫다고 생각했다. 비록 상상 속에서의 행복이었지만 얼마나 편안했는가 말이다.

밤이 되어서도 송강은 여전히 편안하고 즐거웠다. 콧노래를 흥얼거리며 풍로에 밥을 해서 이광두에게 차려주고, 콧노래를 흥얼거리며 이광두와 함께 밥을 먹었다. 이광두는 의심스런 눈길로 여덟 시가 다 되었는데도 전혀 나갈 생각을 하지 않는 송강을 바라보았다. 이광두가 도리어 극장 뒤쪽의 숲을 떠올렸고, 식탁에 앉은 채 창밖의 달빛을 보며 손가락으로 탁자를 두들기면서 묘한 어조로 송강에게 말을 걸었다.

"왜 안 나가?"

송강은 무슨 말을 하는지 알아차리고 고개를 가로저으며 부끄러운 듯 입을 열었다.

"네 말이 맞아. 임홍이 나를 좋아할 리가 없지."

이광두는 송강이 왜 이런 말을 하는지 알 수 없었고, 송강은 직물공장 앞에서 벌어진 일을 이광두에게 전해주었다. 임홍이 자신을 보고도 마치 모르는 사람처럼 대했다고 말이다. 이광두는 그 말을 듣고 잠시 생각하는 듯 고개를 끄덕이다 탁자를 냅다 후려치면서 소리쳤다.

"그래야 맞는 거지."

송강은 깜짝 놀랐고, 이광두는 벌떡 일어나며 말했다.

"임홍의 그 말은 분명 나 들으라고 하는 말이었다고."

이광두는 그렇게 확신하며 집을 나서 극장 뒤쪽의 숲을 향해 성큼성큼 발걸음을 옮겼고, 이내 달려서 극장을 지날 무렵 갑자기 자신의 신분이 공장장이라는 사실이 떠올라 세상물정 모르는 덜렁이처럼 뛸 수는 없다고 생각하고는 즉시 차분하게 걸었다. 숲이 가까워오자 연인과의 약속 장소로 향하는 신분인 양 살금살금 걸어 달빛이 흔들리는 숲으로 다가섰다.

임홍은 이미 그곳에 도착해 있었다. 송강이 먼저 와 있을 줄 알고 일부러 15분 정도 늦게 도착했지만 숲에는 아무도 없었다. 막 화가 나려고 할 때 뒤에서 도둑놈처럼 살금살금 걷는 소리가 들려왔고, 교양 있고 차분한 성격의 송강이 뜻밖에도 저렇게 걷다니, 생각하며 임홍의 입가에는 가느다란 미소가 걸렸는데 그 순간 이광두의 상스런 웃음소리가 들려왔다.

"하하하……."

깜짝 놀란 임홍이 뒤돌아보니 과연 그는 송강이 아니라 이광두였고, 달빛 속에서 웃음꽃이 활짝 핀 얼굴로 뻔뻔스럽게 말을 걸어왔다.

"여기서 나를 기다리는 줄 알고 왔지. 당신이 송강에게 한 말이 나

들으라고 한 말이라는 걸 다 알고⋯⋯."

임홍은 얼이 빠진 채로 이광두를 바라보느라 잠시 동안 아무런 반응조차 보이지 못했다. 이광두는 부드러운 목소리로 핀잔을 주었다.

"임홍, 당신이 나를 좋아하고 있다는 걸 다 안다고. 직접 말하지 그랬어⋯⋯."

이광두는 그렇게 말하며 임홍의 손을 잡으려 들었고, 임홍은 놀라 기겁을 하며 소리를 지르기 시작했다.

"저리 가, 저리 가란 말야⋯⋯."

임홍은 소리를 지르며 숲 바깥으로 뛰기 시작했고, 이광두는 임홍의 이름을 부르며 그 뒤를 바짝 쫓아갔다. 임홍은 숲을 벗어나자 발을 멈추고 몸을 돌려 이광두를 가리키며 말했다.

"멈춰."

이광두는 발을 멈춘 채 기분이 상한 듯 따져 물었다.

"임홍, 이게 무슨 짓이야? 세상 어디에 이런 연애가 있나⋯⋯?"

"누가 너랑 연애를 해?"

임홍은 기가 차서 몸을 부들부들 떨며 말했다.

"이 두꺼비야."

임홍은 그렇게 한마디를 남기고 재빨리 걸음을 옮겼고, 이광두는 두꺼비라고 욕을 내뱉고 그 자리에 서서 멀어지는 임홍의 뒷모습을 씩씩거리며 바라보다 시야에서 그녀가 완전히 사라지고 나서야 발을 뗐다. 그러면서 임홍의 부모가 그에게 두꺼비, 소똥이라고 욕한 것이 생각나 화가 머리끝까지 치밀어올라 입에서 욕이 튀어나왔다.

"네 아빠가 두꺼비고, 네 엄마가 소똥이다. 젠장⋯⋯."

이광두는 마치 싸움에서 진 수탉 꼴로 집으로 돌아왔고, 분을 삭이지 못해 눈을 부라린 채로 탁자 앞에 앉아 탁자를 후려치다가 낙담한 듯 이마에 흐르는 땀을 훔쳤다. 송강은 책을 든 채 침대에 걸터앉아 불안한 눈길로 이광두를 바라보았고, 이광두의 모습에 어떤 일이 벌어졌는지 짐작하고 조심스럽게 입을 열었다.

"임홍은 숲에 나왔어?"

"나왔어. 젠장, 나더러 두꺼비라고 욕을 하더라고."

이광두는 화를 내며 대답했다.

송강은 정신이 나간 듯한 표정으로 이광두를 바라보았고, 머릿속에서는 임홍이 다리 위에서 했던 한마디 한마디와 임홍의 방에서 머리카락을 땋으면서 자신에게 했던 말들이 선명하게 떠올랐다. 물이 낮아지면 바위가 드러나듯 송강은 임홍이 자신을 좋아한다는 확신을 갖게 되었다. 이때부터 이광두는 황홀함에 휩싸인 송강을 유심히 바라보다가 마치 신대륙을 발견한 듯한 표정으로 송강에게 말을 건넸다.

"젠장할, 아무래도 임홍이 진짜로 너를 좋아하는 걸 수도 있겠다."

송강은 고통스러운 듯 고개를 가로저었고, 이광두는 의심 가득한 눈길로 송강을 바라보며 슬쩍 떠보았다.

"너도 임홍 좋아하는 거 아냐?"

송강은 고개를 끄덕였고, 이광두는 탁자를 내리치며 사납게 소리쳤다.

"송강, 임홍은 내 건데, 네가 그녀를 좋아하면 안 되지…… 이런 젠장, 네가 그녀를 좋아하면 우리는 형제가 아니라 원수 사이가 되는 거야. 계급의 적이 되는 거라고……"

송강은 고개를 숙인 채 이광두의 고함을 듣고 있었고, 이광두가 생각나는 대로 험한 말을 쏟아붓고 나자 송강은 슬픈 듯한 표정으로 고개를 들고 웃었다.

"안심해, 내가 임홍이랑 잘될 일은 없을 테니까. 난 형제인 너를 잃고 싶지 않거든……."

"정말?"

이광두는 또 금방 헤헤 웃기 시작했다. 송강은 진지한 표정으로 고개를 끄덕이고 나서 눈물을 흘리더니 닦고 나서 손으로 침대를 가리키며 말했다.

"기억나니? 엄마가 돌아가시기 전에 엄마가 나한테 업어달라고 해서 집으로 왔을 때 엄마가 이 침대에 누워서……."

"기억나."

이광두가 고개를 끄덕이며 대답했다.

"그러고 나서 네가 만두 사러 나갔잖아. 기억나?"

이광두가 다시 고개를 끄덕이자 송강이 말을 이어갔다.

"네가 나간 다음에 엄마가 내 손을 잡고 앞으로 널 잘 돌봐주라고 하셨거든. 난 엄마를 안심시키려고 옷이 한 벌밖에 없으면 너 입히고, 밥이 한 공기밖에 안 남았으면 네게 먹이겠다고 했어."

말을 마친 송강은 눈물이 그렁그렁한 채로 웃었고, 이광두 또한 눈물이 가득한 눈길로 물었다.

"너 정말 그렇게 말했어?"

송강은 고개를 끄덕였고, 이광두는 눈물을 훔치며 말했다.

"송강, 넌 정말이지 진짜 내 형제야."

7

이광두는 계속해서 사전난타 구애 전술을 관철시키려고 애썼고, 더이상 송강을 대동하지 않았다. 이광두는 송강에게 임홍과 마주치면 마음이 혼란스러울 테니 임홍을 보면 피하라고, 문둥병 환자를 본 것처럼 멀리 피하라고 일러주었다. 그리고 이광두는 송강을 본보기로 삼기로 했다. 이광두는 임홍이 송강을 좋아하는 이유를 꼽아보고 그의 온화하고 교양 있고, 상소리는 절대 입에 담지 않고, 항상 손에는 책을 들고 다녔고, 늘 공부하고 좀 더 나아지려는 태도 때문이라고 생각했다. 그때부터 이광두는 환골탈태하여 연인 겸 경호원으로 임홍의 곁을 걸을 때는 항상 손에 책을 들었고, 류진의 남자들과 마주칠 때 다시는 상소리를 내뱉지 않았으며, 마치 표를 긁어모으려는 정치가들처럼 얼굴에는 친절한 미소를 띤 채 아는 사람과 만나면 인사도 하고 심지어 악수까지 하면서도 나머지 한 손에 든 책에서 눈을 떼지 않은 채 읽으며 길을 걸어갔다. 우리 류진 사람들은 이광두의 이런 모습을 보고 해가 서쪽에서 뜬 모양이라고 입을 모았다. 그들은 책장을 뒤적이고 경을 외듯 중얼거리면서 임홍의 곁을 걷는 이광두를 보며 입을 가린 채 웃으면서도 임홍 옆에 발정 난 도적놈은 사라지고 웬 발정 난 중놈 하나가 나타났다고 수군거렸다. 이광두가 책을 싫증 내지 않고 열심히 읽는 모습에 사람들이 흥미를 보이자 그는 큰 소리로 화답했다.

"독서는 참 좋은 겁니다. 하루라도 책을 읽지 않으면 한 달 동안 똥을 안 싼 것보다 훨씬 더 견디기 힘들거든요."

이광두는 임홍이 들으라고 한 말이었지만, 말을 뱉고 나자마자 또 다시 추한 말을 입에 담았다는 생각에 후회가 밀려왔다. 집에 돌아온 후 송강의 가르침을 받고 표현을 바꿨다.

"독서는 참 좋은 겁니다. 한 달 동안 밥을 먹지 않을 수는 있지만 하루라도 책을 읽지 않을 수는 없어요."

하지만 류진 사람들은 이 말에 결코 동의하지 않았다. 책은 하루 안 읽어도 생명에 지장이 없지만, 한 달 동안 밥을 안 먹으면 분명 목숨을 잃을 게 분명하다고 했다. 이 말을 들은 이광두는 대단히 불쾌하다는 듯 사람들을 향해 손사래를 쳤고, 속으로 죽음을 두려워하는 족속들이라고 생각하며 죽음이 두렵지 않다는 듯 말했다.

"한 달 동안 밥을 굶으면 단지 굶어죽는 것에 불과하지만, 책을 하루라도 읽지 않으면 살아도 죽는 것만 못하죠."

임홍은 아무 표정 없이 걸으면서 이광두와 류진 사람들이 주거니 받거니 하는 말과 사람들의 웃음소리, 이광두의 넉살에도 아무런 동요를 보이지 않았다.

순식간에 유가의 제자로 돌변한 이광두가 서생 티를 내며 명언을 줄줄 읊어댔지만 가끔 상소리가 튀어나오는 것은 어쩔 수 없었다. 그럴 때면 임홍은 속으로 이런 생각을 하고는 했다.

'개가 똥 먹는 버릇을 어떻게 고쳐.'

임홍은 이광두의 본색을 잘 알고 있는지라 해가 서쪽에서 떴는지 안 떴는지 도무지 차이를 느낄 수 없었고, 손오공이 제아무리 일흔두 번을 변한다 해도 결국은 한 마리 원숭이에 지나지 않는 것처럼 이광두가 설령 손오공 같은 재주가 있어 이렇게 저렇게 변해봐야 두꺼비에 소똥 얹은 이광두에 불과하다고 생각했다.

그날 밤 송강이 숲으로 나오지 않고 껄껄 웃으며 이광두가 나타난 뒤 임홍은 집으로 가는 길에 분에 겨워 이를 악물며 마음속에서 송강을 지워버렸다. 며칠 후 길거리에서 멀리 송강이 보이자 냉소를 지으며 진짜 천하의 바보라고 생각하면서 저 바보에게 다시는 기회를 주지 않겠다고 생각했다. 임홍은 고개를 빳빳이 쳐들고 걸으며 송강을 보고도 못 본 척하리라 다짐했지만, 송강이 멀리서 자신을 보고 미리 발걸음을 돌려 피할 줄은 전혀 생각지 못했다. 그 뒤로 송강은 임홍을 보기만 하면 신속히 몸을 숨겼고, 이광두의 요구대로 마치 문둥병 환자를 만난 것처럼 줄행랑을 놓았으니 매번 멀리서 자신을 피하는 송강을 보면서 임홍은 마음속 오기도 사라져 오히려 섭섭한 마음만 남았고, 사라지는 송강의 그림자를 보면 상실감만 밀려왔다.

송강은 임홍의 마음속에 또 한 번 찾아들었고, 게다가 더욱 깊이 뿌리내렸다. 임홍은 자신의 마음이 희한하게 변하는 것을 느꼈다. 송강이 자신을 피하면 피할수록 그가 더 좋아졌다. 그리하여 달빛이 고이 비추거나 궂은비가 내리는 밤이면 임홍은 잠들기 전 자신도 모르게 송강의 준수한 모습과 그 미소, 고개를 떨어뜨린 채 깊은 생각에 잠긴 모습, 그리고 자신을 바라볼 때의 그 우수에 잠긴 눈빛을 떠올렸고, 송강에 관한 그 모든 것들로 임홍은 달콤함에 젖어들었다. 그렇게 또 세월이 지나자 임홍은 잠들기 전 송강을 떠올리며 그리워했고, 그가 이미 그녀의 연인인 듯, 그것도 멀리 타향에 있는 연인인 듯 그리움의 정은 그렇게 유유히 이어져갔다.

임홍은 송강도 속으로는 자신을 좋아한다고, 자신을 피하는 것은 순전히 이광두 때문이라고 믿어 의심치 않았다. 이광두를 떠올리기만 해도 임홍의 얼굴은 분에 겨워 새하얗게 질렸고, 이광두의 극악무도한 기세 때문에 류진의 젊은 남자들이 임홍을 쫓아다니지 못했으니 임홍의 눈에 류진 남자들은 하나같이 못난이 밥통들로 보였다. 송강만이 예외였다. 임홍은 송강이 주동적으로 자신을 쫓아다니는 모습을 여러 번 떠올려보았지만 실제 송강은 매번 수줍어하면서 그녀의 집을 찾아왔고, 부끄러운 듯 두서없는 말만 어렵게 내뱉을 뿐이었다. 임홍의 생각에 그게 바로 송강이었다. 그는 도대체 뭘 어떻게 할 줄 모르는 사람이었다. 상상이 끝나면 그녀는 고개를 가로저으며 긴 한숨을 쏟아냈고, 송강이 주동적으로 그녀의 집 앞에 나타나지 않으리라는 점을 알기 때문에 자신이 다시 한 번 주동적으로 움직여야 한다고 생각하기에 이르렀다. 그녀는 송강에게 모두 합쳐 여든석 자, 열세 개의 문장부호들로 이루어진 쪽지 한 장을 썼다. 그중에 쉰한 자는 이광두에게 퍼붓는 욕이었고, 나머지 서른두 자는 송강에게 저녁 여덟 시에 나오라는 말이었다. 이번에는 약속 장소를 숲이 아니라 예전 문화대혁명 때 송범평이 붉은 깃발을 흔들었던 그 다리 밑으로 정했다. 임홍은 쪽지를 나비 모양으로 잘 접은 다음 예쁜 손수건으로 싼 뒤 길가에서 송강의 퇴근을 기다렸다. 임홍은 쪽지 마지막에 약속 장소에 나올 때 손수건은 돌려달라는 한마디를 덧붙였는데 이 말이 있어야 송강이 어쩔 수 없이 나오리라 믿었다.

그때는 가을이 깊어갈 무렵이었다. 하늘에 가랑비가 흩뿌리는 가운데 임홍은 우산을 든 채 오동나무 아래 서 있었고, 나뭇잎에서 떨어지는 빗방울이 우산을 때려 똑똑 소리를 냈다. 임홍의 눈은 희뿌연 거리를 바라보고 있었고, 우산 몇몇이 오갔고, 우산 없는 몇몇 젊은이들은 종횡무진 뛰어다녔다. 곧이어 임홍의 눈에 길 맞은편에서 달려오는 송강이 들어왔다. 송강은 윗옷을 입지 않고 손에 든 채였다. 송강은 두 손으로 윗옷을 펼쳐든 채로 내리는 비를 피했고, 그가 달려올 때 그의 옷이 깃발처럼 나부꼈다. 임홍은 재빨리 길 건너편으로 가서 우산으로 송강을 막아섰고, 송강은 급제동을 건 차처럼 미끄러져 하마터면 임홍의 우산에 부딪힐 뻔했다. 임홍은 우산을 젖히고 놀란 표정의 송강을 보았으며, 손수건을 건네준 뒤 바로 몸을 돌려 그 자리를 떠났다. 임홍이 10여 미터를 걸은 뒤 뒤돌아보자 그곳에는 놀라 두 눈이 휘둥그레진 송강이 두 손으로 손수건을 받쳐든 채 도대체 무슨 일이 벌어졌는지 알 수 없다는 표정으로 서 있었다. 송강의 윗옷은 땅바닥에 떨어졌고, 몇몇 발걸음이 옷을 밟고 지나갔고, 임홍은 다시 고개를 돌려 우산을 받쳐든 채 미소 지으며 걸어갔다. 그 뒤로 무슨 일이 벌어졌는지는 그녀도 알 수 없었다.

굳은비가 내리는 이날, 송강은 얼이 빠져 도대체 어떻게 집에 갔는지조차 알 수 없었다. 그는 벌렁거리는 심장을 어쩌지 못한 채 손수건을 펼쳤고, 안에 나비모양으로 접힌 쪽지를 발견하고는 떨리는 두 손으로 펼쳐보려 했지만 대단히 복잡하게 접혀 있어서 송강은 내내 자신이 잘못 펴는 게 아닌가 싶었다. 그렇게 오랜 시간을 애쓴 끝에 쪽지를 펼치고 나서 가쁜 숨을 몰아쉬며 임홍이 쓴 여든세 자를 읽고 또 읽었고, 이웃들이 퇴근해서 돌아오는 발걸음 소리를 이광두인 줄 알고 놀라 몇 번이고 잽싸게 쪽지를 주머니에 감추고는 했다. 그러다가 옆집 문이 열리는 소리가 나면 한숨을 쉬고 다시 쪽지를 꺼내 벌벌 떨며 읽었다. 그러고 나서 고개를 든 후 감격하면서도 불안해하며 창을 따라 삐딱하게 흐르는 빗물을 바라보았다. 마음속에서 이미 꺼뜨렸던 사랑의 불길이 이 쪽지로 다시 활활 불타올랐다.

송강은 임홍이 몹시 보고 싶었지만, 몇 번이고 문 앞까지 가서 문을 열고 나니 이광두가 생각나 두 발이 문지방을 넘지 못한 채 멍한 눈길로 부슬부슬 내리는 비를 바라보다 문을 닫고는 했다. 결국에는 임홍이 쪽지에 적은 마지막 한마디, 손수건을 돌려달라는 그 한마디에서 송강은 스스로를 설득하는 구실을 찾아 결연히 집을 나섰다.

평소 그 시간이라면 이미 이광두가 퇴근해서 집에 도착하고도 남았지만, 마침 일이 남아 공장에 있었기 때문에 송강에게는 좋은 기회였다. 송강은 임홍의 쪽지를 읽는 내내 이광두가 올까 봐 겁이 났고, 집을 나선 이후로는 한걸음에 그 다리 밑으로 달음질쳤다. 만약 중간에 이광두와 마주쳐 그가 자신을 불러세운다면, 자신은 다리 밑으로 갈 엄두조차 낼 수 없으리라는 걸 알기 때문이었다. 송강이 강변 계단을 내려섰고, 다리 밑에 도착했을 때가 어스름한 저녁 여섯 시였으니 임홍이 오려면 아직 두 시간이나 더 있어야 했다.

송강은 덜덜 떨며 그 자리에 서 있었고, 머리 위의 다리에서는 마치 자신의 집 천장 위에서 많은 사람들이 걸어다니는 것 같은 발걸음 소리가 났다. 점점 어두워지는 강물에 빗방울이 떨어지며 일으키는 파문을 바라보니 마치 강물도 떨고 있는 것처럼 보였다. 다리 아래 서 있는 송강의 마음은 잠시 흥분했다가, 잠시 실망했다가, 그리고 앞으로 벌어질 일에 대한 기대로 충만했다가 곧바로 절망이 밀려오는 등 만감이 교차했다. 그렇게 한 시간여 동안 초조와 불안에 휩싸여 있다가 날이 완전히 어두워지고 나서야 차츰 마음이 차분해졌다. 임종하기 전 이란의 애잔한 눈빛이 떠올라, 송강은 또 한 번 행복을 거절할 셈이었다. 그는 이광두 몰래 미안한 일을 하지 않겠다고 맹세했고, 자신이 이곳에 서 있는 것은 임홍과의 약속 때문이 아니고, 단지 손수건을 돌려주기 위해서임을 되새겼다. 그리하여 임홍의 손수건을 캄캄한 눈앞에 들어올려 마치 이별을 고하듯 한 번 보고 단호히 주머니에 넣은 뒤 길고 긴 한숨을 내쉬자 마음이 한결 가벼워졌다.

임홍은 여덟 시 반에 나타났다. 우산을 받쳐든 채 계단을 내려오다 다리 아래를 한 번 쳐다보니 키 큰 그림자가 아무 소리 없이 서 있는 걸 보고 임홍은 땅딸막한 이광두가 아니라 틀림없이 송강이라 확신했다. 그녀는 빙긋 미소 지으며 안심하면서 다가갔다.

다리 아래로 들어선 임홍은 송강 옆에서 우산을 접어 몇 차례 턴 뒤 고개를 들어 송강을 바라보았지만, 어두워서 그의 안색을 살필 수가 없었고, 잔뜩 긴장한 듯 불안한 그의 거친 숨소리만 들렸다. 그때 송강이 오른손을 들어올리는 것 같았고, 그녀가 고개를 숙이며 유심히 살펴본 뒤 손수건임을 확인하자 순간 가슴이 덜컹 내려앉았다. 그녀는 손수건을 받지 않았다. 만약 손수건을 받으면 그것으로 이번 약속은 끝나버리고 말 것임을 알기 때문이었다. 그녀는 고개를 돌린 채 강물 위에서 반짝반짝 은은하게 빛나는 가로등 불빛을 바라보았다. 그녀는 점점 더 거칠어지는 송강의 숨소리를 듣고 몰래 웃음 지으며 입을 열었다.

"얘기 좀 해보세요. 숨소리 들으러 온 거 아니에요."

송강은 오른손을 두 번 떨었고, 떨리는 목소리로 말했다.

"여기 손수건요."

임홍은 화가 났다.

"손수건 돌려주러 왔어요?"

송강은 고개를 끄덕이며 여전히 떨리는 목소리로 대답했다.

"네."

임홍은 고개를 가로저으며 어둠 속에서 애써 웃은 후 고개를 들어 송강을 보며 상심한 목소리로 물었다.

"송강, 당신 나 좋아하지 않나요?"

송강은 어둠 속에서도 감히 임홍을 똑바로 대하지 못했고, 얼굴을 돌린 채 처량한 목소리로 대답했다.

"이광두는 내 형제……"

"이광두 얘긴 꺼내지도 말아요."

임홍은 송강의 말을 중간에서 자른 뒤 단호하게 말했다.

"설사 내가 당신과 잘 안 되더라도 이광두랑 잘될 리는 없어요."

송강은 그 말을 듣고 도대체 어떤 말을 해야 할지 몰라 그만 고개를 떨어뜨렸다. 임홍은 송강이 상황을 제대로 이해하지 못하는 것 같아 가슴이 아팠다. 그녀는 입술을 깨문 채 차분하게 말을 이었다.

"송강, 이번이 마지막이에요. 잘 생각해보세요. 앞으로 다시는 이런 기회가 없을 거예요……"

임홍의 음성에는 슬픔이 배어 있었다.

"이 시간이 지나면 내가 다른 사람의 여자친구가 될 거라고요."

말을 마친 임홍은 어둠 속에서 뭔가 기대하는 듯한 눈길로 송강을 바라보았지만, 송강이 낮은 목소리로 하는 말이라곤 여전히 그 한마디였다.

"이광두는 내 형제……"

임홍의 상심은 극에 달했다. 그녀는 고개를 돌린 채 송강이 오른손으로 여전히 손수건을 들고 있다는 것을 느끼며 강물 위의 불빛을 다시 바라보았다. 그녀는 아무 말이 없었고, 송강 또한 침묵했다. 그렇게 잠시 시간이 흐른 후 임홍이 슬픔에 잠긴 목소리로 물었다.

"송강, 수영할 줄 알아요?"

송강은 무슨 영문인지 모르겠다는 듯 고개를 끄덕이며 대답했다.

"할 줄 압니다."

"나는 할 줄 몰라요."

임홍은 혼잣말을 하듯 내뱉고 나더니 고개를 돌려 송강을 보며 물었다.

"내가 강물 속으로 뛰어들면 죽겠지요?"

송강은 임홍이 왜 이런 말을 하는지 알 수 없어 그저 아무 말 없이 임홍을 바라보고만 있었다. 임홍은 어둠 속에서 손을 뻗어 송강의 얼굴을 쓰다듬었고, 송강은 마치 감전이라도 된 듯 몸을 파르르 떨었다. 그리고 임홍은 강물을 가리키며 다짐이라도 받듯 물었다.

"마지막으로 물을게요. 나를 좋아하나요?"

송강은 입을 벌려 뭔가 말하려 했지만 아무 소리도 나지 않았다. 임홍의 손은 여전히 강물을 가리키고 있었다.

"만약 당신이 나를 좋아하지 않는다고 말하면 바로 강으로 뛰어들 거예요."

임홍의 말에 송강은 놀라 그대로 굳어버렸고, 임홍은 낮은 목소리로 절규했다.

"말해요!"

송강은 애원했다.

"이광두는 내 형제예요."

임홍은 절망했다. 송강의 입에서 여전히 그 말이 나올 줄은 생각지 못했기 때문이다. 그녀는 이를 악문 채 읊조렸다.

"원망스럽군요!"

말을 마친 임홍은 곧바로 강물 속으로 뛰어들었고, 그 순간 강물 위의 빛이 산산조각 났다. 송강은 어두운 강물 속으로 들어가는 임홍의 몸을 보았고, 물보라가 튀어올라 우박처럼 자신의 얼굴에 쏟아졌다. 강물 속에서 임홍의 몸이 사라지는가 싶더니 이내 허우적대며 수면 위로 떠올랐다. 그때 송강이 뛰어들었고, 뼛속까지 스며드는 얼음같이 차가운 강물 속에서 자신의 몸이 발버둥치며 물 위로 떠오르는 임홍의 몸을 눌러내리는 것을 느꼈다. 임홍의 두 손이 송강의 옷가슴을 꼭 쥐었다. 송강은 두 발로 선헤엄을 치며 두 손으로는 있는 힘껏 임홍을 수면 위로 들어올렸다. 임홍의 입에서 강물이 뿜어져 나와 송강의 얼굴에 쏟아졌고, 송강은 임홍을 안은 채 강변 쪽으로 나왔는데 그때 자신의 목을 꼭 끌어안고 있는 임홍의 두 손이 느껴졌다.

송강은 임홍을 계단 위로 안아 올린 후 계단참에 꿇어앉아 조용히 임홍의 이름을 불렀고, 임홍이 눈을 뜨는 순간 자신이 임홍을 안고 있다는 사실을 깨닫고 놀라 재빨리 손을 풀며 일어서버렸다. 임홍은 계단에 비스듬히 누운 채 기침을 하며 강물을 토해냈고, 기침을 멈춘 후 몸을 잔뜩 웅크린 채로 앉아 고개를 숙이고 양 무릎을 꼭 껴안았다. 푹 젖은 임홍은 찬바람에 온몸을 벌벌 떨면서, 송강이 어서 다가와 방금 강물 속에서 자신을 꼭 껴안았던 것처럼 꼭 안아주기를 바랐다. 하지만 똑같이 젖은 송강은 그저 제자리에 서 있을 줄만 알았고, 자기도 따라 덜덜 떨 줄만 알았다. 상심한 임홍은 자리에서 일어나 천천히 계단을 오르며 비틀거렸지만, 송강은 쫓아가서 부축할 줄도 몰랐다. 임홍은 두 손으로 몸을 감싼 채 부들부들 떨며 걸었다. 뒤에서 송강이 따라오는 것을 느꼈지만 돌아보지 않았고, 큰길에 이르러서는 더 이상 송강의 발걸음 소리가 들리지 않았지만, 여전히 뒤돌아보지 않았다. 그렇게 그녀는 가랑비 내리는 거리를 눈물을 흘리며 걸어갔다.

송강은 큰길이 나타나자 걸음을 멈추었고 가슴에는 칼로 후비는 듯

한 고통이 몰려오는 것을 느끼며, 임홍이 고개를 떨어뜨리고 두 손으로 자신의 어깨를 감싸 안은 채 젖은 거리를 걸어가는 모습을 보았다. 가로등 불빛에 반사된 가랑비가 마치 눈송이처럼 휘날렸고, 텅 빈 거리는 깊은 잠에 빠진 듯 고요했다. 송강은 멀리 사라지는 임홍을 보며 왼손을 들어 흐르는 눈물을 빗물과 함께 닦아낸 후 반대 방향으로 발걸음을 옮겼다.

이광두는 이미 이불 속에 들어가 있었는데, 송강이 문을 여는 소리를 듣고는 전등을 켜고 머리를 이불 밖으로 내밀면서 소리를 질렀다.

"어딜 갔던 거야? 내가 기다리고 또 기다리고……."

이광두는 이불로 몸을 휘감은 채 앉으면서 흠뻑 젖은 송강이 걸상에 앉는 모습을 보면서도 정신이 반쯤 나간 기색을 전혀 감지하지 못한 채 소리를 질러댔다.

"너는 저녁밥도 안 해놓고, 이 이 공장장님이 하루 종일 고생하시다가 돌아왔는데 먹을 게 하나도 없고 말이야. 남은 밥도 없고, 남은 반찬도 없고, 난 기다리다 기다리다 나가서 만두 사 먹었단 말이야."

이광두는 그렇게 소리를 지른 뒤 송강에게 물었다.

"저녁은 먹었어?"

송강은 멍한 눈길로 이광두를 마치 모르는 사람 보듯 바라보았고, 화가 난 이광두는 고함을 질렀다.

"이런 젠장, 밥 먹었냐니까?"

송강은 움찔했고, 그제야 이광두의 말을 분명히 알아듣고는 고개를 가로저으며 낮은 목소리로 대답했다.

"안 먹었어."

"안 먹었을 줄 알았지."

이광두는 득의양양한 표정으로 이불 속에서 그릇을 하나 꺼냈는데, 그 안에는 만두 두 개가 들어 있었다. 그는 그릇을 송강에게 건네주며 말했다.

"빨리 먹어. 아직 따뜻해."

송강은 길게 한숨을 내쉬며 손을 뻗어 그릇을 받아 탁자에 내려놓은 뒤 여전히 멍한 눈길로 이광두를 바라보았고, 이광두는 탁자 위의 만두를 가리키며 다시 소리 질렀다.

"먹으라니까!"

송강은 또 한 번 긴 한숨을 내뱉은 뒤 고개를 저으며 입을 열었다.

"안 먹고 싶어."

"그거 고기만두란 말이야!"

이광두가 소리쳤다.

송강이 앉아 있는 걸상 아래로 물이 잔뜩 고여 사방팔방으로 흘러갔고, 몇몇 줄기는 벌써 침대 아래까지 흘러들었지만, 송강의 옷에서는 여전히 물방울이 떨어지고 있었다. 그제야 이광두는 송강이 비에 젖은 것이 아니라는 걸 깨달았다. 마치 방금 강에 빠졌다가 나온 몰골인 걸 알아차리고, 놀란 목소리로 물었다.

"왜 물에 빠진 개꼴이냐?"

곧이어 이광두의 눈에 송강의 오른손에 들린 손수건이 들어왔는데, 그 손수건에서도 여전히 물이 떨어지고 있었다. 이광두는 손수건을 가리키며 물었다.

"그건 뭐야?"

송강이 고개를 숙이니 오른손에 쥐어져 있는 손수건이 눈에 들어와, 스스로도 깜짝 놀라고 말았다. 손수건을 쥔 채 강물 속으로 뛰어

들어 임홍을 구해낸 것이 기억났지만 아직까지 손에 쥐고 있을 줄은 몰랐던 것이다. 이광두는 이불 속에서 기어나와 뭔가 생각이 난 듯 의심스러운 눈길로 송강을 보며 물었다.

"누구 손수건이야?"

송강은 손수건을 탁자 위에 내려놓은 뒤 얼굴에 흐르는 물을 닦으며 어두운 기색으로 입을 열었다.

"임홍 만나러 갔었어."

"이런 젠장."

이광두는 욕을 내뱉은 뒤 송강이 연이어 세 번의 재채기를 하는 걸 보고는 더 이상 욕을 하지 않고 송강에게 빨리 옷을 벗고 이불 속으로 들어가라고 하고는 자신도 재채기를 한 번 하자 잽싸게 이불 속으로 들어갔다. 송강은 고개를 끄덕이며 걸상에서 일어나 젖은 윗옷과 바지를 벗은 후 이불 속으로 들어가다가 무슨 생각이 났는지 다시 기어나와 주머니 속에서 임홍의 쪽지를 꺼냈지만, 그 쪽지는 더 이상 쪽지가 아닌 종이 뭉텅이였다. 송강은 종이 뭉텅이가 된 쪽지를 이광두에게 건네주었고 이광두는 의혹이 가득한 눈길로 쪽지를 받아든 뒤 물었다.

"이건 뭔데?"

송강이 기침을 하며 대답했다.

"임홍이 준 편지."

이광두는 임홍의 편지라는 말에 몸의 절반을 이불 밖으로 꺼내 조심스럽게 종이 뭉텅이를 펼쳤지만, 글자가 번져 희미한 것이 마치 수묵화 같았다. 이광두는 침대에서 뛰어내려 탁자 위로 올라가 쪽지를 펼쳐 전구 앞에 대서 전구의 열기로 종이를 말려보았지만 뭐라고 쓴 것인지 여전히 알아볼 수 없어서 그냥 송강에게 물어볼 수밖에 없었다.

"임홍이 뭐라고 썼는데?"

이미 이불 속으로 들어간 송강은 눈을 감으며 말했다.

"불 꺼."

이광두는 곧바로 불을 끈 후 자기 이불 속으로 들어갔다. 형제는 각자의 침대에 누웠고, 송강은 기침과 재채기를 해대며 그날 일어난 일을 이광두에게 전부 전해주었다. 이광두는 한마디 대꾸도 없이 송강의 말이 끝나기를 기다렸다가 차분한 목소리로 송강을 불렀다.

"송강."

"응."

"너, 임홍을 집까지 데려다줬어?"

이광두는 조심스럽게 물어보았다.

"아니."

송강은 감기가 걸린 듯 가라앉은 목소리로 대답했다.

이광두는 어둠 속에서 소리 없이 웃으며 다시 한 번 차분한 음성으로 "송강"하고 불렀고, 송강은 또 "응"이라고 짧게 대답했으며, 이광두는 친근하게 말했다.

"넌 정말이지 진짜 내 형제야."

송강이 아무런 반응을 보이지 않자 이광두는 계속해서 몇 번 "송강" 하고 불렀고, 송강은 간신히 한 번 대답했다. 이광두는 송강과 계속 이야기를 하고 싶었지만 송강은 피곤한 목소리로 대꾸했다.

"나 잘래."

송강은 기침을 해대며 비 내리는 밤을 지샜다. 때로는 잠이 든 것도 같고, 때로는 깬 것 같았다. 잠이 들었을 때는 몽롱해서 마치 물속에서 떴다 가라앉았다를 반복하는 것 같았고, 깨어 있을 때는 가슴에 커다란 돌덩어리가 얹혀 있는 듯 숨을 쉴 수가 없었다. 그러다가 새벽의 햇빛이 창문을 통해 비춰 눈을 떴을 때야 자신이 잠이 들었다 깼다는 사실을 알았다. 눈앞에는 비 개인 맑은 아침이 펼쳐졌고, 처마에서는 여전히 물방울이 떨어졌으며, 유리창의 물방울들은 여전히 빛을 발했으며, 햇빛은 집 안 전체를 환하게 비추었다. 참새들이 집 밖 나무에서 짹짹거렸고, 이웃들은 밝은 목소리로 이야기를 나누었으며, 송강은 길고 긴 탄식을 내쉬었다. 힘겹고도 답답했던 밤을 보내고 난 뒤 아름다운 아침을 맞이하니, 송강의 마음은 한결 편안했다. 송강은 침대에서 일어나 앉은 뒤 여전히 깊은 잠에 빠져 있는 이광두를 보며 여느 때와 같이 크게 소리쳤다.

"이광두, 이광두, 일어나야지!"

이광두의 머리가 이불 속에서 쑥 튀어나오자 송강은 피식 웃었다. 이광두는 송강이 왜 혼자 웃는지 영문을 몰라 눈을 비비며 일어나는데, 송강은 방금 이광두의 머리가 이불 속에서 나오는 게 꼭 자라 대가리 같았다고 설명해주면서 흉내를 내기 시작했다. 이불을 뒤집어쓰고 몸을 쪼그린 채 이광두에게 웽웽거리는 소리로 "자라 같지 않아?" 하고 물어보면서 머리를 갑자기 쑥 내놓더니 목을 쭉 뻗고 그대로 있었다. 이광두는 눈을 비비면서 헤헤 웃기 시작했다.

"닮았다. 진짜 자라 같아."

그러고 나서 이광두는 갑자기 어젯밤 벌어진 일이 생각나서 놀란 눈빛으로 송강을 보았고, 송강은 마치 아무 일도 없었다는 듯 침대에서 뛰어내려 장롱에서 깨끗한 옷을 꺼내 입고 칫솔에 치약을 바른 후 세숫대야와 컵을 들고 수건을 어깨에 걸친 채 문을 열고 우물가로 세수하러 나갔다. 이광두는 송강이 우물가에서 이웃들과 이야기를 나누다가 간간이 웃기도 하는 걸 듣고 의심스럽다는 듯 머리를 긁적이다가 급기야 입에서는 욕이 튀어나왔다.

"이런 젠장."

송강은 이날 하루를 차분히 보냈다. 가끔 어젯밤 다리 아래 강에서 벌어진 일이 생각났고, 비에 젖은 거리를 걷는 흠뻑 젖은 임홍을 생각하며 황홀함에 빠져들기도 했지만, 그럴 때면 곧바로 정신을 차려 생각을 멈춰버렸다. 격렬했던 밤이 지나고 나자 송강은 오히려 진정한 평정을 되찾았다. 어젯밤 있었던 임홍과의 영원한 이별과도 같은 기억은 이야기의 결말이었다. 송강이 숨을 쉴 수도 없었던 이야기는 끝이 났고, 이제 새로운 이야기가 시작되어야 할 때가 되었다. 비 온 뒤 푸른 하늘처럼 송강의 마음도 드디어 맑게 개기 시작했다.

이날 퇴근 후 이광두는 아주 붉고 큰 사과 몇 개를 사들고 집으로 왔다. 송강은 이미 저녁을 다 준비한 뒤였고, 이광두는 음침한 미소를 띤 채 사과를 탁자에 내려놓고 밥을 먹으면서도 계속 음침한 미소를 송강에게 날렸다. 음침한 미소를 보고 송강은 이광두가 또 무슨 못된 생각을 하고 있나 싶어 마음이 편치 않았다. 저녁을 먹고 나자 이광두가 입을 열었다. 직물공장에 정찰을 나갔더니 임홍이 출근을 하지 않았고, 열이 나서 하루 종일 누워 있다는 걸 알아냈다면서 손가락으로 탁자를 두들기면서 말했다.

"어서 임홍 집으로 가."

송강은 깜짝 놀라 의혹이 가득한 눈길로 득의양양한 표정을 짓고 있는 이광두를 바라보다가 또 탁자 위의 사과들을 바라보며, 자기더러 사과를 들고 임홍에게 문병을 가라는 줄 알고 고개를 절레절레 흔들며 대답했다.

"안 가. 사과까지 가지고 갈 수는 없어."

"누가 너더러 사과를 가져가래? 사과는 내가 가지고 갈 거야."

이광두는 탁자를 내려치며 벌떡 일어나 잘 말려 접어놓은 손수건을 송강에게 건네주며 말을 덧붙였다.

"이걸 가져가서 돌려줘."

송강은 여전히 의심 가득한 눈길로 이광두를 바라보았고, 도대체 무슨 꿍꿍이인지 알 수가 없었다. 이광두는 신이 나서 송강에게 자신의 계획을 설명하기 시작했다. 먼저 송강이 손수건을 들고 임홍의 집으로 들어가고 자신은 사과를 든 채 밖에서 기다리고 있으면, 송강은 아무 말 없이 임홍의 침대 앞에 서 있다 정신이 멍한 임홍이 눈을 뜨면 곧바로 아주 차가운 목소리로 "이젠 단념해야죠."라고 말한 다음 손수건을 침대에 던지고 1초도 지체하지 말고 바로 돌아서서 나오라고 했다. 송강이 나오면 바로 이광두가 사과를 들고 들어가 절망에 빠진 임홍에게 마음의 위안을 전한다는 것이었다. 이광두는 자신의 계획을 설명한 뒤 입가의 침을 닦으면서 자신만만하게 말했다.

"이렇게 해야 임홍이 너를 완전히 포기하고 나한테로 마음이 움직이게 된다 이 말씀이지."

송강은 이광두의 계획을 듣고 고개를 떨어뜨렸고, 이광두는 자신의 빛나는 묘책에 흠뻑 취해 흥분한 목소리로 물었다.

"확실한 필살기 아니야?"

한마디 말도 없이 고개를 숙인 송강을 보고 이광두는 손을 휘저으며 말했다.

"됐어. 이제 갈 때가 됐다."

송강은 난감한 듯 고개를 가로저으며 가고 싶지 않다고 했다.

"도저히 그 말은 할 수가 없다."

이광두는 기분이 상한 듯 왼손을 펼치더니 오른손으로 손가락을 하나씩 접어가며 설명을 늘어놓기 시작했다.

"자, 봐봐. 니가 나한테 가르쳐준 다섯 개 전술, 뭐 무슨 방고측격, 무슨 놈의 단도직입, 뭔 놈의 병림성하, 뭔 심입적후, 사전난타, 도대체 쓸모 있는 게 하나도 없었잖아. 필살기가 없어요. 너, 하나도 쓸데없는 이 엉터리 참모야, 그래서 내가 스스로 진정한 필살기를 생각해냈다 이거야……"

여기까지 말하고 나서 자신을 향해 엄지손가락을 펼쳐 보이고는 다시 엄지손가락으로 문 쪽을 가리켰다.

"빨리 가자."

송강은 여전히 고개를 절레절레 흔들며 입술을 꼭 깨물며 말했다.

"그 말은 진짜 못하겠어."

"젠장!"

이광두는 욕을 한 뒤 갑자기 친근한 음성으로 "송강" 하고 불렀다.

"우리는 형제잖아. 이번 한 번만 도와주라. 하늘에 대고 맹세할게. 이번이 마지막이야. 앞으로 절대 도와달라는 말 안 할게."

이광두는 이렇게 말하면서 송강을 의자에서 끌어내서 문밖으로 떠밀며 손수건을 송강의 손에 쥐어주고 자신은 사과를 들었다. 이렇게 형제는 임홍의 집을 향해 걸어가기 시작했다. 황혼이 내려앉은 시각, 전날 비로 여전히 축축한 기운이 남아 있는 거리를, 이광두는 오른손에 사과를 든 채 혈기왕성한 기세로 걸었고, 송강은 왼손에 손수건을 쥔 채 의기소침한 기색으로 이광두를 따라갔다. 이광두는 가는 길에 송강의 기운을 북돋는답시고 같잖은 말들을 주저리주저리 읊어대며 공수표까지 날려댔다. 이광두는 만약 자신과 임홍이 잘되면 가장 먼저 송강에게 임홍보다 더 예쁜 여자친구를 소개해주겠다고 맹세한 것이다. 류진에 없으면 다른 진에 가서 찾아보고, 거기에도 없으면 도시로 가서 찾아보고, 도시에도 없으면 성으로 가고, 성에서도 찾지 못하면 전 중국을 돌아다녀서 찾아보고, 그래도 못 찾으면 전 세계를 누비며 찾아보겠다는 것이다. 이광두는 헤헤 웃으며 말을 이어갔다.

"어쩌면 너한테 금발에 푸른 눈의 서양 여자를 소개해줄지도 몰라. 서양식 아파트에 살게 해주고, 서양 침대에서 자고, 서양 여자 허리를 껴안고, 서양 여자한테 뽀뽀하고, 중국과 서양 혼혈인 일남일녀 쌍둥이를 낳게 해줄 거야……"

이광두가 신바람이 나서 송강의 서양식 미래에 대해 설레발을 치는 가운데 송강은 고개를 떨어뜨린 채 우리 류진의 촌구석을 걷고 있었다. 송강의 귀에 이광두의 말은 한마디도 들어오지 않았다. 그저 기계적으로 이광두의 뒤를 쫓아 앞으로 걸었고, 이광두가 발길을 멈추고 행인들과 이야기를 하면 송강도 걸음을 멈추고 고개를 들어 멍한 표정으로 지는 석양을 바라보다 이야기를 끝낸 이광두가 걸음을 옮기면 또 고개를 숙인 채 따라 걸었다. 우리 류진의 사람들은 사과를 든 이광두를 보고 큰 소리로 묻고는 했다.

"친구 집에 가나?"

"어디 친구다 뿐이겠습니까?"

이광두는 득의양양하게 대답했다.

임홍의 집 마당 앞에 도착하자 이광두는 걸음을 멈추고 송강의 어깨를 두드리며 말했다.

"너만 믿는다! 나는 여기서 네 승리 소식 기다릴 테니까."

말을 마친 이광두는 의미심장한 한마디를 덧붙였는데, 그야말로 쐐기를 박는 한 방이었다.

"우린 형제라는 거, 기억해."

송강은 석양에 발갛게 물든 이광두의 웃는 얼굴을 보고는 고개를 절레절레 흔들면서 쓴웃음을 짓고 몸을 돌려 임홍의 집 마당으로 들어갔다. 송강의 갑작스런 출현에 저녁을 먹고 있던 임홍의 부모는 깜짝 놀랐는데, 그들은 어젯밤 있었던 일을 알고 있는 듯했다. 송강은 자신이 해야 할 두 마디 말을 떠올리려 했지만 머릿속이 텅 비어 아무 말도 할 수가 없었다. 송강은 아무 말도 못한 채 두 다리도 꼼짝 못하고 있었다. 진퇴양난의 순간에 임홍의 모친이 일어나며 먼저 말을 걸었다.

"들어와요."

송강의 두 다리가 결국 움직여 집 안으로 들어섰지만, 다음에는 어떻게 해야 할지 알 수가 없어 그냥 멍청히 서 있었다. 임홍의 모친은 살며시 미소 지으며 임홍의 방을 열어보더니 송강에게 조용히 말을 건넸다.

"자는 모양이네요."

송강은 멍청히 고개를 끄덕이며 저녁노을이 붉게 물든 방 안으로 들어섰다. 임홍은 작은 고양이처럼 조용히 자고 있었고, 그는 불안한 듯 두 걸음을 옮겨 임홍의 침대 앞으로 다가섰다. 불룩 튀어나온 이불이 임홍의 부드러운 몸을 드러냈고, 임홍의 머리카락이 아름다운 얼굴을 가리고 있어 송강은 피가 솟구치고 심장이 점점 더 빨라지는 것 같았다. 침대로 뭔가 다가오는 움직임이 느껴졌는지 임홍이 살며시 눈을 떴고, 깜짝 놀랐다가 송강이 침대 앞에 서 있는 걸 확인하고는 놀람과 기쁨의 웃음을 지었다. 그녀는 눈을 감고 입을 다문 채 잠시 웃다가 다시 눈을 뜨며 오른손을 들어올렸고, 그 손은 송강을 향했다.

바로 그때 송강은 자신이 뭘 해야 하는지 생각났고, 깊이 숨을 들이마신 후 더듬더듬 말했다.

"이제 단념해야죠."

임홍은 마치 이불 속에서 튀어나올 듯 움찔했고, 커다랗게 뜬 눈으로 송강을 바라보았다. 그 순간 송강은 그녀의 눈 속에서 공포를 보았고, 뒤이어 고통스럽게 닫히며 눈가에 눈물이 흘러내리는 것을 보았다. 송강은 온몸을 부들부들 떨며 손수건을 살며시 임홍의 이불 위에 내려놓은 뒤 몸을 돌려 목숨을 건지려 도망치듯 임홍의 방을 뛰쳐나왔고, 대문을 향할 때 임홍의 부모가 무슨 말을 하는 듯해 잠시 멈칫했다가 곧바로 문을 뛰쳐나왔다.

밖에서 기다리던 이광두는 얼굴이 새하얗게 질린 송강이 마치 사지에서 살아나온 사람처럼 뛰어나오는 걸 보고 웃으며 그를 맞이했다.

"해냈어?"

송강은 고통스러운 듯 고개를 끄덕였고, 눈물을 왈칵 쏟아냈다. 그러고는 다시는 돌아보지 않을 것처럼 서둘러 자리를 떠버렸다. 이광두는 송강의 뒷모습을 보며 혼잣말을 했다.

"왜 울어?"

이광두는 마치 머리칼을 정리하듯 자신의 빡빡머리를 쓰다듬은 뒤 손에 든 사과를 몇 차례 들어올렸다 내리길 반복해본 후 무슨 커다란 공이라도 세운 양 성큼성큼 들어갔다.

임홍의 부모가 아직까지 무슨 일이 벌어진 것인지 몰라 어리둥절하

고 있을 때 이광두가 들어섰고, 이광두는 허허 웃으며 "어르신" 하고
부른 뒤 역시 허허 웃으며 임홍의 방으로 들어갔다. 임홍의 방에 들어
간 후 허허 웃으며 뒤돌아보면서 문을 닫았고, 문을 닫을 때 심지어
임홍의 부모를 향해 눈을 깜빡이기까지 해서 무슨 일인지 종잡을 수
가 없는 임홍의 부모는 그 자리에 선 채로 서로의 얼굴만 바라보았다.
이광두는 임홍의 침대 앞으로 가더니 허허 웃으며 말을 걸었다.

"임홍, 아프다는 말을 듣고 내가 사과를 사왔어요."

그때 임홍은 조금 전 받은 충격에서 헤어나지 못한 상태여서 아무
말 없이 이광두를 의혹의 눈길로 바라보고 있었다. 이광두는 임홍이
자신에게 꺼지라고 소리치지 않자 은근히 기분이 좋아져서 임홍의 침
대에 걸터앉아 사과를 하나씩 꺼내 베갯머리에 놓고는 허풍을 떨기
시작했다.

"이게 우리 류진 유사 이래 제일 크고 잘 익은 사괍니다. 과일가게
세 군데를 돌아다닌 끝에 골랐어요."

임홍은 여전히 말없이 이광두를 쳐다보았고, 이광두는 일이 잘된다
싶어 부드럽게 임홍의 손을 잡아 어루만지면서 자기 얼굴로 갖다대려
고 했다. 바로 그때 임홍이 갑자기 제정신이 들었는지 자신의 손을 획
잡아 빼면서 머리카락이 쭈뼛 서게 만드는 괴성을 질러댔다.

임홍의 부모는 딸의 고함소리를 듣고 문을 밀치며 들어섰고, 임홍
은 침대 구석에 웅크린 채로 손으로 이광두를 가리키며 필사적으로
소리를 치기 시작했다.

"꺼져! 꺼져버려!"

이광두는 뭔가 해명할 틈도 없이 지난번처럼 내뺄 수밖에 없었고,
임홍의 부모는 지난번과는 달리 빗자루와 닭털 총채도 쓰지 않고 이

광두를 곧바로 맨손으로 두들겨 길가로 쫓아내버렸다. 임홍의 부모는 몰려든 사람들에게 둘러싸인 채 욕설을 퍼붓기 시작했다. 두꺼비, 소똥이라는 말이 다시 튀어나왔고, 거기에다 새로 건달, 양아치, 후레자식 등 열 개가 넘는 심한 욕들이 더 튀어나왔다.

임홍의 부모는 한참 욕을 하다가 갑자기 딸이 생각났는지 재빨리 안으로 들어갔고, 이광두는 욕을 한 바가지 얻어듣고 잔뜩 화가 나 서 있었는데, 신기하게도 금방 아무 생각도 나지 않았다. 구경꾼들은 낄낄거리며 이광두에게 무슨 하늘이 놀라고 땅이 꺼질 일이라도 있었냐고 물어보았다.

"별일 아닙니다."

이광두는 아무 일 없었다는 듯 손사래를 치며 대충 얼버무렸다.

"사랑을 하다 보면 소소한 다툼이 있는 법이지요."

그러고 나서 집으로 갈 참이었는데 갑자기 임홍의 부모가 사과를 들고 다시 나타났고, 이광두를 불러세운 뒤 적군에게 수류탄을 던지듯 이광두에게 사과 세례를 퍼부었다. 이광두는 임홍의 부모가 사과를 다 던지고 돌아갈 때까지 요리조리 피하다가 아무런 죄가 없다는 표정으로 구경꾼들을 향해 머리를 흔들면서 쪼그려 앉아 사과를 주우며 말했다.

"제 사과거든요."

이광두는 두 손으로 깨진 사과들을 들고 아무 일 없었다는 듯 걸어 갔다. 우리 류진의 구경꾼들은 이광두가 사과 한 개를 옷에 닦은 뒤 크게 한 입을 베어 먹고는 입으로 "맛있네." 하고 중얼거리는 모습을 지켜보았다. 그리고 사람들은 사과를 먹으면서 걸어가는 이광두가 모 주석의 시를 읊는 것을 들었다.

"내 오늘 그 위를 지나고 있거늘, 이곳을 지나면……. (모택동이 대장정을 시작하며 지은 시 〈억진아·루산관(憶秦娥·婁山關)〉 중의 일부─옮긴이)"

8

송강은 눈물을 쏟아내며 임홍의 집을 나서 저녁노을이 질 무렵의 류진의 큰길을 비장한 마음으로 걸어갔다. 그 순간 송강은 고통과 절망에 휩싸여 있었다. 눈앞에는 공포에 눈을 부릅뜬 임홍의 모습과 곧이어 감은 두 눈가에 흘러내리는 임홍의 눈물이 떠올랐고, 송강은 가슴을 칼로 베어내는 것같이 고통스러웠다. 송강은 이를 악다문 채 이제 어두워진 거리를 걸었고, 가슴속은 자신에 대한 원한과 증오로 가득했다. 다리 위를 걸을 때는 강물에 몸을 던지고 싶었고 전봇대를 지날 때는 머리를 처박고 싶었다. 그때 어떤 사람이 수레를 끌고 삐걱삐걱 소리를 내며 다가왔고, 수레 위에는 대나무 광주리 두 개가 포개져 있었는데, 그 위에는 새끼줄이 있었다. 송강은 정면으로 걸어가서 닥치는 대로 줄을 풀어서 그대로 성큼성큼 가버렸다. 그 사람은 수레를 세워두고 송강을 쫓아가 잡고 소리를 질러댔다.

"이봐, 이봐. 뭐 하는 짓이야?"

송강은 걸음을 멈추고 험악한 눈길로 그 사람을 노려보며 대답했다.

"자살하려고 그럽니다. 알겠습니까?"

수레꾼은 깜짝 놀랐고, 송강은 새끼줄을 자신의 목에 걸며 손을 위로 올리더니 혓바닥까지 내밀면서 흉악하게 웃으며 말했다.

"목을 매려고요. 알겠습니까?"

그 사람은 또 한 번 깜짝 놀랐고, 휘둥그레진 눈으로 송강이 가는 모습을 지켜보았다. 그는 진짜 재수 없게 날이 저물기도 전에 미친놈을 만나 두 번이나 놀라고 새끼줄만 한 꾸러미 잃어버렸다며 진짜 재수 옴 붙은 날이라고 수레를 밀며 욕설을 늘어놓았다. 그는 끝도 없이 욕설을 주절거리며 우리 류진의 제일 긴 길을 걸어 임홍의 집 앞까지 이르렀다. 그때는 이광두가 사과를 막 다 주워들고는 한 입 베어 물고 돌아올 때였다. 수레꾼은 이광두에게 하소연하듯 넋두리를 늘어놓았다.

"니미럴, 이 어르신께서 완전히 재수 옴 붙은 날이네. 미친놈을 다 만나고……."

"당신이야말로 미쳤어."

이광두는 시큰둥하게 대꾸하고 지나쳐버렸다.

송강은 새끼줄을 목에 걸고 계속 걸었는데 그 모습이 마치 볏짚으로 짠 목도리를 두른 것 같았다. 송강의 발걸음은 마치 죽음을 향해 질주하는 듯했다. 옷에서는 윙윙 소리가 났고, 쏜살같은 발걸음에 송강의 몸은 파도 위에 떠 있는 배처럼 가볍게 흔들렸다. 송강은 그 길고 긴 거리를 번개처럼 지나 번개처럼 골목으로 접어들어 집 앞에 도착했다.

송강은 주머니를 더듬어 열쇠를 꺼내 문을 열고 어두운 집 안으로 들어선 다음 한참을 생각한 끝에 불을 켜야 한다는 것을 떠올렸고, 불을 켠 후 고개를 들어 천장의 대들보를 바라보며 바로 저기다 싶었다. 그는 걸상을 가져다 대들보 아래 내려놓고 걸상 위로 올라간 다음 손으로 대들보를 잡았는데 그 순간 새끼줄이 보이지 않아 이상하다 싶어 사방을 둘러보았지만 어디에도 없었다. 아무래도 도중에 떨어뜨렸나 싶어 걸상에서 뛰어내려 문 앞에 다다랐을 때 바람이 불어왔고, 목에서 뭔가 나풀거리는 소리가 들리자 그제야 새끼줄이 목에 걸려 있는 것을 알고는 웃었다.

송강은 다시 걸상 위로 올라가 목에 걸었던 새끼줄을 풀어 공들여 대들보에 건 뒤 공들여 매듭을 지었다. 힘껏 잡아당겨 보고 목을 올가미 안으로 집어넣어 자신의 목을 졸라맨 다음 한숨을 길게 내쉰 뒤 눈을 감았다. 그때 바람이 불어와 문이 열려 있다고 생각하며 눈을 떠보니 바람에 문짝이 흔들거리고 있어 올가미에서 머리를 빼내고 걸상에서 내려와 문을 닫았다. 그러고 나서 다시 걸상 위로 올라섰고, 다시 머리를 올가미에 넣은 다음 눈을 감고 마지막으로 숨을 들이마시고 마지막으로 숨을 내쉬었다. 그리고 발로 걸상을 차버렸다. 몸이 맹렬하게 늘어지고, 호흡이 맹렬하게 막혔다. 바로 그때 이광두가 들어오는 걸 어렴풋이 느꼈다.

이광두가 문을 열고 들어섰을 때 송강의 몸은 반공중에 매달려 버둥대고 있었다. 이광두는 너무 놀라 소리를 지르며 달려가 송강의 두 다리를 안고 송강을 죽어라 들어올렸지만 이내 이래서는 안 되겠다는 생각이 들었다. 그는 우리에 갇힌 야수처럼 포효하며 집 안을 누비다가 식칼을 발견하고 이거다 싶어 손에 들고 걸상을 일으켜 그 위에 선 다음 힘껏 뛰어올라 칼로 새끼줄을 끊어버렸다. 송강의 몸이 떨어지면서 함께 바닥에 나뒹군 이광두는 재빨리 몸을 일으켜 무릎을 꿇고 송강의 어깨를 들어올려 힘껏 흔들어댔다. 그러고는 엉엉 울며 소리쳤다.

"송강……, 송강……."

이광두는 온통 눈물과 콧물로 범벅이 된 얼굴로 울며불며 송강의 이름을 불렀는데, 그때 송강의 몸이 움직이더니 기침을 했다. 이광두는 송강이 살아난 것을 확인하고는 눈물 콧물을 닦으며 헤헤 웃더니, 몇 차례 더 웃다가 다시 울었다.

"송강, 너 이게 뭐 하는 짓이야?"

송강은 기침을 하며 벽에 기대앉아 멍한 눈길로, 자신의 이름을 연이어 부르며 울고 있는 이광두를 바라보았다. 그는 슬픔에 젖어 입을 벌렸지만 아무 소리도 나지 않았다. 다시 입을 열자 그제야 겨우 가라앉은 목소리가 새어나왔다.

"살고 싶지 않다."

이광두는 울면서 손을 뻗어 송강의 목에 새겨진 피멍을 어루만지며 욕을 퍼부었다.

"이런 시팔, 니가 죽으면 나는 시팔, 나는 어떡해? 나는 시팔, 가족이라곤 너 하나뿐인데 니가 시팔, 죽으면, 나는 시팔, 고아가 돼버리잖아."

송강은 이광두의 손을 뿌리치더니 고개를 가로저으며 상심한 목소리로 말했다.

"나 임홍을 좋아해. 너보다 그녀를 더 좋아한단 말이다. 네가 나하고 그녀가 잘되길 바라지 않으니까, 나한테 연거푸 그녀를 상처 주게 하니까……."

이광두는 눈물을 깨끗하게 닦더니 화를 버럭 냈다.

"여자 하나 때문에 자살하다니, 그럴 만한 가치가 있어?"

그때 송강이 버럭 소리를 질렀다.

"너라면 어떡하겠어?"

"나라면."

이광두도 같이 소리를 질렀다.

"너를 도륙을 내버리지!"

송강은 놀란 눈으로 이광두를 보며 손가락으로 자신을 가리키면서 말을 받았다.

"나는 네 형제잖아?"

"형제라도 마찬가지로 도륙을 내버려야지."

이광두는 거리낌없이 말했다.

그 말을 들은 송강은 순간 얼이 빠졌나 싶더니 잠시 후 웃으면서 이광두를 찬찬히 살펴보았다. 서로 목숨을 의지한 형제의 입에서 튀어나온 그 말에 송강은 돌연 해방감과 자유를 느꼈다. 이제는 임홍을 마음껏 그리워해도 누가 말릴 수도 없는 것이다. 송강은 소리내어 웃으며, 이광두에게 마음속에서 우러난 말을 했다.

"너 그 말 참 잘했다."

방금 전까지 울면서 "살고 싶지 않다."던 송강이 이제 갑자기 환하게 웃으니 이광두는 순간 머리카락이 쭈뼛 서는 듯했다. 송강은 마치 높이뛰기 선수가 도약을 하듯 벌떡 일어나 정신을 차리고 집을 나섰다. 이광두는 송강이 뭘 하려는지 몰라 바닥에서 일어나 그를 부르면서 물었다.

"야야, 뭘 하려는 거야?"

송강은 고개를 돌려 차분하게 대답했다.

"임홍을 만나러 갈 거야. 가서 말해야겠어. 내가 좋아한다고."

"안 돼! 시팔, 넌 가면 안 돼. 임홍은 내 거야……."

"아니. 임홍은 너를 좋아하지 않아. 임홍은 나를 좋아해."

송강이 단호하게 말을 끊으며 고개를 가로저었다.

이광두가 또다시 필살의 무기를 꺼내들고 애절하게 말했다.

"송강, 우린 형제잖아……."

송강은 행복하게 대답했다.

"형제도 똑같이 도륙을 내겠다면서."

송강은 그렇게 말을 한 후 집을 나섰고 발소리를 내며 멀어졌다. 이광두는 분을 삭이지 못한 채 주먹으로 벽을 쳤다가 고통에 이를 악물었고, 아픈 주먹을 어루만지기도 하고 '호' 하고 시원한 입김을 부느라 입속에서 맴돌던 '으윽' 소리가 '후후' 소리로 바뀌었다. 고통이 가라앉고 나자 이광두는 문밖의 텅 빈 어둠을 응시한 채 이미 멀어져간 송강에게 소리를 질렀다.

"꺼져! 친구보다 색을 더 밝히는, 아니 시팔, 형제보다 색을 더 밝히는 개새끼!"

송강은 달 밝은 거리를 걸었고, 깊어가는 가을의 낙엽이 '솨아' 소리를 내며 날렸다. 그동안 너무나 오랫동안 억눌려 있다가 이제야 자신의 진정한 행복을 찾게 된 셈이었으니, 계속해서 웃음이 새어나왔다. 그는 입을 크게 벌려 가을밤 찬바람을 들이마시며 성큼성큼 걸어 임홍의 집으로 향했다. 그는 길을 따라 걸으며 류진의 밤 풍경이 너무나 아름답다는 걸 처음으로 깨달았다. 밤하늘에는 별들이 가득하고, 가을바람은 솔솔 불어오고, 나뭇가지들은 춤을 추었고, 가로등 불빛과 달빛은 마치 임홍의 땋은 머리처럼 서로 뒤얽혀 비추고 있었다. 정적에 싸인 거리에 가끔 몇몇 행인들이 나타났고, 그들이 가로등 아래를 지나칠 때면 마치 빛발을 걸친 것같이 빛나 송강의 눈은 놀라 동그래졌다. 다리 위를 지나칠 때 송강은 더욱 놀랐는데, 출렁이는 강물 위에 떠 있는 달과 수많은 별들 때문이었다.

9

이날 밤 임홍의 부모는 그야말로 천당과 지옥을 모두 경험한 듯했다. 먼저 아무 말도 없는 송강이 임홍의 방에 들어가 임홍을 상심과 절망에 빠지게 하더니 곧이어 후안무치한 이광두가 나타나 임홍을 놀라 소리 지르게 했다. 임홍 부모는 내내 탄식하다가 막 옷을 벗고 침대에 누워 잠을 청하려는 참이었는데 갑자기 문을 두드리는 소리가 나자 누가 또 왔는지 어리벙벙한 얼굴로 서로를 쳐다보았다. 그들은 옷을 걸치고 문가로 다가갔지만 아무 소리도 나지 않아 잘못 들었나 싶어 잠자리로 돌아가려던 참에 다시 두드리는 소리가 나자 밖을 향해 물어보았다.

"누구요?"

"접니다."

송강이 문밖에서 대답했다.

"당신 누구요?"

임홍의 부모가 물었다.

"송강입니다."

임홍의 부모는 송강이라는 대답을 듣자 화가 나서 서로 눈길을 교환한 후 한바탕 혼을 내줄 심산으로 문을 열었는데, 송강은 오히려 행복한 얼굴로 그들을 대했다.

"저 돌아왔습니다."

"돌아왔다고?"

임홍의 모친이 말했다.

"여긴 자네 집이 아닐세."

"거참 묘한 일이네."

임홍의 부친은 굳은 표정으로 입을 열었다.

송강의 얼굴에 가득하던 행복감은 그들의 말이 맞다는 생각에 순식간에 불안감으로 뒤바뀌었다. 임홍의 모친은 욕을 해주고 싶었지만 차마 입 밖에 내지는 못하고 그저 냉담하게 말했다.

"우린 벌써 자리에 누웠는데."

그러면서 임홍의 모친은 문을 닫아버리고 남편과 함께 침대로 돌아와 자리에 들었다. 임홍의 부친은 갑자기 딸이 생각났는지 화가 치밀어올라 문밖의 송강에게 소리쳤다.

"바보 같은 놈."

"원래 바보였어요."

임홍의 모친이 매섭게 말을 받았다.

임홍의 모친은 송강의 목에 피멍 같은 자국을 본 것 같아 남편에게 혹시 그걸 보았는지 물었고, 임홍의 부친은 잠시 생각해본 후 고개를 끄덕이더니 불을 끄고 잠을 청했다.

송강은 임홍의 집 문밖에서 얼이 빠진 듯 한참을 서 있었다. 밤이 깊어 바늘 떨어지는 소리조차 들리지 않고, 고양이 두 마리가 지붕 위로 뛰어올라 서로 쫓는 가운데 처량한 울음소리를 냈으며, 송강은 가슴이 떨려와 그제야 밤이 깊었음을 깨달았고, 임홍을 찾아와 문을 두드리지 말았어야 했다는 후회가 밀려왔다. 그는 임홍의 집 마당을 나와 다시 거리로 나섰다.

송강은 정신이 밝아지는 것 같았다. 그는 마치 경보를 연습하듯 발뒤꿈치가 먼저 땅에 닿게 걸으며 류진의 거리를 왔다 갔다 총 다섯 차례나 왕복했지만 전혀 지치지 않았다. 이윽고 새벽이 다가왔고, 일곱 번째로 임홍의 집 앞에 도착했을 때 경보를 그만두기로 하고 그 집 앞에서 진을 친 채 날이 밝기를 기다렸다.

송강은 웽웽 소리가 나는 전봇대에 기댄 채 쪼그려 앉아 무시로 웃음을 터뜨렸는데, 그 웃음소리가 메아리쳐 울리는 것을 자신은 전혀 의식하지 못했다. 임홍의 이웃 한 사람이 야간근무를 마치고 귀가할 때쯤 전봇대에서 울리는 웃음소리를 듣고 전봇대도 웃는 소리를 내나 싶어 혹시 지진이 난 줄 알고 소스라치게 놀라며 자세히 살펴보았는데, 뭔가 이상한 게 쪼그리고 앉아서 내는 소리임을 확인하고는 무슨 동물인지 몰라 재빨리 문을 열고 마당 안으로 뛰어 들어갔다. 그 사람은 집으로 들어가서 문을 잠그고 이불 속으로 들어간 후에도 마음을 놓지 못한 채 이불을 머리까지 뒤집어쓰고 나서야 잠을 잘 수 있었고, 한낮이 되어 잠에서 깬 후 만나는 사람에게 날이 밝기 전 뭔지 모를 이상한 동물을 보았는데, 동글동글한 것이 사람 같기도 하고 돼지 같기도 한데 그만큼 살찐 것 같지는 않고 소 같기도 한데 그만큼 크지도 않았다면서 마지막으로 확신하듯 이렇게 말했다.

"아무래도 옛날 원시 때 동물을 본 것 같아."

임홍의 모친은 날이 밝자 자리에서 일어나 요강을 들고 나오다가 얼굴과 온몸에 이슬을 흠뻑 뒤집어쓴 채 서 있는 송강을 보고는 깜짝 놀라 고개를 들어 떠오르는 해를 한 번 보고, 어제 비가 오지도 않았다는 걸 떠올리면서 송강이 밤새 꼬박 서 있어서 저렇게 젖었다는 사실을 알았다. 물에 젖은 개꼴을 한 채 송강은 웃음이 가득한 얼굴로 임홍의 모친을 바라보았고, 임홍의 모친은 송강의 미소가 좀 기괴해서 요강을 내려놓고 안으로 들어가 임홍의 부친에게 송강이라는 자가 아무래도 밤새 밖에 서 있었던 것 같다며 이렇게 말했다.

"정신이 나갔나?"

임홍의 부친은 놀라 입을 크게 벌리고 마치 판다라도 구경하듯 신기해하며 밖으로 나가 미소 짓는 송강에게 호기심이 발동하여 물었다.

"밤새 서 있었나?"

송강은 기분 좋게 고개를 끄덕였고, 임홍의 부친은 밤새 서 있었는데도 저렇게 좋을까 싶어 집 안으로 들어와 임홍의 모친에게 말했다.

"정상은 아닌 것 같아."

임홍은 아침에 일어나자 열이 많이 내렸고 몸이 가뿐해진 듯해 일어나 앉았지만 그러자 또 몸이 나른해지는 것 같아 다시 자리에 누웠다. 그녀는 송강이 밖에서 밤을 꼬박 새며 서 있었다는 사실을 알고 한편으로는 놀라면서도 어젯밤 일이 생각나 입술을 깨물며 억울함에 눈물을 흘렸고, 이불을 뒤집어쓴 채 엉엉 울음을 터뜨렸다. 그렇게 한참을 울다가 어젯밤 송강이 돌려준 손수건으로 눈물을 닦은 뒤 아버지에게 말했다.

"가라고 하세요. 보고 싶지 않아요."

임홍의 부친은 밖으로 나가 여전히 미소 지으며 서 있는 송강에게 전했다.

"가게나. 내 딸이 자네를 보고 싶지 않다고 하네."

얼굴에서 미소가 가신 송강은 어찌할 바를 모른 채 임홍의 부친을 바라보았고, 임홍의 부친은 마치 오리를 내몰듯 두 손을 휘저으며 꿈쩍도 하지 않는 송강을 쫓아냈다. 송강이 임홍의 부친에게 10여 미터를 떠밀려난 후 임홍의 부친은 발걸음을 멈춘 채 송강을 가리키면서 말했다.

"멀리 사라져버려. 다시는 내 눈에 띄지 말게."

임홍의 부친은 집으로 돌아와 그 바보를 쫓아버렸다고, 그 바보를 쫓아버리는 게 오리를 강으로 내쫓는 것보다 더 어려웠다고, 그 바보가 한 걸음 걷다가 한 번 돌아보곤 했다고, 그 바보가 꼼짝 않고 서 있는 것이 꼭 먼지 같았다고, 모 주석께서 말씀하신 게 맞다며, 빗자루가 닿지 않으면 먼지는 절대 저절로 날아가지 않는다고 말했다. 그렇게 임홍의 부친은 단숨에 바보라는 소리를 일곱 번이나 뱉어냈고, 임홍은 일곱 번째로 '바보'라는 소리를 들었을 때 불편했는지 고개를 돌리며 웅얼거렸다.

"바보가 아니라 지나치게 진실한 거예요."

임홍의 부친은 임홍의 모친을 향해 눈을 찡긋하면서 나갔고, 마당에 나서자 마침 이웃사람 하나가 꽈배기(중국에서 아침으로 즐겨먹는 음식 ─옮긴이)를 사들고 오는 길에 임홍의 부친에게 말을 전했다.

"방금 쫓아낸 사람이 아직도 그 자리에 서 있어요."

"그래?"

임홍의 부친은 그렇게 대꾸하며 집 안으로 들어와 가만히 창가로 가서 커튼을 걷고 밖을 내다보니 과연 송강이 보였고, 미소를 지으며 임홍의 모친에게도 와서 보라고 했다. 임홍의 모친이 다가와서 고개를 떨어뜨린 채 넋이 빠진 모습으로 서 있는 송강을 보고는 웃음을 참지 못하고 임홍에게 말을 건넸다.

"송강이 또 왔다."

임홍은 아빠, 엄마의 얼굴에 걸린 짓궂은 미소를 보며 그들의 속내를 알아채고는 자신의 얼굴을 보여주지 않으려 벽 쪽으로 몸을 휙 돌렸다. 그 순간 그녀는 어젯밤 일이 또 생각났고, 다시 화가 치올랐다.

"신경 쓰지 마세요."

"네가 봐주지 않으면 저렇게 계속 있을 거다."

"쫓아버리세요."

임홍이 소리쳤다.

이번에는 임홍의 모친이 나섰다. 그녀는 전전긍긍하는 송강에게 조용히 타일렀다.

"우선 돌아가고, 며칠 후에 다시 오게나."

송강은 그 말이 무슨 뜻인 줄 몰라 어리벙벙한 눈길로 임홍의 모친을 바라보았다. 임홍의 모친은 어젯밤에 보았던 송강의 목에 든 피멍을 똑똑히 보고 관심이 간다는 듯 물었다.

"목은 어떻게 된 건가?"

"죽을 생각이었습니다."

송강은 떨리는 목소리로 대답했다.

"자살?"

임홍의 모친이 깜짝 놀랐다.

"새끼줄로 목을 맸습니다."

송강은 고개를 끄덕이며 부끄러운 듯 대답했다.

"죽지 못했죠."

임홍의 모친은 긴장한 눈빛으로 집 안으로 돌아와 딸의 침대 옆에서 송강이 어젯밤 자살을 시도했었다고 일러주었다. 그녀는 어젯밤에도 송강의 목에 있는 피멍을 보았지만, 조금 전에 보니 어젯밤보다 더 깊고 굵었노라고 말하며 벽을 본 채 누워 있는 딸을 토닥였다.

"네가 나가서 한번 만나줘라."

"안 가요."

임홍은 온몸을 흔들며 소리쳤다.

"가서 죽으라고 하세요."

임홍은 말은 그렇게 했지만 가슴속이 쓰려왔다. 그리고 점점 불안해졌다. 그녀는 침대에 누운 채로 밖에 서 있는 송강을 생각했고, 목에 든 피멍을 생각하니, 마음이 점점 더 괴로워졌고 점점 더 밖에 있는 송강이 보고 싶어졌다. 그녀는 일어나 앉은 채 부모를 바라보았고, 임홍의 부모는 눈치 빠르게 방을 빠져나왔다. 임홍은 침울한 표정으로 침대에서 내려와 방 밖으로 나오더니 평상시처럼 차분하게 이를 닦고 세수를 한 후 거울 앞에 앉아 정성스럽게 머리를 빗어 두 갈래로 땋은 다음 일어나 말했다.

"가서 꽈배기 사올게요."

송강은 임홍이 나타나자 감정이 격해진 나머지 하마터면 울 뻔했다. 그는 추운 듯 자신의 어깨를 꼭 끌어안은 채 입을 열었으나 아무 말도 하지 못했다. 임홍은 그를 한 번 흘끗 쳐다보고는 무표정하게 꽈배기를 파는 간식식당으로 향했고, 온몸이 흠뻑 젖은 송강은 그 뒤를 따르며 드디어 어렵사리 꽉 잠긴 목소리를 토해냈다.

"밤 여덟 시에 다리 아래에서 기다릴게요."

임홍이 낮은 목소리로 대꾸했다.

"안 갈 거예요."

임홍은 간식식당으로 들어갔고, 송강은 슬픈 눈빛으로 문밖에 서 있었다. 임홍은 꽈배기를 사고 나오면서 송강의 목에 있는 피멍을 똑똑히 보았고 가슴이 저렸다. 이때 송강은 약속 장소를 바꾸며 조심스럽게 말을 붙였다.

"그럼 숲에서 기다릴까요?"

임홍은 잠시 주저하다가 고개를 끄덕였다. 송강은 뜻밖의 기쁨에 무엇을 어떻게 해야 할지 몰라 계속 그녀의 집 앞까지 따라갔다. 임홍은 집 안으로 들어서면서 고개를 돌려 조용히 눈짓으로, 어서 돌아가라고 했다. 송강은 드디어 뭘 어떻게 해야 할지 알게 되어 고개를 힘차게 끄덕인 후 임홍이 안으로 들어가자 바로 몸을 돌려 그 자리를 떠났다.

이날 송강은 정신이 몽롱한 채 힘겨운 한낮을 보내야 했다. 작업장에서 일할 때 무려 열세 번이나 졸았다. 작업장 구석에서 잔 것만 다섯 번이나 되었고, 점심을 먹으면서 두 번, 동료들과 카드를 치다 세 번, 선반에 기댄 채 잠든 것이 두 번, 마지막 한 번은 오줌을 싸다가 벽에 머리를 박은 채 잠이 들었다. 그렇게 하루를 보낸 뒤 저녁 무렵이 되자 그는 흥분이 극에 달한 채로 극장 뒤 작은 숲에 도착했다. 해는 막 서쪽으로 기울었고, 송강은 무슨 못된 짓이라도 꾸미는 도주범처럼 숲 밖 좁은 길을 왔다 갔다 했다. 그를 아는 몇몇 사람이 지나가다 그의 이름을 부르며 뭐 하냐고 물으면 그는 우물쭈물 둘러댔고, 사람들이 웃으며 지갑을 잃어버렸냐고 물으면 고개를 끄덕였고, 정신이 나갔냐고 물어도 고개를 끄덕이니 사람들은 껄껄 웃으며 지나쳐버렸다.

이날 밤 임홍은 한 시간이나 늦게 나타났다. 아름다운 그녀가 달빛을 받으며 사뿐사뿐 걸어오자 송강은 손을 흔들어 그녀를 맞이했고, 멀지 않은 곳에 걸어오는 사람이 있는 걸 확인한 임홍은 조용히 속삭였다.

"손 흔들지 말고 따라와요."

임홍은 앞쪽의 숲으로 향했고, 송강이 그 뒤를 바짝 뒤쫓자 임홍은 또 한 번 차분히 속삭였다.

"좀 떨어져요."

송강은 즉시 발걸음을 멈추었고, 얼마나 떨어져야 할지를 몰라 그 자리에 선 채 가만히 있었다. 임홍은 조금 걷다가 송강이 여전히 그 자리에 서 있는 걸 보고는 조그맣게 소리쳤다.

"오세요."

송강은 그제야 빠른 걸음으로 뒤쫓았고, 임홍이 숲속으로 들어가자 송강도 따라 들어갔다. 임홍은 작은 숲 중앙에 도착해 사방을 살피고 나서 아무도 없는 걸 확인한 후 걸음을 멈추었다. 뒤에서는 송강의 발걸음이 점점 가까워지는 소리가 들리더니 이윽고 발소리는 들리지 않고 거친 호흡만 들려왔다. 임홍은 송강이 자신의 뒤에 서 있다는 걸 알았지만 꼼짝도 하지 않았고, 송강도 가만히 있었다. 임홍은 속으로 이 바보는 왜 앞으로 오지 않는 건지 답답해하며 잠시 기다렸지만, 송강은 여전히 헐떡헐떡 숨만 쉬었다. 어쩔 수 없이 임홍이 뒤돌아보는 수밖에 없었다. 달빛 속에서 송강은 떨고 있었고, 임홍은 송강의 목에 있는 어렴풋한 피멍을 유심히 바라보며 입을 열었다.

"목은 왜 그래요?"

송강은 길고 긴 이야기를 시작했다. 더듬거리며 두서도 없이, 이광두가 어떻게 강제로 그 말을 하라고 시켰는지, 그 말을 하고 집에 가서 목을 맸는데 때마침 이광두가 들어와서 자신을 구했다고 이야기를 했다. 임홍은 송강이 이야기하는 중에 눈물을 계속 흘렸고, 송강이 말을 다 하고 나서 더듬거리며 다시 처음부터 시작하려 하자 손을 뻗어 그의 입을 막아 더 이상 말하지 못하게 했다. 송강은 자신의 입술에 임홍의 손이 닿자 온몸을 떨었다. 임홍은 손을 재빨리 거두고 나서 고개를 숙인 채 눈물을 닦은 후 고개를 들어 송강에게 명령하듯 말했다.

"안경 벗어요."

송강은 황급히 안경을 벗어 손에 든 채 어찌할 바를 몰랐는데, 임홍이 명령하듯 말을 이었다.

"주머니에 넣어요."

송강은 안경을 주머니에 넣었지만 여전히 어떻게 해야 할지를 몰랐다. 임홍은 다정하게 웃더니 송강의 목을 덥석 끌어안고 목에 든 피멍에 입을 맞추며 말했다.

"사랑해요, 송강, 사랑해요……."

송강은 온몸을 벌벌 떨며 임홍을 안은 채 감정이 격한 나머지 눈물을 터뜨렸고, 숨이 차도록 울었다.

10

송강은 이광두와 분가했다. 이광두와 마주치는 것이 두려워 근무 시간 중 몰래 집으로 와 자신의 옷가지 전부를 그 낡은 여행 보따리에 넣은 다음 두 사람이 공유하던 돈을 양분하여 반은 자신이 갖고, 반은 탁자 위에 놔두었다. 잔돈은 전부 이광두에게 주고, 이광두가 맞춰준 열쇠를 돈 위에 놓은 다음 보따리를 든 채 이광두와 서로 의지하며 살던 집을 떠나 금속공장의 단체 기숙사로 거처를 옮겼다.

송강과 임홍은 한 달여 동안 남들 몰래 도둑 연애를 한 후 그들의 사랑을 공개하기로 결정했다. 물론 그것은 당연히 임홍이 내린 결정이었다. 임홍은 공개 장소로 극장을 골랐고, 그날 밤 우리 류진 사람들은 임홍과 송강이 어깨를 나란히 한 채 극장으로 들어오는 모습을 놀란 눈으로 지켜보았다. 자신들의 자리를 찾은 후 두 사람은 나란히 앉아 옆에 아무도 없는 듯이 호박씨를 까먹었고, 임홍은 옆에 아무도 없는 듯이 송강과 친밀하게 이야기를 나누었다. 송강은 차분하게 자신을 아는 사람들과 고개를 까딱이며 인사했고, 우리 류진의 모든 남자들은 만감이 교차한다는 듯 영화가 시작된 후에도 결혼한 사람들이나 안 한 사람들이나 상영 시간의 절반 동안은 스크린을 보고 나머지 절반은 두 사람을 몰래몰래 훔쳐보는 데 썼다. 옆에 앉아 있던 사람들은 고개를 틀어서, 앞에 앉아 있던 사람들은 고개를 돌려, 뒤에 앉아 있던 사람들은 목을 길게 뺀 채 그 둘을 슬그머니 훔쳐보았다. 이날 밤 얼마나 많은 남자들이 몸을 엎치락뒤치락하며 잠을 이루지 못했는지 알 수 없을 정도다. 송강이 부러워 죽을 지경이었기 때문이었다.

그 이후로 임홍과 송강은 늘 류진의 거리에 함께 모습을 나타냈고, 임홍은 훨씬 더 예뻐진 것 같았으며, 얼굴에는 항상 편안한 미소가 걸려 있었다. 성 안의 노인들은 임홍을 가리키며 꿀단지에 담겨 있는 처녀 같다고들 했다. 그런 임홍의 곁에서 걷는 송강은 행복에 겨워 늘 어쩔 줄 몰라 했으며, 몇 달이 지나도 과분한 행복이 부담스러운 듯한 모양이었다. 그리하여 성 안의 노인들은 송강이 도대체가 애인 같지가 않고, 기세등등했던 이광두만도 못하다고 이야기를 주고받았다. 이광두는 최소한 경호원처럼 보이기라도 했지만, 송강은 기껏해야 수행원 정도로 봐줄 수 있다고 하면서 말이다.

행복에 겨워 갈팡질팡하던 송강이 이제까지 저축했던 돈 거의 전부를 털어 반짝반짝 빛나는 '영구(永久, 영원하다는 뜻—옮긴이)표' 자전거를 샀다. 영구표 자전거가 어떤 물건이냐? 그 시절의 영구표 자전거는 지금의 벤츠나 BMW에 상당하는 물건으로, 1년에 고작 세 대 정도가 우리 현에 할당되었으니, 돈 없는 사람들은 말할 것도 없고 돈이 있어도 반짝반짝 빛나는 영구표 자전거를 살 수 없었다. 임홍의 삼촌이 금속회사의 사장이었고, 매년 세 대만 배당되는 자전거를 누구에게 팔 것인가 결정하는 위풍당당한 인물이었으니 누구든지 그를 보면 굽실거렸다. 임홍이 류진에서 송강을 돋보이게 하려는 마음에 종일토록 조르고 거의 울며불며 삼촌에게 매달려 사랑하는 송강이 한 대 살 수 있게 해달라고 부탁했고, 임홍의 부친도 동생에게 달라붙어서 떨어지질 않았으며, 임홍의 모친 역시 거의 삿대질을 하며 시동생을 윽박질렀다. 그래서 임홍의 삼촌은 이를 악물고 원래 현 전투경찰대장에게 갈 몫인 영구표 자전거를 어쩔 수 없이 임홍의 사랑 송강에게 할당해주었다.

송강은 그때부터 춘풍에 돛 단 듯 영구표 자전거를 타고 번개처럼 우리 류진의 대로와 골목에 신출귀몰했고, 반짝반짝 빛나는 자전거에 우리 류진 사람들의 눈은 어지러웠으며, 무시로 울려대는 따르릉따르릉 맑은 종소리에 사람들은 침을 삼키지도 못하고 그대로 흘려대기 일쑤였다. 그러다가 송강은 자전거에서 내리면 안장 아래 끼워둔 무명천을 꺼내 자전거 위에 쌓인 먼지를 깨끗이 닦아냈으니 그의 영구표 자전거는 영구히 반짝였다. 바람이 불든 비가 내리든 눈이 날리든 간에 그의 영구표 자전거는 티끌 한 점 묻지 않아 그의 몸보다 더 깨끗할 정도였다. 자신은 한 달에 목욕을 고작 네 번 밖에 하지 않아도 영구표 자전거는 매일 닦아주었다.

그즈음 임홍은 자기가 생각해도 공주 같은 나날을 보내고 있었다. 매일 아침 낭랑한 종소리가 문밖에서 울리며 반짝반짝 빛나는 그녀 전용 영구표 자전거가 도착했음을 알리면, 그녀는 웃으며 문을 나서서 몸을 한쪽으로 돌려 영구표 자전거 뒷좌석에 앉은 채 부러워하는 사람들의 시선을 마음껏 즐기며 직물공장으로 출근했다. 그리고 매일 퇴근 무렵이면 잘생긴 송강과 반짝반짝 빛나는 영구표 자전거가 기다리고 있었고, 그녀를 행복하게 해주는 영구표 자전거에 앉으면 앞자리에는 그녀를 행복하게 해주는 남자가 앉아 있었다. 그녀는 자전거에 타는 순간 송강에게 재촉하고는 했다.

"종을 울려, 빨리 종을 울려."

그러면 송강은 바로 따르릉따르릉 박자를 맞추어 소리를 울렸고, 임홍은 몸을 한쪽으로 돌려 탄 채 뒤로 멀어져가는 다른 여공들을 바라보며 우쭐해했다. 다들 하루종일 힘들기는 마찬가지였는데 그녀들은 자신들의 두 다리에 의지해 집에 가야 하지만 자신은 전용 자전거에 몸을 실었다는 사실이 자랑스러웠다.

임홍이 타기만 하면 영구표 자전거의 종소리는 멈추지 않았는데, 임홍은 아는 사람을 보기만 하면 송강에게 종소리를 울리게 했고 송강은 그때마다 전심전력으로 거리만큼 긴 종소리를 울려댔다. 임홍의 미소 속에는 자부심이 가득했고, 그런 얼굴로 임홍을 아는 사람들에게 고개를 끄덕이며 인사했다.

그제야 우리 류진의 노인들은 송강이 애인 같아 보인다면서 송강이 자전거를 타는 모습이 예전 말 탄 장군들의 모습과 흡사하다고, 그가 울리는 종소리는 채찍 소리를 닮았다고 입을 모았다.

반짝반짝 빛나는 영구표 자전거를 타고 아리따운 임홍을 태운 송강은 누구를 만나든지 한바탕 종소리를 뽑아냈지만, 단 한 사람, 이광두를 보게 되면 종을 울리지 않았다. 이광두는 여전히 거만한 표정으로 고개를 빳빳이 쳐든 채 가슴을 펴고 앞을 똑바로 바라보며 나타났고, 그럴 때면 송강은 오히려 켕기고 당황해서 마치 잘못을 저지른 아이처럼 눈에 귀가 달린듯 고개를 한쪽으로 꼬고 숙인 채 자전거를 몰았다.

하지만 임홍은 달랐다. 그녀는 이광두와 마주치면 곧바로 송강에게 종을 울리게 했는데 송강이 울리는 종소리는 지리멸렬했고 리드미컬하지 않았다. 임홍은 송강의 마음을 잘 알고 있기 때문에 그럴 때마다 두 손으로 송강의 허리를 꼭 끌어안고 얼굴을 등에 바짝 붙인 채 행복한 얼굴로 거만하게 이광두를 바라보았고, 일부러 아무렇지도 않은 듯 보이려고 애쓰는 이광두를 깔깔 웃어대며 빈정댔다.

"송강, 봐요. 저 물에 빠진 개가 뉘 집 개래요?"

임홍의 말을 들은 이광두의 입에서는 연방 "젠장할" 소리가 송강의 종소리보다 길게 이어졌다. 하지만 이광두는 곧이어 상실감이 가득한 얼굴이 되어버렸다. 자기 여자가 자신의 형제를 따라갔고, 자신의 형제가 자기 여자를 따라가버렸으니 자신에게는 아무것도 남은 게 없어, 그야말로 닭도 도망치고 계란도 깨트려버린 형국이요, 젠장할 대바구니로 물을 푼 형국이었다. 송강과 임홍의 영구표 자전거가 멀리 사라진 후에야 이광두는 자신을 되찾았는지 혼잣말을 되뇌었다.

"앞길이 구만 린데 누가 물에 빠진 개인지 단언할 수는 없지……"

그리고 나서는 곧바로 침을 튀겨가며 스스로를 북돋기 시작했다.

"이 몸이 앞으로 초대형 영구표 자전거를 사서 앞에는 서시를 앉히고, 뒤에는 초선을 태우고, 품에는 왕소군을 안고, 등에는 양귀비를 업고 달릴 테다. 이 몸이 역사상 최고의 사대 미녀를 태우고 시팔, 칠칠은 사십구, 사십구 일 동안 현재로부터 고대까지, 고대에서 현재까지, 기분 좋게 이 몸이 미래로 달려갈 테니……."

임홍과 송강의 사랑이 드러나면서 우리 류진의 가장 큰 연애 현안 하나가 해결된 셈이었고, 그때부터 남자 청년들은 마치 도미노가 넘어지듯 하나씩 하나씩 마음을 접었으며 뿔뿔이 다른 여자 청년을 찾기 시작했다. 그리하여 우리 류진의 거리 곳곳에는 연애하는 남녀 청년들이 우후죽순처럼 넘쳐나 우리 류진의 대로에는 달콤함이 흘렀고, 볼거리가 넘쳐나 우리 류진의 노인들은 눈이 모자랄 지경이었는데, 급기야 노인들은 손가락 하나를 펼치고 말했다.

"대충 다 있어. 다 여자친구가 있는데……, 이광두만 아직 여자친구가 없군……"

류진 사람들은 길에서 이광두를 본 적이 거의 없었고, 이광두는 큰 병에라도 걸린 듯 반쪽이 됐다.

그날 밤, 자살 미수에 그친 송강은 홀가분한 마음으로 집을 나왔고, 이광두는 발을 동동 구르며 노발대발, 욕설을 근 한 시간이나 퍼붓고 나서 코를 벼락같이 골며 여덟 시간이나 잤다. 아침에 일어나서 송강의 침대가 여전히 비어 있는 걸 보고 집 밖을 한 번 살펴본 후 송강이 돌아온 흔적이 없자 "아이구, 아이구" 소리를 뱉어냈다. 그는 송강이 임홍의 집 앞에서 밤을 샌 줄도 모르고 단지 자신을 피하는 줄로만 알고 있었다.

"잠깐 피할 수는 있어도 평생 피할 수야 없지."

이튿날 밤이 되도록 송강이 여전히 집에 돌아오지 않자 이광두는 홀로 식탁 앞에 앉아 송강에게 맞설 대책을 강구해보았지만, 필살계가 없어 전부 부결시킬 수밖에 없었다. 이광두는 마지막으로 선정계(煽情計)를 생각해냈다. 무조건 송강의 팔뚝을 붙잡고 눈물 콧물을 쏟으며 그와 송강이 함께 기댈 곳 하나 없이 서로에게 의지하며 피눈물 흘렸던 어린 시절을 되돌아보기로 했다. 그렇게만 하면 송강은 분명히 부끄러움에 고개를 숙인 채 헤어지기 아쉽지만 임홍을 자신에게 넘겨주리라 자신했다. 이광두는 그것이야말로 필살기, 필살의 극치라고 생각했다. 이광두는 밤늦게까지 하품을 해대며, 위아래 눈꺼풀이 서로 싸우도록 송강을 기다렸지만, 송강이 돌아오지 않자 욕설을 늘어놓으며 잠을 청할 수밖에 없었다. 침대에 오르기 전 이광두는 집 안을 둘러보며 중이 절을 떠날 수는 없다며 제아무리 송강이 대단한 능력이 있더라도 집에는 꼭 올 것이고, 그때 선정계를 다시 펼치겠노라 마음을 다잡았다.

사흘째 되던 날 이광두는 퇴근해서 집에 돌아온 뒤 식탁 위의 돈과 열쇠를 보고 나서야 큰일 났다는 걸, 떠난 중은 절이 필요없다는 걸 알았다. 이광두는 화가 치올라 온 집 안을 돌아다니며 중국어에 있는 온갖 욕들을 쏟아놓은 다음, 항일전쟁 영화에서 본 일본 욕 두 마디를 하고 나서, 영어로 된 욕을 생각해보았지만 영어는 한마디도 모르는지라 침대에 멍하니 앉아 있을 수밖에 없었다. 이광두는 자신이 송강을 너무 과소평가했다는 것을, 송강이 절반도 안 남고 다 찢어진 《손자병법》을 읽고 자신이 선정계를 쓰기도 전에 삼십육계 중 상책인 줄행랑을 자기보다 앞서서 썼다는 것을 깨달았다.

이날 밤 이광두는 생애 처음으로 잠을 설쳤고, 그 후 한 달 동안 밥맛도 없고, 잠도 제대로 자지 못했다. 그때부터 이광두는 야위어갔고, 말수도 줄어들기 시작했다. 길에서의 모습은 여전히 위풍당당했지만, 송강과 마주칠 때마다 송강은 멀리서 자신을 피했고, 임홍과 몇 번 마주치기는 했지만 그때마다 임홍은 송강과 함께인데다 다정하게 송강의 손을 잡고 있어서 이광두의 가슴에 못을 박았다. 나중에 송강이 뒤에 아름다운 임홍을 앉힌 채 영구표 자전거를 몰고 이광두의 옆을 씽하니 지나칠 때 이광두는 더 이상 체면이고 뭐고 아무것도 남지 않은 듯한 느낌이었다.

우리 류진 사람들은 기억력도 좋아서 이광두가 임홍에게 수작을 걸다가 걸린 두 남자를 작살낼 때 했던 말을 다 기억해냈다. 누구든지 임홍의 남자친구라고 떠벌리고 다니면 영원히 몸을 가누지 못할 정도로 패주겠다는 선언을 떠올린 것이다. 짓궂은 치들은 이광두를 보면 따끔하게 말했다.

"임홍은 네 애인이라면서? 어째 눈 한 번 깜박이고 나니까 송강의 애인이 돼버렸나?"

그 말을 들은 이광두는 처절할 정도의 목소리로 되받았다.

"만약에 송강이 아니었으면 진즉에 내가 도륙을 내버렸을 겁니다! 그놈의 머리통을 메고 비웃으며 강호를 누볐을 거라고요. 그런데 송강이 누굽니까? 나와 서로 의지하며 지내는 형제 아닙니까? 그러니 그저 운명이려니 생각하고 씹어 삼킬 수밖에요."

임홍 때문에 자살을 기도하다 송강의 목에 생긴 피멍은 한 달이 지나서야 사라졌지만, 임홍은 그 생각만 하면 눈시울을 붉혔다. 임홍은 송강의 자살 기도에 관한 이야기를 부모님에게 세세하게 말씀드렸고, 가장 친한 공장 친구들에게까지 참지 못하고 말했다. 그리하여 임홍의 부모는 물론 공장 친구들까지 다른 사람에게 이야기하기 시작했고 송강의 자살 기도 소식은 우리 류진 전역에 무슨 세포분열이라도 하듯 빠르게 전파되어 며칠 지나지 않아 집집마다 알게 되었다. 우리 류진의 여자들은 임홍이 부러워 자신의 남편들이나 미래의 남편감들에게 따져 물었다.

"당신은 나를 위해 자살할 수 있어요?"

류진 남성들은 죄다 곤혹스러워 어쩔 줄을 몰라 하면서도 입으로만 건성으로 "그럼, 그럼."을 연발하며 죽음을 두려워하지 않는 기개를 연출했다. 여자들이 한도 끝도 없이 질문을 해대는 통에 남자들 중 제일 많게는 한 남자가 1백 번도 넘게 대답했고, 제일 적게는 한 남자가 대여섯 번 대답했다. 개중에는 성화에 못 이겨 줄을 목에 두르고 식칼을 손에 든 채 호언장담을 한 사람도 있었다.

"당신이 명령만 내리면 나는 바로 목숨을 끊을게."

이 시절 조 시인은 독수공방 신세였다. 전에 만나던 애인은 다른 남자한테 가버렸고 새 애인은 소식조차 없었으니, 사랑의 공백기에 처해 있던 조 시인은 류진 남성들이 자살 시도 재앙과 마주친 것에 대해 그런 못난이들은 벌을 받아도 싸다고 생각했다. 자신은 절대로 자기를 위해 죽어줄 남자를 바라는 여자를 찾지 않겠노라고, 자신을 위해 목숨을 바칠 애인을 구하겠노라고 떠벌리고 다녔다. 자신은 안 봐도 훤하다는 듯 이렇게 덧붙이고는 했다.

"잘 보라고, 맹강녀(孟姜女, 진시황 때 만리장성을 쌓으러 사역 나간 남편이 죽자 하도 애통하게 우는 바람에 만리장성이 무너졌다고 전해지는 비운의 여인—옮긴이)를 보라고, 축영대(祝英臺, 중국의 대표적 고전 연애소설의 여주인공. 남자 주인공 양산백과의 신분 차이로 인해 사랑을 이루지 못한 채 죽음으로써 비극적 결말을 맺는다.—옮긴이)가 기다린 걸 봐……. 진정한 사랑은 다 여자가 남자를 위해 자살한다네."

조 시인은 둘 다 임홍에게 차였다는 점에서 이광두에게 동병상련의 정을 느꼈다. 류 작가가 얻어터진 후 조 시인은 줄곧 이광두를 피해다녔지만, 최근 몇 번은 이광두를 길에서 마주칠 때 그가 자신을 향해 고개를 숙이며 지나치자 이제는 안전하다고 느꼈는지 길거리에서 이광두를 볼 때면 괜히 친한 척 다정하게 인사를 했다.

"이 공장장, 잘 지내지?"

"개뿔이나."

이광두는 일말의 호감도 없는 기색으로 말을 받았다.

조 시인은 헤헤거리면서 이광두의 어깨를 토닥이며 길을 지나는 사람들을 마주한 채로 주저리주저리 말을 늘어놓았다. 그는 이광두가 목을 맨 송강을 살려주는 게 아니었다며, 송강이 살아났기 때문에 그가 이광두의 임홍을 뺏어갔다고, 송강이 살아나지 못했다면……. 조 시인은 이렇게 결론을 내렸다.

"사랑의 저울이 자네 쪽으로 기울지 않았겠는가?"

이광두는 조 시인의 말을 듣고 이 개자식이 감히 송강이 죽었어야 한다고 저주하고 있다고 생각하며 몹시 불쾌해했지만, 조 시인은 점점 더 험하게 변해가는 이광두의 안색에는 전연 아랑곳하지 않고 계속 똑똑한 척 말을 이어갔다.

"이 상황은 딱 농부와 뱀 이야기에 비교할 수 있어. 길을 가던 농부가 얼어 죽어가는 뱀을 살려준답시고 가슴에 품어줬는데, 뱀이 살아나자마자 농부를 물어 죽인다는……."

조 시인은 흥분해서 모든 걸 잊어버리고는 이광두를 손가락질하며 이렇게 덧붙였다.

"네가 농부고, 송강은 뱀이야."

이광두는 불같이 화를 내며 조 시인의 멱살을 붙잡고 호통을 쳤다.

"너 이 시팔 자식아, 네가 농부고, 너야말로, 젠장 뱀이다!"

조 시인은 깜짝 놀라 안색이 흙빛으로 변했고, 류진을 풍미했던 이광두의 주먹이 올라오는 걸 보고는 두 손으로 황급히 이광두의 주먹을 감싸며 사정했다.

"화를 풀게나, 이 공장장. 제발 화를 좀 풀게나. 그냥 좋은 뜻으로,

다 자네를 위해서 한 생각인데……."

잠시 머뭇거리던 이광두는 조 시인이 호의로 그랬다는 생각에 주먹을 내려놓고 멱살을 잡았던 손을 풀면서 경고했다.

"너 이 시팔 자식, 잘 들어. 송강은 내 형제야. 천지가 뒤집혀서 난리가 나도 송강은 여전히 내 형제라고. 너 이 씨팔 자식, 또 한 번 송강을 나쁘게 말하면 내가 그냥……."

이광두는 잠시 머뭇거렸다. '팬다'와 '도륙을 낸다'라는 말 중 어떤 말을 쓸까 잠시 주저하다가 결연히 '도륙'을 선택했다.

"내 도륙을 낼 테다."

조 시인은 알았다는 듯 고개를 끄덕이며 잽싸게 뒤돌아서 빨리 이 험한 놈으로부터 벗어나야겠다고 생각했다. 조 시인은 총총거리며 열걸음 정도 가다가 사람들이 자신을 보며 낄낄거리는 걸 보고 바로 발걸음을 늦추고는 아무렇지도 않다는 듯 자세를 바꾸면서 탄식했다.

"사람 노릇 하기 어렵네, 거 참."

이광두는 조 시인의 뒷모습을 보다가 갑자기 류 작가를 두들겨 팼을 때 했던 공언이 생각나 조 시인을 향해 손을 흔들었다.

"이리와. 젠장할, 이리 와보라고."

조 시인은 가슴이 철렁 내려앉았지만 수많은 구경꾼들이 지켜보고 있으니 곧바로 내빼기가 부끄러워 걸음을 멈춘 채 아무렇지도 않다는 것을 보여주기 위해 천천히 뒤돌아섰고, 이광두는 다정한 얼굴로 열심히 손을 흔들어대며 조 시인을 불렀다.

"빨리 오라니까. 내가 아직 당신의 노동 인민 본색을 두들겨 꺼내지 못했잖아."

사람들은 흥분하기 시작했고, 조 시인은 재수 옴 붙었다는 생각에 쿵쾅거리는 가슴을 애써 진정시키며, 갑자기 좋은 생각이 났는지 손사래를 쳐대며 말했다.

"다음에 하자고."

조 시인은 손으로 자신의 머리를 가리키면서 덧붙였다.

"갑자기 영감이 떠올랐거든. 빨리 집에 가서 글로 옮겨야지, 놓치면 사라지거든."

영감이 떠올랐다는 조 시인의 말에 이광두는 손을 휘저으며 안심하고 가라고 했다. 길가의 사람들은 실망이 극에 달해 물었다.

"왜 놔줬어?"

이광두는 조 시인의 뒷모습을 보면서 뭔가 통달한 듯한 표정으로 사람들에게 설명했다.

"저 조 시인이 쉽지 않아요. 저 사람 머리에 영감이 떠오르기가, 저 사람 배 속에 애 생기는 것보다 어렵단 말입니다."

말을 마친 이광두는 너그러운 표정으로 성큼성큼 걸어갔다. 그가 포목점을 지나칠 때 마침 안에는 행복에 휩싸인 임홍이 판매원에게 자신과 송강의 옷감과 옷을 골라달라고 이야기하는 중이었다. 이광두는 임홍을 보지 못했고, 임홍과 송강이 결혼 준비를 하는 중이라는 사실 또한 알지 못했다.

⟨2권에서 계속⟩

옮긴이 **최용만**

1967년생. 1990년 한림대학교 중국학과를 졸업하고, 2000년 베이징대학교 중문과 대학원에서 중국 당대문학(當代文學) 전공으로 석사학위를 받았다. 옮긴 책으로《허삼관 매혈기》《가랑비 속의 외침》《영혼의 식사》가 있다.

mano2bkong@naver.com

兄
형제 1

첫판 1쇄 펴낸날 2017년 5월 22일
       7쇄 펴낸날 2024년 10월 31일

지은이 위화
옮긴이 최용만
발행인 조한나
편집기획 김교석 유승연 문해림 김유진 곽세라 전하연 박혜인 조정현
디자인 한승연 성윤정
마케팅 문창운 백윤진 박희원
회계 양여진 김주연

펴낸곳 (주)도서출판 푸른숲
출판등록 2003년 12월 17일 제2003-000032호
주소 서울특별시 마포구 토정로 35-1 2층, 우편번호 04083
전화 02)6392-7871, 2(마케팅부), 02)6392-7873(편집부)
팩스 02)6392-7875
홈페이지 www.prunsoop.co.kr
페이스북 www.facebook.com/prunsoop   인스타그램 @prunsoop

ⓒ푸른숲, 2017
ISBN 979-11-5675-691-0(04820)
     979-11-5675-690-3(세트)

* 잘못된 책은 구입하신 서점에서 바꾸어 드립니다.
* 본서의 반품 기한은 2029년 10월 31일까지입니다.